G. A. Aiken
Wolf Diaries

PIPER

Zu diesem Buch

Die perfekte Mischung aus Humor, Romance und Action: Diese Stadt in Texas ist ein Ort wie kein anderer. Denn hier leben Wolfswandler, die jedes Mittel einsetzen, um zu verteidigen, was einem Wolf wichtig ist – sein Territorium und seine Frau. Der attraktive Zach hingegen hat eigentlich von Frauen genug. Bis er auf Sara trifft, die sein Leben von einem Moment auf den anderen völlig durcheinanderbringt. Nur weil man miteinander ins Bett geht, heißt das noch nicht, dass man sich verliebt hat, oder? Für Zach und Sara beginnt ein verhängnisvolles Spiel mit dem Feuer, in dem der Wolf zeigen wird, wieviel Mann in ihm steckt … Dieser Band vereint die drei »Wolf Diaries«-Bestseller von G. A. Aiken erstmals in einem Band.

G. A. Aiken ist die New-York-Times-Bestsellerautorin der erfolgreichen Serie um die Drachenwandler. Sie lebt an der Westküste der USA und genießt dort das sonnige Wetter, das gute Essen und die Aussicht auf attraktive Strandbesucher. Beim Piper Verlag veröffentlicht G. A. Aiken neben ihrer Drachenwandler-Saga außerdem die Reihe »Lions« sowie die Serie »Wolf Diaries«. Weiteres zur Autorin unter: www.gaaiken.com

G. A. Aiken

WOLF DIARIES

Drei Romane in einem Band

Aus dem Amerikanischen
von Karen Gerwig

Piper München Zürich

Entdecke die Welt der Piper Fantasy:

Piper-Fantasy.de

Dieser Band vereint die Romane »Gezähmt«, »Besiegt«, »Erlegen«.

Von G.A. Aiken liegen bei Piper vor:
Dragon Kiss
Dragon Dream
Dragon Touch
Dragon Fire
Dragon Sin
Dragon Fever
Dragon Kiss • Dragon Dream
Dragon Touch • Dragon Fire
Lions. Hitze der Nacht
Lions. Feuriger Instinkt
Lions. Leichte Beute
Lions. Wilde Begierde
Lions. Scharfe Pranken
Wolf Diaries. Gezähmt
Wolf Diaries. Besiegt
Wolf Diaries. Erlegen
Wolf Diaries. Drei Romane in einem Band

Ungekürzte Sonderausgabe
Mai 2014

Titel der amerikanischen Originalausgaben:
»Pack Challenge«, »Go Fetch«, »Here Kitty, Kitty«, Samhain Publishing,
Macon 2006–2009

Umschlaggestaltung: Mona Kashani-Far
Umschlagabbildungen: Shutterstock
Satz: Satz für Satz. Barbara Reischmann, Leutkirch
Druck und Bindung: CPI books GmbH, Leck
Printed in Germany ISBN 978-3-492-26930-8

Gezähmt

Roman

PIPER

Für meinen Maxi. Ein gemeineres, niederträchtigeres
Alphamännchen habe ich nie kennengelernt.
Aber du beschützt mich, und solange ich immer daran
denke, dir zu fressen zu geben, liebst du mich.
Abgesehen davon bist du mit Maulkorb
fast schon zivilisiert.

Prolog

Zeitverschwendung. Das war es. Minuten seines Lebens, die er nie zurückbekommen würde. Zach betrat den Club namens Skelly's, überrascht, einen Ort wie diesen in dieser schäbigen texanischen Kleinstadt zu finden. Hardcore Industrial und Techno dröhnten durch das winzige Gebäude, und Zach entspannte sich ein wenig. Nach dem Äußeren des Clubs und all den Pick-up-Trucks auf dem Parkplatz zu urteilen, musste der Laden voller Bauerntrampel sein. Seinesgleichen flog unter Rednecks normalerweise irgendwann die Scheiße um die Ohren. Zu viel Testosteron und Alkohol führten immer zu Problemen.

Er schob sich durch den brechend vollen Club, nahm jeden unter die Lupe, bis er die Bar erreichte. Er beobachtete eine Weile die Barfrau, wie sie Drinks zubereitete. Eine zierliche kleine Schwarze mit einem dunklen Lockenkopf. Sie war definitiv ein Profi und bereitete alle Drinks mit äußerster Präzision zu. Sie servierte nie mehr oder weniger als nötig. Nebenher unterhielt sie sich aufmerksam mit einer großen, sehr sexy Latina am anderen Ende der Bar und verpasste keine

Sekunde des Gesprächs. Verschüttete keinen Tropfen. Sie war gut.

Er hielt einen Zehner hoch, und die Barfrau kam zu ihm herüber. Er hörte den letzten Satz, den sie ihrer Freundin zurief: »Ich kann nicht gleichzeitig bedienen und auf sie aufpassen. Ich dachte, du würdest sie im Auge behalten!« Dann wandte sie sich Zach zu und ließ ein hinreißendes Lächeln aufblitzen. »Was willst du?«

»Tequila.«

Die Frau nickte, und ihre Hand ging unter der Bar auf die Suche, dann erstarrte ihr Gesicht. Sie verschwand plötzlich unter dem Tresen, um genauer hinzusehen. »Scheiße!«, schnauzte sie. Als sie wieder erschien, war ihr Lächeln verschwunden. »Eine Sekunde.« Sie ging zu der hinter ihr liegenden Tür und schrie zu der Latina hinüber: »Angelina, sie hat die Flasche geklaut!«

»O-oh.« Die Latina drehte sich um und schaute über die Tanzfläche zu einer Gruppe von Tischen und Barhockern voller Leute. Zach folgte der Blickrichtung der Frau und sah sie sofort.

Sie war groß; größer als ihre besorgte Freundin. Ihr kohlrabenschwarzes Haar reichte ihr bis über die Schultern und strich über die Träger ihres schwarzen Tanktops, das ein keltisches Tattoo auf ihrer rechten Schulter frei ließ. Als sie den Kopf drehte, konnte Zach deutlich die gezackte Narbe sehen, die quer über ihre Gesichtshälfte führte.

Sie war von vier jungen Männern umgeben, schien sie aber nicht zu bemerken. Eigentlich wirkte sie sogar geradezu gelangweilt. Er war sich nicht so recht im Klaren darüber, weshalb ihre Freundinnen sich Sorgen machten.

»Hier, bitte.« Die Barfrau stellte einen Tequila vor ihn hin. »Dein Wechselgeld.«

Zach winkte ab. »Stimmt so.«

»Danke.« Sie schob das Geld in die hintere Jeanstasche und kehrte zu ihrer Freundin am anderen Ende der Bar zurück.

»Wir müssen etwas tun«, sagte sie. Zach hörte sie auch über die Musik hinweg, und auch was sie mit dem Rücken zu ihm sprach, kam klar und deutlich bei ihm an. »Sie ist völlig dicht.«

»Ja, aber weißt du noch, was letztes Mal passiert ist? Wir sollten wohl einfach dankbar sein, dass sie nicht jeden Tag trinkt ... oder jedes Jahr. Oder jedes Jahrzehnt.«

»Was ist überhaupt heute Abend mit ihr los?«

»Ich glaube, ihr Bein macht ihr wieder Probleme.«

»Ihr Bein macht ihr immer Probleme. Das ist nichts Neues.«

»Es wird schlimmer. Und ich glaube, sie macht sich Sorgen. Was das bedeuten könnte.«

»Das bedeutet gar nichts. Sie interpretiert zu viel in alles hinein.«

Die dunkelhaarige Schönheit lehnte sich zurück und sah ihre Freundin an. »Das musst ausgerechnet du sagen. Wer im Glashaus sitzt ...«

Die Kleine zeigte ihr den Stinkefinger und mixte geschickt einen Martini – alles in einer einzigen fließenden Bewegung. Er war beeindruckt.

»O-oh, Miki. Sie ist unterwegs.«

Zach drehte sich wieder zu der anderen Frau um. Sie rutschte von ihrem Hocker, ließ einen Kerl mitten im Satz stehen und ging einfach. Na ja, sie hinkte eher, aber er hatte ja gehört, dass ihr Bein schwer verletzt sei. Dennoch benutzte sie beim Gehen – höchstwahrscheinlich zur Toilette – weder Stock noch Krücken.

Er hätte keine Sekunde über die ganze Sache nachgedacht, wären da nicht die beiden Männer gewesen, die an der gegenüberliegenden Wand lehnten. Obwohl sie sich größte Mühe gaben, passten sie nicht ins Bild. Sie trugen schwarze Lederjacken, aber brandneue, die aussahen, als hätten sie sie am selben Tag erst gekauft. Ihre Hemden waren schwarz, aber aus Seide. Die Hosen mit Bundfalten. Und ihre Schuhe? Die waren aus Leder, teuer, und Zach hätte so etwas nicht einmal mit vorgehaltener Waffe angezogen. Und sobald sie sich bewegte, gingen sie ihr nach. Zach kippte seinen Tequila und folgte ihnen ebenfalls.

Er hatte sich gerade durch die Menge bis zum Hinterausgang des Clubs gedrängt, als er sie entdeckte. Einer hatte die Frau um die Taille gepackt und hochgehoben. Er hielt ihr den Mund zu, und die drei verschwanden durch die Hintertür. Es geschah so schnell, dass es keiner der anderen Gäste bemerkte.

Zach lief los, stieß Leute aus dem Weg, da er befürchtete, zu spät zu kommen. Er platzte durch den Hintereingang in die Seitengasse hinaus. Sie hatten die Frau zu Boden geworfen, und einer hatte die Hand erhoben. Für jeden anderen hätte es ausgesehen, als wolle er ihr eine Ohrfeige verpassen. Doch Zach wusste, dass ein Schlag dieser Hand der Frau die Kehle zerfetzt hätte. Er knurrte und ließ seine Eckzähne ausfahren. Die Männer drehten sich um, und einer antwortete mit einem Brüllen.

Doch bevor Zach irgendetwas tun konnte, zog die Frau ein langes, schmales Stück Metall aus ihrem abgetragenen Cowboystiefel und rammte es einem ihrer Angreifer in die Innenseite des Schenkels. Er brüllte wieder auf, diesmal vor Wut und Schmerz. Dem Unverletzten schien aufzugehen, dass es jetzt kein einfacher Mordplan mehr war. Die Frau würde nicht kampflos sterben. Also schnappte er sich seinen Partner, und die beiden verließen im Laufschritt die Seitengasse, wobei sie eine Blutspur hinterließen.

Zach ging zu der Frau hinüber, die inzwischen die Waffe wieder in ihren Stiefel geschoben hatte und jetzt versuchte, sich aufzurappeln – eindeutig ein größeres Unterfangen. Zach seufzte, nahm ihren Arm und zog sie mühelos hoch.

»Hey!«, blaffte sie und schaute zu ihm auf. Von seinem Platz an der Bar aus hatte er nicht sehen können, wie hübsch sie eigentlich war. Unglaublich hübsch. Dunkelbraune Augen sahen ihn unter schwarzen Wimpern hervor an. Ihre Haut war von einem hellen Braun mit einer Spur Rot. Und die brutale Narbe auf ihrer Wange konnte ihre scharf gezeichneten Wangenknochen und die vollen Lippen nicht verbergen. Eigentlich unterstrich sie sie sogar.

Diese eindringlichen Augen sahen ihn direkt an. »Hübsche Zähne«, murmelte sie betrunken. Sie hatte einen leichten texanischen Akzent. Nicht so deftig wie die anderen, die er auf der Fahrt von Kalifornien hierher gehört hatte. »Lang.« Ihr rechter Zeigefinger schob sich in seinen Mund. Plötzlich ging ihm auf, dass er seine Eckzähne nicht wieder eingezogen hatte.

Jetzt lächelte sie ihn an und sagte: »Du bist auch hübsch.« Wow, sie war wirklich sehr betrunken. Plötzlich zu Kräften gekommen, knallte sie Zach an die gegenüberliegende Wand. »So einen Hübschen wie dich habe ich noch nie gesehen.«

Zach war in seinem Leben schon einiges genannt worden, aber »hübsch« war nicht dabei gewesen. Gleichzeitig knurrend und lächelnd – äh, nein –, anzüglich *grinsend*, lehnte sie sich an ihn; ihre Brüste drückten durch das T-Shirt gegen seine Brust und erschreckten ihn mit der Hitze ihres Körpers.

Sie küsste ihn. Weiche Lippen auf seinem Mund; die Zunge glitt zwischen seine Zähne.

Ihre Zungen trafen sich, und Zach hatte das unglaubliche Bedürfnis, sie sofort und hier in dieser Seitengasse zu nehmen. Als sie die Hand vorn in seine Jeans schob und mit festem Griff die sekündlich wachsende Beule umfasste, wusste er, dass er diese Frau haben musste. Jetzt. Sofort. In diesem Augenblick. Bevor er jedoch auch nur die Arme um sie legen konnte, wurde sie von ihm weggezogen. Weggerissen, seinem Gefühl nach.

Er war so in sie vertieft gewesen, dass er nicht einmal gemerkt hatte, wie ihre Freundinnen eindeutig kampfbereit in die Seitengasse gestürmt waren. Diejenige, die Miki hieß, hatte einen Baseballschläger dabei, wahrscheinlich von hinter der Bar. Die andere, Angelina, hatte ihre hochhackigen Schuhe ausgezogen und schien bereit, die Sache mit bloßen Händen auszutragen. Ja, Zach hatte sich keine Sekunde lang von ihren Designerklamotten täuschen lassen. Diese Frau konnte einem die Kehle durchschneiden, ohne mit der Wimper zu zucken. Sie strahlte unmissverständlich aus, dass sie selbst auf sich aufpassen konnte.

»Sara!«, kreischte Angelina, während sie Sara von Zach wegriss. Miki blieb im Hintergrund und schaute nur zu, den Baseballschläger immer noch schlagbereit. Zach konnte nur vermuten, wie es für sie aussehen musste, wenn ihre Freundin einem Fremden die Zunge in den Hals und die Hand in die Hose steckte. »Was soll das?«

Zach zog eilig seine Reißzähne so weit ein, dass sie normalen menschlichen Eckzähnen glichen, gerade rechtzeitig, bevor Angelina ihn ansah und aufmerksam musterte. Leider konnte er sein Ding nicht so beherrschen wie seine Zähne.

Sara machte sich von Angelina los und lehnte sich wieder an Zach. Erneut lächelte sie, den Blick auf seine Lippen gerichtet. »Das ist mein hübscher Mann. Ist er nicht toll? Ich glaube, ich liebe ihn.«

Miki verdrehte die Augen und senkte den Schläger. »Das soll ja wohl ein Witz sein!«

Angelina machte eine Bewegung auf ihre Freundin zu. »Okay, Süße, aus dir spricht eine halbe Flasche Tequila. Aber jetzt lassen wir den ›hübschen Mann‹ gehen.«

»Nein!«, blaffte sie, und ihre Freundin erstarrte in

der Bewegung. Zach sah zu, verblüfft über Saras Aggression.

Doch ihren Freundinnen schien nicht klar zu sein, wie nah sie echter Gefahr waren. Miki fing an zu lachen, Angelina dagegen sah eher gelangweilt aus. »Sara, Süße, du musst dein Spielzeug gehenlassen.«

»Hey!«, grollte Zach.

Angelina warf ihm einen bösen Blick zu. »Leg dich nicht mit mir an!«, presste sie zwischen zusammengebissenen Zähnen hervor.

»Okay, okay.« Sara richtete sich auf. »Streitet nicht meinetwegen. Ich habe schon verstanden. Ich komme mit.«

Angelina entspannte sich sichtlich. »Gut.«

»Aber …«, flüsterte Sara, sodass nur Zach sie hören konnte, legte die Hand in seinen Nacken und zog ihn zu sich herab, »es wäre einfach unhöflich, vorher nicht gute Nacht zu sagen.«

Sie küsste ihn noch einmal. Und sofort setzte mit voller Wucht wieder dieser Drang ein, sie hier und jetzt zu nehmen, ob ihre Freundinnen zusahen oder nicht.

»Hey!«, rief Miki lachend aus.

Bevor er Sara über eine Mülltonne legen konnte, hatte Angelina ihre Freundin schon um die Taille gefasst und schleppte sie zurück in den Club. »Na komm, du aufsässiges Mädchen. Wir flößen dir Kaffee ein, bevor du wieder ein Auto in Brand steckst.«

»Tschüss, hübscher Mann!« Sara winkte.

Miki öffnete die Hintertür, und Angelina warf ihre Freundin buchstäblich hinein. »Das reicht. Kein Tequila mehr für dich, junge Dame. Nie mehr.«

Miki folgte ihnen, blieb aber am Eingang stehen und drehte sich noch einmal zu Zach um. »Tut mir leid. Sie ist echt betrunken.«

»Kein Problem«, brachte Zach hervor, der all seine innere Kraft brauchte, um sein Ding unter Kontrolle zu bekommen.

Miki ließ ein hübsches Lächeln aufblitzen und wollte in den Club gehen. Da blieb sie abrupt stehen. »Du meine Güte, Angie! Hilf ihr vom Boden auf!«

Zach zog ein Handy heraus und drückte eine Taste. Während er auf die Verbindung wartete, rückte er rasch seine plötzlich eng gewordene Jeans zurecht. »Hey«, sagte er, als jemand das Gespräch annahm. »Hier ist Zach. Sie ist es definitiv. Aber sie sind schon hier.«

Kapitel 1

»Er steht auf der Liste.«

»Aber er …«

»Er steht auf der Liste!«

Sara saß hinter dem Tresen von *Marrec's Choppers*, dem Laden, in dem sie arbeitete, seit sie vierzehn war, und beobachtete das wöchentliche Ritual ihrer zwei besten Freundinnen.

»Sara«, befahl Miki. »Die Liste!«

»Würdet ihr zwei Zicken bitte damit aufhören? Ich habe Migräne.«

»Nein. Du hast einen Kater. Los jetzt, die Liste.«

Sara seufzte. »Keine Cowboys. Keine Biker. Keine wie auch immer gearteten Kriminellen. Und keine Republikaner.«

»Und?«, drängte Miki.

Sara und Angelina zuckten die Achseln.

»Keine Rodeo-Clowns.«

»Die hast du eben erst draufgesetzt«, schnauzte Angie sie an. Just an diesem Morgen hatte sie ein Rodeo-Clown um ein Date gebeten.

»Nein, nein. Die standen schon immer auf der Liste.«

»Er ist ein netter Kerl!«

»Er verdient seinen Lebensunterhalt damit, vor Bullen davonzurennen! Er wird dich bescheißen!«

»Schreit nicht so!« Sara barg das Gesicht in den Händen. »Lasst mich einfach in Frieden sterben.«

»Das hat man davon, wenn man sich die Lampen ausschießen muss«, tadelte Miki.

Angie legte Sara den Arm um die Schultern. »Süße, es ist jetzt sechs Monate her, seit deine Großmutter gestorben ist. Vielleicht wird es langsam Zeit, mit dem Feiern aufzuhören. Vor allem, da du anscheinend zur Hure wirst, wenn du etwas getrunken hast.«

»Werde ich gar nicht!« Doch Sara konnte sich bei der dunklen, alkoholvernebelten Erinnerung daran, wie sie hinter ihrem Lieblingsclub irgendeinen armen Kerl angefallen hatte, ein Lächeln nicht verkneifen. »Abgesehen davon feiere ich nicht. Ich bin nur froh, dass meine Großmutter …«

»In der Hölle schmort?«, warf Miki ein.

»Das ist nicht erwiesen.« Außerdem war sich Sara ziemlich sicher, dass Satan die boshafte alte Kuh nicht haben wollte.

Sara rieb sich die Schläfen. Ihre Kopfschmerzen würden irgendwann vorbeigehen. Schmerzen waren sowieso ein Teil ihres Lebens. Das würde sich niemals ändern. Ihr rechtes Bein schmerzte schon seit mehr als zwanzig Jahren mehr oder weniger unerträglich. Sie hatte ganz einfach gelernt, es zu ignorieren. Bis neulich. In letzter Zeit war es … nein. Sie würde jetzt nicht in Selbstmitleid verfallen. Das hatte sie am Abend zuvor zum Trinken gebracht. Dummes Selbstmitleid. Ihr

Leben hätte wirklich schlimmer sein können. Zum Henker, sie könnte tot sein!

Oder es könnte ihr wie der jungen Frau gehen, die gerade in den Laden gestolpert kam, das Gesicht und die Lederjacke mit Schmutz und Blut verschmiert.

»Heilige Scheiße!« Sara hinkte eilig um den Tresen herum. »Leute, ruft einen Krankenwagen! Marrec!«, schrie sie hinter sich. »Komm schnell!«

»Nein, nein. Mir geht's gut.« Die Frau winkte ab.

»Ehrlich? Du siehst beschissen aus«, bemerkte Miki.

»Unfall mit dem Motorrad.« Das Mädchen streckte sich, und Sara hörte jeden einzelnen Knochen knacken. »Wegen dem bin ich eigentlich hier. Ihr habt einen Mechaniker, oder?«

Angelina musterte die Frau von oben bis unten. »Brauchst du wirklich keinen Krankenwagen?«

»Oder vielleicht einen Leichenwagen«, murmelte Miki vor sich hin.

Sara versetzte ihrer Freundin einen Stoß mit dem Ellbogen. Das tat sie bei Miki oft.

»Nö. Nur einen Mechaniker. Und ein Badezimmer.«

»Ich bringe sie hin.« Angelina führte das Mädchen in den hinteren Bereich des Ladens.

Marrec erschien mit ölverschmiertem Gesicht, auch Hände und T-Shirt waren ölverschmiert. Der Mann war wahrscheinlich Mitte sechzig, aber er wirkte eher wie ein vorzeitig ergrauter Fünfundvierzigjähriger. Er war kleiner als Sara, aber kräftig gebaut, und er hatte sie unter seine Fittiche genommen, als ein egozentrischer College-Footballer sie während einer Prügelei, von der

Miki immer noch behauptete, es sei nicht ihre Schuld gewesen, kopfüber durch Marrecs Ladentür geworfen hatte.

»Was ist los?« Marrec wischte sich die Hände an einem Lappen ab.

»Irgendein Mädel hatte einen Unfall.«

Miki schaute aus dem großen Schaufenster. »Mann, schau dir das Bike an! Sie müsste eigentlich tot sein.«

Marrec warf einen Blick darauf, und seine Augen wurden schmal. »Sie kann noch gehen?«

»Ob du's glaubst oder nicht«, antwortete Sara. »Angelina hat sie ins Bad gebracht.«

Angelina kehrte zu ihren Freundinnen zurück. »Sie ist im Bad. Ich warte nur darauf, einen Aufprall zu hören.«

»Ich gehe mir ihr Bike ansehen«, murmelte Marrec schon im Gehen.

Nach ungefähr zehn Minuten kam die Frau zurück. Sie hatte sich das Gesicht und die Hände gewaschen und Blut und Schmutz aus den Haaren gespült. Sie war überraschend hübsch – und sah aus, als könne sie einen Buick stemmen.

»Viel besser«, verkündete sie. Dann wandte sie sich den drei Frauen zu, die sie anstarrten. »Stimmt was nicht?«

»Wir warten nur darauf, dass du ohnmächtig wirst«, gab Miki zu.

Die Frau grinste. »Mechaniker?«

»Das ist Marrec. Er sieht sich gerade dein Bike an.« Sara schaute aus dem Fenster. »Aber Süße, dein Bike ist geliefert.«

»Glaubst du?« Sie ging hinaus; Sara, Miki und Angie folgten ihr.

Sara staunte, wie schnell sich die Frau zu erholen schien. Vielleicht war sie auf irgendwelchen neuen Schmerzmedikamenten. Sara musste sie fragen. Vielleicht würde sie das Zeug bald selbst brauchen.

Das Mädchen ging zu den übel zugerichteten Überresten ihres Bikes hinüber. »Mein armes Baby.«

Sara sah, wie Miki die Augen verdrehte. Ihre kleine Freundin würde die Liebe der Biker zu ihren Choppern nie verstehen. Die Leidenschaft.

Marrec, der immer noch neben dem Motorrad kauerte, stand langsam auf und sah die Frau finster an. Sie starrten einander in die Augen. Das war alles. Sie starrten nur. Schließlich wandte sich die Frau ab.

Miki stieß Sara an, doch die ignorierte es. Sie hatte das schon oft bei Marrec gesehen. Diese »komische Sache« machte er ständig. Manchmal sogar mit seinen eigenen Söhnen oder seiner Frau. Aber zum Henker, Miki machte selbst haufenweise komische Dinge, also konnte sie sich wohl kein Urteil erlauben.

»Wo hattest du überhaupt den Unfall?«, fragte Angelina.

Die Frau kniete neben dem verbogenen Metall nieder. »Keine Ahnung. Ich glaube, ungefähr vor zwei Meilen.«

Die Freundinnen tauschten Blicke.

»Wie hast du dein Bike hierhergebracht?«

»Hab's geschleppt.« Die Frau drehte den Kopf, als Marrec sich zum Eingang des Parkplatzes umwandte.

»Moment mal.« Miki versuchte nicht einmal, ihre Ungläubigkeit zu verbergen. »Du willst uns weismachen, dass du das Ding bis hierher geschleppt hast? In deinem Zustand? Blödsinn«, endete sie kategorisch.

Wie immer war Miki subtil wie ein Vorschlaghammer.

Das Mädchen ignorierte sie einfach. »Gut«, sagte sie erleichtert. »Sie sind da.« Sie stand auf und ging in Richtung Parkplatzeinfahrt. Dort bogen gerade vier wunderschöne, aufgemotzte Chopper ein, jeder davon mit einer Frau im Sattel. Sie hielten neben dem Mädchen an.

»Schau dir das an.« Angelina stieß ihren Freundinnen die Ellbogen in die Seiten. »Lesben. In Texas.«

»Hältst du bitte die Klappe?« Sara kicherte.

»Julie, schön, dass du noch lebst«, sagte die älteste der Frauen. Sie hatte graue Strähnen in den blonden Haaren und Falten im Gesicht. Wahrscheinlich war sie einmal umwerfend gewesen. Jetzt war sie nur noch schön.

Die Frau stieg ab und umarmte das ramponierte Mädchen. »Fehlt dir ganz sicher nichts?«

»Ja, Casey. Mir geht's gut.« Das Mädchen lehnte sich an sie und flüsterte etwas. Casey sah zu Marrec hinüber.

»Kein Problem.« Casey ging zu ihm hinüber. »Ist das Ihr Laden?«

Sara sah, wie ihr Boss sich aufrichtete und die Arme vor der breiten Brust verschränkte. »Ja.«

Die Frau lächelte kühl. »Haben Sie einen Moment?«

Marrec betrachtete die Frau aufmerksam. »Sara«,

sagte er, ohne den Blick von Casey abzuwenden, »geh rein.«

Eine erschrockene Sara sah ihre ebenso erschrockenen Freundinnen an. »Soll das ein Witz sein?« Es *musste* ein Witz sein. Marrec befahl ihr selten etwas. Vor allem befahl er ihr nie wie einer Zehnjährigen, wegzugehen.

Sein Gesichtsausdruck zeigte ihr aber deutlich, dass er es ernst meinte. Doch bevor Sara ihm klipp und klar sagen konnte, wohin er sich scheren sollte, schaltete sich Casey ein.

»Julie braucht ein neues Bike. Das hier fährt nirgendwo mehr hin. Könntest du ihr zeigen, was ihr im Angebot habt?«

Sara schnaubte über diesen schwachen Versuch, sie loszuwerden.

»Wow, Julie. Dein Bike ist im Arsch!« Diese leise Feststellung kam von einer winzigen Asiatin, die neben dem Totalschaden kauerte.

»Ich weiß, Kelly. Ich weiß.«

»Keine Sorge«, sagte Casey. »Wir besorgen dir hier ein neues. Kelly hat das Bargeld und die Karten. Ich glaube, es wird Zeit, dass wir ein bisschen Geld ausgeben.«

Miki verschränkte die Arme vor der Brust. »Drogengeld, nehme ich an?«, fragte sie süffisant.

Angelina riss die Augen auf, und Sara hielt ihrer Freundin den Mund zu. Casey zog eine Augenbraue hoch und schaute Sara direkt an. Als könne sie Miki kontrollieren oder so etwas. Zum Henker, niemand konnte Miki kontrollieren.

»Wie wär's, wenn Sie alle hereinkommen und sich

ansehen, was wir haben?«, schlug Sara eilig vor. »Wir haben gerade ein paar tolle Sachen reinbekommen.«

Casey nickte ihren Frauen zu, und sie betraten den Laden, während sie selbst mit Marrec außer Hörweite ging. Als sie allein waren, stießen Sara und Angelina tiefe Seufzer aus.

»Drogengeld, nehme ich an?«, zischte Angelina und versetzte Miki einen kräftigen Schubs.

Miki zuckte die Achseln. »Ich hab doch nur gefragt!«

»Lass es. Frag einfach nicht. Zweifle nicht. Hinterfrage nicht.« Angelina ging auf die Tür zu, wirbelte aber noch einmal mit finsterem Blick auf ihren Zehn-Zentimeter-Designer-Highheels zu Miki herum. »Und versuch zu vermeiden, dass dir Biker-Chicks die Scheiße aus dem Leib prügeln. Glaubst du, du schaffst das?«

»Glaubst du, du schaffst das?«, äffte Miki sie wütend nach, als sie Angelina in den Laden folgte. Sara sah, wie Miki den Türgriff umfasste, aber drückte, statt zu ziehen, und gegen die Tür knallte. »Scheiße!«

Sara lachte und spürte, wie ihre Kopfschmerzen vergingen.

Kapitel 2

»Was ist denn mit deinem Gesicht passiert?«

Sara schnappte Miki hinten an T-Shirt und Jeans, bevor diese über den Verkaufstresen hechten und die Asiatin namens Kelly würgen konnte.

Während sie Miki zu sich zurückzog, beugte sich Angelina vor und sagte: »Weißt du, was mit neugierigen, nervigen kleinen Biker-Mädchen passiert? Sie werden mit einem Messer bearbeitet, bis sie Blut spucken.«

Oh ja. Das war sehr subtil. Sara zog auch Angelina zurück. Ihre Freundinnen glaubten immer, sie beschützen zu müssen. Das war etwa so süß wie ein tollwütiges Eichhörnchen.

Die Leute fragten sie selten nach ihren Wunden. Nicht so direkt. Doch es schien keine Bosheit in Kellys Frage zu liegen. Es war eine einfache Frage. Also gab ihr Sara eine einfache Antwort: »Das geht dich nichts an. Also, nimmst du die Shirts?«

Kelly blickte auf die sechs T-Shirts hinab, die sie in der Hand hielt. »Äh … ja. Klar.«

Während Sara den Einkauf in die Kasse tippte, kehrten Marrec und Casey zurück. Die Spannung zwischen ihnen schien nachgelassen zu haben, aber sie konnte sehen, dass Marrec immer noch nervös war, als er um den Tresen herumkam und Sara auf die Schulter klopfte. »Alles klar?«

»Ja«, sagte Sara leise. »Und sie kaufen tonnenweise Zeug. Ich erwarte einen Bonus, alter Mann.«

Marrec lächelte. »Geldgierige Schlampe.«

Casey baute sich vor Sara auf und musterte sie gründlich. »Interessante Narbe.«

»Das ist doch unglaublich, Scheiße noch mal!«, zischte Miki, die schon wieder aussah, als wolle sie versuchen, über den Verkaufstresen zu springen.

»Schau dir das an.« Casey schob ihre Mähne beiseite, um ihren Hals zu entblößen, und drehte sich, damit Sara deutlich sehen konnte.

Angelina und Miki zuckten zusammen.

Hinter dem Ohr begannen verheilte und wulstige Narben, zogen sich den Hals der Frau hinab und verschwanden im Kragen ihrer Jacke. Sara hatte das unbestimmte Gefühl, dass sie noch weit ihren Oberkörper hinabreichten.

»Ein Berglöwe«, erläuterte Casey. »Vor acht Jahren. War ein böser Kampf.«

»Du? Du hast mit einem Berglöwen gekämpft?« Das nahm ihr Miki eindeutig nicht ab.

»Es war ein Kampf auf Leben und Tod, entweder er oder ich. Letztendlich geht es doch nur ums Überleben.«

Sara dachte an ihren Vater. Er hatte vor all den Jahren gekämpft, um sie zu beschützen, und es hatte ihn das Leben gekostet, doch sie hatte schließlich überlebt.

Julie, die minütlich gesünder und stärker zu werden schien, unterbrach sie mit einer Ankündigung: »Die Männer sind hier.«

Vier weitere Motorräder hielten vor dem Laden. Sara sah das Chrom durch das Schaufenster funkeln. Sie wurde ganz kribbelig, wenn sie nur daran dachte, eines dieser Bikes zwischen den Beinen zu haben.

Miki wandte sich an Casey: »Sind das echte Männer oder Tussis, die sich anziehen wie Männer?« Sara seufzte, und Angelina schloss schicksalsergeben die Augen. Miki grinste. »Ich frag doch nur.«

Was drei Minuten später durch die Tür kam, waren allerdings eindeutig »echte Männer«.

Kapitel 3

»Wisst ihr was«, verkündete Angelina ihren zwei Freundinnen leise, »ich glaube, ich muss noch beim Metzger vorbei. Ich brauche Frischfleisch.«

»Eine ordentliche, dicke Fleischwurst wäre auch nicht schlecht«, fügte Sara hinzu. Dann begannen sie und Angelina über die »heißen Typen« zu kichern, die eben Marrecs Laden betraten.

»Machen euch diese Leute eigentlich überhaupt keine Angst?«, fragte Miki mit gedämpfter Stimme.

Sara beobachtete die Gruppe. Zugegebenermaßen verhielten sie sich anders als jeder Motorradclub, den sie je erlebt hatte. Freundschaftlich, aber höflich. Liebevoll und spielerisch, aber nicht im Entferntesten sexuell, abgesehen von ein paar.

Ein großer, unglaublich gut aussehender Mann kam zu Casey herüber. Seine Haare waren grauer als ihre, doch sie wirkten frühzeitig ergraut. Er hatte nur wenige Falten. Casey lächelte über das ganze Gesicht, sobald sie ihn sah. Er erwiderte das Lächeln, küsste sie aber nicht zur Begrüßung. Stattdessen rieb er seinen Kopf zart an ihrem. Schnupperte unter ihrem Kinn, schob ihre Haare beiseite und leckte die Narbe in ihrem Nacken.

Angie bemerkte es nicht; sie war zu beschäftigt damit, auf ihre Hände zu starren und über den abgeblätterten Nagellack zu schimpfen. Doch Miki sah es.

»Okay. Macht dir *das* Angst?«

Sara zuckte mit den Schultern und antwortete ehrlich: »Ich fand das irgendwie süß. Abgefahren, aber süß.« Sie war daran gewöhnt, dass Biker ihren Frauen mitten im Laden in den Schritt fassten und ihnen die Zunge in den Hals schoben. Es wirkte immer so, als wollten sie sie gleich direkt hier auf dem Boden des Geschäfts vögeln. Doch was sie eben gesehen hatte, war Zuneigung. Sie selbst hatte so etwas noch mit keinem der Männer erlebt, mit denen sie im Lauf der Jahre zusammen gewesen war. Nette Kerle, die sie immer nur bis zu einem bestimmten Punkt an sich herangelassen hatte. Nie fiel die Mauer, die sie um sich aufgebaut hatte, oder wie ihre Freundinnen es nannten: »die Rüstung«. So fühlte sie sich sicherer, aber es hielt natürlich auch jeden Mann, der gute Absichten hatte, auf Armeslänge fern.

Noch ein Mann kam herein. Blond und vielleicht eher in ihrem Alter. Aber er war groß wie ein Scheunentor. Wie ein blonder Eisbär. Nur Muskeln und Kraft. Er erinnerte Sara an die Wikinger in einem von Mikis Computerspielen. Ihm fehlte nur der gehörnte Helm. Er begrüßte ein paar der Frauen, aber meistens mit einem Schulterklopfen oder Nicken. Doch als er Miki sah, war es, als hätte ihm jemand einen Stein über den Kopf gezogen. Er wirkte benommen – und lief gegen eine Wand.

Sara drehte sich zu Marrec um und versuchte, ihr Lächeln zu verbergen. Er war zu Casey hinübergegangen, um den älteren Biker zu begrüßen, mit dem Casey leise sprach. Als sie fertig war, sahen sich die beiden Männer eindringlich an und schüttelten sich schließlich die Hände. »Yates ist mein Name. Und ich weiß das wirklich zu schätzen«, sagte er mit aufrichtiger Wärme in der Stimme.

Marrec nickte. »Kein Problem. Denkt nur daran, wem dieses Gebiet gehört.«

Daraufhin lächelte Yates. »Das ist kein Problem, glaube ich.«

Sara und Miki blickten sich stirnrunzelnd an. Sara hatte Marrec noch nie so territorial erlebt. In seinen Laden kamen ständig Biker, aber er hatte nie so besorgt gewirkt wie bei dieser Gruppe. Dabei erschienen ihr diese Leute geradezu verspielt im Vergleich zu einigen der harten Kriminellen, die im Lauf der Jahre über die Schwelle von Marrecs Geschäft getreten waren.

All das ließ Mikis Intellekt auf Hochtouren arbeiten. Und Sara wusste, dass ihre Freundin – schon wieder – kurz davor war, etwas vollkommen Unangemessenes zu sagen.

Angelina dagegen war vollkommen damit beschäftigt, vor einem Spiegel, der zum Aufprobieren von Sonnenbrillen gedacht war, Lipgloss aufzulegen. Angie war eine Frau, die sich nicht so schnell über Dinge aufregte, die sie nicht in der Hand hatte. Wenn sie sich auch ihre Zen-mäßige Gelassenheit erst durch jahrelange, gerichtlich angeordnete Therapie erworben hatte.

»O Gott, o Gott«, flüsterte Miki verzweifelt. Sara

sah, dass der blonde Bär in ihre Richtung geschlendert kam – möglicherweise mit der Absicht, Miki anzusprechen. Mit reinstem Entsetzen im Blick wandte sie sich zu Sara um und wimmerte: »Sag mir, dass er nicht hier rüberkommt!«

»Es ist nicht jeder Frau gegeben, von Thor, dem Donnergott, geliebt zu werden.«

Miki warf ihr einen finsteren Blick zu, konnte sich ein Lachen aber nicht verkneifen. »Ich hasse dich!«

Sara grinste und wollte ihrer Freundin gerade helfen, der wahren Liebe zu entkommen – doch da kam *er* herein.

Er war draußen geblieben, um sich das beschädigte Motorrad anzusehen. Er war groß. Größer als Yates. Größer als sie alle, bis auf den großen Blonden, der weiterhin schweigend Miki anstarrte und sich auf sie zubewegte. Kräftig gebaut war der neue Kerl außerdem. Sara fragte sich, wie er mit diesen Schultern durch die Tür kam. Und mit ihren eins dreiundachtzig begegnete sie selten Männern, bei denen sie sich klein fühlte.

Seine dunkelbraunen Haare reichten bis über die Schultern und fielen ihm ins Gesicht, sodass sie seine hellen, haselnussbraunen Augen praktisch verdeckten. Auf den Wangen waren die Stoppeln mehrerer Tage zu sehen, und er besaß einen breiten, muskulösen Hals, an dem sie den ganzen Tag hätte knabbern und lecken können. Bekleidet war er mit einer schwarzen Jeans, einem schwarzen T-Shirt und einer schwarzen Lederjacke, und er war ganz einfach der schönste Mann, den Sara in ihrem ganzen Leben gesehen hatte. Sie wollte ihn so sehr, dass es ihr den Atem verschlug.

Er bemerkte sie nicht, als er hereinkam, aber dafür alle anderen. Die restlichen Mitglieder der Gruppe unterbrachen, was sie gerade taten, und erstarrten. Gleichzeitig hoben sie alle die Köpfe und schnüffelten. Dann drehten sie sich zu Sara um.

Sie verstand es nicht. Sie hatte nichts getan. Sich nicht gerührt. Sie hatte auch Yates angestarrt, als er hereingekommen war. Was sie auf die Idee gebracht hatte, sich auszuziehen und sich rittlings auf diesen braunhaarigen Gott zu setzen, war ihr vollkommen schleierhaft.

Während sie sich noch weiter hineinsteigerte, beugte sich Angelina zu ihr herüber und sagte: »Ähm ... Süße? Müssen wir dich von deinem Hocker kratzen?«

Das lenkte Sara davon ab, im Zentrum der allgemeinen Aufmerksamkeit zu stehen, und sie wandte sich zu Angelina um: »Halt die Klappe!«

»Du erinnerst dich nicht an ihn«, tadelte Miki; ihren blonden Stalker hatte sie rasch vergessen.

»An wen erinnern?«

»An den tragischen, in schwarzes Leder gekleideten Kerl da drüben.«

Angie fing an zu lachen. »O mein Gott, er ist es wirklich!«

»Wer?«, fauchte Sara.

Bevor sie eine Antwort bekam, wurde Sara bewusst, dass er sie endlich bemerkt hatte, nachdem er die Frauen aus seiner Gruppe begrüßt hatte. Sein Blick richtete sich auf sie, und sie spürte buchstäblich, wie ihr Gesicht heiß wurde und sich die Wände ihrer Muschi zusammenzogen.

»Der gute Samariter«, bemerkte Miki.

»Ich glaube«, fügte Angelina hinzu, »deine genauen Worte waren: ›Der hübsche Mann gehört mir allein.‹«

»Direkt bevor du ihm die Zunge bis zum Anschlag in den Mund geschoben hast«, ergänzte Miki.

»Und ich glaube, es wurde auch in den Schritt gefasst.« Angelina schüttelte den Kopf. »Hure.«

Sara knurrte ihre Freundinnen an, als die Erinnerung an den Wahnsinn des Vorabends wie eine Welle über sie hinwegspülte. Zu viel Tequila. Die Arschlöcher im Club, die sie sich geschnappt hatten. Und die klassische Sara-Dämlichkeit, die sie jedes Mal, wenn sie getrunken hatte, etwas anstellen ließ, das sie am nächsten Morgen bereute. Anscheinend war es diesmal er.

»Ach, Scheiße.«

»Aber er erinnert sich eindeutig an dich«, kicherte Angelina.

Natürlich tat er das. Wenn man von einer großen Frau mit Narben als hübscher Mann bezeichnet wurde und sie einem dann die Zunge in den Hals steckte – das vergaß man nicht. Und falls Sara noch Zweifel hatte, wurden sie von seinem plötzlichen Lächeln zerstreut.

»O-oh«, flüsterte Angelina.

»Er kommt hier rüber«, fiel Miki ein. Verdammt, sie *sang* es beinahe!

»Ich glaube, ich bin in der Hölle gelandet.« Sara begann nach etwas – irgendetwas – zu suchen, womit sie sich beschäftigen konnte. Aber sie war zu abgelenkt, um sich zu konzentrieren. Ihre Nippel waren hart geworden. Ihre Muschi stand in Flammen. Und sie überlegte die ganze Zeit, wie er wohl nackt aussah.

Nackt, mit dem Kopf zwischen ihren Schenkeln.

Du lieber Himmel! Was war nur los mit ihr?

»Hi.« Seine Stimme war so tief, dass sie das Gefühl hatte, er habe ihr mit dem Finger den nackten Rücken entlanggestrichen. Er lehnte sich an den Tresen und senkte den Kopf, damit er ihr in die Augen sehen konnte.

»Tagchen!«, säuselte Angelina mit einem breiten Lächeln auf ihrem schönen Gesicht.

»Hi, wie geht's?«, sagte Miki, und ihr texanischer Akzent war plötzlich zehnmal so ausgeprägt wie sonst.

Sara hasste sie beide. Sehr.

Dennoch würde sie sich nicht von einem Kerl aus der Bahn werfen lassen. Sie schaute auf, einen Gruß auf den Lippen, doch er blieb ihr im Hals stecken.

Er sah sie mit seinen schönen Augen an – na ja, eigentlich war es eher ein anzügliches Grinsen –, und sie brauchte ihre ganze Willenskraft, um ihm nicht auf der Stelle einen Knutschfleck auf seinem muskulösen Hals zu verpassen.

»Erinnerst du dich noch an mich? Ich bin dein … wie war das noch? Ach ja. Ich bin dein hübscher Mann. Aber ich habe deinen Namen nicht mitbekommen.«

Sara *spürte*, wie ihr Gesicht rot anlief, als der ganze Raum in Gelächter ausbrach.

Bevor sie ein Wort sagen – oder ihm ins Gesicht boxen – konnte, schritt Yates ein: »Also, Leute, wir satteln auf. Julie, wir holen dein neues Bike morgen ab.«

Marrec kam zurück hinter den Tresen, und Angelina ging aus dem Weg, damit er an den Safe herankam, vor dem sie gestanden hatte.

»Ihr drei.« Casey stand jetzt neben Saras tiefster, dunkelster Phantasie, und das gefiel Sara überhaupt nicht. Vielmehr hätte sie der Schlampe am liebsten die Kehle aufgeschlitzt, weil sie viel zu dicht neben ihm stand. Das war eindeutig keine vernünftige Reaktion, wo sie den Kerl doch noch nicht einmal kannte. »Weil ihr uns heute so geholfen habt«, fuhr Casey fort, ohne zu ahnen, in welcher Gefahr sie schwebte, »würde ich euch gerne zu unserer kleinen Party in der Nähe dieses großen Parks neben dem State Highway einladen.«

»Kingsley Park?« Angelina überrannte Marrec praktisch, um näher an Casey heranzukommen. Sie liebte gute Partys.

»Ja, genau«, bestätigte Casey. »Ich glaube, ihr werdet euch gut amüsieren.«

»Oder«, warf Miki trocken ein, »ihr schneidet uns jetzt die Kehle durch, damit wir nicht extra hinfahren müssen.«

Jetzt wusste Sara, dass sie nicht mehr im Zentrum der Aufmerksamkeit stand. Miki und ihr Mundwerk hatten das Scheinwerferlicht dankenswerterweise wieder einmal von ihr abgelenkt.

Alle starrten zu Miki – bis auf ihren hübschen Mann. Der sah immer noch Sara an, allerdings zog er bei Mikis Bemerkung eine Augenbraue hoch.

Marrec stand eilig auf. »Miki!«

»Was?«, fragte sie mit ihrem üblichen unschuldigen Lächeln.

Marrec holte tief Luft – das tat der alte Mann öfter, wenn Miki in der Nähe war. »Na los, geht zu der Party. Amüsiert euch. Ich bürge persönlich für diese Leute.«

Angelina antwortete für sie alle: »Wir werden da sein.«

»Schön. Zehn Uhr, übermorgen. Wir sehen uns dann.« Damit verließ Casey das Geschäft, und die Frauen folgten ihr, alle beladen mit Tüten voller Harley- und Marrecs Chopper-Klamotten.

»Gehen wir, Männer. Wir müssen noch Bier besorgen.« Die Männer gingen ebenfalls hinaus, doch Yates wartete. »Na los, Zach, wir gehen.«

Zach starrte Sara noch ein paar Augenblicke an und folgte dann Yates zur Tür. »Tequila, richtig?« Sara sah ihm hinterher. Sie konnte nicht anders – der Mann hatte einen unglaublichen Hintern. »Das ist doch dein Lieblingsgetränk?«

Dann war er weg.

»Hinter Sara ist ein heißer Kerl her.« Angelina hatte vor Aufregung fast Schaum vor dem Mund.

»Wohl eher ein Biker. Und die stehen auf der Liste«, gab Miki zu bedenken.

»Scheiß auf die Liste! Sie muss mal wieder flachgelegt werden!«, blaffte Angelina zurück.

Miki seufzte. »Nicht, wenn ihr letzter Fick ein ganzer Motorradclub voller Verbrecher ist.«

»Okay!« Sara packte beide an den Schultern. »Seit ich acht bin, ist Marrec wie ein Vater für mich. Ich wäre wirklich dankbar, wenn ihr zwei in seiner Gegenwart nicht über mich und Sex reden würdet. Meint ihr, ihr Idiotinnen bekommt das hin?«

Miki und Angelina schwiegen einen Moment. Aber es war nur ein kurzer Moment.

»Hast du die Beule in der Hose des Kerls gesehen? Dafür war eindeutig sie der Auslöser.«

»Er steht auf der Liste!«

Sie war viel hübscher als in seiner Erinnerung. Und süßer. Sie war doch tatsächlich errötet, als er sie angesehen hatte. Allerdings war sie ganz und gar nicht unschuldig. Er konnte ihre Lust kilometerweit riechen – genau wie alle anderen. Noch mehr überraschte ihn aber die augenblickliche Reaktion seines eigenen Körpers darauf. Auf sie. Das kam ihm merkwürdig vor. Er kannte die Frau schließlich gar nicht.

»Süß, was, Zach?« Casey setzte sich hinter Yates auf das Motorrad, legte den Arm um den Oberkörper und den Kopf auf die Schulter ihres Gefährten.

»Du lässt dein Bike hier?«

»Marrec kümmert sich darum. Also, was meinst du?«

»Ich meine, bei allem Respekt, dass dich das einen Scheißdreck angeht.«

Casey grinste. »Lass es nicht an mir aus, dass du Angst vor dem ersten Schritt hast.«

»Angst vor dem ersten Schritt? Ach so?« Zach schüttelte den Kopf. »Manchmal wüsste ich schon gerne, was in deinem Kopf vorgeht.« Er drehte sich zu Yates' Gefährtin um. Die Alphafrau seiner Meute. Von ihm und seiner kleinen Schwester liebevoll die Höllenschlampe genannt. »Dir war doch immer scheißegal, wo ich meinen Schwanz reinstecke, warum interessiert dich das jetzt plötzlich?«

»Tut es nicht. Mich interessiert nur die Meute. Und leider schließt das dich mit ein.« Sie lächelte ihm zu, als Yates sein Motorrad startete.

»Und was genau erhoffst du dir von mir?«

Casey zuckte die Achseln. »Folge deinen Instinkten.«

Zach Sheridan sah ihnen nach, als sie vom Parkplatz fuhren, und ärgerte sich, dass seine Mutter ihm beigebracht hatte, keine Frauen zu schlagen.

Dann ging er zu seinem eigenen Bike, sah aber noch einmal durch das Schaufenster des Ladens. Sie stemmte sich gerade mit Hilfe ihrer Arme auf den Verkaufstresen hoch. Was ihrem schlimmen Bein an Kraft fehlte, machte sie mit dem restlichen Körper wett. Sie hob die Beine, drehte sich auf dem Hintern und glitt vorn wieder herunter. Ihre Freundinnen schienen zu streiten. Sie stellte sich zwischen sie und versuchte, den Streit zu schlichten, doch die beiden Frauen kamen gerade erst richtig in Fahrt. Gerade hatten sie begonnen, einander mit den Zeigefingern vor dem Gesicht herumzufuchteln.

Zach stieg auf, konnte aber einem letzten Blick nicht widerstehen. Scheinbar hatte sie genug von dem Streit. Sie packte beide Freundinnen im Gesicht und schob sie auseinander. Zach lachte, woraufhin Conall, der auf ihn gewartet hatte, ihn anstarrte.

»Hast du gerade gelacht, oder habe ich Wahnvorstellungen?«

Nur Conall konnte sich ungestraft über seinen wenig überzeugenden Sinn für Humor lustig machen. Jedem anderen hätte Zach die Zähne eingetreten.

»Diese Frauen sind verrückt«, versuchte er zu erklären.

»Ja«, stimmte Conall zu. »Aber so süß.«

Zach wandte sich zu seinem großen blonden Freund um. Er war mit Conall aufgewachsen und kannte seine Vorlieben genau. »Die kleine Schwarze, stimmt's?«

»Zacharias, ich achte nicht auf die Hautfarbe!«

»Darauf vielleicht nicht. Aber den festen kleinen Hintern in dieser Jeans hast du sehr wohl beachtet.«

»Ja. Den habe ich allerdings beachtet.«

»Hast du zufällig auch den Mund beachtet, der zu diesem Hintern gehört?«

»Man wird ja wohl eine Meinung haben dürfen.«

»Wenn dir das hilft, die Nacht zu überstehen.«

»*Sie* würde mir helfen, die Nacht zu überstehen.«

»Bloß schade, dass sie dich nicht einmal bemerkt hat.«

»Ganz im Gegensatz zu deiner. Mann, ich dachte, sie würde dich auf der Stelle besteigen!«

Kapitel 4

Zach und Conall kamen ein paar Minuten nach allen anderen in ihrem momentanen Lager an. Die Frauen hatten eine Stelle gefunden, wo man gut jagen konnte, mit einem See in der Nähe und einem dichten Wald, in dem sie ungestört waren. Julie und Kelly waren schon dabei, über ihre Handys Vorbereitungen zu treffen. Sie hatten die besten Verbindungen und konnten in kürzester Zeit alles organisieren.

Zach wollte gerade zum See hinunter und vielleicht ein bisschen jagen, doch Yates rief ihn und ein paar andere zu sich.

»Also?« Er wollte ihre Meinung über die Frau hören.

»Sie hat keine Ahnung«, sagte Jake, der neu im Rudel war. »Wie kann das sein?«

»Das haben wir dieser Schlampe Lynette zu verdanken. Sie hat sie aufgezogen. Also können wir ihr nicht einfach die Wahrheit sagen. Sie würde es niemals glauben.«

»Aber«, fügte Conall hinzu, »sie sind schon hier. Ich habe sie am Stadtrand gerochen.«

»Also bleibt die Frage: Entführen wir sie einfach?«

Yates sah Zach an. In letzter Zeit suchte er oft seinen Rat.

Zach schüttelte den Kopf. »Das würde ich nicht tun. Sie ist nervös. Wenn wir sie jetzt mitnehmen, rastet sie uns vielleicht aus. Und die Aggression steckt schon in ihr. Sie ist ungefähr drei Tequilas davon entfernt, komplett überzuschnappen.«

»Seid ihr sicher, dass wir sie nicht einfach ausschalten sollten?«, fragte Jake. »Sie ist ernsthaft verletzt.«

Zach drehte sich zu ihm um. Er wusste, dass Jake jung war, aber so langsam entdeckte er, dass er auch dumm war. Dennoch wandte der junge Wolf den Blick ab – er würde nicht versuchen, Zach niederzustarren. Er wusste es besser. Er trug immer noch die Narben im Nacken von damals, als Zach ihm seinen Platz in der Meute gezeigt hatte.

»Das kommt nicht in Frage«, antwortete Zach ruhig.

»Also gut.« Yates nickte. »Wir beobachten sie und warten. Aber denkt daran, wir befinden uns in Marrecs Revier. Benehmt euch.« Er sah Zach direkt an.

»Warum siehst du mich so an? Ich bin ein verdammtes Sonnenscheinchen!«

»Du bist ein Arschloch.«

Zach hob die Schultern. »Das ist eine Schwäche von mir.«

»Freut mich, dass du dich mit deinem wahren Ich so wohlfühlst.« Yates lächelte. »Du übernimmst heute mit Conall die erste Wache.«

»Babysitten?« Zach versuchte nicht einmal, seinen

Ärger zu verbergen. Er hasste Babysitten, und er hasste die Vorstellung, herumzusitzen und diesen umwerfenden Hintern vom Wald aus zu beobachten.

Yates schnaubte und ging davon, nicht ohne über die Schulter zurückzuwerfen: »Jede Prinzessin braucht ihren Ritter.«

Zach seufzte. »Prinzessin, von wegen.«

Vier Stunden waren vergangen, seit sie Marrecs Laden verlassen hatten. Vier Stunden, und diese zwei Verrückten zankten immer noch, nur dass es inzwischen um Klamotten ging. Was Sara tragen oder nicht tragen sollte. Miki war für etwas Konservatives, in dem man leicht rennen konnte, falls sie »schnell verschwinden« mussten. Angelina wollte, dass Sara etwas Elegantes, aber Heißes anzog, damit Zach sie »am liebsten auf seinem Bike vögeln« wollte. Sara hatte nicht vor, auf einen ihrer Vorschläge zu hören. Doch ihre beiden Freundinnen waren wie tollwütige Hunde. Wenn sie einmal angefangen hatten zu streiten, war es schwer, sie zu stoppen. Sara hatte versucht zu entkommen, als sie für Marrec den Laden abschloss, aber sie hatten den ganzen Weg zu ihrem schrottreifen Pick-up weitergestritten und waren einfach mit ihr eingestiegen. Ein Jammer, dass sie ihre Schrotflinte inzwischen in ihrem Waffenschrank aufbewahrte.

Sara seufzte und wälzte sich auf ihrem Bett herum im Versuch, den Schmerz in ihrem rechten Bein zu lindern. Ehrlich, was sie sich alles gefallen ließ! Sie hatten großes Glück, dass sie sie beide so gernhatte. Andernfalls hätte sie sie schon längst umgebracht.

Und während sie stritten und einander drohten, grübelte Sara und machte sich Sorgen. Ihr Bein war in den letzten Monaten schlimmer geworden, und sie wusste nicht, warum. Es war nie ganz verheilt, nachdem ihr Vater und sie angegriffen worden waren, obwohl es mit bloßem Auge einfach wie eine schlecht verheilte Wunde aussah. Deshalb hatte sie am Vorabend getrunken. Nur so konnte sie den Schmerz lindern und ihr Hirn betäuben. Der Kampf mit ihren inneren Stimmen, die ihr sagten, dass alles schiefging, war inzwischen ein ständiges Hintergrundrauschen in ihrem Leben. Ihr Körper war nicht richtig. Sie war nicht richtig. Ihr Leben war ein Chaos. Ein langweiliges Chaos, aber ein Chaos. Sara lebte nicht gerade wild und gefährlich. Diese durchsoffene Nacht war so ungefähr das Wildeste gewesen, was sie je angestellt hatte, und das Einzige, woran sie sich erinnerte, war, dass sie einen Fremden geküsst hatte. Einen wirklich hinreißenden Fremden. Er hatte den muskulösesten Hals, den sie je gesehen hatte, und diese wunderschönen, haselnussbraunen Augen schienen einfach …

Sara wälzte sich wieder herum. Diesmal nicht wegen des Schmerzes in den Beinen, sondern wegen des Pochens zwischen ihnen.

Das war lächerlich. Sie war ein nettes Mädchen, keine Hure. Männer behandelten sie entweder mit höchstem Respekt, oder sie machten gemeine Bemerkungen über ihre Narben. Dazwischen gab es nichts. Sie behandelten sie entweder wie eine Prinzessin oder wie eine Aussätzige. Anders Zach. Nein, er behandelte sie, als wäre sie sexy. Aber sie war nicht die typische »sexy Freundin«. Sie war die sensible unter den Freundinnen. Angelina war die sexy Freundin. Der Grund, warum sich Kerle überhaupt mit Sara anfreundeten. Angelina trug Designerklamotten und teure Highheels. Sara kannte keine andere Frau, die zur Gruftinacht im Skelly's in einem champagnerfarbenen Kleid – die Farbe war »ihr Markenzeichen«, wie sie es nannte – und mit passenden hochhackigen Schuhen und Handtäschchen kam.

Miki war die intelligente, supersüße Freundin. Sie war diejenige, die eine Bombe innerhalb von dreißig Sekunden mit Hilfe eines Kaugummis, Zahnpasta und einer Büroklammer unschädlich machen konnte und dabei in ihrem bauchfreien Shirt immer noch hübsch aussah. Miki arbeitete gerade an ihrem dritten Master-Abschluss, denn sie fand »diese ganze Promotionssache« völlig übertrieben. Miki war in der Highschool diejenige gewesen, die »auf gerichtliche Anordnung« drei Jahre lang keinen Computer und kein Handy hatte benutzen dürfen und die *modi operandi* sämtlicher Serienkiller des zwanzigsten Jahrhunderts kannte, weil sie der Meinung war, dass jede Frau die Warnzeichen eines Serienkillers kennen sollte. »Was ist, wenn du mal aus Versehen mit einem ausgehst?«, fragte sie immer lächelnd, bevor sie ein oder zwei grausige Einzelheiten über irgendeinen Mörder zum Besten gab.

Und dann war da noch Sara. Die zuverlässige Sara. »Der Golden Retriever der Gruppe«, wie ihre Großmutter einmal höhnisch bei einem Abendessen gesagt hatte. Sie war immer »der gute Kumpel« oder »die kleine Schwester«. Aber niemals die, »die man vögeln wollte«. Und nach achtundzwanzig Jahren hatte sie sich mit diesem Schicksal abgefunden. Sie akzeptierte es wie den Schmerz in ihrem Bein und die Narbe im Gesicht. So war sie eben.

Bis *er* daherkam. Zach. Sie hatte geglaubt, sie hätte den Kuss geträumt. Diesen unglaublichen, abgefahrenen Kuss. Ein Teil von ihr wünschte, es wäre so. Die Wirklichkeit wurde langsam etwas zu viel für sie. Ein bisschen zu stressig. Scheiße, sie war betrunken gewesen. Die betrunkene Sara war lustig. Die betrunkene Sara stellte Dinge an. Die betrunkene Sara packte Männer, die sie angrapschten, an den Eiern und drückte zu, bis sie ohnmächtig wurden. Die Golden-Retriever-Sara konnte auf gar keinen Fall mit der betrunkenen Sara mithalten. Und die betrunkene Sara war eine Last.

Sara erinnerte sich nicht an viel von diesem Abend, bis auf den Kuss und dass jemand auf dem Weg zur Toilette nach ihr gegriffen hatte. Und der schöne Mann hatte sie gerettet. Sie wusste noch sehr genau, wie sich seine Lippen auf ihren angefühlt hatten und die beeindruckende Beule in ihrer Hand, als sie seinen Schwanz massiert hatte. Sie wusste nur nicht mehr, warum.

Sara seufzte. Sie hörte immer noch ihre Freundinnen schreien. Etwas von einem Tanga und dass sie keine Schlampe sei … im Gegensatz zu anderen Leuten.

Sara rutschte vom Bett und stürmte ins Wohnzimmer. Es nützte nichts, sie anzuschreien, denn dann hätten hier eben drei verrückte Frauen herumgeschrien.

Stattdessen ging sie zu ihrer Stereoanlage und drehte laute Technomusik von einem DJ aus Deutschland auf.

Miki und Angelina schrien noch eine Minute weiter, bis ihnen bewusst wurde, dass sie ihr eigenes Wort nicht mehr hören konnten, ganz zu schweigen von dem der anderen. Sie drehten sich zu Sara um und starrten sie an. Als sie sicher war, dass sie ihre volle Aufmerksamkeit hatte, drehte sie die Musik leiser, schaltete sie aber nicht aus.

»Seid ihr fertig?«

»Sie hat angefangen«, beschwerte sich Angelina.

»*Ich* habe angefangen?«, schnauzte Miki.

»Das reicht!«, schrie Sara. Sie ging in die Küche und nahm drei Bier aus dem Kühlschrank. »Hier.« Sie reichte jeder ihrer Freundinnen eines. »Ihr zwei macht mich wahnsinnig.« Sara öffnete die eiskalte Dose und nahm einen Schluck. »Abgesehen davon ist es egal, was ich trage.« Sie nahm noch einen Schluck Bier. »Ich habe keinerlei Chance bei so einem Typen.«

Sara ging durch die Vordertür hinaus, um sich auf die Veranda zu setzen und die kühle Nacht zu genießen. Doch Mikis schneidende Stimme ließ sie über die Schwelle straucheln und nach draußen stolpern. »Wenn wir den Laden verlassen hätten, hätte er dich auf dem Ladentresen gevögelt.«

Verborgen hinter Bäumen, beobachtete Zach Saras Haus. »Ich will dich vor ihrem Haus haben«, hatte Yates befohlen, nachdem er widersprochen hatte. »Sorg dafür, dass sie keine Überraschungsbesuche mehr bekommt.«

Ja, er hasste den Babysitterjob, und Yates wusste das. Doch Zach fand sich damit ab … zumindest im Augenblick. Denn alle wussten, eindeutig sogar Yates, dass Zach den Schritt zum Rudelführer machen würde. Er war bereit. Und Zach wollte es. Er wartete nur auf den richtigen Moment. Er liebte Yates wie einen Bruder, aber der Mann wurde langsam schwach. Es lag nicht einmal am Alter. Es lag an seiner Frau. Casey war taff, aber schädlich. Viel zu menschlich für diese Rolle. Sie wollte Macht. Egal, was sie sagte, war ihr Hauptanliegen nicht die Meute, sondern ihre Rolle in ihr. Die Frauen duldeten sie, doch das würde nicht mehr lange so bleiben. Seine Schwester, die seit ungefähr einem Jahr auf Reisen war, hatte gute Chancen, Alphafrau zu werden, aber er war sich nicht sicher, ob sie es überhaupt wollte oder ob sie Europa verlassen würde, um sich ihre Stellung zu holen.

Deshalb war Caseys momentaner Ausflug in die Vergangenheit offensichtlich ein Manöver, um Zach zu beschäftigen, damit er aus dem Weg war. Sie hatte sich noch nie um Bruce Morrighans verschollenen Nachwuchs geschert. Tatsächlich wussten sie alle, dass Saras Großmutter sie nach dem brutalen Mord an ihrem Vater mitgenommen hatte. Und auch wenn Casey glaubte, sie könne Zach wochenlang fernhalten, indem er »das Mädchen überwachte«, wie sie es nannte, gingen sie nicht davon aus, dass das Rudel die Frau tatsächlich jagen würde. Dass es den Job zu Ende brachte, den es vor so langer Zeit begonnen hatte. Doch Rudelfrauen waren für ihre Geduld bekannt. Sie wussten wahrscheinlich schon seit Jahren, wo Morrighans Tochter war, aber keiner, absolut keiner dachte ernsthaft daran, sich gegen Lynette Redwolf zu stellen.

Warum? Weil die Schlampe verrückt war.

Lynette war amerikanische Ureinwohnerin und Gestaltwandlerin, hatte beide Aspekte ihres Seins jedoch schon früh abgelehnt. Stattdessen hatte sie versucht, eine »normale Frau« zu werden. Sie vergrub das Tier in sich und blieb menschlich. Dass sie von schamanischen Gestaltwandlern abstammte, bedeutete ihr offenbar nichts.

Ihr Plan war gewesen, ihre Tochter Kylie auf dieselbe Weise großzuziehen. Doch Kylie hatte mit vierzehn herausgefunden, was sie war. Mit achtzehn hatte sie ihren Gefährten und Saras Vater, Bruce Morrighan, kennengelernt. Seine Familie ließ sich bis ins sechzehnte Jahrhundert zurückverfolgen. Ein zäher schottischer Wolfsclan, der in dem Land einiges an Schaden angerichtet hatte, bevor sie ihren Drang zu töten unter Kontrolle bekommen hatten. Wie Zach war Bruce als Teil der Magnus-Meute aufgewachsen. Es war die einzige Welt, die er kannte. Bis er Kylie kennenlernte. Ihre Verpaarung war angeblich rekordverdächtig gewesen, ihre Leidenschaft versengte die Colorado Mountains, wo sie einander gefunden hatten. Bruce während eines Campingausflugs. Kylie, die auf der Flucht vor ihrer herrschsüchtigen Großmutter im örtlichen Diner als Kellnerin arbeitete. Als das Paar erst markiert war, schien es, als würde es immer mehr zu Wölfen als zu Menschen. Sie blieben beide tagelang in Wolfsgestalt, sie schliefen, jagten und lebten den Großteil ihres Lebens als Wölfe. Als Sara geboren wurde, war sich die

Meute sicher, dass sie eines Tages Alphawölfin werden würde.

Doch dann legte sich Kylie mit Annie Withell an, dem Kopf des Withell-Rudels, und plötzlich war die Hölle los.

Während eines Streits tötete Kylie irgendwie die hundertachtzig Kilo schwere Annie und trat einen Krieg zwischen Meute und Rudel los, der bis zum heutigen Tag andauerte. Als Sara ein Jahr alt war, wurde Kylies zerfleischter und halb aufgefressener Wolfskadaver vor der Tür der Meute abgeladen.

Bruce war untröstlich gewesen. Mithilfe mehrerer Freunde aus der Meute und entgegen den Anweisungen seines Alphas hatte er das Rudel angegriffen und zwei von ihnen getötet. Dann hatte Bruce seine Tochter genommen und war gegangen. War nach Arizona gezogen. Und alles wurde ruhig, bis die beiden auf einen Jagdausflug im Arizona State Park gingen. Niemand wusste, was geschehen war, doch Bruces menschliche Überreste waren neben ihrem Lagerplatz gefunden worden.

Sara war einen Tag lang verschwunden gewesen, aber schließlich zwanzig Meilen vom Fundort ihres Vaters entfernt entdeckt worden. Bewusstlos am Flussufer, das Gesicht zerschrammt, als sei es auf scharfkantige Felsen geprallt. Ihr Bein war zerrissen gewesen, wie von einer Tierpranke. Sie lag eine Woche im Koma, und niemand hatte geglaubt, dass sie überleben würde. Dann hatte Lynette ihre Enkelin hierhergebracht. In diese Stadt, zu diesen Leuten. Eine Stadt, die von Wölfen regiert wurde. Marrec war Gestaltwandler, genau wie die Hälfte der Stadt. Er beschützte und liebte Sara wie seine eigene Tochter. Er hätte sie selbst einweihen können, doch er hatte es nicht getan.

Allerdings war Marrecs Treue zu Sara stark. Offenbar hatte es Casey einige Überzeugungskraft gekostet, dass der Kerl sie nicht alle von seinem Territorium vertrieben hatte. Vielleicht beschloss Marrec, dass es jetzt, da die alte Schlampe tot war, an der Zeit sei, dass Sara die Wahrheit erfuhr. Dass sie erfuhr, wer und was sie war. Möglicherweise hatte er gewartet, bis er das Gefühl hatte, der Tod ihrer Großmutter sei weit genug weg, sodass Sara vielleicht leichter zu akzeptieren lernte, was sie war. Doch bevor er die Gelegenheit dazu hatte, waren sie aufgetaucht. Die Magnus-Meute. Die Meute ihres richtigen Vaters. Vielleicht erschien es Marrec nur passend, dass sie von der Meute ihres Vaters eingeweiht wurde. Also hatte er ihnen schließlich ohne weitere Probleme erlaubt zu bleiben.

Jetzt saß Zach hier, nur in Conalls Begleitung, und beobachtete in einer eisigen texanischen Nacht ein Haus. Er konnte durch ein Fenster hineinsehen, doch er sah nur die beiden anderen Frauen, die immer noch stritten. Junge, hatten diese Weiber einen langen Atem!

Sara war verschwunden, und er begann ehrlich, ihren Anblick zu vermissen. Auch wenn Conall seine Sicht auf Miki zu genießen schien. Je wütender die zierliche Frau wurde, desto intensiver konnte Zach Conalls Lust auf sie riechen. *Pervers*. Leise tappte Conall vorbei, und sein weißblondes Fell wurde von einem leichten Ostwind zerzaust.

Zach kratzte sich mit einer Pfote die Schnauze, als

deutsche Technomusik an seine Ohren drang. *Gute* deutsche Technomusik. Hier, in der texanischen Provinz? Er blicke zum Haus hinüber. Die Musik verebbte nach kurzer Zeit, und ein paar Minuten später stolperte Sara auf die Veranda. Sie trug eine ausgeleierte Sporthose und ein übergroßes Hockey-Shirt. Er hörte ihre Freundinnen lachen, weigerte sich aber zu glauben, dass sie darüber lachten, dass sie Schwierigkeiten mit dem Gehen zu haben schien. Er hätte ihnen nur ungern in den Hintern treten müssen.

Sara lachte allerdings auch, und ihm wurde bewusst, dass sich in ihm ein Beschützerinstinkt für eine Frau regte, die er nicht kannte und eigentlich auch gar nicht kennen wollte. Er hatte nicht vor, sich mit einer Frau einzulassen. Vor allem nicht mit dieser Frau.

Obwohl er gut dreißig Meter vom Haus entfernt war, konnte Zach sie deutlich hören. »Ich hasse euch beide!«, schrie sie, als ihre Freundinnen auf die Veranda herauskamen. Sara setzte sich rittlings aufs Treppengeländer – Mann, wie er dieses Geländer beneidete –, während Miki die Hollywoodschaukel nahm und Angelina sich auf die Stufen setzte.

Er staunte, wie sie nahtlos von schonungslosem Geschrei zu Lachanfällen übergehen konnten.

Und er wünschte, er hätte hören können, was sie im Haus geredet hatten, denn Saras nächster Satz machte ihn neugierig …

»Aber reden wir nicht weiter über mich. Ich glaube, Miki ist diejenige, die Chancen hat, flachgelegt zu werden.«

»Fang nicht damit an!«, warnte Miki.

»Er war wie ein Hund«, warf Angelina ein, »und du warst der Kauknochen auf dem Schrank. Er kam nicht heran, aber er konnte nicht aufhören, hinzustarren.« Sara brach wieder in Gelächter aus, während Miki aussah, als wolle sie Angelina gleich ihr Bier ins Gesicht schütten; sie überlegte es sich aber anders und nahm stattdessen einen großen Schluck.

»Aber«, fuhr Angelina fort, »für mich hat sich überhaupt keiner interessiert.«

»Natürlich nicht«, antwortete Sara. »Du hast weder offensichtliche körperliche Mängel, noch warst du absolut unverschämt. Warum hätten sie sich für dich interessieren sollen?«

Darüber lachten die drei Frauen noch mehr. Danach tranken sie einfach nur ihr Bier und lauschten schweigend in die Nacht.

Zach konnte den Blick nicht von Sara abwenden. Sie war so schön. Und wenn sie sich zurücklehnte und sich streckte und ein leises Grollen aus ihrer Kehle drang, das er mehr fühlte als hörte, brauchte er seine ganze Willenskraft, um nicht hinüberzustürmen und ihren umwerfenden Hintern ins Haus und in ihr Bett zu zerren.

»Wie wär's, wenn wir nächste Woche jagen gehen?«, schlug Angelina vor. »Ein bisschen Aggressionen abbauen?«

»Ja, genau, Miki.«

»Sie redet mit dir, Holzkopf.«

Sara war platt. »Was meint ihr damit?«

»Ach, komm schon! Als du letzte Woche diesem Biker gesagt hast, du würdest ihm die Faust in den Arsch schieben?«

»Er hat meine Titten angefasst!«

»Du hast aber auch große Titten«, brummelte Miki.

»Und als du den Helm nach Marrec geworfen hast?«

»Ich habe ihn verfehlt.«

»Aber nur knapp«, fügte Miki hinzu.

»Würdest du bitte die Klappe halten?«, blaffte Sara Miki an. Ihre beiden Freundinnen grinsten sie süffisant an, und Sara wurde klar, dass sie recht hatten. Sie war in letzter Zeit aggressiv. Wirklich aggressiv. Vielleicht sogar gefährlich. Aber sie wusste nicht, warum.

Sie holte tief Luft. »Tut mir leid. Entschuldigt. Ich bin einfach gestresst.«

»Dein Bein?«, fragte Angelina sanft.

»Es ist nichts Ernstes«, log Sara. »Das wird schon wieder.« Sie lächelte ihre Freundinnen an. »Ehrlich.«

Angelina und Miki tauschten Blicke, ließen es aber auf sich beruhen.

»Also«, sagte Angelina, »dieser Zach ist schon ein geiler Typ, oder?«

»Darüber diskutiere ich bestimmt nicht mit euch!« Die drei Freundinnen lachten, während Sara spürte, wie sie rot wurde. »Blöde Kühe!«

Zach schenkte Conall ein wölfisches Grinsen. Er musste zugeben, dass es nett war, als »geiler Typ« bezeichnet zu werden.

Er beobachtete Sara, wie sie ihre Freundinnen anlog. Und sie log tatsächlich. Das Mädchen hatte unglaubliche Schmerzen, aber sie verbarg es erstaunlich gut. Sie war viel stärker als alle anderen in der Meute, er selbst eingeschlossen, das musste er ihr lassen.

Sara trank ihr Bier aus und zerquetschte die Dose in einer Hand. »Ich denke darüber nach, mir einen neuen Hund zu holen.« Also, das kam jetzt aus dem Nichts. Und der Reaktion ihrer Freundinnen nach zu urteilen, waren sie nicht allzu erfreut.

»Ach, Scheiße noch mal«, blaffte Miki.

»Ich dachte, ihr mögt Hunde!«

»Ich bin ein Katzenmensch«, warf Angelina ein. Das hatte Zach sich schon gedacht.

»Ich mag Hunde. Aber nicht solche, wie du sie dir holst. Du suchst dir immer irgendeinen zotteligen Streuner von der Straße und versuchst, ein Haustier aus ihm zu machen.«

»Du könntest dir eine Katze besorgen«, schlug Angelina hoffnungsvoll vor.

»Einen Vertreter Satans? Nein danke. Ich mag meine Augen. Und zwar dort, wo sie hingehören – in meinem Kopf.«

»Ladys.« Angelina seufzte. »Sollen wir uns damit begnügen? Werden wir …«, sie verzog angewidert das Gesicht, »… Haustierhalter?«

»Ich kann das nicht.« Miki beugte den Kopf zur Seite, um die Muskeln zu dehnen, und Zach hörte, wie Conall leise knurrte. »Keine Haustiere. Keine Pflanzen.«

Sara grinste. »Du meinst, nichts, worum man sich wirklich kümmern müsste?«

Miki winkte ab. »Man muss immer an so viel denken.«

»Sag mir bitte, dass du keinen Nachwuchs willst.«

»Es ist nur«, begann Angelina zu jammern, und Sara wusste, was kommen würde, »ich will nicht, dass wir drei als alte Jungfern enden und zusammen mit ein paar hundert Katzen in einem Haus wohnen.«

»Das wird nicht passieren.« Miki streckte fröhlich ihren ganzen Körper. Sie liebte Prophezeiungen. »Ich werde vom Geheimdienst entführt. Sie wollen meine Genialität gegen die Feinde der Regierung einsetzen.«

Sara und Angelina sahen sich an.

»Deine Genialität?«, fragte Sara.

Miki ignorierte sie, was sie in Gesprächen dieser Art immer tat. »Angelina wird einen wohlhabenden, aber kaltherzigen Mann heiraten. Sie wird es ungefähr zehn Jahre aushalten, dann wird sie den Mord an ihm aushecken, planen und durchführen. Sie wird damit durchkommen. Und einen jüngeren Mann heiraten. Vielleicht seinen erstgeborenen Sohn im Teenageralter.«

»Hey!« Angelina missfiel diese Zukunftsvorhersage immer.

»Und Sara …« Miki sah ihre Freundin an. »Sie mag keine Katzen.«

»Ich mag keine Katzen? Mehr hast du nicht zu bieten? Wie wäre es mit ›Und Sara wird glücklich und zufrieden bis an ihr Lebensende mit Mr. Nervt-sie-nicht-allzu-sehr zusammenleben‹. Warum kann ich nicht so was haben?«

»Du bist zu wählerisch.«

»Es ist nicht meine Schuld, dass zernarbte, versehrte Frauen keinen hohen Marktwert haben. Und ich nehme nicht alles, was mir über den Weg läuft.«

»Du bist zu wählerisch«, bestätigte Angelina. »Denn ich erinnere mich an einige interessierte Personen, die gar nicht so schlecht waren. Trevor.«

»Zu pingelig«, erklärte Miki.

»Fred.«

»Zu adrett.«

»Bobby Joe.«

»Zu groß.«

»Mike.«

»Zu klein.«

»Okay, okay. Ich hab's verstanden.« Sara musste sich das nicht anhören. All diese misslungenen Beziehungsversuche waren schon Jahre her. Der Brunnen war schon seit einiger Zeit ausgetrocknet.

»Warte. Da ist noch mein persönlicher Favorit. Kenny Ray.«

»Zu nett.«

»Nett?«, höhnte Sara. »Er sagte, ich sei langweilig. Was soll daran nett sein?«

Angelina lächelte verrucht. »Zu nett im Bett.«

»Oh. Ja. Das war er.« Sara schüttelte sich. »Iiih.« Sie erinnerte sich, dass sie ihn tatsächlich aus dem Bett geworfen hatte. Aus dem Bett und quer durch den Raum. Merkwürdig. Vielleicht hatte sie in jener Nacht auch getrunken.

»Ich wette, Zach ist nicht nett.« Angelinas Lächeln wurde noch verruchter, wenn das überhaupt möglich war. »Ich wette, er ist kein bisschen nett. Im Bett und außerhalb.«

»Er steht auf der Liste«, erinnerte Miki sie.

»Aber er sieht nicht aus wie ein Biker, oder? Wisst

ihr, eigentlich sieht er sogar aus, als würde er duschen. Abgesehen davon rede ich hier nicht vom Heiraten. Ich rede davon, deine Aggressionen unter Kontrolle zu bekommen.«

Sara sah ihre Freundin an. »Du liebe Güte, Mädchen! Redest du davon, dass er mir die Aggression aus dem Leib *vögelt*?«

Die Frauen begannen hysterisch zu lachen.

»Ich sehe hier wirklich das Problem nicht, Leute«, erklärte Angelina. »Du gehst rein, tust, was du zu tun hast, und gehst wieder raus.«

»Das reicht!«, rief Sara lachend. »Wir hören jetzt sofort auf, davon zu reden!«

»Du solltest es dir überlegen. Mehr sage ich nicht.«

»Nein. Ich bin ein nettes Mädchen. Ich bin keine Hure.« Ihre Freundinnen schwiegen. »Bin ich nicht!«

Angelina zuckte die Achseln. »Glaub das nur weiter.«

Sara warf ihre zerquetschte Bierdose und verfehlte nur knapp den Kopf ihrer Freundin.

Angelina drehte sich nicht einmal um, sondern schaute weiter in die Dunkelheit hinaus. »Es ist so eine schöne Nacht.«

Sara lächelte. »Yup.« Ihr Lächeln wurde breiter. »Und es ist ungefähr die Zeit.«

Miki schloss die Augen. »Ich hasse das.«

Sara lehnte sich zurück. »Pst. Hört zu.«

Einen Moment später hörte Zach das erste Heulen. Vollblüter. Er hatte sie gerochen, sobald er ihr Grundstück betreten hatte. Er wartete seit Stunden darauf, dass sie ihm das Leben schwermachten, weil er sich auf ihrem Territorium befand und kein Vollwolf war – was das anging, waren sie erstaunlich versnobt. Bisher hatten sie zu seiner Überraschung aber weder ihn noch Conall behelligt. Vielleicht wussten die Vollblüter, dass sie nur hier waren, um Sara zu schützen.

Denn als sie heulten, galt ihr Heulen allein Sara.

Miki verzog das Gesicht. Angelina sah völlig unbeeindruckt aus und bewegte sich weiter zu der deutschen Technomusik, die aus dem Haus schallte. Doch Sara hatte die Augen geschlossen und lächelte. Dann heulte sie zurück.

»Sara«, warnte Miki lachend. »Ich schwöre, wenn diese Dinger hier rüberkommen, lasse ich dich auf dieser verdammten Veranda allein.«

Saras Lächeln veränderte sich nicht. »Feigling«, murmelte sie. Dann heulte sie wieder. Die Wölfe antworteten, und Zach wollte nur noch zu ihr. Ihrem Ruf folgen.

Angelina rümpfte ihre hübsche Nase. »Machst du dir keine Sorgen, dass sie hier runterkommen und nachschauen, wer hier zurückheult?«

Sara zuckte die Achseln. »Sie sind ständig auf meiner Veranda.« Daraufhin sprang Miki auf und ging ins Haus. »Sie machen mir nie Probleme, aber ich vergesse nie, dass sie wilde Tiere sind. Das hier ist eher ihr Revier als meines.«

Miki stand hinter dem Wohnzimmerfenster. Sie öffnete es, damit sie am Gespräch teilnehmen konnte, es aber ganz einfach schließen konnte, wenn »sie« sich zum Angriff entschlossen. Sie hatte allerdings keine

Ahnung, dass das Fenster sie vor überhaupt nichts schützen konnte.

»Abgesehen davon fühle ich mich in ihrer Anwesenheit sicher. Und als ich hier mit ihr leben musste, gaben sie mir immer das Gefühl, nicht allein zu sein.«

»Tja«, bemerkte Miki, »jetzt hast du ja uns.« Sara und Angelina wandten sich zu ihr um. »Siehst du?« Miki hielt ein schnurloses Telefon hoch. »Der Notruf ist schnell gewählt.«

»Das reicht. Wir sind fertig.« Angelina stand abrupt auf und klopfte sich das Hinterteil mit ihrer sorgfältig manikürten Hand ab. »Treffen wir uns doch morgen früh im Buchladen auf einen Kaffee.«

Miki schnaubte. »Damit du wieder kostenlosen Kaffee von mir bekommst, du Geizkragen?«

»Und die Zeitung. Und für dich heißt es immer noch *Frau* Geizkragen.« Angelina deutete auf Sara. »Können wir deinen Truck nehmen? Hab heute Nacht keine Lust zu laufen.«

»Ja, klar.« Und an Miki gewandt: »Der Schlüssel ist ...«

»Ja. Ich weiß, ich weiß.« Miki verschwand im Haus, nachdem sie das Fenster geschlossen hatte.

Sara hob langsam ihr Bein an und schwang es vom Geländer. »Hol mich morgen zuerst ab.«

»Alles klar.« Angelina schlenderte die Treppe hinab und ging auf den Truck zu. »Komm schon, Mik.«

Miki erschien in der Tür, den Autoschlüssel in einer Hand und eine Pumpgun in der anderen. Sie ging auf die Treppe zu, doch Sara schnappte sich die Waffe auf dem Weg zu ihrer Haustür. »Nie im Leben, junge Dame!«

»Du rufst bösartige, blutrünstige Tiere herbei, und dann willst du mir nichts geben, um mich zu verteidigen?«

Sara hinkte in ihr Haus. »Ich habe festgestellt, dass man sich wegen Tieren nie Sorgen machen muss, Miki. Es sind die Menschen, vor denen man Angst haben sollte.«

Miki ging auf den Truck zu, als Angelina den Motor anließ. Über die Schulter warf sie zurück: »Ich werde daran denken, wenn wir deine zerfleischte, kopflose Leiche finden.«

Ein interessantes Mädchen, dachte Zach und fragte sich, ob Conall klar war, was er sich – und seinem Schwanz – da antun wollte.

Als in Saras Haus das Licht ausging, fand Zach, es sei Zeit, es sich für die Nacht gemütlich zu machen. Doch da erschien Sara mit einer Dose Limo in der Hand wieder auf der Veranda. Sie hinkte zu der Hollywoodschaukel und ließ sich vorsichtig nieder. Als sie saß, stieß sie ein tiefes Seufzen aus. Sie trank ihre Dose leer und rieb sich das Bein, während sie in die Nacht hinausblickte.

Die Wölfe riefen wieder nach ihr, und lächelnd heulte sie zurück. Diesmal jedoch antworteten nicht die Wölfe – sondern Zach. Er hob die Schnauze und stieß ein Heulen aus, das die Nacht zerriss. Er rief sie. Warum, wusste er nicht, es war ein unkontrollierbares Bedürfnis. Er war gar nicht so sicher, ob er das Bedürfnis überhaupt kontrollieren wollte. Zach nahm an, dass sie einfach wieder antworten würde, wie sie es bei den anderen Wölfen getan hatte, doch als er den Kopf senkte, sah er, dass sie aufgestanden war. Sie hinkte zum Verandageländer und lehnte sich dagegen, um in den Wald hinauszuschauen. Sie sah Zach direkt an, auch wenn er sich sicher war, dass sie ihn nicht sehen konnte. Dann ging sie zur Verandatreppe und blieb abermals stehen. Überlegte sie, ob sie sich auf die Suche nach dem Ursprung des Geheuls machen sollte? Vielleicht. Zach wusste es nicht. Er hatte keine Ahnung gehabt, welche Wirkung sein Heulen auf sie haben würde. Für ungeübte Ohren unterschied sich sein Geheul nicht von dem der Wölfe, die sich jetzt auf den Rückweg zu ihrer Höhle machten. Dennoch wusste sie es.

Er würde jedoch nie erfahren, was sie vorhatte, denn plötzlich krümmte sie sich vor Schmerzen. Sie packte ihr Bein, biss die Zähne zusammen und klammerte sich ans Geländer, bis der schlimmste Schmerz vorüber zu sein schien. Als sie wieder aufblickte, sah er sogar von Weitem die Tränen in ihren Augen. Jetzt dachte sie nicht mehr an das Geheul und seinen Absender. Tief in seinem Inneren wusste er, dass sie nur an den Tod dachte. Ihren eigenen Tod. Langsam, wie eine alte Frau, drehte sie sich um und hinkte in ihr Haus, fast ohne ihr schlimmes Bein zu belasten.

Diesmal kam sie bis zum Morgen nicht wieder heraus.

Kapitel 5

Sara trat kräftig auf die Bremse, und Angie wurde nach vorn geworfen und wäre beinahe mit dem Kopf gegen das Armaturenbrett geprallt. Nur ihr Sicherheitsgurt hielt sie davon ab.

Während sie zu der Ampel hinaufstarrte – ihr Vorwand für das kräftige Bremsen –, zischte Sara zwischen zusammengebissenen Zähnen: »Ich sage es noch ein letztes Mal, beim nächsten Mal verprügle ich dich: Erwähne den Mann in meiner Gegenwart nie wieder!«

»Okay, okay. Beruhige dich!«

Angie strich sich die perfekt frisierten Haare zurück und schaute hinaus auf die beinahe menschenleere Straße.

Hätte Sara gewusst, dass Angie die frühmorgendliche Fahrt zum Coffeeshop über nichts anderes reden würde, als wie heiß Zach sei und dass er aussähe, als könne er mit einer »Frau mit schweren Knochen« umgehen, hätte Sara sie nie in den Truck gelassen.

Die Fahrt dauerte von Saras Haus aus nur eine Viertelstunde, doch im Moment fühlte sie sich an wie eine Ewigkeit.

Die Ampel wurde grün, und als Sara den Fuß hob, um aufs Gas zu treten, und der Truck langsam vorwärtsrollte, sagte Angie: »Aber trotzdem wette ich, dass der Mann mit solchen Lippen bestimmt weiß, wie man leckt. Und du liebst doch Oralsex.«

Sara trat wieder auf die Bremse und schleuderte Angie nach vorn, dann versetzte sie ihrer Freundin einen Schlag auf den Hinterkopf, der ihren perfekten Haarknoten zerstörte.

»Hey! Hast du eine Ahnung, wie lange ich gebraucht habe, um diesen Chignon hinzubekommen?«

Sara wollte sie noch einmal schlagen, hielt aber inne. »Chignon? Was zum Henker ist ein Chignon? Meinst du den Dutt, den du an deinem Hohlkopf hattest?«

Angie kniff die Augen zusammen, gab es auf, ihre Frisur retten zu wollen, und ließ die braunen Haare offen auf ihre Schultern fallen. »Blöde Kuh.«

»Schlampe.«

»Hure.«

»Hey!«

Erschrocken sahen die zwei Frauen durch das Fenster der Fahrerseite einen Mann. Er war nicht von hier; Sara kannte ihn nicht einmal aus der nächsten Stadt. »Setz deinen narbigen Arsch in Bewegung und fahr diesen verdammten Truck aus dem Weg!«

Sara hatte nicht einmal Zeit zu verarbeiten, was der Mann gesagt hatte, da musste sie schon Angie festhalten, die unter dem Beifahrersitz nach der Holzlatte angelte, die sie dort für die »schwierigen Situationen« aufbewahrten, in die Mikis Mundwerk oder Angies Hintern sie oft brachten.

»Angie, nein!«

»Komm schon, Sara! Lass mich ihm wehtun! Ich will ihm auf seinen hohlen Schädel schlagen!«

Sarah versuchte, nicht zu lachen, und drückte Angie zurück auf ihren Sitz.

»Reg dich ab. Es ist okay.«

»Es ist *nicht* okay, Sara!«

»Angie. Beruhige dich. Atme durch, Mädchen. Denk einfach an fünf bis zehn Jahre im Hochsicherheitstrakt. Das wollen wir doch nicht … nicht schon wieder … oder?«

Doch Angies Blick sagte ihr, dass sie es, ohne zu zögern, auf sich genommen hätte.

»Gibt es ein Problem, Sara?«

Zwei von Marrecs Neffen standen draußen auf der Beifahrerseite. Ihr war klar, dass sie alles gehört hatten und nicht glücklich darüber waren. Sie hatte nur Sekunden, um die Wogen zu glätten. »Nö …«, war alles, was sie herausbrachte, bevor Angie sie unterbrach.

»Dieses Arschloch hat Sara narbig genannt!«

Sara schüttelte den Kopf und seufzte. Sie benahmen sich alle, als sei sie zehn Jahre alt und leicht zum Weinen zu bringen.

»Jungs, es ist wirklich kein …«

»Wir kümmern uns darum. Fahrt ihr mal weiter.«

Nein. Nein. Das war nicht gut. »Wartet …«

Marrecs Neffen sahen sie an, und ihre Gesichter duldeten keinen Widerspruch. Sie kannte den Ausdruck, denn sie sah ihn oft bei Marrec.

»Okay.«

Sara fuhr weiter und beobachtete im Rückspiegel, wie die zwei Männer sich dem viel kleineren anderen näherten. Ja, das würde sehr schnell brutal werden, doch daran konnte sie jetzt nichts ändern.

Zach sah, wie Saras Truck schon wieder abrupt anhielt, und wollte gerade hinübergehen, um herauszufinden, was zum Henker mit ihren Fahrkünsten nicht stimmte, als die grausamen Worte dieses Arschlochs durch die stille Stadt schallten. Tatsächlich konzentrierte sich die Aufmerksamkeit sämtlicher Gestaltwandler auf der Straße auf den Mann, wie Zach sich am Abend zuvor auf ein Reh eingeschossen hatte. Doch bevor Zach etwas tun konnte, waren zwei aus Marrecs Meute da und kümmerten sich um die Sache.

Himmel, was war nur los mit ihm? Woher kam dieser jämmerliche Beschützerinstinkt gegenüber irgendeiner Frau, die eigentlich eher lästig war? So war er doch noch nie gewesen. Und er hatte nicht vor, jetzt damit anzufangen.

Conall kam aus dem Diner und blieb hinter ihm stehen. »Ich habe immer noch Hunger.«

Kopfschüttelnd sah Zach Saras Truck nach, während Marrecs Meute dem Mann das Weinen beibrachte. »Du hattest gerade fünf Teller Waffeln! Wie kannst du immer noch Hunger haben?«

»Ich weiß nicht, worauf du hinauswillst.«

»Vergiss es. Mein Leben ist zu kurz für solche Diskussionen.«

»Wie wär's mit Kaffee?«

Zach hob die Schultern. »Von mir aus. Da hinten habe ich einen Coffeeshop gesehen.«

»Ich weiß nicht, Mädels.« Miki goss sich Sahne in den Kaffee und sah ihre Freundinnen an.

Sara nippte an ihrer heißen Schokolade und erwiderte den Blick. Sie hatte Mikis Morgenlektüre schon gesehen – ein Buch über die Welt der Motorradclubs lag auf dem Tresen.

Miki hatte einen Zweitjob in einer Buchhandlung, Schrägstrich, Internetcafé. Das hieß, ihre kleine Psychofreundin hatte ständigen Zugang zu genug Informationen, um sie gefährlich zu machen.

»Ich glaube, wir sollten heute Abend nicht zu der Party gehen.«

»Was?«, blaffte Angelina, aus ihrem kaffeebedingten Nebel gerissen. Wenn Angelina Kaffee trank, konnte sie alles andere komplett ausblenden. Vor allem Miki.

»Wir kennen diese Leute nicht, Angie. Und irgendetwas ist seltsam an ihnen, finde ich.«

»Du findest an jedem irgendetwas seltsam.«

»Ja. Und es stimmt auch immer!«

Miki saß auf einem Hocker neben der Kasse und sah jetzt Sara an. »Was meinst du dazu?«

»Ich weiß nicht. Ich mache mir keine großen Gedanken.«

Miki schüttelte den Kopf. »Irgendetwas stört mich.«

Sara hatte keine Zeit dafür. Wenn Miki ihre »fünf

Minuten« hatte, konnte sie etwas so lange analysieren, dass man sie anflehte, damit aufzuhören. Bis man darum bettelte. »Hör mal, Miki, du kannst mitkommen oder zu Hause bleiben. Ganz, wie du willst. Aber ich gehe hin.«

Miki schaute Angelina an, woraufhin diese eine zarte Augenbraue hob. »Mich musst du nicht fragen!«

Miki kicherte. »Na schön. Dann komme ich auch mit. Ich kann euch ja nicht allein losziehen lassen. Aber es wird nicht getrunken, Sara! Du musst vernünftig bleiben.«

»Viel Glück dabei.« Sie hatte die Tasse heiße Schokolade schon halb zum Mund geführt, als seine tiefe, aber leicht sarkastische Stimme sie aufhielt. »Mit der Vernunft, meine ich.«

Sara blickte auf, und da stand er. Lehnte am Türrahmen und beobachtete sie ruhig. Die Morgensonne schien auf seinen breiten Rücken und ließ seine dunkelbraunen Haare glänzen und seine haselnussbraunen Augen strahlen. Auch heute trug er Jeans und ein schwarzes T-Shirt mit dem Logo einer Band, von der sie noch nie gehört hatte. Die muskulösen Arme hatte er vor seiner noch muskulöseren Brust verschränkt, und als er sie anlächelte, zeigte er strahlend weiße Zähne.

Der Mann sah einfach umwerfend aus, und das völlig mühelos. Sie hasste ihn.

»Was tust du hier?«, bellte sie, bevor sie es sich verkneifen konnte.

»Das ist nicht besonders freundlich. Ich dachte, Texaner wären ausgesprochen freundlich!«

»Texaner schon. Aber ich nicht.«

Eilig schaltete sich Angelina ein: »Also, die Party morgen, kommen da viele Leute?«

Sara starrte Zach unverwandt an. Er wandte sich nicht ab, also tat sie es auch nicht. Das ging ungefähr eine Minute so, bis sein großer blonder Freund, der die Nachhut bildete, gegen seinen Rücken knallte. »Wo ist der Kaffee? Ich sterbe!«

Diese zwei riesenhaften Exemplare passten auf keinen Fall gleichzeitig durch die Tür, deshalb drängelte sich der Blonde einfach an Zach vorbei in den Laden und ging direkt auf Miki am Tresen zu.

Als der blonde Bär Zach zwang, aus dem Weg zu gehen, war es an Sara, spöttisch zu lächeln. Doch als Zachs Blick sich wieder auf sie richtete, stockte ihr der Atem, zwischen ihren Beinen begann es zu pochen, und ihre Nippel wurden steinhart. Sie konnte nicht anders. Diese verdammten Augen gingen ihr durch und durch. Sara wandte sich ab, bevor er sehen konnte, welche Wirkung er auf sie hatte, und nahm einen Schluck von ihrer mittlerweile lauwarmen Schokolade. Sie schmeckte sie nicht einmal.

Der große blonde Bär stand jetzt vor dem Tresen und starrte Miki an.

Miki starrte zurück. Sie erinnerte Sara an ein nervöses Fohlen, das jeden Moment durchgehen konnte. »Willst du wirklich etwas?«, fragte Miki vorsichtig.

Der große Kerl blinzelte verwirrt, und Sara hatte den leisen Verdacht, dass er sich ihre beste Freundin gerade nackt vorgestellt hatte.

»Was?«, fragte er schließlich.

Miki sah Sara an, und Panik ging von ihr aus. »Okay … Sara?«

Sara hörte die Verzweiflung in der Stimme ihrer Freundin. Armes Ding. Sara seufzte vor sich hin. Miki wusste einfach nicht, wie sie mit jemandem umgehen sollte, der sie tatsächlich mochte.

Natürlich hätte Miki wahrscheinlich dasselbe über sie gesagt.

»Ob ich etwas will?«, fragte er, aus seinen Gedanken gerissen. »Oh, äh, ja.« Er räusperte sich. »Zwei große Kaffee zum Mitnehmen. Bitte.«

Miki wandte sich so schnell ab, um seine Bestellung auszuführen, dass sie gegen den Tresen stieß. Sara sah, wie Angelinas Körper vor unterdrücktem Gelächter bebte, während sie selbst die Fingernägel in die Handflächen grub, damit sie die arme Miki nicht noch mehr in Verlegenheit brachte, als die es selbst schon tat.

»Und, kommt ihr morgen zu der Party?«, fragte der blonde Stalker Mikis Rücken, während Zach langsam die Lücke zwischen sich und Sara schloss.

Sara war immer noch von ihm abgewandt, aber sie spürte ihn. Spürte, wie er näher kam. Spürte, wie ihr Körper reagierte. Sie hatte schreckliche Angst, dass er sie berühren könnte, und schreckliche Angst, dass er es nicht tun würde. Und all diese »Angst« machte sie unglaublich feucht.

»Die will ich auf keinen Fall versäumen«, antwortete Angelina, wahrscheinlich, da sie wusste, dass Miki es nicht tun würde. Typisch Angelina – sie bemerkte die beiden umwerfend gutaussehenden Männer direkt vor ihrer Nase nicht einmal. Stattdessen blätterte sie eines dieser Modemagazine durch, die Sara sterbenslangweilig fand. Manche Leute nannten Angelina kühl. Sara nannte sie nur wählerisch.

Lustig war, dass zum ersten Mal, seit Sara denken konnte, keiner der Männer Angelina zu bemerken schien. »Thor« konnte nicht aufhören, Miki anzustarren. Zach hörte aus irgendeinem seltsamen Grund nicht auf, sie anzustarren. Obwohl Sara ihm den Rücken zuwandte, spürte sie seinen Blick auf sich ruhen. Spürte, wie er über ihren Körper wanderte, über ihre Brust, die Arme, die Beine. Sie fragte sich die ganze Zeit, warum. Was sah er wohl in ihr? War er ein Narbenfanatiker oder ein Krüppel-Fetischist? Vielleicht glaubte er, eine gute Tat zu tun. Allerdings sah er nicht aus wie der Gute-Taten-Typ. Er wirkte mehr wie der »Ich sorge dafür, dass du so heftig kommst, dass deine Beine zittern, aber nur wenn ich etwas davon habe«-Typ.

Was auch immer er für ein Typ war – es machte sie verrückt und misstrauisch, und das half ihr dankenswerterweise dabei, ihren Wunsch zu zügeln, seinen Schwanz in den Mund zu nehmen.

Was ist bloß los mit dir?

Angelina warf die Zeitschrift zur Seite und stand auf. »Ich muss zur Arbeit.« Sie nahm ihre Tasche und ging auf die Tür zu.

»Warte! Lass mich nicht allein!«, rief Sara laut, bevor sie sich bremsen konnte. Alle drehten sich nach ihr um. Sie räusperte sich. »Ich komme zu spät zur Arbeit. Also komme ich besser mit.«

Angelina legte verwirrt den Kopf schief. »Seit wann interessiert es dich, ob du zu spät … au!« Sara packte Angelinas Arm und schob sie zur Ladentür hinaus.

»Ihr geht beide?«, schrie Miki hinter ihnen her, aber Sara ging einfach weiter. Sie würde sich später bei Miki entschuldigen müssen.

Kaum hatte Sara ihre Freundin um die Ecke gezerrt, riss sich Angelina von ihr los. *»Was ist bloß los mit dir?«*, wollte sie wissen und rieb sich die rote Stelle am Arm, die Sara ihr zugefügt hatte, als sie sie so verzweifelt gepackt hatte.

»Nichts«, blaffte Sara zurück.

Angelina schenkte ihr ein blendendes Lächeln. »Er ist dir nicht gleichgültig.«

»Wer?«

Ihre Freundin wies mit dem Kopf zurück in Richtung Buchladen. »Das weißt du genau. Mr. Nicht Nett.«

Sara knurrte wütend und ging in Richtung von Marrecs Laden davon.

»Keine Sorge«, rief Angelina hinter ihr her. »Ich sage es niemandem!«

Ohne sich umzudrehen, hob Sara den Mittelfinger hoch in die Luft und ignorierte das darauf folgende Gelächter, so gut sie konnte.

»Sie macht tollen Kaffee, was?«, fragte Conall, während er an seinem Getränk nippte. Die beiden saßen auf einer Bank gegenüber der Buchhandlung, und Zachs Körper pochte immer noch von Saras Anblick. Niemand hatte das Recht, so früh am Morgen so süß auszusehen.

»Ja. Das stimmt allerdings.« Zach nahm einen ordentlichen Schluck. »Aber sie ist trotzdem ein Satan.«

Conall lächelte. »Dann werde ich wohl einfach in der Hölle schmoren müssen.«

Zach schüttelte den Kopf. Sein Freund war hin und weg von einer Frau, die ohne Rücksicht auf Verluste ihre Meinung verkündete. *Tja, wenn dich das anmacht.*

Wie Sara. Sie machte Zach an. Sie war so unglaublich sexy. Okay, sie war mehr als das, und dass er letzte Nacht gehört hatte, wie sie mit ihren Freundinnen über ihn geredet hatte wie über ein Stück Fleisch, war auch nicht gerade hilfreich. Denn Angelina hatte recht. Er war nicht nett, weder im Bett noch außerhalb. Und er hatte das Gefühl, dass Sara damit umgehen konnte. Dass sie darauf abfahren könnte. Dass sie auf ihn abfahren könnte.

Doch er würde nicht in diese Falle tappen. Enden wie Yates, mit einer kleinkarierten, machthungrigen Schlampe als Gefährtin. Warum auch? Um Nachwuchs zu produzieren? Die Meute war nicht mehr dieselbe, seit Casey dahergekommen war. Zwar hätte man Zach nicht unbedingt für den Spaßmacher der Meute gehalten, aber er mochte es, wenn sich alle anderen amüsierten. Jetzt lachte eigentlich keiner mehr. Oder hatte einfach Spaß, wie Wölfe das gerne taten. Die Situation hatte seine Schwester sogar dazu gebracht, nach Europa zu gehen, um dem zu entkommen, was sie »diese lustige Begräbnis-Stimmung« nannte. Casey hatte ein Grabtuch über die Magnus-Meute gelegt, und das würde Zach ihr nie ganz verzeihen.

Er kapierte es einfach nicht. Sie waren alle menschlich genug, um zu vögeln und wieder zu gehen. Warum Yates das nicht getan hatte, würde er wohl nie verstehen. Sosehr einige von ihnen es glauben wollten – sie waren keine Vollwölfe. Sie waren auch menschlich. Sie besaßen die Macht der Entscheidung. Er konnte beschließen, Alphamann zu werden. Er konnte beschließen, sich ein bestimmtes T-Shirt zu kaufen. Und er lief nicht herum und fiel über jede läufige Hündin her. Um genau zu sein, tat er alles, um ihnen aus dem Weg zu gehen. Er wollte keine Kinder. Ihm war es mehr als recht, wenn die anderen in der Meute Nachwuchs produzierten und ihre kleinen Welpen aufzogen, damit sie die Leitung übernehmen konnten, wenn er zu alt oder zu müde war, die Zügel zu halten. Doch jede Wölfin, die er bisher kennengelernt hatte, wollte ein Kind von ihrem Gefährten. Also hatte Zach entschieden, dass die Gefährtin, die er wählte, für immer sein würde.

Aber ganz ehrlich, worin lag eigentlich der Sinn, für immer Gefährten zu werden? Vollmenschen hatten wenigstens die Scheidung.

Bevor er in diese beschissene Kleinstadt mitten im Nirgendwo gekommen war, hatte Zach nie groß über Gefährtinnen oder Verpaarung nachgedacht. Jetzt tat er es plötzlich, und das alles nur ihretwegen. Wegen einer verrückten Frau, die offensichtlich nicht besonders gut Auto fahren konnte und unbedingt mit anderen verrückten Weibern herumhängen musste. Außerdem war es nicht gerade hilfreich, dass sie ihn wollte. Junge, und wie sie ihn wollte! Er konnte von seinem Standort praktisch hören, wie es zwischen ihren Beinen zuckte. Aber was ihm wirklich auf die Nerven ging, war, dass sein Schwanz jedes Mal hart wurde, wenn er sie sah. Jedes Mal, wenn er an sie dachte. Was zum Henker sollte das? Beim bloßen Gedanken daran, sie zu sehen, noch bevor er ihren Truck aufgespürt hatte, war sein Schwanz heute Morgen schon steinhart gewesen. Das ging nicht. Er wollte nicht, dass eine Frau so viel Macht über ihn hatte. Vor allem nicht Sara Morrighan.

Er wusste, er durfte sich nicht auf sie einlassen. Das würde er auch nicht tun. Er würde sie einfach einweihen und gehen. Schließlich hatte er Pläne zu machen und eine Meute zu beschützen. Keine Zeit, sich mit einem durchgedrehten Mädchen einzulassen, deren Großmutter sie wahrscheinlich mehr geschädigt hatte als das Rudel, von dem sie die Narben hatte.

Das Problem war, dass es manchmal Jahre dauerte, jemanden einzuweihen. Ihn dazu zu bringen, sein wahres Selbst zu akzeptieren. Es dauerte Jahre, bis die Leute diese Woge der Macht spürten, Jahre, bevor sie sich nach Belieben verwandeln und mit der Meute jagen konnten. Doch genau das wollte Casey natürlich. Ein Mädchen, das eine ganze Weile nicht damit zurechtkam, was sie war, und ihn damit ablenkte. Achtundzwanzig Jahre waren eine sehr lange Zeit, wenn man vollkommen ahnungslos war, wer und was man wirklich war.

Zachs Handy ging los. Er schaute auf die angezeigte Rufnummer und seufzte. Casey.

»Ja?«

»Hey, Zach. Hier ist Casey.« Dämliche Schlampe. Sie wusste doch, dass sie alle Rufnummernerkennung hatten.

»Ja?«

»Du musst Julies Bike heute vom Laden abholen.«

Ja, klar. »Okay.«

»Super!« Sie legte auf.

Zach klappte sein Handy zu. »Ich muss Julies Bike abholen. Willst du mit?«

Bevor Conall antworten konnte, klingelte sein Handy. Conall schaute aufs Display, lächelte und ging ran: »Hier ist Conall. Ja. Okay.« Er legte auf. »Kann nicht.«

»Das war Casey, oder?«

Conall zuckte die Achseln. »Sorry, Zach. Sie braucht meine Hilfe.«

Zach seufzte wieder. »Natürlich.«

Großartig. Jetzt musste er sich allein mit Sara und diesem alten Wolf Marrec herumschlagen. Na ja, vielleicht war Sara ja allein.

Allein mit Sara … yup. Und schon wurde sein Schwanz wieder hart. Er musste etwas dagegen unternehmen – es kotzte ihn so langsam wirklich ernsthaft an.

Kapitel 6

»Du gehst morgen zu der Party, oder?«

Sara schaute von ihrer Chopper-Zeitschrift auf und warf ihrem Boss einen finsteren Blick zu. Er saß auf der anderen Seite des Verkaufstresens und verschlang gebratenen Reis mit Hühnchen und Rindfleisch mit Pilzen, als hätte er seit drei Tagen nichts zu essen bekommen. Das Coolste daran, für Marrec zu arbeiten, war … wenn sie im Laden war, musste sie ihr Essen nie selbst zahlen. »Vielleicht.«

»Warum vielleicht? Warum nicht ja?«

»Mann, Marrec! Was ist schon dabei? Es ist eine beschissene Party, nicht der Abschlussball!« Gott sei Dank. Ihr Abschlussball war recht schnell aus dem Ruder gelaufen, als Miki und Angelina die Prügelei angefangen hatten und so weiter. Das war eine lange Nacht im Gefängnis gewesen.

»Du weißt, dass ich mir Sorgen um dich mache, oder?«

Natürlich machte er sich Sorgen um sie. Marrec machte sich immer Sorgen um sie. Man konnte meinen, der Mann hätte nicht sechs eigene Kinder und mehr Enkel, als Sara zählen wollte. Und seine Beschützerhaltung schien sich langsam, aber stetig in seiner ganzen Familie auszubreiten und von dort aus – weil jeder den alten Kauz respektierte – in der gesamten Stadt. Sie beschützten sie alle. Als wäre es ihre Aufgabe oder so etwas.

»Warum solltest du dir Sorgen machen? Könnte mein Leben noch ruhiger sein? Ich meine, für mich hat sich in den letzten zehn Jahren nichts geändert. Ich glaube, Lynettes Tod war das Aufregendste, was mir seit Langem passiert ist.« Nicht viele Totenwachen verwandelten sich in Partys, außer vielleicht in New Orleans, aber alle hatten ihre Großmutter gehasst, und deshalb war es keine allzu große Überraschung gewesen. »Ich verstehe also nicht, weshalb du dir Sorgen um mich machst.«

»Deshalb. Du verdienst etwas viel Besseres, als deine Großmutter dir weismachen wollte.«

Sara verdrehte die Augen und schob das Hähnchen-Chow-Mein von sich. Vielleicht lag es an ihrer Verärgerung über dieses lächerliche Gespräch, aber der Geruch störte sie plötzlich sehr. »Komm schon, Marrec. Was erwartest du von mir? Dass meine zwei Jahre im Community College zu einem Leben auf großem Fuß im Big Business führen? Oder vielleicht könnte ich jetzt doch noch ein Medizinstudium anfangen.«

»Du bist so eine Klugscheißerin.«

»Nein, ich bin Realistin. War ich immer. Ich habe keine Illusionen. Konnte ich mir nie leisten. Ich wünschte nur, ihr würdet endlich alle aufhören, euch Sorgen um mich zu machen. Weißt du, ich kann sehr gut selbst auf mich aufpassen.«

Marrec grunzte und schloss den Deckel seiner leeren Schachtel. »Ja, ja. Wir wissen alle, wie furchteinflößend und gefährlich du sein kannst.«

»Du musst nicht gleich sarkastisch werden.« Okay. Vielleicht waren Miki und Angelina zehnmal so furchteinflößend wie sie, aber sie hatte ihre gefährlichen Momente. Man musste nur alle fragen, die einmal in der Nähe gewesen waren, wenn sie trank.

»Tu mir einfach einen Gefallen, okay?« Marrec stand auf. »Geh zu der Party. Lern die Leute dort kennen.«

Stirnrunzelnd schüttelte Sara den Kopf. Normalerweise tat Marrec alles, um sie von Bikern fernzuhalten. Jetzt wollte er sie ihnen direkt in den Schoß werfen. Seltsam. Sehr, sehr seltsam.

»Also gut, ich gehe hin. Okay? Also hör auf, mich damit zu nerven.«

»Gut.« Marrec schob seine leeren Schachteln über den Tresen zu ihr herüber. »Danke.«

Sie sah dem störrischen alten Mistkerl nach, als er in seiner Werkstatt verschwand. »Ich nehme an, dass ich den Müll rausbringe?«

»Yup. Du hast es erfasst.«

Brummelnd brachte Sara die Essenskartons nach draußen und warf sie in den Müllcontainer neben dem Laden.

»Bist du das, Sara?«, hörte sie Jake von *Jake's Auto* über die eins achtzig hohe Mauer rufen, die seinen Laden von Marrecs trennte.

»Yup.«

»Randy kommt rüber.«

»Randy, Randy, Randy«, säuselte sie mit hoher

Stimme, als ein fünfzig Kilo schwerer, rotnasiger Pitbull um die Ecke bog. Er trug Halsband und Leine, die Sara aber nie benutzen musste. Mit hängender Zunge kam er auf sie zugetrottet und wartete auf seine tägliche Begrüßung.

Obwohl es schmerzte, kauerte sich Sara neben ihn. »Ist das mein Randy? Ist das mein guter Junge?« Sie strich mit den Händen über seine Flanken. Er knurrte und legte sich seitlich auf den Betonboden. Sie streichelte seine Schenkel und seinen Rücken. »Wer ist mein hübscher Junge? Wer ist mein Süßer?« Randy drehte sich wie immer auf den Rücken, und Sara kraulte ihm den Bauch und ignorierte die zunehmenden Schmerzen in ihrem Bein. Sie konnte Randy nicht enttäuschen. »Wer ist mein guter Junge?«

»Darf ich der Nächste sein?«

Sara schnappte beim Klang von Zachs Stimme erschrocken nach Luft; das musste sie unter Kontrolle bekommen. Sie hasste es, Schwäche zu zeigen.

»Ähm …«, war alles, was sie herausbrachte, bevor der süße, liebenswerte Randy aufsprang und sofort mit gefletschten Zähnen auf Zach losging. Sara griff nach der Leine und riss ihn zurück, und die Kiefer des Hundes schnappten nur Zentimeter vor Zachs Gesicht zu. Doch Zach rührte sich nicht. Er zuckte nicht einmal mit der Wimper. Vielmehr sah er Randy an, als könne ihn der Anblick eines Fünfzig-Kilo-Hundes, der versuchte, ihn zum Mittagessen zu verspeisen, kein bisschen beeindrucken.

Sara, die immer noch fest die Leine hielt, wandte den Kopf, um über die Mauer zu schreien: »Jake! Ich brauche dich hier!« Sie hörte ein bösartiges Knurren, und als sie sich wieder umdrehte, war Randy mit eingezogenem Schwanz zurückgewichen.

Er rannte hinter Sara – und winselte.

Sie sah Zach an, der in derselben Haltung dastand wie fünf Sekunden zuvor. Er lehnte an der Wand, die Arme vor der Brust verschränkt, vollkommen entspannt.

»Was hast du mit ihm gemacht?«

»Gar nichts.«

Jake kam um die Ecke. »Was zum Henker …«

»Nimm besser du ihn, Jake.« Sara reichte ihm die Leine.

Jake nahm sie, ging aber nicht sofort. »Ist auch bestimmt alles klar?« Er musterte Zach mit schmalen Augen. »Randy benimmt sich normalerweise nicht so, es sei denn, er mag jemanden nicht.«

»Mir geht's gut. Wirklich. Danke, Jake.«

Jake warf Zach noch einen bösen Blick zu und zerrte dann den winselnden Randy wieder um die Betonwand.

»Ich habe Randy noch nie so gesehen.« Sie sah Zach eindringlich an. »Er hasst dich wirklich.«

»Dabei bin ich so charmant.«

Sara lachte kurz auf. »Ja, klar.« Sie ging zurück in Richtung Laden. »Also, was willst du hier?«

»Julies neues Bike. Ich soll es abholen.«

»Also dann, komm mit.«

Zach nahm ihren Duft wahr, sobald er aus dem Pick-up stieg, den die Meute mitgebracht hatte, um Dinge zu transportieren. Er folgte dem Duft bis neben den Laden, hätte aber nicht erwartet, sie dabei zu ertappen, wie sie einen Pitbull kraulte. Und zwar schamlos.

Wer ist mein guter Junge? Machte sie Witze? Scheiße, *er* konnte ihr guter Junge sein. Ihr sehr guter Junge. Oder ihr sehr böser.

Während er ihr hinterhersah, wie sie ihren Knackarsch in Richtung Laden bewegte, spürte er, dass ihn einer von Marrecs Meute – *Jake, richtig?* – beobachtete. Zach drehte sich um und knurrte den neugierigen Bastard an, was den willensschwachen Pitbull dazu brachte, winselnd Schutz zu suchen, und Jake den Blick abwenden ließ.

Als Zach sich wieder umdrehte, starrte Sara ihn an. »Hast du gerade … geknurrt?«

»Ich habe Husten.«

»Knurrenden Husten?«

»So ähnlich.«

Äußerst misstrauisch dreinblickend betrat Sara den Laden, und Zach folgte ihr. *»Marrec!«*, schrie Sara nach hinten. »Hier ist jemand, der das Bike dieser Frau abholen will!«

»Gib mir zehn Minuten!«, schrie Marrec zurück.

Als sie sich auf den Hocker hinter dem Tresen setzte, bemerkte sie Zachs Gesichtsausdruck. »Was?«

»Bist du immer so laut?«

»Du wärst erstaunt.«

Zach lächelte. »Du schreist also?«

Sie wurde rot und verdrehte die Augen.

»Süß.«

Er mochte es, wenn sie rot wurde.

Zach lehnte sich an die Vitrine. »Du und deine Freundinnen kommt auf jeden Fall zu der Party, oder?«

Bevor Sara antworten konnte, schrie Marrec aus dem Hintergrund: »Ja, sie kommt!«

»Er findet, ich komme nicht genug raus«, brummelte Sara.

»Hat er recht?«

»In letzter Zeit schon. Todesfall in der Familie vor ein paar Monaten.«

»Tut mir leid.«

»Muss es nicht. Sonst tut es auch keinem leid.« Sara verzog das Gesicht. »Okay. Das war fies. Vergiss, was ich gesagt habe. Ich meine, so schlimm war sie nicht.«

»Wer?« Auch wenn er es bereits wusste.

»Meine Großmutter. Sie hat mich großgezogen … mehr oder weniger. Ist vor ungefähr einem halben Jahr gestorben. Seither war ich damit beschäftigt, ihre Finanzen und Geschäfte in Ordnung zu bringen. Vor ein paar Wochen bin ich erst damit fertiggeworden, ihr Haus auszuräumen … na ja, jetzt ist es wohl mein Haus.«

»Hast du coole Sachen gefunden? Als mein Vater starb, haben meine Mom und ich tonnenweise cooles Zeug in seinem Haus gefunden.«

»Ein paar. Musste aber viele davon der Regierung zurückgeben.«

Zach runzelte die Stirn. »Was musstest du der Regierung zurückgeben? Geld?«

»Nein.« Sie zählte an den Fingern ab: »Die M-16.

Die panzerbrechende Munition. Den Raketenwerfer. Die Handgranaten.«

»Deine Großmutter hatte einen Raketenwerfer?«

Sara kicherte. »Anscheinend erwartete sie irgendeinen Angriff. Sie war extrem paranoid. Ich weiß nicht einmal, wo sie das Zeug herhatte. Und weißt du was? Ich will es auch gar nicht wissen.«

Kein Wunder, dass die Meute gewartet hatte, bis die alte Kuh gestorben war. Auch sie kamen nicht gegen einen Frontalangriff mit militärischen Waffen an. Yates hatte nicht gescherzt – diese alte Frau war wirklich gefährlich gewesen.

»Hast du Geld für das Zeug bekommen?«

»Nein. Ich wollte es nur loswerden. Ich habe die alte Schrotflinte von meinem Daddy, die benutze ich zum Jagen. Und Miki und Angelina haben mir vor ein paar Jahren eine Pumpgun geschenkt.« Sie lächelte und malte mit den Fingern Anführungszeichen in die Luft. »Zur ›Selbstverteidigung‹. Mehr brauche ich also nicht.«

»Schießt du gut?«

»Ganz okay. Miki ist besser. Ich habe sie einen Bock auf sechzig Meter schießen sehen. Direkt zwischen die Augen.«

»Das ist eine hübsche Geschichte. Lernt ihr das in der Benimmschule?«

»In der *texanischen* Benimmschule.«

Das gefiel ihm auch. Sie ließ sich von seinen Hänseleien nicht einschüchtern oder beleidigen. Sie machte einfach mit.

»Arbeitest du hier schon lange?« Er sah sich in dem

beeindruckenden Laden um. Marrec machte großartige Arbeit. Hier standen spezialangefertigte Motorräder, die er schon in seinen Chopper-Zeitschriften gesehen hatte. Das waren nicht einfach Motorräder. Das waren Kunstwerke.

»Seit ich vierzehn bin. Marrec meinte, so sei ich von der Straße runter.«

Zach schaute aus dem Schaufenster in die wohl ruhigste Stadt, in der er je gewesen war. »Große Bandenprobleme hier in der Gegend? Viele Kuhdiebstähle?«

»Durch diese kleine Stadt kommt alles Mögliche, vielen Dank auch. Biker. Cowboys. Die allemal gefährlichen Rodeo-Clowns.«

»Rodeo-Clowns?«

»Frag nicht.«

Zach zuckte die Achseln. »Ich will es gar nicht wissen.«

»Noch irgendwelche herablassenden Fragen über meine Stadt?«

»Oh, ich bin nicht herablassend. Ich bin sehr interessiert an deiner winzigen Stadt mit ihren winzigen Einwohnern. Ich wette, ihr habt hier sogar ein Kino.«

Sara lachte auf. »Du bist wirklich ein Charmeur.«

»Das sagt man mir nach.«

»Wer? Deine Mutter?«

»Sie liebt ihren Sohn eben.« Er schaute wieder aus dem Fenster. »Ich dachte, hier gäbe es Wüste. Kojoten. Clint Eastwood.«

»Du bist in Hill Country. Wir haben Flüsse, Canyons und Wälder. Wenn du Wüste willst, musst du in den Panhandle fahren.«

Zach lehnte sich über den Tresen und lächelte sie an. »Du musst mich bei Gelegenheit mal herumführen.«

»Ich bin dafür bekannt, dass ich allein mit fremden Bikern losziehe«, antwortete sie ironisch. »Das tue ich ständig. Genauso wie Glas essen.«

»Heißt das, du gehst heute Abend nicht mit mir aus?« *Moment mal. Warum fragst du sie, ob sie mit dir ausgeht?* Wahrscheinlich, weil sie unglaublich sexy war und aussah, als könne sie einen Golfball durch einen Strohhalm saugen.

»Nein. Das heißt, ich führe dich nicht in meiner Stadt herum.«

»Also gehst du heute Abend mit mir aus.« Er formulierte es nicht als Frage. Er wollte sie nicht glauben lassen, sie hätte eine Wahl.

Das schien ihr aber nicht viel auszumachen, denn sie grinste und sagte: »Ich gehe nicht mit dir aus.«

»Warum nicht?«

»Weil ich Verstand habe.«

Er hörte, wie die Ladentür aufging, und sie machte ein finsteres Gesicht.

»Oh, Mist«, murmelte sie tonlos.

»Aber hallo, alle miteinander!«

Angelina kam an den Tresen, eine braune Papiertüte in der Hand. »Ich störe doch nicht bei irgendwas, oder?«

»Er ist hier, um das Bike abzuholen.«

»Das der Frau mit dem Unfall?« Angelina warf einen Blick auf Zach. »Wie geht es ihr überhaupt?«

»Alles in bester Ordnung.«

»Das ist ja interessant«, sagte Angelina nachdenklich. »Sie heilt mächtig schnell.«

»Das stimmt.«

Angelina wandte sich wieder an Sara. »Ich wollte das hier abgeben. Will nicht, dass Miki es sieht.« Sara nahm die Papiertüte und sah hinein.

»Du meine Güte!« Sie knallte die Tüte wieder zu und warf sie in einen offenen Rucksack hinter sich. »Ich hasse dich!«

»Ich sorge nur für meine Freunde.« Angelina wandte sich zum Gehen. »Wir sehen uns bei der Party, Zach.«

»Bye.« Er drehte sich nicht um; er war zu beschäftigt damit, zu beobachten, wie Sara die Röte den Hals hinauf und bis zum Haaransatz stieg. »Alles klar?«

»Bestens.« Das kam viel zu schnell. »Alles super.«

Zach glaubte ihr kein Wort. »Kann ich sehen, was in der Tüte ist?«

»Nein!«, schrie sie beinahe. »Tampons.«

»Ich bin fertig«, rief Marrec aus der Werkstatt. »Schick ihn rein!«

»Du gehst jetzt besser.« Sie versuchte, ihn aus dem Raum zu scheuchen.

»Weißt du«, sagte Zach auf dem Weg zur Tür der Werkstatt, »als meine Schwester und ich Teenager waren, kam sie immer mit der ›Tampon‹-Erklärung, wenn sie nicht wollte, dass Dad ihr Gras sah. Aber du und deine Freundinnen kommt mir erstaunlich abstinent vor. Also frage ich mich … was ist wirklich in der Tüte?«

Zach ging rückwärts in die Werkstatt, während das Rot in Saras Gesicht noch etwas dunkler wurde. Dann stieß er gegen eine Mauer und drehte sich um, um festzustellen, dass die Mauer in Wahrheit Marrec war.

»Hast du Spaß?«, fragte Marrec, die Arme vor etwas verschränkt, das vielleicht für einen Bären eine normale Brust gewesen wäre. Der Mann war klein, aber extrem kräftig gebaut. Rotwölfe waren allerdings immer ein bisschen »kurz geraten«.

»Und wie.«

»Weißt du, ihr Vater starb, als sie noch sehr jung war.«

Natürlich wusste er das. Deshalb waren sie ja hier.

»Und ich habe mehr oder weniger seinen Platz eingenommen. Sie steht mir genauso nahe wie meine Töchter. Und ich töte jeden Mann, der ihr wehtut.«

Zach fragte sich, ob Marrec das vielleicht schon einmal getan hatte. »Gut zu wissen.«

Nachdem Zach hinten verschwunden war, stopfte Sara die Tüte voller Kondompackungen in ihren Rucksack. Sie würde Angelina umbringen, wenn sie sie das nächste Mal sah.

Sie hatte eine Freundin, die sie mit Kondomen überschüttete, und die andere erzählte ihr, dass Männer nichts als Ärger bedeuteten. Doch so viel Blödsinn sie alle drei redeten: Sie wussten wahrscheinlich weniger über Männer als jeder andere auf der Welt. Sie alle hatten ihre eigene Art, Leute auf Abstand zu halten. Miki hatte ihr hochgradiges Misstrauen gegen … na ja, *jedermann*. Angelina hatte ihre Festung aus Eis. Und Sara hatte ihre Rüstung. Sie alle erstickten potentielle Beziehungen in Rekordzeit und ohne großes Bedauern im Keim. Und obwohl sie nie darüber sprachen, hatte keine von ihnen je wirklich an die wahre Liebe oder Romantik und den ganzen Mist geglaubt.

Warum hatte Sara also das Gefühl, Zach sei irgendwie anders? Was hatte er an sich, das sie auf einer anderen Ebene ansprach, wie es die wenigen Männer, die sie in ihrer ach so zahmen Vergangenheit gehabt hatte, nie gekonnt hatten? Warum reizte es sie so, seine Haut zu berühren? Zu spüren, wie er sie berührte? Was hatte dieser Mann an sich, dass sie das Gefühl hatte, das ganze Leben darauf gewartet zu haben, dass er durch die Tür kam?

Was hatte dieser Mann, dass sie ihm am liebsten eine Gerade verpasst hätte?

Marrec ging zu dem Motorrad hinüber, das er für Julie fertiggemacht hatte.

Zach trat die Werkstatttür zu, um sicherzugehen, dass Sara ihr Gespräch nicht mithörte. »Ich habe eine Frage.«

Marrec lehnte sich an das Bike, die Arme wieder einmal vor der Brust verschränkt. »Warum ich sie nicht selbst eingeweiht habe?«

»Es wäre sinnvoll gewesen.«

»Ihre Großmutter war die verrückteste Schlampe, die ich je auf zwei oder vier Beinen gesehen habe. Hat Sara dir erzählt, was sie beim Ausräumen in ihrem Haus gefunden hat?«

Zach nickte. »Ja, hat sie.«

»Als mein Ältester Interesse an Sara gezeigt hat, hat sie mein Auto in Brand gesteckt. Sie sagte, danach käme mein Haus dran.«

Zach spürte, wie das Grauen über den Selbsthass dieser Frau in ihm hochstieg. Er konnte sich sein Leben nicht ohne die Meute vorstellen. Ohne das zu sein, was er war.

»Wenn sie sich nur verwandelt hätte, dann hätte ich ihr das Genick gebrochen. Aber ich wollte sie nicht in Menschengestalt umbringen.«

Zach konnte ihm keinen Vorwurf machen. Wenn man einen von ihnen in Menschengestalt tötete, blieb er Mensch. Wenn man ihn als Tier tötete, blieb er Tier. Ein totes Tier auf dem Grundstück konnte man den Cops immer noch besser erklären.

»Also dachte ich mir, ich warte, bis die alte Kuh von selbst stirbt. Ich hätte nur nicht gedacht, dass es so lange dauert.«

»Sie hat große Schmerzen.«

Marrec seufzte. Ein trauriges Seufzen aus tiefster Seele. »Ich weiß. Und ihre Aggression wird auch schlimmer.« Marrec nahm einen Stapel Papiere von dem Tisch hinter dem Motorrad. »Um ehrlich zu sein, glaube ich, dass es Gift ist.« Er reichte Zach die Papiere.

»Gift?«

»Das Withell-Rudel ist dafür bekannt, seine Klauen in Gift zu tauchen. Verlängert die Qual.«

»Das ist sehr human von ihnen«, bemerkte Zach angewidert.

»Aber ich kann sie nicht zu einem Arzt bringen. Ihre Großmutter hat dafür gesorgt. Das Mädchen hat schreckliche Angst vor allem, was mit Medizin zu tun hat.«

Zach blätterte den Kaufvertrag und die anderen Papiere durch, die Marrec ihm gegeben hatte. »Was müsste man bei ihr tun?«

»Es ist ein bisschen barbarisch … die Wunde müsste ausgeblutet werden. Aber einige der Ärzte im Krankenhaus gehören zu meiner Meute, deshalb wäre das kein Problem.« Marrec schüttelte den Kopf. »Aber nicht, bevor sie weiß, wer und was sie ist. Wenn wir sie einfach einweihen, habe ich Angst vor ihrer Reaktion. Vielleicht rede ich mit Yates darüber. Über den richtigen Zeitpunkt.«

Zach nickte ausdruckslos. »Klar. Wie du meinst.«

Kapitel 7

Sara wich gerade noch rechtzeitig aus, als sich ein Biker aus der Nachbarstadt vor sie hinstellte, um mit Angie zu reden.

»Äh … entschuldige bitte?«, fragte sie, wenn auch lachend.

Er sah sie an, als sei sie gerade aus dem Nichts erschienen. »Oh. Hi, Sara. Sorry. Hab dich gar nicht gesehen.«

»Ja. Mit eins dreiundachtzig bin ich ja auch so klein und leicht zu übersehen.«

»Hä?«

Angie griff um ihn herum und packte den Ärmel von Saras Lederjacke. »Entschuldige uns.« Angie zerrte sie zur Bar hinüber.

»Du und deine Beine, Santiago«, neckte Sara sie und staunte wieder einmal darüber, dass nur Angie es schaffte, in einem geschmacklosen goldenen Minirock nicht nuttig, sondern stilvoll auszusehen.

»Halt die Klappe.« Angie stellte sich vor die Bar und ignorierte die Männer, die sie anstarrten und sich überlegten, wie sie es anstellten sollten, zwei Sekunden ihrer Zeit zu bekommen. Sie klopfte ungeduldig mit den Fingerknöcheln auf den Tresen. »Entschuldigung. Barschlampe?«

Miki wandte sich nicht einmal von den drei Stammkunden ab, die sie bediente, sondern streckte nur den Arm nach hinten und zeigte Angie den Mittelfinger.

»Wie unhöflich!«

»Lass sie in Ruhe!«, sagte Sara lachend, während sie sich im Club umsah. Es war brechend voll, aber so viele unbekannte Gesichter hatte sie schon lange nicht mehr gesehen.

»Wer sind alle diese Leute?«

»Die sind wahrscheinlich für den Rave morgen hier.« Und dann warf Angie die Arme in die Höhe und rief zur allgemeinen Begeisterung ein »Wooohooo« in die Menge.

»Du meine Güte, Ang! Wir sind noch nicht mal da, und du groovst schon.«

»Du kennst mich doch. Ich liebe gute Partys!«

Miki kam zu ihnen. »Also gut. Was wollt ihr blöden Kühe?«

»Oh, sehr nett. Weiß Skelly, dass du so unhöflich zu deinen Kunden bist?«

»Ihr seid keine Kunden. Ihr gehört zur Familie. Ich kann mit euch reden, wie ich will. Also, wollt ihr etwas, oder seid ihr nur hier, um mir auf die Nerven zu gehen?«

»Beides.«

Miki schaute Sara an. »Was willst du?«

»Einen Te…«

»Denk nicht mal dran, Tequila zu sagen!«, unterbrach Miki sie. »Ich kratze deinen fetten Arsch nicht noch mal vom Boden weg.«

Sara machte schmale Augen. »Mein Arsch ist nicht fett!«

»Bist du glücklich in deiner Phantasiewelt, Süße?«, fragte Angie und legte den Arm um Saras Schultern. »Sind dort etwa auch deine Titten klein?« Sie duckte sich, als Sara im Scherz die Faust hob.

Lachend wandte sich Angie Miki zu. »Habt ihr Chardonnay?«

Miki verdrehte die Augen, schnappte zwei Flaschen Heineken aus dem Kühlschrank hinter ihr, öffnete sie und knallte sie vor ihre Freundinnen auf die Theke. »Und jetzt hört auf, mich zu stören.«

»Ist sie nicht wie ein frischer Windhauch?«

Sara schüttelte den Kopf. »Nein. Eigentlich nicht.«

Gott, er wurde immer erbärmlicher. Er nahm ihren Duft wahr, sobald sie den Club betrat, und sein ganzer Körper spannte sich vor Lust. Was war nur los? Zach Sheridan geriet doch wegen einer Frau nicht total durcheinander. Niemals. Das lag nicht in seiner Natur. Es gab nur zwei Frauen, die ihm besonders am Herzen lagen und die er beschützte: die eine nannte er »Mom«, die andere »Nervensäge« oder »Schwesterlein«.

Sara bemerkte ihn nicht, doch das überraschte ihn nicht weiter. Ihre Großmutter hatte dafür gesorgt, dass Sara nicht die geringste Ahnung von der Macht hatte, die in ihrem süßen Körper verborgen lag.

Sie saß in einer abgetragenen und drei Nummern zu großen Lederjacke an der Bar und kippte ein Bier. Das war eindeutig eine Männerjacke. Zach knurrte, als er sich den Gedanken gestattete, ob diese Jacke vielleicht irgendeinem Arschloch gehörte. Das hieß, irgendeinem anderen Arschloch als ihm. Der Gedanke gefiel ihm nicht. Er kämpfte ihn sofort nieder und wollte auch keine Sekunde daran denken, dass Sara mit irgendeinem Dreckskerl schmutzige Dinge tat, wie sie in letzter Zeit in seinen Tagträumen vorgekommen waren. Das hieß mit einem anderen Dreckskerl als ihm selbst.

Die Musik ging in guten Trance über, und ein Typ forderte Angie zum Tanzen auf. Mit einem Zwinkern in Richtung Sara folgte sie ihm. »Der Mund«, wie er das momentane Objekt von Conalls Lust zu nennen pflegte, hatte mit den Stammkunden alle Hände voll zu tun, sodass Sara allein sitzen blieb. Es war, als existiere sie für diese Leute nicht. Wie konnten sie sie übersehen? Die Männer seiner Meute bemerkten sie sehr wohl, und wäre er nicht gewesen, würden sie inzwischen schon um sie herumschnüffeln. Doch die Einheimischen und die Biker taten, als sei sie Teil der Tapete. Was für Idioten!

Doch das schien Sara nicht aus der Fassung zu bringen. Sie saß auf ihrem Barhocker, trank ihr Bier und beobachtete, was um sie herum passierte. Sie nahm die Umgebung ins Visier. Das war es. Vielleicht merkte es niemand anders, aber Sara hatte die harten, kalten Augen eines Raubtiers. Und das machte Zach richtig scharf.

Sara ließ die Trance-Musik durch sich fließen, bewegte den Kopf zum Rhythmus und drehte ihren Hocker herum. Die Musik wurde leiser, und sie riss die Arme hoch und jubelte zusammen mit der gesamten Menge, als die Musik genau so weiterbrodelte.

Oh ja, dieser DJ war unglaublich. Der Beat drehte wieder auf, und die Menge brüllte begeistert.

Ja. Das liebte sie. Wenn die Musik sie mitriss. Wenn auch nur kurz. Ein paar Augenblicke vergaß sie dann den Schmerz, ihre Großmutter und ihr wenig aufregendes Leben. All das vergaß sie, wenn sie sich ganz dem Beat hingab.

Jemand setzte sich neben sie, und sie warf einen Blick nach links, in der Erwartung, Angie zu sehen. Stattdessen sah sie ihn. Er hatte sich rücklings an die Bar gelehnt, die Ellbogen auf das polierte Holz gelegt, die Beine vor sich ausgestreckt und an den Knöcheln überkreuzt. Der Mann schien eine ganze Kollektion schwarzer T-Shirts von unbekannten Bands zu besitzen sowie Jeans, die seinen grandiosen Hintern perfekt betonten, und Bikerstiefel. Er trug nicht viel anderes, und Herr im Himmel, das brauchte er auch gar nicht.

»Ich dachte, du wolltest heute Abend nicht ausgehen«, sagte er laut genug, damit sie ihn über die Musik hinweg hören konnte, aber nicht so laut, dass sie sich bedroht fühlte.

»Das habe ich nicht gesagt«, antwortete sie. »Ich sagte, ich gehe heute Abend nicht mit dir aus.«

»Und warum noch mal?«

»Weil ich dich nicht mag.«

Er schnaubte, es war eine Art Lachen, und beobachtete wieder die Menge.

Himmel, der Kerl ging ihr auf die Nerven. Er war süß und heiß, und er ging ihr auf die Nerven.

Sie war kurz davor, ihn zu fragen, warum zum Henker er überhaupt mit ihr redete, als ein goldenes Aufblitzen ihren Blick zurück zur Tanzfläche lenkte. Natürlich war Angie gerade vor zwei Kerlen zurückgewichen, die sich anschickten, einander ihretwegen an den Kragen zu gehen. Das war nicht das erste Mal. Männer, vor allem Motorradfahrer, liebten es, sich um Angie zu prügeln. Natürlich würde derjenige, der sie bekam, sie niemals behalten können. Aber es nützte nichts, ihnen das zu erklären. Sie sahen Angie in all ihren süßen goldenen Outfits und den völlig überteuerten sexy Schuhen und dachten, sie könnten mit ihr zurechtkommen.

Wenn sie in der Notaufnahme endeten und die Ärzte verzweifelt versuchten, die Blutungen zu stoppen, wirkten dieselben Kerle dann immer so überrascht.

Sara klopfte mit den Fingerknöcheln auf die Bar, um Mikis Aufmerksamkeit auf sich zu ziehen.

»Angie-Alarm.«

Miki schaute auf die Tanzfläche und knurrte.

»Leon!«, schrie sie, und der Türsteher war innerhalb von Sekunden mit einem der neuen Lehrlinge da. Sie packten die Männer, und Sara fing Miki gerade noch rechtzeitig ab, bevor sie versuchte, mit ihrem Baseballschläger in der Hand über den Tresen zu hechten.

»Denk nicht mal dran, Kendrick!«

Die beiden Türsteher sammelten die kämpfenden Männer vom Boden auf und schleiften sie zum Ausgang.

»Verdammt, Morrighan!« Miki glitt grinsend von der Bar. »Ich hätte zumindest einen von ihnen ausschalten können, und diesmal wäre es vollkommen legal gewesen.« Sie schob den Schläger zurück in sein Versteck unter der Bar und erspähte im selben Moment Zach. »Was will der denn hier?«

Sara zuckte die Achseln. »Ich weiß nicht.« Sie sah Zach an. »Was willst du hier?«

»Ich genieße das Wunder Texas.«

Sara hatte Mühe, nicht zu lachen, als sie zu Miki sagte: »Er lernt, unseren großartigen Bundesstaat zu lieben.«

Miki verdrehte die Augen. »Ist klar.«

Und dann war er da. Der große blonde Stalker. Er lächelte Miki an. »Hi.«

Sie versuchte nicht einmal, ein Gespräch vorzutäuschen. Stattdessen schrie sie: »Pause!«, verschwand im Hinterzimmer und knallte die Tür hinter sich zu.

Der Blonde runzelte verwirrt die Stirn und gab seine Bestellung beim anderen Barkeeper auf.

»Lustige Freundinnen.«

Sara drehte sich zu Zach um. »Wenn ich es nicht besser wüsste, würde ich schwören, da gerade Ironie herausgehört zu haben.«

»Ich? Ironie? Red keinen Unsinn!«

»Dann passt du perfekt dazu.«

Zach deutete auf ihr Bier. »Willst du noch eins?« Okay, lud er sie auf einen Drink ein, oder lud er sie nur auf einen Drink ein? *Hmmm. Das ist eine ganz neue Ebene von idiotischen Fragen, Morrighan.*

Doch bevor sie ablehnen oder ihm die Zunge in den Hals stecken konnte, sagte er: »Hinter dir.«

»Was?«

Er sagte es nicht noch einmal. Packte sie nur am Kragen und riss sie zu sich her. Ihr Körper krachte gegen seinen, ihre Brüste drückten an seinen harten Oberkörper. Sie schnappte überrascht und voller Erregung nach Luft. Oh ja, dieser Kerl fühlte sich gut an! Das hieß trotzdem nicht, dass er sie so einfach anfassen durfte. Bevor sie ihm sagen konnte, dass er seine großen Pfoten von ihrem fetten Hintern nehmen solle, fiel etwas von hinten auf sie und schob sie noch dichter an Zach heran. Noch ein bisschen näher und sie würden vögeln.

Sara blickte in Zachs herrliche haselnussfarbene Augen. Niemand hatte sie je so angesehen. Als könnte er sie bei lebendigem Leib auffressen.

Den Bruchteil einer Sekunde lang glaubte sie, er könnte tatsächlich versuchen, sie zu küssen – und sie wusste nicht, ob sie ihn zurückgeküsst oder ins Gesicht gestochen hätte –, doch seine folgende Bemerkung traf sie unvorbereitet.

»Hübsche Jacke.«

»Äh ...« Sara schaute an ihrer abgeschabten und heißgeliebten Jacke hinab, die sie so oft wie möglich trug. »Danke.«

»Wo hast du sie her?«

Das ging ihn verdammt noch mal nichts an, aber bevor sie etwas dagegen tun konnte, hörte sie sich antworten: »Die hat meinem Dad gehört.«

Seine Haselnussaugen forschten in ihren, als versuchte er herauszufinden, ob sie log. Definitiv kein Typ, der vielen Frauen vertraute.

Nach mehreren Augenblicken murmelte er: »Gut.«

Bevor sie darüber nachdenken konnte, warum das wohl gut war und warum zum Henker ihn überhaupt ihre Garderobe interessierte und warum er sie immer noch ansah wie ein Steak Tartar, wurde der Sprechchor hinter ihr lauter, und ihre Augen weiteten sich vor Entsetzen.

»Mach sie fertig! Mach sie fertig!«

O Gott!

Sara machte sich von Zach los und wirbelte herum. Zwei Frauen waren in einen brutalen Kampf verwickelt, und Sara beugte sich vor, um besser sehen zu können.

»Du dachtest, ich sei es, oder?«

Sara richtete sich wieder auf und wurde von einer unfassbaren Welle der Erleichterung überspült, als ihr klar wurde, dass Angie auf dem Hocker neben ihr saß und nicht Mittelpunkt einer Kneipenschlägerei war.

»Nein. Natürlich nicht«, log sie. »Ich war nur neugierig.«

»Verlogene Kuh.« Angie nippte an ihrem Bier und legte ein Bein über das andere. Die Männer um sie herum stöhnten hörbar auf.

»Na, Morrighan, hast du Spaß?«

Sara starrte ihre Freundin an, bis ihr klar wurde, dass Angie die ganze Zeit auf Zach deutete … und dass Zach es bemerkt hatte.

»Herr im Himmel!« Sie schnappte Angie am Arm und zog sie um die Bar herum ins Hinterzimmer. Sie war nicht überrascht, dort Miki vorzufinden, die auf einer Getränkekiste saß und ein Buch las.

»Was ist los?« Sie stand auf und kam zu ihnen herüber.

»Ganz ehrlich, Santiago! Du bist eine Idiotin!«

»Ich versuche nur, dir zu helfen. Der Kerl ist verrückt nach dir, und du musst ihm sagen, dass du interessiert bist, bevor irgendeine andere Bikerschlampe – so eine wie du – ihn dir mit einem Blowjob zur rechten Zeit wegschnappt.«

»Ich bin nicht interessiert. Ich bin keine Bikerschlampe. Und iiiih!«

»Du bist so was von interessiert!«

»Er steht auf der Liste«, schaltete sich Miki ein.

Angie schubste Miki an der Schulter. »Halt die Klappe!«

»Schubs mich nicht!«, blaffte Miki und schubste Angie zurück.

Als die Schlägerei begann, ging Sara zurück nach draußen in die Bar.

Zach sah sie in die Bar zurückhinken. Die zwei kämpfenden Frauen – die ihm den perfekten Anlass geliefert hatten, um Saras unglaublich köstlichen Körper an sich zu ziehen – waren von den Türstehern nach draußen geschleppt worden.

Zu seiner Überraschung kam sie zu dem Hocker neben ihm zurück und glitt darauf. Er konnte gerade noch ein Knurren unterdrücken, als er daran dachte, wie sie dieselbe Bewegung nicht mit dem Hocker, sondern mit seinem Gesicht machte.

»Alles klar?«, fragte Zach.

Sara hob die Schultern. »Ein ganz normaler Abend

bei Skelly's. Zerbrich dir deswegen nicht dein Köpfchen.«

Er musste sich große Mühe geben, nicht zu lachen. Für ein Mädchen, das als Mensch aufgewachsen war, konnte sie verdammt lustig sein.

Er hielt ihr ihr Bier hin. »Da.«

Sie sah es an, als hätte sich eine Schlange darumgewickelt. »Du willst, dass ich das trinke?«

»Was? Zu warm?«

Sie schnaubte. »Sorry. Ich denke, ich vermeide es besser, offene, unbeaufsichtigte Flaschen Bier von Typen anzunehmen, die ich kaum kenne.«

Einen Moment lang war er beleidigt, doch dann ging Zach auf, dass er seiner Schwester die Hölle heißmachen würde, wenn sie eine Flasche Bier von einem beinahe Fremden annähme. Selbst mit ihrer gesteigerten Sinneswahrnehmung wäre das verdammt dämlich.

Sara hatte auch noch Verstand! Verdammt! Er musste bald ein paar Fehler an dieser Braut finden, oder die ganze Sache wuchs ihm über den Kopf.

Sie bestellte ein neues Bier und deutete auf Zach. »Er zahlt.«

»Ach ja? Tue ich das?«

Die Flasche an ihre vollen Lippen setzend, grinste sie. »Ja. Tust du.«

»Und warum tue ich das?«

Sie grinste immer noch, trank und zuckte die Achseln. Er hätte das Gespräch nur zu gern auf der Toilette weitergeführt, wo er die Antwort aus ihr herausvögeln konnte, doch sein Handy ging los.

»Ja?«, blaffte er ins Telefon, den Blick auf ihren langen, entblößten Hals gerichtet, während sie ihr Bier trank, und auf all die weiche Haut, die er so gern mit der Zunge gekostet hätte.

»Zach, hier ist Julie. Du musst herkommen. Probleme mit ein paar Lieferanten, und Yates wird gleich wild.«

Zach seufzte. Da gingen sie dahin, seine Pläne mit der Toilette. »Ja, ja. Ich kümmere mich darum.« Er klappte das Telefon zu.

Sie stellte ihre Bierflasche auf die Theke, und ihre Zunge schoss heraus und leckte einen Tropfen Flüssigkeit von ihrer Unterlippe. Zach ballte die freie Hand zur Faust und ließ die Spitzen seiner Krallen gerade so weit herausschauen, dass sie ihm ins Fleisch stachen und genug Schmerz verursachten, um ihn davon abzuhalten, sich die Frau zu schnappen, sie über die Bar zu legen und sie bewusstlos zu vögeln. »Ich muss zurück«, stieß er grummelnd hervor. »Probleme mit Lieferanten und dem Partystandort für morgen.«

»Wow.« Sie feixte. »Das interessiert mich wirklich kein bisschen.«

Er knurrte leise. »Du bist morgen da, ja?« Scheiße, bei ihm klang das wie der Befehl, rechtzeitig zu einem Gerichtstermin zu erscheinen.

»Das ist der Plan.«

»Gut.«

»Heißt aber nicht, dass ich dich dort sehen muss.«

Verdammt, die Frau spielte mit dem Feuer.

Zach stellte sich vor sie und schaute auf ihr hübsches Gesicht hinab. Lange Zeit starrte er sie nur an, und Sara starrte zurück. Sie blinzelte nicht. Sie wandte sich nicht ab. Sie wich keinen Millimeter zurück. *Nett!*

»Wir sehen uns morgen«, sagte er schließlich.

Die Stimme vor Ironie triefend, antwortete sie: »Ich bin schon ganz atemlos vor Aufregung. Merkst du das nicht?«

Zach musterte sie von oben bis unten. Schließlich sah er ihr in die Augen und sagte: »Das wirst du auch sein.«

Dann ging er, und der Rest der Meute folgte ihm instinktiv.

Kapitel 8

»Mann, ich war heute echt erfolgreich!« Miki zog ein ordentliches Bündel Scheine aus der Tasche und wedelte ihren Freundinnen damit vor der Nase herum, während Angie ins Auto sprang und die Wagentür schloss.

»Und was hast du mit all dem Geld vor?«

»Computerspeicherplatz, danke der Nachfrage.«

Angie seufzte. »Wofür brauchst du noch mehr Speicherplatz?«

»Weil sie wissen will, ob sie den Verhörraum von damals vermisst und … wie war noch mal der Name von diesem Kerl, Ang?«

»Agent Jones?«

»Das schmiert ihr zwei mir noch ewig aufs Brot, oder?«

»Ja!«, jubelten sie im Chor.

Es war fast vier Uhr morgens, doch Sara und Angie waren geblieben, weil sie die arme Miki nicht allein lassen wollten. Der große Blonde war mit Zach weggegangen, aber Miki machte sich immer noch Sorgen, er könnte zurückkommen. Um ehrlich zu sein, wusste

Sara nicht, was Mikis Problem war. Der Kerl war hinreißend und einfach ein großer Teddybär. Doch Miki konnte sich so ziemlich alles einreden, wenn ihr danach war. Es nützte nichts, darüber mit ihr zu streiten.

Sara setzte Angie als Erste ab. Ihr Haus war groß und traumhaft schön. Alles war am richtigen Platz und perfekt eingerichtet … und Angie tat hier nichts weiter als schlafen. Wenn man Angie suchte, war es viel wahrscheinlicher, dass man sie in Saras Haus oder Mikis Wohnung fand.

»Sara …«, begann Miki.

»Wir gehen, Miki. Wir gehen zu dem Rave, und ich will nicht noch mal darüber diskutieren.«

Sie musste unbedingt zu diesem Rave. Schon allein wegen der letzten Worte, die Zach zu ihr gesagt hatte. Der bloße Gedanke an diese Worte zog ihr die Nippel unter ihrem Harley-T-Shirt zusammen, und bestimmte Körperteile hätten sich am liebsten gewunden. Was wahrscheinlich eine blöde Idee gewesen wäre. Miki hätte es sicher bemerkt.

»Na schön!«

Sara gluckste. »Du bist wirklich besessen.«

»Ich versuche nur zu vermeiden, dass unsere Lebensgeschichten auf *America's Most Wanted* erzählt werden.« Mikis Stimme wurde mehrere Oktaven tiefer. »Doch diese unschuldigen Frauen ahnten nicht, dass dieser Rave ihr letzter sein würde … für *immer.*«

Saras Kichern wuchs sich zu einem schallenden Gelächter aus, und sie hatte Mühe, sich auf die Straße zu konzentrieren. »Hör auf! Alles wird gut! Marrec hat uns sein Wort gegeben, schon vergessen?«

»Ja. Das macht mir immer noch Sorgen. Wann hat Marrec je Fremden von außerhalb der Stadt vertraut? Er ist doch Mister Was Tust Du Auf Meinem Grundstück!«

»Ich weiß nicht. Aber ich vertraue Marrec, und er vertraut ihnen. Wir haben nichts zu befürchten. Und wenn du nicht lernst, dich zu entspannen, wirst du irgendwann eine von diesen schrulligen alten Frauen, nach denen die Nachbarskinder Steine werfen.«

Sara hielt ihren Truck vor Mikis Apartmentanlage an. »Also tu uns bitte allen einen Gefallen, bevor Angie dir die Titten abreißt … mach dich locker!«

»Na gut. Von mir aus.« Miki öffnete die Fahrertür, hielt aber inne, bevor sie ausstieg. Über die Schulter warf sie Sara noch einen Blick zu. »Alles in Ordnung bei dir?«

»Ja, warum?«

Miki zuckte mit den schmalen Schultern. »Nur so. Aber du weißt, wenn du irgendetwas brauchst, bin ich da. Und Angie auch.«

»Kendrick, was redest du da?«

Mit einem Kopfschütteln stieg Miki aus. »Nichts. Wir sprechen uns morgen.«

»Du meinst heute, oder?«

»Von mir aus.« Miki lächelte und knallte die Wagentür zu. Sie winkte, und Sara wartete, bis sie die Treppe hinauf und in ihre Wohnung gegangen war und das Licht angeschaltet hatte. Ihr vereinbartes Signal, dass Miki in ihrem winzigen Apartment angekommen war und keine Serienvergewaltiger entdeckt hatte, die in irgendeiner Ecke lauerten.

Sara machte sich auf den Heimweg und schaltete das Radio erst gar nicht ein. Sie hatte es gespürt, sobald sie vor Mikis Haus angekommen waren. Die ersten Anflüge von Schmerzen: Vorboten ihrer Wellen von »Anfällen«, die sie in der letzten Zeit hatte. Schmerzen, die an manchen Tagen so schlimm waren, dass sie nicht recht wusste, wie sie überhaupt funktionierte. Und manchmal funktionierte sie auch nicht. Dann fand sie sich bäuchlings auf ihrem Küchenboden wieder oder in ihre Kleider verheddert hinten in ihrem Kleiderschrank. Die Anfälle waren in letzter Zeit stärker und häufiger, aber das würde sie Miki und Angie auf keinen Fall erzählen.

Sie war so auf die Straße konzentriert und darauf, nach Hause zu kommen, bevor die Schmerzen zu groß wurden, dass sie nicht einmal merkte, dass ihr etwas folgte, bis dieses Etwas mit einem lauten »Rums!« ihren Truck traf.

Sie blieb nicht stehen. Miki hatte sie alle gut auf die Vorgehensweisen von Serienkillern abgerichtet. In den Rückspiegel schaute sie aber, und da blinzelte sie verwirrt. Katzen. Zwei Großkatzen in ihrem Rückspiegel, die hinter ihr herliefen. Sie runzelte die Stirn. Es war immer noch dunkel draußen, sie konnte sich nur auf ihre Rücklichter verlassen – von denen eines immer noch kaputt war, weil sie sich die Reparatur nicht hatte leisten können –, und Sara konnte sich nicht wirklich sicher sein, was sie da sah. Aber sie bewegten sich wie Katzen. Allerdings konnte sie sich nicht erinnern, in den ganzen zwanzig Jahren, die sie schon hier lebte, Berglöwen in der Gegend gesehen zu haben. Und sie war in diesen Jahren viele, viele Male jagen gewesen. Sie hatte nie Pfotenabdrücke oder Markierungen gesehen, die auf Katzen hindeuteten. Wenn sie recht darüber nachdachte, nicht einmal von streunenden Hauskatzen.

Außerdem sahen die hier wirklich *riesig* aus für Berglöwen …

Eine Stimme in Saras Hinterkopf sagte ihr pausenlos, dass etwas ganz und gar nicht stimmte, doch Sara wusste nicht was, und sie war sich auch nicht sicher, ob sie es wissen wollte. Stattdessen trat sie aufs Gas und raste nach Hause. Sie musste zugeben: Sie hatte Angst. Diese Dinger hinter ihrem Truck herrennen zu sehen, als wollten sie ihre Knochen als Zahnstocher benutzen, um sich ihre Überreste aus den Zähnen zu picken, jagte heiße Adrenalinstöße durch ihren Körper.

Saras Truck schoss den ausgestorbenen Highway entlang. Reifen quietschten, als sie aus voller Fahrt in die Zufahrt ihres Hauses einbog. Ebenfalls mit quietschenden Reifen kam sie vor ihrem Haus zum Stehen und blieb mehrere lange Sekunden im Wagen sitzen, während sie versuchte durchzuatmen und herauszufinden, ob immer noch etwas hinter ihr her war. Sie sah nichts.

Mit zitternden Händen öffnete sie die Wagentür und stieg aus. Sobald ihr schlimmes Bein den Boden berührte, knickte sie mit einem Schrei ein. Der Schmerz war so heftig, dass er ihr die Tränen in die Augen trieb und ihren kompletten Körper lähmte. Sie biss die Zähne zusammen und versuchte nicht noch einmal zu schreien, keine Schwäche zu zeigen.

Sie zeigte niemals Schwäche. Nicht, wenn es sich

vermeiden ließ. Als ihre Großmutter noch gelebt hatte, hatte Schwäche zu zeigen immer zu einer unangenehmen Lektion darüber geführt, was wahre Schmerzen waren. Also hatte Sara gelernt, ihre Schmerzen nicht zu zeigen. Hatte gelernt, nicht zu zeigen, wie sehr sie litt. Doch dieser Schmerz … er war schlimmer als alles, was sie je zuvor erlebt hatte.

Verzweifelt und verängstigt, nahm Sara ihre ganze Kraft zusammen, um sich an der Wagentür hochzuziehen; Berglöwen und alles andere außer sie selbst waren vergessen. Sie setzte das verwundete Bein nicht auf, stützte sich auf die Motorhaube und machte sich auf den langen, schmerzhaften Weg um den Wagen herum zu ihrer Haustür. Auf der anderen Seite des Wagens angekommen, ihre Veranda vor sich, lehnte sie sich seitlich an ihren Truck. In dem Wissen, dass sie die wenigen Schritte vom Wagen zur Veranda nicht schaffen würde, stieß sie sich ab und landete mit dem Kopf voraus auf den Stufen.

Irgendwie zog sie sich die Stufen bis vor ihre Haustür hinauf. Sie schaffte es, den Schlüsselbund herauszuziehen, doch bevor sie sich überhaupt umdrehen konnte, um sich hochzustemmen und den Schlüssel ins Schloss zu stecken, schoss eine neue Schmerzwelle durch sie; ihr ganzer Körper krampfte sich brutal zusammen. Ihr unwillkürlich ausgestoßener Schrei schallte durch den Wald um ihr Haus.

Dann wurde alles schwarz.

Zach wachte auf, als Kelly ihm mit der Pfote auf den Kopf schlug. Gähnend wälzte er sich herum und sah zu, wie seine Meute ein Reh fürs Frühstück riss. Er dachte kurz daran, sich ihnen anzuschließen, aber er war zu sehr damit beschäftigt, sich in Gedanken selbst in den Hintern zu treten. Warum hatte er Sara gestern Abend geschnappt? Und was sollte diese fixe Idee wegen ihrer verfluchten Lederjacke? Seine Erleichterung, als er gehört hatte, dass sie früher ihrem Dad gehört hatte, machte ihn fast physisch krank.

Ich bin so ein Idiot!

»Hey.«

Er schaute zu Conall auf. »Was?« Conall hatte vor langer Zeit gelernt, dass Zach ein Morgenmuffel war. Also erwartete er kein höfliches Benehmen.

»Ich glaube, das Rudel war gestern Nacht in Marrecs Revier.«

Zach knurrte und stand auf. »Und?«

»Nichts weiter. Ich habe die Witterung aufgenommen, als ich mit dem Truck aus der Stadt zurückgefahren bin. Dachte nur, es würde dich interessieren.«

»Mist.«

»Was?«

»Ich sehe besser nach ihr«, seufzte Zach.

»Weil nach Sara zu sehen jetzt dein Job ist?«

Zach blickte zu Boden, die Hände in die Hüften gestemmt. »Wie spät ist es?«

»Ungefähr elf.«

»Und wie lautet die Regel?«

»Nicht mal daran denken, dich vor Mittag anzusprechen.«

»Und warum forderst du mich dann heraus?«

»Weil es Spaß macht, zuzusehen, wie du dieses gewisse wütende Rot annimmst.«

Es war die feuchte Nase in ihrem Ohr, die sie weckte. Der Schmerz war auf sein dumpfes Normalmaß zurückgegangen, und Sara konnte wieder deutlich sehen. Mithilfe der Hände stemmte sie den Oberkörper hoch und sah sich um.

»Guter Gott, ich bin auf meiner Veranda ohnmächtig geworden.«

Zumindest war der Grund diesmal nicht, dass sie sich bewusstlos getrunken oder sich geprügelt hatte.

Ein leises Knurren zu ihrer Linken weckte Saras Aufmerksamkeit. Sie schaute hin, und ein braunäugiger Wolf starrte sie an.

Sie spürte eine lange, nasse Zunge an der Stelle an ihrem Rücken, wo Jacke und T-Shirt beim Sturz hochgerutscht waren. Mit einem Blick über die Schulter sah sie einen weiteren Wolf. Groß, schön und eindeutig ein Raubtier, wenn man von der Größe seiner Reißzähne ausging.

Und da waren noch mehr. Viel mehr. Die Wölfe aus dem Wald. Die, mit denen sie jede Nacht heulte. Sie waren auf ihrer Veranda, vor ihrer Veranda, auf der Motorhaube ihres Trucks.

Sara gab sich größte Mühe, nicht in Panik zu verfallen, und dankte Gott, dass Miki nicht in der Nähe war. Ihr Geschrei hätte alle möglichen Probleme verursacht.

Plötzlich wurde Sara etwas bewusst – sie versuchten nicht, ihr wehzutun. Eigentlich schienen sie sich jetzt, wo sie sich wieder selbst bewegte, nicht einmal allzu sehr für sie zu interessieren, abgesehen von zwei oder drei, die sie im Auge behielten.

Sie waren gekommen, um sie zu beschützen.

Hatten hier bei ihr gesessen, während sie bewusstlos auf ihrer Veranda lag, und hatten über sie gewacht.

Sie konnte sich irren – sie war nicht gerade eine Wissenschaftlerin wie Miki –, aber sie war sich relativ sicher, dass das kein normales Verhalten für Wölfe war.

Nachdem sie sich aufgesetzt hatte, trotteten sie davon. Kein »Hoffe, du bist okay«-Lecken, keine freundlichen Pfotenklapse auf die Schulter. Jetzt, wo sie sich wieder selbst um sich kümmern konnte, gingen sie.

»Bilde ich mir das nur ein, oder wird mein Leben gerade richtig schräg?«, fragte sie niemanden im Besonderen.

Sie beschloss, nicht weiter darüber nachzudenken, stand auf und streckte sich. Fast hätte sie vor Erleichterung geseufzt. Ihr normaler, *erträglicher* Schmerz war wieder da. Wer hätte gedacht, dass sie ihn einmal dem vorziehen würde, was sie letzte Nacht erduldet hatte?

Nein. Keine gute Idee, groß darüber nachzudenken. Sie würde nur in Panik verfallen und es schlimmer machen.

Sie hinkte zur Haustür und schloss auf. Gerade wollte sie über die Schwelle treten, als sie erstarrte; instinktiv wusste sie: jemand beobachtete sie.

Als sie über die Schulter blickte, sah sie ihn. Den verdammt noch mal größten Wolf, den sie je gesehen hatte. Er stand am Waldrand, weit weg von ihr. Sie wusste, falls er sie angriff, konnte sie rechtzeitig im Haus sein. Also erlaubte sie sich, zurückzustarren.

Ein großer Wolf mit schwarzem Fell, und er beobachtete sie, als gehöre sie ihm.

Sara schüttelte den Kopf über diesen äußerst beunruhigenden Gedanken.

Nein. Nein. Sie würde nicht zulassen, dass der Schmerz ihr den Verstand raubte. Das würde sie nicht dulden. Ihre Großmutter war verrückt gewesen; sie weigerte sich kategorisch, auch verrückt zu sein.

Mit einem raschen Blick zurück stellte sie fest, dass der Wolf mit den anderen weggegangen war. Mit einem tiefen Aufseufzen und ernsthaft besorgt, weil ihre Nippel hart waren – *das ist nur die Angst, Süße. Kein Grund zur Panik. Es ist nur die Angst* –, betrat Sara ihr Haus und schloss die Tür.

Kapitel 9

»Hast du hier in der Gegend mal einen Berglöwen gejagt, Marrec?«

Marrec beantwortete Saras Frage mit einem Grinsen und polierte weiter mit einem weichen Tuch sorgfältig das Chrom einer seiner neuesten Kreationen. »Hier in der Gegend, nö. Aber ich habe sie ein oder zwei Mal woanders gejagt. Warum?«

Sara blätterte mit flinken Fingern durch den Stapel Rechnungen auf ihrem Schoß. Sie musste noch schnell ein paar Rechnungen suchen, bevor sie gehen und sich für die Party am Abend umziehen konnte.

Ohne von ihren Papieren aufzublicken, meinte sie: »Kein bestimmter Grund. Ich dachte nur, ich hätte gestern Nacht welche gesehen.«

»Wie viele?«

»Da ist er ja!« Sara hielt den Beleg hoch, den sie gesucht hatte. »Ich konnte die Papiere von diesem Kerl nicht finden – au!«

Erschrocken schaute Sara auf die vertraute Hand, die ihr Handgelenk umklammerte. »Was hast du denn für ein Problem?«

»Beantworte meine Frage!«

Sie hatte Marrec immer nahegestanden. Er hatte sich in ihrer »Jugendliche Straftäterinnen«-Phase um sie gekümmert, als es kein anderer Erwachsener getan hatte. Der Mann hatte ihr gegenüber immer einen Beschützerinstinkt gehabt, aber seit einer Woche wurde er immer seltsamer. Und sie hatte so langsam wirklich die Schnauze voll davon.

»Lass mich los!«

Blinzelnd, als habe er eben erst gemerkt, dass er sie festgehalten hatte, als hätte sie versucht, sein Familienvermögen zu stehlen, ließ er ihren Arm los.

»Tut mir leid.«

Sara legte die Papiere, die sie brauchte, zur Seite und heftete die anderen in einen Ordner. »Marrec, ist alles in Ordnung mit dir?«

»Ja. Ja. Mir geht's gut. Ich werde nur alt, glaube ich.«

»Hier.« Sie reichte ihm die Papiere. »Bist du dir sicher, dass ich nicht warten soll, bis dieser Typ vorbeikommt?«

»Nein. Geh du nur. Amüsier dich. Und, Sara: sei vorsichtig.«

»Bin ich das nicht immer?«

»Schon. Aber du hast diese beiden verrückten Hühner dabei. Manchmal bist du so damit beschäftigt, sie von Dummheiten abzuhalten, dass du selbst mitten in der Scheiße endest. Ich brauche keine nächtlichen Anrufe von der Polizei mehr, wenn du es vermeiden kannst.«

»Du tust, als sei das so oft passiert! Sechs- … höchstens siebenmal!«

Sara grinste, und Marrec schüttelte lachend den Kopf. »Geh. Wir sehen uns morgen.«

Sie schlüpfte in ihre Lederjacke. »Aber nicht allzu früh.«

Mit einem Schnauben rief Marrec ihr nach: »Wann zum Geier warst du je irgendwo zu früh, Sara Morrighan?«

Der Streit über Klamotten hatte begonnen, sobald Sara Miki und Angelina an diesem Abend abgeholt hatte. In dem Moment, als sie beide im Auto saßen, hatten Angie und Miki zu schreien begonnen. Das war um sechs gewesen. Sara schaute auf die Uhr auf dem Nachttisch. Jetzt war es zwanzig nach zehn, und die beiden Zicken waren immer noch dabei. Sie selbst wollte jedenfalls wirklich auf diese Party, und deshalb hatte sie nicht vor, noch eine Minute länger zu warten.

»Das zieht sie *nicht* an!«

»Und was ist falsch daran?«, wollte Miki wissen, die ein langes, sehr hübsches Sommerkleid hochhielt. Sara hatte keine Ahnung, wo zum Henker Miki dieses Kleid herhatte. Es kam jedenfalls definitiv nicht aus einem ihrer Kleiderschränke … und würde auch nie darin zu finden sein.

»Sie ist keine Nonne. Sie ist ein geiles Mädchen, das dringend flachgelegt werden sollte. Das Mindeste, was wir als ihre Freundinnen tun können, ist ja wohl, ihr dabei zu helfen. Deshalb sollte sie das hier tragen.« Angelina hielt die winzigen schwarzen Hotpants hoch, die sie immer noch in der Hand hielt. Auch ohne die Narben an ihrem Bein hätte Sara das Scheißding aus Prinzip nicht getragen.

»Das ist einfach billig«, blaffte Miki. »So geht sie nicht aus. *Niemals.*«

Sara war fertig. Diese Idiotinnen würden noch die ganze Nacht so weitermachen, wenn sie nichts unternahm. Sie stieß sich von der Wand ab, an der sie gelehnt hatte, und ging zur Tür. Ihre Freundinnen hörten auf zu streiten, als Sara an ihnen vorbeiging. Sie schenkte ihnen nicht einmal einen Blick.

Sara hatte keine Lust, die Entscheidung über ihre Garderobe diesen beiden Irren zu überlassen, also flocht sie ihre Haare zu einem lockeren französischen Zopf und schlüpfte in einen Rock im Tarnmuster, der ihr bis kurz übers Knie reichte und rechts einen Schlitz besaß. Dann vervollständigte sie das Outfit mit ihren alten schwarzen Lieblings-Cowboystiefeln, in deren Leder ihre dünne, aber tödliche Waffe versteckt war, und einem grünen Tanktop. Zusätzlich zog sie sich noch ihren schwarzen Cowboyhut tief ins Gesicht.

Dann stürmte sie aus dem Haus, aber nicht ohne vorher zu schreien: »Kommt ihr zwei Zicken jetzt endlich, oder was?«

»*Kleine* Party?« Miki wiederholte sich nun schon zum dritten Mal. Es hatte vor einer Stunde begonnen, während sie in einer langen Schlange von Autos warteten, die auf dem Weg zum Park waren. Dann hatten sie auf einen Parkplatz gewartet. Jetzt standen sie in einer langen Schlange von Leuten, die auf diesen Rave wollten, der, wie Sara jetzt wusste, die ganze Nacht dauern sollte. Auf einen gut organisierten, gut durchgeführten Rave.

»Himmel, würdest du bitte aufhören, dich zu beschweren?« Angelina groovte schon zu der hämmernden Musik. »Entspann dich einfach!«

Sara schüttelte den Kopf. Angie konnte überall Spaß haben – sogar in einer Warteschlange.

Es dauerte eine Weile, aber schließlich schafften sie es bis zum Eingang. Riesige, muskelbepackte Männer nahmen das Geld entgegen und durchsuchten die Leute nach Waffen, was Miki zu entspannen schien – zumindest ein bisschen.

Jetzt stand Sara vorn. Sie hoffte, das Ganze würde kein Vermögen kosten. Sie hatte nur fünfzig Dollar in der Tasche.

Der größte der Männer schaute auf sie herab. Er starrte sie an, und einen Augenblick lang fragte sie sich, ob er irgendwie das Messer sehen konnte, das sie im Stiefel versteckt hatte. Aber dann nickte er. »Du kannst rein.«

Sara kratzte sich verwirrt die Stirn. »Ich … äh …«

»Was ist los?«, fragte Angelina hinter ihr.

»Sie kann auch rein.«

»Aber …«

»Ihr steht auf der Liste.«

Nur dass er gar nicht auf seine Liste geschaut hatte. Er hatte gar nichts getan. Sie nur irgendwie angesehen.

»Cool!«, jubelte Angelina. »Gehen wir!«

Bevor Sara Fragen stellen konnte, schob Angelina sie an den Männern vorbei auf eine riesige Lichtung. Im Zentrum tanzten mehrere Hundert Leute. In Buden, die die Lichtung von dem dichten Wald abgrenzten, in dem die drei Freundinnen mehr als einmal jagen gewesen waren, wurde Essen, Alkohol und T-Shirts verkauft.

So etwas hatte Sara noch nie gesehen. Sie war in ihrer wenig wilden Vergangenheit schon bei einigen Raves gewesen, aber die waren immer in Austin oder Umgebung gewesen. Dies hier war ihre langweilige Heimatstadt. So weit draußen waren normalerweise keine Raves.

Angelina stand neben ihr, das schöne Gesicht glühend vor Aufregung, hob beide Arme in die Luft und schrie: »Wooohooo! Das rockt, Scheiße noch mal!« Dann riss sie Sara am Arm mitten in die tanzende, zuckende Menge. Miki folgte ihnen, und zum ersten Mal seit langer Zeit sah Sara sie lächeln.

Der letzte Rave, auf dem sie zusammen gewesen waren, war ein paar Jahre her. Miki hatte die Uni und zwei Jobs. Angelina hatte ihre eigene Firma, auch wenn sie nie dort zu sein schien – »dafür habe ich ja Angestellte«. Und jetzt, wo sie wussten, dass hier keine Biker-Gang darauf wartete, sie unter Drogen zu setzen, sie zu vergewaltigen und dann als Huren nach Taiwan zu verschiffen – was Mikis Überzeugung gewesen war –, beschlossen die Freundinnen stillschweigend, dass sie sich in dieser klaren, kühlen Nacht entspannen und amüsieren würden.

Ohne den Blick von der Partymeute abzuwenden, fing Zach mühelos das Bier ab, das Conall nach seinem Kopf warf.

»Sieht ziemlich gut aus heute, was?« Conall trat hinter Zach, sein eigenes Bier fest in der Hand.

»Sieht so aus.« Zach nahm einen langen Schluck und suchte weiter die Menge ab.

»Noch nicht da, was?«

Zach warf seinem Freund einen Blick zu. »Wer?«

Conall feixte. »Erzähl mir doch nichts, Zach.«

Er hatte natürlich recht. Zach hielt tatsächlich nach ihr Ausschau. Er konnte es sich nicht verkneifen. Seit sie ihm die Zunge in den Mund gesteckt hatte, konnte er nicht aufhören, an sie zu denken.

»Oh, sie.« Er versuchte, desinteressiert zu klingen. »Yates will immer noch, dass ich Babysitter spiele. Das ist alles.«

»Ja, klar. Das ist alles.« Conall hätte zumindest so tun können, als kaufe er ihm seinen Schwachsinn ab.

»Sie kommt wahrscheinlich sowieso nicht. Deine Freundin mit der großen Klappe hat es ihr wahrscheinlich ausgeredet.«

»Ich muss dich bitten, die Frau, die ich liebe, nicht meine Freundin zu nennen – sie ist meine zukünftige Ehefrau!« Zach schüttelte den Kopf über Conalls dämliches Grinsen. Ein dämliches Grinsen, hinter dem sich erfolgreich ein Raubtier verbarg. »Abgesehen davon«, fuhr sein Freund fort, »wollte diese Latina auf jeden Fall kommen, und ich glaube, sie kommt nicht ohne sie.«

Zach hoffte, dass Conall recht hatte. Er musste Sara sehen. Um sich selbst zu beweisen, dass sie nichts weiter als eine Episode war. Ein Problem, das er zu lösen hatte. Nichts weiter. *Ja, genau.*

Es war das »Wooohooo! Das rockt, Scheiße noch mal!«, das seine und Conalls Aufmerksamkeit auf sich zog. Himmel, waren diese Frauen laut!

Zach suchte mit Blicken die Menge ab; seine Augen nahmen Dinge wahr, die andere nicht gesehen hätten. Er entdeckte sie schnell. Angelina zerrte Sara und die andere mitten in den Rave. Das war eindeutig nicht ihr erster Rave bis in die Morgenstunden. Sie hatten keine Handtaschen dabei. Keine Jacken. Und sie waren bereit, die ganze Nacht zu schwitzen.

Angelina hatte die langen Haare zu einem Pferdeschwanz gebunden, was ihr schwarzes Bustier in all seiner enganliegenden, figurbetonenden Pracht zur Geltung brachte. Außerdem eine weite Jeans und Turnschuhe. Der Tanga, der unter ihrer Jeans hervorlugte, gab dem Ganzen einen hübschen, sexy Touch. Die mit dem Mund hatte ein enges, bauchfreies Top an, das ihre umwerfenden Bauchmuskeln frei ließ, bei deren Anblick er Conall knurren hören konnte; außerdem trug sie Shorts und Wanderstiefel.

Sara hatte ein Tanktop an, einen tarnfarbenen Rock mit Cowboystiefeln und einen Hut, den er an jeder anderen lächerlich gefunden hätte. Aber an ihr sah er gut aus. Er nahm allerdings an, dass sie ihn nur trug, um die Narbe in ihrem Gesicht zu verbergen, was er völlig unnötig fand.

Sara tanzte nicht. Ihr verletztes Bein hinderte sie

daran. Aber sie bewegte sich wirklich gut. Nichts Ausgefeiltes oder Schrilles, und ihre Bewegungen hatten auch nichts von einer Stripperin, was er und Conall über die Jahre zu schätzen gelernt hatten. Doch was sie tat, brachte seinen Schwanz dazu, von innen gegen seine Jeans zu hämmern und die Freilassung zu verlangen … um sich von ihr gefangen nehmen zu lassen.

Conall dagegen erging es leider nicht so gut. »Oh. Mein. Gott. Sie ist die *schlechteste* Tänzerin, die ich je gesehen habe!«

Bis dahin hatte Zach vergessen, dass es auch noch andere auf dem Rave gab. Er schaute hinüber und sah, was Miki sich unter Tanzen vorstellte. Es war irgendwie traurig … und furchterregend. Aber sie amüsierte sich eindeutig.

»Aber«, fügte Conall hinzu, »ihr Arsch sieht toll aus in diesen Shorts.«

Zach schüttelte den Kopf. Dem Mann war einfach nicht zu helfen.

Miki knurrte, wirbelte noch einmal herum und schaute hinter sich.

»Okay. *Das* hatte ich mir nicht eingebildet«, schrie sie über die pulsierende Musik hinweg.

Sara und Angie sahen einander an und dann wieder Miki.

»Wovon redest du?«, fragte Sara.

»Hier schnüffelt ständig jemand an meinem Hintern!«

Nachdem sie sie eine Ewigkeit angestarrt hatten, prusteten Sara und Angie los.

»Das ist nicht lustig!«

»Doch, ist es!«, antworteten sie gleichzeitig.

Bevor Miki davonstürmen konnte, nahm Sara ihren Arm und zog sie zurück. »Ist doch nicht schlimm. Kein Ding. Sie tanzen eben, und dein Hintern war zufällig im Weg.«

»Das ist keine Entschuldigung dafür …« Miki zog ein komisches Gesicht, beugte sich vor und flüsterte ihr ins Ohr: »… an meinem Hintern zu schnüffeln!«

»Ich weiß. Das ist eindeutig geschmacklos, aber ich würde mich nicht zu sehr darüber aufregen. Okay?«

»Ich wünschte nur, ich hätte meine Schrotflinte dabei.« Miki warf den Leuten um sie herum böse Blicke zu. »Denn dann würde hier jemand verdammt noch mal eine Ladung Schrot abbekommen!«

Zach machte zwei Männern der Security ein Zeichen. Er hätte auch andere nehmen können, aber diesen beiden vertraute er.

»Seht ihr den Typ dort drüben?« Die beiden blickten an seinem Finger entlang auf den Kerl, der Sara am Morgen zuvor in ihrem Wagen belästigt hatte. »Ich will, dass er geht und nicht wiederkommt.«

Einer der Männer, den alle liebevoll Ox nannten, runzelte die Stirn. »Du willst, dass er … für immer geht?«

Zach schloss kurz die Augen. »Nein.« Und es kostete ihn seine ganze Kraft, nicht »Schwachkopf« hinzuzufügen.

»Sorgt einfach dafür, dass er geht und heute Nacht nicht noch mal wiederkommt. Aber ich will morgen früh keine unbekannten Leichen.«

»Verstanden.« Ox und sein Partner gingen, und plötzlich löste sich Conall aus der tanzenden Menge und stellte sich wieder neben Zach.

Es war sein gespielt unschuldiger Blick, der Zach den Kopf schütteln ließ.

»Du hast an ihrem Hintern geschnüffelt, oder?«

Conall versuchte nicht einmal, sein Grinsen zu verbergen.

Nachdem sie mindestens eine volle Stunde durchgetanzt hatten, bedeutete Miki ihnen, dass die Wasserflasche, die sie mitgebracht hatte, leer sei. Sara und Miki schoben sich durch die Menge und ließen Angelina zurück. Sie hatte eine nette Gruppe hübscher Jungs zum Tanzen aufgetan und schien sich ganz gut zu amüsieren.

»Super Musik, was?«, fragte Miki, als sie sich endlich aus der Menge der tanzenden Leiber befreit hatten.

»Unglaublich!« Sie hatten hier erstklassige DJs aus Europa. Sara kannte mehrere von ihnen aus Musikzeitschriften und von ein paar hochkarätigen Raves in Austin. Wie schafften es ein paar, um Miki zu zitieren, »zwielichtige Biker«, solche DJs hier heraus ins Nirgendwo zu holen?

Die beiden arbeiteten sich zum Rand der Lichtung

vor. In der ersten Bude, zu der sie kamen, verkauften zwei großgewachsene Frauen.

»Kommt mir das nur so vor, oder sind viele dieser Frauen riesengroß?«, murmelte Miki vor sich hin. Mehr oder weniger. Die zwei Frauen hatten sie nämlich eindeutig gehört, denn sie drehten sich mit finsterem Blick um.

»Zwei Wasser, bitte«, sagte Sara eilig, in der Hoffnung, eine der typischen Schlägereien zu verhindern, die Mikis große Klappe auslöste.

Eine der Frauen kam zu ihnen herüber und schaute Sara an. Musterte sie mehrere lange Sekunden gründlich. *O-oh, das wird eine Schlägerei. Verdammte Miki!* Sara ballte die Hand zur Faust, bereit, sie zu benutzen, wenn nötig, während sie beobachtete, wie die Frau unter den Klapptisch griff, zwei Wasserflaschen hervorzog und sie ihnen reichte.

Sara atmete auf und zog gerade Geld aus der hinteren Hosentasche, als die Frau sie stoppte. »Die gehen aufs Haus.«

Sara sah das Schild an, auf dem eindeutig die Preise für Wasserflaschen standen. Und die winzigen Flaschen, die sie jetzt in der Hand hatte, waren jeweils fünf Dollar wert. Langsam wurde es komisch.

»Warum?«

»Nimm das Wasser und geh.« Ohne ein weiteres Wort kehrte die Frau zu ihrer Freundin zurück.

»Was zum Geier …«

»Hi.« Sara und Miki entdeckten Mikis großen blonden Stalker neben sich. Er nickte Sara zu, lächelte aber Miki an.

»Hi«, antwortete Sara. »Nette *kleine* Party.«

»Danke. Ich heiße Conall.« Es war, als existierten Sara und die anderen dreihundert Leute nicht einmal.

Miki blinzelte. »Super.«

Es bereitete tatsächlich körperliche Schmerzen, Miki und Conall da stehen zu sehen, die offensichtlich keinerlei Ahnung hatten, was sie als Nächstes sagen sollten.

»Tja ...« Miki sah zu Sara hinüber, und Sara ließ sie mit einem Blick wissen, dass sie auf sich gestellt war. Hauptsächlich, weil sie die ganze Sache tierisch lustig fand ... und süß. Sehr süß.

Mit einem wütenden Blick auf Sara beschloss Miki, abzuhauen. »Tschüss dann.« Miki nahm ihre Flasche Wasser und ging.

Sara neigte den Kopf zur Seite, als sie den niedergeschlagenen Ausdruck in Conalls Gesicht sah. Nein, sie konnte einfach nicht anders. »Jetzt steh nicht einfach so da! Geh und hol sie dir!«

Conall seufzte. »Ich glaube, sie hasst mich.«

»Machst du Witze? Sie mag dich wirklich. Sie ist nur schüchtern.«

»Ehrlich?« Damit verschwand er in der Menge, auf der Suche nach der schwer fassbaren Miki.

Sara lachte auf, als ihr klar wurde, dass Miki ihr das morgen doppelt heimzahlen würde.

»Macht es Spaß, meinen Freund zu verarschen?«

Vielleicht musste sie es auch schon viel früher büßen.

Er stand hinter ihr, sein heißer Atem blies ihr ins Ohr, als er sich zu ihr vorbeugte. Er berührte sie nicht, doch ihr ganzer Körper stand in Flammen und *wollte*, dass er sie berührte.

»Ich habe ihn nicht …« Sie konnte nicht einmal ihren Satz zu Ende bringen. *Das wird wirklich langsam lächerlich!* Sie zwang ihren Körper von ihm weg. »Hör mal, ich muss mich vor dir nicht rechtfertigen«, fuhr sie ihn an und wandte sich zu ihm um. Super. Sein ärmelloses Harley-Shirt entblößte extrem muskulöse, braungebrannte Arme mit Tattoos auf beiden Oberarmen und dem linken Unterarm – das trug rein gar nichts zu ihrer Fassung bei! Sie hatte immer eine Schwäche für Typen mit Tattoos gehabt. »Und ich bin mir sicher, dein robuster Freund kann sich gut selbst verteidigen.«

»Gegen *sie*? Machst du Witze? Die Frau ist giftig wie eine Natter!«

»Nein, sie ist – rede nicht über meine Freundinnen!«

»Verarsch du meine Freunde nicht!«

»Also gut.«

»Also gut.«

Die zwei standen da und starrten sich an, und Sara wusste nicht, ob sie ihn in den Magen boxen oder das schwarze Tattoo auf seiner rechten Schulter lecken sollte.

Um beides zu vermeiden, drehte sie sich um und ging. Sie war ein paar Schritte weit gekommen, als sie merkte, dass er neben ihr herging. Sie blieb stehen. »Was?«

»Ich habe nichts gesagt.«

Sara machte noch ein paar Schritte, aber er war immer noch neben ihr. Sie blieb wieder stehen; diesmal drehte sie sich zu ihm um. »Was tust du da?«

»Ich genieße das Leben.«

Sara machte schmale Augen. »Geh weg.«

»Warum?« Zach beugte sich zu ihr vor, berührte sie aber immer noch nicht. »Mache ich dich nervös?«

Sie schnaubte. »Bitte. Ich kenne härtere Gangs als euch.« Sie ging wieder weiter, blieb aber abrupt stehen, als ihr klar wurde, dass er jetzt nicht mehr neben ihr herging. Darum hatte sie ihn zwar gebeten, aber sie hatte nicht erwartet, dass er tatsächlich auf sie hören würde. Sie schaute zu ihm zurück. »Was?«

»Na ja«, bemerkte er leise, als er langsam und mit spielenden Muskeln auf sie zukam. *Verdammt!* Diese spielenden Muskeln machten sie absolut verrückt. »Zuerst einmal habe ich angehalten, weil ich nicht wusste, warum du mich ein Gang-Mitglied nennst. Dann habe ich einfach deinen Hintern in diesem Rock beobachtet. Das hat mich mehr oder weniger an Ort und Stelle festgenagelt.«

Sara rieb sich die Nase, um ihr Lächeln zu verbergen. »Tut mir leid, wenn ich dich beleidigt habe. Ist dir Motorradclub lieber?«

»Du weißt schon, dass wir keine Biker-Gang sind, oder?«

Natürlich waren sie das. Was sollten sie sonst sein? Gruppen von Erwachsenen in schwarzem Leder zogen nicht in Meuten herum, lebten zusammen und schmissen wilde Raves, wenn sie keine Gang waren.

»Wir fahren einfach gern. Wir mögen die Freiheit.«

»Dann seid ihr …«

»Geschäftspartner. Wir betreiben gemeinsam ein paar Clubs.«

»Wirklich?« Sara nahm einen Schluck von ihrem Wasser, während Zach in seine hintere Jeanstasche griff. Sie hätte selbst nur zu gern in seine hintere Jeanstasche gegriffen.

Himmel, Mädchen! Reiß dich zusammen!

»Hier.« Er reichte ihr eine Visitenkarte. Die Karte war sehr gute Qualität, und die Buchstaben waren erhaben gedruckt, aber es stand nichts weiter als sein Name und eine Handynummer darauf.

Sara hielt die Karte hoch. »Und?«

»Nur seriöse Geschäftsleute haben Visitenkarten.«

Sara liebte seinen Sarkasmus. Er war so albern. »Und die Hells Angels haben eigene Websites. Sie verkaufen T-Shirts.« Sara ging wieder los. Ihr Bein wurde langsam steif, und sie hoffte verzweifelt, den Schmerz durch Bewegung zu lindern. Sie wollte nicht, dass die Nacht zu Ende war. Sie amüsierte sich sehr gut mit Zach, auch wenn sie das nur ungern zugab.

Er war ein amüsanter Blödmann.

Allerdings hatte sie noch nicht herausgefunden, warum dieser Kerl seine Zeit mit ihr verbrachte. Es gab hier Frauen, die auf ein bloßes Zwinkern von ihm hin auf die Knie gegangen wären. Sie sah, wie sie ihn ansahen. Und doch schien er sie vollkommen zu ignorieren. Er ignorierte sie *ihretwegen*. Sie fragte sich, was er im Schilde führte, und beobachtete ihn aus dem Augenwinkel. *Verdammt, was denkt er bloß?*

Ich würde meine Eckzähne dafür hergeben, wenn diese Frau jetzt auf meinem Gesicht säße.

»Stange.«

»Was?«

»Du läufst gleich gegen eine …« Zach knallte ungebremst gegen eine Stange zwischen zwei Verkaufsständen. »… Stange.«

Zach machte einen Schritt rückwärts und hielt sich die Stirn. »Verdammt!«

»Sei nicht so eine Heulsuse.« Sara drehte ihn zu sich um und nahm seine Hände von seinem Gesicht. »Lass mich mal sehen.« Mit den Fingerspitzen drückte sie seine breiten Schultern herunter, damit sie seinen Kopf untersuchen konnte. »Das wird nicht einmal eine Beule, glaube ich.«

»Pflegst du mich gesund, falls es eine Gehirnerschütterung ist?«

Sara lächelte, während sich ihr ganzer Körper beim heiseren Flüstern seiner Stimme zusammenzog. »Nein. Ich lasse dich allein. Nackt. Futter für die Wölfe.«

»Nackt, was?«

»Therapie.« Sie schob ihn von sich weg, oder versuchte es zumindest. »Für viele wie dich ist das eine praktikable Option.« Sie ging an ihm vorbei und hoffte, dass er nicht hörte, wie ihre Stimme stockte oder gar sah, dass ihre Nippel ein Loch durch ihr Tanktop bohrten.

Zach bemühte sich nach Kräften, in ihrer Gegenwart zumindest einen Anschein von Selbstkontrolle aufrechtzuerhalten. Aber sie machte es ihm nicht leicht. Ließ ihn gegen Stangen laufen. Berührte seine Schultern. Benutzte das Wort »nackt«.

Und die Frau hatte keine Ahnung, was für eine Wirkung sie auf ihn hatte. Sie beobachtete alle außer ihm. Pausenlos suchte sie die Menge ab, auf jedes noch so kleine Anzeichen von Problemen vorbereitet. Ihm wurde klar: Während ihre Freundinnen feierten und tanzten, passte sie auf sie und auf sich selbst auf.

Was für eine erstaunliche Frau. Der perfekte Wolf. Die perfekte Gefährtin.

Zach schlug sich auf den Hinterkopf, um diesen verräterischen, fehlgeleiteten Gedanken aufzuhalten. Sara blickte erschrocken auf.

»Eine Stechmücke«, beantwortete er ihre unausgesprochene Frage.

Sie blinzelte. »Die ist jetzt auf jeden Fall tot.«

»Weißt du, wir sollten mal zusammen ausgehen. Ein Date oder so.«

Sara blieb stehen. »Lass mich raten. Ist das hier ›Wer kriegt am schnellsten das Landei ins Bett‹, oder hast du mit deinen Kumpels eine Wette laufen, wer es schafft, den Krüppel zu nageln?«

Zach drehte sich um und sah sie an. Starrte einfach. Doch als sich ein breites Grinsen auf seinem Gesicht ausbreitete, wusste Sara nicht, ob sie davonlaufen oder nur um Hilfe schreien sollte. »Du kannst ganz schön gemein sein!«

Er sagte es ohne jeden Groll. Tatsächlich klang es irgendwie … angetörnt. Sara wich einen Schritt zurück. Er machte einen auf sie zu. »Ich mache dich also nervös.«

»Blödsinn.« Na ja, zumindest klang sie so, als meinte sie das ernst.

Zach streckte die Hand nach ihrer Schulter aus. Sara wich nicht zurück, obwohl sie am liebsten so schnell wie möglich abgehauen und in ihr langweiliges Zuhause gefahren wäre. Seine Finger berührten das keltische Tattoo an ihrer Schulter und zeichneten das Muster nach. Sie spürte, wie ihre Kehle trocken und ihre Vagina feucht wurde.

»Weißt du«, seine Stimme war tief und leise, wie eine Liebkosung auf ihrer Haut, »du bist wirklich verblüffend.«

Sie hob eine Augenbraue. »Ich bin eine Schlampe. Ich weiß es, und ich habe gelernt, diese Charakterschwäche zu akzeptieren.«

»Klingt, als hättest du Gefallen daran gefunden.«

»Und wenn, was geht es dich an?«

Zachs Finger glitten über das Tattoo und zu ihrem Hals. Sie bekämpfte den Drang, zusammenzuzucken; sie glaubte, er wolle den vernarbten Teil ihres Gesichtes berühren. Sie hatte nie jemanden so nahe an sich herangelassen. Ihre Freundinnen nicht. Ihre Exfreunde nicht – niemanden. Und sie würde auch Zach nicht so nahe heranlassen. Abgesehen davon verspürte sie schon wieder diesen Wunsch. Diesen Wunsch, sein Tattoo zu lecken oder ihm in den Magen zu boxen.

»Hübscher Hut übrigens«, murmelte er sanft.

Also würde es der Boxhieb in den Magen werden. Gut. Damit konnte sie umgehen.

Dann sank Sara auf ein Knie – der plötzlich aufflackernde Schmerz in ihrem Bein blendete sie beinahe. Es war fast so schlimm wie vor ihrem Haus; sie schnappte nach Luft und versuchte nicht zu schreien. Versuchte, nicht von dem Schmerz allein zu sterben.

Doch dies war Texas. Jemand musste hier ein Gewehr haben. Sicher konnten sie sie in den Kopf schießen und ihrem Leid ein Ende machen. Sie wollte schreien: »Kann mich bitte jemand umbringen?«, doch stattdessen biss sie die Zähne zusammen, um nicht wild zu brüllen.

Dann spürte sie, wie sich starke Arme um sie legten und hörte eine tiefe Stimme. »Halt durch. Ich hab dich.«

»Lass. Mich. Los.«

Sie hörte ihn glucksen. »Vergiss es.«

Gerade hatte sie noch ausgesehen, als werde sie ihn gleich ins Gesicht schlagen – er hatte gewusst, dass die Bemerkung über den Hut sie ärgern würde –, und hatte immer erregter gewirkt, je mehr er sie berührt hatte. Dann fiel sie hin und unterdrückte einen Schmerzensschrei. Bevor Zach wusste, wie ihm geschah, hob er sie schon vom Boden auf und brachte sie so schnell wie möglich weg. Er sah, wie die anderen sie ansahen. Sie rochen ihre Schwäche. Hörten den Schmerzensschrei, den sie verzweifelt – bewundernswert – zu unterdrücken versuchte.

Er brachte sie weg von dem Rave und in den Wald,

in dem Conall und er noch vor ein paar Stunden jagen gewesen waren. Sie hatten eine kleine Hütte gefunden, die anscheinend schon seit Jahrzehnten verlassen war. Hier hatte sie ein wenig Zeit, den Schmerz zu bewältigen und wieder zu Kräften zu kommen. Er würde da sein, für den Fall, dass sie ärztliche Behandlung oder so etwas brauchte. Er würde einfach als ihr Babysitter da sein. Genau wie Yates ihn gebeten hatte. Nichts weiter.

Ja, klar.

Kapitel 10

Sara spürte, wie sie auf etwas Hartem und Derbem abgelegt wurde. Sie öffnete die Augen – was ihr jetzt leichter fiel, denn der Schmerz ließ langsam nach – und sah sich um. Ihre Umgebung sah aus wie ein wenig ansprechender Bretterverschlag.

Zumindest bin ich diesmal nicht ohnmächtig geworden.

»Wo zum Geier bin ich?«

Zach zündete eine Laterne an, die jemand zurückgelassen hatte. »Geht es dir besser?«

Sara warf einen Blick auf die schmutzige, staubbedeckte Kommode, auf der sie saß. »Hübsche Bude.«

»Tja, wir geben uns Mühe.« Zach trat vor sie hin. »Also, geht es dir nun besser oder was?«

Wow, der Kerl strahlte Wärme und Charme aus! »Viel besser, danke. Ich kann wieder zurück.«

»Nein«, erklärte er schlicht.

Yup, sie hatte immer noch Lust, ihn ins Gesicht zu schlagen.

»Wird der Schmerz oft so schlimm?«

Sara zuckte beiläufig die Achseln. »Nein. Eigentlich nicht.« Er wusste, dass sie log. Sie sah es in seinem hübschen Gesicht. An der Art, wie sich der Blick aus seinen haselnussbraunen Augen hob und in ihren versenkte. An dem kleinen Grinsen auf seinen Lippen und den leicht erhobenen Augenbrauen.

»Also gut, früher war es nicht so, aber in letzter Zeit …« Sara musste innehalten, denn sie hatte angefangen zu weinen.

Seit Monaten kämpfte sie ganz allein gegen den Schmerz und die Angst, hatte noch nicht einmal Miki und Angelina davon erzählt. Sie kannte ihre Freundinnen gut genug, um zu wissen, dass sie sich Sorgen gemacht – und sie damit in den Wahnsinn getrieben hätten. Außerdem hätten sie darauf bestanden, sie ins Krankenhaus zu bringen. Lynette hatte sie immer gewarnt: »Krankenhäuser bringen dich nur um.« Und abgesehen von den ständigen Schmerzen war sie ihr ganzes Leben lang bemerkenswert gesund gewesen. Was sollten sie also jetzt, nach all den Jahren, für sie tun können? Daher hatte sie beschlossen, weiterhin mit dem Schmerz zu leben, und das hatte sie getan. Ziemlich erfolgreich, um genau zu sein. Bis auf die letzten Monate, als alles noch viel schlimmer geworden war.

Sara barg das Gesicht in den Händen und schluchzte leise vor sich hin … bis er sie berührte. Nicht an der Schulter oder am Knie. Er berührte ihre Narbe. Das Problem war, sie hatte sie erfolgreich unter ihrem Rock versteckt. Ihr sexy Schlitz war nicht einmal auf dieser Seite.

Mit einem Knurren schnappte Sara nach seinem Handgelenk, bevor die Hand weiter an ihrem Bein hinaufgleiten konnte. Die rauen Fingerspitzen, die leicht über ihre Narbe strichen, taten nicht weh. Es tat überhaupt nicht weh. Im Gegenteil, es fühlte sich verdammt großartig an.

»Was soll das?«, fuhr sie ihn an, während sie versuchte, den plötzlichen brennenden Wunsch zu ignorieren, diesen Mann auszuziehen.

»Ich wollte dafür sorgen, dass du mit deinem Selbstmitleid aufhörst. Etwas anderes fiel mir nicht ein.« Sie versuchte, seinen Arm wegzuschieben, aber er war wie Stahl und rührte sich nicht vom Fleck. Es half auch nicht gerade, dass er sie anlächelte. Und dass er das süßeste Lächeln hatte, das sie je gesehen hatte. Am liebsten hätte sie ihm dieses Lächeln aus dem Gesicht geschlagen. *Eingebildeter Arsch.*

»Weißt du, es ist erstaunlich, dass du so lange durchgehalten hast. Nach allem, was du durchgemacht hast.«

»Willst du besonders schlau sein?«

»Wollte ich besonders schlau sein, hätte ich noch mal etwas über deinen Hut gesagt.«

Sara riss sich den Hut vom Kopf. *»Jetzt zufrieden?«*

»Begeistert«, murmelte er, während er ihre Hand von seinem Arm löste. Als er es geschafft hatte, schob er ihren Rock über die Narbe nach oben.

Mit Mühe konnte sie sich zurückhalten, in Panik zu geraten oder über den Mann herzufallen wie ein schlabbernder Welpe, und fragte ihn stattdessen: »Was tust du da?«

»Nichts«, log er, während er mit der Hand über ihren Schenkel strich, was ihre Lust noch vergrößerte, obwohl sie ihr Bestes tat, es nicht zu genießen. Der Mistkerl sah sie nicht einmal an, sondern beobachtete seine eigene Hand, wie sie über ihre Haut strich. Irgendwann gesellte sich die andere Hand hinzu und bewegte sich ihre Kniekehle und das Stück entblößte Wade über ihrem Stiefel entlang. Sie beobachtete seine Hände ebenfalls, staunte, wie groß sie waren. Sie trugen leichte Narben, die mit der Zeit verblasst und sonnengebräunt waren. Die Nägel waren so kurz wie möglich abgeknipst oder -gebissen. Und jetzt glitten diese sonnengebräunten, narbigen Hände zwischen ihre Schenkel und drückten langsam ihre Beine auseinander.

Sie schoss hoch, aber er schüttelte den Kopf, immer noch, ohne sie anzusehen. »Nicht. Du lenkst mich ab.«

War das sein Ernst? *Sie* lenkte *ihn* ab?

Seine rechte Hand massierte wieder ihre Narbe, während seine linke sich tiefer zwischen ihre Schenkel schob. Sein Daumen fuhr ungefähr drei Sekunden am Saum ihres superschicken Bikinihöschens entlang, bevor er es ihr einfach vom Leib riss. Sara wurde nach vorn gerissen und schnappte nach Luft. Und bevor sie sich zurückhalten konnte, bevor sie darüber nachdenken konnte oder sich selbst ins Gesicht schlagen, presste sie ihre Lippen auf seine. Ihre Zunge glitt in seinen Mund, während sich sein Daumen in sie schob. Sie stemmte sich gegen seine Hand, und sein Daumen umkreiste langsam ihre Klitoris.

Sie stöhnte in seinen Mund hinein, legte ihm die Arme um den Hals, aber da zog er sich zurück.

Wenn er aufhört, drehe ich ihm seinen dicken Hals um.

Aber er hörte nicht auf, sondern schob die Hände unter ihre Hüften und riss sie grob bis zur Kante der Kommode vor. Dann kauerte er sich vor sie und schob den

Kopf zwischen ihre Beine. Sara klammerte sich an die Kanten der Kommode, als hinge ihr Leben davon ab.

Sara wusste, sie hätte ihn stoppen müssen. Sie hätte ihm eine Ohrfeige verpassen und mit hoch erhobenem Kopf davonhinken sollen. Sie sollte jetzt zu Hause sein, in Sicherheit – und allein – im Bett liegen und zum viertausendsten Mal eine Folge »Seinfeld« schauen. Auf keinen Fall sollte sie hier sein, sich zurücklehnen und einen Fremden seinen Kopf zwischen ihren Beinen vergraben lassen, der ganz langsam mit der Zunge um ihre Klitoris kreiste, dort weitermachte, wo sein Finger aufgehört hatte. Nein, das sollte sie nicht. Aber Sara wollte ihn nicht aufhalten. Stattdessen fuhr sie mit den Händen durch seine braunen Haare und spreizte die Beine noch weiter. Und dann, als letzten Beweis, dass sie eine Schlampe war, wölbte sie den Rücken und zog seinen Kopf dichter an sich. Sie spürte, wie er an ihrer brennenden Haut lachte, und ein leises Knurren drang aus ihrer Kehle.

Große Hände umschlossen ihre Schenkel und hielten sie fest, während Zach seine Zunge an und in ihr bewegte. Niemand hatte sie je so verrückt gemacht. So hungrig danach, gevögelt zu werden. Und Zach schaffte das allein mit seiner Zunge. Himmel, was tat sie da? War sie wahnsinnig geworden? Vielleicht war sie das wirklich, aber wem wollte sie etwas vormachen? Nichts in ihrem ganzen Leben hatte sich je so gut angefühlt. Absolut nichts. Ihre Ängste der letzten Monate, ihre Schmerzen – alles war vergessen, als Zachs Zunge sie vögelte.

Es war die Art, wie er es tat. Er überstürzte nichts

und drängte sie nicht. Er ließ sich Zeit, genoss ihren Geschmack. Leckte, als wäre sie das Wichtigste auf der Welt.

Und als er begann, mit der Zunge an ihrer Klitoris auf und ab zu streichen, explodierte das leise Knurren, das er ihr fortlaufend entlockt hatte, zu einem Schrei, und ein Orgasmus schoss aus ihrem tiefsten Inneren ihr Rückgrat hinauf. Sie umklammerte seinen Kopf fester, während sie kam und kam, und seine Zunge bewegte sich weiter und leckte, löste Welle um Welle höchster Lust in ihr aus.

Im selben Moment spürte sie einen scharfen Schmerz im Oberschenkel, wo ihre Narbe war, aber es dauerte nur eine Sekunde, dann war er weg. Verglichen mit dem, was sie in den letzten Monaten ertragen hatte, bemerkte sie es kaum.

Keuchend ließ sich Sara mit geschlossenen Augen rückwärts gegen die Wand sinken und löste endlich den Griff in seinen dichten Haaren. Er zog sich langsam zurück, leckte dabei aber die Innenseite ihres Schenkels, was Sara unerklärlicherweise sehr süß fand.

Vielleicht würde sie direkt hier einschlafen. In dieser schmuddeligen kleinen Hütte. Doch das Geräusch von reißendem Stoff zwang sie, die Augen zu öffnen. Zach hatte sein T-Shirt ausgezogen und zerriss es nun in mehrere Streifen. Sie staunte über seinen Körper. Gebräunte Haut spannte sich über starken Muskeln, und breite Schultern und der ebenso massive Brustkorb verjüngten sich zu schmalen Hüften hin. Der Kerl hatte überhaupt keine Ahnung, wie umwerfend er war oder welch eine Wirkung er auf sie hatte.

»Sieht so aus, als hätte ich dein Bein ein bisschen angekratzt.«

Sie blickte auf ihren Schenkel, aber er hatte schon Stoff darum gewickelt. Um ganz ehrlich zu sein, es war ihr eigentlich völlig egal. In diesem Moment war ihr alles völlig egal.

Bis sie Miki aus der Ferne ihren Namen rufen hörte. Auf gar keinen Fall würde sie ihren Freundinnen diese kleine Szenerie hier erklären können. Nicht in diesem Leben. Ohne nachzudenken, schoss Sara hoch und traf Zach mit dem Knie direkt ins Gesicht. »Oh, sorry«, murmelte sie abwesend. Sie schob ihn aus dem Weg, setzte sich den Hut wieder auf den Kopf und rannte zur Tür hinaus.

Zach saß auf dem Boden dieser Hütte, die selbst er als Bruchbude bezeichnete. Sein Lieblings-T-Shirt in Fetzen, das Kinn höllisch schmerzend, weil sie ihm das Knie dagegengerammt hatte, und ihren Geschmack immer noch frisch und süß auf der Zunge. Jetzt versuchte er, herauszufinden, was zum Henker passiert war.

Er hatte eine einfache Mission gehabt, als er sie hergebracht hatte. Ihre Schmerzen stillen. Es brachte sie um. Das sah er so deutlich wie ihre süße kleine Nase. Und er hatte sich gedacht, er müsse Marrecs Vorschlag des Ausblutens ausprobieren. Weil er davon ausging, dass die Wahrheit sie verschrecken würde, musste er sie irgendwie ablenken. Okay, das war einfach. Da seine Hände auf ihrem Körper sie recht glücklich zu machen schienen, warum es dann nicht mit der Hand versuchen? Schaden konnte es nicht. Nur fünf Minuten seiner Zeit. Zumindest war das der Plan gewesen. Doch je mehr er ihr Bein streichelte, desto härter wurde sein Schwanz. Je mehr sie dieses Geräusch ganz hinten in ihrer Kehle machte, desto härter wurde sein Schwanz. Und dann küsste sie ihn. Wie an diesem ersten Abend, nur dass sie diesmal nicht betrunken war. Sie wusste genau, was sie tat, und das machte es nur noch heißer. Sie wollte ihn. Bevor er es sich versah, war er praktisch auf den Knien, das Gesicht in ihrer süßen kleinen Muschi vergraben. Er konnte ihre Hände immer noch in seinen Haaren fühlen und dieses spezielle Knurren hören …

Zach knurrte ebenfalls und stand auf. »Scheiße.« Er riss sich die Stiefel und die Jeans herunter. Als er nackt mitten im Raum stand, verwandelte er sich.

Ein paar Minuten später trottete ein neunzig Kilo schwerer dunkelbrauner Wolf lautlos aus der Hütte. Er roch sie in der Luft und wusste genau, in welche Richtung sie gegangen war, um sich wieder zu ihren Freundinnen zu gesellen – also drehte er sich um und trabte in die entgegengesetzte Richtung davon.

Kapitel 11

Sie überstand das eindringliche Frage-und-Antwort-Spiel des Abends: Wo warst du? *Nirgends.* Hast du Zach gesehen? *Nö.* Was ist mit deinem Bein passiert? *Nur ein Kratzer.*

Sie ertrug Mikis zwanzigminütige Analyse der Geschäfte der Gruppe. Einige der heißesten Clubs in San Francisco, Seattle, New York, London, Mailand. Die Liste wurde immer länger. Miki analysierte außerdem, warum ein Haufen sogenannter Clubbesitzer in einer schäbigen Kleinstadt in Texas einen Rave schmiss.

Doch es war Angelinas unschuldiges »Ich hatte heute Abend so viel Spaß« auf der Heimfahrt, das Sara schließlich unter dem Druck zusammenbrechen ließ.

»Ich bin eine Hure!«, kreischte sie unvermittelt.

Miki trat so hart auf die Bremse des weißen Pickups, dass das Heck des Wagens ausbrach. Er blieb mitten auf dem verlassenen Highway stehen, quer über zwei Spuren.

Die drei Freundinnen saßen in dem Truck, rührten sich nicht und schwiegen. Sie schauten hinauf zu dem weiten, sternenübersäten Himmel von Texas.

Die Hände immer noch fest am Lenkrad, warf Miki einen Seitenblick auf Sara. »Du trägst keine Unterwäsche, oder?«

Sara stieß ein ersticktes Quieken aus und vergrub den Kopf in den Händen.

Angelina und Miki brachen in Gelächter aus.

»Ihr seid doof«, knurrte Sara.

Es war eine erlebnisreiche Nacht für Sara gewesen. Ein geiler Rave, ein Fremder zwischen ihren Beinen und ein Anschiss von ihren Freundinnen. Aber sie war sich sicher, dass ihre miese Laune von den lediglich drei Stunden Schlaf kam. Als sie bei der Arbeit angekommen war, hatte Randy, ihr niedlicher Lieblings-Pitbull, nur einen Blick auf sie geworfen und war davongerannt. Sie hätte es fast persönlich genommen, aber dann hatte sie dem armen Marrec den Kopf abgerissen, sobald er in den Laden kam. Daraufhin war der hinausgerannt, hatte ihr eine große Tasse Kaffee besorgt und sie ihr dargereicht wie ein Opfer für eine bösartige Göttin. Dann war er in seine Werkstatt geflitzt, um die Bestellung irgendeines Kerls fertigzumachen. Sie konnte es weder ihm noch Randy verübeln. Sie benahm sich wie eine Oberzicke, und sie wusste es.

Um genau zu sein, stimmte das so nicht. Sie verübelte es Zach.

Was für ein dummer Name – Zach. Er war dumm. Ein dummer Mistkerl mit starken Armen und großen

Händen. Sowohl Miki als auch Angelina hatten ihr versichert, dass sie den Kerl nie wiedersehen würde.

»Süße, er ist ein Biker. Er hat seine Flügel ausgebreitet und ist davongeflogen.« Das war, nachdem sie bei ihr zu Hause angekommen waren. Sie hatte während dieses Teils des Gesprächs den Kopf im Sofa vergraben und die Hände auf den Ohren, doch ihre Freundinnen kannten keine Gnade.

»Wäre es dir lieber, wenn wir dich anlügen?«, fragte Miki. »Dir sagen, dass er dich heiratet und dich hier heraushol t?«

»Dafür lieben wir dich zu sehr«, fügte Angelina hinzu.

Ja, klar. Das war's.

Sara blätterte in einer Zeitschrift, die im Laden herumgelegen hatte. Sie nahm an, dass sie Angelina gehörte, denn sie enthielt die neueste Mode, von der Sara noch nie gehört hatte und die sie auch kein bisschen interessierte. Sie las auch nicht richtig. Sie nahm noch nicht einmal die Bilder wahr. Vor ihrem inneren Auge sah sie nur diese großen Hände und diese schönen haselnussbraunen Augen. Ständig fiel ihr wieder ein, wie seine Zunge schmeckte und wie sich seine Hände auf ihren Beinen anfühlten … zwischen ihren Schenkeln … und dieses herrliche kleine »Wirbelding«, das er mit der Zunge machte …

»Hi.«

»Gar nichts!«, blaffte sie ohne Grund. Sie sah Angelina vor sich stehen.

»Hmm, ich frage mich, worüber du gerade nachgedacht hast«, sagte ihre Freundin in gespielter Unschuld.

Sara schnaubte. »Was willst du hier?«

»Ich will nur sehen, wie es meiner besten Freundin geht nach ihrem neuesten Kampf gegen die Promiskuität.«

»Ich bin müde und schlecht gelaunt.«

»Eindeutig.« Angelina zog ihre Freundin an der Lederjacke. »Raus hier, schlecht gelauntes Mädchen. Ich lade dich zum Mittagessen ein oder so.«

Sara machte schmale Augen. »Hat Marrec dich angerufen?«

Angelina setzte ihr umwerfendstes Lächeln auf. »Tja, er versteckt sich jetzt schon seit zwei Stunden in der Werkstatt. Du hast ihm eine Heidenangst eingejagt.«

»Also bitte!« Seit wann waren eigentlich alle solche Waschlappen?

Sara glitt von ihrem Stuhl und nahm ihren Rucksack. »Ich gehe!«, schrie sie zur hinteren Tür. »Du kannst aus deinem Versteck kommen!«

Sara ging um den Tresen herum auf die Vordertür zu. Als sie merkte, dass Angie nicht neben ihr war, drehte sie sich um. »Kommst du jetzt, oder was?«

Angies Gesichtsausdruck erschreckte sie. Sie starrte Sara an, als wäre ihr ein zweiter Kopf gewachsen. »Was? *Was?*« Sara blickte an sich hinab. »Hab ich irgendwo was?« Sie schlug auf ihre Jeans und versuchte, ein Insekt loszuwerden, das sie nicht einmal sah.

Angelinas Augen wurden schmal. »Süße – wo ist dein Hinken?«

»Mein … was?«, fragte Sara, vollkommen verwirrt und abgelenkt von dem nicht vorhandenen Insekt.

»Ich kenne dich seit zwanzig Jahren, Sara Morrighan. Und seit Tag eins habe ich dabei zugesehen, wie du mit deinem breiten Hintern durch die Stadt hinkst!«

»Hey! Er ist nicht breit!«

»Und jetzt, heute, sehe ich, wie du praktisch zur Tür hinaus hüpfst! Ganz ohne Schmerzen. Was zum Geier ist hier los?«

Sara schaute auf ihre Beine hinab. Sie machte ein paar Schritte. Nö. Kein Hinken. Weil da kein Schmerz war. Was noch seltsamer war: Selbst bei den seltenen Gelegenheiten, wenn Sara keine Schmerzen hatte, war ihr Bein normalerweise so schwach, dass sie trotzdem hinkte. Jetzt fühlte sich ihr verletztes linkes Bein so stark an wie das rechte. Und beide fühlten sich sogar noch stärker an.

Sara beugte das Knie und hob das Bein. Sie streckte es hinter sich und beugte sich vor. Kein Schmerz. Keine schwachen Muskeln. Nur flüssige Bewegungen.

Sara war an diesem Morgen so spät dran und so in Gedanken über Zach versunken gewesen, dass sie es nicht einmal gemerkt hatte. Eigentlich hatte sie sogar aus alter Gewohnheit sofort nach dem Aufstehen angefangen zu hinken.

»Ich weiß nicht. Gestern hat es noch wehgetan.« *Und zwar sehr.*

Angelina stand jetzt neben ihr; die Sorge stand ihr ins Gesicht geschrieben. Sie wusste, was ihre Freundin dachte. Solche Sachen passierten Leuten wie ihnen nicht. Glückliche Zufälle, wie Miki es nannte. In ihrer Welt gewannen die Leute weder in der Lotterie, noch lernten sie den perfekten Mann kennen oder wurden plötzlich geheilt. Und das konnte nur eines bedeuten …

»O mein Gott! Ich sterbe!«

»*Was?*« Angelina schüttelte den Kopf. »Du stirbst nicht, du Dussel!«

»Alles okay, Ladys?« Marrec war wieder aufgetaucht und beobachtete sie aufmerksam. Sara wollte ihm gerade erzählen, dass sie bestimmt sterben müsse, da ihr Bein sich plötzlich besser anfühlte und es den Leuten immer besser ging, kurz bevor sie starben, und sie sei der Meinung, er solle es wissen, denn sie hätten sich immer so nahegestanden, und weil sie sichergehen wolle, dass ihre Beerdigung eine geschmackvolle Angelegenheit werde …

»Alles in Ordnung, Marrec. Danke.« Angelina schob Sara zur Tür hinaus auf den Parkplatz.

»Wo ist dein Truck?«

»Da drüben.«

Angelina zog ihr den herausschauenden Schlüsselbund aus der Tasche ihrer Jeans und schob sie in Richtung Wagen. »Steig ein!«, befahl sie.

Sara schaute ihre Freundin an. »Ich will keine große Beerdigung, okay? Nur etwas ganz Einfaches.«

»Würdest du jetzt endlich einsteigen, verdammt?«, fuhr Angie sie an.

Zach war gerade von der Jagd zurückgekehrt und hatte kurz am nahen See Pause gemacht, um sich das Blut aus dem Fell und von den Pfoten zu waschen. Inzwischen hatte er wieder Menschengestalt angenommen, den Großteil der Meute am Seeufer zurückgelassen und war zum Lager zurückgekehrt, um sich anzuziehen und Sara aufzuspüren. Er versuchte, sich einzureden, dass er sich nur erkundigen wollte, wie es ihr ging. Um herauszufinden, ob es geholfen hatte, ihre alte Wunde zu öffnen, wie er gehofft hatte. Aber das war alles Quatsch. In Wahrheit wollte er sie sehen. Ende der Geschichte.

Er hatte die ganze Nacht an sie gedacht. An ihren Duft, ihren Geschmack, ihre Hände in seinen Haaren. Ihre Schreie der Leidenschaft und ihr Knurren der Lust. Er konnte nicht aufhören, an sie zu denken, sosehr er sich auch bemühte. Allerdings bemühte er sich nicht gerade besonders.

Zach hatte gerade seine Jeans, T-Shirt und Stiefel angezogen, als Marrec kam. Ein paar von seiner Meute waren bei ihm, und kaum war er aus dem Truck gesprungen, kam er direkt auf Zach zu.

Zach richtete sich zu voller Größe auf, machte aber keine aggressiven Bewegungen. Er wich aber auch nicht zurück. Er wusste, dass es nur am guten Willen dieses Mannes lag, dass sie sich in dessen Revier befanden, und das würde er nicht aufs Spiel setzen, indem er dem alten Mistkerl die Kehle zerfetzte. Oder zumindest noch nicht.

Doch bevor Marrec an Zach herankommen konnte, stellten sich Yates und Conall, die noch nicht am See gewesen waren, vor ihren Meutenkameraden. Yates als Alpha knurrte mit gefletschten Zähnen.

»Zurück, Marrec!« Sie befanden sich vielleicht auf

Marrecs Territorium, aber Zach wusste, dass Yates den Mann nie in die Nähe eines seiner Meutenmitglieder kommen lassen würde.

»Sag dem Bastard, er soll die Finger von ihr lassen!«

Yates brauchte keine weitere Erklärung, als er und Conall sich zu Zach umwandten. »Sag mir, dass du das nicht getan hast!«, seufzte er.

Zach hob die Schultern. »Das hängt von deiner Definition von ›das‹ ab.«

Daraufhin wollte Marrec wieder auf Zach losgehen, doch Conall drängte ihn zurück.

Yates warf Zach einen finsteren Blick zu, bevor er sich wieder zu Marrec umdrehte. »Gehört sie dir? Hast du sie markiert?«

»Nein!« Marrec wirkte ehrlich entsetzt. »Sie ist wie eine Tochter für mich!« Dann sah er erneut Zach wütend an. »Eine gut behütete Tochter«, knurrte er.

Yates seufzte. »Das verstehe ich ja, aber …«

Marrec unterbrach ihn: »Die noch nicht bereit ist, eingeweiht zu werden.«

Yates runzelte verwirrt die Stirn. »Marrec, das braucht normalerweise Jahre. Egal, was Zach getan oder nicht getan hat.«

»Warum ist sie dann heute in meinem Laden herumgetrabt, als wolle sie gleich einen Marathon laufen? Kein Schmerz. Die pure Energie. Und weißt du was? Ihre Freundinnen haben es bemerkt.«

Yates seufzte noch einmal, seine Eckzähne glitten in seinen Mund zurück. »Scheiße, Zach, was *hast* du getan?«

Zach schämte sich nicht für seine Tat, er hatte nur nicht geahnt, dass Sara so stark und so schnell darauf reagieren würde. »Ich habe ihre alte Wunde ausgeblutet, wie du es vorgeschlagen hattest.«

»Gar nichts habe ich vorgeschlagen!« Marrec starrte Zach wütend an. »Und wie hast du sie überhaupt ausgeblutet, ohne dass sie gemerkt hat, was du tust?«

Als Zach nicht antwortete, wollte ihm Marrec wieder an die Kehle gehen. Yates und Conall hielten ihn zurück.

Yates verlor sichtlich die Geduld. »Marrec«, bellte er, während er ihn zum wie ihm schien hundertsten Mal zurückdrängte. »Letztendlich gehört sie nicht zu dir. Weder durch Blutsverwandtschaft noch durch Markierung. Also weiß ich nicht recht, was dein Problem ist.«

»Hast du je erlebt, dass jemand die Verwandlung schnell hinter sich gebracht hat? Es ist selten, aber es kommt vor.« Marrec holte tief Luft, und als er sich einigermaßen beruhigt zu haben schien, erlaubte ihm Yates wortlos, Zach gegenüberzutreten. Die beiden Männer standen dicht voreinander, und obwohl Marrec gute zwölf Zentimeter kleiner war als Zach, war offensichtlich, warum er Alphamann seiner Meute war. »Wenn ihr deshalb etwas passiert«, warnte Marrec mit tödlicher Ruhe, »wird dich keiner vor mir schützen können.«

Die Männer schauten sich noch ein paar Sekunden in die Augen, dann wandte sich Marrec mit einem Knurren ab und ging. Die drei Männer schauten ihm nach, als er davonfuhr.

Conall warf seinem Freund einen mitfühlenden Blick zu und machte sich zum Rest der Meute an den

See auf. Als er fort war, rieb sich Yates die müden, blutunterlaufenen Augen und wandte sich dann Zach zu. »Reden wir nicht drum herum, okay, Zach?« Als Zach nicht antwortete, sprach Yates weiter: »Wir wissen beide, was Casey vorhat. Aber ich weiß, dass es Zeit für mich ist, zurückzutreten, egal, was sie denkt oder will. Ich bin müde. Und ich bin ausgebrannt. Ich will einfach Teil der Meute sein. Mir keine Sorgen darum machen, wer was tut. Und ich will, dass du übernimmst. Aber wenn du es versaust und das Mädchen deinetwegen vor die Hunde geht … dann wird dich keine Meute der Welt mehr aufnehmen.«

»Ist mir egal«, antwortete Zach ehrlich. »Du hast ihre Schmerzen nicht gesehen, Yates. Es hat sie fast umgebracht.« Zach hielt einen Augenblick inne. »Und das konnte ich nicht zulassen.«

Yates wirkte überrascht. Dann nickte er verständnisvoll. »Also gut.« Yates trat näher an Zach heran und senkte die Stimme: »Dann solltest du besser auf sie aufpassen. Denn wenn sie sich so schnell wandelt, wie ich glaube, dann *wird* sie untergehen, und sie wird die ganze Stadt mitreißen.«

Yates ließ Zach mitten im Lager stehen. Und zum ersten Mal in Zachs ganzem Leben galt sein erster Gedanke nicht sich selbst oder der Meute. Er galt etwas ganz anderem. Er galt Sara. Der Gedanke, ihr könnte etwas zustoßen, führte dazu, dass sich sein Innerstes verkrampfte und sein Gehirn abschaltete und nur noch einen einzigen Gedanken zuließ: Er musste sie finden. Sofort.

Mist. Sein Schwanz wurde hart. Dagegen musste er wirklich etwas tun.

Kapitel 12

Sara ging in Mikis winzigem Apartment auf und ab. Sie war nervös, angespannt und extrem geil. Das kam ihr angesichts ihrer momentanen Lage merkwürdig vor.

Sobald sie Marrecs Laden verlassen hatten, hatte Angelina sie zu Miki geschleppt. Nachdem sie mehrere Minuten lang an die Tür gehämmert hatten, hatte eine eindeutig eben erst aufgewachte Miki aufgemacht. »Was ist denn?«

Angelina blinzelte überrascht. »Mein Gott, hast du wirklich geschlafen?«

»Ja«, antwortete sie sarkastisch. »Ich habe wirklich geschlafen.«

»Na, das kommt selten vor«, sagte Angelina ehrlich, während sie sich an Miki vorbeischob und Sara hinter sich herzog. »Du wirst es nicht glauben«, verkündete sie. Und bevor Sara wusste, wie ihr geschah, zwangen sie sie schon, wie ein Laufstegmodel in Mikis winzigem, mit Büchern vollgestopftem Wohnzimmer auf und ab zu stolzieren und zu demonstrieren, dass ihr Hinken so gut wie verschwunden war.

Jetzt war Miki vollständig wach. »Süße, was genau hat der Kerl mit dir gemacht?«

»Darauf antworte ich nicht noch einmal.« Sara hatte ihnen ein Mindestmaß an Einzelheiten über ihre sexuellen Abenteuer der vergangenen Nacht erzählt. Sie würde sich jetzt sicherlich nicht darüber auslassen, wie sie geschrien und sich unter der Zunge dieses Mannes gewunden hatte wie eine läufige Hündin.

»Würdest du dich bitte konzentrieren?«, fuhr Miki sie an. »Es muss einen Grund dafür geben, dass es dir plötzlich … gut geht.«

Sara hörte auf mit dem Modeln und wandte sich ihren Freundinnen zu. »Aber es geht mir nicht gut. Ich sterbe!«

»Was?«

Angie kam dem potentiellen Wahnsinn eilig zuvor: »Du stirbst nicht, du Idiotin.« Von Mikis alter Couch aus musterte Angelina ihre Freundin von oben bis unten. »Um genau zu sein, siehst du kräftig aus wie ein Brauereigaul!«

»Um wieder zum eigentlichen Thema zu kommen«, schaltete sich Miki ein. »Was hat er mit dir angestellt?«

»Ich weiß nicht. Nichts?«

Als hätten sie es einstudiert, hoben Angelina und Miki gleichzeitig eine Braue und starrten ihre Freundin an, die offensichtlich die Augen vor der Wahrheit verschloss.

Sara seufzte und verschränkte die Arme vor der Brust, in der Hoffnung, ihre hart werdenden Nippel zu verbergen. *Himmel, beim bloßen Gedanken an ihn!* »Hört mal, ich erzähle euch nicht von … ihr wisst schon.«

Miki verdrehte die großen braunen Augen. »Ich will nicht wissen, wo seine Zunge war …«

»Mann!«

Miki sprach weiter: »Aber hat er dir etwas gegeben? Irgendwelche Tabletten? Etwas zu trinken? Ich meine, Scheiße, Sara, es war schließlich ein Rave!«

Sara dachte an die Nacht zurück. Sie erinnerte sich, wie er ihren Schenkel gestreichelt hatte, ihren Schenkel geküsst hatte, ihren Schenkel geleckt … *Mist.*

Sara rannte ins Bad, dicht gefolgt von Miki und Angelina. Als sie hereinkamen, hatte Sara schon ihre Hose heruntergezogen und drehte sich vor dem Spiegel, um die Wunde zu begutachten, die sie erst am Morgen gesäubert und mit einem neuen Verband versehen hatte. Mit einem Ruck riss sie den Verband ab und legte ihre alte Wunde frei, die jetzt von vier neuen, gezackten Linien gekreuzt wurde.

»Heilige Scheiße«, keuchte Angie auf, während Miki sich neben Sara kniete und ihren Schenkel untersuchte. Nach einiger Zeit sah sie Sara in die Augen.

Miki zuckte die Achseln. »Das sieht aus wie von einem Tier.«

»Blödsinn!«, blaffte Sara. »Woher willst du das überhaupt wissen?«

Miki verdrehte die Augen. »Hallo? Ich lese *alles*!«

Sie verließ das Badezimmer, und Sara hörte sie in ihrem Apartment rumoren und die endlosen Reihen von Büchern durchsehen. Ein paar Minuten später kam sie mit einem dicken, staubigen Band zurück. »Hier.«

Sara und Angelina schnappten sich das Buch, betrachteten Seite zweihundertvierunddreißig der *Enzyklopädie der Säugetiere* und sahen eine Zeichnung einer riesigen Pfote. »Vorderpfote eines sechsjährigen grauen Wolfs, Originalgröße«, stand darunter.

»Siehst du?«, triumphierte Miki.

»Was sehe ich?«, fragte Sara zurück.

»Das kann nicht sein«, murmelte Angelina, die immer noch auf die Seite starrte.

»Genau.« Sara fühlte sich vorübergehend bestätigt.

»Der Pfotenhieb an ihrem Bein ist viel größer.«

»Es ist kein Pfotenhieb!«, schimpfte Sara und zog ihre Hose wieder hoch. »Ihr seid beide verrückt!« Sie drängte sich an ihren Freundinnen vorbei. »Ich gehe.«

Sara wollte zur Tür hinaus, doch Miki und Angelina erwischten sie gleichzeitig, bevor sie die Wohnung verlassen konnte.

»Oh nein, du bleibst hier, junge Dame!« Angelina zog sie zurück, während Miki die Tür zuknallte. »Bis wir wissen, was hier los ist, gehst du nirgendwohin!«

Das war vor vier Stunden gewesen. Ihre Freundinnen hatten immer noch keine Erklärung, obwohl eine Menge lächerliche Theorien aufgestellt wurden. Also ging Sara weiter auf und ab. Die Wände rückten immer näher – zumindest hatte sie das Gefühl. Als wäre sie eingesperrt. Die winzige Wohnung zwängte sie ein. Sie besaß plötzlich diese ganze ungenutzte Energie. Am liebsten wäre sie laufen gegangen oder sowas. Sie brauchte frische Luft. Was konnte das schon schaden?

Gegen ein paar Minuten auf der Veranda, während Angelina und Miki im Schlafzimmer flüsternd miteinander stritten, konnte wirklich niemand etwas haben.

Lautlos bewegte sich Sara auf die Tür zu, öffnete sie und schlüpfte hinaus in die Nacht.

Zach betrat das Diner, ohne darauf zu achten, dass alle unterbrachen, was sie gerade taten, sobald sie ihn sahen. Sie waren alle Gestaltwandler. Marrecs Meute. Und die Sache mit ihm und Sara hatte sich in der Kleinstadt verbreitet wie ein Buschfeuer. Überall wurde er besonders beschissen behandelt. Sie benahmen sich, als hätte er versucht, Sara wehzutun.

Verdammt, vielleicht hätte seine Meute sich die Frau einfach schnappen und abhauen sollen. Denn nichts konnte einem so auf die Nerven gehen wie Gestaltwandler-Proleten.

Zach lehnte sich an den Tresen und winkte die Kellnerin her.

Sie stellte sich mit unfreundlicher Miene vor ihn. »Ja?«

»Haben Sie Sara gesehen?«

»Ja«, antwortete die Frau.

Zach wartete, dass sie weitersprach, aber sie starrte ihn nur an.

»Könnten Sie mir sagen, wo ich sie finden kann?«, fragte er schließlich und bemühte sich ehrlich, keine Kehlen aufzuschlitzen.

»Ich könnte es Ihnen sagen …«

»Okay.«

»… mache ich aber nicht.«

Sie wusste, dass etwas grundlegend anders war, sobald sie Skelly's betrat. Seit sie einen falschen Ausweis hatte, war sie so gut wie unbemerkt bei Skelly's ein und aus gegangen, es sei denn, jemand hatte sie versehentlich angerempelt oder jemand, der neu bei Skelly's war, hatte ihre Narbe im Gesicht entdeckt.

Aber sobald sie an diesem Abend den Club betrat, war klar, dass sie die Aufmerksamkeit jedes einzelnen Typen im Raum hatte. Das war natürlich ein bisschen viel, vor allem am Anfang, als sie nicht recht wusste, was sie ansahen und warum. Aber gleichzeitig merkwürdig anregend.

Während sie durch die Menge ging, sah sie sich aufmerksam nach allen Seiten um, ihr ganzer Körper war bereit für alles, was passieren mochte. Eigentlich freute sie sich darauf, dass etwas passieren würde. Ihre Sinne waren von Reizen überflutet. Gerüche, die sie nie zuvor bemerkt hatte, stürmten auf sie ein, wie zum Beispiel das Zuviel an Old Spice bei Leon, dem Türsteher. Und selbst das konnte die Tatsache nicht überdecken, dass der Mann wahrscheinlich seit dem Vorabend nicht geduscht hatte.

Die Geräusche waren ebenfalls intensiver. Lauter. Und der Bass der Musik, die aus den Boxen dröhnte, pulsierte durch ihren Körper. Das Gefühl war beinahe sexuell, machte ihre Nippel hart und zog ihre Muschi zusammen. Doch obwohl die Musik voll aufgedreht war, verstand sie nicht, warum plötzlich alle so schrien. Sie konnte sie sehr gut hören, konnte es dann nicht auch der jeweilige Gesprächspartner?

Sara ging zur Bar und winkte den Barkeeper her, der an Mikis freien Abenden arbeitete.

»Hey, Sara. Miki ist heute nicht hier.«

»Ja, ich weiß. Kann ich einen ...« Sie unterbrach sich. Hmmm. Vielleicht war Tequila heute nicht die beste Wahl. »Mach mir ein Bier. Ein dunkles.«

Er nickte und stellte es in weniger als einer Minute vor sie hin. Bevor sie den Fünfer aus der Tasche angeln konnte, schob sich ein Männerarm um sie herum. »Das übernehme ich.«

Sara schaute über die Schulter und blinzelte. Kent Ethos? Er gehörte zu keinem speziellen Club, war aber auf jeden Fall ein Biker und verschaffte Marrec einiges an Aufträgen.

»Äh ... danke, Kent.«

Er lächelte auf sie herab, und ihr wurde klar, dass hinter seinem Lächeln wirklich eine Absicht lag. »Gern, Sara.« Er lehnte sich an die Bar und sah sie an, als sei sie das heißeste Teil der ganzen Gegend.

»Na, heute auch unterwegs?«

Sara verkniff sich ihre typische sarkastische Bemerkung und sagte stattdessen: »Ja. Irgendwie schon.«

»Hey, Sara.«

Sara wandte sich zu dem Mann um, der an ihrer anderen Seite stand. Sie kannte ihn als Jazz, und das war es auch schon mehr oder weniger. Und er gehörte auf jeden Fall zu einem Club. Zu einem der härteren. Das letzte Mal, als sie mit ihnen zu tun gehabt hatte, hatten sie sie noch wegen ihrer Freundin gehasst. Sie hatten Angie nie verziehen, was sie ihrem Anführer vor vielen Jahren angetan hatte. Eine Weile war sich Sara sicher gewesen, dass sie versuchen würden, sich zu rächen, aber Marrec hatte sich darum gekümmert, und seither gingen sie alle einander aus dem Weg.

Bis heute Abend, schien es.

»Hi, Jazz.«

»Na, heute auch unterwegs?«

Sara fiel es schwer, ein neutrales Gesicht zu wahren. Am liebsten hätte sie sie alle schockiert angestarrt oder gelacht, bis sie sich in die Hose machte. Vor allem, als ein Mitglied eines weiteren Motorradclubs hinter sie trat und sie einfach nur anstarrte.

»Ja. Ich bin heute auch unterwegs«, brachte sie irgendwie ohne zu lachen heraus.

»Alles klar, Sara?«

Einer von Marrecs älteren Söhnen sah von der anderen Seite der Bar aus mit einem finsteren Blick auf dem markanten Gesicht zu ihr herüber. Mehrere seiner Brüder und Cousins standen hinter ihm. O-oh. Sie kannte diesen Ausdruck. So schauten sie immer drein, wenn sie glaubten, jemand wolle sie demütigen oder ihre Gefühle verletzen.

»Ja, bei ihr ist alles klar«, blaffte Jazz. »Also haltet euch da raus.«

O-oh.

Zach wollte gerade frustriert aufheulen, als er den Anruf bekam. Seit Stunden suchte er sie nun schon. Irgendwann hatte er herausgefunden, dass sie mit ihren Freundinnen weggegangen war, aber er hatte ihre Witterung verloren, nachdem sie Marrecs Laden verlassen hatte. Nach dem Diner hatte er es bei ihr zu Hause versucht, in den beiden anderen Restaurants der Stadt und im örtlichen Kino.

Dann hatte Conall angerufen: »Du kommst besser hierher.«

Es hatte sich herausgestellt, dass »hier« der Club war, in dem er sie zum ersten Mal gesehen hatte. Er war früher am Abend schon dort gewesen, aber es war ein ruhiger Abend mit nur ein paar Stammgästen gewesen, sodass er recht schnell wieder gegangen war.

Doch als er jetzt mit seinem Motorrad vorfuhr, stand Conall mit Kelly und Julie draußen. Bei ihnen war eine kleine Gruppe von Stammgästen in ihrem unvermeidlichen Goth-Schwarz und Leder. Sie alle sahen aus, als warteten sie auf etwas, aber er scheute sich, zu fragen, worauf.

Er stieg ab und ging zu Conall hinüber. »Also? Wo ist sie?«

»Dadrin.« Conall deutete auf den Club. »Aber beeil dich besser. Der Besitzer ruft demnächst die Cops. Ich halte ihn auf, solange ich kann.«

Als er auf den Eingang zuging, hörte er Conalls Stimme hinter sich: »Sei vorsichtig, Zach.«

Zach betrat den Club und geriet sofort in eine Kneipenschlägerei. Mehrere Männer lagen schon bewusstlos und blutend am Boden. Aber mindestens sechs weitere Männer kämpften noch. Er hielt nach Sara Ausschau, in der Annahme, sie sei mittendrin – das Mädchen konnte sogar unter Nonnen einen Aufstand anstiften –, aber das war sie nicht.

Innerhalb von Sekunden nahm er aber ihre Witterung auf. Wie er ihren Duft nicht schon aus fünf Meilen Entfernung hatte bemerken können, war ihm schleierhaft – er war stark, und wohl jedes männliche Wesen hier reagierte darauf.

Zach machte sie rasch am anderen Ende des Raumes aus, wo sie ruhig auf einem Barhocker saß und den Männern beim Kämpfen zusah. Da traf es Zach wie ein Blitz. Sie kämpften nicht gegen sie. Sie kämpften *um* sie. Und was ihn noch mehr irritierte: sie ließ es zu! Sie schien sich großartig zu amüsieren.

Die kämpfenden Männer waren Biker. Gang-Mitglieder, die sie wahrscheinlich schon seit Jahren kannte, die sie aber nie groß beachtet hatten. Bis jetzt.

Okay. Das ist schlecht. Aber es könnte schlimmer sein.

Sara hob den Blick von den vor ihr kämpfenden Männern. Sie sah sich um, und ihm wurde klar, dass sie seinen Duft wahrgenommen hatte. Sie drehte sich um und sah ihn direkt an, und Zach spürte, wie sein Herz aussetzte. Die Frau war schon vorher schön gewesen, aber jetzt …

Sie glitt von ihrem Hocker und kam auf ihn zu, wobei sie gekonnt den ineinander verkeilten, blutverschmierten Männern auswich.

Beim Näherkommen leckte sie sich die Lippen, und Zach war sich nicht sicher, wie viel er noch aushalten konnte, bis er die mühsam bewahrte Kontrolle verlor.

Jetzt stand Sara vor ihm, und ein Lächeln breitete sich auf ihren vollen Lippen aus. Sie stellte sich auf die Zehenspitzen und küsste ihn. Nichts Ausgefallenes. Ihre Lippen berührten einfach nur seine. Dann trat sie abrupt wieder zurück.

»Viel Spaß«, fauchte sie.

Als sie davonging, gingen sechs Biker, die ihn abgrundtief hassten, von allen Seiten auf Zach los.

Okay. Das war wirklich *gemein*, dachte Sara, während sie beobachtete, wie Zach zu Boden ging. Jeder Mann, mit dem sie an diesem Abend gesprochen oder den sie berührt hatte, war irgendwie in dieser riesigen Schlägerei mitten in ihrem Lieblingsclub gelandet. Und sie wusste, wenn sie Zach küsste, würde das den Rest dieser Idioten auf ihn hetzen. Dennoch hatte sie das Gefühl, dass er es irgendwie verdient hatte.

Himmel, was war nur los mit ihr? Seit wann war sie so … blutrünstig?

Nicht nur das – sie hätte auch nie gedacht, dass je jemand um *sie* kämpfen würde. Vor allem keine nicht mal so sehr betrunkenen Bikertypen, die sie vorher immer ignoriert hatten. Zum Glück hatten Marrecs Söhne und Neffen keine Chance gehabt, sich einzumischen, bevor die Biker aufeinander losgegangen waren. Stattdessen hatten sie hinter ihr gestanden, sich den Kampf angesehen und sie gleichzeitig beschützt.

Dann hatte sie Zach gesehen. Nein, das war falsch. Zuerst hatte sie ihn nicht gesehen. Sie hatte ihn *gespürt*, und dann hatte sie ihn gerochen. Er roch animalisch und so wunderbar männlich. Ihr lief buchstäblich das Wasser im Mund zusammen.

Sie hatte überlegt, ob sie ihn ignorieren sollte, sich dann aber gedacht: *Warum sollte der Arsch nicht auch um mich kämpfen?* Und da war der Kuss ins Spiel gekommen. Sie hatte gewusst, dass sie ihn hatte, sobald sie sich die Lippen leckte. Überraschenderweise sah Marrecs Verwandtschaft beeindruckt aus, als sie zu ihrem Platz zurückkam.

Jetzt allerdings fing sie langsam an, sich Sorgen zu machen. Zach kam nicht mehr heraus aus dem Pulk von Männern. Und sie hatte nicht vor, heute Abend mit jemand anderem nach Hause zu gehen.

Sie war kurz davor, die Männer selbst wegzuzerren, als sie ein wütendes Knurren hörte und einen Biker namens Ray an sich vorbeifliegen sah. Dann noch einen und noch einen.

In weniger als drei Minuten wischte Zach mit den größten, härtesten Bikern, die sie kannte, den Boden. Männer, die im Gefängnis gesessen hatten.

Als er fertig war, wandte er sich ihr zu. Er atmete schwer, sein Gesicht war übel zugerichtet und blutverschmiert und schwoll an manchen Stellen schon an; die Lippe war geplatzt und blutete. Sie hatte den überwältigenden Drang, dieses Blut abzulecken.

Als sie in sein hübsches Gesicht sah, hatte sie das intensive Gefühl, dass er kurz davor war, sie direkt hier auf der Tanzfläche zu nehmen. Ihr vor allen anderen das Gehirn rauszuvögeln. Nicht dass sie sich beschwert hätte.

Zach wusste nicht, ob er sie vögeln oder sie kopfüber in die Toilette stecken sollte. Beides schienen ihm vernünftige Reaktionen darauf zu sein, was sie da abgezogen hatte.

Er sah Marrecs Meute hinter Sara stehen und wusste, dass sie ihren verrückten Hintern jetzt nicht mehr beschützen würden. Zumindest nicht vor ihm. Er hatte sie fair und rechtmäßig gewonnen. Jetzt hätte er sie an den Haaren wegschleppen können, und sie wären ihm nicht in die Quere gekommen. Natürlich hätte er riskiert, dass sie ihm die Kehle zerfetzte, und das hätte Marrecs Meute genauso wenig verhindert.

Außerdem wusste er, dass seine eigene Meute jetzt ebenfalls hinter ihm stand und sie beide beobachtete. Er konnte sie riechen.

»Na, sieh mal einer an. Was für ein Chaos, was, Zach?«

Er knirschte mit den Zähnen, als er Caseys blasierte Stimme hörte. Vielleicht würde er Sara vögeln und Caseys Kopf in die Toilette stecken.

Casey lehnte an der Bar und schaute Sara an.

»Wie geht's dir, Süße? Alles okay?«

Sara antwortete ihr nicht. Sie starrte nur. Zuerst lächelte Casey, doch als Sara sich nicht abwandte, verblasste ihr Lächeln. Zach wusste, dass Casey wollte, dass Sara den Blick abwandte. Es musste sein.

Ohne sie aus den Augen zu lassen, sagte Casey zu Zach: »Du nimmst dein Mädchen besser an die Leine, Zach. Ich würde sie ungern schon so früh einarbeiten müssen.«

Er würde Casey töten, bevor er zuließ, dass diese

Schlampe Sara anrührte. »Jemanden einarbeiten« war der Euphemismus, den sie alle dafür benutzten, einen Beta an der Kehle zu packen und niederzudrücken, bis er sich auf den Rücken drehte und lernte, wo sein Platz war. Doch offensichtlich ließ Sara sich nichts gefallen. Er fing sie in der Luft ab, als sie über die Bar hechtete – die Hände nach Caseys Kehle ausgestreckt.

Sara gefiel es nicht, wie Casey sie ansah. Als wolle sie sie herausfordern. Und für ihren Geschmack stand sie ein bisschen zu nahe neben Zach. Um genau zu sein, machte diese Schlampe sie einfach rasend. Sie hatte Lust, Casey wehzutun. Sie wollte die Schlampe bluten sehen.

Und was hält dich ab? Das war ihr letzter Gedanke, bevor sie sich auf sie stürzte.

Doch Zach hielt sie auf, schnappte sie mit seinen großen Händen um die Taille. »Mistkerl!«

Casey rührte sich nicht, doch sie war eindeutig verunsichert. Mit großen Augen sah sie Sara an. Und anscheinend war Sara Bedrohung genug, dass Yates sich zwischen sie stellte.

Glücklicherweise hatte Zach sie gut im Griff, denn Sara drehte durch. Da wusste er es – sie war wild geworden.

»Du beschissene Schlampe! *Mich einarbeiten? Du kannst mich mal!*«

Zach zog sie zurück, die Arme um ihren Körper geschlungen. Sie zitterte, aber nicht aus Furcht. »Ruhig«, flüsterte er ihr ins Ohr. »Ruhig.«

Seine Stimme schien sie zu besänftigen. Er glaubte, Sara ohne weitere Probleme hinausbringen zu können. Doch da sie vor ihren Frauen keine Schwäche zeigen wollte, starrte Casey sie weiter an.

Sara machte sich von Zach los und stürzte sich wieder auf Casey. Er fing sie auf der Theke ab und zog sie zurück, warf sie sich über die Schulter und steuerte auf den Ausgang zu. Sara schrie immer noch, hämmerte mit den Fäusten auf seinen Rücken und verlangte, er solle sie loslassen, »... *damit ich der kleinen Schlampe den Rest geben kann!*«

Er machte Conall ein Zeichen, und der warf ihm den Autoschlüssel zu. Er fing ihn aus der Luft, ging nach draußen zum Truck, warf Sara hinein, stieg selbst ins Auto und schoss vom Parkplatz.

Sara war sich nicht ganz sicher, wann sie wild geworden war, aber sie war neugierig darauf, wo das hinführen würde. Sie war vorher noch nie richtig »ausgerastet«. Miki tat das ständig. Sie ging ständig in die Luft, wie ein kleiner Feuerwerkskörper. Man hätte meinen können, Angelina sei die Rationalste von ihnen, aber jeder in der Stadt wusste, dass sie mit ihrem Temperament schon ein paar Männer dazu gebracht hatte, Texas zu verlassen. Nein, es war eine wohlbekannte Tatsache, dass Sara die Rationale war. Die, zu der die Leute kamen, wenn sie weise Ratschläge brauchten. Diejenige, auf die man sich verlassen konnte, denn Miki vergaß vielleicht etwas, und Angie war es einfach egal. Sie dagegen war die Golden-Retriever-Sara.

Bis heute Abend. Heute war sie die betrunkene Sara

ohne Alkohol. Und sie musste schließlich doch zugeben: die betrunkene Sara war echt furchteinflößend.

Als der Pick-up vor ihrem Haus hielt, war Sara sofort enttäuscht. Sie wollte noch in einen anderen Club. Vielleicht nach Austin fahren und ein paar Stadtleuten Angst einjagen. Ganz sicher wollte sie nicht in ihre bequemen Klamotten schlüpfen und den Rest der Nacht fernsehen.

Falls Zach sie allerdings noch ein paar Stunden beschäftigen wollte ... das wäre etwas ganz anderes. Seinem Blick nach zu uteilen, als er den Wagen anhielt, bestand die Möglichkeit, dass er über Nacht blieb.

Seufzend wartete sie seinen nächsten Schritt ab.

Kapitel 13

Zach schaltete den Motor aus und zog den Schlüssel ab. Die Frau wollte ihn offenbar töten. Sie hatte ihn den sprichwörtlichen Haien zum Fraß vorgeworfen, und das wusste sie auch.

Was also tun? Ganz einfach. Sie stehenlassen und gehen. Wenn er sie heute Nacht vögelte, würde er sie behalten. Das wusste er so sicher, wie er wusste, dass sie verrückt war. Und er wollte keine Gefährtin. Vor allem wollte er nicht *sie* als Gefährtin. Er wollte nicht sein Leben damit verbringen, ihren hübschen Hintern aus Ärger herauszuhalten. Er hatte viel größere Pläne.

Also stieg er aus, beugte sich wieder hinein, zog sie quer über den Sitz und ignorierte ihr wehleidiges »Hey!«

Er zog sie zu sich her, warf sie sich wieder über die Schulter und stieg die Verandastufen zu ihrem Haus hinauf. Die Versuchung, sie kopfüber fallen zu lassen, hätte ihn fast überwältigt, doch dann senkte er sie sanft zum Boden ab. »Schlüssel!«, befahl er. Sie holte sie aus ihrer Hosentasche und reichte sie ihm. Er schloss die Tür auf, schob sie hinein und folgte ihr.

Während sie mitten im Wohnzimmer stehen blieb, kontrollierte er gründlich das Haus, um sicherzugehen, dass sie allein waren. Er machte sich keine Sorgen, dass wirklich jemand hier sein könnte; er hätte Rudelmitglieder schon vor dem Betreten des Hauses gerochen. Aber die Kontrolle lenkte ihn von dem Gedanken ab, wie gut sie roch und wie heiß sie in ihrer ein bisschen zu großen Jeans aussah. Ständig rutschte sie ihr von der Hüfte, und sie zog sie immer wieder hoch.

»Sieht alles sicher aus.«

»Warum auch nicht?«

Nein, es war wahrscheinlich keine gute Idee, ihr zu sagen, dass ein ganzes Rudel ihren Tod wollte. In ihrer momentanen Stimmung wäre sie nach ihnen suchen gegangen.

»Es schadet nie nachzusehen.« Er ging zur Tür und achtete darauf, Sara im Vorbeigehen nicht zu berühren.

»Willst du noch was trinken oder so, bevor du gehst? Ich glaube, ich habe hier irgendwo noch Tequila.« Sie trat die Turnschuhe von den Füßen und verschwand in der Küche.

Zach knallte die Tür zu und folgte ihr eilig. »Nein!«

Sara drehte sich erschrocken um.

»Und du willst auch keinen.« Das Letzte, was die Frau brauchte, war Tequila.

»Nein?«

»Nein. Kein Alkohol. Und geh heute Nacht nirgendwohin. Bleib einfach hier. Verhalte dich ruhig. Sieh fern oder so.«

»Verstehe.« Sara hüpfte auf den Küchentresen, ohne die Hände zu Hilfe zu nehmen.

Zach war verblüfft, wie schnell sie sich veränderte. Mit jeder Sekunde schien sie stärker zu werden. So sollte es nicht laufen. Es sollte nicht so schnell passieren. Aber Sara überraschte ihn immer wieder.

Sie seufzte. »Du willst nicht, dass ich trinke. Du willst nicht, dass ich ausgehe. Du willst nur, dass ich still hier sitze. Wie ein braves kleines Mädchen.«

Zach schluckte. »Richtig.«

»Interessant.« Sara lehnte sich zurück und stützte die Hände auf der Arbeitsplatte ab. Ihr Rücken war leicht gewölbt, und ihre Brüste drückten gegen ihr weißes T-Shirt. Sie trat mit den Füßen aus und ließ die Fersen gegen den hölzernen Unterschrank schlagen. »Meine Freundinnen glauben, du hättest etwas mit mir gemacht.«

»Ich *habe* auch etwas mit dir gemacht.«

Daraufhin wurde sie doch tatsächlich rot. »Etwas anderes. Etwas Schlechtes.«

»Und was glaubst du?«

»Ich? Oh, ich glaube, dass ich sterbe.«

Absolut irre. »Du stirbst nicht.« Zach musste lachen. »Wie kommst du überhaupt darauf?«

»Meine Mutter ist gestorben, als ich noch ein Baby war. Mein Vater starb bei einem Angriff durch ein richtiges Tier, als ich acht war. Meine Großmutter war eine sehr unangenehme Frau. Und ich hinke seit zwanzig Jahren in dieser Stadt herum. Denkst du wirklich, ich glaube an das Glück?«

Da war was dran. »Aber wie fühlst du dich? Fühlst du dich, als müsstest du sterben?«

Sie schwieg eine Weile, und als sie wieder sprach,

war ihre Stimme leise. »Nein. Ich fühle mich stark. Mächtig. Ich fühle mich unglaublich.«

»Du bist auch unglaublich.« *Okay. Wo kam das jetzt her?* Wie hatten diese Worte gerade seinen Mund verlassen können? Und sie wirkte genauso überrascht, wie er sich fühlte.

»Oh, vielen Dank, großer, dunkler Fremder.«

»Du hast ›gutaussehend‹ vergessen.«

»Nein, habe ich nicht.«

Während er in ihre schönen braunen Augen sah, wurde Zach bewusst, dass er seine Zukunft in diesen Augen sehen konnte. Alles, was er je sein oder haben wollte, lag in diesen Augen.

Ich muss hier raus! »Ich gehe dann mal besser.«

»Das ist nicht fair.«

O-oh. »Was ist nicht fair?«

»Mir ist langweilig. Ich bin nervös. Und du sagst, ich darf nicht raus und nicht trinken.« Sie lächelte ihn an. »Also finde ich, dass du dir besser etwas ausdenken solltest, wie du mich beschäftigen kannst – wer weiß, in was für Schwierigkeiten ich mich sonst bringe.«

Darauf hatte Zach keine Antwort, sein Schwanz allerdings schon. Aber er ignorierte ihn. »Ich gehe dann mal besser.« *Das war schwach*, dachte er verzweifelt.

»Dann geh.« Sie klang weder verletzt noch enttäuscht. Um genau zu sein, klang sie eher selbstzufrieden.

Zach kam bis zur Küchentür, die ins Esszimmer führte.

Er drehte sich zu ihr um. »Sobald ich weg bin, bist du zur Tür raus, oder?«

»Tja, du gibst mir ja keinen Grund zu bleiben, nicht wahr?«

Er knurrte. Er konnte es sich nicht verkneifen. Diese Frau brachte sämtliche niederen Instinkte in ihm zum Vorschein. Und das wusste sie auch. Wenn er knurrte, grinste sie. Sie spielte mit ihm. Sie spielte mit der Bestie, und auf irgendeiner unterbewussten Ebene wusste sie das auch.

Also war es vielleicht an der Zeit, ihr zu zeigen, dass sie noch nicht bereit für dieses Spiel war. Vielleicht war es an der Zeit, ihr zu zeigen, was es bedeutete, das Tier in ihm zu wecken.

Eben hatte er noch am anderen Ende des Raums gestanden. Einen Augenblick später stand er direkt vor ihr. Schnappte ihre Beine, riss sie zu sich her und knallte sie an diese Ziegelwand, die er seine Brust nannte.

Sara schlang ihm die Beine um die Taille und die Arme um den Hals; nur so verhinderte sie, auf den Boden zu knallen.

Ihr Atem ging in flachen Stößen, als wäre sie mehrere Stockwerke Treppen gerannt. Und überall, wo ihre nackte Haut seine berührte, spürte sie, wie sie brannte. Sie hatte nie jemanden oder etwas so sehr gewollt wie diesen Mann in diesem Moment. Sie hatte eindeutig eine Grenze erreicht und war jetzt dabei, sie zu überschreiten.

Er packte eine Handvoll ihrer Haare. »Du hast keine

Ahnung, was du da tust«, knurrte er. Und es *war* ein Knurren – wie bei einem wütenden Pitbull. »Ich bin nicht nett.«

Yup. Da ist sie, die Grenze. Und ich springe jetzt drüber.

»Wenn ich es nett wollte«, knurrte sie zurück, fuhr mit der Hand in seine Haare und riss seinen Kopf zurück, »würde ich verdammt noch mal danach fragen.«

Dann war sein Mund auf ihrem. Sein Kuss war brutal, nahm ihr den Atem und ließ sie um ihre Vorderzähne fürchten. Bei dem Gedanken musste sie lachen und umklammerte Zach fester, als sie plötzlich weggetragen wurde. Seine Zunge spielte mit ihrer, während er sie durchs Haus trug und erst losließ, als sie im Schlafzimmer waren.

Langsam ließ Zach sie an seinem langen Körper hinuntergleiten, bis ihre Füße den Boden berührten. Er küsste sie noch einmal und hielt nur inne, um ihr das T-Shirt über den Kopf zu ziehen.

Der BH musste mit einem Ruck gehen, und sein Mund schnappte nach einem Nippel, während er ihr die Hose über die Hüften streifte. Sie wusste, dass nach ihrem BH auch ihr Höschen keine Chance hatte. *Yup. Da geht es hin.* Er strich ihr mit den Händen den Rücken entlang und über ihren jetzt nackten Hintern, während sein Mund zu ihrem anderen Nippel wanderte. Sara keuchte kurz auf, als seine Zähne über die empfindsame Haut strichen und seine Hand sich zwischen ihre Schenkel schob. Doch als seine Finger kurz vor der Berührung mit ihrer empfindlichsten Stelle innehielten, schlug sie ihm frustriert auf die Schulter. Zach lachte und richtete sich zu voller Größe auf, schaute auf sie herab und drückte einen ihrer Nippel mit den Fingern. »Ich dachte, ich hätte dir gesagt, dass ich nicht nett bin?«

»Mistkerl«, knirschte sie, während das Gefühl seines jetzt noch fester werdenden Griffs an ihrem Nippel direkt bis zu ihrer Klitoris schoss und dort blieb.

»Du kannst meckern, so viel du willst, aber du hast es ziemlich deutlich gemacht ... dir gefällt, dass ich nicht nett bin.«

Sara blickte zu ihm auf. Er glaubte doch nicht ernsthaft, dass sie darauf antworten würde, oder? Nicht, wenn es ihr tatsächlich gefiel, dass er kein lieber Teddybär-Typ war. Natürlich hatte sie auch nichts für Arschlöcher übrig, die den Wunsch in ihr auslösten, sie im Schlaf zu erstechen, aber sie mochte Männer mit Ecken und Kanten. Das war immer so gewesen. Kerle, die keine Angst vor ihrer Angewohnheit hatten, beim Sex zu beißen, machten sie einfach an.

Zach gluckste. »Du starrst mich an.«

»Na und? Bist du plötzlich schüchtern?«

Daraufhin grinste er, und ihre Knie hätten fast nachgegeben. *Himmel, was für ein Lächeln!*

Er fuhr mit den Händen an ihrem Körper herauf, seine Finger glitten über ihre Brüste, streiften ihre Nippel. »Ja. Ich bin sehr schüchtern. Merkst du das nicht?« Dann waren seine Hände an ihrem Hals und hielten sie fest, während er sie küsste. Oh Mann ... niemand hatte sie je so geküsst. Sie gehörte ganz der Zunge dieses Mannes! Und das wusste er auch.

Während er sie küsste, schob Zach sie rückwärts, bis sie die Wand an ihren Schulterblättern spürte. Er küsste sie weiter und sorgte dafür, dass nie wieder ein anderer gut genug für sie sein würde. Ehrlich, wer zum Henker konnte da mithalten? Und das war nur ein Kuss!

Sara legte ihr linkes Bein um seine Taille und genoss es, dass sie das tatsächlich schmerzfrei tun konnte. Dann verschwand jeder Gedanke an Schmerzen, als Zach seine jeansbekleideten Hüften gegen sie drückte. Sara stöhnte bei der Berührung. Ihr war durchaus bewusst, dass sie komplett nackt dastand und Zach immer noch angezogen war. Eigentlich, stellte sie fest, genoss sie es sogar. Er trug immer noch seine Lederjacke, und sie liebte die Geräusche, die sie machte, wenn er sich bewegte. Außerdem rieb sein T-Shirt an ihren harten Nippeln, während seine Jacke ihre nackten Arme und die Brust streifte – ihr Körper war ein einziges pochendes, empfindsames Chaos.

Sara wusste, dass Zach, »der Kerl mit den starken Armen und den großen Händen«, der Einzige war, der das in Ordnung bringen konnte.

Ohne Vorwarnung zog Zach sich zurück, aber nur, damit er sie umdrehen und an die Wand drücken konnte, sodass ihre Handflächen auf die kalte Fläche klatschten. Er beugte sich zu ihr vor, sein Körper drückte gegen ihren, und dann stieß er sehr langsam mit seinen Hüften, diesmal aber gegen ihren Hintern – *oh ja … das ist gut.* Seine Erektion wirkte durch die Jeans wie Stahl, und sie zweifelte nicht daran, dass sie sich in ihr unglaublich gut anfühlen würde. Aber er wollte sie warten lassen, ließ sich Zeit. Sie bewunderte seine Selbstkontrolle und hasste ihn gleichzeitig dafür.

Seine Zunge berührte die Haut in ihrem Nacken,

und Sara schloss die Augen und lehnte die Stirn an die Wand. Während seine Zunge ihrem Rückgrat folgte, glitten seine Hände um sie herum und umfassten ihre Brüste. Seine Zunge erreichte ihre Pospalte und machte sich wieder auf den Weg nach oben. Immer weiter, bis sie ihr Ohr erreichte.

»Gib mir deine Hand«, flüsterte er, was ihr einen tiefen Schauder durch den ganzen Körper jagte.

Er legte eine Hand auf ihre und führte sie zu ihrer Hüfte und dann zwischen ihre Schenkel. Ihr Körper bebte noch einmal, noch heftiger, als er ihre Fingerspitzen zu ihrer Klitoris führte und sie langsam mit ihnen streichelte. Ein rauer Atemzug brach aus ihren Lungen hervor, als ihr ganzer Körper sich verkrampfte und die Hitze sich von ihrem unteren Rücken ihr Rückgrat hinauf ausbreitete. Er knurrte mit dem Mund an ihrer Haut, schob mit der Nasenspitze ihre Haare zur Seite und begann, sanft an ihrem Nacken zu knabbern. *O Gott! Beißen!* Sie liebte Beißen. Nicht zu hart und auf keinen Fall zu sanft – gerade genug Druck, dass sie gleichzeitig zusammenzuckte und stöhnte, ohne unnötiges Geschrei auszulösen oder einen Krankenwagen rufen zu müssen.

Ihre Knie gaben nach, und wenn Zachs anderer Arm nicht um ihre Taille gelegen und sie gestützt hätte, wäre sie zu Boden gesunken. Ihre Finger, geführt von seinen, kreisten weiter fest um ihre Klitoris, bis ihr Kopf rückwärts an seine Schulter sank und es wie eine Welle über sie hereinbrach. Sanft hob er ihre Hand hoch, damit sie beide sie sehen konnten. Sara sah zu, wie er ihre Hand festhielt, die nass war von ihren eigenen Säften, und sich ihren Mittelfinger in den Mund steckte. Er leckte mit seiner Zunge daran, und Sara drückte sich mit der freien Hand von der Wand ab. Sie drehte sich in seinen Armen, damit sie ihn ansehen konnte, ihr Finger immer noch in seinem Mund.

»Ausziehen. Sofort.« Zach war vollständig angezogen, und das ertrug sie nicht länger. Sie wollte ihn nackt und in sich. Auf der Stelle.

Zach zog mit einem lauten, nassen »Plopp« ihren Finger aus seinem Mund. Dann schob sie ihm die Lederjacke von den Schultern und ließ sie zu Boden fallen, bevor sie ihm das schwarze T-Shirt vom Leib riss. Sie öffnete seine Jeans und drückte ihn aufs Bett. Auf die Ellbogen gestützt, beobachtete Zach sie lächelnd, als sie ihm die Stiefel von den Füßen zerrte und die Jeans von den Beinen streifte. Sie kicherte über seine Boxershorts und riss sie ihm ebenfalls vom Leib, wobei sie Kratzer an seinen Schenkeln hinterließ. Dann trat sie zurück und betrachtete seine Erektion. Starrte nur. Er wusste nicht recht, was sie wohl dachte, bis sie zu ihm aufschaute und lächelte. »Los geht's!«

Lachend fragte er sich, wie zum Henker er an diese Verrückte geraten war. Na ja, an diese echt scharfe Verrückte.

»Warte.« Sie ließ Zach mit seiner Erektion liegen und rannte aus dem Zimmer.

Er hörte, wie sie im Wohnzimmer rumorte und vor sich hinmurmelte: »Wo ist sie? Scheiße, wo ist sie?«

»Schwing deinen sexy Arsch wieder hierher!«, befahl er.

»Halt deine Nüsse in Schach. Ich komme gleich.«

»Das glaube ich erst, wenn du deinen Arsch endlich wieder hierherbewegst!«

»Hier.« Sara warf eine braune Papiertüte neben Zach aufs Bett.

Die Tüte landete, platzte auf, und Packungen mit Kondomen fielen auf die Bettdecke. Zach lächelte triumphierend. »Habe ich doch gewusst, was in der Tüte war!« Er lachte, bis Sara am Fuß des Bettes auf die Knie ging.

Sein Lachen verebbte, und ein leises Stöhnen entschlüpfte seinen Lippen. Sie fuhr mit der Zunge an der Unterseite seines Schwanzes entlang, zeichnete mit der Zungenspitze die dicken Adern nach. Sie erreichte die Eichel und vollführte mit der Zunge Kreise um die Spitze, wie er es mit ihrem Finger gemacht hatte. Langsam nahm sie ihn in den Mund, und er ließ sich rückwärts aufs Bett sinken und rang um Fassung. Er würde sie sich nicht nehmen. Er würde sie vögeln, aber er würde sie sich nicht nehmen. Egal, was sie mit ihm oder seinem Ding machte.

Wie ein Mantra wiederholte er diesen Gedanken.

Sara hatte wirklich keine Ahnung, was sie mit ihm anstellte. Hätte sie es gewusst, hätte sie ihn nicht bis zum Anschlag in den Mund genommen, die linke Hand um den Schaft gelegt, bis er mit der Spitze die Rückseite ihrer Kehle spüren konnte. Dann knurrte die Schlampe – *Scheiße! Nicht das Knurren!* –, und er spürte es von der Spitze bis zu den Eiern, die sie fest mit der rechten Hand umschloss.

Sie ritt ihn mit dem Mund, und ihre saugenden Geräusche, ihr Knurren und sein Stöhnen waren die einzigen Laute im Raum. In diesem Moment entschied er: sie gehörte ihm. Er würde sie für sich beanspruchen, und er würde es jetzt tun.

Er schnappte sie an den Haaren und zog sie grob von sich weg. Sie sah ihn an, überrascht, aber eindeutig neugierig. Er packte sie an den Schultern, warf sie aufs Bett, streifte mit dem letzten rationalen Gedanken, den er zustande brachte, ein Kondom über, setzte sich auf und drehte sie auf den Bauch. Er kniete sich hinter sie, packte sie an der Taille und riss sie an sich, bis er sie an seinem Schwanz spürte. Er verschwendete keine Zeit mit schmeichelnden Worten oder Zärtlichkeiten. Sie war feucht, und er war bereit. Er stieß in sie und hörte ihren kehligen Schrei, der ihn noch härter machte und noch begieriger, sich in ihr zu vergraben.

Knurrend stieß er mit solcher Kraft zu, dass sie etwas keuchte, das verdächtig nach »Scheiße!« klang. Also stieß er wieder zu. Er beugte sich vor und küsste ihren Rücken, während er gnadenlos zustieß. Er fand eine muskulöse Stelle unter der rechten Schulter, küsste und leckte sie, während seine Hand ihren tropfnassen Schritt fand. Während er ihre Klitoris zwischen den Fingern drückte, biss er ihr in den Rücken, und seine Eckzähne wurden länger und gruben sich in ihr Fleisch.

Ein animalischer Schrei entrang sich Saras Kehle; sie wiegte weiter die Hüften, um seinen Stößen entgegenzukommen. Er spürte, wie sie sich um ihn zusammenzog, und wusste, dass sie kam. Wusste, dass sie ihm gehörte. Er hielt mit den Zähnen ihre Schulter fest, während er das Blut ableckte und seine Finger ihre Klitoris bearbeiteten. Immer wieder stieß er hart in sie. Da schrie sie seinen Namen heraus, und er spürte, wie ihre Säfte über seine Hand und an ihren Schenkeln entlangflossen, während ihr ganzer Körper von dem Orgasmus geschüttelt wurde. Er ließ sie los und zog seine Zähne aus ihrer Haut. Dann konnte er sich nicht mehr zurückhalten und kam mit einem brüllenden Schrei in ihr.

Als das letzte Beben sie beide überlaufen hatte, brachen sie auf dem Bett zusammen, und der einzige Gedanke, den Zach hatte, bevor er in einen erschöpften Schlaf sank, war simpel.

Verdammt.

Kapitel 14

Zach hörte ihr Knurren und zwang sich, wach zu werden. Es war noch dunkel draußen, also war es noch sehr früh am Morgen.

Er blickte auf Sara hinab. Sie schlief noch; ihr Körper zuckte gequält, während sich in ihrem Inneren Dinge umschichteten und an ihren Platz bewegten. Ihr Körper passte sich ihrem neuen Zustand an. Veränderte sich. Wurde wie er.

Er legte den Arm um sie, um sie davon abzuhalten, sich selbst zu verletzen, merkte aber zu spät, dass er sich bei dieser kleinen Psychopathin mehr Sorgen um sich selbst machen musste.

Sie löste einen Arm aus seinem Griff, und ihre Krallen verfehlten nur knapp seine Kehle. Immer noch schlafend, ging sie erneut auf ihn los. Zach packte beide Handgelenke und drückte ihr die Arme über den Kopf. Sie jetzt aufzuwecken hätte nichts genutzt. Nicht, wenn sie so war.

Eines der Probleme, wenn man Gestaltwandler so spät einweihte, war, was ihre Körper dann durchmachen mussten. Diese Veränderungen hätten eigentlich in ihrer Jugendzeit passieren sollen. Dann hätten ihre Eltern ihr alles beigebracht, was sie wissen musste, und hätten ihr geholfen, sich daran zu gewöhnen, dass sie noch mehr war.

Jetzt konnte er nichts mehr tun, außer mit ihrer langsamen Entwicklung fertigzuwerden.

Dass sie schon Krallen hatte, war allerdings etwas überraschend; wahrscheinlich würde es noch ein paar Jahre dauern, bis sie in der Lage war, sie zu kontrollieren.

Gähnend hielt er sie fest und wartete, während ihr Körper sich beruhigte und ihr Knurren verebbte. Fast wäre er wieder eingeschlafen, Sara gemütlich in den Armen, als ein plötzliches Aufwallen von Kraft sie ergriff und sie ihn auf den Rücken warf.

O-oh.

»Sara.«

Aber sie konnte ihn nicht hören. Die Augen immer noch geschlossen, beugte sie sich herab und schnüffelte an ihm, dann stöhnte sie. Sie rieb die Nase unter seinem Kinn, und ihre Lippen berührten seine kaum, als sie über sie strichen.

Er hatte immer noch ihre Handgelenke in den Händen, aber er würde sie regelrecht auf die Matratze knallen müssen, um sie zu bändigen. Wölfinnen waren unglaublich stark und die perfekten Bettgefährtinnen für männliche Wölfe. Doch jetzt, wo ihr Körper sich veränderte, konnte es … intensiv werden.

Natürlich meldete sich in diesem Moment sein Schwanz und sagte: »Au ja! Los!«

Nein, nein. Sara war ganz und gar nicht darauf vorbereitet, wie rau die Party zwischen Gefährten werden konnte. Himmel, wie oft hatten die Geräusche seiner Eltern hinter der Schlafzimmertür ihn und seine Schwester fast um ihren Teenagerverstand gebracht? Ihre Paarung klang immer eher nach gegenseitiger Körperverletzung als nach der menschlichen Vorstellung von »Liebe machen«. Doch am nächsten Morgen hatten ihre Eltern immer geschmust und sich geküsst wie frisch Verliebte, während er und seine Schwester ihre Waffeln und Speck verschlangen.

Nicht alle, aber die meisten Wölfe mochten es grob. Zach auf jeden Fall, aber er wollte Sara nicht wehtun. Sie konnte noch nicht damit umgehen.

Also versuchte er, galant zu sein, worin er nie wirklich gut gewesen war, und hielt nur ihre Handgelenke fester.

»Sara. Wach auf.«

Ihre verblüffenden braunen Augen schnappten auf, aber er hätte Bares verwettet, dass sie nur halb wach war. Und verdammt, sie war wild. Schon wieder.

Sie rieb die Hüften an seinen, ihr Geschlecht feucht und heiß an seinem Bauch. »Vögle mich, du Scheißkerl«, knurrte sie.

Okay!

Nein!

Zach knirschte mit den Zähnen und kämpfte gleichzeitig mit sich und dieser Verrückten. »Sara. Beruhige dich.« Sie hätte ein Beruhigungsmittel für *Pferde* gebraucht!

Sara versuchte, ihre Handgelenke zu befreien, und es war ein echter Kampf. Ihre Kraft wuchs mit jeder Sekunde, die er in ihrer Nähe war.

»Vögle mich, oder ich suche mir jemanden, der es tut!«

Zach hob eine Augenbraue und hatte Mühe, nicht zu lachen. »Ach ja?«, konnte er sich nicht verkneifen.

Selbst so wild, wie sie war, verzog sie ihr hinreißendes Gesicht zu einem finsteren Blick. »Nein. Du musst es sein. Ich will dich.« Mit zusammengebissenen Zähnen zischte sie: »Also vögle mich endlich!«

»Sara …«

Doch sie konnte ihn nicht hören, denn ein erneutes Beben ging durch ihren ganzen Körper. Sie warf den Kopf zurück, ihre langen Haare streiften seine Schenkel, und sie wand sich auf ihm.

Er biss die Zähne zusammen, hielt sie fest und betrachtete sie. Gott, er hatte nie jemanden so gewollt wie sie. Doch er konnte nicht … oder?

Nach einiger Zeit schaute sie wieder auf ihn herab; die Nachbeben schüttelten sie immer noch. Sie öffnete die Augen, und für den Bruchteil einer Sekunde sah er, wie sie sich in Wolfsaugen und wieder zurück in menschliche Augen verwandelten.

Schwer atmend flehte sie: »Bitte, Zach. Bitte vögle mich!«

Zach nickte; jetzt konnte er ihr nichts mehr abschlagen. Sich selbst – und seinem Schwanz – auch nicht.

Weiter ihre Handgelenke umklammernd, setzte er sich auf, schob sie dabei von sich und drückte sie auf die Matratze. Sie wollte sich wieder aufrichten.

»Nicht«, knurrte er, »denk nicht mal dran, dich zu bewegen!«

Sie legte sich zurück und schaute mit diesen animalischen Augen zu ihm auf.

Er streckte die Hand nach einem der eingeschweißten Kondome aus, die auf dem Bett verstreut lagen. »Vertraust du mir, meine Schöne?«

Sie beobachtete ihn; starrte abwechselnd auf seine Hände, die das Kondom über seinen harten Schwanz schoben, und dann wieder in seine Augen. »Nein«, antwortete sie schließlich. »Ich vertraue nur meinen Freunden.«

»Magst du mich?«

»Nicht besonders.«

»Gut.« Er stieg aus dem Bett, nahm sie bei den Fußknöcheln und schwang sie herum, sodass ihr Hintern an der äußersten Bettkante ruhte. »Dann macht es umso mehr Spaß.«

Das Tier in ihr rastete aus, und sie trat nach ihm – sie zielte auf seine Eier. Inzwischen war sie schnell, aber nicht schnell genug. Er schlug ihren Fuß aus dem Weg, dann legte er die Arme unter ihre Knie und zog sie auseinander. Zwischen ihren Beinen glänzte es, und er sah deutlich die Feuchtigkeit an der Innenseite ihrer Schenkel.

Sie versuchte, ihre Beine zu befreien, wahrscheinlich, um ihn zusammenzutreten. Sie wollte diese Sache kontrollieren und glaubte wahrscheinlich, sie könne es auch.

Jetzt ärgerte er sie. *Gut.*

Zach hob ihren Hintern an und legte seinen Schwanz zwischen ihre Beine. »Sieh mich an, Sara!«

Diese durchdringenden – und momentan wilden –

braunen Augen richteten sich auf ihn. Nein. Keine Logik oder rationalen Gedanken zu erkennen. Die waren ihr scheinbar für den Augenblick verloren gegangen.

Statt sich damit aufzuhalten, sie zu beruhigen oder vorzubereiten, rammte Zach seinen Schwanz in sie.

Sara schrie auf und wölbte den Rücken vom Bett hoch. Er hielt ihre Beine in den Armen, während er zustieß.

Die Hände in die Laken gekrallt, wand sie sich unter seinen kräftigen Stößen, und sie wimmerte. Beiden brach der Schweiß aus, und Zach vögelte sie härter.

»Spiel mit deinen Titten, Sara!«, befahl er. Sie warf ihm einen wütenden Blick zu, und ihre Lippen entblößten strahlend weiße Eckzähne. »Tu es!«, drängte er und ließ seine eigenen Reißzähne aufblitzen.

Knurrend wie ein verärgerter Welpe ergriff Sara mit beiden Händen ihre Brüste und drückte zu. Ihr Knurren wurde erneut zu einem Wimmern, und sie krampfte sich um seinen Schwanz und zeigte ihnen beiden, wie sehr sie es liebte. »Zieh mit den Fingern an deinen Nippeln. Mach sie hart für mich, meine Schöne.«

Sie gehorchte; ihr Gesichtsausdruck wurde weich, während ihre Finger mit ihren Brüsten spielten.

»Oh ja«, stöhnte er. »Genau so.«

Sie grinste, und es fühlte sich an, als verdopple sein Schwanz seine Größe. Wie konnte das bloße Lächeln einer Frau ihn so hart machen?

»Fühlt sich das gut an?«, fragte er und hatte Mühe, seinen eigenen Impuls zu kommen zu kontrollieren.

»Ja«, stöhnte sie.

»Zieh ein bisschen fester. Stell dir vor, es sei mein Mund, der an dir saugt.«

Sara wand sich ein wenig, als sie ihre Nippel drehte, und ihre Vagina klemmte ihn ein wie ein Schraubstock.

»Ja. Genau so, meine Schöne.«

Er schauderte und vögelte sie härter, länger. Er konnte nicht aufhören.

»Bitte, Zach!«

»Bitte was, Sara? Sag mir, was du willst, meine Schöne.«

Die Hände immer noch um die Brüste gelegt, spielte sie weiter mit ihren Nippeln, während ihr Schweiß in Strömen floss und die Decke unter ihr tränkte.

»Ich muss kommen.« Sie wand sich verzweifelt, und er wusste, dass sie mit der richtigen Berührung losgehen würde wie ein unterirdischer Vulkan, der die Erdoberfläche erreichte.

»Bist du sicher, dass du bereit bist? Sicher, dass du es willst?«, presste er luftschnappend hervor.

Da wurde sie wieder wild, das Knurren war wieder da. »Tu's einfach!« Sie richtete sich auf, ihre braunen Augen durchbohrten ihn. Mit einer Stimme, die mehr die eines Wolfs als die eines Menschen war, forderte sie: »Lass mich kommen, oder ich zerfetze dir die Kehle!«

Himmel, was für ein bösartiges kleines Biest! Und ganz eindeutig das, was er immer gewollt hatte. Er konnte nicht tief genug in sie stoßen. Konnte ihr nicht nah genug sein. Am liebsten wäre er in sie hineingekrochen und für immer dort geblieben.

Zach schob sie auf dem Bett weiter nach hinten und

kniete sich auf die Matratze. Er legte sich ihre Beine über die Schenkel und beugte sich nieder, um ihr direkt ins Gesicht zu sehen.

Die Hände in ihren Haaren vergraben, zog er fest daran und hörte dabei nicht auf, in sie zu stoßen. Gestattete seinem Körper keine Erlösung. Nicht, bevor er für sie gesorgt hatte. Und so gemein, wie sie im Moment war, waren schmeichelnde Worte nicht das Richtige für sie. Liebevolle Berührungen würden sie nicht dorthin bringen. Es blieb nur eines zu tun.

Indem er bei jedem Stoß sein Becken an ihrer Klitoris rieb, knurrte Zach: »Ich rate dir: komm für mich, Schlampe. Du kommst besser sofort für mich, oder ich lasse dich in der Luft hängen. Du wirst mich anflehen, dass ich dich kommen lasse. Du wirst mich anflehen, dass ich dir den Verstand raube.«

»Du Hurensohn!« Ihre Fäuste trafen hart. Ein menschlicher Mann hätte zerschmetterte Schulterblätter davongetragen, doch Zach schnaubte nur und riss ihren Kopf zurück, sodass sie zu ihm aufblickte.

»Tu es, Sara! Komm!« Er leckte ihren Hals. Es schmeckte vollkommen. Also setzte er seine Zähne direkt unter ihr Ohr.

»Komm, Sara. Komm, oder ich sorge dafür, dass du es bereust.« Er biss zu, und das genügte.

Ihr ganzer Körper bäumte sich unter ihm auf, wölbte sich von der Matratze hoch und hätte ihn beinahe abgeworfen. Sie packte seine Schultern und grub ihm die Finger ins Fleisch, während sie die Beine um seine Taille schlang und sich festklammerte.

Schreiend und schluchzend kam sie mit aller Macht.

Ihr Körper wiegte sich gegen seinen, und ihr Unterleib verkrampfte sich und hielt Zach in ihr fest.

Endlich erlaubte Zach sich selbst auch zu kommen, und sofort erschütterte sie eine zweite Welle. Es fühlte sich an, als dauere ihr gemeinsamer Orgasmus stundenlang; ihre Körper waren im Kampf ineinander verschränkt, bis sie sich nicht mehr rühren konnten.

Als Zach sich wieder bewegen konnte, stemmte er sich auf den Ellbogen hoch und schaute in Saras Gesicht hinab. Sie öffnete die Augen, und er sah, dass all die animalische Lust verschwunden war. Zumindest für den Augenblick.

Sie lächelte sanft und schlief wieder ein.

Zach strich ihr zart die schweißgetränkten Haare aus dem Gesicht und küsste sie auf die Nase. »Mit dir sehe ich kein Land mehr, oder?«

Wie als Antwort drehte Sara sich auf die Seite, doch nicht ohne ihn vorher mit einem ordentlichen Schubs von sich zu schieben. Bis er auf dem Boden aufkam, schnarchte sie schon.

Kapitel 15

Irgendwann öffnete Sara die Augen. Zunächst wusste sie nicht recht, wo sie war. Aber ihr wurde schnell klar, dass es ihr Schlafzimmer war, in ihrem Haus – mit einem muskulösen Arm, der besitzergreifend über ihrer Taille lag.

Sag mir, dass ich das nicht getan habe! Doch sie wusste, sie hatte. Jetzt war alles wieder da … mehr oder weniger – der Club, die Schlägerei in der Kneipe, diese Schlampe Casey. Und der beste Sex, den sie in ihrem Leben je gehabt hatte.

Nachdenklich runzelte sie die Stirn. *Vielleicht sogar zweimal?*

Sie wusste es nicht. Konnte sich nicht erinnern. Wenn sie austickte, dann wenigstens richtig.

Über die Schulter sah sie Zach an. Er schlief tief und fest, die dunkelbraunen Haare fielen ihm übers Gesicht, aber sie konnte trotzdem noch die Schrammen und Schnitte von der Schlägerei erkennen.

Sara konnte nicht fassen, dass sie das letzte Nacht gewesen war. Sie war vollkommen außer Kontrolle geraten. Andererseits – je mehr sie darüber nachdachte, desto klarer wurde ihr, dass sie nicht außer Kontrolle gewesen war – zumindest nicht im üblichen Sinn. Eigentlich war sie sich all dessen bewusst gewesen, was sie getan hatte. Beinahe hyperbewusst.

Sie warf einen Blick auf den Wecker auf ihrem Nachttisch. Es waren noch ein paar Stunden, bis sie zur Arbeit musste, aber sie konnte Zach einfach nicht gegenübertreten, wenn er aufwachte. Er würde sie natürlich für eine Riesenschlampe halten. Wahrscheinlich wollte er sie seinen Freunden weiterreichen. Sie konnte es ihm wirklich nicht verdenken. Sie hatte sich dem Kerl nicht nur an den Hals geworfen. Sie hatte ihn praktisch angesprungen. Der Gedanke brachte ihre Wangen zum Brennen.

Vorsichtig schlüpfte sie unter seinem Arm hervor und aus dem Bett; ihr ganzer Körper schmerzte und fühlte sich köstlich benutzt an. Nachdem sie sich ein paar Kleider übergestreift hatte, die sie auf dem Boden liegen gelassen hatte, floh sie lautlos – und rasch – aus ihrem eigenen Haus.

Zach merkte es sofort, als sie wach wurde. Er spürte, wie ihr ganzer Körper sich spannte. Sie glitt aus dem Bett, zog sich etwas an und war fort.

Ein Teil von ihm wollte sie aufhalten. Wollte sich ihren schönen Hintern schnappen und sie zurück ins Bett zerren – er war noch lange nicht fertig mit diesem Körper. Aber er war zu sehr damit beschäftigt, sich selbst in den Hintern zu treten. Sie gehörte ihm. Selbst wenn sie nicht vorhatte, ihn jemals wieder in ihre Nähe zu lassen, würde keine andere Frau je wieder in seine Nähe kommen. Er würde sie nicht lassen. Er war für den Rest seines Lebens an sie gebunden – die Erkenntnis machte ihn nicht glücklich. Ganz zu schweigen davon, dass er so etwas nie gewollt hatte. Und dass er davon überzeugt war, dass sie wahrscheinlich ernstlich verrückt und definitiv animalisch war. Das Fazit war: Sie rannte davon. Sie küsste ihn weder wach noch machte sie ihm Frühstück. Sie hielt sich nicht einmal mit Duschen auf. Sie wachte auf, sah Zach neben sich liegen und lief in die Texas Hills davon. Kein gutes Zeichen, wenn man gerade eine Beziehung begann.

Zach drehte sich mit einem Seufzen um und schaute zur Zimmerdecke hinauf. »Du bist ein Idiot, Sheridan.«

Sara schloss Mikis Apartmenttür mit ihrem Schlüssel auf. Aus Sicherheitsgründen hatten sie alle Schlüssel zu den jeweils anderen Wohnungen. Theoretisch waren sie nur für Notfälle gedacht, normalerweise klopfte man an. Doch das hier konnte man definitiv als Notfall bezeichnen.

Sie fand Angelina schlafend auf Mikis unglaublich bequemer Couch und Miki schlafend auf dem Sessel. Keine regte sich, als sie hereinkam, also knallte sie die Tür zu. Angelina rührte sich immer noch nicht, öffnete aber ein Auge und richtete es auf Sara. Miki dagegen schoss aus dem Sessel hoch, das Buch, das sie noch in der Hand hatte, als Waffe erhoben.

Sara schaute ihre beiden engsten Freundinnen an. »Also … Ich bin eine Hure.«

»Oh, bitte!« Angie schloss die Augen wieder und drehte sich um.

Miki wirkte ebenfalls unbeeindruckt. »Nicht schon wieder.« Sie warf das Buch auf den alten Couchtisch. »Verschon uns bitte. Und was zum Geier ist überhaupt letzte Nacht passiert? Wir lassen dich zwei Minuten allein, und du verschwindest einfach.«

»Wir waren krank vor Sorge«, fügte Angelina von der Couch aus hinzu, die Stimme gedämpft, weil sie den Kopf in den Kissen vergraben hatte.

»Ich bin nur spazieren gegangen. *Und dann ist alles außer Kontrolle geraten!*« Den letzten Satz schrie Sara.

»Skelly hat angerufen. Er ist unglaublich sauer auf dich. Er sagt, wir sollen dir ausrichten, dass du die Reparaturen bezahlen wirst und dass er sich überlegt, dir Hausverbot zu erteilen.«

Sara konnte dem Mann keinen Vorwurf machen; sie hatte das Gefühl, das Ganze war ihre Schuld.

»Also, wirst du uns jetzt erzählen, was passiert ist, oder nicht?« Das kam von der gedämpften Angelina.

»Ich brauche zuerst eine Dusche.«

Miki trat einen Schritt zurück. »Du hast nicht geduscht?« Sie richtete einen anklagenden Finger auf Sara. »Du bist noch voll von seiner DNS, stimmt's?«

Sara wollte etwas sagen, überlegte es sich aber anders. Sie brauchte ihre Freundinnen jetzt. Also stolzierte sie ins Bad, während Miki und Angelina in Gelächter ausbrachen.

»Und wirf die Seife weg, wenn du fertig bist!«

Als sie sauber genug für Mikis Ansprüche war, zog Sara Joggingklamotten an, die sie bei Miki deponiert hatte, und informierte ihre Freundinnen über die vergangenen sechzehn Stunden, während sie Speck und Eier aßen, die Angelina zubereitet hatte. Allerdings blieb sie sehr vage, was die Details über den Fick ihres Lebens anging.

»Also könnte man sagen«, analysierte Angelina, »du warst der Knochen und sie waren die Hunde, die darum stritten … äh, um dich.«

»So langsam hasse ich deine Vergleiche wirklich.«

»Egal. Und sein Schwanz war riesig?«

Miki verschluckte sich an einem Stück Toast. »Das will ich wirklich überhaupt nicht hören!«

»Gewaltig.« Sara deutete mit den Händen die ungefähre Länge an.

Angelina hob den Daumen und stand von der Couch auf. »Ich brauche Kaffee. Sonst noch jemand?«

Sowohl Sara als auch Miki nickten, und Angelina ging in die winzige Küche neben dem winzigen Wohnzimmer.

»Immer noch Hunger?«, fragte Miki ruhig, als Sara den Rest ihres Eigelbs mit ihrem Toast aufwischte. Sara zuckte die Achseln. Sie konnte eine Tonne Speck essen und war nie voll. Sie liebte Speck. Miki sah ihre Freundin mit zusammengekniffenen Augen an. »Wie wäre es mit einem Steak? Roh?«

Sara stellte ihren Teller auf dem Couchtisch ab. »Äh … nein danke. Warum?«

Miki schüttelte den Kopf. »Ach, nichts.«

»Okay.« Sara kannte diesen Tonfall aus jahrelanger Erfahrung. »Was ist los?«

»Na ja, wir haben eine Theorie.«

»Nein«, rief Angie aus der Küche. »*Wir* haben *keine* Theorie. *Du* hast eine Theorie.«

»Von mir aus«, blaffte Miki zurück. »Ich habe nur die Lage analysiert.« *O-oh.* »Und aufgrund deiner momentanen körperlichen Veränderungen …«

»Körperliche Veränderungen?«

»Erhöhte Muskelmasse, Spannkraft und Stärke.«

Sara schaute an sich herab. Ihre Bauchmuskeln hatten ihr tatsächlich gefallen, als sie geduscht hatte.

»Und geschärfte Sinne.«

»Sinne?«

»Wir mussten praktisch die Wohnung verlassen, damit du unsere Unterhaltung nicht mithören konntest.«

»Du meinst, als ihr ins Schlafzimmer gegangen seid? Nein. Ich habe euch kristallklar gehört, und meine Füße sind übrigens *nicht* übermäßig groß.«

»Nicht für einen Mann«, warf Angelina ein.

»Halt die Klappe!«

»Mhm. Interessant. Du konntest uns hören.« Sara konnte förmlich sehen, wie Miki eine Liste in ihrem Kopf abhakte.

»Erhöhte Aggression.«

»Ich bin nicht aggressiv.«

»Vielleicht solltest du Casey danach fragen.« Wow, Miki konnte ganz schön arrogant sein. Wieso hatte sie das vorher nie bemerkt?

»Sie hat mich komisch angeschaut.«

»Aha.« Abgehakt. »Erhöhter Sexualtrieb.« Sara wollte protestieren, aber Miki unterbrach sie. »Als ich dich gestern fragte, wie du dich fühlst, war deine Antwort: ›Geil. Sehr, sehr geil.‹«

»Oh. Klar. Das habe ich wohl wirklich gesagt, oder?« Abgehakt. »Und was beweist das alles, Dr. Psychopath?«

Miki verschränkte die Arme vor der Brust. Jetzt fehlte ihr nur noch der Laborkittel. »Werwolf.«

Sara lachte erstickt auf. Sie konnte nicht anders. »Bist du verrückt geworden?«

»Ich habe Beweise.«

»Was für Beweise?«

Miki reichte ihr das Buch, das sie vorhin auf den Couchtisch geworfen hatte. Sara las den Titel laut vor: »Die Wahrheit über Werwölfe?«

»Wirklich ein gutes Buch. Fundiert. Da steht alles drin.«

»Das ist dein Beweis?« Sara warf das Buch zurück auf den Tisch. »Also gut. Du wirst aufhören, es zu lesen.«

Sara ging in die Küche. Sie schnappte sich noch ein paar Stücke Speck und sprang ohne sich mit den Armen abzustützen auf die Arbeitsplatte. Angelina sah sie aus den Augenwinkeln an. »Das ist neu.«

»Cool, was? Das müssen meine neuen Superkräfte sein.«

»Mach du nur weiter Witze«, blaffte Miki. »Aber warte bis zum nächsten Vollmond.«

Sara schaute Angelina an. »Vollmond?«

»Keine Sorge.« Angie holte Kaffeetassen aus dem Schrank. »Du hast noch gut drei Wochen bis dahin.«

»Wenn dein Körper bei Vollmond dann anfängt, sich

zu verändern – ruf mich nicht an!« Miki verschwand in ihrem Badezimmer.

»Wir müssen sie aus dieser Buchhandlung rausholen.«

»Das würde nichts helfen.« Angie nahm die Milch aus dem Kühlschrank und stellte sie neben Sara auf die Arbeitsplatte. Beide starrten die Kaffeemaschine an und warteten auf die dunkle Flüssigkeit, als sei es ein Elixier der Götter. »Gehst du heute trotzdem zur Arbeit?«

»Ja. Warum?« Sara wusste, wo dieses Gespräch hinführte.

»Ich frage mich nur …« Sara wartete darauf. Sie wurde nicht enttäuscht. »… ob du dich mit Zach triffst.«

»Ich weiß nicht. Ich bezweifle es. Ich weiß nicht.« Himmel, sie klang wie eine Idiotin.

Angelina lächelte sanft. »Er liebt dich, weißt du?« Das hatte Sara nicht erwartet. Überhaupt nicht.

Sie begann wieder zu lachen. »Oh mein Gott. Du bist noch verrückter als Miki!«

»Aber du weißt, dass ich recht habe.« Angie zog die Kanne aus der Kaffeemaschine und goss zwei Tassen voll mit dem dampfenden Gebräu. Eine davon reichte sie Sara.

»Hör mal, Ang, er ist rübergekommen und hat mich gevögelt. Ich bin mir ziemlich sicher, dass das schon das ganze Ausmaß unserer Beziehung ist.«

Angie schüttelte den Kopf. »Er ist nicht ›rübergekommen‹. Skelly hat uns alles erzählt. Er war dort, um dich zu holen. Er hat nach dir gesucht, Skelly hat den blonden Kerl am Telefon mit ihm reden gehört. Und er hat dich vor dieser Casey beschützt. Er hat um dich gekämpft, Sara.«

Sara starrte in ihre Kaffeetasse. »Das kann ich im Moment nicht glauben.« Sie stellte den unberührten Kaffee auf die Arbeitsplatte zurück und sprang herab.

»Warum nicht?«

Sara ging auf die Wohnungstür zu und schnappte sich unterwegs ihren Rucksack. »Weil es mich umbringen wird, wenn er geht.« Sie öffnete die Tür, schaute aber noch einmal zurück zu ihrer Freundin. »Und du hast es selbst gesagt. Er wird gehen.«

Sara war unten an der Treppe des Apartmentkomplexes angekommen, als sie Angelinas Stimme von oben hörte. »Sara.« Sie blieb am Fuß der Treppe stehen und drehte sich zu ihrer Freundin um.

»Du hast recht. Er wird gehen. Aber wer sagt, dass er ohne dich geht?«

Ohne auf Saras Antwort zu warten, drehte Angelina sich um und ging in die Wohnung zurück.

Kapitel 16

Das Gespräch mit Angelina ging ihr immer wieder durch den Kopf. Er konnte sie nicht lieben. Nicht einer wie er. Und sie weigerte sich kategorisch, ihn zu lieben. Egal, wie gutaussehend er war oder wie gut er vögelte. Es zählte nur, dass sie einfach nicht an Liebe glaubte oder an Leute, die behaupteten, sie seien verliebt oder so etwas in der Art. Also würde sie gar nicht erst mit alledem anfangen. Für nichts und niemanden. Vor allem nicht für Zach. Niemals für Zach.

»Hi.«

»Nichts!«, blaffte sie ohne erkennbaren Grund.

Conall stand vor ihr und starrte sie an. Er wirkte ein kleines bisschen besorgt.

»Alles okay?«

Sara holte Luft. »Alles super.«

»Gut. Wo ist Marrec?«

Sara nickte in Richtung Werkstatt. Conall machte sich auf den Weg dorthin. »Bist heute nur du hier?«, fragte er, beinahe unschuldig.

Sara biss sich auf die Wangen, um nicht zu lächeln. »Ja. Nur ich.«

Achselzuckend verschwand er hinten. Sara grinste. Der Junge war ihrer brutal ehrlichen Freundin wohl verfallen. Der Arme. Miki würde ihn zum Frühstück verspeisen.

»Was für ein schönes Lächeln du hast.«

Wieder wurde Sara aus ihren Gedanken aufgeschreckt, doch diesmal hatte sie keine Ahnung, von wem. Er war ziemlich gutaussehend. Groß, kräftig gebaut, mit goldblonden Haaren, grünen Augen und Klamotten, die wahrscheinlich direkt aus der *GQ* stammten.

Dennoch sollte sie Angelina anrufen, denn er war nichts für sie.

»Danke.« Sara wandte sich wieder ihrer Zeitschrift zu. Sie dachte sich, dass der Kerl sich nur umsehen wolle, um sagen zu können, er sei hier gewesen. Er sah ihr nicht gerade wie der Harley-Davidson-Typ aus.

»Ich rieche ihn überall an dir«, flüsterte er. »Hat er dich gut gevögelt, Kleine?«

Sara spürte, wie ihr Mund trocken wurde und ihr die Furcht in den Nacken kroch. Aber sie bezwang sie. Langsam, ganz langsam, blickte sie in diese schönen, kalten grünen Augen hinauf. Lächelte. Und boxte das Schwein ins Gesicht. Der Kopf des Mannes wurde nach hinten geschleudert, aber er wirkte eher überrascht als schmerzhaft getroffen. Denn er sah sauer aus. Er packte Sara an der Kehle und zischte: »Hundeschlampe.« Was ihr ein seltsamer Ausdruck zu sein schien. Doch bevor sie darauf reagieren oder etwas gegen die Hand dieses Fremden an ihrer Kehle tun konnte, hörte sie ein Knurren hinter sich.

Es war Conall. Der große, liebenswerte Bär, der hinter ihrer Freundin her war, war verschwunden, und an seiner Stelle stand ein Mann, dem sie nicht nachts auf der Straße begegnen wollte. Hinter ihm Marrec, und Sara konnte sich nicht erinnern, wann sie ihn je einmal so wütend und gefährlich wirkend gesehen hatte. Aber es war das Knurren, das von der Ladentür her kam, das sie vollends schockierte.

Da stand er. Schön wie immer, schäumend vor Wut. Zachs Haselnussaugen waren fast schwarz, die Zähne gefletscht, und er knurrte in offensichtlichem Missvergnügen. Sara wusste nicht, ob sie zu Tode erschrocken war oder ihm das Hirn herausvögeln wollte.

Der Fremde wandte sich wieder zu ihr um und sah ihr fest in die Augen. Sein Griff um ihre Kehle wurde fast unmerklich fester. »Ich hoffe, er hängt nicht allzu sehr an dir«, war alles, was er sagte. Dann zog er sie eng an sich und drückte gewaltsam seinen Mund auf ihren. Sara schrie und grub ihm die Fingernägel in die gebräunte Gesichtshaut in dem Versuch, ihm so wehzutun, dass er sie losließ. Der Kuss dauerte nur ein paar Sekunden, dann war er fort. Über die Motorräder hinweg und zur Seitentür hinaus. Zach und Conall jagten ihm nach, während Marrec zu ihr kam.

»*Wer war das, Scheiße noch mal?*«, schrie Sara, während sie sich mehrmals den Mund abwischte.

»Ein Problem«, antwortete Marrec. Dann tat der Mann, der sie praktisch aufgezogen hatte, etwas, das Sara für den Rest der Nacht Angst einjagte. Er schnüffelte an ihr. »Oh Mann«, seufzte er. »Zach wird ihn umbringen.« Damit wandte er sich ab und verschwand in seiner Werkstatt.

In diesem Moment geriet ihre Welt aus den Fugen. Was hatte Miki gesagt? Werwolf?

Sara schnappte sich ihren Rucksack und ging.

Sie folgten seiner Spur bis in den Wald. Im Schutz der Bäume rissen sich Zach und Conall die Kleider vom Leib, verwandelten sich und setzten dem Bastard nach. Sie erspähten ihn auf dem Weg eine Böschung hinauf zwischen den Bäumen. Er hatte sich ebenfalls verwandelt und bewegte sich schnell durch den Wald. Zach schlug einen Bogen, während Conall ihm direkt folgte.

Der Kerl kletterte einen der alten Bäume hinauf, doch der Ast, auf den er sprang, brach ab, und er fiel. Er landete auf allen vieren, setzte sich sofort wieder in Bewegung, doch er hatte wertvolle Sekunden verloren. Zach schnappte ihn am Bein, während Conall auf seinen Hals losging. Die Großkatze ergab sich aber nicht kampflos. Sie hieb nach Conall und riss ihm die Schnauze auf, bevor dieser an das weiche Fleisch an ihrer Kehle herankommen konnte. Doch Conall ließ sich nicht aufhalten. Also drehte er sich zu Zach herum, doch der ließ nicht los. Nicht, wenn dieser Bastard immer noch Saras Geruch an sich hatte. Er würde ihn töten. Aber sie befanden sich nahe der Böschungskante. Als Conall sich auf die Katze warf, um an ihre Kehle heranzukommen, schob ihr gemeinsames Gewicht Zach über die Kante. Er sah noch, wie Conall der

Katze das Genick brach, dann verlor er selbst den Halt. Der Boden gab nach, und Zach rutschte den Hügel hinunter.

Das Letzte, was er hörte, bevor er unten aufprallte, war, wie Conall seinen Namen schrie.

Sara parkte ihren Pick-up weit nach Mitternacht vor ihrem Haus. Nachdem sie den Laden verlassen hatte, war sie zu Angelina hinübergefahren. Sie wusste, sie konnte nicht zu Miki. Wenn sie ihr erzählt hätte, dass Marrec angefangen hatte, an Leuten zu schnüffeln, wäre die Hölle los.

Also hatten sie und Angelina Eistee getrunken, von der Veranda aus den Sonnenuntergang beobachtet und darüber gegrübelt, was zum Henker in ihrer winzigen Stadt los war. Raves. Seltsame Biker. Kerle, die wahllos Verkäuferinnen angriffen. Es wurde einfach mit jeder Sekunde bizarrer.

Angelina hatte ihr angeboten, bei ihr zu übernachten, aber Sara wollte nach Hause. Abgesehen davon hatte sie dort ihr Gewehr, also machte sie sich keine allzu großen Sorgen. Dennoch hatte Angelina darauf bestanden, dass sie ihr Gewehr im Truck mitnahm, damit sie sicher zu ihrem Haus gelangte. Ihre Sorge war nicht überraschend, angesichts der letzten Stunden.

Sara sprang aus ihrem Pick-up und landete auf beiden Füßen. Sie brauchte eine Sekunde, bis sie merkte, dass sie keine Schmerzen spürte. Das war möglicherweise das herrlichste Gefühl im Universum. Sie konnte sich keine großen Sorgen über ihr seltsames Leben machen, wenn sich ihr Körper so wunderbar anfühlte.

Sie nahm ihren Rucksack, ließ Angelinas Gewehr im Gewehrkasten – *Ich liebe Texas, ehrlich!* – und knallte die Autotür mit einer kleinen Drehung und einem Stoß mit der Hüfte zu.

Sie sah das Tier, als sie auf die Haustür zuging. Es lag auf der Seite und nahm die halbe Länge der Veranda ein. Zunächst fürchtete sie, es sei tot, doch als sie näher kam, sah sie, dass sich seine Brust und Flanke bei jedem Atemzug hoben. Also stieg sie langsam die Verandastufen hinauf und schaute genauer hin.

Jetzt erinnerte sie sich. Der Wolf, der sie neulich beobachtet hatte. Scheiße, war der groß! Gute neunzig Kilo schwer. Wahrscheinlich sogar mehr. Der größte Hund, den sie je besessen hatte, war ungefähr fünfundfünfzig Kilo schwer gewesen, und als er sie durch ein Flussbett gezerrt hatte, um einen Hasen zu erwischen, hatte sie beschlossen, sich nie wieder so etwas Großes zuzulegen.

Sie beugte sich nieder und berührte ganz vorsichtig seine Hinterpfote. Er rührte sich nicht, und da sah sie die tiefe, klaffende Wunde in seiner Seite; sein Fell war blut- und schmutzverschmiert.

Kurz überlegte sie, ob sie zu ihrem Truck zurückgehen und Angelinas Gewehr holen sollte, umrundete ihn aber stattdessen vorsichtig, schloss eilig auf und betrat das Haus. Sie schnappte sich ihr Telefon und wählte die Nummer der Auskunft. Irgendwann kam sie zur Tierrettung durch, wurde dort aber sofort in die Warteschleife gelegt. Während sie wartete und den

Wolf auf ihrer Veranda beobachtete, sah sie Scheinwerfer auf dem Weg zu ihrem Haus näher kommen. Sie sah hin, bis sie verschwanden. Einfach so, was bedeutete, dass jemand sie ausgeschaltet hatte, um nicht gesehen zu werden. Das versprach nichts Gutes.

»Mist«, presste Sara hervor, als ihr Angelinas Sorgen und die Ereignisse des Tages wieder einfielen. Sie stopfte das schnurlose Telefon in ihre hintere Hosentasche und hätte beinahe die Tür zugeknallt und den Wolf sich selbst überlassen, doch aus irgendeinem vollkommen irrationalen Grund konnte sie es nicht. Sie hatte das Gefühl, ihn beschützen zu müssen.

»Scheiße, Scheiße, Scheiße!«

Sie rannte zu ihrem Schrank und wühlte fieberhaft den Maulkorb hervor, den sie für ihren größten Hund, Rocks, benutzt hatte, außerdem ihr eigenes, immer geladenes Gewehr. Damit kehrte sie zu dem Wolf zurück. Immer noch mit geschlossenen Augen sah er aus, als wäre er bewusstlos. Sie schluckte ihre Angst und jeden rationalen Gedanken hinunter, kniete sich vorsichtig neben ihn und legte das Gewehr neben sich. Sie streifte ihm den metallenen Maulkorb über und zog das Lederband fest, für den Fall, dass der Wolf versuchen sollte, ihr den Arm abzubeißen. Dann nahm sie ihn unter den Schultern und schleppte ihn ins Haus. Es hätte schwieriger sein müssen, aber … na ja, vielleicht war er gar nicht so schwer, wie sie ursprünglich gedacht hatte. Nachdem sie ihn sanft abgelegt hatte, ging sie auf die Veranda zurück und holte ihre Waffe.

Ein extrem teures Auto hielt vor ihrem Haus, und vier Männer stiegen aus. Alle gut gebaut und gut gekleidet. Okay. Der Kerl in dem Laden schien Brüder zu haben. Kein Problem. Die vier Männer kamen auf ihr Haus zu, doch sie lud durch und zielte auf den ersten, den sie sah. Sie blieben stehen. Vielleicht hielten sie sogar die Luft an.

»Sie haben unerlaubt mein Grundstück betreten. Verlassen Sie meinen Grund und Boden.«

Derjenige, auf den sie zielte, beschloss, sie einzuwickeln. Sie erkannte es daran, wie er halb die Augen schloss und lächelte. Er benahm sich, als gehöre ihr Hintern schon ihm. Doch als er den Mund öffnete, um etwas zu sagen, schoss Sara vor seinen Füßen in den Boden. Alle vier Männer stolperten rückwärts.

»Willkommen in Texas, Gentlemen. Und jetzt gehen Sie verdammt noch mal von meinem Grundstück runter!«

Sie sprangen in ihren Wagen und waren fort.

Sara holte ihr Telefon heraus und wählte eilig.

»Büro des Sheriffs«, meldete sich eine tiefe Stimme gedehnt. »Hier spricht Deputy Fogle.«

»Hey, Eddie. Hier ist Sara Morrighan.«

»Hey, Schätzchen. Wie geht's?«

Es stimmte, Sara hatte immer eine Schwäche für Cowboys und Cops gehabt. Aber ihre Schwäche und allgemeine Freundlichkeit ihnen gegenüber nützten ihr auch. Wie in diesem Moment.

»Ganz gut. Ich wollte nur fragen, ob du und deine Jungs mir heute Nacht einen Gefallen tun könntet. Gerade vor ein paar Minuten waren ein paar Fremde auf meinem Grundstück. Hab sie nie vorher gesehen. Nicht aus der Gegend, wenn du weißt, was ich meine.«

»Davon haben wir in den letzten paar Wochen eine ganze Menge in der Stadt gesehen.« *Darauf wette ich.*

»Na ja, ich hatte mich gefragt, ob ihr heute Nacht ab und zu an meinem Haus vorbeifahren und aufpassen könntet, dass sie nicht zurückkommen.«

»Für dich, Sara Morrighan? Kein Problem. Ich hoffe, du hast die Fremden auf Texas-Art willkommen geheißen?«

Sara lachte. »Klar. Aber ich muss auch mal schlafen. Es wäre nett zu wissen, dass ihr Jungs auf mich aufpasst.«

»Darauf kannst du dich verlassen. Ich schicke sofort einen Wagen zu dir raus.«

»Danke, Eddie. Grüß den Sheriff von mir.«

»Klar. Und du schlaf gut.«

Sara unterbrach die Verbindung, schaute noch einmal in die Dunkelheit hinaus und ging schließlich wieder hinein. Sie schloss ab und verriegelte die Tür.

Dann blickte sie auf ihren Wolfsfreund hinab, der immer noch bewusstlos auf dem Boden lag. Schon wieder übernahm das irrationale Verhalten die Oberhand. Sie stemmte das arme Ding aufs Sofa, säuberte seine Wunde, merkte, dass diese nicht so tief war, wie sie ursprünglich ausgesehen hatte, und brachte einen sauberen Verband an. Dann deckte sie ihn auch noch mit einer Decke zu.

Yup, ich verliere definitiv meinen restlichen Verstand. Bald bin ich so verrückt wie meine Großmutter.

Sara vergewisserte sich, dass die Türen und Fenster verschlossen waren, duschte und ging ins Bett.

Kapitel 17

Drei Uhr morgens, und Sara konnte immer noch nicht einschlafen. All dieses zwanghafte Grübeln über *alles Mögliche* trug nicht dazu bei, dass sie sich ordentlich ausschlafen konnte. Na ja, es hatte damit angefangen, dass sie über alles Mögliche gegrübelt hatte, bis sie schließlich dazu übergegangen war, nur noch über Zach nachzugrübeln. Er hatte so wütend ausgesehen, als er sah, dass dieser Scheißkerl sie anfasste. Er hatte tatsächlich geknurrt. Geknurrt! Es war irgendwie cool.

»Das ist lächerlich.« Sara warf die Decke von sich und glitt aus dem Bett. Sie tapste aus ihrem Schlafzimmer, durch den Flur und durchs Wohnzimmer in ihre Küche. Dort goss sie sich ein Glas eiskaltes Wasser ein und machte sich auf den Weg zurück ins Schlafzimmer. Sie hatte es gerade bis in den Flur geschafft, als sie abrupt stehen blieb, das Glas Wasser fest umklammert. Die Augen stur geradeaus gerichtet, ging sie langsam rückwärts, bis sie im Wohnzimmer stand. Tief Luft holend, drehte sie den Kopf zur Couch. Und da lag er. Mit verbundener Wunde. Die Decke, die sie über ihn gebreitet hatte, bis zu den Hüften nach unten geschoben. Den Maulkorb immer noch im Gesicht.

Sie starrte ihn nur an.

Nach einiger Zeit öffnete er die Augen. Verwirrt sah er sich um, zog sich den Maulkorb vom Gesicht und schaute ihn stirnrunzelnd an. Dann richtete sich sein Blick auf Sara.

»Sara?«

»Zach?«

Mehrere Sekunden vergingen, dann sagte er: »Warte …«

Das tat sie nicht. Ihr Wasserglas fiel zu Boden, und sie rannte los. Er sprang auf und rannte ihr nach. Sie stürmte ins Esszimmer und um den großen Eichentisch herum; Zach war eine Sekunde hinter ihr. Er stand ihr nackt auf der anderen Seite des Tisches gegenüber. Sie machte zwei Schritte nach links. Er ging mit. Sie machte drei schnelle Schritte nach rechts. Er tat dasselbe.

»Du … du bist …« Sie konnte nicht einmal klar denken.

»Du musst jetzt ruhig bleiben.«

»Leck mich!«

»Das ist nicht ruhig.«

Sara knurrte.

»Okay, okay.« Zach hob die Hände, die Finger weit gespreizt. »Ich weiß, du bist verwirrt. Und hast Angst. Aber alles ist cool. Gib mir fünf Minuten, ich kann dir alles erklären.«

»Du kannst mir erklären, warum gestern Abend, als ich ins Bett gegangen bin, ein großer, struppiger Hund auf meinem Sofa lag und ich dort vier Stunden später dich finde? *Das* kannst du mir erklären?«

Zach wurde kurz still. »Du hast recht. Wozu die Mühe?« Er warf sich über den Tisch auf sie. Sara taumelte rückwärts und knallte an die Wand. Er verfehlte sie, also sprang Sara auf den Tisch, über ihn hinweg und schoss durchs Zimmer. Aber er war schnell. Sie hatte es gerade in den Flur geschafft, als sie spürte, wie er sie um die Taille schnappte. Sie wehrte sich verzweifelt, versuchte, sich zu befreien, doch er hielt sie mühelos mit einem Arm fest.

Sie schrie frustriert auf und schrie dann einfach weiter. Zach hob die andere Hand, um ihr den Mund zuzuhalten, aber Sara sah es kommen. Sie schnappte seinen Arm und biss zu. Er brummte vor Schmerz, aber das war alles. Sie biss fester zu, aber er gab immer noch keinen Ton von sich. Jetzt wurde sie sauer. Sie wollte ihn schreien hören. Da spürte sie es – ihre Eckzähne wuchsen. Einfach so brachen sie aus ihrem Zahnfleisch hervor. Die anderen Zähne in ihrem Mund verschoben sich, um sich der neuen Länge der Eckzähne anzupassen, die sich jetzt mit Leichtigkeit tief in sein Fleisch gruben.

Zach zog sie eng an sich und drückte das Gesicht in ihre Haare. »Ich sage es dir wirklich sehr ungern«, murmelte er mit belegter Stimme – Sara nahm an, vom Schmerz. »Aber das, was du da tust, nennen wir Vorspiel. Du machst meinen Schwanz hart.«

Dieses Geständnis verblüffte sie so, dass sich ihre Eckzähne auf der Stelle zurückzogen, und sie spürte, wie sich auch die restlichen Zähne wieder an ihre alte Stelle schoben.

Dann hob Zach sie hoch wie einen Haufen Wäsche und trug sie ins Bad. Er sah sich um, schien zufrieden, dass sie nicht durch das winzige, hohe Fenster fliehen konnte, und warf sie in die Badewanne.

Sara traf hart mit dem Hintern auf. »Au!«

Er sah sie nicht einmal an, sondern schnappte sich ein Handtuch und wickelte es sich um die Hüfte. Dann knallte er die Badezimmertür zu und öffnete ihren Arzneischrank. Er holte Alkohol und Verbandszeug heraus und hielt seinen blutenden Arm unter den Wasserhahn.

»Weißt du, deshalb habe ich es dir nicht früher gesagt. Ich wusste, du würdest unvernünftig reagieren.«

Sara wischte sich Zachs Blut mit dem Ärmel ihres Footballshirts ab. »Was hast du mit mir gemacht?«

»Nichts. Du bist auch ohne meine Hilfe das, was du bist.«

»Was heißt das?«

Zach goss sich Jod über den verwundeten Arm. »Das heißt, dass ich nichts mit dir *gemacht* habe. Du wusstest nur nicht, was du bist. In Wirklichkeit kannst du deine Eltern dafür verantwortlich machen.«

Sara holte tief und theatralisch Luft. »Dann bin ich also ein Werwolf?«

Zach sah sie an wie eine Geisteskranke. »Es gibt keine Werwölfe.«

Sara stand auf, ihre Aggression strahlte in Wellen von ihr ab. Sie konnte es spüren. Noch zwei Sekunden, und – sie würde wild werden! »Was zum Henker bist du dann?«

»Ein Gestaltwandler.« Er wirkte ehrlich beleidigt. Als hätte sie ihn asozial oder Prolet genannt oder behauptet, seine Mutter trage Springerstiefel. »Die ganze Meute besteht aus Gestaltwandlern. Genau wie mein Vater. Und dessen Vater. Und so weiter. Ich kann sowohl die Familien meines Vaters als auch die meiner Mutter bis zu den Druiden zurückverfolgen. Werwölfe«, spuckte er angewidert aus, während er sich wieder seiner Wunde zuwandte. »Und nachts kommt der Schwarze Mann und holt uns.«

»Sei doch nicht gleich so feindselig!«

»Dann stell du mir keine dummen Fragen!« Er rückte den Verband an seinem Arm zurecht. »Hier geht es nicht um Monster unterm Bett. Es ist ein Geschenk, das über die Jahrhunderte an uns weitergereicht wurde. Ich lebe mein Leben in dieser Welt und in ihrer. Und ich würde es gegen nichts eintauschen wollen.«

»Du bist ein Freak.«

»Ja. Wahrscheinlich. Aber mir ist einer von uns jederzeit lieber als das, was du normal nennst. Zumindest weiß ich bei ihnen, woran ich bin.«

Er mochte vielleicht wissen, wo er stand, aber sie war vollkommen ahnungslos. »Warum bist du hier, Zach?«

»Es hat damit zu tun, dass ich von einem dieser verdammten Hügel gefallen bin, auf die ihr hier so stolz seid, aber das ist eine sehr lange Geschichte.«

»Warum bist du *hier*?« Sie meinte nicht heute Nacht. Sie meinte überhaupt.

Zach verstand.

»Deine Eltern haben zu unserer Meute gehört. Aber wir mussten warten, bis diese alte Kuh gestorben war, bevor wir dich holen konnten.« Zach befestigte die Enden seines Verbands.

»Also war gestern Nacht …«

Er unterbrach sie schroff. »Denk nicht mal dran. Ich musste dich gestern Nacht nicht vögeln.«

Sara zuckte zusammen, blieb aber standhaft. »Das ist gut zu wissen. Ich fände den Gedanken nicht gerade schön, dass du nur Befehle befolgt hast.«

»Warte.«

Sara hatte sich nicht gerührt, aber er schien zu glauben, sie werde es tun. »Das wollte ich nicht sagen.« Zach berührte Saras Arm. Sie schaute auf seine große, starke Hand hinab. Diese Finger hatten sie gevögelt.

Sie wusste selbst nicht, was sie tun würde, bis ihre Faust tatsächlich auf seinen Kiefer traf. Sein Kopf wurde zur Seite gerissen, aber er schwang mit einem Knurren zurück, und Sara machte in der Badewanne einen Schritt zurück, weg von ihm. Seine Eckzähne wurden länger, und seine Haselnussaugen glitzerten in dem gedämpften Badezimmerlicht.

»Heilige Scheiße.« Dann hatte sie ihren Finger in seinem Mund – sie konnte nicht anders. Er hielt inne und schaute sie an, während ihr Zeigefinger über den weißen Zahnschmelz strich. »Das ist so cool! Jetzt weiß ich wieder, warum ich so besessen von deinen Zähnen war! Sehen meine auch so aus?«

Zach zog ihren Finger aus seinem Mund. »Du bist verrückt.«

Sie stieg aus der Wanne und ging zum Badspiegel. Dann hob sie die Lippe an und musterte sorgfältig ihr Gesicht.

»Was tust du da?« Zach schien fast Angst vor der Frage zu haben.

»Nachschauen, wie mein furchteinflößendes Wolfsgesicht aussieht.«

Er vergrub die Augen in den Händen und seufzte tief. Eigentlich sollte es ein Seufzer sein, um sich zu beruhigen. Irgendwie wusste Sara, dass sie mit wenig Mühe dafür sorgen konnte, dass er das die ganze Zeit tat.

»Du kannst nicht hierbleiben«, verkündete Zach plötzlich.

»Warum?«

»Sie sind hinter dir her. Weißt du noch, der Typ, der dich heute im Laden angegriffen hat?«

»Es war eher ein Kuss.« Sie hörte Zach knurren, verzog aber keine Miene. *Scheißkerl.*

»Egal. Aber es gibt noch mehr von seiner Sorte. Zum Beispiel die Typen in dem Club am ersten Abend, als ich hier war. Sie gehören zum Rudel.«

»Du meinst eine Gang?«

Da war wieder dieses Seufzen. »Ich meine das Rudel.« Er sagte es mit zusammengebissenen Zähnen.

»Rudel? Löwen haben Rudel.«

»Yup.«

Sara wirbelte herum. »Es gibt auch Löwen?«

Geduldig erklärte Zach: »Ja. Und Tiger. Und Berglöwen. Es gibt eine ganze Reihe von Gestaltwandlern.«

»Auch Kaninchen?«

Sara sah ihn schlucken. »Keine Kaninchen«, zischte er mit zusammengebissenen Zähnen. Noch etwas mehr, und er würde seine Zähne zu Staub zermahlen. »Denk an Raubtiere. Unsere Vorfahren vereinten sich mit den Raubtieren. Kaninchen stehen weit unten in der Nahrungskette.«

»Haie?«

»Was?«

»Sei nicht gleich beleidigt! Sie sind die ultimativen Killermaschinen.«

»Ich kann nicht weiter darüber reden.« Er lehnte sich an die Badezimmerwand.

»Zach?«

Noch ein Seufzen. »Ja?«

»Wie viele sind in einem Rudel?«

Er zuckte die Achseln. »Unterschiedlich. Aber ungefähr acht oder neun.«

»Männlich und weiblich?«

»Ja.«

»Und sie haben meine Eltern umgebracht?« Sie sah, wie Zachs Gesichtsausdruck weicher wurde. Er nickte. »Und jetzt sind sie hinter mir her.« Wieder nickte er.

Damit war sie aus der Badezimmertür hinaus.

Er glaubte nicht, dass sie weglief. Und er hatte recht. Stattdessen schnappte sie sich das gut geölte Gewehr, das am Schrank im Flur lehnte. Er roch Schießpulver, und ihm wurde klar, dass sie es vor Kurzem abgefeuert hatte. Vom oberen Brett eines Bücherregals nahm sie eine Schachtel Munition und marschierte dann direkt auf die Vordertür zu.

Zach fing sie ab, bevor sie den Türknauf erreichte. Aber sie war höchst aggressiv und wand sich mit Leichtigkeit aus seinem Griff. Dann holte sie mit dem Gewehr aus und zielte auf seinen Kopf.

Instinktiv fing er die Waffe ab, bevor sie ihn traf; wenn auch seine menschliche Seite verblüfft und ein bisschen verletzt war, dass sie ihn angriff. Zum Glück war er nicht auf diese Seite seiner selbst angewiesen, um am Leben zu bleiben.

»Himmel! Was hast du für ein Problem?«, fuhr er sie an, während er versuchte, ihr das Gewehr zu entreißen.

»Sie waren hier!«

Das stoppte ihn. Um genau zu sein, ließ es ihn auf der Stelle erstarren. »Was?«

»Sie waren hier«, wiederholte sie. »Wahrscheinlich haben sie nach dir gesucht. Und ich habe sie gehen lassen. Ich hätte sie umbringen sollen. Ich hätte sie alle umbringen sollen.«

»Wie viele?«

»Ich weiß nicht.« Sie zog an der Waffe und versuchte, sie ihm zu entwinden. »Drei. Nein, vier.«

»Frauen?«

»Nein, Männer. Gib her!«

Zach ließ die Waffe los, und Sara, überrascht von der Plötzlichkeit, stolperte rückwärts. Das Einzige, was sie davon abhielt, auf den Hintern zu fallen, war der alte Stuhl, auf den sie fiel.

»Und das ist der einzige Grund, warum du noch lebst«, knurrte er. »Du und dein kleines Gewehr hättet nicht viel ausrichten können gegen vier Rudelfrauen.«

Zach rieb sich die müden Augen. »Dämlich. Ich habe sie direkt hierhergeführt.«

»Du bist ein Idiot.«

Zach holte tief Luft und sah die einzige Frau an, die er – tragischerweise! – je lieben würde. »Warum?«

»Weil du sie nicht hergeführt hast. Sie wussten schon, wo ich wohne. Ich glaube, sie waren es, die neulich meinen Truck angegriffen haben. Seit sie dich an mir gerochen haben – igitt übrigens –, dachten sie sich wahrscheinlich, dass du herkommen würdest. Und jetzt los.« Sie stand auf. »Ich muss ein paar Katzen töten.«

Im einen Moment war sie vollkommen vernünftig. Im nächsten eine rasende Irre. Sie kostete ihn wirklich noch den letzten verdammten Nerv.

Er entriss ihr das Gewehr, warf es quer durch den Raum und betete, dass es beim Aufprall nicht versehentlich losgehen würde. Die Munition folgte.

Sie stand vor ihm in ihrer ausgeleierten Flanellhose, ohne Schuhe und mit einem Dallas-Cowboys-Footballshirt, und es juckte sie, einem ganzen Rudel in den Hintern zu treten. Aber dann würde es wohl einfach sein Hintern werden.

Das genügte. Sara würde ihm wohl in seinen prächtigen Hintern treten müssen. Hier und jetzt.

Ihre Faust holte aus, um ihn noch einmal zu boxen und ihm diesmal hoffentlich die Nase zu brechen, doch da packte er sie um die Taille und hob sie hoch. So hoch, dass sie auf ihn herabschauen musste. Beeindruckend. Nicht nur, weil er es riskierte, ihr so nahe zu kommen, während sogar sie spürte, dass sie wieder wild wurde, sondern weil sie mit ihren eins dreiundachtzig und … na ja … ihrer eher »kurvigen« Figur nicht gerade die Erste war, die Typen sich aussuchten, wenn sie eine Frau über ihren Kopf heben wollten – es sei denn, sie waren Footballspieler oder ernsthaft betrunken.

»Hörst du mir jetzt zu?«

Seine Stimme, so sanft und so verführerisch – sie

hätte wissen müssen, dass er absolut nichts Gutes im Schilde führte. Denn als sie nickte, warf – jawohl, *warf* – Zach sie mit einem bösartig klingenden »Gut« quer durchs Wohnzimmer auf ihre alte, aber zum Glück stabile Couch.

Sara stieß ein überraschtes, mädchenhaftes Quieken aus, als sie auf der Seite landete und ihr Hintern die Polster der Rückenlehne traf. Zu Saras Erstaunen war sie nicht verletzt, sondern hauptsächlich verblüfft. Als sie die Augen öffnete, die sie zugekniffen hatte, sobald sie in der Luft war, kam Zach ruhig auf sie zu.

»Also ehrlich. Was ich alles tun muss, um dich davon abzuhalten, jemanden umzubringen.«

Und da ging es dahin, das Handtuch. Das Einzige, was sie von seinem riesigen Schwanz getrennt hatte.

Sie rappelte sich auf alle viere hoch und versuchte, über die Armlehne Reißaus zu nehmen, aber er schnappte sie am Arm und schwang sie zu sich herum.

»Oh nein, das tust du nicht, meine Schöne!«

»Denk nicht mal dran – he!« Er hatte sie von der Couch hochgerissen und sich ihre Beine um die Taille gelegt, die Hände unter ihrem Hintern und die Lippen an ihrem Hals. Er drückte seine harte Erektion an ihr Bein, und es fühlte sich alles so verflixt gut an.

»Nicht«, flehte sie. »Ich kann nicht denken, wenn ich deine Hände auf mir spüre.«

»Gut. Dann sind wir quitt.«

Das verblüffte sie. Konnte sie tatsächlich denselben Effekt auf ihn haben wie er auf sie? Das wollte sie nicht glauben. Lieber wollte sie ihn hassen. Ihn dafür hassen, dass er den Schutzpanzer durchbrochen hatte, den sie ihr ganzes Leben lang um sich herum aufgebaut hatte.

Er zog an ihrem T-Shirt, doch sie hielt seine Hand fest. »Hey! Es wird nicht an den Cowboys gezogen oder gerissen. Niemals!«

Zuerst sah er überrascht aus. Dann amüsiert. »Dann ziehst du es besser aus … sonst wird es zerfetzt.«

Sara schluckte, als ihr klar wurde, dass es ihm, auch wenn er noch so »amüsiert« aussehen mochte, todernst war. Zumindest redete sie sich selbst ein, dass es ihre Cowboys schützen würde, wenn sie ihr Shirt auszog, und dass der wahre Grund nicht wahr, dass sie seine Hand und seinen Mund an ihren Brüsten spüren wollte.

Sie lehnte sich zurück, zog das Shirt über den Kopf und ließ es auf den Boden fallen.

»Jetzt die Hose.« Er stellte sie wieder auf die Couch, sodass sie über ihm stand; die Hand hatte er immer noch besitzergreifend an ihrer Hüfte.

»Ich …«, war alles, was sie herausbrachte, aber der Gesichtsausdruck, mit dem er an ihrer gemütlichen Lieblingshose zog, sagte ihr: »Entweder du ziehst sie aus, oder ich tue es.«

»Okay, okay. Mann, mir gehen langsam die Klamotten aus.« Sie knotete die Kordel auf und ließ die Hose fallen. Sie hörte eine eindeutige Veränderung in seiner Atmung, als er ihren Körper ansah und mit den Händen über ihre Haut strich. Sara blickte zur Decke; es war ihr furchtbar unangenehm, wenn jemand sie nackt sah. So viele Narben. So viele Makel. Nein, nein, er musste jetzt etwas anderes ansehen. Sofort!

»Wirst du mich ansehen?«, fragte er leise.

»Nö.«

Er küsste ihren Bauch. »Sicher?«

Sie räusperte sich. »Yup.«

»Okay. Wenn du es so willst.« Sein Finger glitt in sie hinein.

Sara keuchte überrascht auf, als sein Daumen ihre Klitoris liebkoste, während sein Zeigefinger langsam hin und her glitt. Sie wollte ihn ignorieren. Wollte weiter an die Decke schauen und vorgeben, er mache es ihr nicht mitten in ihrem eigenen Wohnzimmer mit der Hand. Aber als sein Mittelfinger sich zu dem anderen in ihr gesellte und sein Daumen träge Kreise um ihre Klitoris zog, konnte sie nicht mehr so tun, als ob. Sie umklammerte seine Schultern und sah ihm in die Augen.

Zach lächelte sie an. Dieses süße Lächeln, das sie inzwischen so sehr liebte. »Sag mir, was du willst, Sara.«

Was sie wollte? Sie schloss die Augen. Woher sollte sie das wissen? Vor fünf Minuten hatte sie nichts anderes gewollt, als jemanden umzubringen. Jetzt, genau in diesem Moment, hätte sie das kaum weniger interessieren können. Sie wusste nicht, was sie wollte.

»Ich weiß nicht.«

»Lügnerin.« Er leckte quer über ihren Bauch. »Sag mir, was du willst, Sara.«

Wärme breitete sich von ihrem Unterleib ihren Rücken hinauf aus und wurde zu lodernder Hitze. Sie hielt sich an seinen Schultern fest, dem Einzigen, was sie aufrecht hielt.

»Dich, Zach.« Sie öffnete die Augen und schaute auf ihn hinab. »Ich will dich.«

War das Überraschung in seinem hübschen Gesicht?

Sie war sich nicht sicher. Aber eine Sekunde später war sie schon wieder verschwunden und dem hungrigen Blick eines Raubtiers gewichen. Er bearbeitete weiter ihre empfindlichste Stelle, während seine beiden anderen Finger sie langsam vögelten. Sie grub ihm die Finger in die Schultern, als das erste Zucken sie überlief. Sara schnappte nach Luft und stöhnte, während sie kam.

Zach spürte ihren Orgasmus, als ihre enge Muschi ihm bei ihrem ersten Zucken fast die Finger brach. In ihr schönes Gesicht zu sehen, war es aber voll und ganz wert. Sie schloss die Augen und biss sich auf die Unterlippe. Und dann noch dieses unglaubliche Knurrgeräusch, das sie machte, wenn sie kam – er war im Wolfshimmel.

Sie zuckte wieder, und dann gaben ihre Knie nach. Er achtete darauf, sie auf die Couch und nicht auf den Boden sinken zu lassen. Ihr Atem ging keuchend, und sie umklammerte immer noch seine Schultern. Dann legte er die Hand sanft auf ihren Unterleib, bis das Zucken verebbte.

Endlich löste sie die Finger von seinen Schultern. Doch zu seiner Überraschung legte sie ihm die Arme um den Hals und lehnte die Stirn an seine Brust. Heilige Scheiße, fühlte sich das gut an – und richtig. »Wann«, murmelte sie gegen seine Brust, »bin ich eigentlich zu so einer verdammten Hure geworden?«

Jetzt war Zach vollkommen verwirrt. »Wovon redest du?«

»Ich. Ich bin eine Hure.«

Zach war sich nicht sicher, ob sie wollte, dass er sie beim Sex so nannte, oder ob sie es ernst meinte. Um sie nicht möglicherweise in eine Depression zu treiben, beschloss er, davon auszugehen, dass sie es ernst meinen könnte.

»Machst du solche Sachen mit jedem in der Stadt?«

»Nein!« Zornig und beleidigt sah sie zu ihm auf.

»Dann bist du keine Hure. Psychotisch? Absolut. Eine Hure? Nein. Und jetzt …« Er streifte ihren weichen, festen Körper, als er sich auf der Couch ausstreckte; schon stand seine Erektion Gewehr bei Fuß, wie es das verdammte Ding in ihrer Gegenwart anscheinend ständig tat. »Ich glaube, du hast hier noch etwas zu erledigen.«

Sie runzelte verwirrt die Stirn, also deutete er auf seinen Schwanz. »Hallo? Du hast das gestern Abend nicht zu Ende gebracht.«

Sie grinste anzüglich, die Arme vor ihrer großartigen Brust verschränkt. »Wenn ich mich recht erinnere, hast du mir praktisch die Haare vom Kopf gerissen, um mich davon herunterzuholen.«

»Ich musste es vertagen.«

Sara brach in Gelächter aus. Sie hatte das süßeste Lachen von allen, und im Gegensatz zu seiner ganzen Meute fand sie ihn tatsächlich witzig. »Du redest so einen Müll!«

»Nein. Ehrlich. Ich sagte«, er hielt sich eine Hand vor den Mund, die immer noch nach ihr roch: »›Ich muss das vertagen.‹«

»Das ist lustig, denn ich meine gehört zu haben: ›Dreh dich um.‹«

»Habe ich *gedacht* ›Ich muss das vertagen‹?«, fragte er hoffnungsvoll.

»Jämmerlich.« Sie fuhr mit einem langen Finger die ganze Länge seines Schafts entlang. »Wenigstens ist nicht alles an dir so jämmerlich.« Sie wischte ihm einen Lusttropfen von der Spitze. Er sah zu, wie sie den Finger in den Mund steckte und ableckte. Als sie sich zu ihm vorbeugte und ihren nackten Körper an seinen presste, biss er die Zähne zusammen. Sie fuhr mit der Zunge um seine Brustwarze und darüber hinweg, legte dann die Lippen darum und saugte leicht. Zach spürte, wie die Anspannung des Tages von ihm abfiel, als ihre Zunge eine Spur seine Brust hinab und über seine Bauchmuskeln verfolgte, wobei sie nur kurz innehielt, um seine Wunde zu lecken. Mit beiden Händen berührte er sanft ihre schwarzen Haare und staunte, wie schön sie waren. Wie schön sie war.

Als sein Schwanz in ihren Mund glitt und ihre böse kleine Zunge um die Spitze kreiste, vergaß er alles außer ihr. Die Meute. Das Rudel. Den Krieg. All das vergaß er, als er sich im Duft ihres Körpers verlor, im Gefühl ihres Mundes an ihm und der seidigen Haarsträhnen auf seiner nackten Haut. Er wollte, dass es ewig dauerte, doch sein Körper hielt nicht so lange durch. Nicht, wenn er hinabblickte und sah, wie sein Schwanz von der schönsten Frau gelutscht wurde, die er je kennengelernt hatte. Von der Frau, die er liebte.

Zachs Körper schrie nach seinem Orgasmus, und er nahm Saras Kopf in beide Hände und vögelte grob ihren Mund. Sie wurde nicht sauer. Sie lachte, ihre Lippen lächelten mit seinem Schwanz im Mund, und sie fasste seine Schenkel fester, bis sein Saft in ihren Mund strömte und er ein Gebrüll ausstieß, dass die Couch bebte.

Als die letzte Zuckung ihn überlief, lehnte Zach sich zurück und versuchte, sich an seinen Namen zu erinnern. Sara küsste sich an seinem Körper entlang nach oben. Er spürte ihre Zunge über seine Wange gleiten. Dann waren ihre Lippen auf seinen, und er drückte sie an sich. Er schmeckte sich selbst, als sie an seiner Zunge saugte, und wurde sofort wieder hart.

Sie löste sich aus seinem Kuss und blickte auf seinen Schwanz hinab, der gegen ihre Scham stupste. »Warte mal kurz!« Plötzlich hatte Zach ihren Schritt vor Augen, als sie sich über ihn beugte, um nach ihrem Rucksack zu angeln. Und wo er schon mal da war …

»Hey!« Das kam, nachdem seine Zunge vorgeschossen war und über ihre Klitoris geleckt hatte. »Hör auf damit!« Aber sie klang nicht besonders überzeugend. Sie setzte sich auf seinen Schoß und reichte ihm die Packung Kondome.

Er schaute darauf und lächelte. »Du weißt schon, dass du gerade meine frische Wunde geleckt hast?«

»Na und? O Gott, was ist los mit dir? Räude?«

»Nichts, was ein Therapeut nicht heilen könnte.«

Sie nickte wissend. »Du könntest einen guten Therapeuten gebrauchen.«

»Ich meinte dich.«

Sara schnippte so schnell den Mittelfinger vor, wie sie vielleicht eine Waffe gezogen hätte. »Übrigens mache ich mir keine Sorgen wegen Krankheiten.« Sie beugte sich dicht zu ihm vor, mit dem ernstesten Gesichtsausdruck, den er je bei ihr gesehen hatte. »Tatsache ist, ich will keine Kinder. Niemals. Und wenn ich dreißig bin, lasse ich mich sterilisieren.«

Zach runzelte die Stirn und lehnte sich zurück. Hatte er sie wirklich richtig verstanden? Sie wollte keine Kinder? Niemals? Verzehrte sie sich nicht danach, Mutter zu werden? Die Freuden der Geburt eines Kindes zu erleben? Blablabla?

Er packte sie fest an den Schultern und sah ihr direkt in die Augen. »Mein Gott, Frau, ich habe wirklich mein ganzes Leben auf dich gewartet!« Erschrocken über seinen Schrei, wich Sara zurück und fiel von der Couch.

»Mist, geht es dir gut?« Zach schaute zu ihr herab, als sie sich auf die Ellbogen stützte.

»Was war das denn, Scheiße noch mal?«

»Das …«, er streifte eilig das Kondom über und war auch schon von der Couch herunter und zwischen ihren Beinen, »… war die reinste verfluchte Freude. *Das* war es.« Er küsste ihren Hals, ihre Brüste, saugte an ihren Ohrläppchen.

Sara lachte über diesen liebevollen Überfall. »Du bist verrückt.«

Zach umfasste ihre Taille und riss sie zu sich her. Sein Schwanz rammte in sie, und Sara verstummte. Er würde ihr das Hirn herausvögeln, und er wollte einfach, dass sie es genoss. Sie sollte an nichts anderes denken, während er in ihr war.

Zach zog sich zurück und rammte wieder in sie. Er staunte, wie feucht und eng sie war. Wie süß sie roch.

Und er liebte es, dass sie nicht auf »nett« stand. Denn er hatte keine rechte Vorstellung, wie »nett« ging. Für ihn war »nett« gleichbedeutend mit »langweilig«, und langweilig waren sie seiner Meinung nach beide nicht.

Sara biss ihm in den Halsansatz, wo sich Kehle und Schlüsselbein trafen, und ihre Hände rissen ihm die Haut in Streifen vom Rücken. Aber das war ihm egal. Er spürte es kaum. Jedes Mal, wenn sie ihn biss oder ihm Haut abriss, markierte sie ihn außerdem als den Ihren. Für immer. Ob sie es bewusst tat oder nicht.

Als ihre Hände sich in seinen Hintern gruben und sie ihm in die Schulter biss – mit ausgefahrenen Eckzähnen, um sicherzugehen, dass er nicht weg konnte –, vergrub er sich in ihr. Ihr Stöhnen und Knurren erfüllte seine Sinne, verstärkte seine Liebe zu ihr nur noch mehr. Als er seine Eckzähne seitlich in ihre Brust senkte, spülte der erste Orgasmus über sie hinweg.

Er hätte in diesem Moment selbst kommen können. Hätte sie loslassen können, doch das wollte er nicht. Er war noch nicht fertig mit ihr.

Sara wusste, dass sie ihm wahrscheinlich ernsthafte Schmerzen verursachte. Er blutete an mehreren Stellen am Hals, und unter den Fingernägeln hatte sie Haut, die einmal zu seinem Rücken gehört hatte. Aber jedes Mal, wenn sie die Eckzähne ausfuhr und sein Fleisch und Blut schmeckte, rammte er härter in sie. Sie machte ihn an, und alles an ihm ließ sie feuchter, heißer werden. Jedes Mal, wenn er ihren Namen in ihr Ohr oder an ihrer Haut murmelte, zog sie sich zusammen und ihn tiefer in sich.

Als sie kam, dachte sie, er werde auch kommen und sie würden dann daliegen und diese Sache mit dem »Nachglühen« machen, von der Angie immer sprach. Aber er kam nicht. Er machte weiter. Rammte mit derselben Wildheit weiter in sie, die sie inzwischen von ihm erwartete – zum Henker, die sie verlangte! Und als seine Hand über die alte Wunde an ihrem Schenkel glitt, schnappte Sara nach Luft, und ihr ganzer Körper krampfte sich zusammen.

Zach hörte auf. »O Gott, habe ich dir wehgetan?«

»Nein.« Sie schüttelte den Kopf und sah ihn an. Sie konnte es ihm nicht sagen, konnte ihm nicht so viel Macht verleihen. So etwas könnte eine wie sie zur Liebessklavin machen. Leider las Zach in ihr wie in einem Buch. Er schaute auf ihr Bein hinab, seine Hand schwebte direkt darüber. Mit einer ganz, ganz leichten Berührung fuhr sein Finger über die verletzte Haut, und Sara schnappte seine Hand, ihr ganzer Körper zuckte als Reaktion darauf.

Sie konnte es nicht erklären, aber ihre alte Wunde war irgendwie zu einem riesigen G-Punkt auf ihrem Bein geworden. Diese verdammten Katzen hatten Zacharias Sheridan irgendwie die Schlüssel zum Königreich – sprich: ihr – gegeben, und jetzt wusste er es. Sein boshaftes Grinsen tröstete sie kein bisschen.

Und als er ihr die Hände mit einer Hand über dem Kopf festhielt, wusste sie, sie hatte echte Probleme. Mit der freien Hand strich er über ihren Schenkel, bewegte sich an den Rillen entlang, die diejenigen hinterlassen hatten, die versucht hatten, sie zu töten, und an den Krallenspuren, die er selbst ihr ein paar Tage zuvor zugefügt hatte. Saras Körper bäumte sich auf, und sie tropfte.

Zach sah ihr ins Gesicht, und sie konnte das Vergnügen nicht verbergen, das er ihr schenkte. Nicht, wenn ihre Schenkel sich fest um seine Taille klammerten und bereit waren, ihn in der Mitte durchzubrechen – die Empfindungen waren fast zu viel für sie. Sie versuchte, die Arme aus seinem eisernen Griff zu winden, auch wenn sie nicht dafür garantieren konnte, ob sie ihn, wenn sie ihre Hände erst befreit hatte, von sich schieben oder ihm ganz einfach noch mehr Haut vom Rücken reißen würde.

Er begann wieder, sie zu vögeln, und seine Hand bewegte sich unaufhörlich über ihre alte Wunde. Sie war gefangen, und er zwang ihr im Grunde unerträgliche Lust auf. Sie hätte ihn umgebracht, wenn es nicht der beste Fick ihres Lebens gewesen wäre.

Es dauerte nicht lange, bis Sara wieder kam, und es war gut, dass der Mistkerl ihre Hände festhielt. Sie kam so stark, dass sie sich nicht sicher war, ob sie ihm nicht die Kehle zerfetzt oder den Schwanz abgerissen hätte. Stattdessen setzte sie die Zähne unter seinem Kinn an und biss zu. Sein Körper bäumte sich auf, und dann kam er, direkt nach ihr, rammte den Schwanz in sie, während seine Hand ihren Schenkel umklammerte.

Sie schrien beide auf, und die letzte Zuckung schüttelte sie. Nach ein paar Augenblicken oder Jahren … wen interessierte das schon … lehnte sich Zach zurück und sah sie an. »Damit werde ich richtig Spaß haben«, neckte er sie und tätschelte die empfindliche Haut ihres Schenkels.

Sara verdrehte die Augen. »Blödmann.«

Zach schaufelte sich noch einen Löffel Fruit Loops mit Milch in den Mund. »Das ist *nicht* möglich!«

»Woher willst du das wissen? Nur weil es keine Beweise dafür gibt, gibt es auch keine *dagegen*.«

»Du versuchst, mich wahnsinnig zu machen, oder?«

»Überhaupt nicht.« Sara stellte ihre Schüssel ab. »Ich sage nur, dass es Kaninchen-Gestaltwandler geben könnte.«

»Es gibt keine Kaninchen-Gestaltwandler!«

Kopfschüttelnd klagte sie ihn an: »Du bist ein Kaninchen-Eiferer.«

Zach warf seinen Löffel zurück in die fast leere Schale. »Und Kaninchen-Eiferer gibt es auch nicht.«

»Kaninchen-Eiferer!«, beschuldigte sie ihn noch einmal.

Wie war es überhaupt dazu gekommen, dass er hier nackt und bäuchlings auf dem Wohnzimmerboden neben Sara, der Anwältin der Kaninchen, lag?

»Ich rede nicht mehr mit dir darüber.«

»Klingt ja fast so, als ob du das Sagen hättest.«

»Wenn es um dich geht, *habe* ich auch das Sagen.«

»Bist du glücklich in deiner Phantasiewelt? Bist du dort der König?«

Zach musste sich anstrengen, um nicht zu lachen.

Himmel, er mochte sie sehr, und das konnte er nicht von vielen behaupten.

Sie seufzte. »Na gut, wenn du wegen der Kaninchen weiterhin gehässig und unvernünftig sein willst …« Sara kletterte auf seinen Rücken, legte ihm die Arme um den Hals und rieb ihren warmen Schritt an seinem festen Hintern. »Dann wirst du wohl einen anderen Weg finden müssen, mich zu beschäftigen.«

»Du bist ganz schön fordernd.« Zach schloss die Augen und gab sich größte Mühe, die Lust unter Kontrolle zu bekommen, die durch seinen Körper jagte. Du meine Güte, diese Frau hatte eine Wirkung auf ihn wie nie eine zuvor. Allein, wie sie ihn berührte, machte ihn absolut verrückt.

Sie leckte seinen Nacken. »Weißt du, was ich an dir mag?«

»Was?« Er wünschte wirklich, sie würde aufhören, sich an ihm zu reiben. Mit jeder ihrer Bewegungen schwand seine Denkfähigkeit schneller.

»Dass du so leicht zu quälen bist.« Sie knabberte an seinem Ohr. »Du bist wie ein schlecht gelaunter Rottweiler.«

Zach setzte sich abrupt auf, sodass Sara von seinem Rücken auf den Boden rollte. »Hey!«

»Eine Sache müssen wir jetzt klären.« Zach wandte sich zu ihr um und strich sich die Haare aus den Augen. Sie setzte sich auf und sah ihn an, während er verzweifelt versuchte, nicht ihre Brüste anzusehen. Nicht leicht, wenn er nichts anderes wollte, als das Gesicht zwischen ihnen zu vergraben. Aber das hier war wichtig … sehr wichtig.

»Vergleiche nie – und ich meine *niemals* – einen Wolf mit einem Hund. Wir *hassen* das.«

Sara sagte sehr lange nichts, dann beugte sie sich vor und sah ihm tief in die Augen. »Wuff.«

Sie brach in Gelächter aus, ließ sich nach hinten fallen und trat in die Luft wie eine Zehnjährige. Diese Frau war albern, zum Verzweifeln und so verdammt schön, dass seine Backenzähne schmerzten.

Zach verdrehte die Augen, packte ihre Beine und riss sie zu sich her.

»Au! Der Teppich ist ganz schön hart, Mann!«

Er ignorierte sie, schob nur die Hände unter ihren Rücken und hob sie hoch. »Küss mich, du Irre.«

Sie wandte das Gesicht ab. »Nein. Du bist gemein zu mir.«

»Du hast mich noch nie gemein erlebt.« Er beugte sich nieder, nahm ihren Nippel zwischen die Lippen und sog fest daran. Sara schlug die Hände auf seine Schultern, ihr Kopf fiel nach hinten, und ihr Körper bäumte sich gegen seinen auf, wobei sich ihre Brüste seinem Gesicht näherten.

Mist, wo hatte er die Kondome hingelegt? Ohne ihre Brust oder ihren Körper loszulassen, sah er sich rasch im Zimmer um. Er entdeckte die Schachtel unter der Couch und bewegte sich mit Sara zusammen in ihre Richtung – immer noch, ohne ihre Brust loszulassen. Was sollte er sagen? Er hatte ihre Nippel wirklich gern im Mund.

Er erwischte die Schachtel und zog sie zu sich her. Mit einem Blick nach oben stellte er fest, dass Sara sich auf die Ellbogen gestützt hatte und mit hochgezogener Augenbraue auf ihn herabsah.

»Was zum Geier tust du …«

Er sog fest an ihrem Nippel, und Saras Kopf fiel wieder nach hinten und unterbrach ihre Frage. »O mein Gott, das fühlt sich so gut an.«

Er lächelte vor sich hin. Es gefiel ihm, dass er nicht der Einzige war, der die Kontrolle verlor. Innerhalb von Sekunden hatte er ein Kondom übergestreift und war in ihr.

Verdammt, war sie eng. Eng und heiß und nur für ihn da. Er rieb die Hüften an ihren, und Sara tastete blind nach ihm und schob die Hände in seine Haare.

Die Beine um seine Taille gelegt, zog sie sich hoch, sodass ihre Körper aneinander rieben. »Mach das noch mal! Bitte, Zach!«

»Zuerst küsst du mich, du boshafte kleine Verführerin.«

Sara neigte den Kopf und lächelte, bevor ihre Lippen seine berührten. Sie stöhnten beide, ihre Zungen wanden sich umeinander.

Mann, er steckte viel zu tief drin. Verloren in diesem erotischen Nebel mit einer Verrückten, die unbedingt für die Rechte nichtexistenter Kaninchen-Gestaltwandler kämpfen wollte.

Er drückte sie zurück auf den Boden und rieb wieder die Hüften an ihren. Sara befreite ihren Mund und keuchte laut. Anscheinend traf er genau die richtige Stelle. *Hübsch.* Was für ein geiles Stück. Ein störrisches, verrücktes geiles Stück, aber dennoch ein geiles Stück.

Er küsste sie auf die Wange, dann sagte er dicht an ihrem Ohr: »Komm für mich, du verrückte Schlampe.«

Die Augen fest zusammengekniffen, grinste Sara.

»Wuff, wuff, wuff.« Dann explodierte sie, schrie ihren Orgasmus heraus und erschreckte die armen Vollblutwölfe da draußen im Wald wahrscheinlich zu Tode. Noch bevor sie aufgehört hatte zu zucken, begann Zach sie mit langen, tiefen Stößen zu vögeln. Er ließ sich Zeit, genoss es, wie ihre Muskeln sich um seinen Schwanz zusammenzogen. Gut, dass sie zwischendurch etwas gegessen hatten, denn er hatte nicht vor, so schnell aufzuhören.

Sara schnappte das Kaninchen im Nacken und stand auf. Sie grinste. Natürlich war sie eigentlich hinter einem kleinen Reh her gewesen, aber es war zu schnell, und da war ihr das Kaninchen über den Weg gelaufen.

Sie hatte nicht vorgehabt, irgendetwas zu jagen. Sie wollte nur ein bisschen frische Luft schnappen und den Morgen genießen, während ihr ganzer Körper sich wieder einmal wund und wohlig benutzt anfühlte. Mit einer Flasche Wasser in der Hand und in ihrem Dallas-Cowboys-Shirt war sie glücklich auf die hintere Veranda hinausgegangen. Kurz darauf hatte sie es gesehen. Sie wusste nur, dass da ein Reh in ihrem Garten war und sie plötzlich schrecklich Hunger hatte. Sie hatte die Wasserflasche fallen gelassen und hatte ihm nachgestellt, aber es war davongerannt, sobald sie die Veranda verlassen hatte. Ein paar Minuten später war das kleine Kaninchen vorbeigehoppelt.

»Und was hast du damit vor?«

Zach stand auf der Veranda, die Arme vor dieser

Brust verschränkt, die ihr immer das Wasser im Mund zusammenlaufen ließ. Er war vollkommen nackt. Ein umwerfender, nackter Mann stand um acht Uhr morgens auf *ihrer* Veranda. *Genau. Ich hab's drauf.*

Sie hielt das Kaninchen hoch und zeigte es ihm; das Fellknäuel zappelte in ihrer Hand, und sie sagte mit unermesslichem Stolz: »Schau, was ich gefangen habe! Und ich musste mich nicht einmal verwandeln oder so!«

»Verstehe. Und ich frage noch einmal: Was hast du mit ihm vor, jetzt, wo du es gefangen hast?«

Sara runzelte die Stirn. »Ich weiß nicht. Ich hatte nicht darüber nachgedacht. Ich wollte das Kaninchen einfach fangen.« Sie grinste und fügte hinzu: »Und sehen, ob es ein ...«

»Sag nicht Kaninchen-Gestaltwandler, Weib!«, knurrte er.

Sie kämpfte gegen ihr Lächeln. »Okay.«

Zachs Haselnussaugen sahen sich in ihrem Garten um. Schließlich nickte er zu ihrer Linken hinüber. »Wirf ihn da rüber.«

»Was?« Sie schaute auf den leeren Fleck hinter sich. Sie wollte ihre Beute nicht wegwerfen. Es war *ihr* Kaninchen. »Warum?«

»Tu's einfach. Vertrau mir.«

Mit einem Anflug von Bedauern warf Sara das Kaninchen durch den Garten. Es landete auf allen vieren und begann, davonzuhoppeln. Es hätte allerdings schneller sein müssen. Zwei Wölfe schossen wie der Blitz zwischen den umstehenden Bäumen hervor und zerrissen es zwischen sich.

»Heilige Scheiße!« Sara stolperte rückwärts und wäre fast hingefallen. Schockiert und vollkommen angewidert, stammelte sie: »Zach, ich kann nicht … du kannst nicht von mir erwarten … auf keinen Fall …«

Zach deutete aufs Haus und reichte ihr die Hand. »Komm, meine Schöne. Wir müssen reden.«

Die beiden Wölfe trotteten davon, jeder mit einer Kaninchenhälfte als Beute.

Oh ja. Sie mussten wirklich reden.

Zumindest ergab es jetzt irgendwie alles Sinn. Zach hatte ihr eine kurze Übersicht über die Morrighan-Familie gegeben und versprochen, mehr zu erzählen, wenn sie nicht mehr mit der DNS des jeweils anderen beschmiert waren und vor Anstrengung keuchten, weil er sie in praktisch jedem Zimmer des Hauses gevögelt hatte. Er erzählte ihr, wer und was sie war. Er erklärte ihr, dass ihre Aggressivität normal war, weil sie sich nie verwandelt hatte. Und das wiederum half ihr, ihre Großmutter zu verstehen.

Sogar, warum die Meute sie nicht früher holen gekommen war, hatte einen Sinn. Offenbar waren mehrere von ihnen ins Krankenhaus gekommen, während Sara noch im Koma lag. Ihre Großmutter war mit ihnen hinters Krankenhaus gegangen, um zu »reden«, und hatte sie dort stattdessen mit ihrem Lieblingsmesser angegriffen. Ein Meutenmitglied war an der Schulter verletzt worden, ein weiteres im Rücken, und einer Frau hatte sie das Gesicht zerschnitten und einen Teil des Ohrs abgetrennt. Lynette hatte sie alle am Leben gelassen, ihnen aber gesagt, dass sie nie wiederkommen sollten. Dass die »kleine Zicke« jetzt ihr gehöre.

Die Meute verstand, was Sara immer gewusst hatte. Sie war nichts weiter als ein Knochen für einen bösartigen Hund. Ihre Großmutter hätte sie eher getötet, als sie den Leuten zu überlassen, denen sie vorwarf, ihr die Tochter genommen zu haben.

Nein, keine dieser Informationen änderte etwas daran, wie sehr sie Lynette hasste, aber zum ersten Mal im Leben verstand Sara die alte Schlampe. Und was noch wichtiger war: Endlich verstand sie sich vor allem selbst und warum sie immer das Gefühl gehabt hatte, anders zu sein. Weil sie anders *war*. Aber es gefiel ihr, stellte sie fest. Es war eine Andersartigkeit, an die sie sich auf jeden Fall gewöhnen konnte.

Natürlich musste sie sich jetzt bei Miki entschuldigen. Sie war der Wahrheit sehr nahegekommen. Und sie würde es Sara auf keinen Fall vergessen lassen.

Sara lehnte sich ans Kopfende des Bettes und fuhr sanft mit den Fingern durch Zachs Haar, dessen Kopf auf ihrer Brust lag. Sie hatte das Gefühl, als habe er immer dorthin gehört. Bequem zwischen ihren Schenkeln liegend und dieses leise Knurrgeräusch machend, das ihr durch und durch ging, während seine Hände sich langsam an ihren Beinen auf und ab bewegten. Sie wollte, dass dies für immer sein Platz war. Aber sie wusste, irgendwann würde er gehen und sie wäre wieder allein, egal, was Angie sagte. Sara würde allein sein, genau wie immer. Sie hegte keine falsche Hoffnung, dass diese Sache zwischen ihnen mehr war als großartiger Sex. Sie konnte es sich nicht leisten, auf mehr zu hoffen. Mit der Enttäuschung würde sie nicht klarkommen.

»Fährst du Motorrad?«, fragte er sie.

Sie lächelte, ihre Finger umkreisten sanft sein Ohr. »Nicht mehr, seit ich gegen die Scheune geknallt bin.«

Zachs Hände hielten auf ihrer Haut inne. »Du bist gegen eine Scheune geknallt?«

»Ich musste doch der Kuh ausweichen.«

Zach fing an zu lachen, und Saras Lächeln wurde noch breiter. Sie brachte ihn gern zum Lachen. Sie hatte das Gefühl, das schafften nicht viele.

»Okay, okay. Dann musst du wohl mit mir fahren. Du steigst besser nicht selbst auf ein Motorrad.«

Sara runzelte in der Dunkelheit die Stirn. Wovon zum Geier redete er?

Seine Hand bewegte sich wieder über ihre Haut. Langsam, verführerisch, als genösse er es einfach, sie zu berühren. Gott, wie sie das vermissen würde.

»Tu mir einen Gefallen«, seufzte er. »Nimm keine Tonne Kram mit. Die Fahrt ist lang genug, auch ohne dass ich mir Sorgen um einen Haufen Taschen machen muss.«

Sara räusperte sich angespannt. »Wovon redest du?«

»Keine Panik, wir lassen dein restliches Zeug holen.«

Sie schnappte ihn an seinem glänzenden dunkelbraunen Haarschopf und riss ihm den Kopf zurück, sodass sie ihm in die haselnussbraunen Augen sehen konnte. »Wovon redest du?«

»Was glaubst du wohl? Du kommst mit mir.« Es war

weder eine Frage noch ein Befehl. Lediglich eine Feststellung.

»Ich … ich habe nichts zugestimmt.« Warte. Wirklich nicht? Himmel, sie schrie doch nicht: »Ich gehe mit dir, wohin du willst«, wenn sie kam, oder?

Zach drehte seinen großen Körper, verließ aber nicht den Platz zwischen ihren Schenkeln. »Du brauchst nicht zuzustimmen. Du gehörst mir.«

»Was? Wie ein Hund? Das glaube ich aber nicht!«

Er lächelte über ihren Zorn, legte die starken Arme links und rechts neben sie. Dann zog er sich an ihrem Körper entlang hoch, bis sie sich in die Augen sahen. Sie holte zitternd Luft, zwischen ihren Beinen wurde es feucht und heiß. *Himmel, ich bin eine läufige Hündin*, dachte sie, während sie sich danach sehnte, seinen Schwanz zu umfassen und nie wieder loszulassen.

»Du kapierst es nicht, oder? Du bist in dieser Sache nicht allein. Du gehörst mir, aber ich gehöre auch dir. Noch bevor du mich markiert hast, habe ich dir gehört … auch wenn es mich noch so sehr nervt.«

»Dich markiert?«

Er blickte auf seinen verbundenen Arm hinab, und ihr wurde klar, was sie getan hatte. Nicht nur an seinem Arm, sondern überall an seinem Körper. Der Mann sah aus wie ein abgenutztes Kauspielzeug. Dann wurde ihr bewusst, was er gerade gesagt hatte. »Und du nervst mich auch zu Tode. Du bist ein Arschloch.«

»Und du eine psychotische Schlampe.« Er neigte den Kopf und fuhr mit der Zunge über ihren Nippel, was sie sich aufbäumen ließ. »Aber ich bin mir ziemlich sicher, dass ich das aus dir herausvögeln kann.«

»Tja …« Sie umklammerte das Kopfende, streckte den Körper unter ihm und spreizte die Beine ein bisschen weiter. Sie sah ihn offen herausfordernd an. »Du kannst es *versuchen*. Aber ich hege da keine große Hoffnung.«

Er grinste sie an. »Wirklich?« Dann fuhr er mit der Hand über ihren verletzten Schenkel, und ihr ganzer Körper zuckte.

Sie umfasste das Kopfende fester und schüttelte den Kopf. »Diese Scheißkatzen!«

Kapitel 18

Yup, sie hörte ihr Telefon tatsächlich vibrieren, obwohl es im Nebenzimmer lag, vergraben in ihrem Rucksack. Sie musste zugeben – dieses Wolfs-Ding wurde so langsam richtig cool.

»Entweder schaltest du es aus, oder ich breche es auseinander!«

Zach lag auf dem Bauch, den Arm besitzergreifend um ihre nackte Taille gelegt, das Gesicht im Kissen vergraben. Und eindeutig beim Aufwachen nicht besonders freundlich.

Sara schlüpfte aus dem Bett und tapste leise ins Wohnzimmer. Sie entdeckte ihren Rucksack neben der Couch, direkt neben dem Maulkorb. Sie musste grinsen, als ihr wieder einfiel, wie Zach mit dem Ding im Gesicht ausgesehen hatte.

Sie fand das Telefon wie üblich ganz unten in ihrem Rucksack und ging schnell ran, bevor der Anrufer wieder auflegte.

»Hier ist Miki«, hörte sie. Und sie erkannte schon am Klang der Stimme ihrer besten Freundin, dass etwas ganz und gar nicht stimmte. »Komm besser in den

Laden. Die Cops sind hier, und ich habe einen Krankenwagen wegfahren sehen.«

Sara legte auf und rannte los.

Die zuknallende Tür weckte ihn zum zweiten Mal an diesem Tag. Aber erst das Hämmern am Fenster eine Stunde später setzte ihn in Bewegung.

Zach schleppte sich buchstäblich aus dem Bett. Er schlafwandelte zum Fenster und öffnete die Läden. Conall stand draußen. Nur sein bester Freund schaffte es, ihn aus so einem tiefen Schlaf zu reißen. Die Art von Schlaf, in den man nur fiel, nachdem man die Frau, die man liebte, durchs ganze Haus gevögelt hatte.

Zach öffnete das Fenster. »Was?«

»Wir haben ein Problem. Sie hatten es heute Morgen auf Marrec abgesehen.« Conall schob Zachs Motorrad-Satteltaschen durchs Fenster. »Zieh dich an. Und danke, dass du uns mitgeteilt hast, dass du noch lebst.«

Zach starrte seinen Freund ernsthaft verwirrt an. Dann war alles wieder da – wie dieser Mistkerl seine Frau angefasst hatte, der Kampf und der Sturz. Das Letzte, woran er sich erinnerte, war, wie Conall seinen Namen rief, aber nicht viel mehr … bis auf Gewehrschüsse.

»Es tut mir leid.« Zach zog seine Jeans aus der Tasche. Sein Freund antwortete nicht, und er wusste, dass Conall richtig sauer sein musste. »Aber wenn du dich dann besser fühlst – sie hat mir letzte Nacht einen Maulkorb angelegt.«

Da fing Conall an zu lachen und hörte nicht auf, bis sie am Krankenhaus ankamen.

Sara war schon da, als die beiden Männer kamen. Sie warf Zach einen Blick zu, als er und Conall den Raum betraten, wandte sich dann aber schnell wieder Marrec zu.

Ihr Gesichtsausdruck sagte alles. Sie machte sich Vorwürfe für das, was geschehen war. Gab sich die Schuld, dass das Rudel in Marrecs Revier gekommen war. Dass sie ihn und seine Meute in Gefahr gebracht hatte.

Marrec dagegen schien die Aufmerksamkeit dreier schöner Frauen weidlich zu genießen. Miki schüttelte seine Kissen auf, Angelina las seine Krankenakte, und Sara hielt ihm einen Becher Wasser an die Lippen, damit er trinken konnte. Zach und Conall tauschten Blicke. Sie wussten beide, dass es lächerlich war. Marrec war eindeutig angegriffen worden. Zach würde – konnte – das nicht leugnen. Sein halbes Gesicht und die Kehle waren von Verbänden bedeckt, die dringend ausgetauscht werden sollten, seine Hände waren zerschrammt. Im Klartext: der Mann war ein Häufchen Elend. Aber er war auch ein Wolf. In zwei Tagen würde es ihm wieder bestens gehen. So schlimm es auch aussah, im Moment spürte er wahrscheinlich nur einen dumpfen Schmerz.

Zach drehte sich um und schnupperte in die Luft. Marrecs Meute lungerte irgendwo herum, wahrscheinlich in der Cafeteria. Und Zachs Meute war gerade angekommen. Leider war Casey dabei. »Mist«, murmelte er Conall zu.

Yates kam als Erster herein und blieb im Türrahmen stehen, um Marrec zu mustern. »Gemütlich?«, fragte er offensichtlich amüsiert.

»Große Schmerzen«, brachte Marrec heraus.

»Ach, komm schon«, schnaubte Yates.

Zach hätte auch gelacht, wenn Sara Marrec nicht die rotgrauen Haare aus dem Gesicht gestrichen hätte. Die Hände zu Fäusten ballend, fragte sich Zach, wie es sich wohl anfühlte, einen alten Mann zu verprügeln.

Da betrat Casey den Raum, gefolgt von den anderen Frauen. Sara schaute nicht einmal auf. Zach lächelte – sie hatte Caseys Ankunft gerochen.

Casey durchquerte den Raum in einer Haltung vollkommener Dominanz. Ihre Frauen folgten ihr nicht. Sie blieben abwartend im Hintergrund. Er kannte Casey gut genug, um zu wissen, dass sie Sara jetzt zeigen würde, wer die Alphafrau der Magnus-Meute war, und obwohl Zach hätte einschreiten können, tat er es nicht. Sara musste anfangen, diese Kämpfe selbst auszufechten. Auch die, die sie verlor.

»Entschuldige bitte, Süße.« Casey packte Sara an der Jacke und zog sie vom Bett. Sara verschüttete das Wasser auf dem Boden, als sie aus dem Weg stolperte. Dann setzte sich Casey neben Marrec aufs Bett. »Oh, du armes Baby. Geht es dir gut?«

Im Raum wurde es still. Selbst Angelina und Miki schwiegen, eindeutig zu verblüfft. Aber sie machten mehrere Schritte rückwärts, denn das Ganze fühlte sich weit gefährlicher an, als es wahrscheinlich war. Sara war noch nicht bereit, sich Casey zu stellen, und soweit Zach es beurteilen konnte, wusste sie das auch.

Zach sah zu, wie seine Frau tief Luft holte und den leeren Wasserbecher auf einen Tisch in der Nähe stellte. Sie wandte sich von Casey ab und senkte den Blick auf ihre Füße in den Turnschuhen.

Er konnte den inneren Kampf an ihrem Gesicht ablesen. Wusste, was sie am liebsten getan hätte. Und wusste, was sie schaffen konnte. Er erwartete, dass sie ging, und sie enttäuschte ihn nicht. Sie ging … ungefähr fünf Schritt weit. Dann wirbelte sie mit einem Knurren herum und schnappte Casey von hinten. Eine Hand in den Haaren der Frau, die andere in ihre Jeansjacke gekrallt. Sara riss sie vom Bett und knallte sie mit dem Gesicht voraus gegen die Wand. Dann zog sie sie zurück, wobei sie einen Blutfleck auf der weißen Farbe hinterließ, und knallte sie noch einmal dagegen. Und dann warf Sara sie quer durch den Raum und zur Tür hinaus. Blut spritzte im hohen Bogen quer über Marrecs Bett. Zach hörte, wie Casey mit einem widerwärtigen Krachen die Wand traf.

Sara wollte ihr leise knurrend nachsetzen, als Miki und Angelina, die keine Wölfe waren und es nicht besser wussten, sich ihr in den Weg warfen.

»Hey! Hey!« Miki drängte ihre Freundin zurück. »Sara, *nein*!«

Sara erstarrte und sah ihre Freundinnen an, als überlege sie, ob sie ihnen die Kehlen zerfetzen sollte oder nicht. Stattdessen holte sie tief Luft und schaute über ihre Köpfe hinweg Zach an. Er warf einen Blick auf die restlichen Meutenfrauen, und zu seinem wachsenden Stolz verstand Sara sofort. Sie riss den Kopf herum und nagelte die vier anderen Frauen mit einem brutalen

Blick fest. »Was schaut ihr so, ihr Schlampen?«, knurrte sie.

Sofort starrten sie auf den Boden, die Decke – alles, nur nicht zu Sara. Zach verkniff sich ein Lächeln und dachte daran, sie direkt hier vor allen anderen zu vögeln.

Da packte Miki Sara an der Jacke und zerrte sie aus dem Zimmer; Angelina folgte ihnen.

Als sie weg waren, ging Yates nach seiner Frau sehen. Sie alle wussten, dass seine Zeit als Alphamann jetzt vorbei war. Und er wirkte erleichtert.

Conall schüttelte grinsend den Kopf. »Deine Frau ist ein ganz schönes Miststück.«

Zach grinste zurück. »Ja, das ist sie allerdings, nicht?«

Sara ließ sich von Miki aus dem Krankenhaus auf den Ärzteparkplatz hinterm Gebäude zerren, wo sie den Wald im Rücken hatten. Sie *ließ es zu*. Sara konnte noch nicht recht fassen, wie stark sie innerhalb nur weniger Tage geworden war.

Endlich ließ Miki sie los. *»Was ist bloß los mit dir?«*

Sara sah ihre Freundinnen an. Müde und erschöpft vor Sorge um Marrec, waren sie der Wahrheit jetzt nicht gewachsen. Zum Henker, Angelina trug Turnschuhe und einen Jogginganzug. Beides farblich aufeinander abgestimmt und von Versace, aber dennoch.

Also, was sollte Sara ihnen nun sagen? *Anscheinend bin ich jetzt eine Wölfin und habe meine Dominanz gezeigt. Das versteht ihr nicht*. Super. Diese penetranten, lästigen, manchmal psychotischen Frauen waren ihre besten Freundinnen. Sie waren da gewesen, als sonst niemand es war. Sie wollte sie nicht verlieren, und sie wusste, dass sie sie für immer verlieren würde, wenn sie ihnen die Wahrheit sagte. Oder nicht?

»Nichts. Mir geht's gut.« Junge, *das* war lahm.

Angelina und Miki wechselten Blicke. Sara hatte das unbestimmte Gefühl, dass sie das, was sie ihr jetzt sagen würden, schon abgesprochen hatten. Angelina lehnte sich rückwärts an ein teures Auto mit Nummernschild aus Maryland und lächelte.

»Miki und ich haben gestern Nacht am Telefon ein paar alte Geschichten aufgewärmt. Ich hatte ganz vergessen, wie sehr meine Großmutter dagegen war, wenn ich dich zu Hause besuchte. Damals verstand ich nicht, warum, weil sie dich selbst doch so gern mochte. Also habe ich sie gefragt. Und sie sagte, es sei, weil deine Großmutter ein *lobo del diablo* sei. Grob übersetzt: ein ›Teufelswolf‹. Ich dachte mir, es sei die Art meiner Großmutter, Lynette ein Miststück zu nennen, du weißt schon, wegen des Zwischenfalls 1984 beim Kuchenverkauf der Kirche. Aber das war es nicht, stimmt's?«

Sara, die jetzt den Blick gesenkt hatte, schüttelte den Kopf. Sie konnte ihre Freundinnen nicht ansehen. Also studierte sie ihre Füße und wunderte sich, wie groß sie waren. Sie fragte sich, wie sie wohl mit Fell aussahen.

»Du bist wirklich stark geworden«, bemerkte Miki. »Du hast diese blonde Tussi im Krankenzimmer herumgeworfen wie eine Puppe. Was übrigens unglaublich cool war.«

»Und dieses Knurren, das du in letzter Zeit öfter machst«, kam von Angelina.

»Und das Zähnefletschen«, fügte Miki hinzu.

»Worauf wir hinauswollen«, endete Angelina, »sie sind vielleicht keine Werwölfe. Aber sie sind auch nicht ganz menschlich, stimmt's?« Die Frauen sahen sie unverwandt an. »Und du auch nicht?«

Sara kratzte sich im Nacken und senkte den Blick wieder auf ihre Füße. »Ich ... äh ...«

»Warum sagst du es ihr nicht? Sag ihr, was du bist.«

Die Freundinnen wirbelten beim Klang einer fremden Stimme herum. Sie kannte ihn – es war der Mann, auf den sie in der Nacht zuvor geschossen hatte. Auch diesmal hatte er seine drei Freunde dabei. Alle golden und schön und so kalt, dass Sara spürte, wie ihr das Herz in die Hose rutschte. Warum, oh, warum nur hatte sie sie nicht umgebracht?

»Hallo, Hübsche. Na, wie wäre es, wenn du ein braves kleines Hündchen bist und mit uns kommst?«

»Sie geht nirgendwohin.« Miki stellte sich vor Sara, aber einer der Männer versetzte ihr einen Schlag mit dem Handrücken. Sie flog über die Motorhaube eines Autos und landete auf der anderen Seite.

Ein kurzer Moment des Schweigens folgte, als Sara und Angelina zu ihrer Freundin hinübersahen. Gemeinsam drehten sie sich langsam zu den vier Männern um.

»Angelina?«

»Ja, Sara?«

Sara schaute dem Anführer direkt in die Augen. »Geh!«, presste sie hervor, während ihre Faust in die

Eingeweide des ihr am nächsten stehenden Mannes traf.

Angelina zögerte nicht. Sie drehte sich um und rannte los, rutschte quer über eine Motorhaube und stürmte geradewegs zurück ins Krankenhaus.

Sara rannte in den Wald. Sie hoffte – und betete –, dass sie versessener darauf waren, sie zu fassen, als Angelina zu folgen.

Sie konnte sie nicht hören, aber riechen. Falls sie sich verwandelten, hatte sie wahrscheinlich keine Chance. Sie war sich ziemlich sicher, dass sie als Mensch langsamer war. Und sie hatte keine Ahnung, wie sie sich in irgendetwas verwandeln konnte. Also rannte sie und betete. Betete, ihre Meute möge sie finden, bevor es zu spät war.

Kapitel 19

Zach roch sie, noch bevor er den Parkplatz erreichte. Er, Marrec und ihre beiden Meuten waren schon vor der Tür, als ihnen Angelina entgegenkam. Angst und Schrecken waren ihr anzusehen, während sie Zach schweigend bei der Hand nahm und ihn dorthin zog, wo sie Sara als Letztes gesehen hatte.

Sofort nahm er den Duft seiner Frau wahr, verwandelte sich innerhalb von Sekunden und rannte in den Wald, wobei er seine Kleider abschüttelte. Seine Meute war direkt hinter ihm.

Zuerst verwandelten sich die Mistkerle von Katzen nicht. Er roch sie immer noch als Menschen. Abgesehen davon konnten sie sie als Katzen nicht verhöhnen und einschüchtern. Nur Menschen konnten das. Aber sie mussten gemerkt haben, dass sie viel schneller und stärker war, als sie erwartet hatten. Ungefähr zwei Meilen vom Krankenhaus entfernt, verwandelten sie sich. Und Zach wusste, dass es nun nicht mehr lange dauern würde, bis sie sie eingeholt hatten. Bis sie sie töteten.

Rasch wurde ihm klar, wohin sie unterwegs war.

Nach Hause. Sie wollte nach Hause. Dorthin, wo sie sich sicher fühlte. Wo sie Waffen hatte.

Gutes Mädchen. Hauptsache, sie verschaffte ihm Zeit.

Sara wusste es, sobald sie sich verwandelten, aber sie rannte weiter. Hätte sie einen Moment zum Nachdenken gehabt, hätte sie darüber gestaunt, dass sie nicht mehr gerannt war, seit sie acht war. Und jetzt rannte sie schon fast fünf Meilen und fühlte – nein, sie *wusste* –, dass sie noch mal zwanzig schaffen konnte. Aber sie holten auf. Sie hatte recht gehabt – nachdem sie sich verwandelt hatten, waren sie viel schneller.

Sara rannte aus dem Wald und wie der Teufel auf ihr Haus zu. Sie schlitterte über die Motorhaube eines Autos, das vor ihrer Veranda geparkt war, was ihr wertvolle Sekunden brachte, flog dann förmlich die Treppe hinauf und durch die Eingangstür. Sie drehte sich um und knallte die Tür zu, als die Katzen auf der Treppe waren. Sie warfen sich gegen das Holz, und Sara fragte sich, wie lange es dauern würde, bis sie die schwere Eichentür aus den Angeln gedrückt hatten. Und sie fragte sich, wo Zach und der Rest der Meute blieben.

Außerdem überlegte sie, wie lange es wohl dauern würde, bis die Schlampen hinter ihr etwas sagten.

Sara blickte über die Schulter zu den vier Frauen, die hinter ihr standen, eine von ihnen mit einem Gewehr in den Händen.

Es waren schöne Frauen. Groß. Stark. Blond. Echte Blondinen. Tadellos gekleidet, mit goldfarbenen Vierhundert-Dollar-Schuhen und Goldschmuck, den sie sich nie hätte leisten können.

»Sie hatten recht. Du siehst wirklich aus wie deine Mutter.«

So viel zum Thema schlechter Tag. Sara seufzte und trat vor, um sich der Anführerin zu stellen. Sie war nicht die Größte, aber sie führte diese Frauen eindeutig an.

»Sie hat meine Schwester getötet. Jetzt werde ich dich töten«, sagte die Frau schlicht. »Das wollte ich schon vor langer Zeit, aber deine Großmutter, das Miststück, war schnell wie der Blitz.«

»Dann lass es uns zu Ende bringen.« Sara hatte wirklich genug von diesem Blödsinn. »Hier. Jetzt. Alles, nur halt endlich die Klappe.«

Die Frau fauchte wütend, und Sara knurrte als Antwort, ihre wachsenden Eckzähne gefletscht.

Dann legte sich die Hand der Schlampe um Saras Kehle und zog sie dicht heran. Sara griff nach der Hand, die ihr die Luft abschnürte, während Panik in ihr hochkam. Panik, Angst und Wut. Eindeutig Wut. Die Frau beugte sich vor und schnüffelte an ihr. »Wie süß. Frisch eingeweiht. Frisch markiert.« Eine Zunge, so groß, dass sie nicht in den Mund der Frau hätte passen dürfen, schoss vor und schleckte über die ganze Seite von Saras narbigem Gesicht. Die Zunge war ziemlich trocken und schmerzte, wo sie traf. »Ich wette, er wird dich vermissen, wenn es dich nicht mehr gibt.« Dann hob sie Sara vom Boden hoch und warf sie quer durch den Raum und durch das geschlossene Glasfenster.

Zach kam vor Saras Veranda schlitternd zum Stehen, und Conall wäre beinahe gegen ihn geprallt. Er sah, wie der Körper in Richtung Fenster flog, und in seinem Innern heulte es wütend und schmerzlich auf. Er würde sie verlieren. Die einzige Frau, die er gernhatte und sogar liebte. Aber als Saras Körper das Glas durchschlug, sah er, wie sie sich verwandelte. Ihre Gliedmaßen wurden in einer fließenden Bewegung zu Vorder- und Hinterbeinen, ihre Hände und Füße zu Pfoten, und schwarze Haare breiteten sich über ihren Körper aus. Zu guter Letzt verlängerte sich ihr schönes Gesicht zu einer Schnauze mit schnappenden Kiefern.

Dann traf sie auf der Veranda auf, prallte ab und flog herunter, rutschte über das Gras vor ihrem Haus und kam zum Stehen, als sie direkt gegen Zachs lange Vorderbeine schlitterte.

Einfach so hatte sie sich verwandelt und war offiziell eine der Ihren geworden. Mitglied der Meute. Aber dies war ihre erste Verwandlung, und sie würde Zeit brauchen, um damit klarzukommen. Zeit zu lernen, ihren neuen Körper zu benutzen. Zeit, die sie alle nicht hatten.

Sara spürte, wie ihr Körper das Fenster durchschlug. Fühlte, wie Glas ihre Kleider zerfetzte, ihre Haut zerschnitt. Sie dachte kurz darüber nach, wie lange sie wohl kämpfen konnte, wenn sie viel Blut verlor.

Sie traf auf der Veranda auf, prallte vom Boden ab und schnellte in die Luft. Dann spürte sie Gras und Erde an ihrem Körper, als sie in Zach hineinschlitterte.

Es war nicht der Zach, an dessen Anblick sie gewöhnt war. Er war der Wolf, den sie auf ihre Couch gelegt hatte. Der Wolf, der sie besitzergreifend vom Wald aus beobachtete. Woher sie wusste, dass der Wolf und der Mann ein und derselbe waren? Das war leicht. Sie erkannte seine schönen Augen wieder. Diese wundervollen haselnussbraunen Augen. Hätte sie sie letzte Nacht gesehen, hätte sie sofort gewusst, dass er es war. Niemand sonst hatte solche Augen.

Die Katzen kamen näher. Sie konnte es riechen und hörte, wie sie sie und die Meute umzingelten. Eilig rappelte sie sich auf alle viere hoch, bereit zu kämpfen.

Sie brauchte gute fünf Sekunden, um zu merken, dass sie kein Mensch mehr war. Ihr wurde klar, dass sie sich verwandelt hatte, als sie durch das Fenster geflogen war. Das erklärte, warum sie so leicht von der Veranda gesprungen war. Sie schüttelte ihre Kleider ab, während die Wolfskraft und -energie durch ihren neuen Körper strömte. Die jahrhundertelang gewachsene Stärke und die Lust am Jagen und Töten. Sie drehte sich zu dem Tier um, das schuld am Tod ihres Vaters war. Eine goldene Löwin stand auf ihrer Veranda und brüllte wütend auf. Sara bemerkte, dass die Schlampe in Löwengestalt riesengroß war.

Die Katzen waren alle riesig. Sie starrte sie voll Ehrfurcht über ihre Größe und Schönheit an und versuchte zu überlegen, wie Zach und sie gegen Tiere kämpfen sollten, die gut hundertdreißig bis hundertachtzig Kilo mehr wogen als irgendeiner aus ihrer Meute. Dann spürte sie, wie Zach direkt neben sie trat. Sie spürte seine Kraft. Seine Macht. Sein volles Vertrauen in sie.

Vertrauen in das durchgedrehte Miststück, in das er sich verliebt hatte.

Er hatte recht. Sie war ein durchgedrehtes Miststück. Und diese Schlampen hatten ihren Vater ermordet. Sie würde heute wahrscheinlich sterben, aber vorher würde sie so viele von ihnen verletzen, verstümmeln und töten wie nur möglich.

Sie drehte sich zu ihnen um, fletschte die Zähne, und ein wütendes Knurren drang aus ihrer Kehle. Und in diesem Augenblick brachen sie aus dem Wald hervor – dreißig Mann hoch. Marrec und seine Meute. Sie kannte sie alle fast ihr ganzes Leben. Sie erkannte sie sogar in Wolfsgestalt. Jake. Fogle. Lana vom Friseursalon und so viele mehr. Sie erkannte ihren Geruch. Der Rest? Echte Wölfe. Wölfe und Nachkommen von Wölfen, die seit ihrer Kindheit über sie gewacht hatten.

Sara wandte sich wieder zu der Löwin um. Die Lage hatte sich soeben ein wenig ausgeglichen. Und durchgedrehtes Miststück, das sie war, griff sie sie frontal an. Die Löwin stieß ein Gebrüll aus, das die Bäume erzittern ließ, und stellte sich auf die Hinterbeine, doch Sara ließ ihren Angriff nicht unterbrechen. Sie prallte gegen die Löwin und legte den Kiefer fest um die Kehle der Bestie. Drei aus ihrer Meute eilten ihr zu Hilfe. Während zwei sich auf den Unterleib stürzten, nahm die andere Wölfin den Kopf der Löwin in ihr Maul. Dann bissen sie alle zu und ließen nicht mehr los. Selbst als die Löwin um ihr Leben kämpfte, wollte Sara sie nicht loslassen. Pranken krallten nach ihr und zerrissen ihre fellbedeckte Haut. Doch sie ignorierte einfach den Schmerz und das Blut, das sie an ihrer Seite und Schnauze herunterlaufen spürte. Stattdessen biss sie fester zu, und mit all ihrer neu entdeckten Kraft riss sie der Schlampe die Kehle heraus. Sara trat zurück, um zuzusehen, wie die Löwin darum kämpfte, wieder auf die Beine zu kommen. Doch das Blut strömte aus ihren Wunden, und irgendwann hörte sie auf zu kämpfen.

Sara spuckte die Reste der Löwin aus, drehte sich um und sah, wie Zach, Conall und Yates einen männlichen Löwen ins Jenseits schickten. Marrec und sechs aus seiner Meute kämpften gegen einen weiteren. Die Vollblutwölfe hatten sich gleich zwei männliche Löwen vorgenommen. Saras Meute knöpfte sich eine der anderen Löwinnen vor.

Doch da kamen schon zwei weitere Löwinnen auf sie zu, also rannte Sara die Treppe ihrer Veranda hinunter und stürzte sich kopfüber auf eine von ihnen. Die beiden stießen frontal zusammen und prallten voneinander ab. Die andere Löwin war langsamer und wurde das tragische Opfer eines weißen Pick-ups, gefahren von einer verrückten Latina.

Angelina stieg auf die Bremse und drehte wild am Lenkrad, sodass der Truck ins Schleudern geriet. Die Seite des zwei Tonnen schweren Gefährts traf die Löwin und schleuderte sie quer über das provisorische Schlachtfeld. Miki lehnte sich aus dem Fenster, Angelinas Gewehr in den Händen. Sara sah diesen Ausdruck kühler Distanziertheit, den Miki immer hatte, wenn sie jagte. Miki drückte einmal ab, und die Bestie brüllte vor Schmerzen auf und brach zusammen; ein großer

Teil ihres Schädels fehlte. Sara sah das typische Miki-Lächeln und wusste, dass ihre Freundinnen genauso Raubtiere waren wie sie selbst.

Darauf vertrauend, dass ihre zwei Freundinnen sich um sich selbst kümmern konnten, drehte Sara sich um und sah, wie die letzte Löwin sich aufrappelte. Sie brüllte vor Wut und Frustration. Da griff Sara an, biss in den Nacken der Löwin und ließ sich mit einer Drehung mit ihr zusammen zu Boden fallen. Dann war Zach neben ihr und schnappte nach der Kehle der Löwin, während Conall ihr rechtes Hinterbein packte. Marrec erwischte das linke Hinterbein. Casey, Yates und Julie bissen in ungeschützte Haut. Zach zerquetschte der Löwin die Luftröhre, und während sie nach Atem rang, rissen sie sie gemeinsam in Stücke.

Sara ließ das Tier los und trottete hinüber zu Miki und Angelina. Sie schauten auf sie herab und sie rissen die Augen auf. Zuerst dachte Sara, sie hätten einfach Angst vor ihr in Wolfsgestalt. Aber schnell merkte sie, dass ihr eiskalt war und sie zitterte. Als sie an ihrer gebückten Gestalt entlangblickte, sah sie blut- und schmutzverschmierte Haut. Sie hatte sich zurückverwandelt.

»Oh, Süße.« Angelina holte eine Decke aus dem Truck.

»Ich nehme sie.« Zach, jetzt in Menschengestalt, nahm die Decke und kam auf Sara zu.

»Mann, Kleider!« Miki, deren linke Gesichtshälfte von dem Schlag schon grün und blau wurde, wandte sich ab, um zum Truck, auf den Boden, überallhin zu blicken, nur nicht auf den nackten Freund ihrer Freundin. Dann sah Miki Casey, die ein großes Stück Löwenbein im Maul hatte. »Okay. Ihr bringt mich um!« Sie rieb sich mit den Fäusten die Augen, während Angelina den Arm um Mikis Schultern legte und versuchte, nicht zu lachen.

Zach kauerte sich neben Sara und legte die Decke um sie.

»Zach, mir ist so kalt.« Sie brachte es kaum heraus, so sehr klapperten ihr die Zähne.

»Keine Sorge, Baby, das ist normal. Es ist deine erste Verwandlung. Das war zu erwarten.«

Sara grinste trotz allem. »Meine erste Verwandlung? Du meinst, ich habe meine Verwandlungs-Jungfräulichkeit verloren?«

Zach sah sie an und fing an zu lachen. »Ja, ich glaube, das könnte man so ausdrücken. Wenn man kitschig genug ist, um das zu sagen.«

Er hob Sara hoch, hielt sie dicht an sich gedrückt und achtete darauf, dass die Decke fest um sie gewickelt war.

»Kleider! Ihr braucht Kleider!« Sara spähte über Zachs Schulter und sah den nackten Conall vor einer eindeutig verwirrten Miki stehen. *Angesichts dessen, dass sie gerade ein Tier von hundertdreißig Kilo mit einem Schuss erledigt hat, hätte man meinen können, sie könnte ein bisschen besser mit Nacktheit umgehen*.

»Geh ruhig«, sagte Conall zu Zach. »Wir räumen hier auf. Kümmere du dich um sie.«

Zach nickte und ging ins Haus; Saras Kopf ruhte an seiner Schulter.

Innerhalb von Minuten hatte Zach ein heißes Bad für Sara vorbereitet. Er wusch ihr das Blut aus dem Gesicht und den Haaren. Säuberte ihre Wunden und leckte sanft die an ihrem Hals, im Gesicht und an der Schulter. Dann trocknete er sie mit einem großen Handtuch ab und trug sie ins Bett. Er legte sich neben sie, zog sie an sich, legte ihren Kopf auf seiner Brust ab, die Arme fest um ihren Körper geschlungen. Er schnupperte an ihr, rieb die Nase an ihren nassen Haaren und küsste ihre Stirn. Sara seufzte einmal und war innerhalb von ein paar Sekunden eingeschlafen.

Es war früher Morgen, als sie ihn aufweckte, den nackten Körper auf seinem ausgestreckt. Ihre Lippen bewegten sich an seinem Hals entlang, und ihre Hände glitten an seiner Taille hinab.

Zach nahm ihren Kopf in die Hände und drehte ihr Gesicht zu sich. Um ehrlich zu sein: sie sah vom Kampf der vorigen Nacht völlig abgefuckt aus – ihr linkes Auge war blau und schwarz, sie hatte eine tiefe Wunde am Hals und eine böse Platzwunde quer über dem Nasenrücken. *Sie ist so heiß*, dachte er. Und sie strahlte. Sie kam eindeutig mehr nach ihrer Mutter, als ihnen allen bewusst war. Ihr ging es nur um die Jagd.

»Okay, was? Was starrst du an? Habe ich irgendwo einen Käfer?«

Er wollte es ihr sagen. Ihr sagen, dass er sie liebte. Ihr sagen, dass sie seine Gefährtin war und dass sie gemeinsam die Magnus-Meute anführen würden. Er wollte es ihr wirklich sagen.

»Es gibt etwas, das ich dir sagen muss«, sagte er schließlich, und sofort kniff sie misstrauisch die Augen zusammen. »Nichts Schlimmes«, fügte er hastig hinzu. »Glaube ich jedenfalls.«

Sie stemmte sich hoch und setzte sich ans andere Bettende. »Also?«

Er räusperte sich. »Ähm … hör mal, nach gestern … du weißt, du hast dich irgendwie … na ja, du hast dich irgendwie als dominierend bewiesen … was mehr oder weniger heißt … dass … äh …« Sie starrte ihn weiter an. Okay. Sie wollte es ihm also nicht leicht machen. »Verstehst du, es ist nur so, dass … für die Meute geht es nur um … ähm … und für mich … du weißt schon …« Warum war das so schwer? Vielleicht war es die Art, wie sie ihn ansah, die Arme vor den Brüsten verschränkt. »Äh …«

Dann ging ihr Telefon los. Sara hob einen Finger. »Merk dir, was du sagen wolltest.«

Sie schwang sich mühelos vom Bett und holte das Telefon, das auf dem Fernseher lag. »Hallo? Hey, Mik. Alles klar? Geht's dir gut? Wie geht es deinem Gesicht heute?« Sara ließ sich bäuchlings aufs Bett plumpsen. Zach starrte diesen köstlichen Hintern an und vergaß vollkommen, worüber er hatte reden wollen. Mit wem sie redete. Er vergaß seinen eigenen Namen. Er vergaß alles. »Gut. Ich? Mir geht's prima. Ich warte nur, dass Zach endlich zur Sache kommt und mir sagt, dass er mich liebt.« Zach war erschrocken, konnte aber den Blick nicht von ihrem Hintern losreißen. »Nicht zu *der* Sache, du Perversling! Egal, er braucht ewig und drei Tage, und mir geht langsam die Geduld aus.« Saras Beine bewegten sich träge vor und zurück, ihre Brüste berührten kaum die Laken, das Kinn hatte sie in die eine Hand gestützt, während die andere das Telefon ans Ohr hielt. »Das ist eine gute Idee. Bleib dran.« Sie schaute Zach an. »Würde es helfen, wenn ich dir zuerst sage, dass ich dich liebe?«

Zach wusste nicht, was er sagen sollte. Zum Henker, er starrte immer noch auf ihren Hintern, deshalb nickte er nur. Irgendwie.

Sara sprach wieder ins Telefon. »Du hast recht. Anscheinend würde das helfen. Du bist so klug.« Sara schwieg einen Moment und hörte Miki am anderen Ende zu. »Ja. Du hast's erfasst.« Sara klappte das Handy zu und warf es auf den Nachttisch neben dem Bett. Aber sie warf es zu stark, sodass das Telefon gegen die Wand prallte, zurücksprang und unterm Bett verschwand. »Ach, Mist.«

Zach sah zu, wie sie sich niederbeugte, um unterm Bett zu suchen. Sie glitt mit der oberen Körperhälfte auf den Boden im Versuch, das Telefon zu erreichen, aber Zach sah nur ihren Hintern, der über die Bettkante gebeugt war. Ein Bein glitt über seinen Schenkel. Er knurrte.

Sara hatte das Telefon gerade erwischt, als sie Zachs Zunge über ihren Hintern gleiten spürte. Erschrocken schnellte sie vom Bett.

Das Handy immer noch in der Hand, erhob sie sich auf die Knie. Zach lag auf der Bettkante und grinste sie an. »Könntest du mich warnen, bevor du so etwas tust?«

»Wenn du so mit deinem Hintern wackelst, bekommst du keine Warnung.«

Sie versuchte, nicht zu lächeln, schaffte es aber einfach nicht. »Ich werde es mir für die Zukunft merken.«

»Hey!« Saras bereits zerschrammtes Gesicht knallte auf ein Kissen. Sie hob den Kopf und strich sich die Haare aus den Augen. »Weißt du, du wirfst mich ganz schön viel in der Gegend herum.«

»Mhm.« Zach rückte hinter ihr heran. »Und das stört dich, weil …?« Er drückte ihre Beine auseinander, dann zog er sie auf seinen Schoß.

»Ich habe nicht gesagt, dass es mich stört, ich finde nur, ich verdiene ein bisschen mehr Respekt. Du weißt schon, wo ich doch Alphafrau bin und so.« Überrascht hob er den Kopf, und sie grinste ihn an. »Schau nicht so erstaunt drein. Ich bin nicht dumm. Ich wusste es schon im Krankenhaus, als du wolltest, dass ich die Mädels anschreie. Hey!«, jaulte sie auf, als er ihr auf den Hintern schlug.

»Du bist eine ganz schöne Klugscheißerin, weißt du das? Aber ich lasse es durchgehen, weil du so einen unglaublichen Arsch hast.« Wie zum Beweis schlug er ihr wieder auf den Hintern.

Sie knurrte. »Weißt du was, ich bin nicht deine …« Sie unterbrach sich, und sie sahen einander an. Sie wussten beide, was das nächste Wort aus ihrem Mund sein würde. »Okay. Also vielleicht bin ich deine Schlampe, aber das heißt nicht, dass ich dein Kauspielzeug bin.«

Zach hob eine Augenbraue, und Sara schaute zu, wie er sich niederbeugte und ihren unteren Rücken leckte.

Ihre Hände krampften sich in die Laken. »Du Arsch, du versuchst schon wieder, mich abzulenken!« Seine Zunge ließ sich Zeit und zog eine Linie über ihre heiße und hungrige Haut, und es fühlte sich so gut an, dass sie nicht mehr recht wusste, worüber sie sich eigentlich beschwert hatte.

»Was hast du gesagt, meine Schöne?«, fragte er, während sie spürte, wie seine starken Finger langsam in sie eindrangen und seine Zunge ihren verwünschten verletzten Schenkel leckte. Die Laken zerrissen unter ihren Händen, und sie wandte den Kopf zu ihm. Und da war er, dieser arrogante Mistkerl, in den sie sich wider Willen verliebt hatte. Die Wunden, die sein Gesicht, der Hals, die Brust und der Rücken in der Nacht zuvor erlitten hatten, heilten schon. Er hatte jede dieser Wunden ihretwegen zugefügt bekommen, und es war ihm egal. Sie wusste, dass es ihm egal war. Das Einzige, was Zach Sheridan in diesem Augenblick interessierte, war eindeutig, sie feucht zu machen und zum Orgasmus zu bringen.

Er ertappte sie dabei, wie sie ihn ansah, und knabberte an ihrer Hinterbacke. »Was starrst du so an?«, fragte er scherzhaft.

Aber ihre Antwort war todernst. »Dich. Ich liebe dich, Zach.«

Er sah sie lange an, dann beugte er sich nieder und küsste ihren Hintern. Seine Hände glitten unter ihre Brüste, und fest, aber sanft hob er sie an, sodass ihr Rücken flach an seiner Brust ruhte.

Er küsste ihren Hals und ihre Schulter entlang und hielt zwischendurch inne, um an neuen und alten Wunden zu lecken. Als er ihr Ohr erreichte, beugte er sich weit nach vorn. »Ich liebe dich, Baby«, flüsterte er. »Mehr als alles auf der Welt.« Dann war er in ihr, und sie vergaß alles andere.

Kapitel 20

Miki hob einen Tennisball hoch, blickte auffordernd Saras neue Meute an und schleuderte ihn dann hinaus in den Wald, weg von dem Rave, der gerade im Gange war. Sie sahen ihm alle nach, dann wandten sie sich wieder zu Miki um.

»Na los! Holt …«

Sara und Angelina hielten ihr gleichzeitig den Mund zu, bevor sie ihre Aufforderung vollenden konnte.

Sie zogen sie zu einem der Buffettische hinüber.

»*Bist du jetzt vollends wahnsinnig geworden?* Alle hier *außer uns* sind wie Sara«, knurrte Angelina. »Und nachdem ich sie in Aktion gesehen habe, will ich mich lieber nicht mit ihnen anlegen!«

Miki lächelte unschuldig, auf ihre typische Art. »Es war nur ein kleines Experiment.«

»Ich will es gar nicht wissen!«

Wie süß. Ihre Freundinnen stritten sich ein letztes Mal, bevor sie ging. Morgen würde sie mit Zach fortgehen. Zurück in ihr ursprüngliches Zuhause mit dem Mann, den sie liebte. Sie war sich nicht sicher, aber sie dachte, ihr Vater wäre wahrscheinlich glücklich darüber. Sie wusste, ihre Großmutter wäre es nicht. Dieser Gedanke machte sie ganz schwindlig.

Das Letzte, was sie vor ihrer Abreise taten, war, diesen Rave für Marrec und seine Meute zu schmeißen. Das erschien ihnen nur fair, nachdem sie ihr geholfen hatten, ein ganzes Löwenrudel in Stücke zu reißen.

Doch der bloße Gedanke, dass sie gehen musste, versetzte sie in eine ausgewachsene Panik. Wie konnte sie ihre besten Freundinnen verlassen? Diese verrückten Biester hatten ihr Leben für sie riskiert, hatten akzeptiert, wie und was sie war, und waren da, wann immer sie sie brauchte. Sie wusste, dass sie ihnen das sagen sollte. Sie wusste, dass sie ihnen sagen sollte, wie sehr sie sie liebte. Stattdessen drehte sie sich zu Angelina um und warf einen Blick auf die Vierhundert-Dollar-Schuhe an den Füßen ihrer Freundin. Sara hob eine Braue und grinste. »Das sind hübsche goldfarbene Schuhe, Santiago.«

»Eigentlich sind sie champagnerfarben. Die Farbe ist mein Markenzeichen. Sie sehen fabelhaft an mir aus, oder? Ich habe sie einfach … du weißt schon … gefunden.«

Sara versuchte sich vorzustellen, wie sie irgendetwas ohne diese zwei tun solle. Schon jetzt erwarteten die Frauen der Meute, dass Sara ihnen Befehle gab. Sie wusste nicht, was sie ihnen sagen sollte, auch wenn »Geh mir aus dem Weg!« im Moment recht effektiv zu sein schien. Und zum Glück verstand sie etwas von Musik und DJs, denn offenbar sollte sie mit Zach gemeinsam das Clubgeschäft von Yates und Casey übernehmen. Angesichts der Tatsache, dass sie vor gerade mal einer Woche nicht gewusst hatte, was sie mit dem Rest ihres Lebens anfangen würde, war es irgendwie überraschend, plötzlich für alles »zuständig« zu sein. Vor allem für eine florierende Firma. Sie wollte die anderen und Zach nicht enttäuschen. In erster Linie wollte sie sich nicht selbst enttäuschen. Tief in ihrem Inneren wusste sie, dass sie es schaffen konnte. Leider hatte dieses Wissen nichts gegen die Panik genützt, die sie nur zehn Minuten zuvor in der Toilette hatte hyperventilieren lassen.

Andererseits konnte sie es vielleicht auch gar nicht. Vielleicht sollte sie nicht gehen. Nur weil sie sich plötzlich in einen Wolf verwandeln konnte, wenn sie wollte, musste das nicht heißen, dass sie verlassen sollte, was sie am besten konnte. Es hieß definitiv nicht, dass sie ihr Leben für irgendeinen Typen ändern sollte, den sie gerade erst kennengelernt hatte. Zum Geier, sie hatten noch nicht einmal ein normales Date gehabt. Himmel, gingen Wölfe überhaupt aus? Und wenn sie es taten, wo gingen sie hin? Zum Essen in ein Restaurant oder ein Reh jagen? Nein. Nein. Sie konnte das nicht. Sie war niemandes Alpha. Sie würde Zach sagen müssen, dass er es vergessen solle. Einfach seinen Schwanz nehmen und gehen. Yup, das war der Plan. Guter Plan.

So hatte es auch in der Toilette angefangen, und in ein paar Sekunden würde das Hyperventilieren wieder von vorn losgehen …

Zachs starke Arme schlangen sich von hinten um ihren Körper. Er küsste sie auf den Hals und zog sie dicht an sich, und plötzlich fühlte sich alles richtig an. *Er* fühlte sich richtig an. Er und sein großer Schwanz.

»Ladys.« Er nickte ihren zwei Freundinnen zu. »Ich hoffe, ihr amüsiert euch.«

Sie grinsten ihn beide an, vorübergehend von ihren Streitereien abgelenkt.

»Tolle kleine Party«, sagte Angelina mit dem für sie typischen umwerfenden Lächeln.

»Danke.« Er schmiegte sich enger an Sara. »Tanzt. Esst. Für euch beide geht alles aufs Haus.« Er schwieg kurz. »Aber bitte befehlt unserer Meute nie wieder, etwas zu apportieren.«

Sara und Angelina zuckten zusammen, während Miki nur die Augen verdrehte. »Es war nur ein Experiment. Ehrlich!«

Sie wandte sich zum Gehen, stieß aber mit ihrem persönlichen Gestaltwandler-Stalker zusammen.

»Hey, Miki.« Conall lächelte. »Ich glaube, du hast was verloren.« Er reichte Miki den Tennisball.

»Trottel«, bellte Zach.

»Was?«

Zach schnaubte abfällig und ging.

Sie waren höflich genug zu warten, bis Conall seinem Freund folgte und ihn fragte, was er falsch gemacht hatte, bevor sie alle drei in Gelächter ausbrachen.

»Vor euch dreien ist keiner sicher.«

Sara drehte sich um und sah Marrec hinter sich stehen. Sie schlang ihm die Arme um den Hals und drückte ihn fest. »Vielen, vielen Dank, Marrec. Danke für alles.« Und sie sprach nicht nur von dem Kampf gegen das Rudel. Sie meinte die letzten zwanzig Jahre.

»Gerne. Aber versuchst du, mich umbringen zu lassen?«

Sara öffnete die Augen und sah, dass Zach sie aus fünfzehn Metern Entfernung beobachtete. Er schien eindeutig nicht allzu erfreut. »Oder vielleicht versuchst du, dich selbst umzubringen?« Sara schaute sich um und sah, wie Marrecs Frau sie böse ansah. Lustig, die Frau hatte ihr Abschlussballkleid genäht und sie immer zu allen Familienfeiern eingeladen. Jetzt benahm sie sich, als sei Sara eine Bordsteinschwalbe, die versuchte, ihren Mann aufzugabeln.

Sara löste sich von Marrec und sah ihn an. »Ich kann niemals wieder hierherkommen, oder?«

»Sara, du wirst hier immer willkommen sein. Aber nie als Alpha.«

Sara lächelte halbherzig. »Also kann ich niemals wieder hierherkommen, oder?«

Marrec lächelte wie ein stolzer Vater. »Das ist mein Mädchen.«

Sie trat einen Schritt zurück. »Amüsiert euch gut heute Abend. Für dich und deine Meute ist hier heute alles kostenlos. Viel Spaß.«

»Den werden wir haben.« Er drehte sich um und ging zu seiner Gefährtin zurück.

»Ich werde dich vermissen«, flüsterte sie und wusste, er hörte sie. Er nickte einmal und ging.

»Alles klar?« Angelina legte ihrer Freundin die Hand auf die Schulter. Alle drei hatten Marrec immer nahegestanden; aus verschiedenen Gründen war er der einzige Vater, den sie je wirklich gekannt hatten.

Sara holte tief Luft. »Ja. Wird schon.« Sie verspürte so ein riesiges Verlustgefühl, dass sie sich fragte, wie sie den Rest der Nacht durchstehen sollte.

Da erschien Miki neben Sara und schaute Angelina böse an. »Du weißt genau, dass ich nichts Falsches getan habe.« Anscheinend hatte sie in den letzten zehn Minuten in Gedanken mit Angelina gestritten. »Ich wollte nur sehen, wie ihr Spieltrieb ist. Dieser Conall-Typ hat eindeutig einen großen Spieltrieb.«

»Sie sind keine Hunde, du Idiotin!«

»Ähm ... ich weiß, dass du mich gerade nicht Idiotin genannt hast.«

»Ähm ...«, äffte Angelina sie nach, »doch, ich glaube, das habe ich.«

Yup. Fort war es, ihr Verlustgefühl. Sara wurde klar, dass es mit diesen beiden keinen tränenreichen Abschied geben würde, wenn sie am nächsten Morgen ging. Es war kein Abschied. Diese verrückten Frauen würden immer ihre besten Freundinnen sein. Abgesehen davon wurde man solche Freundinnen gar nicht los. Sie folgten einem bis in die Hölle, damit sie einen auf ewig quälen konnten.

Als Angelina Miki mit einem manikürten Fingernagel in die Schulter piekte, ging Sara. Zach war verschwunden, aber sie folgte seinem Duft in den Wald.

Zach lehnte an einem Baum. Er war ungefähr eine halbe Meile von dem Rave entfernt und wartete auf Sara. Und er wusste, sie würde ihn finden.

Er roch ihre Lust, noch bevor er sie hörte. Mist. Sein Schwanz wurde schon wieder hart.

»Rennst du jetzt schon vor mir davon?« Jetzt, wo sie

geheilt und zu dem geworden war, wozu sie bestimmt war, bewegte sich Sara mit einer Grazie und Kraft, die er erstaunlich fand. Sie wurde wirklich zur ultimativen Wölfin, und sie liebte es.

»Nö. Ich überlege nur, wie ich mein ganzes Leben in Kalifornien leben und nicht ein einziges Mal ›Dude‹ sagen konnte. Aber nachdem ich fünf Tage mit euch drei Verrückten verbracht habe, klinge ich plötzlich wie ein Idiot.«

Sie boxte ihm gegen die Schulter. »Dude! Das ist hart.«

Sara grinste, und Zach rieb sich die Augen mit den Handballen. »Du machst mich noch wahnsinnig.«

»Es ist eine Gabe.«

Er beschloss, das Thema zu wechseln. »Wie lange wollen deine Freundinnen noch streiten?«

»Sie haben gerade angefangen, mit den Fingern aufeinander zu zeigen und sich zu pieksen. Als Nächstes werden sie sich anschreien. Dann, je nachdem, wie schlimm es wird, gibt es diese altmodischen Schläge mit der flachen Hand. Es könnte also Stunden dauern.«

Ihre Freundinnen waren eindeutig verrückter als sie, aber nur marginal. »Interessant. Spielt auch Nacktheit eine Rolle?«

Sara rieb die Nase unter seinem Kinn, und Zach lehnte sich an sie und roch den frischen Duft ihrer Haare. »Sorry, Mister. Keine anderen Schlampen für dich. Du wirst mit mir vorlieb nehmen müssen. Mit Golden-Retriever-Sara.«

Er lachte. »Mit wem?«

Sie küsste ihn. »Vergiss es.«

»Gerne.« Er strich mit der Hand über ihre vernarbte Gesichtsseite. Sie zuckte nicht weg, sondern lehnte sich an seine Hand. »Du bist dir schon sicher, oder?« Er hatte sie nie gefragt, ob sie mit ihm nach Hause kommen wollte. Er hatte es angenommen, aber jetzt wurde ihm langsam klar, dass bloße Annahmen bei dieser Frau keine gute Idee waren.

»Ich weiß nicht. Kalifornien. Schauspieler. Hollywood.« Sie streckte die Zunge heraus. »Igitt.«

»Streck das Ding nicht heraus, wenn du nicht vorhast, es zu benutzen. Und es ist Nordkalifornien. Ganz anders als Südkalifornien. Da liegen Welten dazwischen. Abgesehen davon bist du dort geboren, nicht hier.«

»Ich bin vielleicht nicht hier geboren, aber ich wurde hier gemacht. Vergiss das nicht.«

»Ist das ein Ja oder ein Nein?«

Sie war damit beschäftigt, ihm die Hände unters T-Shirt zu schieben und mit den Fingern über seine Bauchmuskeln zu streichen, und war nicht im Geringsten aufmerksam. »Wozu?«

Er seufzte – tief –, und aus irgendeinem unerfindlichen Grund schien sie das zum Kichern zu bringen.

»Kommst du mit mir?«

»Klar. Aber unter einer Bedingung.«

Zach schloss die Augen. »Es geht um *sie*, oder?«

»Sie sind meine Familie. Das bedeutet also jedes Thanksgiving, Weihnachten, Silvester, jeder vierte Juli und, weil Angelina katholisch ist, auch Ostern. Du musst beim Essen dabei sein, und du musst fröhlich sein.«

»Ich bin niemals fröhlich«, bemerkte er trocken. Und ehrlich.

»Aber für mich wirst du es sein.«

Er schüttelte resigniert den Kopf. »Na schön. Wie du willst.«

»Gut. Dann ja: ich komme mit dir.« Sie nahm seine Hand und begann, ihn zum Rave zurückzuziehen. »Und jetzt besorg mir etwas zu essen, Wolf. Deine Gefährtin ist am Verhungern.«

»Sara. Warte.« Er blieb stehen und zog an ihrer Hand. »Ich glaube, sie wollen auf Wiedersehen sagen.«

Sara runzelte die Stirn, als er in Richtung Wald deutete. Ein Weibchen, die Alpha der Vollwölfe, trat in das fahle Licht, das vom Rave kam. Ihre Meute stand hinter ihr, und das Dutzend Augenpaare beobachtete Zach genau. Sie waren immer noch nicht sicher, ob er gut genug für Sara war. Er lächelte. Ohne es darauf anzulegen, hatte sich Sara die Loyalität von Menschen und Tieren erworben, die sie nie zuvor gesehen hatte.

Die Wölfin rieb sich an Sara, ihr großer Körper drückte gegen Saras Beine. Sie umrundete sie beide einmal und kehrte dann zu ihrer Meute zurück. Zach erwartete, dass sie gingen, lautlos in der Nacht verschwanden, doch die Wölfin musste noch etwas tun, bevor sie Sara gehen lassen konnte.

Die Wölfin neigte den Kopf zurück und heulte, und ihre Meute stimmte ein. Doch als die Meuten auf dem Rave das Heulen erwiderten, wechselten Zach und Sara verblüffte Blicke.

»So etwas habe ich noch nie gesehen«, flüsterte Zach ehrfürchtig, als das Heulen weiterging. »Drei Meuten.«

Er strich mit der Hand über Saras Rücken. »Drei Meuten heulen dich an, Baby.«

Sara drehte sich zu ihrem Gefährten um; ein verwirrter Blick huschte über ihre schönen Gesichtszüge, bevor es ihr dämmerte. »Das warst du neulich Nacht, stimmt's?«, fragte sie leise, während sie ihm die Haare aus den Augen strich. »Dieses Heulen, das ich gehört habe, war anders als die anderen. Das, das ich gespürt habe …« Sie schloss kurz die Augen, als die Erinnerung zurückkehrte. »Das warst du«, wiederholte sie und richtete den Blick wieder auf ihn. »Du hast mich gerufen.«

Zach antwortete nicht. Er musste nicht. Sie kannte die Antwort schon. Also fasste er seine Gefährtin fest um die Hüften und zog sie an sich. Sara rieb ihr Gesicht an seinem und drückte ihn mit ihrem langen, schlanken Körper an den Baum.

»Ich dachte, du wolltest essen gehen?«, knurrte er leise, als ihre Hände sich an seinem Körper abwärts bewegten. Noch ein paar Zentimeter, und sie würde so schnell nirgendwo mehr hingehen.

»Du vögelst mich besser erst, Wolf.« Sie öffnete seine Hose und steckte die Hand hinein. »Deine Gefährtin ist am Verhungern.«

Besiegt

Roman

PIPER

Für alle Mikis der Welt … ihr wisst, wen ich meine.
Und nein, ihr könnt euch nicht verstecken.

Und für meine Familie in Kalifornien.
Danke, dass ihr euch so toll um mich kümmert,
wenn ich es am meisten brauche.

Prolog

Er schnüffelte noch einmal. Verdammt, er kannte diesen Geruch von irgendwoher, und er würde ihn wahnsinnig machen, bis er wusste, woher. Er lief weiter, folgte der Duftspur durch den Wald, während der Rave auf der Lichtung hinter ihm weiterging.

Er preschte durchs Unterholz, die Äste rissen an seinem Fell. Jetzt kam der Geruch aus einer anderen Richtung, also blieb er stehen und wirbelte herum, schnüffelte noch einmal und rannte weiter. Diesmal schoss er übers Ziel hinaus, und sie kamen aus der Dunkelheit und griffen ihn von hinten an. Zähne gruben sich in seine Flanke. Knurrend drehte er sich und schüttelte sie ab, bevor sie richtig zupacken konnten. Zwei andere kamen ihm zu Hilfe: einer seiner Meutenkameraden und ein Vollblut; aber bis die Wölfe sich nach ihnen umgedreht hatten, waren sie fort. Sein Meutenkamerad wirbelte im Kreis herum und versuchte herauszufinden, wohin sie verschwunden waren, wie sie aussahen und wer verdammt noch mal sie überhaupt waren.

Sie gehörten nicht zum Rudel, sie waren keine Wölfe,

und sie waren ganz sicher keine Menschen. Was auch immer sie waren – sie gehörten nicht hierher. Sie befanden sich außerhalb ihres Reviers. Er wünschte nur, er könnte sich erinnern, woher er diesen Geruch kannte. Er hatte keine Ahnung, was ihn angegriffen hatte, aber jetzt waren sie weg. Ihr Geruch hing noch in der Luft, aber er kam einfach nicht drauf.

Conall machte sich auf den Rückweg dorthin, wo er seine Kleider gelassen hatte. Er hatte die Meute beschützt, und jetzt wollte er zurückgehen und den Rave genießen. Er merkte, dass das Vollblut ihm folgte, obwohl sein Meutenkamerad losgezogen war, um die Umgebung gründlich zu untersuchen. Er ließ den Wolf gewähren, denn er fürchtete ihn nicht. Die Vollblüter duldeten sie in ihrem Revier, weil sie wussten, dass sie hier waren, um eine Frau zu beschützen. Die Gefährtin seines Alphas – Sara.

Irgendwo heulten vollblütige Wölfe, und das Vollblut, das bei ihm war, blieb stehen, um einzustimmen. Conall lauschte dem Klang. Er liebte ihn mehr als alles andere. Ohne darüber nachzudenken, blieb er ebenfalls stehen, legte den Kopf in den Nacken und stieß ein Heulen aus. Es verschmolz mit dem der beiden Hybridmeuten auf dem Rave. So etwas geschah nicht jeden Tag. Drei Meuten heulten einstimmig. Alle für eine Frau. Aber Sara verdiente es auch. Die Frau war der helle Wahnsinn.

Ein anderer Geruch stieg ihm in die Nase. Ein Duft, den er in letzter Zeit zu lieben gelernt hatte. Hätte sie es zugelassen – er hätte sich den ganzen Tag darin gewälzt. Er folgte diesem wunderbaren Duft und stellte mit Freuden fest, dass sie sich in der Nähe seiner Kleider befand.

Lautlos bewegte er sich auf sie zu. Sie saß auf einem Felsblock und las in einem Taschenbuch. Mit zusammengekniffenen Augen nutzte sie das Licht des Mondes und des Raves zum Lesen.

Bis jetzt hatte er sich nicht die Zeit nehmen können, ihr nachzustellen – er war zu beschäftigt mit dem Schutz seiner Meute gewesen. Die paar Mal, die er sich ihr genähert hatte, hatte sie ihn nicht gerade freundlich empfangen. Ein hübscherer Ausdruck dafür, dass sie jedes Mal, wenn Conall in ihre Nähe kam, davonrannte, als sei ihr ein tollwütiger Pitbull auf den Fersen.

Aber jetzt, wo sie das Withell-Rudel – die Todfeinde der Meute – ausgelöscht hatten, gehörte seine Zeit ganz ihm selbst. Zumindest im Moment. Also konnte er ihr seine volle Aufmerksamkeit schenken. Übrigens sah sie heute wirklich heiß aus, und dieses eine Mal war sie tatsächlich allein.

Ihr Duft zog ihn an, als zöge man ihn an einer Leine, er trottete zu ihr hinüber, so nahe, dass seine Nase nur Zentimeter von ihrem Nacken entfernt war.

Wie der Blitz drehte sie den Oberkörper, ein massives Jagdmesser in der Hand. Da verwandelte er sich und blockte ihren Arm mit seinem ab. Glück gehabt. Sie hätte ihm mit dem Ding die Kehle von Ohr zu Ohr aufschlitzen können.

Als sie ihn erkannte, weiteten sich ihre Augen. Dann schaute sie an ihm herab, und ihre Augen wurden noch größer. »Warum müsst ihr eigentlich immer nackt herumrennen?«

Er liebte es, wie verärgert sie klang. »Das ist ein Gestaltwandler-Ding.«

»Faszinierend. Aber wenn du nicht sofort was anziehst, muss ich anfangen, nach allem zu hacken, was vorsteht.« Und er wusste, dass sie Ernst machen würde.

»Meine Kleider sind da drüben.«

»Hol sie!«

Sie senkte den Arm und steckte das Messer zurück in die Scheide an ihrem Gürtel. Conall zweifelte nicht daran, dass sie damit umgehen konnte. Er hatte sie in Aktion gesehen. Sie war eine unglaublich gute Jägerin – für einen Menschen.

Und hatte einen noch unglaublicheren Arsch.

Conall ging zu dem Klamottenhaufen, den er neben einen Baum gelegt hatte, und zog sich an, während Miki sich die größte Mühe gab, ihn nicht anzusehen. Er hatte erlebt, wie sie aus einem fahrenden Auto heraus einer Löwin mit einem einzigen Gewehrschuss den Kopf weggepustet hatte, aber sein Schwanz schien sie aus dem Konzept zu bringen. *Sonderbares Mädchen.*

Er würde wohl etwas sagen müssen, denn sie machte keine Anstalten, mit ihm zu sprechen. »Ich bin Conall …«, begann er.

»Das hatten wir schon.«

»… Víga-Feilan«, vollendete er. Sie unterbrach ihn einfach. Das war neu. Bisher hatte ihn noch nie eine Frau unterbrochen. Sie fanden ihn nicht unbedingt faszinierend, aber sie heuchelten es sehr gut. Zumindest, bis sie flachgelegt wurden.

Aber sein Nachname schien sie zu interessieren, auch wenn sie den Blick nicht von ihrem Buch hob. »Víga-

Feilan?« Die Leute wiederholten seinen Nachnamen immer. Wie ein Echo. Es war ein merkwürdiger Name, und er hätte ihn um nichts in der Welt geändert. »Ist das nicht wikingisch?«

Er starrte sie an, sein Harley-T-Shirt in den Händen. »Woher zum Henker weißt du das?« Um genau zu sein, war es natürlich ein altnordischer Beiname, aber wikingisch traf es zumindest fast. Das wusste sonst nie jemand. Niemals. Miki war die Erste, die es richtig sagte. Himmel, er wollte sie.

»Es gibt da diese faszinierenden Orte mit Büchern drin. Man nennt sie Bibliotheken. Wenn du nicht gerade deinen Schwanz jagst oder einen Ball auf der Nase balancierst, solltest du mal darüber nachdenken, eine zu besuchen.«

Er beobachtete das listige Lächeln auf ihren umwerfenden Lippen und grinste. O ja. Er mochte sie von Sekunde zu Sekunde lieber. Ein so bösartiges Mädchen war ganz sicher ein höllisch wilder Ritt.

Auf sein Schweigen hin hob Miki den Kopf und zog eine Augenbraue hoch, als sie ihn lächeln sah. »Weißt du, bei all den Leuten hier draußen, die heulen und an meinem Hintern schnüffeln, halte ich es für ziemlich dämlich, herumzustehen und mich anzustarren. Ich könnte jeden Moment Amok laufen.«

Himmel, er liebte ihre Stimme. Irgendwie tief und rau, mit diesem süßen texanischen Akzent. Sie spielte auf seinen Nervenenden wie auf einem Instrument. Und er *hatte* an ihrem Hintern geschnüffelt, aber nur einmal. »Das klingt vielversprechend.«

Sie seufzte und wandte sich wieder ihrem Buch zu.

Er zog sich vollends an und setzte sich dann auf die Erde, um in seine schwarzen Harley-Davidson-Stiefel zu schlüpfen.

»Was liest du da?« Eigentlich war es ihm egal. Er wollte sie nur noch etwas sagen hören.

»Ein Buch über Wölfe.«

Das weckte sein Interesse. »Ehrlich?«

»Ja. Werden Zach und Sara vor deinen Augen Sex haben müssen?«

Bei diesem plötzlichen – und furchterregenden – Themenwechsel hob Conall ruckartig den Kopf. Sie schaute ihn direkt an, und ihm wurde klar, sie meinte es ernst. »Was? Nein!«

»Bist du sicher? Denn laut diesem Buch sind die Alphas die Einzigen, die sich paaren dürfen, und sie müssen es vor der Meute tun.«

»Aber wir sind menschlich … irgendwie.«

»Aber ihr rennt in einer Meute herum. Macht ihr dann nicht auch andere Meutensachen?«

»Na ja … äh … ich … das heißt, wir …« Conall schüttelte den Kopf. »Sie werden nicht vor uns Sex haben. Und glaub mir, wir dürfen *alle* Sex haben.«

Ihre Augen wurden schmal. »Verstehe.« Sie widmete sich wieder ihrem Buch.

Conall schnürte den einen Stiefel zu und machte sich dann an den anderen. »Also, Miki, was …?«

»Ich lese.«

»… tust du?« Er blinzelte. So einfach war er noch nie abserviert worden. Und dieses Mädchen gab ihm auf ganzer Linie einen Korb. Ganz kurz kam der Ärger in ihm hoch, und seine Stimme troff vor Sarkasmus:

»Du liest auf einem Rave? Du weißt echt, wie man Party macht, was?«

Ohne auch nur von ihrem Buch aufzublicken, zeigte sie ihm den Mittelfinger.

Mann, sie ist so gemein! Er war froh, dass er seine Jeans anhatte. Er war schon steinhart.

Als er mit dem Schnüren fertig war, lehnte er sich zurück und beobachtete sie. Er staunte, wie schön sie war. Weiche braune Haut, die süßesten Grübchen der Menschheit, lockige schwarze Haare, die ihr umwerfendes Gesicht einrahmten, und den festesten Hintern, den er je gesehen hatte.

Sie schien zu spüren, dass er sie beobachtete, und warf ihm einen finsteren Blick zu. »Was ist denn jetzt noch?«

»Ich schaue dich nur an.«

»Lass das.«

»Bist du schüchtern?« Schüchternheit machte ihm nichts aus. Er konnte Schüchternheit lieben lernen. Zum Henker, für eine Nacht voll heißem, bedeutungslosem Sex konnte er fast alles lieben lernen.

»In welchem Sinn?«

Was war das denn für eine Frage? »Was?«

»In welchem Sinn fragst du, ob ich schüchtern bin? Es gibt verschiedene Arten von Schüchternheit. Es gibt Leute, die eine Scheu vor anderen Leuten haben. Oder vor Tieren – wozu du zählst. Und solche, die nur in bestimmten Situationen zurückhaltend sind. Was meinst du also genau?«

»Ich habe keine Ahnung.«

»Typisch.«

Okay, Freundlichkeit funktionierte bei ihr wohl nicht. Er würde etwas anderes versuchen müssen. Langsam wurde es eng. Sie reisten am nächsten Tag ab, und er wollte seine letzte Nacht in diesem hübschen kleinen Städtchen zwischen ihren Schenkeln verbringen.

»Weißt du, wenn du den Rave verlassen hast, weil du nervös bist, kann ich dich nach Hause bringen.« Sie nach Hause begleiten. Sie entspannen. Sie feucht machen. Und sie dann ins Bett kriegen. Ja, das klang nach einem Plan.

Jetzt musterte sie ihn mit klugem Blick. »Tatsache?«

Conall schenkte ihr sein patentiertes unschuldiges Achselzucken. Er hatte lang und hart daran gearbeitet, der große, harmlose Typ zu werden. Der Typ, an den sich schutzsuchende Frauen wandten. Niemand erfuhr je, dass er ganz dicht unter seiner Oberfläche einen der gefährlichsten Wölfe, den die nordischen Götter kannten, angekettet hatte. Einen Wolf, der von Loki höchstpersönlich abstammte. Einen Wolf, der ständig darum kämpfte, befreit zu werden. Aber Conall kämpfte genauso hart, denn er wollte wie der Rest seiner Familie sein. Also hatte er den Wolf an die Kette gelegt. Fast so, wie manche Leute ihre Hunde an einen Pfahl in ihrem Garten ketten. Er hatte ihn angekettet und zurückgelassen. Nur während der Jagd oder in einem Kampf kam der Wolf heraus. Aber wenn er menschlich war, ließ er ihn angekettet und sicher weggesperrt, wo er keinen Schaden anrichten konnte. Ein paar schlechte Erfahrungen hatten ihm schon gezeigt, dass keine Frau, ob Mensch oder Wolf, mit dem tödlichen Wolf umgehen konnte, den er in seinem Inneren verborgen hielt.

Keine Frau war mutig genug, sich diesem Teil von ihm zu stellen.

Er stand langsam auf und sah, wie ihr Blick an seinem Körper entlangwanderte, wenn er sich bewegte. Er steckte die Hände in die Hosentaschen und senkte den Blick, um ihr das zu schenken, was eine Frau einmal den »süßesten, unschuldigsten Blick, den sie je gesehen hatte« genannt hatte – kurz bevor sie ihm einen Wahnsinns-Blowjob bescherte. Ein Blick, der bei vielen, vielen Frauen vor Miki funktioniert hatte. Er würde auch jetzt funktionieren. »Klar, Mik. Kein Problem.«

Sie starrte ihn eine volle Minute an, dann lachte sie los. »Du redest so eine Scheiße!«

Conall runzelte die Stirn, und sein Körper spannte sich. »Wie bitte?«

»Du hast schon verstanden. Du glaubst wohl, ich kaufe dir deine Unschuldsmasche ab, was? ›Oh, der süße Conall. Was für ein großer, lieber Teddybär!‹« Sie schüttelte den Kopf. »Teddybär, von wegen!«

Conall war schockiert. Zum ersten Mal seit langer Zeit hatte eine Frau ihn schockiert. »Meinst du das ernst?«

»Todernst.« Sie legte ein Stück Papier als Lesezeichen in ihr Buch, stand auf und kam auf ihn zu. Damit sie ihn richtig sehen konnte, musste sie den Kopf in den Nacken legen. »Ich kenne dich noch nicht einmal eine Woche, und ich durchschaue dich schon, Conall. Du bist niemandes Teddybär. Mir ist egal, was für einen Müll du allen anderen zu verkaufen versuchst.« Sie musterte ihn eindringlich, und er konnte den Blick nicht von ihren braunen Augen losreißen. Sie hatte immer noch eine Schramme von dem Schlag, den ihr einer der Rudelmänner verpasst hatte, als sie versucht hatte, Sara zu beschützen. Er hatte dem Dreckskerl höchstpersönlich das Genick gebrochen.

»Ich sehe es in deinen Augen«, fuhr sie fort. »Du bist ganz Wolf. Aber da ist noch mehr. Irgendetwas …« Sie schaute zu ihm auf, und es fühlte sich an, als spaziere sie in seinem Garten herum und begutachte seinen angeketteten Wolf. Er war sich nicht sicher, was er davon halten sollte. Eigentlich hatte er geglaubt, er hätte das Tor abgeschlossen.

Sie nickte. »Du bist eher wie dein Name. Ein Wikinger. Aber weißt du was, Wikinger? Ich bin keine britische Insel, die du erobern kannst. Also such dir ein nettes, dünnes Mädchen, das dir deinen Schwachsinn mit Begeisterung abkauft. Der du ohne nachzudenken das Herz brechen kannst. Ich bin tabu.«

Sie ging von ihm weg, aber er musste sie einfach immer weiter anstarren. Er hatte nie im Leben jemanden mehr gewollt. Plötzlich schien ihm eine Nacht zwischen ihren Schenkeln nicht mehr annähernd genug zu sein.

»Miki?«

Sie sah ihn an, und ein leichtes Lächeln spielte über ihre schönen Lippen. Sie hatte Spaß. »Conall?«

Er stellte sich direkt vor sie und war beeindruckt, dass sie nicht zurückwich. »Ich wollte dir nur etwas sagen.«

»Ach, ja? Was genau?«

»Dass du absolut recht hast.«

»Tatsächlich?«

»Ja.« Conall legte die Hand in ihren Nacken und beugte sich hinunter, bis sein Gesicht dicht vor ihrem war. »Ich bin kein Teddybär.«

Er packte sie und hob sie hoch. Dann küsste er sie. Ein Kuss, wie er ihn ihr schon geben wollte, seit er sie zum ersten Mal gesehen hatte. Ein roher, brutaler Kuss, und zu seiner Überraschung erwiderte sie ihn. Ihr Mund öffnete sich, und seine Zunge glitt zwischen ihre Lippen. Sie stieß ein Stöhnen aus, das sich anfühlte, als rissen ihm Fingernägel die Haut auf dem Rücken auf, und das ihn so hart machte, dass sein Schwanz schmerzte. Seine Hände, die um ihre Taille lagen, drückten sie eng an ihn. Dabei presste er seine Erektion gegen sie, während seine Zunge ihre streichelte, und durch sein T-Shirt spürte er ihre warme Hand. Als ihre Finger dann den Stoff packten und sie versuchte, ihn noch näher an sich zu ziehen, wusste er, dass er diese Frau haben musste.

Irgendwann ließ er sie los und senkte sie wieder auf den Boden, ließ aber die Hand besitzergreifend in ihrem Nacken und die Stirn an ihre gedrückt. Er musste sich dazu hinunterbeugen, aber das war ihm egal. Schließlich wollte er nichts weiter, als ihr die Kleider vom Leib zu reißen, sie auf den Bauch zu drehen und sie zu besteigen. Er wollte es ihr besorgen, bis sie beide schrien.

»Nimm mich mit nach Hause, Miki.« Er war so scharf auf sie, dass er kaum noch geradeaus schauen konnte.

Sie keuchte, und wenn ihr Herz noch ein bisschen schneller schlug, würde es ihr aus der Brust springen. Er wusste, dass sie ihn wollte. Er konnte es riechen.

Miki zog den Kopf zurück und sah ihm in die Augen.

Sie lächelte. Kein gezwungenes Lächeln, wie sie es anderen schenkte, sondern ein echtes – warmherzig und so weiter.

»Ganz bestimmt nicht.« Sie entzog sich seiner Umarmung und ging ohne einen weiteren Blick zurück zum Rave. »Lebe wohl, Wikinger. Ich wünsche dir ein schönes Leben.«

Sein Schwanz war steinhart, und er spürte immer noch jede Stelle, an der sie ihn berührt hatte. Er richtete sich zu voller Größe auf und sah den vollblütigen Wolf in der Nähe im Unterholz. Er beobachtete Miki ebenfalls.

»Hau ab!«, knurrte Conall, woraufhin der Betawolf langsam zurückwich. Conall richtete den Blick wieder auf diesen schönen Hintern, der sich durch die Menge bewegte. Seine Reißzähne fuhren aus, und er grinste. »Der gehört mir.«

Kapitel 1

Sechs Monate später

Miki riss die Augen auf und merkte, dass sie die Hand schon um die Flinte gelegt hatte, die an ihrem Nachttisch lehnte. Sie setzte sich auf, die Waffe immer noch fest umklammert. Sie musste den Kopf schütteln, um sich selbst in die Realität zurückzuholen. Miki schlief nicht. Jedenfalls nicht viel. Aber in diesen wenigen Minuten, in denen sie tatsächlich ein bisschen Schlaf bekam, war es eine höllische Angelegenheit, sie tatsächlich aufzuwecken. Vor allem in letzter Zeit. Sie hatte diese intensiven Träume … Noch einmal schüttelte sie den Kopf. Das konnte sie sich jetzt nicht antun. Sie musste sich konzentrieren.

Sie hörte knirschende Geräusche vor ihrem Haus. Na ja, eigentlich war es Saras Haus. Sie hatte es Miki praktisch umsonst vermietet.

Miki glitt in T-Shirt und Jogginghose aus dem Bett und nahm die Waffe in beide Hände. Lautlos schlüpfte sie von Zimmer zu Zimmer und kontrollierte alle Ecken. Schließlich kam sie an der Haustür an. Tief einatmend, riss sie sie auf und zielte.

»Hallo auch, Miki.«

Miki senkte ihre Flinte. »Verdammt, Eddie! Was zum Geier willst du hier?«

Deputy Eddie Fogle aß weiter seine mit Schokolade überzogenen Erdnüsse und schien sich überhaupt nicht bewusst zu sein, dass Miki kurz davor war, ihm den Schädel wegzupusten. »Ich pass nur auf dich auf, Schätzchen.« Schwätzer. Der Mann lehnte sich rücklings an ihr Verandageländer, die unglaublich langen Beine vor sich ausgestreckt. Sie überlegte kurz, ob er sich seine Cowboystiefel extra anfertigen lassen musste. Seine Füße waren riesig.

»Hat Marrec dich hergeschickt?« Marrec war wie eine Glucke, seit sie vor einem halben Jahr dem Rudel in den Arsch getreten hatten, und schaute ständig nach Miki und Angelina. Nicht dass sie es nicht zu schätzen wusste, aber wenn mitten in der Nacht ein Hilfssheriff auf ihrer Vordertreppe saß, erschien ihr das dann doch ein bisschen übertrieben.

»Wir wollen nur, dass du in Sicherheit bist.«

»Tja, das ist echt lieb und so …«

»Weißt du, Miki«, unterbrach er sie sanft, »ich bin so froh, dass du ein bisschen aus der Stadt rauskommst. Du verdienst es. Aber ich hoffe, du lässt dich nicht mit diesem Seattle-Stadtvolk ein wie schon mal. Es wäre wirklich schade, wenn du Sara und Angelina verärgerst oder allen anderen in der Stadt Schande machst. Schon wieder.«

Miki schloss resigniert die Augen. Junge, da ließ man sich einmal vom FBI in Handschellen aus der Mathevorlesung abführen, und die Leute schmierten es einem ewig aufs Brot. Abgesehen davon – hatte sie ihre Schulden bei der Gesellschaft nicht längst abbezahlt? Und wie lange stand der Kerl eigentlich schon hier draußen? Es war über fünf Stunden her, dass sie mit ihrem Kumpel Craig telefoniert hatte. Sie hatte vor, etwas mit ihm trinken zu gehen, wenn sie in der Stadt war, und je nachdem, ob ihr danach war, vielleicht noch auf eine von Craigs berüchtigten Partys zu gehen. Craig hatte angedeutet, sie könnten ihre ehemalige Beziehung wieder aufnehmen, aber das hatte sie strikt abgelehnt. Verdammte Wölfe mit ihrem verdammten Wolfsgehör. Ach, egal. Die Zeiten, in denen sie einen Aufenthalt im Bundesgefängnis riskiert hatte, waren schon lange vorbei. Sie hatte größere Pläne. Also war es eigentlich egal, was Fogle hörte.

»Ich habe nichts weiter vor, als mit meiner Freundin ihren Neunundzwanzigsten zu feiern und meinen Doktor zu machen.«

»Gut. Gut. Das ist wirklich schön zu hören.«

Miki sah ihn eine ganze Weile an, dann seufzte sie. »Du gehst hier nicht weg, oder?«

»Heute Nacht nicht, nein. Ist einiges los in der Stadt. Komische Gerüche, die mir gar nicht gefallen. Aber wenn es dich beruhigt: Ich bewache auch Angelinas Haus.«

»Nein, das beruhigt mich nicht«, erwiderte sie matt.

Eddie kicherte. »Wenn du Sara siehst, kannst du ihr dann liebe Grüße ausrichten?«

»Natürlich.«

»Ich hoffe auf jeden Fall, dass diese Magnus-Jungs gut zu ihr sind. Weiß nicht recht, was ich von diesem

Zach Sheridan halten soll.« Miki wehrte sich gegen den Drang, die Augen zu verdrehen. Sie hatten Sara alle wie ein kleines Kind behandelt. Inzwischen wusste sie natürlich warum. Sara war eine von ihnen. Sie gehörte nicht zu ihrer Meute, aber sie war eine Gestaltwandlerin – genau wie die meisten in der Stadt, wie sich herausgestellt hatte. Anscheinend waren Miki und Angelina zwei der wenigen Menschen in einem Radius von hundert Meilen, die keine Gestaltwandler waren. »Und wir vermissen sie hier.«

»Ja. Ich auch.«

»Dann wird's wohl Zeit, dass du deinen hübschen Hintern dort rüberschwingst, was?«

»Ich gehe ihr nicht aus dem Weg, Fogle. Ich arbeite an meiner Doktorarbeit. Und sie versteht das.« Sie waren alle wie ein Haufen alter Weiber. Wiesen sie ständig zurecht. Sie konnte praktisch sehen, wie sie ihr kollektiv mit der Tatze drohten.

»Ich dachte auch nicht, dass du Sara aus dem Weg gehst – aber vielleicht dem anderen Typ.«

»Wem? Zach?« Sie schnaubte. »Ich würde ihm die Eier abreißen und sie als Halskette tragen.«

»Nee, nicht der. Der andere. Der Große. Conall heißt er, glaube ich.«

»Ach, verschon mich!«

»O-oh!« Eddie sah sie wieder mit diesen Wolfsaugen an, die das Licht reflektierten wie Hundeaugen. »Wusstest du, dass du im Schlaf seinen Namen stöhnst?«

Der Mann hätte sie nicht mehr aus dem Tritt bringen können, wenn er ihr in den Magen geboxt hätte.

Darauf hatte sie keine Antwort, also ging sie zurück

ins Haus und knallte die Tür zu. Dass sie sein Lachen durch das dicke Holz hören konnte, machte es nicht besser.

Mit der freien Hand rieb sie sich entnervt die Augen, wobei sie schon wieder ihren eigenen Geruch an ihren Fingern roch. Verdammt. Schon wieder im Schlaf masturbiert. Wegen Conall.

Also, das nimmt langsam echt überhand.

Conall Víga-Feilan, direkter Nachfahre des Wikinger-Lehensherren Sven Víga-Feilan und der Víga-Feilan-Meute, fiel mit dem Gesicht nach unten auf sein Bett. Er war immer noch nass von seiner dritten kalten Dusche in dieser Nacht. *Also, das nimmt langsam echt überhand.* Wie konnte eine einzige Frau seine Gedanken seit einem verdammten halben Jahr so komplett beherrschen? Er hatte seit der Highschool nicht mehr so viel masturbiert.

Aber Miki war nicht nur irgendeine Frau. Sie war die bösartigste Frau, die er kannte. Und ihre Bösartigkeit sprach ihn auf einer Ebene an, die er noch nie vorher erlebt hatte. Sie brachte den Wolf in ihm zum Vorschein, obwohl er diesen vor langer Zeit zu beherrschen gelernt hatte. Aber der bloße Gedanke an sie machte seinen Schwanz hart und ließ seine Reißzähne wachsen.

Sein ganzes Leben lang musste er schon die Tatsache akzeptieren, dass er nicht wie die anderen Víga-Feilans war. Sein Vater war zu nett gewesen. Liebte seine irische Frau zu sehr. Sein Onkel und sein Großvater hatten seinem Vater das Leben zur Hölle gemacht, während dieser bei der Víga-Feilan-Meute lebte. Erst als er Bruce Morrighan traf, änderte sich alles. Bruce machte Conalls Vater mit der Magnus-Meute bekannt. Sie hatte viele Mitglieder und war immer auf der Suche nach neuen. Jarl Víga-Feilan nahm seine Frau und seinen neugeborenen Sohn und verließ die Víga-Feilan-Meute ein für alle Mal. Seither versuchten sie alles, um Conall wieder in den Schoß der Meute zurückzuholen. Damit er einer von ihnen wurde. Sein Cousin Einarr war besonders entschlossen, ihn zur Rückkehr zu bewegen. Aber er würde die Meute auf keinen Fall verlassen. Vor allem jetzt nicht.

Und zwar nicht, weil die Meute ihn in diesen Kriegszeiten brauchte. Oder weil das Leben in der Meute richtig Spaß machte, seit Zach und Sara das Sagen hatten. Er konnte nicht gehen, weil Saras beste Freundin die Frau seiner Träume war. Eine bösartige, unverschämte Texanerin mit dem süßesten Lächeln, das er je an einer Frau gesehen hatte. Er liebte dieses Lächeln. Er liebte es, darüber nachzudenken, was dieser schöne Mund mit ihm anstellen konnte.

Conall knurrte. Falscher Gedanke. Das hätte er nicht tun sollen. Er stand auf und machte sich wieder auf den Weg zur Dusche, als ein Klopfen an der Tür ihn aufhielt.

»Ja?«

Jake streckte den Kopf herein. »Ich habe etwas auf unserem Gelände gerochen. Aber es war kein Rudel.«

Conall runzelte die Stirn. »Bist du sicher?«

»Es war etwas anderes. Aber ich habe es nicht erkannt.«

Conall ächzte. Das musste der gleiche verdammte Geruch sein wie in der Nacht des Raves. Der Geruch, den er kannte, aber ums Verrecken nicht wusste, woher. Das Ganze machte ihn verrückt.

»Ist noch jemand auf?«

»Jim und Kelly.«

»Hol sie. Nimm sie mit raus. Tötet alles, was nicht zu uns gehört.«

»Alles klar.«

»Und, Jake – grab Kelly nicht an. Sie würde dir die Luftröhre zerquetschen und dir das Mark aus den Knochen saugen.«

Jake sah so enttäuscht drein, dass er Conall fast leidtat. Aber nicht wirklich.

Als Jake weg war, stand Conall mitten in seinem Schlafzimmer und fragte sich, warum er mitten in seinem Schlafzimmer stand. Dann fiel ihm Miki wieder ein. Na ja, Miki und Oralsex. Mit einem Seufzen machte er sich wieder auf den Weg ins Bad.

Zach würde ihn umbringen, wenn die Wasserrechnung kam.

Kapitel 2

»Und, holt Conall dich am Flughafen ab?«

Miki ballte über ihrer Tastatur die Hände zu Fäusten und biss die Zähne zusammen. Wie oft wollten Sara und Angelina diesen Mann noch erwähnen? Es war schlimm genug, dass sie ihn nicht vergessen konnte. Schlimm genug, dass sie masturbierte, während sie von ihm träumte. Das Härteste, was sie in ihrem Leben je hatte tun müssen, war ihn damals auf diesem Rave stehen zu lassen. Aber sie wusste, was Kerle wie er mit einem anstellen konnten. Kerle mit unschuldigem Lächeln, die genau die richtigen Dinge sagten. Sie tauchten auf, krempelten das Leben komplett um, und dann verließen sie einen. Allein, schwanger und verbittert. Zumindest war das bei ihrer Mutter so gewesen.

»Wenn du diesen Arsch noch ein einziges Mal erwähnst, dann trete ich dich quer durch den ganzen beschissenen Flughafen!«

Angelina sah sie über ihren Sour Apple Martini hinweg ruhig an. »Hmm. Das klingt nach den verspannten Flüchen einer Frau, die dringend mal wieder flachgelegt werden müsste.«

Miki knurrte. Das tat sie in letzter Zeit oft, wenn sie mit Angelina zusammen war. Hauptsächlich, weil die nicht damit aufhören wollte, den »süßen, hinreißenden Conall« zu erwähnen.

Wie jemand glauben konnte, dieser Mann sei süß, überstieg ihren Verstand. Nicht bei seinen Augen. Diese schönen blauen Augen waren alles andere als unschuldig. Der Mann war ein Schurke. Ein Eroberer. Und er sah Miki an, als hätte er herrenlose Ländereien im alten China vor sich.

»Ich diskutiere jetzt nicht schon wieder mit dir darüber!«

»Okay. Na schön.« Angelina schwieg. Ungefähr fünfzehn Sekunden lang. »Aber du weißt schon, dass ein Vibrator nicht als Freund durchgeht.«

Miki ließ den Kopf in die Hände fallen. »Ich werde nicht mit Leuten wie dir über Mr. Happy reden!«

Angelina seufzte. »Ich finde die Tatsache, dass du deinem Vibrator einen Namen gegeben hast, äußerst verstörend.«

»Die beste Beziehung, die ich je hatte.«

Angelina nippte an ihrem Martini und beäugte Miki über ihr Glas hinweg. Miki nahm ihren Shirley Temple in die Hand und starrte zurück.

»Ich wusste nicht, dass Wahnsinn bei euch in der Familie liegt, Kendrick.«

»Wir haben ihn von euch, Santiago.«

Angelina schlug die Beine übereinander, und Miki sah sich nach den Männern um, die Angie beobachteten. Bemerkenswert. Die Frau besaß die Fähigkeit, jeden Mann im Raum aus dem Konzept zu bringen, und sie schien es nicht einmal zu bemerken. Oder es war ihr egal.

»Und, hast du heute mit Sara telefoniert?«

Erleichtert, dass Angelina offenbar beschlossen hatte, das Thema Conall fallen zu lassen, und weil sie eine schöne Frau nicht mit ihrem Laptop ins Gesicht schlagen wollte, antwortete Miki: »Viermal oder so. Als würde ich sie nicht in ein paar Stunden sowieso sehen.«

»Ich weiß nicht, warum du zuerst zu ihr gehst. Warum fliegst du nicht direkt nach Seattle?«

»Sara hat die Tickets gebucht. Sie hat diesen kleinen Zwischenstopp arrangiert. Ich glaube, sie vermisst mich.«

»Na ja, das Haus wird dir gefallen. Es ist nett. Fehlt eigentlich nur eine Veranda.«

Angelina hatte Sara schon in ihrem neuen Zuhause in Nordkalifornien besucht. Miki war nicht mitgeflogen, sondern lieber in Texas geblieben, um an ihrer Doktorarbeit zu feilen. Sie wusste, dass Sara das verstand, aber sie wusste auch, dass sie verletzt gewesen war. Sie vermisste ihre beiden Freundinnen, fast so sehr, wie die beiden sie vermissten.

»Egal. Zumindest kann ich mich irgendwo entspannen, bevor ich nach Seattle muss. Ich bin jetzt schon so gestresst von dem ganzen Mist. Ständig lese ich meine Notizen durch und prüfe meine Doktorarbeit.«

»Und schreibst Listen.« Angelina schenkte ihr ein liebevolles Lächeln. »Mach dir keine Sorgen, Mik. Du wirst das toll machen.«

»Und was ist, wenn ich es versaue, Angie?«

»Und wenn? Das wäre auch nicht das Ende der Welt.«

Aber fast. Ihre ganze Zukunft hing davon ab. Angie würde das nie verstehen. Für sie war immer alles so einfach. Und Sara hatte nie große Ansprüche, dazu war sie zu sehr Hund. Miki dagegen hinkte hinterher und wusste es.

Aber jetzt nicht mehr. Eine Stelle als Hochschulassistentin wartete auf sie, sobald sie mit ihrer Dissertation fertig war. Sie durfte es nur nicht versauen. Es erstaunte sie immer noch, dass man sie an der Uni überhaupt wollte. Sie und ihre Freunde in Seattle waren berüchtigt. Nicht nur an der Universität, wo sie den Abschluss gemacht hatte. Sondern an Unis im ganzen Land. Von dem Moment an, als sie in ihrem ersten Studienjahr ihre Klamotten im Schlafsaal abgeladen hatte, war sie für alle möglichen Streiche und Späße gut gewesen.

Was viele überraschte: Miki war nur einmal erwischt worden. In der Highschool. Der Richter hätte sie ins Jugendgefängnis stecken oder sogar nach Erwachsenenstrafrecht verurteilen können, aber ihre Mutter war im Jahr zuvor gestorben, und es hatte sich herausgestellt, dass sich die ganze Stadt für sie eingesetzt hatte. Sara war sogar mit Krücken erschienen. Sie hatte in all den Jahren, die Miki sie kannte, noch nie Krücken benutzt. Aber da stand sie im Gerichtssaal und stützte sich auf ihre mitleiderregenden Krücken, während sie unter Tränen an den Richter appellierte. Hätte Miki nicht so eine Todesangst gehabt, ins Gefängnis zu müssen, hätte sie sich über dieses Theater den Arsch abgelacht.

Am Ende bekam sie ein Jahr Hausarrest und durfte

drei Jahre lang weder Computer noch Telefon benutzen. Man hätte meinen können, dass sie das von ihrem Unfug abgehalten hätte, als sie aufs College kam. Aber wenn man achtzehn ist, glaubt man immer, man sei unantastbar. Und aus irgendeinem Grund war sie das auch. Das FBI fand nichts, worauf es sie hätte festnageln können, obwohl es sich wirklich Mühe gab. Dann war Miki verschwunden. Okay, nicht in Wirklichkeit. Sie ging einfach nach Hause zurück. Sie hatte gerade mit ihrer Abschlussarbeit angefangen, als ihre Großmutter krank wurde. Mit einundzwanzig hatte sie sowieso keine Ahnung, was zum Henker sie mit dem Rest ihres Lebens anfangen wollte, und konnte sich mit ihrem Abschluss auch Zeit lassen. Sie hatte damals gedacht, ein Jahr zu Hause würde helfen.

Doch jetzt waren es acht Jahre und zwei Master-Abschlüsse geworden, und Miki versuchte immer noch herauszufinden, was sie mit ihrem Leben anfangen wollte.

»Glaub mir«, beharrte Angelina. »Du machst das!«

»Ja, Ma'am.«

Angelina grinste. »Weißt du, eine Massage würde dir wirklich beim Entspannen helfen.«

Miki fand, das klang gut. Vielleicht hatte sie noch ein paar Mäuse auf ihrem tragisch ärmlichen Konto, mit denen sie bei Sara in der Gegend in eines von diesen schicken Spas gehen konnte.

»Und harter, dreckiger, wilder Sex mit einem scharfen Kerl wie Conall ist auch gut.«

Miki knallte ihren Drink auf den Tisch. »Also gut, lass uns das analysieren, ja?«

Angelina ließ den Kopf nach hinten fallen. »O Gott. Keine Analyse!«

»Sagen wir, ich gehe hin und habe heißen, wilden Sex mit dem Wikinger.«

Angelina sah sie an. »Mit wem?«

»Conall.«

»Okay. Tu das. Du schwitzt ihn aus deinem Organismus, und dann ist es vorbei. Dann können alle wieder zur Tagesordnung übergehen, und du kannst endlich lernen, dich zu entspannen, verdammt.«

»Das Problem ist, dass ich im Gegensatz zu dir und Sara ein Problem damit habe, alles zu ficken, was mir über den Weg läuft.«

»Hey! Ich glaube, das war eine Beleidigung! Blöde Kuh.«

»Nein, ernsthaft. Ich binde mich. Emotional. Das ist meine Schwachstelle. Und dann muss ich dieses Arschloch jedes Mal sehen, wenn ich dort bin. Er und seine Wolfskumpels werden sich gegenseitig mit den Ellbogen anstoßen und mich mit diesem ›Ich hatte sie‹-Blick ansehen, während ich so tun muss, als wäre alles gut.«

»Du *hast* es schon analysiert.«

»Das mache ich immer, Angelina.«

»Na gut. Du willst dein Leben allein und verbittert verbringen. Tu dir keinen Zwang an.«

»Glaub mir. Mit dem Wikinger in die Kiste zu springen wird an der Sache mit dem Einsam und Verbittert rein gar nichts ändern.«

»Wie du meinst.«

Miki hörte die Durchsage für ihren Flug und war unglaublich erleichtert. Hoffentlich hatte Angelina, bis sie in Nordkalifornien ankam, ein neues Gesprächsthema gefunden. Miki würde so eine enge Freundin wirklich nur sehr ungern umbringen müssen.

»Na komm, du aufsässiges Mädchen. Ich bring dich zu deinem Flugzeug.« Angelina trank ihren Cocktail aus.

Miki schob ihren Laptop in ihre Tasche und stand auf.

Angelina tat es ihr nach und stieß mit einem Geschäftsmann zusammen, der eben um ihren Tisch herumgehen wollte.

»Tut mir leid, Schätzchen.« Miki *spürte* diese Stimme. Sie schaute auf ... und noch weiter hinauf. Ihre Großmutter hätte ihn einen »stattlichen jungen Mann« genannt. Als sie ihren Kopf ganz in den Nacken legte, sah sie endlich sein Gesicht. Er war atemberaubend gutaussehend. Sehr, sehr dunkle Haare mit einem Hauch von Rot und ein paar weißen Strähnen. Er war auf jeden Fall in ihrem Alter, vielleicht ein oder zwei Jahre älter. Leicht mandelförmige goldene Augen mit grünen Sprenkeln. Und ein sexy Lächeln. Im Grunde konnte man sagen: Ärger auf zwei Beinen und mit einem Penis. Aber er war gepflegt. Eindeutig wohlhabend, wenn seine Zehntausend-Dollar-Titanuhr und die Aktentasche aus Alligatorleder etwas zu sagen hatten. Und – ganz und gar nicht überraschend – er war an Angelina interessiert. Überraschend aber waren die beiden Männer, die bei ihm waren. Sie sahen genauso aus wie er. Offenbar waren sie Brüder. Was bedeutete, dass es irgendwo da draußen ein Paar gab, das diese drei umwerfenden Exemplare geschaffen hatte. Erstaunlich.

»Alles in Ordnung, Süße?« Zu allem Überfluss hatte diese sexy Stimme auch noch einen Südstaatenakzent. Miki hätte ihn irgendwo in Nord- oder Südcarolina oder Alabama verortet. Vielleicht auch Georgia. Woher auch immer er stammte: Typen mit Südstaatenakzent lösten in ihr und ihren beiden Freundinnen etwas aus, das andere Akzente einfach nicht schafften.

Angelina starrte ihn an. »Äh …«

Mikis Augen wurden groß. Nie, niemals in den zwanzig Jahren, die sie sie kannte, war Angelina bei einem Mann um Worte verlegen gewesen. Bei keinem Mann.

Miki warf sich die Tasche über die Schulter. »Tut mir leid, wir müssen mein Flugzeug erwischen.«

»Kein Problem. Ihr dürft mich jederzeit über den Haufen rennen.«

Er mochte »ihr« gesagt haben, aber er meinte eindeutig nur Angelina. Die hatte ihre Stimme immer noch nicht wiedergefunden. Mikis Flug wurde erneut ausgerufen. Sie musste los, oder sie würde den Flieger verpassen und sich das noch ewig von Sara anhören müssen.

Sie konnte Angelina aber auch nicht allein hier lassen. Nicht mit diesem Kerl. Und schon gar nicht mit allen dreien.

»Hey, Ang. Wir müssen gehen.« Sie nahm ihre Freundin am Arm und zog. Als das nicht zu funktionieren schien, zerrte sie daran.

Angelina wurde mit einem Ruck aus ihrer Benommenheit gerissen. »Äh … oh ja. Ja. Wir sollten los.« Sie warf einen Blick auf Mr. Südstaatencharme. »Sorry.«

»Keine Ursache.« Dann gingen er und sein maßgeschneiderter Anzug davon. Miki wusste, dass er maßgeschneidert war, denn Anzüge in dieser Größe wurden schlicht nicht für die Stange hergestellt. Seine zwei Brüder folgten ihm mit einem anzüglichen Blick auf Miki.

»Alles klar?«

»Ja.« Angelina schüttelte den Kopf. »Ja, mir geht's gut, Mann.«

»Ich konnte dich nicht mit ihm allein lassen, weißt du?«

»Du glaubst, dass jeder große Typ entweder zum Rudel oder zur Meute gehört.«

»Ich weiß nicht, was er ist. Aber Sara und ihre Meute haben ein paar wichtige Typen echt angepisst.«

»Und dennoch haust du allein nach Seattle ab.«

»Zunächst einmal haue ich nicht ab. Zweitens kann ich selbst auf mich aufpassen. Konnte ich immer. Werde ich auch immer können. Ich brauche keine Babysitter. Abgesehen davon bin ich nicht diejenige, die in der Gefahr steht, die Liebessklavin von irgendeinem Gestaltwandler zu werden.«

Endlich kam Angelina wieder ganz in der Realität an. »Du machst Witze, oder? Mit Lassie auf den Fersen?«

»Halt die Klappe!«

Conall schaute auf die Uhr. Wieder einmal. Bald würde sein persönlicher feuchter Traum ankommen. Er fragte sich, ob es unangemessen war, sie im Treppenhaus niederzuringen, sobald sie ankam, und sie sofort in sein Schlafzimmer zu schleppen. Wahrscheinlich. Verdammte menschliche Etikette.

Er hörte, wie die Glasschiebetür aufging, die in den hinteren Teil des Hauses führte, und dann hörte er Zach. »Entweder du bekommst diesen Köter unter Kontrolle, oder ich spiele mit ihm auf der Autobahn Stöckchen holen. Deine Entscheidung, Frau.« Er knallte die Tür zu.

Zach kam zu ihm herüber und ließ sich mit einem schweren Seufzer neben ihn auf die Bank fallen.

Conall nahm es ihm keine Sekunde lang ab. »Versuch gar nicht erst so zu tun, als würde sie dich nerven.«

»Sie macht mir das Leben zur Hölle!«

»Sie ist das Beste, was dieser Meute je passiert ist. Und Gott weiß, sie ist das Beste, was *dir* je passiert ist.«

»Ja, ich weiß.« Sara Morrighan war erst seit einem halben Jahr Zachs Gefährtin und die Alphafrau der Meute, aber es war das beste halbe Jahr, das die Meute seit Langem gehabt hatte. Sie war nicht normal. Nicht einmal nach Wolfsmaßstäben. Aber ihre merkwürdigen Ansichten waren ansteckend. Die Frauen beteten sie an und fürchteten sie zu gleichen Teilen, während die Männer so klug waren, ihre Geduld nicht zu strapazieren. Dennoch wussten sie zu schätzen, dass sie Zach ein bisschen die Ecken und Kanten nahm. Er ging allen zwar immer noch gewaltig auf die Nüsse, aber er war netter. Sie hatte sich sogar den Respekt der älteren Wölfe verdient, die nicht im Haupthaus lebten, was normalerweise praktisch unmöglich war.

Conall schaute auf die Uhr, und Zach kicherte.

»Wie lange noch, bis sie hier ist?«

»Zwei Stunden. Sechs Minuten. Und vierunddreißig Sekunden.«

»Tja, ich bin froh, dass du dich deswegen nicht völlig fertigmachst.«

O ja, er war fertig. Und zwar richtig. Er dachte pausenlos an sie. Er wollte sie. Er war schrecklich gespannt zu erfahren, was genau sie anmachte. Wenn er an ihren Nippeln saugte? Ihre Klitoris leckte? Oder etwas Einfacheres? Seine Hände in ihren Haaren? Seine Zunge in ihrem Ohr?

Zach hatte ihm jede verfügbare Frau aus dem Club hinterhergeworfen. Er wollte, dass Conall das Interesse verlor an »Saras Freundin mit der großen Klappe«, wie er sie nannte, aber keine der Frauen interessierte ihn. Conall wollte nur Miki. Und er konnte es nicht erwarten, bis er ihren festen kleinen Hintern nackt auf seinem Schoß hatte.

»Sie wird vorbeikommen«, stellte er mit so viel Überzeugung wie möglich fest.

»Sie ist ein Mensch, Conall. Du solltest dir lieber ein nettes Wolfsmädchen suchen.«

Conall schaute seinen besten Freund, den Alphamann der Magnus-Meute, an. Bissspuren und Schrammen überzogen den Körper des Mannes. Und als sie sich nach der Jagd verwandelten, hatte Conall gesehen, dass er auch überall auf dem Rücken Krallenspuren hatte. Zach war wirklich total verrückt nach Sara. Aber sie zerkaute ihn auch höllisch dabei. Conall hatte lieber Sex ohne Blutvergießen. Zumindest nicht mit so viel. »Ich suche hier niemanden zum Heiraten, Zach. Ich will es ihr nur besorgen, bis einer von uns stirbt.«

»Tja … das ist mal ein Ziel. Aber wenn du mich fragst – sie ist unverschämt. Laut. Klein.«

»Sie ist direkt. Selbstbewusst. Zierlich.«

»Mann, bist du verknallt.«

Conall machte sich nicht die Mühe, es zu leugnen, denn sie wussten beide, dass es stimmte.

»Übrigens.« Er beschloss, das Thema zu wechseln, denn über Miki zu reden, machte ihn nur hart. »Wir hatten gestern Nacht Besucher auf unserem Grundstück.«

Er spürte, wie sich Zach neben ihm anspannte. Sein einziges Anliegen war, seine Gefährtin zu beschützen. Zach würde jeden vernichten, der sie bedrohte.

»Wer?«

»Weiß nicht genau. Aber es ist derselbe Geruch wie damals auf dem Rave.«

»Super. Das hat mir gerade noch gefehlt, verdammt.«

»Sie waren nicht lange hier. Jake ist dumm, aber er war ihnen ziemlich schnell auf der Spur.«

»Wem schnell auf der Spur?«

Conall und Zach schauten zu Sara auf, die mit einem Stapel Post in der Hand vor ihnen stand. Sie lernte sich in letzter Zeit wirklich lautlos und gegen den Wind anzuschleichen.

»Nichts«, grunzte Zach.

Sara seufzte und quetschte sich zwischen die beiden auf die Bank. »Ihr lügt mich an. Ich hasse das, ehrlich.« Sie lehnte den Kopf an Zachs Schulter. »Du kannst es mir auch gleich sagen, Gefährte. Sonst hole ich es später ja doch aus dir heraus.«

»Ich bin mir nie sicher, ob das Drohungen oder Versprechen sind.«

Mit einem leisen Knurren biss sie Zach in die Schulter. Zach zuckte zusammen, als sie bis aufs Blut durchdrang. »Es ist beides.« Sie zog ihre Reißzähne wieder ein.

Conall wusste, wenn er nichts sagte, würde er erleben müssen, was das Alphapaar unter einem Vorspiel verstand – einen Ringkampf. Fehlten nur noch der Ring und der Sprecher.

»Letzte Nacht war etwas in unserem Revier. Wir wissen aber nicht genau, was.«

»Kaninchen?«, fragte sie hoffnungsvoll, und Conall hörte Zach knurren.

Er lachte. Sara brachte ihn immer zum Lachen. Sie war ein verrücktes Ding.

»Wahrscheinlich nicht. Es gibt nicht allzu viele Kaninchen-Gestaltwandler.«

»Das sagst *du*! Tja, aber was auch immer in unserem Revier war, sollte tot sein. Sind sie tot, Conall?«

Zach und Conall schauten Sara an, dann einander. Die Frau war gefährlich. Sie tolerierte keine Eindringlinge im Revier der Meute. Sie tolerierte keine Bedrohungen für ihre Meute. Sie tolerierte überhaupt nichts, was sie für eine Gefahr hielt für alle, die sie liebte. Sie war keine Jägerin wie Conall oder Kelly oder alle anderen Meutenmitglieder. Sara Morrighan war eine eiskalte Killerin. Sie wusste es, und es gefiel ihr.

»Nein, aber Jake hat sie vertrieben.«

»Ich will, dass Angie und Miki in Sicherheit sind, wenn sie herkommen.«

»Das werden sie auch sein«, beruhigte Zach sie.

»Und du bleibst besser in Mikis Nähe, Conall. Du weißt schon, zur Sicherheit.«

Zach ächzte. »Sehr subtil, Gefährtin.«

»Ich weiß nicht, was du meinst. Mir liegt nur die Sicherheit meiner Freundin am Herzen.« Jemand, der sie nicht kannte, hätte glauben können, sie meine es vollkommen ernst.

Sara gab Zach einen Stapel Briefe. »Hier.« Dann reichte sie Conall einen kleinen Umschlag von der Größe einer Postkarte.

Zach musterte den Stapel in seiner Hand. »Warum sind hier Bissspuren drauf?«

»Roscoe hat vor mir den Briefträger erwischt.«

Da war wieder dieses tiefe Seufzen, das Zach irgendwie ziemlich oft ausstieß, seit Sara in sein Leben getreten war. Außerdem rieb er sich die Augen mit den Handballen, woraufhin Sara Conall grinsend zuzwinkerte.

»Hat er den Briefträger gebissen?«

»Nein. Er hat ihm nur die Post aus der Hand gerissen. Und dann ist der Briefträger weggerannt – wie ein kleines Mädchen.«

»Werde diesen Hund los!«

»Nein.«

Conall öffnete seinen Umschlag, während Zach und Sara ihren wöchentlichen Streit über »den Hund« hatten, wie Zach ihn nannte. Er warf einen Blick auf die Karte, zerknüllte sie und warf sie in die Büsche. Erst nach ein paar Augenblicken merkte er, dass er jetzt Zachs und Saras volle Aufmerksamkeit hatte.

»Alles klar?«

Conall zuckte die Achseln. »Sie ist von meinem Cousin.«

Und schon interessierte es Zach nicht mehr. Er kannte Conalls Familie, und er mochte sie nicht. Also fing er an, den Stapel Rechnungen zu öffnen. Ganz anders Sara. Ihre Neugier konnte man nicht einmal mit der Brechstange abwehren.

»Was stimmt nicht mit deinem Cousin?«

»Nichts.«

»Schon wieder diese Lügen. Du weißt, dass ich das hasse!«

Zach grinste.

»Worum ging es in der Karte?«

»Er will, dass ich die Familie besuche. Aber ich glaube, vorher stecke ich mich lieber selbst in Brand.«

»Das kommt mir ein bisschen extrem vor. Und unnötig. Wir sind deine Familie. Scheiß auf sie.« Sara Morrighan war ganz die Sorte zarte Blume. »Willst du sie besuchen?«

»Nein.«

»Dann verbiete ich dir zu gehen. Weil ich die Alphafrau bin und das schließlich tun kann.« Nicht dass sie es je tun würde, wenn er es nicht wollte. Im Moment wollte er es aber.

»Verdammt!«, fluchte er im Spaß. »Ich glaube, dann komme ich hier wohl nicht weg, was, Zach?«

»Ich kümmere mich nicht allein um ihre Freundinnen.«

»Was habe ich gesagt?«, blaffte Sara. »Ich will, dass du fröhlich bist, wenn du meine Freundinnen siehst.«

»Ich bin nie fröhlich.«

»Doch, das bist du, wenn du mich vögeln willst.«

Zu Zachs Ärger lachte Conall darüber. Die Frau kam Zach keinen Zentimeter entgegen. Und Conall wusste, dass Zach es auch gar nicht anders gewollt hätte.

Sara wandte sich wieder an Conall. »Ich bestehe darauf, dass du hierbleibst, denn mein Geburtstag steht bevor und ich erwarte eine Party. Ich denke da an ein texanisches Barbecue und Line Dance.«

Zach knurrte schon wieder. »Ich tanze *keinen* Line Dance!«

Conall nickte. »Dann also Line Dance!« Er ignorierte Zachs bösen Blick, während Sara ihn mit der Schulter anstieß und er den Schubs erwiderte. Die Frau war wie die wahnsinnig gefährliche kleine Schwester, die er nicht hatte.

Mit Blick auf die Papiere in seiner Hand knurrte Zach: »Was ist eigentlich mit dieser beschissenen Wasserrechnung los?«

Miki stieg aus der Limo und erstarrte. »Sind Sie sicher, dass das die richtige Adresse ist?«

»Ja, Ma'am. Ich hole immer die Gäste für Mr. Sheridan ab.«

»Aber das ist kein Haus!« Eine Villa. Ein Schloss. Ein Palast. Aber kein Haus.

»Ich bringe Ihnen Ihr Gepäck, Ma'am.«

Miki nickte und starrte weiter Saras neues Zuhause an. Ein gewaltiges Gebäude auf einem ausgedehnten eigenen Grundstück. Neben dem Haus stand eine riesige Garage, zum Bersten gefüllt mit Choppern aller Formen und Bauarten, sowie ein paar Pick-ups und Geländewagen. Sie erkannte Marrecs Motorräder sofort. Scheinbar verschaffte die Meute Saras Ersatzvater eine Menge Umsatz.

Sie konnte es nicht fassen. Wie konnte Sara hier leben? Sara, die mit einem Buch und einem Mineralwasser zufrieden war. Sara, die fünfzehn Jahre lang glücklich in Marrecs Laden gearbeitet und sich mit mittelmäßigen Noten durch Highschool und College geschlagen hatte. Wie konnte diese Sara jetzt irgendwo wohnen, wo die Fahrt vom Tor bis zum Haus zehn Minuten dauerte?

Miki erinnerte sich an eine von Angelinas letzten Bemerkungen: »Das Haus wird dir gefallen. Es ist nett. Fehlt eigentlich nur eine Veranda.«

Eine Veranda?

Die Haustür ging auf und Sara erschien. Äußerlich hatte sie sich ein bisschen verändert. Sie war hagerer. Die Haare waren viel länger, reichten ihr fast bis zur Taille. Aber sie war immer noch die alte Sara mit verschlissenen Jeans, ramponiertem Harley-Davidson-T-Shirt und alten Cowboystiefeln. Ein Strahlen breitete sich über ihr Gesicht, als sie Miki sah, und Miki hasste sich selbst dafür, dass sie ihre Freundin so lange nicht besucht hatte.

»Mensch!« Sara rannte die Treppe herunter und direkt auf die Limousine zu, umarmte Miki stürmisch und fiel mit ihr zusammen zurück in den Wagen.

Saras Gelächter und Begeisterung waren ansteckend, und bevor Miki es sich versah, drückte sie ihre

Freundin ebenfalls an sich und quiekte mit ihr gemeinsam.

»Du Kuh! Ich dachte, du würdest nie kommen!« Sara stand auf, nahm Mikis Hand und zog sie wieder aus dem Auto. Dann umarmte sie sie noch einmal.

Gleichzeitig sagten sie: »Du hast längere Haare.«

Dann fingen sie an zu lachen.

»Wo soll ich das Gepäck hinbringen, Mrs. Sheridan?«

Sara erstarrte; ein bösartiges Knurren begann tief in ihrem Inneren. »Ich heiße Miss Morrighan. Nennen Sie mich noch einmal Mrs., und ich quetsche Ihre Eier, bis Sie tot sind. Und jetzt werfen Sie die Scheißtaschen in die Eingangshalle.«

»Ja, Ma'am.« Der Fahrer beeilte sich, Mikis Gepäck wegzutragen.

»Tja, freut mich zu sehen, dass du deine Aggression schließlich doch noch unter Kontrolle gebracht hast.«

Arm in Arm gingen sie aufs Haus zu. »Ich glaube, er macht diesen Mist absichtlich.«

»Was ist schon dabei? Du wirst ihn doch heiraten, oder?«

»Warum?« Sara meinte es ernst. »Ich meine, wir sind markiert. Keiner von uns will abhauen. Abgesehen davon ...« Sie hob den rechten Arm, den eine fantastische Tribal-Tätowierung fast völlig bedeckte. »Wir haben das gleiche Tattoo.«

Sara und Zach waren definitiv ein interessantes Paar. Miki hatte sich immer noch nicht von Saras Anruf vor fünf Monaten erholt, als sie ihrer Freundin aufgeregt erzählt hatte, sie und Zach hätten »es getan«. Miki hatte zunächst geglaubt, sie seien durchgebrannt, um zu heiraten. Aber so etwas konnte nur Sara anstellen … sie waren zusammen im Krankenhaus gewesen und hatten sich sterilisieren lassen. Perfekt zusammenpassende Gestaltwandler, die keinen Nachwuchs wollten. Es war irgendwie süß, auf eine bizarre, paranormale Art.

»So eine schöne Liebeserklärung! Ihr seid jetzt wie echte Rockstars!«

»Sarkastische Ziege. Gott, wie habe ich das vermisst.«

Sara schnappte Miki an der Jacke und schleppte sie ins Haus. Miki hatte Sara nie so energiegeladen gesehen. Und sie konnte nicht aufhören zu lächeln. Endlich wusste Sara, wo sie hingehörte, und Miki hätte sich nicht mehr für sie freuen können.

»Und, was sagst du zum Haus?«

»Da ist ja wohl eher eine Villa!«

»Ja, stimmt wohl. Aber sie braucht eine Veranda.«

Im Inneren staunte Miki mit offenem Mund. Von innen war die Villa noch unglaublicher als von außen. Ihr Eingangsbereich hatte tatsächlich Marmorboden und kilometerhohe Decken. Gegenüber der riesigen Eichentür, die in das abgesenkte Wohnzimmer führte, befand sich eine Wendeltreppe.

»Dein Zimmer ist die Treppe da hoch. Zweite Tür links. Das hier ist das Wohnzimmer. Es hat einen gigantisch großen Fernseher. Dort schaue ich alle Footballspiele an.« Sara zog sie den Flur entlang. »Das hier ist die Küche. Nett, was?«

»Bloß schade, dass du nicht kochen kannst.«

»Entschuldige bitte, aber ich mache exzellenten Hähncheneintopf mit Knödeln!«

»Und das ist auch alles, was du kannst.«

Miki fand sich plötzlich erneut in Saras Armen wieder. Die Frau war inzwischen wirklich stark geworden und hatte eindeutig noch nicht gelernt, damit umzugehen. Noch ein bisschen mehr, und sie hätte Miki die Rippen gebrochen.

»Ich habe dich so vermisst!«

»Sara …«

»Und ich kann es nicht erwarten, bis Angie hier ist. Dann sind wir drei wieder zusammen.«

»Du bringst mich um.«

»Oh. Entschuldige.« Sara ließ sie eilig los. »Hey. Ich muss dich jemandem vorstellen. Warte kurz.« Sara rannte hinaus, und Miki sah sich in der Edelstahlküche mit italienischen Fliesen um. Sie pfiff anerkennend.

»Freut mich, dass es dir gefällt.«

Sie schrie auf und sprang einen Meter rückwärts. »Scheiße, Zach! Schleich dich nicht so an, ja?«

»Gewöhn dich dran, Süße. Das machen wir alle.«

Sie funkelten sich gegenseitig an.

Zach musterte sie von oben bis unten. »Hübsche Stiefel.«

Miki nahm eine Orange aus einer Schüssel auf dem Küchentresen. Sie warf sie quer durch den riesigen Raum. »Los, hol sie, Junge! Hol sie!«

Zach knirschte mit den Zähnen, seine Augen wurden gefährlich schmal. Sie fragte sich, was er Sara hatte versprechen müssen, dass er sich jetzt nicht über den Tresen auf sie stürzte. Das konnte lustig werden.

»Na, Zach?« Sie grinste. »Wo sind deine alten Alphas, Yates und Casey? Oder habt ihr sie einfach umgebracht, ihre Kadaver gefressen, ihnen das Mark aus den Knochen gesaugt und euch dann in einer Orgie von Blut und Tod in eurer eigenen Sauerei herumgewälzt?«

Zach starrte sie wütend an.

»Was denn?« Sie zuckte unschuldig die Achseln. »Ich frage doch nur!«

»Sie sind in D. C. und eröffnen einen neuen Club, du irre kleine …«

Miki kicherte, ignorierte, wie er sie nannte, und drehte sich zu der Glasschiebetür um. Sie sah, wie Sara etwas herbeirief.

»Oh, guter Gott!« Miki wirbelte entsetzt zu Zach herum. »Was zum Henker ist das?«

»Das ist ihr Hund.«

»Lieber Gott, was hast du dir dabei gedacht, Mann? Du kannst doch dieses Ding nicht ins Haus lassen! Das ist ein Mutant!«

»Sie hat ihn am Highway gefunden. Musste ihn einfach haben.«

»Was ist los mit ihm?«

»Eigentlich nichts. Außer seine kurzen, stummeligen Vorderbeine, seine sehr langen Hinterbeine und sein abartig großer Kopf. Sein schiefer Rücken. Ach ja, und ihm fehlt ein Auge.«

Sara kam zurück und brachte den Hund leider mit. »Und das ist deine Tante Miki.« Miki schaute auf die Bestie hinab. »Mik. Das ist Roscoe T. Budsworth.«

»Roscoe T. Budsworth? Etwas Besseres ist dir nicht eingefallen?«

»Das ist ein wundervoller Name. Er klingt nach etwas.«

Zach schaute auf den Hund hinab. »Egal, wie du ihn nennst – es ist trotzdem ein hässlicher Scheißköter.«

Sara schaute ihn böse an und beugte sich hinunter, um Roscoe die langen Schlappohren zuzuhalten. »Sei nett zu ihm!«

»Du hast Glück, dass ich nett zu *ihr* bin.« Zach warf Miki einen finsteren Blick zu. »Bis später, Tinker Bell.«

»Bis später, Dumpfbacke.«

Mit einem letzten wütenden Blick verließ Zach die Küche.

Sara kauerte sich neben Roscoe und streichelte sein glänzendes Fell. »Du hast ihm gesagt, er soll das Stöckchen holen, oder?«

»So habe ich das nicht gesagt …«

Kapitel 3

Miki ließ sich bäuchlings auf ihr Bett fallen. Es war riesig und so weich – sie würde schlafen wie auf Wolken. Und es roch wundervoll. Sie vergrub die Nase in der Daunendecke und atmete tief ein. Okay. Sie musste es zugeben. An so ein Leben konnte man sich gewöhnen. Ganz leicht.

Sie und Sara hatten die letzten vier Stunden in der Küche verbracht. Hatten Kekse gegessen und Buttermilch getrunken und dabei mit diesem unglaublich süßen, aber verstörend aussehenden Hund gespielt.

Und nicht ein Mal war Conall vorbeigekommen. Das war auch gut so, verdammt. Egal, was Sara und Angelina dachten: Sie würde sich nicht mit Conall Víga-Feilan, dem modernen Wikinger, einlassen. Auf keinen Fall. Nie und nimmer.

Sie hatte auf die harte Tour gelernt, dass Liebe und Sex und der ganze Rest Schwachsinn waren. Eine Ablenkung von der Lebensplanung. Ihre Mutter hatte aufs College gehen und Medizin studieren wollen. Dann hatte sie Mikis Vater kennengelernt. Ein uneheliches Kind später schuftete sie sich zu Tode, um Essen auf den Tisch zu bringen, während ihre eigene Mutter sich um Miki kümmerte. Aber Miki hatte nicht vor, diesen Weg zu gehen. Also plante sie nur für die nächsten drei Tage. Alles andere musste dahinter zurücktreten.

Gerade war die Meute unten dabei, chinesisches Essen zu bestellen, und Miki hatte die Gelegenheit ergriffen, um in ihr Zimmer zu gehen und zu duschen. Sie fühlte sich schmuddelig nach ihrem Tag am Flughafen und im Flugzeug, und sie hatte Pläne für die Nacht. Sie wollten alle in einen der Clubs der Meute gehen und richtig tanzen und Party machen. Sie hatte versucht, sich herauszuwinden, doch Sara hatte darauf bestanden, dass Miki sich entspannen musste.

Aber Miki konnte sich nicht entspannen, bevor sie fertig war. Und da sie wahrscheinlich sowieso nur zwei oder drei Stunden schlafen würde, konnte es nicht schaden, ein bisschen Zeit in einem Club totzuschlagen.

Sie dachte über die Meute nach. Sie waren alle so lieb zu ihr … bis auf Zach. Und sie schienen Sara alle ehrlich zu lieben … vor allem Zach. Sie hatte langsam das Gefühl, dass das Leben mit den alten Alphas Yates und Casey ein bisschen zu erdrückend für die Meute gewesen war. Zach dagegen warf viel mit dem Ausdruck »freie Wahl« um sich, und Sara wurde nicht gern damit behelligt, was jeder Einzelne vorhatte, solange die Meute nicht gefährdet war.

Miki wurde jetzt bewusst, dass sie sich törichterweise all diese Monate von ihrer Freundin ferngehalten hatte. Wieder mit Sara zusammen zu sein, mit ihr zu reden und herumzualbern – mehr brauchte sie nicht, damit es ihr hundert Prozent besser ging. Jetzt fühlte sie sich bereit, ihre Dissertation zu verteidigen und ihr neues Leben zu beginnen.

Das hatte allerdings Zeit. Im Moment war Miki nicht danach, viel zu tun. Also versuchte sie, immer noch bäuchlings auf dem Bett liegend, ihre Schuhe von den Füßen zu streifen. Leider waren es Stiefel, und sie hatte sie ziemlich fest geschnürt. Verärgert brummelte sie vor sich hin und versuchte aus irgendeinem idiotischen Grund trotzdem, den einen mit der Hilfe des anderen abzustreifen, denn sie war viel zu faul, um aufzustehen und die Schuhe auszuziehen wie ein zivilisierter Mensch.

Aber als sie spürte, wie sich starke, feste Hände um ihren Stiefel legten und begannen, ihn aufzuschnüren, zuckte sie überrascht zusammen. Sie stemmte sich hoch, schaute über die Schulter und sah Conall am Fußende ihres Bettes, der – auf den Knien – ihre Schnürsenkel löste. Sie hatte keine Ahnung, wie lange er da gestanden und sie beobachtet hatte, aber ihr ganzer Körper wurde warm beim Gedanken daran.

»Hallo, Miki.« Er schaute nicht auf, sondern entknotete einfach weiter ihre Schnürsenkel. Und auch wenn er die Vorderseiten ihrer Stiefel nicht sehen konnte, brauchte er trotzdem wahrscheinlich viel länger als tatsächlich notwendig.

»Hallo, Conall.«

»Wie geht's? Hattest du eine gute Reise?«

Miki musste schlucken, um sprechen zu können. »Ja.« Okay. Ein Wort. Anscheinend war sie im Moment nicht zu mehr in der Lage. Der Kerl half ihr nur mit ihren Stiefeln. Gut, er tat es auf den Knien. Irgendwie gefiel er ihr so auf den Knien.

Reiß dich zusammen, Kendrick!

Sie musste etwas sagen. Sofort. »Wie geht's dir so?«

Er blickte immer noch nicht auf; stattdessen sah er seine eigenen großen Hände an, die langsam einen Stiefel abstreiften und dann mit dem anderen begannen. Seine Haare, dicht und fast weißblond, fielen ihm ins Gesicht. Wie ihre waren sie länger als damals, als sie ihn zum letzten Mal gesehen hatte, und reichten gerade bis auf die Schultern. Seine Haare sahen aus wie Seide, und sie überlegte, ob sie sich auf ihrer Haut wohl auch so anfühlen mochten.

»Ziemlich gut«, murmelte er leise.

Er streifte den anderen Stiefel ab und stellte ihn beiseite. Dann ging er in die Hocke, strich mit den Händen an ihren Waden entlang und sah sie dabei an. Er hatte die hellsten blauen Augen, die sie je gesehen hatte, und sie hypnotisierten sie.

»Soll ich dir sonst noch etwas ausziehen helfen?«, fragte er schroff.

Miki hätte fast »alles« gesagt, fing sich aber rechtzeitig wieder. Sie zog ihre Füße aus Conalls wundervoller Berührung und kniete sich hin. Grinsend wedelte sie leicht mit der Hand. »Nein. Alles gut. Aber danke.« Er stand langsam auf, ohne den Blick von ihrem Gesicht abzuwenden. Immer noch auf den Knien, wich sie vor ihm zurück, während er sich zu seiner vollen Größe erhob. Sie hatte ganz vergessen, wie groß er war. Und wie stark. In mancher Hinsicht war der Mann wirklich ein Bär.

Sie war so damit beschäftigt, zu starren und sich von ihm fernzuhalten, dass sie einfach vom Bett fiel.

»Miki?« Als sie aufblickte, war er auf dem Bett und beugte sich über sie. »Geht es dir gut?« Er versuchte nicht einmal, sein Lachen zu unterdrücken. Na toll. Jetzt sah er, wie trottelig sie wirklich war. Jenseits von Gut und Böse, das wusste sie. Tja, das würde ihn dann wohl überzeugen, dass sie auf keinen Fall die Richtige für ihn war. Ein Typ wie Conall sollte sich besser ein geistloses Supermodel besorgen, das keinen kompletten Satz bilden konnte.

»Mir geht's gut.« Sie setzte sich auf, aber bevor sie sich ganz aufrappeln konnte, war Conall ums Bett herum und stand hinter ihr. Seine großen Hände griffen ihr unter die Arme und hoben sie hoch, als wöge sie nicht mehr als eine Tüte Chips.

»Äh … danke«, presste sie hervor, als ihre Füße festen Boden berührten. Sie versuchte, sich von ihm zu lösen, aber er ließ sie nicht los. Im Gegenteil – er zog sie rückwärts an seine Brust. Dann legte er die Arme um sie und lehnte sich gegen sie, wobei er sanft ihre Arme an ihre Seiten gepresst hielt. Wäre es irgendein anderer gewesen, wäre sie komplett ausgeflippt. Er hätte Glück gehabt, wenn er seine Augen noch hatte, wenn sie mit ihm fertig war. Aber sie konnte sich nicht einmal konzentrieren, wenn Conalls Hände sie berührten.

Rau flüsterte er dicht an ihrem Ohr: »Ich habe dich vermisst, Mik.«

Der Mann brachte sie noch um. »Conall?«

»Miki?« Er knabberte an ihrem Hals, während eine seiner – *riesigen!* – Hände über ihre Brust strich. Sofort wurden ihre Nippel hart. Sie blinzelte. *Wann zum Henker hat das angefangen?*

»Ich glaube, du solltest dich zurückhalten.« Zumindest war sie sich ziemlich sicher, dass sie das sagte. Es fiel ihr schwer, sich zu konzentrieren. Vor allem, während seine Zunge über ihren Hals zu ihrem Ohr hinglitt.

»Du *glaubst*?« Seine Hand drückte ihre Brust, und sie bäumte sich auf. »Oder *weißt* du es?«

O Mann, er ist gut. Miki hätte gewettet, dass Conall mit nur sehr wenig Mühe sogar eine Nonne in eine Hure verwandelt hätte. Sie war natürlich keine Nonne.

Mit Gewalt riss sie sich von ihm los, und sofort begann ihre Haut, nach seiner Berührung zu schreien.

Miki wich zurück. »Conall. Komm nicht auf falsche Gedanken.«

»Und was wären das für Gedanken?«

»Ich werde nicht mit dir schlafen.«

Er kam einen Schritt auf sie zu. »Ich rede ganz und gar nicht vom Schlafen.«

Sie wich wieder zurück. »Du willst es mir nicht leicht machen, was, Wikinger?«

Er machte noch einen Schritt. »Auf keinen Fall, Kendrick.«

Sie wich abermals zurück und stieß gegen die Kommode. Also hob sie den Arm, wie um ihn abzuwehren. »Bleib stehen!«

Das tat er.

»Hör mal, du bist ein unnatürlich großer, gutaussehender Kerl. Ich bin mir sicher, da draußen gibt es eine Überfülle an Frauen, die perfekt für dich wären.«

»Ich persönlich mag Frauen, die das Wort ›Überfülle‹ in einen Satz einbauen können.«

Verdammt, der Mistkerl brachte sie zum Lächeln. Sie hasste das. Vor allem, als er zurücklächelte. Er war wirklich umwerfend. Und gefährlicher, als die Polizei erlaubte.

Sie rang ihr Lächeln nieder. »Ich gehe jetzt duschen. Also musst du dich verpissen.« Sie ging ins Bad, und als sie den luxuriösen und riesengroßen Raum betreten hatte, merkte sie, dass Conall hinter ihr stand. Okay. Jetzt wurde es langsam unheimlich.

Sie drehte sich um. »Ist noch was?«

»Nein. Überhaupt nicht.«

»Okay. Na, dann werde ich jetzt duschen ... allein.«

»Super.« Sie starrten einander an. Sie verstand nicht, was es hier verdammt noch mal zu grinsen gab.

Dann fragte er schließlich mit einem leisen Kichern: »Du weißt schon, dass das mein Badezimmer ist?«

Miki schloss die Augen. »Was?«

»Ja. Eigentlich ist das *mein* Zimmer.«

Sie knirschte mit den Zähnen. Na super. Dieser wunderbare Duft auf dem ordentlich gemachten Bett war Conall gewesen. Und wer, verdammt noch mal, machte heute überhaupt noch sein Bett? Miki machte ihr Bett nur, wenn sie die Bettwäsche wechselte.

»Sie hat gesagt, es sei die zweite Tür links.«

»Genau genommen ist deine die dritte. Direkt nebenan.«

»Natürlich.« Sie würde Sara *umbringen*.

»Aber bitte, du kannst gerne hierbleiben. So oft duschen, wie du willst. Ich kann dir beim Einseifen helfen.«

Bilder davon tanzten durch ihr berauschtes Hirn, und es fühlte sich an, als quetsche jemand ihre Lungen, denn sie hatte ziemliche Probleme mit dem Atmen.

»Tja, das ist sehr nachbarschaftlich von dir, Wikinger. Aber ich gehe einfach in mein eigenes Zimmer.«

Er versperrte ihr nicht ganz den Weg, aber sie musste an ihm entlangstreifen, um aus dem Bad zu kommen, und sie spürte diese Berührung bis ganz hinunter zu den Zehen. Fast hätte sie gestöhnt.

»Also, wir sehen uns beim Abendessen«, kiekste sie.

Dann rannte sie los.

Conall war egal, was Zach davon hielt; er würde Sara den dicksten Kuss geben, den er konnte. In sein Zimmer zu kommen und dort seine ultimative Sexphantasie bäuchlings auf seinem Bett ausgebreitet vorzufinden – mehr hätte er sich nicht wünschen können. Oder zu hoffen wagen. Und als sie anfing, an seiner Decke zu schnüffeln, wäre er beinahe in seiner Jeans gekommen.

Die Frau tat Dinge mit ihm, ohne es überhaupt darauf abgesehen zu haben. Es war, als hätte er in ihrer Nähe keinerlei Selbstkontrolle. Als er sie sah, hatte er nicht vorgehabt, sie anzufassen. Tatsächlich hatte er sich sogar absichtlich ferngehalten, als sie ankam. Sara hatte ihm gesagt, dass Miki ausflippen würde, wenn er sie vom Flughafen abholte oder an der Tür begrüßte. Also wollte er ihr die Chance geben, sich zu entspannen, bevor er zuschlug. Aber als er sie erst wieder roch, konnte er einfach nicht die Hände von ihr lassen.

Wenn das noch schlimmer wurde, fing er womöglich irgendwann an, ihr Bein zu rammeln!

Er schloss die Schlafzimmertür und holte tief Luft. Allein ihr Geruch machte ihn hart. Und es war auch nicht gerade hilfreich, dass sie so gut aussah. Es war erst ein halbes Jahr her, aber er war sich ziemlich sicher, dass sie sogar noch heißer aussah. Ihre Locken waren ein bisschen länger und reichten ihr jetzt bis über die Schultern, ihre Haut sah genauso weich, wenn nicht gar weicher aus als beim letzten Mal.

Miki war einfach … schön. Und ihr Körper fühlte sich unglaublich an. Als er sie in den Armen gehalten hatte und als sie ihn auf dem Weg zur Tür gestreift hatte – ständig stellte er sich diesen Körper nackt vor, zusammen mit seinem eigenen Körper in allen möglichen Stellungen.

Und dann der Gedanke an sie in seiner Dusche. Während er diese Brüste, diese Beine, diesen Hintern einseifte.

Verdammt! Falscher Gedanke!, knurrte er sich selbst an und machte sich auf den Weg in die Dusche.

Miki hatte gerade eine Jogginghose und ein Sweatshirt angezogen und strich sich die nassen Haare aus dem Gesicht, als Sara an die Tür klopfte und den Kopf hereinstreckte.

»Hey. Abendessen ist da.«

Miki packte Sara am T-Shirt, riss sie ins Zimmer und knallte die Tür zu.

»He, was soll das?«

»Du hast mich in Conalls Zimmer geschickt, du Schlampe!«

»Hab ich das? Oh. Wie konnte mir das passieren?« Sara duckte sich, als eine Flasche Shampoo auf ihren Kopf zuflog. »Du meine Güte, Frau! Beruhige dich!«

»Versuch nicht ständig, mich mit ihm zu verkuppeln!«

»Ich versuche nur, dafür zu sorgen, dass du mal flachgelegt wirst ... Leg das wieder hin!« Miki überlegte, ob sie die Haarbürste in ihrer Hand nach ihrer besten Freundin werfen sollte. Nach einer guten halben Minute senkte sie den Arm, und Sara lächelte. »Du warst also in seinem Zimmer. Was ist schon dabei?«

Miki starrte sie wütend an. »Er hat mich mit dem Gesicht nach unten auf seinem Bett gefunden, während ich an seiner Decke geschnüffelt habe!«

Sara machte ein ersticktes Geräusch, dann explodierte sie förmlich vor Lachen. Miki hob erneut die Bürste. »Okay, okay, tut mir leid. Mann, es tut mir so leid. Ich hätte nicht gedacht, dass du es dir so schnell so ... bequem machen würdest.«

»Lasst mich einfach in Ruhe, du und Angelina!«

Sara holte tief Luft. »Schätzchen, ich verstehe nicht, wo das Problem sein soll. Er ist heiß. Er ist hetero. Er hat keine Krankheiten. Direkt nach meinem Zach ist er die Perfektion auf zwei Beinen. Was ist schon dabei?«

»Dabei ist, dass Typen wie er einen anmachen, in Besitz nehmen und dann verarschen. Das liegt in ihren Genen oder so.«

»Jetzt redest du von deinem Vater.«

»Ich bevorzuge den Begriff Samenspender. Und ich werde nicht enden wie meine Mutter!«

»Natürlich nicht. Vor allem, weil du keine sechzehnjährige Jungfrau bist, die sich von einem reichen Jungen aus der Stadt vögeln lässt, der sie dann schwanger sitzenlässt. Du bist ihr also schon voraus.«

Miki erwiderte ihren Spott mit einem finsteren Blick. »Dasselbe beschissene Gespräch hatte ich schon mit Angelina. Und wenn ihr zwei Huren bedeutungslosen Sex mit irgendeinem Typen haben wollt, den ihr gerade erst kennengelernt habt – euch zum Beispiel bei einem Rave von einem Biker lecken lassen müsst –, dann ist das eure Sache.«

»Hey! Das ist nicht fair! Und bedeutungslos war das wohl kaum! Ich bin praktisch mit dem Kerl verheiratet!«

»Mir egal. Lass mich in Ruhe!«

Sara seufzte. »Also gut. Also gut. Ich lass dich in Ruhe.«

»Danke.«

Und Sara ließ sie volle fünfzehn Sekunden lang in Ruhe. »Allerdings ersetzt ein Vibrator keinen Lebenspartner.«

Miki knurrte. »Warum seid ihr zwei so besessen von Mr. Happy?«

»Vielleicht, weil du ihm einen Namen gegeben hast?«

»Was soll's.« Miki drehte sich wieder zu ihrem Koffer um und erstarrte, als sie etwas entdeckte, von dem sie wusste, dass sie es nicht eingepackt hatte. Sie zog eine braune Papiertüte heraus. »Mann, das hab ich aber nicht eingepackt.« Visionen von internationalen Spionen, die sie als Kurier benutzten, schossen ihr durch den Kopf. Aber der Ausdruck auf Saras narbigem Gesicht erzählte eine andere Geschichte.

»*Du* hast es vielleicht nicht eingepackt …«

Miki runzelte die Stirn und öffnete die Tüte. Darin waren Kondompackungen. Und ein Briefchen lag obenauf. Sofort erkannte sie Angies perfekte Handschrift.

Ganz ehrlich, wird es nicht langsam Zeit, dass du mal flachgelegt wirst? – Angie.

»Ich hasse euch beide!«

»Na, na!« Sara wich rückwärts in Richtung Tür zurück. »Angie und ich wollen nur wissen, dass du geschützt bist. Du verhütest nicht. Manchmal verlieren sich die Leute im Augenblick. Angie hat es mit den besten Absichten gemacht. Du bist uns wichtig, und wir wollen, dass du glücklich bist.«

»Scheiß auf sie. Scheiß auf dich. Und wo wir schon dabei sind: scheiß auf gute Absichten!«

»Siehst du? Das sind die Worte einer Frau, die lange keinen Sex hatte.«

Sara duckte sich gerade rechtzeitig unter der Tüte mit Kondomen weg, riss die Tür auf und rannte los.

Miki setzte sich auf die Bettkante und ließ den Kopf in die Hände sinken. Das würde eine lange, lange Reise werden.

Kapitel 4

»Vergiss es.«

Sara zuckte die Achseln. »Okay. Du kannst mit Zach fahren.«

»Im Leben nicht!«

Sara antwortete nicht auf Zachs Aufschrei. Sie drehte sich nur um und boxte ihm gegen die Brust.

»Ich fahre nicht mit …«, Miki lächelte süß, »… *ihm*.«

»Dann schwingst du besser deinen Hintern hier rüber.«

Miki schaute zu Conall hinüber. Er lehnte an seinem Bike und sah so lässig und unschuldig aus wie immer. Es war auch nicht gerade hilfreich, dass er eine schwarze Jeans, schwarze Stiefel, ein schwarzes Shirt und eine schwarze Lederjacke trug. Er sah verdammt fabelhaft aus, so ganz in Schwarz.

Er schenkte ihr sein unschuldiges Lächeln, und sie konnte das kleine Wimmern nicht unterdrücken, das aus ihr herauswollte. Sie wusste ohne jeden Zweifel, dass Conall es ihr nicht leicht machen würde.

»Würdest du bitte einfach gehen?« Sara drehte Miki um und schob sie auf Conall zu. Sofort sah Miki das raubtierhafte Aufblitzen in seinen Augen, aber sie würde ihm gegenüber keine Schwäche zeigen. Zumindest nicht, wenn sie es vermeiden konnte. Fest entschlossen marschierte sie zu ihm hinüber.

»Also gut, Wikinger, ein paar Grundregeln.«

Er wirkte neugierig. »Und die wären?«

»Keine unangemessenen Berührungen. Kein Reiben an mir. Kein Zurücklehnen. Keine Kunststücke auf deinem Motorrad, damit ich mich fester an dich klammern muss. Haben wir uns verstanden?«

Conall kicherte. »Ich vergesse ständig, dass du unter Bikern aufgewachsen bist.« Er beugte sich zu ihr vor. Sie erkannte seinen Duft von der Bettdecke. Sie mochte den Geruch wirklich. *Verdammter Kerl.* »Pass auf, Süße, schwing einfach deinen Knackarsch auf das Bike.«

Miki sah ihn wütend an. »Vielleicht will ich gar nicht mit.«

Sein Kopf war jetzt so nahe, dass sie ihn beinahe mit der Wange berührte. Beinahe. »Wir können hierbleiben, wenn du willst. Ich bin mir sicher, uns fällt alles Mögliche ein, was wir in diesem großen Haus anstellen können. Ganz allein.« Dann kam er noch näher und schnüffelte an ihr. Sie spürte, wie ein elektrischer Stoß direkt von ihren Eingeweiden die Wirbelsäule hinaufschoss und irgendwo in ihrem Nacken endete. »Gott, Frau«, stöhnte er. »Du riechst gut.«

Sie stolperte rückwärts, aber er hielt sie am Arm fest.

Ohne sie loszulassen, setzte er sich rittlings auf sein Motorrad und zog sie sanft an sich. »Steig auf!«

Sie zwang sich, hinter ihm auf den Sitz zu gleiten, und nahm den Helm, den er ihr reichte.

Mistkerl. Er ging ihr unter die Haut, und das wusste er auch. Sie setzte den Helm auf, schloss den Kinnriemen und zog ihn fest. Er startete sein Bike mit dem Kickstarter und wartete. Sie wusste, dass er auf sie wartete, aber sie wusste nicht, warum.

»Was?«, fragte sie über das Röhren des Choppermotors hinweg.

»Legst du jetzt endlich die Arme um mich oder nicht?«

»Ich dachte eher an ›oder nicht‹.«

Er lehnte sich mit dem Rücken an sie, und sofort wurden ihre Nippel hart. Er brach schon jetzt eine ihrer Regeln. »Entweder du legst die Arme um mich, oder ich fahre auf dem Hinterrad.« Und sie wusste, er meinte es ernst.

Mit einem lautlosen Stöhnen legte sie die Arme um seine Taille. Er zog sie enger an sich, bis ihre Brust an seinem Rücken lag, was kein bisschen gegen die Sache mit den harten Nippeln half.

Er fuhr aus der Einfahrt und folgte dem Rest der Meute, die schon vor einer Minute losgefahren war.

Wer hätte ahnen können, dass das alles so viel schwieriger werden würde, als sie gedacht hatte? Conall war wie ein Hund mit seinem Knochen, obwohl sie die ganze Zeit sagte: »Lass los! Lass ihn sofort los!«

Sie musste nach Seattle. Und sie musste von dem Wikinger weg, bevor sie etwas tat, was sie den Rest ihres Lebens bedauerte.

Er schloss zu Zach auf und fuhr neben ihm her. Miki schaute zu Sara hinüber; ihre Freundin war endlich in ihrem Element. Die Arme um Zach gelegt, schrie sie ihm etwas über das Dröhnen des Motors hinweg zu, das ihn zum Lächeln brachte … Na ja, es war eigentlich eher ein anzügliches Grinsen. Die beiden schienen ihre gegenseitige Gesellschaft wirklich zu genießen.

Miki seufzte, als ihr plötzlich klar wurde, dass sie ihre beste Freundin beneidete.

»Alles klar dahinten?«

Da war wieder dieses Wolfsgehör. Wie konnte irgendeiner von ihnen in ihrem Haus irgendetwas in Ruhe tun, wenn sie einfach alles hörten?

»Mik?«

»Alles gut, alles gut.«

»Lügnerin.« Er hielt den Lenker mit einer Hand fest und strich ihr mit der anderen über den Arm. »Was ist los?«

»Mir geht nur viel durch den Kopf.«

»Du musst lernen, dich zu entspannen. Weißt du, ich bin mir ziemlich sicher, dass ich dir dabei helfen könnte.«

Darauf hätte sie gewettet. »Nein danke.«

»Wirklich nicht? Bist du sicher?«

Miki verdrehte die Augen, konnte aber ein Lächeln nicht unterdrücken. Der Mann war wirklich schamlos. »Du musst wirklich nichts für mich tun. Niemals.«

»Spielverderberin.«

Kapitel 5

Miki hatte nicht gewusst, dass ein Gestaltwandler so langweilig sein konnte. Der Mann faselte und faselte. Über sich selbst. Sogar sein Name langweilte sie. Bob. Im Stillen taufte sie ihn Bob, den König der Langweiler. Sie ließ ihn faseln, während sie sich im Club umsah.

Klar war es nichts Großartiges. Aber Wölfe brauchten auch nicht viel. Einen düsteren, stimmungsvollen Raum mit einer großen Bar, Platz zum Tanzen und ein paar Nischen, wo sie miteinander herummachen konnten. Dies war neutraler Boden. Ein Ort, wo sie sich alle treffen konnten, tanzen und sich amüsieren, ohne sich um Reviergrenzen zu scheren.

Natürlich war das nicht der ganze Club, sondern nur der Teil für Wölfe. Ein Stockwerk tiefer befand sich einer der heißesten Clubs in Nordkalifornien. Ein Ort, wo die Reichen und Berühmten sich mit den Geistlosen und Dürren trafen. Sie hatte in der Buchhandlung in einer Zeitschrift von Saras Club gelesen. Der Laden war nicht nur heiß, hier wurde das Geld mit vollen Händen ausgegeben und neue Trends wurden gesetzt. Der ganze Schwachsinn.

Und Miki war schließlich zu der Erkenntnis gelangt, dass sie immer noch Schwierigkeiten hatte, damit zurechtzukommen.

Sara war scheißreich. Nicht ein bisschen reich. Nicht irgendwie reich. *Scheiß*reich.

Laut Kelly, ihrer neuen kleinen Vertrauten in der Meute, konnte Sara nicht nur auf das Geld der Meute zugreifen – sie hatte auch noch welches von ihren Eltern geerbt. Ihre Großmutter hatte ihr allerdings verboten, es anzurühren, und ihre Enkelin gezwungen, für jede Kleinigkeit zu arbeiten. Darüber war Miki eigentlich ganz froh. Sie konnte sich eine reiche, versnobte Gestaltwandler-Sara ganz gut vorstellen. Mit so einer Sara wäre sie wahrscheinlich nicht befreundet gewesen. Aber die coole Sara, die immer noch ihre Baumwollunterwäsche trug, war auf jeden Fall ihre Freundin. Ihre beste Freundin. Genau wie Angelina.

Anscheinend war diese Sara auch zur Friedensstifterin geworden und brachte Meuten zusammen, die sich einst nicht hatten ausstehen können.

Miki blickte suchend auf der Tanzfläche umher, bis sie sie entdeckte. Sie konnte es immer noch nicht recht glauben, dass dieses Mädchen vor einem halben Jahr noch kaum gehen konnte, permanent Schmerzen hatte und unglaublich einsam war. Sosehr Miki sie jetzt beneidete – sie war auch unheimlich glücklich für sie. Miki sah zu, wie Sara, ihren schwarzen Lieblingscowboyhut auf dem Kopf, ihren Körper an Zachs rieb. Ihre Bewegungen waren anmutig und geübt, und es überraschte nicht, dass Zach die Hände nicht von ihr lassen konnte.

Plötzlich bemerkte Miki, dass Bob immer noch faselte. Tragischerweise konnte ihr Gehirn ihm trotzdem zuhören, auch wenn sie an zwanzig verschiedene andere Dinge dachte. Ihre Grundschullehrer hatten das eine Gabe genannt. Von wegen eine Gabe, wenn sie zuhören musste, wie Bob die ganze Nacht erzählte, wie toll er war. Gott sei Dank gehörte er nicht zu Saras Meute.

Diese Tatsache schien Bob natürlich nicht davon abzuhalten, es bei ihr zu versuchen. Er war näher gerückt, und das gefiel ihr ganz und gar nicht. Nur mit ihren Stahlkappen-Docs fühlte sie sich nackt. Weil sie mit dem Flugzeug nach Nordkalifornien gekommen war, hatte sie ihre ganzen wertvollen Waffen zu Hause lassen müssen. Miki hatte vor langer Zeit gelernt, dass eine Frau von ihrer Größe Hilfsmittel brauchte.

Sie sah sich nach einer Bierflasche um, die sie, wenn nötig, zerbrechen und gegen Bob einsetzen konnte, aber dann kam plötzlich Conall aus der Menge. Er packte Bob im Nacken und knallte seinen Kopf auf die Bar, dann zog er ihn hoch und schleuderte den ganzen Kerl quer über die Tanzfläche an die gegenüberliegende Wand.

Grinsend setzte er sich auf den Hocker neben ihr. Den, auf dem vor seinem erzwungenen Abgang eben noch Bob gesessen hatte. »Na, hast du Spaß?«

Offensichtlich würden sie nicht darüber reden, wie Conall den Mann dazu gebracht hatte zu verschwinden. Sie überlegte kurz, ob er es getan hatte, weil ihr Bobs Nähe unangenehm gewesen war oder weil es ihm selbst unangenehm gewesen war, dass Bob ihr so nahe kam.

Sie hasste sich selbst für die Hoffnung, es möge beides sein.

»Ja. Unten ist es scheiße, aber das hier ist super.«

»Das hier ist nur für die Familie.« Es war klar, dass er alle Wölfe als seine Familie ansah. Aus irgendeinem Grund gefiel ihr das.

»Willst du was trinken?«

»Wasser.« Miki sah zu, wie er sich über den Tresen lehnte und mit dem Barmann sprach. Mann, war sein Körper lang. Lang und muskulös. Er hatte die Jacke ausgezogen und zusammen mit ihrer hinter der Bar verstaut. Er war nicht dunkel wie Zach. Gleichzeitig war er aber auch nicht blass. Er trug ein ärmelloses schwarzes T-Shirt, und sie staunte über den Umfang seiner Schultern und Arme. Sie konzentrierte sich auf das schmale schwarze Armband, das er am Handgelenk trug. Es sah aus, als hätte ein Kind es gemacht. Ein paar geflochtene Wollfäden. Dennoch war das wohl das Sexyeste, was sie in ihrem ganzen Leben je gesehen hatte. Sie konnte es nicht erklären. Es war einfach so.

Okay. Sie musste damit aufhören. *Sofort.*

Miki glitt von ihrem Hocker und dehnte ihren Nacken. Ihr ganzer Körper fühlte sich verspannt an. Verspannt und schlecht gelaunt. Angie hatte recht. Miki war ein verspanntes Chaos. Aber ihr ging so viel im Kopf herum. Es war kein Quatsch gewesen, als sie Conall das gesagt hatte. Ihr ging mehr im Kopf herum, als sich irgendwer vorstellen konnte.

Plötzlich tauchte vor ihrem Gesicht eine Flasche Wasser auf, und sie merkte, dass sie sich zu Conall hinüberbewegt hatte. Bei dem Gedanken, dass er ihr zusah, wie sie den Hals und die Schultern dehnte, wurde ihr heiß. Schon wieder. Das musste ein Ende haben. Sie hatte genug Probleme, auch ohne sich Gedanken wegen unkontrollierbarer Hitzewallungen zu machen.

Miki schnappte sich ihr Wasser und schaute zu Conall auf. »Mann, bist du groß. Sind alle in deiner Familie so verdammt groß?«

»Das haben wir Nordländer so an uns.«

Es war lustig, die Musik war unglaublich laut, aber die Wölfe hatten keine Schwierigkeiten, einander zu verstehen. Sie dagegen hörte bei dem Industrial Techno, der aus den Lautsprechern wummerte, rein gar nichts, es sei denn, man schrie sie an.

Miki trank von dem Wasser und versuchte den hinter ihr stehenden Conall zu ignorieren. Sie spürte die Hitze, die von seinem Körper ausging, und so langsam fühlte sich das wirklich gut an.

Conall starrte in Mikis Nacken. Ihr zuzusehen, wie sie ihre verspannten Muskeln dehnte, trieb ihn fast in den Wahnsinn.

Sie trug ein enges Tanktop, und er konnte leicht erkennen, wie lang und edel ihr Hals war, die Schultern schmal, aber stark, der Rücken gerade und recht muskulös. Man sah, dass Miki auf sich selbst aufpassen konnte. Das gefiel ihm. Und dass sie keine kleine Heulsuse war, die darauf wartete, dass ein Ritter kam und sie rettete. Bis der Ritter es zum Turm ihres Schlosses geschafft hatte, hätte sie sich ein ausgeklügeltes Flaschenzug-Seilsystem ausgedacht, mit dem sie sich selbst abseilen konnte. Er fand ihren Verstand so sexy. Na ja, ihren Verstand und ihren Hintern.

Er konnte nicht widerstehen: Er strich ihr mit dem Daumen über den Nacken. Sie erstarrte, wehrte seine Hand aber nicht ab. Das deutete er als gutes Zeichen, knetete die verspannten Halsmuskeln und beobachtete, wie ihr Körper darauf reagierte. Es dauerte nicht lange, bis sie sich ein wenig entspannte, also legte er den Rest seiner Hand um ihre Kehle. Seine Finger spreizten sich über ihr Schlüsselbein und streichelten sanft die empfindsame Haut.

Sie wandte ihm immer noch den Rücken zu, aber er war sich fast sicher, dass sie die Augen geschlossen hatte, als ihr Kopf nach vorn sank. Er massierte andere Stellen an ihrem Nacken, wo er Verspannungen spürte, und machte weiter, bis er sie stöhnen hörte. Und dieser Laut brachte ihn fast um.

Vorsichtig zog Conall ihren Körper an seinen, ihren Rücken an seine Vorderseite. Mit ihren Doc Martens ohne Absatz reichte ihm ihr Scheitel gerade bis zur Brust. Ja, diese Größe konnte für sie beide von Vorteil sein.

Er beugte sich zu ihrem Ohr hinab. »Willst du tanzen?«

Sie drehte sich um und starrte ihn an. »Soll das ein Witz sein?«

Er überlegte, ob sie sich Sorgen machte, weil sie so eine miserable Tänzerin war. »Was ist das Problem?«

»Ich bin nicht einmal eins fünfundsechzig, und wie groß bist du? Ungefähr zwei Meter siebzig? Wir würden aussehen wie Idioten!«

»Ich bin *nicht* zwei Meter siebzig!« Er stellte sich vor sie und ließ schließlich ihren Nacken los. Den Bruchteil einer Sekunde lang wirkte sie tatsächlich enttäuscht.

»Weißt du, Kendrick, ich bin total unbeeindruckt.«

»Wovon, bitte?«

»Ich dachte, ihr intelligenten Typen wärt viel kreativer.« Sie sah ihn finster an, doch der Ausdruck wandelte sich schnell zu Überraschung, als er sich niederbeugte, die Hände unter ihren Hintern schob und sie vom Boden hochhob. Sie trug einen sexy Ledermini, und er konnte das Höschen darunter spüren. *Satin. Nett!*

»Bist du verrückt? Lass mich runter!« Aber sie lächelte und wirkte überhaupt nicht sauer.

»Auf keinen Fall. Wir gehen tanzen. Leg die Arme um meinen Hals!« Sie gehorchte eilig, denn er tat, als wolle er sie fallen lassen. »Braves Mädchen. Und jetzt leg die Beine um meine Taille.«

Sie hob eine Augenbraue, und er grinste.

»Zügle deine schmutzigen Gedanken, Kendrick!« Sie verdrehte die Augen, legte die Beine aber trotzdem um ihn. Die Knöchel verschränkte sie an seinem unteren Rücken, sodass ihr Becken gegen seine Leistengegend drückte. Und er wünschte sich von ganzem Herzen, sie wären wieder in seinem Zimmer. Nackt.

Miki konnte nicht fassen, dass sie ihn noch nicht geschlagen hatte. Sie hätte es tun sollen. Aber, das musste sie widerstrebend zugeben, er fühlte sich wirklich gut an zwischen ihren Beinen.

Ohne den Blick von ihr abzuwenden, trug er sie mitten auf die Tanzfläche. Miki war verunsichert. Sein erhitzter Blick drang ihr bis ins Mark. Niemand hatte sie je so angesehen. Zumindest nicht so, dass sie es bemerkt hätte. Sie wusste nicht, was sie in so einer Situation sagen oder tun sollte, also schaute sie sich stattdessen im Raum um. Sie spürte, wie er sich bewegte, und verdrehte die Augen. Es gefiel ihr wirklich, wie er sich bewegte. Sie fragte sich kurz, ob er sich so wohl auch im Bett bewegte.

Falscher Gedanke. Falscher Gedanke. Falscher Gedanke.

Dann entdeckte sie Sara, die sie beobachtete. Sie erwartete, dass sie jetzt ganz großspurig wurde und triumphierte, aber stattdessen schenkte sie Miki einen unglaublich liebevollen Blick, und das machte es nur noch schlimmer. Sie wollte Sara nicht grundlos Hoffnungen machen.

Sie wusste, dass Sara sich um sie sorgte. Sie machte sich Sorgen um sie, seit sie Miki vor vielen Jahren vom Schulhofboden aufgelesen hatte, nachdem ein paar böse Jungs sie zusammengeschlagen und einen Freak genannt hatten. Sara hatte ihr aufgeholfen, und Angelina hatte ihnen den Arsch versohlt. Sie lächelte bei der Erinnerung daran, wie diese Jungs um ihr Leben gerannt waren, nachdem die süße, mädchenhafte Angelina mit ihnen fertig war. Von da an hatten sie sich gegenseitig beschützt. Sogar ihr Leben füreinander riskiert. Aber manchmal wurde Saras und Angelinas Sorge um sie ein bisschen erdrückend.

Etwas knabberte an ihrem Hals, und sie drehte den Kopf und sah Conall, dessen himmelblaue Augen sie sofort in den Bann zogen. Er war wirklich eine harte Nuss!

»Wo warst du gerade?«

»Was?«

»Komm schon, Mik. Du warst tausend Meilen weit weg. Wo warst du?«

»Nirgends.« Energisch schüttelte sie den Kopf. »Hab nur nachgedacht.«

»Das tust du oft, was?«

»Ja. Ist wohl so.«

»Über was zum Beispiel? Worüber denkst du nach?«

»Das willst du nicht wissen, Wikinger.«

»Ich mag es, wenn du mich so nennst.«

Tja, das war das Letzte, was sie hören wollte. Sie nannte ihn so, um ihn zu ärgern. *Du Idiotin, welcher Typ ist schon beleidigt, wenn man ihn Wikinger nennt?*

»Du willst wirklich wissen, was ich denke?« Perfekt. Sie wusste genau, wie sie ihn vergraulen konnte. So hatte sie vor ihm schon viele Männer vergrault.

»Ich hab gefragt, oder?«

»Ich habe gedacht, dass Sara aufhören sollte, so glücklich darüber auszusehen, dass wir zusammen tanzen. Und ich habe mich gefragt, ob Zach es ihr hier auf der Tanzfläche besorgt oder ob er wohl darauf wartet, sie in die Toilette zerren zu können. Er hat schon seit zehn Minuten die Hand hinten in ihrer Jeans und sein Becken an ihres gepresst. Außerdem habe ich überlegt, ob ich zur Verteidigung meiner Doktorarbeit mein blaues Kostüm anziehen soll oder mein dunkelgrünes. Oder ob ich überhaupt ein Kostüm tragen soll. Oder einfach ein Kleid. Dann fiel mir ein, dass ich gar kein Kleid habe. Dann habe ich mich gefragt, ob ich Hunger habe oder nicht. Ich habe beschlossen, ich habe keinen.

Dann habe ich überlegt, ob mir ein Weg einfallen würde, das Staatsdefizit aufzuheben, ohne die Leute steuerlich zu belasten.«

Conall starrte sie an – was wenig überraschte. »Wow.«

»Tja, wie du schon sagtest, du hast gefragt, nicht wahr?«

»Das habe ich tatsächlich.« Er musterte sie aufmerksam. »Denkst du manchmal auch *nicht*? Oder denkst zumindest nur über eine Sache auf einmal nach?«

Miki überlegte kurz und schüttelte den Kopf. »Nein.«

»Wirklich?«

»Ich bin nicht leicht abzulenken.«

Der Wikinger grinste sie anzüglich an, und sie hatte wieder dieses Gefühl, als wäre sie ein Stück Land im alten China, das er unbedingt erobern musste. »Ich wette, ich könnte dich sehr wohl ablenken.«

Mit einem Schnauben rutschte ihr heraus: »Immer diese Versprechungen!« Miki erstarrte, genau wie Conall. »Äh …«

»Zu spät. Jetzt kannst du's nicht mehr zurücknehmen!«

»Aber …«

»Nein. Der Fehdehandschuh ist geworfen.« Sie spürte, wie sein Griff an ihrem Hintern fester wurde, und stieß ein kleines Quieken aus. »Und ich bin der Mann, der ihn aufhebt und damit wegläuft.«

Okay. Seit wann wurden ihre Nippel hart, ohne dass es kalt war oder jemand sie streichelte? Und wenn das so weiterging, würde sie vor dem Ende der Nacht die Unterwäsche wechseln müssen. *Wann zum Geier hat das angefangen?* Und was war mit ihrer Entschlossenheit passiert, sich mit niemandem einzulassen, vor allem nicht mit riesenhaften Gestaltwandlern?

Ich hätte ihn auf die Liste setzen sollen!

»Du vibrierst.«

»Tu ich nicht!«

»Dein *Telefon* vibriert. Tsts«, tadelte er sie im Scherz. »Schon wieder diese schmutzigen Gedanken! Was ist bloß los mit dir?«

Plötzlich fühlte sich ihr Gesicht genauso heiß und unangenehm an wie der Rest von ihr.

Sie löste das Telefon von ihrer Hüfte und hielt es hoch. »Da muss ich rangehen.«

Mit offensichtlichem Widerstreben senkte er sie langsam auf den Boden und brachte sie von der Tanzfläche. »Führ dein Telefonat. Ich bin in fünf Minuten wieder da.« Sie sah ihm nach, als er in Richtung Toiletten ging. Sie sah ihm gerne nach.

Was zum Henker tat sie da? Das war lächerlich. Sie war lächerlich. Sie sollte sich um ihre Dissertation Gedanken machen, nicht darüber, wie sein Hintern in dieser Jeans aussah.

Miki klappte das Telefon auf. »Hallo?«

Auf dem Display wurde angezeigt, dass es Craig war. Aber der Empfang im Club war mies. Also klappte sie das Handy wieder zu, ging die Treppe hinunter und verließ das Gebäude.

Kapitel 6

Conall wusch sich die Hände und stellte sich Miki nackt vor. Das war mehr oder weniger alles, was er in letzter Zeit tat: sich die kleine Frau nackt vorzustellen. Vor Miki hatte es keine Frau gegeben, die ihn so aus dem Konzept brachte. Er und Zach hatten sich durch eine ganze Reihe von Stripperinnen, Kellnerinnen und Barschlampen gearbeitet. Mädchen, die wussten, wie man Typen anmacht, und ihnen auf der Stelle einen bliesen. Mädchen, die nicht ernsthaft erwarteten, dass man sie am nächsten Morgen anrief.

Miki war ganz und gar nicht wie diese Mädchen. Sie war heiß und sexy, ohne sich große Mühe zu geben. Soweit er es beurteilen konnte, trug sie nie Make-up, und sie brauchte es auch nicht. Jedes Mal, wenn er sie sah, hatte sie dieselben Doc Martens an, und er war sich nicht so sicher, ob sie überhaupt andere Schuhe besaß. Aber irgendwie kombinierte sie sie immer mit den heißesten kleinen Miniröcken oder Shorts. Heute Abend trug sie Leder. Die Frau sah wirklich gut aus in Leder.

Sie war ein wandelnder Widerspruch, und er machte sich langsam Sorgen, dass er sich womöglich in sie verliebte. Er kannte keine unberechenbarere Frau. Sie würde auf keinen Fall mit ihm klarkommen. Nicht richtig.

Conall trocknete sich die Hände ab und wollte gehen. Bevor er die Klinke berühren konnte, ging die Tür auf, und sein beinahe exakter Doppelgänger trat ein. Sein Cousin Einarr hatte allerdings braune Augen und sah immer stinksauer aus. Er war kein netter Kerl, und auch nach all den Jahren hasste Conall ihn immer noch bis aufs Blut.

»Hallo, Cousin.«

Miki musste vom Club weg und einen halben Block weit zur Straßenecke gehen, bis sie vernünftigen Empfang hatte. Dann drückte sie die Kurzwahl und rief Craig zurück.

»Was willst du?«, bellte sie ins Telefon und behielt dabei die Straße in beiden Richtungen im Auge.

»Das klingt aber nicht freundlich.«

Craig konnte so ein Holzkopf sein. »Craig!«

»Okay, okay. War nur Spaß. Ich wollte nur sichergehen, dass du wie geplant morgen Abend hier bist.«

»Ja. Warum?«

»Alle freuen sich total darauf, dich zu sehen. Stimmt's, Leute?«

Miki lachte, als sie den Sprechchor am anderen Ende hörte: »Mi-ki! Mi-ki! Mi-ki!«

»Okay, okay. Ich werde da sein. Und ihr seid alle Idioten.«

»Wir treffen uns in Pattys Pub.«

»Wann?«

»Ab zehn. Wir sind bis Ladenschluss dort.« Natürlich waren sie das. Ihre Freunde in Seattle waren die größten Säufer, die sie kannte. »Lass uns nicht hängen, Königin der Verzweiflung und Schmerzen, Herrscherin der dunklen Unterwelt, auch bekannt als Texas.« Miki schloss die Augen. Ihre Freunde waren solche Geeks. Was bedeutete, dass sie selbst einer war, schließlich nannten sie sie oft ihre Königin.

»Ich sagte doch, ich komme. Stress mich nicht!«

»Alles klar, mein Schatz. Wir sehen uns dann.«

Sie legte auf und steckte das Handy wieder in das Etui an ihrem Gürtel. Dann schlang sie die Arme um den Körper. Sie erfror fast. Es wurde kalt, nachts in Nordkalifornien. Warum konnte Saras Meute nicht in Südkalifornien leben? Sie hatte gehört, dort sei es immer warm.

Miki machte sich wieder auf den Rückweg zum Club. Als sie an einer Seitengasse vorbeikam, blieb sie stehen. Sie musste. Jemand hatte ihren Namen gerufen.

Sie spähte in die dunklen Ecken der Gasse, und da hörte sie es wieder. Eine weibliche Stimme. Ein Paar, das ihren Namen rief. Sie sah in die Gasse, ging aber nicht hinein. Das hatte sie auch gar nicht vor, schließlich war sie nicht dumm. Stattdessen würde sie in den Club zurückgehen und Sara und Zach holen.

Doch da ergriff plötzlich eine Hand ihren Arm. »Geh nicht!«

Sie blickte in das Gesicht einer Frau ... oder eines Mannes ... oder einer Transsexuellen. Um ehrlich zu sein, wusste sie es nicht so recht. Hübsch, aber androgyn. Auf jeden Fall mit einem Griff, der Miki ernsthaft unangenehm war.

»Lass mich los!«

»Geh nicht, Süße! Wir sind gerade so weit, die Party zu starten, jetzt, wo du hier bist.«

Dann versuchte sie, Miki in die Gasse zu zerren. Miki erinnerte sich an den Selbstverteidigungskurs, den sie einmal gemacht hatte, und die Worte des Ausbilders hatte sie nie vergessen: »Geht nie an einen anderen Ort mit. *Nie!*«

Für Miki *war* diese Gasse so ein Ort, wohin sie auf gar keinen Fall mitgehen würde. Sie schnappte nach den Haaren der Frau – *es war doch eine Frau, oder?* – und riss so fest daran, dass sie beide gemeinsam rückwärts gegen ein parkendes Auto fielen. Die Alarmanlage des Wagens ging los, und Miki zog die Frau noch einmal an den Haaren. Und noch einmal, bis sie der Kuh eine Strähne ausgerissen hatte. Die Frau stieß ein Kreischen aus, das Miki zu Tode erschreckt hätte, wäre sie nicht damit beschäftigt gewesen, nicht an einen anderen Ort geschleppt zu werden. Das Aufjaulen, das als Antwort aus der Gasse kam, spornte sie nur noch mehr an.

Die Haare immer noch fest in der Faust, boxte sie die Frau ins Gesicht. Dann trat sie ihr mit ihren Stahlkappen-Docs in den Unterleib. Ob Mann oder Frau – sie wusste, das würde wehtun. Als die Frau zu Boden sank, riss Miki ihren Arm los und rannte davon.

»Was willst du, Einarr?«

»Kann ich nicht einfach meinen Cousin besuchen?«

»Nein. Und du weißt, dass Zach dich hier nicht haben will.« Vor allem nach dem, was letztes Mal passiert war. Von diesem kleinen Zusammentreffen sprenkelte immer noch Wolfsblut die Wände.

»Der Lakai dieses Irischen Wolfshundes. Wie kannst du eigentlich dein Spiegelbild ertragen?«

Conall verdrehte die Augen. Diese Diskussion führten sie schon seit über zehn Jahren. Das Thema war so langweilig wie Einarr selbst. In der Tat war das Einzige, was sein Cousin von ihren Wikinger-Vorfahren geerbt hatte, sein Name und seine Boshaftigkeit. Abgesehen davon war er kein großer Wikinger oder Wolf. Nur ein engstirniges kleines Arschloch.

»Geh mir aus dem Weg, Einarr!«

Und zu seiner Überraschung tat Einarr das. Doch Conall ließ ihn nicht aus den Augen, als er die Toilette verließ.

Zurück im Hauptraum der Bar, merkte er, dass sie überall waren. Víga-Feilan-Wölfe. Nicht gut.

Conall ging zu Kelly hinüber. »Wo ist Zach?«

»Vielleicht im Büro. Ich weiß es nicht.«

Conall machte sich auf den Weg zum Büro, bevor das Ganze außer Kontrolle geriet. Für solche Fälle war Zach der Alpha. Wäre es nach Conall gegangen, hätte er seinem Cousin in Menschengestalt das Genick gebrochen und einen Meutenkrieg ausgelöst, um gleich darauf im Gefängnis zu landen. Was wahrscheinlich keine gute Idee gewesen wäre. Zumindest nicht im Augenblick.

Miki drängte sich zurück in den Club, zur Hintertreppe und direkt einem der Wölfe in die Arme, die an der Tür standen.

»Hey! Hey! Alles in Ordnung?«

Miki sah sich um. Anscheinend folgte ihr niemand. Sie holte mehrmals tief Luft und versuchte, sich zu beruhigen.

»Ich hole besser Sara.«

Miki packte ihn am Arm. »Wage es ja nicht!«

Sie hatte genug Probleme. Wenn sie jetzt Sara mit hineinzog, war die Hölle los. »Mir geht's gut. Ehrlich.«

»Du blutest, Schätzchen.«

Miki warf einen Blick auf ihren Unterarm. Vier tiefe Kratzer zogen sich quer darüber. *Na super. Krallenspuren.*

»Ich kümmere mich darum. Ich packe das schon.« Sie ging die Treppe hinauf und machte einen Zwischenstopp an der Bar, um sich ihre Lederjacke zu holen. Sie zog sie an und ging zur Toilette. Zum Glück traf sie weder Conall noch Sara. Sie konnte sich nur zu gut vorstellen, wie die beiden die Geschichte aufbauschen würden.

Sie machte sich auf die Suche nach der Damentoilette und fand sie recht schnell. Wie konnte man sie auch verfehlen? Sie trug doch tatsächlich das Schild »Hündinnen«. Sie ging hinein, als gerade ein paar Frauen herauskamen. Am Waschbecken stehend, sah sie ihr Spiegelbild. Abgesehen davon, dass sie ein bisschen verschwitzt war, sah sie immer noch aus, als sei alles in Ordnung. Gut. Sie schlüpfte mit dem Arm aus der Jacke, hielt ihn unters kalte Wasser und verzog vor Schmerz das Gesicht, aber zum Glück waren die Schnitte nicht allzu tief.

Mit Papierhandtüchern säuberte sie die verletzte Stelle vorsichtig. Sie war so damit beschäftigt, dass sie erst nach mehreren Minuten bemerkte, dass eine Frau hinter ihr stand – und sie anstarrte.

Miki sah sie im Spiegel und staunte, wie sehr die Frau Conall ähnelte. Komisch, er hatte nie eine Schwester erwähnt. Aber sie starrte nur und grinste, ohne etwas zu sagen. Und Miki hatte ganz schön schlechte Laune.

»Was ist?«, blaffte sie.

»Ich versuche nur herauszufinden, was mein Cousin mit einem kleinen Zwerg wie dir will.«

»Vielleicht solltest du ihn das fragen. Und jemanden einen ›kleinen Zwerg‹ zu nennen ist redundant. Zwerg impliziert schon klein.« Die Frau starrte sie an, und Miki konnte nicht widerstehen: »Tut mir leid, soll ich langsamer sprechen? Deutlicher vielleicht?«

Die Frau knurrte, während Miki ihre Jacke wieder überstreifte. Und da sie Miki war, konnte sie es einfach nicht dabei belassen. »Weißt du, es ist keine Schande, ein bisschen langsamer zu sein.« Sie beugte sich vor und flüsterte verschwörerisch: »Es kann echt spaßig sein, wenn man geistig zurückgeblieben ist.«

Mit dieser letzten Spitze ging sie zur Tür hinaus, aber die Frau packte ihren verletzten Arm und drückte zu. Miki schrie auf, aber es dauerte nur eine Sekunde. Denn plötzlich war Conall da, hob die Frau hoch und knallte sie gegen die Wand.

»Ich sollte dir die Kehle zerfetzen.«

»Dafür hast du nicht die Eier, Cousin.«

Conall knurrte, seine Reißzähne verlängerten sich zu tödlichen Spitzen.

Dann hörte er ein Knurren und spürte, wie sich Hände unter seinen Achseln hindurch um seinen Nacken legten. »Lass sie los, oder ich breche dir das Genick.«

Einarr. Aber Conall war zu sauer, um seine Cousine loszulassen. Sie hatte Miki wehgetan. Das war alles, was den Wolf in ihm interessierte. Mehr musste er nicht wissen.

»Leck mich!«

Einarrs Griff wurde fester, als Conall das Splittern von Glas hörte. Dann spürte er, wie Einarr sich versteifte.

»Lass ihn los, oder ich schneide sie dir ab!«

Die drei Víga-Feilans senkten den Blick. Miki kauerte hinter Einarr, hatte eine zerbrochene Flasche zwischen seine Beine geschoben und drückte sie ihm gegen den Schritt.

»Was ist das denn?« Einarr war es nicht gewohnt, dass Frauen sich gegen ihn stellten. Er war groß und imposant und nutzte das zu seinem Vorteil. Davon ließ sich Miki allerdings eindeutig nicht beeindrucken.

»Lass ihn los!«

»Hau ab, verdammt … hey! Hör auf mit dem Scheiß!« Conall hätte seinen Cousin ausgelacht, hätte dieser nicht den Griff um seine Kehle verstärkt.

»Miki. Geh!«, befahl er.

»Auf keinen Fall.« Sie sah ihn um Einarrs Beine herum an. »Das hier macht mir viel zu viel Spaß.« Sie warf einen Blick zu Einarr hinauf. »Hast du mal gesehen, wie ein Pferd kastriert wird? Ich schon.«

Er konnte Einarrs Angst und Panik riechen. Und er liebte es. Aber er wollte Miki außer Gefahr wissen.

»Hey, Conall. Was ist hier los?« Seine Alphas. Er fand es großartig, dass Sara immer so ruhig wirkte. So kontrolliert. Ganz kurz bevor sie jemandem ernsthaft wehtat.

»Nur eine kleine Meinungsverschiedenheit.«

»Wirklich?« Sara kauerte sich neben Miki. »Was machst du da?«

»Ich spiele ›Verwandeln wir den Hengst in einen Wallach‹.« Conall hörte Einarr grunzen und wusste, dass Miki sich mit ihrer zerbrochenen Flasche königlich amüsierte.

»Weißt du was, Mik? Jetzt können wir übernehmen.«

»Er gehört nicht zu deiner Meute, oder?«

»Nö.«

»Dann habe ich als Texanerin keine andere Wahl, als mich zum Dank für eure freundliche Gastfreundschaft nützlich zu machen. Solange er also Conall nicht loslässt … gehören seine Eier mir.«

Sara stand auf. »Du hast gehört, was sie gesagt hat.« Sie beugte sich zu Einarr vor. »Und wenn ich du wäre, würde ich gehorchen. Sie hat zwei Jahre auf einer Ranch ausgeholfen, als sie zwölf war. Das Mädchen hat keine Angst vor Blut.«

Einarrs Hände lösten sich von Conalls Hals.

»Braver Junge.« Sie hörte die Herablassung in Mikis Stimme. »Und jetzt mach Sitz!«

Sara hielt ihr die Hand vor den Mund und schob sie rückwärts zum Rest der Meute. Es erstaunte Conall, wie Miki so lange überlebt hatte.

Saras Hand lag auf seiner Schulter. Er hörte ihre kühle, ruhige Stimme im Ohr. »Wer ist das?«

Er versuchte, die Bestie zu zügeln. Wenn er sie jetzt losließ, würde er die Schlampe töten, die er vor sich hatte. Sara roch das wahrscheinlich. Sie kannte ihre Meute gut.

»Das ist meine Cousine.« Er ließ sie los. »Gudrun Víga-Feilan.« Mehr brachte er im Augenblick nicht heraus. Das war aber kein Problem. Sara drängte ihn zurück, und die beiden Frauen gingen in Angriffsstellung, während er und Einarr einander böse anstarrten.

Sara stellte sich schützend vor Conall. Irgendwie lustig, war er doch viel größer als sie. Aber er hatte diese Frau in Aktion gesehen. Gudrun dagegen nicht.

»Hübsche Narbe«, höhnte seine Cousine.

Er hätte sich selbst wieder auf sie gestürzt, aber Zach packte ihn am Arm und hielt ihn zurück. Ihm wurde klar, dass Zach nicht wollte, dass er sich einmischte. Nicht weil hier zwei Frauen kämpften, sondern weil der Mann Sara nur zu gern dabei zusah, wie sie echten Schaden anrichtete. Er fand es sexy.

»Wow. Das war geistreich. Den hab ich vorher noch nie gehört.«

Gudruns Augen wurden schmal. Conall konnte den Ärger seiner Cousine darüber riechen, dass ihre Beleidigungen Sara nicht störten. Das taten sie wirklich nicht. Das Mädchen hatte jahrelang Schlimmeres ausgehalten. Zum Henker, sie hatte jahrelang bei ihrer Großmutter gelebt. Das allein machte sie hart im Nehmen.

Als Gudrun sah, dass Sara kein leichtes Ziel war, schaute sie wieder ihn an. »Dieser kleine Zwerg.« Sie warf einen Blick in Mikis Richtung. »So schwach. So verletzlich.«

Sara schnaubte. »Sie hat deinem Bruder fast die Eier abgeschnitten, um sich Ohrenschützer daraus zu machen. Und ›kleiner Zwerg‹ ist redundant. Zwerg impliziert klein, Dumpfbacke.«

»Das habe ich ihr auch gesagt«, vermeldete Miki hinter Jake hervor.

Gudrun konnte es nicht leiden, wenn man sich über sie lustig machte, und diese Schwäche ließ sie anscheinend irrational oder einfach nur dumm werden. Sie boxte Sara ins Gesicht.

Ein langes Schweigen schloss sich an, während Sara Gudrun ansah und sich mit der Hand den Kiefer rieb. Nur Miki fand auch in diesem Moment die passenden Worte: »Sie wird dir in deinen fetten Arsch treten!«

Da griff Sara an. Sie schnappte sich Gudrun und knallte sie mit dem Kopf gegen die Wand. Zog sie zurück, drückte sie nieder und zog gleichzeitig das Knie hoch. Er hörte die Nase seiner Cousine brechen. Roch Gudruns Blut. Dann packte Sara die Frau an den kurzen blonden Haaren und zerrte sie an ihnen allen vorbei.

»Zeit zu gehen, Sonnenschein. Du und deine Meute seid hier nicht mehr willkommen.« Gudruns Meute folgte ihr dicht auf den Fersen, und die Magnus-Meute folgte den Víga-Feilans. Miki war direkt neben ihm, als Sara seine Cousine die Treppe hinunterzerrte und darauf achtete, dass sie unterwegs mit dem Kopf der Frau ein paar Wände und das Treppengeländer traf. Sie verließen das Gebäude durch den Seitenausgang und verteilten sich in der Gasse neben dem Club. Sara hob die Frau hoch und warf sie aus der Gasse hinaus auf den Gehweg der Hauptstraße.

Sie sah Einarr an. »Schaff diese Schlampe aus meinem Revier! Wenn ich noch mal einen von euch hier sehe, bringe ich dich um. Nicht sie.« Sie deutete auf den Rest der Víga-Feilans. »Dich. Und jetzt geh mir verdammt noch mal aus den Augen.« Einarr starrte sie an. Er versuchte, sie niederzustarren, aber Sara zuckte nicht mit der Wimper. Sie wandte den Blick nicht ab. Conall war sich sogar ziemlich sicher, dass sie nicht einmal blinzelte. Sie konnten es alle fühlen. Diesen Augenblick, in dem Sara die Beherrschung verlieren und dem Mann die Kehle zerfetzen würde. Genau aus diesem Grund sah keiner Sara zu lange an. Na ja, keiner außer Zach.

Einarr wich zurück, ohne Sara aus den Augen zu lassen. Das war der einzige Weg, vor seiner Meute nicht das Gesicht zu verlieren.

Die Meute trug Gudrun zu ihren Autos, die sie auf der anderen Straßenseite geparkt hatten, und verschwand.

Conall schloss die Augen. Er konnte weder Sara noch Miki ansehen. Seine Familie blamierte ihn einfach jedes Mal.

Er spürte Saras kühle Hand an seiner Wange. »Hey, Großer. Ist schon okay.«

»Tut mir leid, Sara.«

»Ich bin ganz bestimmt die Letzte, bei der du dich für deine Familie entschuldigen musst. Denk dran.«

Er lächelte sie an. Wie hätte Zach sich nicht in sie verlieben können? Zach fühlte anscheinend dasselbe. Er legte seiner Gefährtin die Arme um die Taille und rieb die Nase an ihrem Hals. Dann packte er ihren linken Schenkel, und plötzlich flippte die harte, furchtlose Sara aus.

Erst kreischte sie. Ein echtes Mädchen-Kreischen. Dann wich sie vor ihrem Gefährten zurück. »Wage es ja nicht, Zacharias Sheridan!«

»Komm her, Baby!«

Sie lachte los und rannte zum Club zurück, Zach direkt auf ihren Fersen. Er musste nicht rennen. Er wusste, dass er sie erwischen würde, und dann würde er sie nach hinten in ihr Büro schleppen. Wahrscheinlich, um ihr das Hirn herauszuvögeln.

Die Meute tauschte Blicke und machte sich dann auf den Rückweg zum Club. Sie würden ihre Alphas nie verstehen, aber schließlich mussten sie das ja auch gar nicht.

Miki schaute zu ihm auf. »Was war das denn jetzt?«

»Willst du es wirklich wissen?«

Miki schwieg eine Sekunde, dann schüttelte sie den Kopf. »Wahrscheinlich nicht.«

»Hör mal, Mik. Tut mir leid wegen meiner Familie. Und danke, dass du Einarrs Eier für mich als Geiseln genommen hast.«

Miki zuckte die Achseln, als hätte sie nicht einen Mann herausgefordert, der sie buchstäblich in der Luft hätte zerreißen können. »Kein Problem.«

»Du weißt, dass du mich gerettet hast.«

»Siehst du. Da ist wieder dieses Wikingergrinsen. Und das bringt mich wirklich aus dem Konzept.«

»Ich weiß nicht, was du meinst.«

»Doch, das weißt du. Und was ich in dem Club gemacht habe, bedeutet gar nichts.« Er kam auf sie zu, und sie wich zurück. Langsam genoss er ihren kleinen Tanz wirklich.

»Mir bedeutet es alles.«

Sie machte noch einen Schritt rückwärts, stolperte über ihre eigenen Füße und fiel hin. Conall fing sie auf, bevor sie auf dem Boden aufschlug. Beide Arme um sie gelegt, hielt er sie fest. Und da roch er es.

Er beugte sich vor und schnüffelte noch einmal an ihr. »Wo zum Henker warst du?«

»Nirgends.« Sie versuchte, sich zu befreien, aber er packte sie fester. »Ich rieche etwas … und Blut. Blutest du?«

»Hab meine Tage, das ist alles.«

Er schaute auf sie herab. »Miki. Wir erkennen den Unterschied zwischen offenen Wunden und Menstruationsblut. Verarsch mich nicht!«

»Kümmere dich um deinen eigenen Kram, Wikinger! Und jetzt lass mich los!«

Sie befreite sich aus seinen Armen und wollte gehen. Mit einem Knurren packte er sie an der Jacke und riss sie ihr vom Rücken. Als sie herumwirbelte, um ihn anzuschreien, sah er die blutenden Wunden an ihrem Unterarm. Etwas hatte sie gekratzt. Was es auch war, dem dieser Geruch gehörte – es hatte sie angefasst. Ihr wehgetan. Und dieses Etwas war nicht seine Cousine.

Er packte Miki um die Taille, ignorierte ihr »Du Arschloch! Nimm die Pfoten von mir!« und trug sie zurück in den Club.

Kapitel 7

Conall hielt sie fest an sich gedrückt. Er roch ihr Blut. Er roch die *anderen*. Sie hatten sie angefasst. Sie hatten etwas angefasst, das er als sein Eigentum betrachtete.

Er brachte sie zurück in den Bereich des Clubs, der für die Meuten reserviert war. Sobald sie eintraten, unterbrachen alle Wölfe das, was sie gerade taten, und sahen ihn und Miki an. Doch er blieb nicht stehen. Er trug sie quer durch den Club nach hinten zu Saras und Zachs Büro und hämmerte an die Tür.

»Was?« Das kam von Zach. Im Augenblick hatte er wahrscheinlich seinen Schwanz so tief in Sara, dass sie ihn im Hals schmecken konnte. Aber das war Conall egal.

»Hier ist Conall.«

»Warte kurz.«

Normalerweise unterbrach er die beiden nie, hauptsächlich, weil er keine Lust hatte, sich die Kehle zerfetzen zu lassen. Aber diesmal war es etwas anderes. Nach drei Minuten ging die Tür auf. Ein verschwitzter Zach starrte sie finster an. Conall konnte Sara überall an ihm riechen.

Aber dann warf Zach einen Blick in Conalls Gesicht und auf Mikis Arm und trat zurück, um sie einzulassen.

Sara zog gerade den Reißverschluss ihrer Jeans hoch, als sie Miki sah. »Was ist los, Mik?«

»Dieses Arschloch lässt die Finger nicht von mir!«

Er ließ sie los, und sie fiel. Sie musste sich an seinem Arm festhalten, um nicht auf den Hintern zu knallen. »Jemand hat sie angegriffen.«

Sara ging zu Miki hinüber und besah sich ihren Arm. »Gudrun?«

»Nein«, antwortete Conall, bevor Miki die Gelegenheit dazu hatte. Das brachte ihm einen wütenden Blick ein.

Sara zog Miki zur Couch. »Setz dich. Zach, in der Schublade.«

»Ja. Hab's.«

Sara schaute ihre Freundin an. »Okay, Mädel. Was ist passiert?«

»Sie wurde angetatscht«, antwortete Conall an ihrer Stelle.

Miki warf ihm einen finsteren Blick zu. »Ich kann selbst sprechen. Sie haben mir nicht die Zunge herausgerissen.«

»Leider«, brummelte Zach, der mit einem Verbandskasten neben ihr stand. Eigentlich hätte sie wütend werden müssen, aber ihr wurde klar, dass Zach sie auf seine Art nur neckte. Widerwillig akzeptierte sie diesen Versuch, sie aufzumuntern und die wohl allzu offensichtliche Spannung zwischen ihr und Conall zu zerstreuen.

»Ich musste telefonieren, und der Empfang ist in

dieser Gegend beschissen. Also bin ich ein Stück die Straße runtergegangen. Auf dem Rückweg habe ich gehört, wie sie aus der Seitengasse nach mir gerufen haben.«

Zach runzelte die Stirn. »Sie haben dich gerufen? Sie kannten deinen Namen?«

Sie nickte.

»Du bist in die Gasse gegangen?«, blaffte Conall sie an.

Miki blaffte zurück: »Ja! Ich habe mir gesagt: Schauen wir doch mal ganz allein nach, was in dieser dunklen, grusligen Gasse ist! Weil ich genau so dumm bin!«

Conall knurrte und wandte sich von ihr ab.

»Also, was ist passiert?« Langsam machte es Miki Sorgen, dass Zach der Vernünftige in diesem Gespräch zu sein schien.

»Diese Person hat meinen Arm gepackt. Also habe ich mich darum gekümmert.«

Zach und Conall schauten sie stirnrunzelnd an, aber Sara lächelte.

»Ist das Blut auf deinen Docs?«

»Nö. Aber ich habe mir alle Mühe gegeben, dem Typen die Eier bis zum Gaumen rauf zu treten.« *Falls die Transsexuelle überhaupt Eier gehabt hatte.*

Sara hob den Daumen, dann säuberte sie weiter Mikis Wunde.

»War es nur einer?«

»Ich glaube nicht. Da waren noch andere in der Gasse.«

Conall knurrte wieder, aber sie hatte keine Zeit zu reagieren, weil ihre beste Freundin an ihr schnüffelte.

»Was ist das für ein Geruch?«, fragte Sara und schnupperte noch einmal. »Abgesehen von Blut.«

Miki rückte von ihr ab. »Mann, ihr macht mich wahnsinnig! Könnt ihr bitte alle aufhören, ständig an mir zu schnüffeln?«

»Keine Ahnung, was es ist. Aber das war dasselbe wie in unserem Revier«, ergänzte Conall.

Sara hielt vorsichtig Mikis verwundeten Arm. »Waren sie vom Rudel, Mik?«

»Ich weiß nicht.«

»Sie waren nicht vom Rudel.« Zach lehnte am Schreibtisch, auf dem er – da war sich Miki ziemlich sicher – eben noch Sara gevögelt hatte. *Notgeile Hunde.* »Dieser Geruch gehört definitiv nicht zum Rudel.«

»Also ist da noch ein anderer Spieler auf dem Feld. Na großartig.«

Miki runzelte die Stirn, als Conall plötzlich anfing, auf und ab zu gehen. Er sah aus wie ein Hund in einem dieser Zwinger. Sie erwartete beinahe, dass er anfing zu bellen, im Kreis zu rennen oder an seinem Bein zu kauen.

»Tja, zum Glück ist das hier nicht so schlimm und auch nicht so tief.« Sara lächelte. »Es hätte viel schlimmer sein können.«

»Ich weiß.«

»Habe ich eine Chance, dich zu überreden, deine Reise nach Seattle zu verschieben?«

Miki hatte gewusst, dass das kommen würde und warum sie ursprünglich nicht vorgehabt hatte, Sara irgendetwas zu erzählen. »Nein. Hast du nicht.«

Sara gab antibakterielle Salbe auf die Wunde und legte einen Verband an. »Dann kann ich nur raten …«

»Ich komme mit.«

Miki und Sara blickten verblüfft auf. Selbst Zach richtete sich ein bisschen auf und starrte Conall an.

Miki schüttelte den Kopf. »Ich weiß das Angebot zu schätzen, Conall. Aber es ist schon in Ordnung. Trotzdem danke.«

Conall sah sie an, als sei sie verrückt geworden. »Das war keine Frage.«

Sie hörte Sara seufzen, während ihr das Blut in den Kopf schoss. Sie versuchte, ruhig zu bleiben. »Mir ist egal, ob du mich fragst oder nicht. Ich lehne höflich ab.«

»Ich komme mit. Keine Diskussion.«

Sie sah Conall wütend an, während Sara den Verband an ihrem Arm fertigmachte. »Vielleicht hast du mich nicht richtig verstanden.«

»Doch. Ich habe dich verstanden. Und ich ignoriere dich. Also stell dich nicht so an, verdammt!«

Sara räusperte sich. »Beweg mal deine Finger.«

»Was? Warum?«

»Ich will sichergehen, dass der Verband nicht zu fest sitzt.«

Miki hob die Hand und zeigte Conall den Mittelfinger.

»Alles klar, das funktioniert.« Sara lehnte sich auf der Couch zurück.

»Ich brauche keinen Babysitter, Conall. Und dich brauche ich schon gar nicht.«

»Du gehst ohne mich nirgendwohin. Nicht, bis wir wissen, was los ist.«

»Lass mich in Ruhe!«

»Nein!«

Miki stand auf und ging zu Conall hinüber. Sie starrte zu ihm auf. »Dieses Spiel willst du ganz bestimmt nicht mit mir spielen, Wikinger. Dafür fehlt dir der Verstand.«

Also, das tat weh. Natürlich war er nicht rational. Er stachelte sie an. Aber verdammt noch mal! Zu sehen, dass sie Schmerzen hatte. Zu wissen, dass sie sie angefasst hatten. Dass sie sie hätten umbringen können. Angesichts dessen konnte er den Wolf kaum im Zaum halten. Den Wolf, der anfangen wollte, durch die Straßen zu streifen und nach den Arschlöchern zu suchen, die ihr das angetan hatten. Der Wolf, der sie am liebsten in seine Höhle geschleppt und für immer dort in Sicherheit gewusst hätte.

Aber nichts dergleichen würde er tun. Was auch immer sie angegriffen hatte – es war schon lange weg, und Miki würde sich jetzt nirgendwo von ihm hinschleppen lassen. Er konnte es immer noch nicht fassen, dass sie ihm das so lange durchgehen ließ.

Conall beugte sich nieder, bis sein Gesicht nur noch Zentimeter von Mikis entfernt war. »Versuch's doch, Süße. Ich bin mehr als bereit für dich.«

Sie starrten einander mindestens eine ganze Minute an. Dann stolzierte Miki mit einem Knurren davon. Sie machte die Tür auf, doch Conalls Stimme hielt sie auf.

»Vielleicht habe ich mich nicht klar ausgedrückt. Du gehst ohne mich nirgendwohin. Und zwar ab jetzt.«

Miki warf ihm einen zornigen Blick zu. Dann schlug sie sich gegen das Bein. »Na, dann komm, Junge! Komm her! Wir gehen Gassi!« Sie stürmte zur Tür hinaus. »Und vergiss deine Leine nicht!«

Aus dem Augenwinkel sah er, wie Zach das Gesicht verzog. Aber Conall zuckte nicht mit der Wimper.

Sara starrte ihn von der Couch aus an. »Weißt du, du hättest sie auch einfach *fragen* können, ob du mitkommen kannst.«

Natürlich hatte er daran nicht einmal gedacht.

Sara schüttelte den Kopf. »Arschloch.«

Miki sah den mitleiderregenden Hundeersatz an, der sie vom Fuß ihres Bettes aus beobachtete. »Also gut. Wenn's sein muss.«

Das Tier tobte auf ihrem Bett herum und legte sich dann ihr zu Füßen. Sie hatte nie vorher einen Hund gehabt. Das hatte sie immer Sara überlassen. Dennoch, vor allem in ihrer jetzigen Stimmung fand sie ihn ziemlich tröstlich. Angesichts dessen, was Sara durchgemacht hatte, als ihre Großmutter noch lebte, überraschte es sie nicht, dass ihre Freundin immer einen Hund hatte. Und sie verstand, warum ihr Herz für die Misshandelten, die Missgestalteten und die Sonderbaren dieser Rasse schlug.

Sie schaltete das Licht aus und machte es sich gemütlich. Ihre Wut hatte sie ermüdet, und sie würde wahrscheinlich ein paar Stunden schlafen. Gut. Sie schlief nicht oft, aber wenn es doch einmal geschah, war sie froh. Eine willkommene Erholung für ihr Hirn.

Sie spürte, wie der Hund vom Bett sprang. »Hey,

Roscoe. Wo willst du hin?« Sie hatte gedacht, er werde über Nacht bleiben. Ihr Gesellschaft leisten. »Oh, meinetwegen.« Sie legte sich wieder hin und glitt gerade in den Schlaf hinüber, als sie spürte, wie Roscoe zurückkehrte. Er sprang aufs Bett und legte sich direkt hinter sie. Die Schnauze an ihrem Ohr, die fellbedeckte Pfote über ihre Taille gelegt.

»Vorsicht mit der nassen Schnauze, Viech.« Dann schlief sie ein. Merkwürdig getröstet von Saras Monster-Hund.

Conall stieß mit der Schnauze Mikis Tür auf und ging hinaus in den Flur. Er hatte ein paar Stunden Zeit, bis sie zum Flughafen mussten, und Mikis Wecker würde bald klingeln.

Zach war gerade mit zwei Flaschen Wasser auf dem Rückweg in sein und Saras Schlafzimmer, als er innehielt und Conall aufmerksam betrachtete, wie es nur Raubtiere tun.

»Hast du gar kein Schamgefühl?«, fragte er schließlich.

Conall verwandelte sich und schloss lautlos Mikis Tür. Er zuckte die Achseln und lächelte. »Nicht, wenn es um sie geht, nein.«

»Dann sei besser vorsichtig. Diese Frau ist gestört. Und fies.«

»Zach«, rief Sara aus dem Schlafzimmer, »schwing deinen Knackarsch hier rein!«

Conall verschränkte die Arme vor der Brust. »Ja, o großer Anführer. Deine ist ja so normal.«

Zach schnaubte. »Zumindest habe *ich* Sex.«

Damit verschwand er in seinem Schlafzimmer.

»Arschloch.«

Er warf einen Blick zurück auf Mikis Tür. Es fühlte sich schön an, neben ihr zu schlafen. Sogar als Wolf. Sie redete im Schlaf. Ständig sprudelte sie Gleichungen und Formeln hervor. Einfach aus dem Nichts heraus. Irgendwie unterhaltsam, auf eine ganz eigene verschrobene Art.

Conall lächelte. Irgendwann würde sie dieses kleine Wutproblem ablegen. Dann würde sie erkennen, dass er nur das Beste für sie wollte.

Zum Henker, wie sauer konnte sie schon sein?

Kapitel 8

Bisher war es der längste Tag in seiner jüngeren Erinnerung. Von dem Moment an, als Miki beim Frühstück »versehentlich« Cheerios nach ihm gespuckt hatte, über den, als sie der Flughafenpolizei »versehentlich« erzählte, er habe Heroin bei sich, bis zu dem Moment, als sie den Mitarbeitern an der Rezeption im Hotel »versehentlich« erzählte, sie sei erst dreizehn und Conall ihr Zuhälter. Oh, und dass sie vorhabe, ein paar »Kunden« in ihr Viersternehotel mitzubringen. Ob das okay wäre?

Und egal, wie gern er ihr den Hals umgedreht hätte – er würde es nicht tun. Obwohl sie ihn in den Wahnsinn trieb, wollte er verdammt sein, wenn er sie spüren ließ, dass sie ihm an die Nieren ging.

Denn sie ging ihm an die Nieren. Wenn auch nicht auf die Art, wie sie es wollte. Wenn überhaupt, wollte er sie nur noch mehr. Es gefiel ihm, dass sie sich von keinem etwas gefallen ließ, vor allem nicht von ihm. Ihm gefiel, dass sie giftig war wie eine Natter, wenn man sie provozierte. Ihm gefiel, wie sie roch, wenn sie sauer war.

Und sie war tierisch sauer.

Er fragte sich, wie lange sie wohl noch böse auf ihn sein konnte. Einen Tag? Ein Jahr? Ein Leben lang? Das traute er ihr glatt zu. Er hatte das Gefühl, diese Frau konnte richtig nachtragend sein.

Conall zog sich ein Kissen über den Kopf und versuchte, an irgendetwas oder irgendjemand anderen zu denken als an Miki Kendrick.

Das dauerte ganze fünf Minuten. Dann begann er, sich in die Frage hineinzusteigern, wie sexy sie war.

Genau wie ein Hund mit seinem Knochen.

Na ja, irgendwann musste sie etwas essen. Und abgesehen von den Cheerios, von denen die Hälfte auf seinem T-Shirt gelandet war, hatte sie nichts gegessen.

Er warf das Kissen von sich und ging zu der Zwischentür, die ihre Zimmer trennte. Er holte tief Luft und klopfte.

»Was ist?«

Dass sie ihm überhaupt antwortete, war ein verflucht gutes Zeichen.

Conall öffnete die Tür. Er hatte klargestellt, dass sie sie besser nicht verriegeln sollte. Falls etwas passierte, musste er zu ihr hinübergelangen können. Ungefähr zu dem Zeitpunkt war dann der Heroin-Zwischenfall gewesen. Loki sei Dank hatte er Verbindungen zur Polizeibehörde; anderenfalls hätte er eine sehr unangenehme Erfahrung mit einem Mann mit Einmalhandschuhen machen müssen.

Wie immer war sie an ihrem Laptop. Ihr verletzter Arm, ohne Verband und schon abheilend, hielt sie nicht davon ab, stundenlang zu tippen. Sie tat das schon, seit sie am Flughafen angekommen waren. Es überraschte ihn, dass das verdammte Ding nicht mit ihrem Körper verschmolzen war.

»Hunger?«

»Nein.«

Er holte Luft, um seinen Drang unter Kontrolle zu bekommen, ihr den Hals umzudrehen, und sah sich im Zimmer um. Sie hatte nicht richtig ausgepackt. Bisher war nur ihr Koffer offen, und schon jetzt lagen Klamotten herum. Ein unordentliches Mädchen, seine Miki. Er bemerkte die Kleiderhülle, die sie aufgehängt hatte. Wahrscheinlich waren das die Kleider für ihren Termin. Darunter standen zwei Paar Pumps. Beide schwarz. Die Absätze des einen Paares waren zehn Zentimeter hoch, die des anderen ungefähr dreizehn.

Er wandte den Blick ab. Er musste. Wenn er anfing, sich ihre umwerfenden Beine in diesen Schuhen vorzustellen, stellte er womöglich noch irgendeine Dummheit an.

»Du musst etwas essen, Mik … und wirf nichts nach mir!« Er spürte, dass sie nach etwas suchte, das sie nach ihm schleudern konnte.

»Also gut. Ich esse etwas.«

»Gut. Ich bestelle etwas. Wir essen zusammen.«

»Ich will nicht …«

»Musst du über jeden Scheiß mit mir streiten?«

»Na gut. Meinetwegen. Sag Bescheid, wenn es da ist.«

Sie wandte sich wieder ihrem Laptop zu, und es war, als existiere er auf diesem Planeten nicht mehr.

Ein tollwütiger Hund. Ihr persönlicher Cujo. Lungerte ständig in der Gegend herum. Beobachtete sie pausenlos. Er machte sie wahnsinnig.

Sie war so sauer, dass sie nicht wusste, was sie tun sollte, und sie hatte das Gefühl, dass er ihr Leben komplett übernommen hatte. Er war der große Wolf und würde sich um die schwache Menschenfrau kümmern. Sie hätte ihn gern in den Magen geboxt, aber ein Blick auf seinen Körper genügte, um zu wissen, dass sie sich dabei nur die Hand verletzt hätte.

Hätte sie natürlich ihren Schlagring dabeigehabt …

Sara hatte sie schon wieder mit ihrer »Großer Teddybär«-Theorie genervt, bevor Miki mit ihm ins Flugzeug stieg. »Er will dich nur beschützen.«

Waren diese Leute blind? Sahen sie nicht hinter diese markanten, gutaussehenden Gesichtszüge, das unschuldige Lächeln und den steinharten Hintern? Eindeutig nicht. Eindeutig war sie die Einzige, die ihn als das Raubtier erkennen konnte, das er in Wirklichkeit war. Er war der Wolf, und sie war das Kaninchen, das einfach nur versuchte, es zurück in seinen Bau zu schaffen – unbeschadet.

Nicht einfach, wenn er so gut roch. So gut aussah. Gott, sah er gut aus. Miki verstand das nicht. Sie hatte immer geglaubt, sie sei immun gegen den Charme jedes Mannes.

»Von der Hüfte abwärts tot«, so hatte es ihr letzter Freund bezeichnet. Damals war diese Beleidigung niederschmetternd gewesen. Sie hatte nicht deswegen geweint, aber hauptsächlich, weil sie nie wegen etwas weinte. Aber Sara und Angie hatten gemerkt, dass etwas nicht stimmte, und hatten es schnell aus ihr herausgeholt. Sie hätte wissen müssen, dass ihr anschließendes Schweigen nichts Gutes bedeutete. Als der Kerl ohne Körperbehaarung und mit an den Bauch geklebtem Penis aufwachte, hatte Miki keine Fragen gestellt. Sie wies die Cops, die den Fall bearbeiteten, lediglich auf die Bar voller Biker hin, die sie an diesem Abend bedient hatte, und richtete sich in einem Leben mit Computern ein und mit Mr. Happy für die seltenen Gelegenheiten, wenn sie ein überwältigendes Bedürfnis verspürte.

Dann hatte Conall sie an diesem letzten Abend, als Saras Meute in der Stadt war, geküsst. Plötzlich verbrauchte Mr. Happy eine riesige Menge Batterien, und wenn sie schlief, waren ihre Finger ziemlich beschäftigt.

Es war wirklich ungerecht. Warum konnte sie so nicht auf einen netten Kerl reagieren? Statt auf ein Raubtier, das *vorgab*, ein netter Kerl zu sein. Was konnte sie überhaupt anderes für ihn sein als eine Herausforderung?

Tja, er hatte damit angefangen. Er glaubte wohl, er könne sie wie eine dieser geistlosen Schlampen behandeln, die er vögelte und die nicht selbständig denken konnten. Aber jeder wusste es oder sollte es zumindest wissen – man legte sich nicht mit einer Frau aus Texas an.

Zwei Stunden und tonnenweise italienisches Essen später fühlte sich Conall langsam sehr viel besser. Sie machte es ihm allerdings nicht leicht. Aber er brach das Eis. Er brachte Fakten durcheinander. Das machte sie vollkommen wahnsinnig. Also tat er es oft. Zuerst über Politik. Dann über Dinge, die Sara ihm über die gemeinsame Jugend der drei Freundinnen erzählt hatte. Bevor sie es sich versah, sprach Miki mit ihm und fing an, sich zu entspannen.

Dann begann sie, ihm Fragen zu stellen. Sie fragte nach seiner Familie. Nach dem Leben in der Meute. Nach Zach und Sara. Und eine Menge über das Dasein als Wolf. Wie fühlte es sich an, wenn man sich verwandelte? Was war anders, wenn er sich verwandelte?

Sie war die neugierigste Frau, die er je kennengelernt hatte. Machte sich pausenlos Gedanken. Analysierte pausenlos. Er fragte sich, wie es wohl in ihrem Kopf aussah, denn es schien, als herrsche dort ununterbrochen Aktivität.

Er stellte ihr auch Fragen über sie selbst. Er hörte sie gerne reden. Hörte gern ihre Ansichten über die Welt. Und davon hatte sie viele. Sie erwähnte auch etwas von einem fotografischen Gedächtnis und dass sie in einem dieser Clubs für Leute mit hohem IQ gewesen sei, bis sie wegen unverschämten Verhaltens hinausgeworfen wurde. Das überraschte ihn nicht. Die Frau war unglaublich direkt. Es gab nur sehr wenige Dinge, die sie nicht aussprechen würde.

Es war spät. Beinahe Mitternacht. Sie waren fertig mit dem Essen und saßen jetzt an dem kleinen Tisch in seinem Zimmer. Miki hatte sich zurückgelehnt und die Füße an seinen Stuhl gestützt, direkt neben seinen Schenkel. Sie trug ihre Doc Martens und weiße Tennissocken zu schwarzen Shorts und einem olivgrünen T-Shirt. Er liebte es, wenn sie Shorts trug. Er liebte ihre

Beine. Während sie redeten, begann er, mit den Händen ihre Waden entlangzustreichen und nahm es als gutes Zeichen, dass sie ihm keine knallte.

»Du willst mir also sagen, du seist eine Art Hackerin?«

»Nein, nein. Ich *war* eine Art Hackerin. Aber das liegt lange hinter mir. Jetzt bin ich ein nettes, respektables Mädchen. Sobald ich meinen Doktor habe, wird mein Leben richtig ins Rollen kommen.«

»Was hast du angestellt?«

Sie zuckte die Achseln. »Mit Sachen gehandelt. Ein paar Regierungsorganisationen …«, sie seufzte, »… infiltriert.«

Conall zog die Augenbrauen hoch. Er konnte nicht anders.

»Aber«, fügte sie eilig hinzu, »ich habe nie irgendetwas gestohlen!«

»Hast du deshalb nie richtig im Gefängnis gesessen?«

»Na ja, deshalb und wegen meines Alters. Zum Glück haben sie meine Akte gelöscht, als ich achtzehn wurde. Aber ich kann dir sagen, drei Jahre lang kein Computer. Für jemanden wie mich *ist* das wie Gefängnis. Aber weißt du«, fuhr sie fort, »es ging immer nur ums Hacken. Es ging darum zu beweisen, dass ich es konnte. Nur deshalb habe ich es getan. Nicht für Geld oder um jemandem etwas zu klauen.« Sie schüttelte den Kopf. »Aber diese Zeiten sind für mich vorbei. Kein Hacken mehr. Um genau zu sein, gar nichts, wofür ich verhaftet werden könnte.«

»Das ist immer gut.«

Dann lächelte sie, und er wurde sofort hart. Es verblüffte ihn wirklich. Fast, als hätte sie ihn gestreichelt. Sie hatte beide Beine auf einer Seite neben ihm, also nahm er eines und zog es herüber, sodass er zwischen ihren Beinen saß.

»Hast du Spaß mit meinen Beinen, Wikinger?«

»Yup.«

Er streichelte ihre Beine und sah sie an. Sie wandte den Blick ab, sah ihn aber, nachdem sie tief Luft geholt hatte, wieder an. Er fuhr mit den Fingern leicht an ihren Waden entlang und über ihre Knie. Dabei hörte er, wie sich ihre Atmung veränderte. Wie ihr Herz schneller schlug.

»Conall?«

»Miki?«

»Komm nicht auf dumme Gedanken. Ich bin immer noch sauer.«

»Wut kann ein ziemliches Aphrodisiakum sein.«

Sie lachte. »Männer sind so jämmerlich. Ihr würdet euch jeden Mist ausdenken, um uns ins Bett zu kriegen.«

»Willst du, dass ich aufhöre?« Er massierte ihre Wadenmuskeln.

»Was, wenn ja?«

Conall hörte auf und zog die Hände weg. »Dann höre ich auf.«

Miki rieb sich den Nacken und schaute zur Decke hinauf. Sie versuchte, ungerührt auszusehen, aber er glaubte ihr keine Sekunde lang. Vor allem, als sie sagte: »Ich habe nicht gesagt, dass du aufhören sollst. Ich habe nur gefragt, was wäre, wenn ich es tun würde.«

»Du willst also, dass ich weitermache?«

Als Antwort zuckte Miki die Achseln.

»Das ist keine Antwort, Mik.«

Sie sah ihm fest in die Augen. »Versuch nicht, mich zu überrollen, Wikinger.«

»Das würde ich nicht wagen.«

Er beugte sich auf seinem Stuhl vor und strich mit der Hand über die Innenseite ihres Schenkels. »Wie wäre es, wenn du mir sagst, ob du willst, dass ich aufhöre?«

»Ich wette, du betest, dass ich vorübergehend meine Sprache verliere.«

»Nur für ein paar Stunden.«

Sie lächelte wieder und schüttelte den Kopf. Wenn sie lächelte, leuchtete ihr ganzes Gesicht auf, und er konnte den Blick nicht von ihr abwenden.

»Gott, Miki. Du bist so schön.«

Das schien sie zu überraschen. »Okay.«

Er strich mit der Hand ihren Schenkel hinauf und unter ihre weiten Shorts; auf ihrer weichen Haut bildete sich Gänsehaut. »Glaubst du mir nicht?« Seine Hand spielte an der äußersten Kante ihres Höschens entlang. *Spitze. Lecker.*

»Es ist nicht so, dass ich dir nicht glaube. Aber es ist alles eine Sache der Wahrnehmung, oder nicht? Was der eine Mann schön findet, findet der nächste hässlich wie die Nacht. Ich meine, es ist alles eine Frage der gesellschaftlichen Wahrnehmung und …«

»Miki?«

»Ja?«

»Hör auf zu denken.«

»Das ist eine süße Idee und so, aber ich glaube nicht, dass ich tatsächlich in der Lage bin, … o Gott.« Sie umklammerte die Armlehnen ihres Stuhles, als seine Finger sich an ihrem Höschen vorbeidrängten und sein Mittelfinger in sie glitt.

»Was wolltest du sagen?«

Miki versuchte, die Kontrolle über sich zu behalten. Den Verstand nicht zu verlieren. Doch während sein Finger langsam hinein- und herausglitt und sein Blick unverwandt auf ihr Gesicht gerichtet blieb, wurde das zu einer beschissenen Unmöglichkeit. »Was?« Er hatte sie etwas gefragt, und sie konnte sich um alles in der Welt nicht erinnern, was. Sie mit ihrem verdammten fotografischen Gedächtnis. »Du hast mir gerade deine Theorie über Schönheit und Gesellschaft dargelegt. Ich dachte, die These könntest du mir zu Ende erklären.«

»Äh … ja. Klar.« *Okay, Kendrick. Konzentrier dich. Konzentrier dich. Du schaffst das. Er stellt dich nur auf die Probe. O mein Gott im Himmel, das fühlt sich so verdammt gut an!* »Weißt du, das hat viel zu tun mit … ähm …«

»Viel zu tun mit … was?«

»Na ja, die Gesellschaft und … äh … die Leute …« Sie schloss die Augen. »Sie werden dazu erzogen, dass sie … verstehst du …« Sie umklammerte die Armstützen fester und fragte sich, ob sie die verdammten Dinger wohl abreißen würde.

»Verstehe ich was?« Er ließ noch einen Finger in sie gleiten und strich mit dem Daumen über ihre Klitoris.

Davon hob es sie fast vom Stuhl. Stattdessen ließ sie

den Kopf nach hinten fallen. Sie atmete keuchend und stoßweise. »Äh …«

»Miki?«

Okay. Er hatte gewonnen, verdammt. Sie konnte im Moment an überhaupt nichts denken. Nur an ihn und seine große, geschickte Hand. Unfähig, sich zurückzuhalten, stöhnte sie: »O Gott, Conall.«

Sie gewann den Eindruck, dass er genau darauf gewartet hatte. Er rutschte vom Stuhl und kniete sich vor sie. Beugte sich vor, legte den Mund an ihre Brust und saugte durch ihr T-Shirt daran. Sie keuchte, griff mit einer Hand in seine dichten Haare und zog ihn näher, damit er ihren Nippel besser erreichte. Und sie hatte recht gehabt. Seine Haare fühlten sich auf ihrer Haut wie Seide an.

Mist. Das war nicht Teil ihres Plans gewesen. Überhaupt nicht! Aber dann hatte er angefangen, sie zu berühren, und sie konnte nicht fassen, wie sehr es ihr gefiel. Das war das Beste, was sie je gefühlt hatte. Mr. Happy war über zweitausend Meilen entfernt, und sie war gerade dabei, ohne ihn zu kommen. Das war noch nie passiert, aber Conall brachte sie an diesen Punkt. Ihr eigener lebender Mr. Happy.

Während die Empfindungen sie zu überwältigen begannen, schloss sie die Augen und legte die andere Hand in Conalls Nacken. Sie zog ihn eng an sich, seine Finger bewegten sich weiterhin in ihr. Er wechselte mit dem Mund zu ihrer anderen Brust und lutschte an dem Nippel, bis er steinhart war. Dann bewegte er die Zunge über ihr Schlüsselbein und an einer Seite ihres Halses hinauf. Sie fühlte, wie sich die Hitze in ihrem Körper ausbreitete, als Conall ihr ins Ohr flüsterte: »Du riechst so gut, Miki. Du fühlst dich so gut an. Ich könnte für immer in dir bleiben.«

Das war das letzte bisschen, was sie brauchte. Ihr Orgasmus explodierte in ihr, und sie klammerte sich an Conall, dessen Daumen ihre Klitoris rieb und ihren Höhepunkt in die Länge zog, bis sie dicht an seinem Hals aufschrie.

Als Miki wieder klarer sehen konnte, wurde ihr bewusst, dass sie sich immer noch an ihn klammerte. »Conall?«

»Es ist okay, Baby. Ich halte dich fest.« Er zog die Hand aus ihr, hob sie hoch und trug sie zum Bett. Dort ließ er sich mit ihr auf die Matratze fallen, wälzte sich auf sie und küsste ihren Hals, ihre Wange.

»Conall?«

Er richtete sich auf und schaute auf sie herab. »Du bist wirklich schön, Miki.«

»Danke, Conall.«

Er sah sie noch einen Augenblick länger an. Lächelte. Dann wurde er ohnmächtig.

Plötzlich drückte sie der schwerste Kerl, den sie je kennengelernt hatte, mit seinem ganzen Gewicht auf die Matratze. *Eine echt hässliche Art zu sterben*. Sie schob den Gedanken beiseite und wand sich unter ihm hervor. Zum Glück war er nicht komplett auf sie gefallen. Es schien, als habe er sich in letzter Sekunde weit genug zur Seite bewegt, um sie nicht ganz unter sich zu begraben.

Miki fiel auf den Boden. *Also, das war jetzt interessant*. Sie holte tief Luft, um ihren Körper zu beruhigen. In ihr tobte es immer noch von diesem Orgasmus, aber davon würde sie sich nicht ablenken lassen. Und sie würde sich auch nicht schuldig fühlen. Er hatte dieses Spiel angefangen – war es ihre Schuld, dass er sie unterschätzt hatte?

Sie stand auf und schaute auf die Uhr. Sie hatte sich nur um drei Minuten verrechnet. Nicht schlecht. Sie hatte den Zeitpunkt, wann er zusammenbrechen würde, auf Grundlage dessen berechnen müssen, was Sara ihr über den Stoffwechsel der Gestaltwandler erzählt hatte. Gelobt war der Grundkurs Arzneimittellehre. Der beste Schein, den sie je gemacht hatte.

Sie ging in ihr Zimmer zurück und zog sich Kleider an, die nicht überall nach Conall rochen. Dann kehrte sie zu ihrem übergroßen Gestaltwandler in sein Schlafzimmer zurück. Sie schaute auf ihn hinab und wurde sich bewusst, dass er im Schlaf tatsächlich nach dem unschuldigen Teddybär aussah, von dem alle immer redeten.

Sie prüfte seinen Puls und die Pupillen. Er war bewusstlos, atmete aber normal. Nachdem sie sich vergewissert hatte, dass er bequem lag, strich sie ihm die blonden Haare aus dem Gesicht, schnappte sich ihren Rucksack und schlich zur Tür hinaus.

Kapitel 9

Miki saß mit den engsten Freunden zusammen, die sie außer Sara und Angelina hatte, und merkte, dass sie nach all den Jahren immer noch einen schlechten Einfluss auf sie hatten.

»Zu dir kommt immer noch das FBI nach Hause, und trotzdem sitzen wir hier und hacken uns in den Computer eines Mannes?«, grummelte sie.

Craig grinste, wandte den Blick aber nicht von dem Laptop ab, an dem er eifrig arbeitete. »Ja. Sie sind inzwischen schon fast Freunde geworden. Ich mache ihnen Kaffee.«

Miki schüttelte den Kopf. »Du spinnst.«

»Mann, sie haben nichts gegen uns in der Hand! Sie fischen nur im Trüben.«

Miki stellte ihren Shirley Temple ab. »Aber ihr hackt euch in jemandes Computer. Also gebt ihr ihnen Munition.« Miki aß Salzbrezeln aus einer Schüssel und musste kurz daran denken, wie viele Hände wohl vor ihr dort hineingegriffen hatten. »Hinter wem seid ihr überhaupt her?«

»Mitchell Leucrotta.«

Miki runzelte die Stirn. »Wer?«

Ihre vier Freunde starrten sie an. Sie saßen alle ihr gegenüber in der Sitzecke und drängten sich zusammen, um zu sehen, was Craig auf dem Laptop machte.

Amy warf Craig einen Blick zu. »*Professor* Mitchell Leucrotta.«

Miki ächzte. »Spinnt ihr? Habt ihr euer letztes bisschen Verstand verloren?« Sich in eine andere Universität zu hacken war dumm. Sich in die eigene zu hacken war, karrieretechnisch gesehen, glatter Selbstmord. Und der Gedanke, dass Craig der Gespiele von irgendeinem Kerl im Gefängnis wurde, war einfach nicht angenehm.

»Ich bin mir fast sicher, dass er das Geld für mein Stipendium zurückhält.« Genau wie sie arbeitete Craig immer noch an seiner Dissertation. Doch er hatte ein eigenes Labor an der Fakultät für Biotechnik und würde wahrscheinlich eines Tages ein sehr reicher Mann sein. Hätte er nicht einen seltsamen Fußfetisch, wäre sie wahrscheinlich selbst schon mit ihm ausgegangen. Aber so waren sie besser dran, als gute, aber merkwürdige Freunde.

»Was auch immer du findest – du kannst es nicht gegen ihn verwenden. Zumindest nicht legal.« Miki rutschte auf ihrem Sitz herum, und Craig hob den Blick.

»Du willst unbedingt sehen, was wir machen, oder?«

Miki wandte den Kopf ab. »Nein.«

»Lügnerin«, beschuldigte sie Amy Bitter, die ihren Namen liebte. Amy konnte absolut alles auseinandernehmen und wieder zusammensetzen, egal, wie komplex es war.

»Du willst die Tastatur anfassen. Du gierst nach der Tastatur.« Das kam von Kenny Liu. Ein Software-Genie, das nur zu gern Viren in Umlauf brachte.

»Ihr seid alle Idioten.«

Ben Klein, dessen Hackerqualitäten ihre eigenen wie Kinderspielchen aussehen ließen, hob eine Augenbraue. »Sie sehnt sich genauso nach der Tastatur wie danach, uns mit dem Passwort zu helfen.«

»Ich höre nicht zu.« Miki hielt sich die Ohren zu. »Ihr könnt mich nicht auf den Weg des Bösen und der Gefängnisstrafen führen.«

»Das gehört zu deinem ›Ich bin jetzt ein braves Mädchen‹-Plan, oder?«, fragte Amy süßlich.

Miki nahm die Hände von den Ohren. »Yup. Ich bin ein sehr braves Mädchen.«

Craig zog eine Grimasse. »Sag das nicht.«

»Warum?«

»Weil das für Typen nur bedeutet, dass du schluckst.«

»Werd erwachsen!«, fuhr Miki ihn an und unterdrückte ein Lachen. »Wie wäre es mit: Ich werde ein sehr respektables Mädchen mit einem geregelten Leben?«

»Wir haben auch ein geregeltes Leben!« Kenny nahm sich seine Bierflasche vom Tisch. »Ein trauriges, einsames, verbittertes Leben. Aber trotzdem ein Leben.«

»Aber was ist mit deinem Plan, die Welt zu beherrschen, Miki? Oder zumindest Microsoft?« Ben schob seine leere Bierflasche von sich. »Du und ich. Wir hatten große Träume.«

»Ihr seid Holzköpfe.« Dennoch liebte sie jeden Einzelnen von ihnen. Sie war in der Junior High über ein

Onlinespiel mit ihnen in Kontakt gekommen, bevor Onlinespiele in gewesen waren. Gemeinsam hatten sie eine kleinere Schreckensherrschaft gegen große Konzerne begonnen. Aber Miki war die Einzige, die erwischt worden war. Sie hatte die anderen nie verraten, obwohl sie als Kronzeugin straffrei hätte davonkommen können. Deshalb waren sie ihr treu ergeben. Sie wusste, es war kein Zufall, dass sie am Ende alle an derselben Universität studierten.

»Okay. Lasst mich eines klarstellen. Ich bin aus einem Grund hier. Um meinen Doktortitel zu bekommen und ein geregeltes Leben zu beginnen. Sara und Angelina ziehen an mir vorbei. Ich will nicht mit vierzig aufwachen, immer noch in Texas, allein und verbittert. Bis auf Weiteres tue ich also nichts auch nur annähernd …«, sie räusperte sich, »… Illegales.«

Sie wusste nicht, was in ihrem Gesicht geschrieben stand, aber Amy war begeistert.

»Außer dass du schon etwas Illegales getan hast.«

»Was? Nein!«

Amy beugte sich vor. »Blödsinn, Kendrick. Komm schon. Sag es uns. Dann fühlst du dich besser. Was war es? Wirtschaftsspionage? Kreditkartenbetrug? Identitätsdiebstahl?«

Miki starrte sie an. »Dass du überhaupt daran denkst, ich würde jemals so etwas tun, beunruhigt mich ehrlich.« Dann zuckte sie die Achseln. »Ich habe sozusagen einen Mann betäubt.«

»Hast du ihn umgebracht?«

»*Nein!* Was ist bloß los mit euch?«

»Uns ist langweilig«, antwortete Kenny Liu.

»Eindeutig!«

»Also, war das eben erst, oder …?«

Sie schaute auf die Uhr. »Vor ungefähr zweieinhalb Stunden, mehr oder weniger. Also, da hat er darauf reagiert. Die tatsächliche Aufnahme des Medikaments …«

»Miki«, unterbrach Amy sie. »*Wen* hast du betäubt?«

»Ach, diesen Typ. Er ist ein … Geschäftspartner von Sara.« Sie hatte ihnen vor Monaten von Saras neuem Leben erzählt, aber nur ein Mindestmaß an Details erzählt. Für ihre Freunde klang es, als habe Sara einen coolen Bikertypen kennengelernt und sei mit ihm nach Nordkalifornien durchgebrannt, um dort glücklich bis an ihr Lebensende mit ihm zu leben. Weggelassen hatte sie alles über Gestaltwandler, Wolfsmeuten, Löwenrudel und blutige Kämpfe in Saras Vorgarten. »Er hat darauf bestanden, mitzukommen, um meinen großen, männlichen Beschützer zu spielen.«

»Wie hast du es gemacht?« Craig schaute nicht einmal von seiner Tastatur auf. Dass Miki jemanden betäubte, war nicht einmal einen kurzen Blick wert.

»Ich habe ein paar Sachen kombiniert. Alle geschmacksneutral. Ziemlich effektiv. Er ging Eis holen, und ich habe es ihm in die Pasta gemischt. Es hat ungefähr eine Stunde gedauert, bis es in seinem Organismus zu wirken begann. Dann gingen die Lichter bei ihm aus.« *Aber nicht, bevor er mich zum Schreien gebracht hat wie eine kleine Hure.*

Amy schaute Miki über ihre Bierflasche hinweg an. »Ist er süß?«

O Gott, ja. »Er ist ganz okay.«

»Hast du ein Foto?«

»Vielleicht.« Miki wühlte in ihrem Rucksack herum und zog dann ein ramponiertes Foto heraus, das Sara ihr vor fünf Monaten geschickt hatte. Es war eine Aufnahme der Meute mit Sara und Zach im Vordergrund. Sie wusste, dass Sara es ihr geschickt hatte, damit sie wusste, dass es ihr gut ging.

»Hier.« Sie reichte Amy das Foto. »Es ist der große Blonde im Hintergrund.«

Amy sah das Foto an, und Kenny schaute ihr über die Schulter. Er runzelte die Stirn und staunte das Foto mit offenem Mund an. »Scheiße, Amy, steht dieser Typ auf einer Trittleiter oder so was?«

»Und warum bist du jetzt hier?«, fragte Amy ungläubig.

»Wie bitte?«

Ihre beiden Freunde schauten zu ihr auf, aber Amy sprach weiter: »Komm schon, Mik. Der Kerl ist heiß!«

»Er ist eine Nervensäge.«

»Dieser Kerl?« Amy klang nicht überzeugt. »Er sieht aus wie ein …«

»Wenn du Teddybär sagst, mach ich dich fertig!«

»Ich wollte sagen, er sieht aus wie ein echter Schatz.«

»Tja, das ist er nicht. Ganz im Gegenteil, um genau zu sein.«

»Du bist eine Pappnase. Ich würde ihn mir in zwei Sekunden schnappen.« Bestimmt würde sie das. Amy war ein Geek, aber auch ein kleines Luder.

»Bei mir muss es sicher und langweilig sein. Das ist er wirklich ganz und gar nicht.« *Aber dafür erstaunlich gut mit der Hand.*

»Warum muss es sicher und langweilig sein?«

»Weil sicher und langweilig etwas Dauerhaftes fürs Leben bedeutet.«

»Und lass mich raten, wer deine Vorstellung von perfekter Sicherheit und Langeweile ist.«

»Du musst nicht raten. Es ist Troy. Passt perfekt zu mir.« Ihre Freunde ächzten angewidert. »Was denn? Was stimmt nicht mit Troy?«

Amy schnaubte höhnisch. »Mann, der ist *richtig* langweilig. Und ein ziemlicher Idiot, wenn du mich fragst.«

»Nein, nein. Er ist genial.«

»Miki, er ist einfach nur schlau. *Du* bist genial. Und er könnte niemals damit umgehen. Im Leben nicht!«

Ben ließ seine leere Bierflasche auf dem Tisch kreiseln. »Ich habe mit dem Kerl gesprochen. Er könnte nicht mit einer Frau umgehen, die klüger ist als er. Und du bist definitiv klüger als er.«

Sie wollte das nicht hören. Sie hatte sich Troy schon als Ideal in den Kopf gesetzt. Sie wollte nicht hören, dass er nicht mit ihr fertigwerden würde. In Wahrheit hoffte sie, ihn wiederzutreffen, während sie in Seattle war. Noch ein Grund, warum sie Conalls Knackarsch nicht hatte mitnehmen wollen.

»Ihr seid solche Snobs! Damit ihr jemanden auch nur entfernt interessant findet, muss er schon gefährlich labil sein.«

»Du meinst, so wie du?«

Miki zeigte Kenny den Mittelfinger.

»Also, dein ›neues Leben‹, wie du es nennst. Was bedeutet das für uns?« Craig schaute auch diesmal nicht von seinem Laptop auf.

Miki runzelte die Stirn. »Was meinst du?«

»Sind wir immer noch Partner? Oder willst du uns alle in den Wind schießen, damit du mit Troys elitären Arschlochfreunden herumhängen kannst?«

Miki war irgendwie verletzt. »Das würde ich euch nie antun!«

Amy bestellte sich per Handzeichen noch ein Bier. »Tja, dieses ganze Gerede von Lebensveränderungen …«

»Das würde ich euch nie antun, Leute. Punkt. Ende der Geschichte. Verstanden?«

Ihre Freunde lächelten beinahe erleichtert.

Miki hatte nicht geahnt, dass sie besorgt gewesen waren.

»Also, wird dieser große, furchteinflößende Typ nicht irgendwie sauer sein, dass du ihn betäubt hast?« Ben drehte seine Flasche erneut. Als der Flaschenhals auf Amy zeigte, warf er ihr einen anzüglichen Blick zu und wackelte mit den Augenbrauen. Als Antwort warf sie ihm Salzbrezeln ins Gesicht.

»Ich habe es ausgerechnet. Ich habe noch ungefähr sechs Stunden, bis er aufwacht. Und dann sitze ich schon dort, als wäre er nur eingeschlafen.«

»Ich persönlich bin ja der Meinung, er sollte auf dir liegend aufwachen.«

Miki verdrehte die Augen. »Gott, Amy! Du bist eine läufige Hündin.«

»Und dafür schäme ich mich nicht.«

Craig sah stirnrunzelnd seinen Computer an. »Mann, dieser Typ hat ein zwanzigstelliges Passwort für seine beschissenen E-Mails!«

Amy zog eine Augenbraue hoch. »Man fragt sich, was er zu verbergen hat.«

Miki schaute auf die Uhr. Die Bar würde bald schließen, aber ihre Freunde wollten sie noch zu einem frühmorgendlichen Frühstück mitnehmen. Ein Teil von ihr wollte mitgehen. Sie konnte ein gutes Omelette vertragen. Der andere Teil wollte zurück zu Conall. Und das ärgerte sie fürchterlich. »Wer ist das überhaupt, dieser Professor Leucrotta?«

»Er ist neu an der Fakultät. Seit ungefähr einem Dreivierteljahr. Überrascht mich, dass du noch nie von ihm gehört hast.«

Miki blickte von ihrem leeren Glas auf. »Warum?«

»Er hat sich deinetwegen mit Conridge gestritten. Er wollte deine Doktorarbeit übernehmen, da hat sie ihm gezeigt, wer der Chef ist.«

Miki spürte, wie Furcht ihr das Rückgrat hinaufschoss. »Was? Warum?«

Kenny zuckte die Achseln. »Keine Ahnung. Aber er stellt eine Menge Fragen über dich.«

Ein panischer Blick ging über Craigs Gesicht. »Vielleicht ist er ein Cop!«

Das konnte Miki nur hoffen.

Miki rieb sich die müden Augen und lehnte sich im Fahrersitz des SUV zurück. Sie hasste es, das verdammte Ding zu fahren. Sie hätte lieber einen süßen kleinen Sportwagen gehabt. Der hätte viel besser zu ihrer Größe gepasst als das »Schiff«, wie sie den Wagen nannte. Aber in etwas Winziges hätte Conall nicht hineingepasst. Bei seiner Größe brauchte er Trucks oder SUVs.

»Sara? Bist du noch da?«

»Ja. Ich weiß nur nicht, was ich sagen soll.«

»Sag mir, ich soll nicht ausflippen.«

»Das kann ich dir nicht sagen.«

Sara würde sie nie anlügen, und herauszufinden, dass ein Professor, den Miki noch nie gesehen hatte, eine Menge Fragen über sie stellte, hätte keiner von ihnen als Kleinigkeit bezeichnet. Zumindest nicht jetzt.

»Pass auf dich auf, Mik. Ich will, dass du und Conall wieder hierherkommt, sobald du fertig bist.«

»Ja. Kein Problem.«

»Also, was auch immer du tust: Behalte Conall immer in der Nähe. Ich meine es ernst, Mik!«

»Äh … okay.« Ihr Fehler war die Pause.

»Was? Was hast du getan?«

»Nichts.«

»Du lügst mich an, Miki Kendrick!« Wenn ihre Freunde ihren vollen Namen benutzten, wusste sie, dass sie Ärger hatte. Wenn sie noch ihren mittleren Namen dazunahmen, wusste sie, sie war zu weit gegangen.

»Ich bin nur ohne ihn mit Craig und den anderen ausgegangen, das ist alles.«

»Wie? Er würde dich nie allein lassen. Ich kenne ihn. Also, wie bist du ihm entkommen?«

»Ähm …«

»Miki Marie Kendrick! Du hast ihm was ins Essen getan, oder?«

Miki verzog das Gesicht. Junge, kannten Sara und Angelina sie gut. »Ihm geht's gut.«

»Du schwingst sofort deinen Hintern zurück in das Hotel und vergewisserst dich, dass das stimmt! *Auf der Stelle, Scheiße noch mal!*«

»Okay, okay. Beruhige dich. Ich bin schon vor dem Hotel.«

»Und sorg dafür, dass er nichts zu Zach sagt. Der duldet dich auch so schon kaum. Ich will nicht an jedem verdammten Thanksgiving mit meinem eigenen Mann streiten müssen!«

Mit ihrer Schlüsselkarte öffnete sie ihre Zimmertür, drückte sie vorsichtig auf und schlüpfte hinein. Ihrer Berechnung nach hatte sie immer noch eine gute Stunde, bis Conall aufwachte, aber sie musste ihn ja nicht unbedingt schon vorher wecken, indem sie herumtrampelte. Leise ließ sie ihren Rucksack auf den Boden sinken und schaute durch die Verbindungstür. Sie hatten am Vorabend die schweren Hotelvorhänge zugezogen, deshalb war es dunkel in Conalls Zimmer. Sie schlich hinein und versuchte, das Bett zu erkennen. Als sie näher kam und ihre Augen sich an das Dämmerlicht gewöhnten …

Oh, Mist.

»Suchst du mich?«

Miki kreischte auf, wirbelte herum und sah Conalls Umriss hinter sich. Sie konnte ihn in der Dunkelheit kaum erkennen, sah aber seine leuchtenden Augen, die das Licht aus ihrem Zimmer reflektierten.

»Ähm, Conall. Ähm … bevor du jetzt voreilige Schlüsse ziehst …«

Er kam auf sie zu, und sie wich zurück. »Du meinst, den Schluss, dass du mich unter Drogen gesetzt hast und dann weggerannt bist?«

»Ja. Diese Schlussfolgerung.« Okay. Kein Grund zur Panik. Conall würde ihr nichts tun. Oder? Nein. Nicht Conall. Obwohl er natürlich schon ernsthaft sauer aussah.

»Ist dir eigentlich klar, dass du mich hättest umbringen können? Du weißt nicht, wie unsere Körper funktionieren! Du weißt nicht, was du tust!«

»Ich wusste genug, um eine gute Ermessensentscheidung treffen zu können.« Nun ja, Conall war viel zu früh aufgewacht. Wie gut konnte ihr Ermessen dann gewesen sein?

Er kam weiter auf sie zu, und sie wich weiter zurück. Jetzt, wo sich ihre Augen an die Dunkelheit gewöhnt hatten, konnte sie sehen, *wie* sauer er war. Und er war *richtig* sauer. Er sah aus wie der plündernde Wikinger, den sie ihn genannt hatte. »Du triffst also ›Ermessensentscheidungen‹ über mein Leben?«

Okay. Das war ein Argument. Sie schaltete ihre beruhigende Stimme ein. »Weißt du, Conall …«

»Versuch ja nicht, mich zu besänftigen, Miki! Lass es einfach bleiben!« Seine Stimme blieb ruhig, was sie noch nervöser machte, als wenn er sie angeschrien hätte.

Miki spürte, wie sie rückwärts ans Bett stieß. Da Conall ihr den Weg zur Tür versperrte, kletterte sie aufs Bett und auf der anderen Seite wieder herunter. Jetzt stand sie auf der einen und er auf der anderen Seite.

Da Beruhigen und Besänftigen nicht zu funktionieren schienen, beschloss sie, einfach sie selbst zu sein. »Du hast mit diesem Scheiß angefangen. Ich habe dir gesagt, du sollst dich aus meinem Leben heraushalten, und du dachtest, du könntest damit umgehen. Da lagst du wohl falsch.«

»Du bist so eine kleine Zicke!«

»Oh, das ist mal was Neues!«

Seine Augen wurden schmal, und sie merkte, dass sie nicht nur von dem Licht schimmerten. Seine Augen hatten sich verwandelt. Er war so sauer, dass sie aussahen wie die eines Wolfes. Das war wahrscheinlich kein gutes Zeichen.

»Du weichst mir ständig aus, Mik. Warum tust du das?«

»Weil ich nicht blöd bin.«

»Wirklich?«

Sie vermutete, er werde übers Bett kommen, um sie zu holen. Aber stattdessen packte er das Kopfteil mit der linken Hand und riss mit einem ordentlichen Ruck das ganze Bett durch den Raum. Ihr entging nicht, dass der Rahmen an der Wand und am Boden festgeschraubt gewesen war.

Heilige Scheiße ...

Conall kam auf sie zu, der Abstand zwischen ihnen wurde immer kleiner. Sie wich zurück, bis sie gegen die Wand stieß. Er stellte sich vor sie und stützte die Handflächen links und rechts von ihr an die Wand. Sie verschränkte die Arme vor der Brust und blickte wütend zu ihm auf.

»Was? Was!«

»Du hast gerade eine ganz neue Ebene eröffnet.«

»Und was soll *das* jetzt heißen?«

»Dass die Samthandschuhe ausgezogen sind.«

»Oh, ich zittere vor Angst!«

Seine Wolfsaugen musterten sie einmal von oben bis unten. Aber mit diesem einen Blick war es, als risse er ihr alle Kleider vom Leib. Zu ihrer Überraschung war das gar kein so unangenehmes Gefühl. »Das wirst du auch.«

»Versuch's doch, Wikinger. Ich liebe Herausforderungen.«

Er lächelte, und es kostete sie alle Kraft, nicht um ihr Leben zu rennen. Seine Eckzähne hatten sich verlängert. Er hatte Wolfsaugen und Reißzähne. Gar nicht gut.

»Glaubst du wirklich, du wirst mit mir fertig, Baby?«

Nein. Aber das würde sie ihm nicht verraten. »Mir ist jetzt schon langweilig.«

Mit einem Knurren packte er sie bei den Schultern, hob sie hoch und drückte sie an die Wand. Dann war sein Mund auf ihrem. Es war ein grimmiger Kuss. Einer, der eine blutende Wunde verursachte, als seine Reißzähne ihre Lippen ritzten. Doch es war ihr egal. Sie erlebte den unglaublichsten Adrenalinstoß ihres Lebens.

Seine Zunge glitt in ihren Mund, und sie schmeckte ihn und ihr eigenes Blut. Zuerst wusste sie nicht, was sie tun sollte. Doch dann war es, als habe ihr Körper einen eigenen Willen. Ihre Beine legten sich um seine Taille, und ihre Hände schlüpften unter sein T-Shirt, strichen über die samtige, feste Haut und die harten Muskeln und hielten dann an seinen schmalen Hüften inne. Sie spürte seine Hände unter ihrem Shirt und auf ihren Brüsten; ihr BH riss mit einem Ruck.

In diesem Moment war alles vergessen: ihre Freunde, ihre Doktorarbeit, Troy, ihre Versuche, den Satz des Pythagoras anzufechten. Sie konnte an nichts anderes denken als an Conall und seine Berührungen. Er fühlte sich so gut an auf ihrer Haut. Sie wollte nackt sein, und sie wollte diesen Mann in sich spüren. Und anscheinend hatte Conall dieselbe Idee. Seine Hand glitt unter ihren kurzen Jeansrock und riss ihr das Höschen vom Leib.

Sie vergrub die Finger in seinen Haaren und stöhnte in seinen Mund, während er fest ihren Hintern umfasste. Sie war sich sicher, dass sie seine Krallen direkt unter seiner Haut spüren konnte, aber er hatte sie nicht ausgefahren. Noch nicht.

Er hörte auf, sie zu küssen, damit er ihren Hals in Angriff nehmen konnte. Sie fragte sich, ob er sie wohl markieren würde oder nicht. Normalerweise hätte sie dagegen angekämpft. Sie wusste von Sara, was es bedeutete. Aber in diesem Augenblick gab es keine rationalen Gedanken für sie. Vor allem, als sein Mund zu ihrer Brust hinunterwanderte und sie spürte, wie seine Reißzähne über ihren Nippel strichen. Ihr ganzer Körper zuckte wild, und sie klammerte sich fester an ihn.

Conall öffnete seine Jeans und ließ sie zusammen mit den Boxershorts zu den Knöcheln fallen. Miki spürte die Hitze seiner Erektion, als er sie an sich drückte. Sie wusste, sie sollte ihn aufhalten. Allein schon, um ihm zu sagen, er solle ein Kondom benutzen. Doch sie war verloren. Hoffnungslos verloren.

Dann klopfte es an der Tür. Sie und Conall erstarrten.

»Hey, Miki?« Craigs Stimme. *Oh, Mist!*

Conall knurrte. Ein langes, furchterregendes Knurren, während er sie mit vorwurfsvollen Wolfsaugen finster ansah. »Wer zum Henker ist das?«

»Ein Freund.«

Es hämmerte wieder an der Tür. Diesmal mit mehr Nachdruck.

Miki wollte etwas sagen, aber Conalls Hand bedeckte plötzlich ihren Mund. »Kein. Wort!«, presste er zwischen zusammengebissenen Zähnen hervor. »Moment!«, blaffte er in Richtung Tür.

Er holte mehrmals tief Luft, dann ließ er Miki langsam los. Sie rutschte an seinen Beinen herunter, seine Erektion glitt über ihre Haut, und bevor sie es sich verkneifen konnte, stieß sie ein kleines Stöhnen aus.

»Du bringst mich noch um«, flüsterte er wütend, bevor er sie von sich stieß, die Boxershorts und Jeans wieder hochzog und zur Tür ging.

»Conall.« Er warf ihr über die Schulter einen finsteren Blick zu. »Die Reißzähne«, flüsterte sie.

Er blinzelte, merkte, dass Teile von ihm noch Wolf waren. Er schloss die Augen und ließ die Nackenwirbel knacken. Als er die Augen wieder öffnete, waren seine Augen blau wie immer, und seine Reißzähne hatten sich zu normalen Eckzähnen zurückgezogen.

Miki zog ihren Rock herunter und beförderte ihre zerrissene Unterwäsche mit Fußtritten unters Bett, während Conall die Tür öffnete.

»Ja?«

»Wir suchen Miki.«

Mit einem Brummen trat Conall zurück und ließ Craig, Ben und Kenny Liu ins Hotelzimmer. Sie gafften Conall an wie die Hauptattraktion einer Monstrositätenschau.

»Was wollt ihr denn hier?«

Kenny war der Erste, der den Blick von Conall losreißen konnte. »Ähm … du hast etwas vergessen.«

Nein, hatte sie nicht. Sie vergaß nie etwas. Ihre Freunde wollten nach dem Rechten sehen. Sie hatten wahrscheinlich Amy zu Hause abgesetzt und dann angefangen zu überlegen, was Miki wohl passieren würde, wenn Conall aufwachte. Sie hatte gedacht, nur Sara und Angie hätten so ein ausgeprägtes Bedürfnis, sie zu beschützen.

»Ach ja? Was denn?« Sie liebte ihre Freunde, aber sie konnte nicht widerstehen, ihnen einfach so aus Spaß das Leben schwer zu machen.

»Äh …« Kenny sah Ben an, der wiederum Craig ansah, der den Blick schließlich von Conall ab- und Miki zuwandte.

»Ähm …« Er klopfte seine Hose ab. »Die … äh fünfzig Mäuse, die ich dir noch schulde.« Craig zog seine Brieftasche heraus und entnahm ihr mehrere Scheine. Er kam zu Miki herüber und gab sie ihr.

»Etwas Besseres fällt euch nicht ein?«, fragte sie leise und mit einem Lächeln.

»Wir waren verzweifelt«, flüsterte er zurück. »Und sollte ich fragen, was mit dem Bett passiert ist?«

Miki ließ ihren Blick zu dem verschobenen Bett und zurück zu Craig schweifen. »Ein Erdbeben.«

»Miki«, flüsterte er eindringlich. »Das ist nicht lustig! Wusstest du, dass deine Lippe blutet?«

Conall rang mühsam um ein wenig Kontrolle. Er hatte sich noch nie zuvor so verloren. Nie. Diese Frau hatte das Tier in ihm hervorgelockt, aber sie war nicht davongerannt, wie es jeder normale Mensch getan hätte. Stattdessen hätte sie ihn beinahe gevögelt.

Und er hätte sie fast genommen. Einfach so an der Wand. Ohne Kondom. Ohne klaren Gedanken. Kein Gedanke an die Konsequenzen. Er wusste, dass Miki gesund wie ein Pferd war – Sara erzählte ihm das oft genug. Es überraschte ihn, dass sie nicht auch noch Mikis Blutwerte zum Beweis heranzog. Daran verschwendete er also nicht einmal einen Gedanken. Aber er wusste auch, dass sie eine fruchtbare Frau war. Natürlich wollte er eines Tages Kinder, aber jetzt sofort? Und mit Miki? Der Frau, die ihn unter Drogen gesetzt hatte, um mit ihren Freunden auszugehen? Ehrlich, versuchte er hier nicht einfach nur, sie flachzulegen?

Vielleicht nicht. Vielleicht wollte er mehr von der einen Frau, auf die der Wolf in ihm zu reagieren schien.

Aber Miki Kendrick neckte diesen Wolf, als wäre er ein kleiner Jack Russell Terrier hinter dem Zaun zum Nachbarsgarten. *Verrücktes Weib.*

Er beobachtete, wie Miki mit dem nerdigen Schwachkopf sprach. Wäre er mit ihm zur Highschool gegangen, hätte er dem Typen täglich in den Hintern getreten.

Wenn er es recht bedachte, sollte er ihm vielleicht auch jetzt noch in den Hintern treten – so wie der Kerl sich zu Miki vorbeugte.

Miki fuhr sich mit der Zunge über die Unterlippe und schmeckte ihr Blut. Himmel, das Ganze war hübsch außer Kontrolle geraten, was? Sie hörte Conall quer durch den Raum knurren und sah, wie sich ihre Freunde verspannten. Sie musste sie hier herausschaffen. Sofort.

»Ich hab mir nur ein bisschen auf die Lippe gebissen, nicht schlimm.« Sie drehte Craig um und schob ihn mit beiden Händen auf die Tür zu.

»Bist du sicher, dass du nichts brauchst?«

Eine Packung Kondome vielleicht? »Bin ich. Aber danke. Und danke für den Fünfziger.« Den sie auf jeden Fall behalten würde.

Sie schob Craig zur Tür hinaus, schnappte dann Kenny und Ben an den Jacken und zwang auch sie zu gehen. »Danke, Jungs. Wir sehen uns!«

Sie machte ihren Freunden die Tür vor der Nase zu und wandte sich zu Conall um. Er sagte nichts, starrte sie nur an.

»Was?«, fuhr sie ihn schließlich an.

»Wer zum Geier waren die?«

Sie drückte sich von der Tür ab und ging durchs Zimmer. »*Die* gehen dich gar nichts an.«

»Na gut. Meinetwegen.« Er ging zur Tür und hob unterwegs seine Bikerjacke vom Boden auf. »Ich bin im Diner gegenüber, wenn du so weit bist, auf den Campus zu gehen.«

Mit einem Türenknallen war er fort.

Kapitel 10

Conall schob seine zweite Portion Waffeln von sich. Offensichtlich war er aufgebracht – er brachte nicht so viel runter wie sonst.

Miki. Verdammte Miki! *Sie* hatte ihm das angetan. Diese trickreiche, sadistische Zicke. Er konnte es nicht erwarten, ihr das Gehirn herauszuvögeln.

Er schüttelte den Kopf. *Nein, nein, nein.* Sie war eine heimtückische Frau, von der er sich fernhalten sollte. Er sollte überhaupt keinen Teil von sich in irgendeinen Teil von ihr vergraben. Sie war gefährlich. Wie Uran. Aber wie sie seinen Namen gestöhnt hatte, als sie diesen Orgasmus hatte …

Okay. Er tat es schon wieder! Er würde nicht über sie oder die Art, wie sie etwas stöhnte, nachdenken. Nie wieder. Nie wieder würde er eine Frau so dicht an sich heranlassen. Egal, wie süß, sexy, genial oder gefährlich labil sie sein mochte.

Um genau zu sein, war er mit den Frauen im Allgemeinen fertig. Es war absolut nichts falsch am Zölibat. Eine gute, bewundernswerte Art zu leben. Zum Henker, Gandhi hatte es ja auch getan.

»Aber hallo, Sonnenschein!«

Conall warf einen Blick auf die Frau, die neben ihm stand. Sie war kaum größer als Miki. Noch so ein laufender Meter. Na super.

»Was willst du?«

»Und die Mädels haben mir gesagt, du seist der Nette.«

Nein. Eher der Dumme. »Was interessiert eine Rudelfrau Nettigkeit?«

Sie glitt auf die Bank ihm gegenüber. »O-oh. Da sieht aber jemand traurig aus.« Mann, diese Frau war die Königin des Sarkasmus.

»Und wer bist du?«

»Victoria Löwe.«

»Vom Löwe-Rudel?« Deutsche Löwen. Großartig. Der Tag wurde immer besser.

Sie nickte. »Und du bist Conall von der Magnus-Meute.«

»Ja.« Er fragte nicht, woher sie das wusste. Er wollte es nicht wissen.

»Tja, Mr. Magnus …«

»Sag Conall zu mir. Oder Mr. Víga-Feilan, wenn du förmlicher sein willst.«

Augenblicklich veränderte sich die gesamte Körpersprache der Frau. Er roch den plötzlichen Hauch von Vorsicht, der von ihr ausging. »Du bist ein Víga-Feilan?«

»Das ist mein Familienname. Aber ich gehöre nicht zu der Meute. Ich war immer ein Magnus.«

Sie schien sich ein wenig zu entspannen, blieb aber skeptisch. Er konnte es ihr nicht verdenken. Einarr und seine Sippe hatten den Namen Víga-Feilan recht bekannt gemacht. Rudel und Meuten hassten sie gleichermaßen. Seine Familie glaubte offensichtlich immer noch an diesen Wikinger-Blödsinn. Das Problem war nur, dass sie nicht mehr in Langbooten herumsegelten und Klöster auslöschten. *Arschlöcher.*

»Also, was willst du?«

»Reden.«

Conall warf einen Blick über die Schulter. Da saßen sie. Frauen, die zum Löwe-Rudel gehörten, sie beide schweigend beobachteten und nur darauf warteten, ihn in Stücke zu reißen. Sie sahen aus, wie er sich Rudelfrauen vorstellte. Nur diese eine hier war ein bisschen mickrig. Vielleicht hatte sie ein wenig Berglöwe in sich.

»Und deshalb hast du mich hierher verfolgt?«

»Ach, Süßer, bilde dir bloß nichts ein. Ich habe dich nirgendwohin verfolgt. Meine Freundinnen und ich sind auf dem Weg zum Rodeo. Vielleicht finde ich einen Cowboy für mich. Dann habe ich dich da so einsam und allein sitzen sehen. Und eines meiner Mädels hat dich erkannt.«

»Okay. Dann rede.«

»Ich habe von deiner Meute und dem Withell-Rudel gehört. So eine böse Sache.«

Er seufzte. »Ich langweile mich.«

»Ich persönlich würde diesen Vorfall wenn möglich nicht wiederholen wollen.«

»Und wie stellst du dir das vor? Indem alle Meuten sich auf den Rücken wälzen und kollektiv die Bäuche zeigen?«

»Hunde! Bei euch muss immer alles schwarz oder weiß sein! Auf eine ganz eigene, allzu einfache, welpenhafte Weise ist das süß.«

»Weißt du, ich hatte einen echt schlechten Morgen, und es macht mir nichts aus, über diesen Tisch zu greifen und dir das Genick zu brechen wie einen dürren Ast.«

»Wenn du der Nette bist, wäre ich echt mal neugierig auf deine Alphas.« Sie zuckte mit den Schultern. »Ich habe gehört, die Freundin eurer Alpha wurde vor einem eurer Clubs angegriffen. Ich wollte euch nur sagen, dass wir es nicht waren.«

Das wusste er, aber sie war offensichtlich besorgt, es könnte nicht so sein. »Und du sprichst für alle Rudel?«

Sie nickte. »Um genau zu sein: ja.«

Zum ersten Mal sah Conall die Frau wirklich an. Sie war schön und jung. Vielleicht ein bisschen zu jung, um für alle Rudel zu sprechen. Dennoch war er bereit, ihr einen Vertrauensbonus zu gewähren. »Also habt ihr sie nicht geschickt. Wo kamen sie dann her?«

»Ich habe keine Ahnung.«

»Und ich soll dir vertrauen, weil …?«

»Weil ich bezaubernd bin.«

Conall musste kichern. Sie war wirklich bezaubernd. Gefährlich und bezaubernd.

»Störe ich bei irgendwas?«

Vielleicht war es die Art, wie Miki sie ansah. Als habe sie sie beim Vögeln auf dem Diner-Tisch erwischt. Aber egal, wie sie schaute, er fühlte sich *wirklich* schuldig. Aber warum zum Henker sollte er sich schuldig fühlen? Er hatte sie schließlich nicht unter Drogen gesetzt, um loszuziehen und sich mit irgendwem zu treffen.

Er wandte den Blick von ihr ab, wollte nicht zu viel über sie nachdenken und wie süß sie aussah mit ihren von der Dusche noch nassen Haaren.

»Nein, nein. Ich wollte gerade gehen.« Victoria wollte aufstehen.

»Du musst nicht gehen.« Okay. Jetzt benahm er sich wie ein Arsch.

Er hörte Miki mit den Zähnen knirschen. *Gut.*

»Vielleicht muss sie nicht gehen. Aber du. Ich muss zum Campus.«

Conall sah Victoria an. »Sind wir fertig?«

»Ich habe gesagt, was ich zu sagen hatte. Jetzt muss ich mir einen Cowboy besorgen.« Sie lächelte ihn an. »Danke fürs Zuhören, Conall. Du bist wohl doch der Nette.«

Sie stand auf und sah Miki an. »Er gehört ganz dir.« Dann ging sie zurück zu ihrem Rudel.

Er zog seine Brieftasche aus der hinteren Hosentasche und warf Geld auf den Tisch. Bis er aufstand, war Miki schon zur Tür hinausgestürmt.

Er fand sie bei dem gemieteten SUV. Er schloss den Wagen auf, und sie stiegen beide ein.

»Wer war das?«

»Victoria Löwe.« Er startete den Wagen und fuhr vom Parkplatz.

»Gehört sie zum Rudel?«

»Yup.«

»Und du sitzt mit ihr in einem Diner herum und plauderst?«

»Scheint so.«

Sie sprachen nichts weiter, bis sie am Campus ankamen.

Wenn man sie fragte, war diese zehnminütige Fahrt die längste ihres Lebens. Conall parkte so nahe wie möglich an dem Gebäude, in das sie musste, dann schaltete er den Motor aus und starrte stur geradeaus. Miki schnappte sich ihren Rucksack und wolle gerade davonstürmen, als seine Stimme sie aufhielt: »Wenn du fertig bist, komm hierher. Geh nirgendwo anders hin. Versuch nicht, dich wegzuschleichen. Denn ich werde dich aufspüren. Und wenn ich das tun muss, werde ich nicht mehr so nett sein.«

»Du benimmst dich wie ein Arschloch.«

»Tut mir leid. Das sind wohl die Nachwirkungen der *Drogen, die du mir gegeben hast*!«

Miki zuckte nicht einmal mit der Wimper, als er anfing zu schreien. »Das wirst du mir ewig vorhalten, oder?«

Conall starrte sie mit offenem Mund an.

»Was?«

Er wandte sich von ihr ab. »Stoß dich nicht an der Tür, wenn du aussteigst.«

Okay. Na schön. Er wollte ein nachtragendes Arschloch sein, dann sollte er ein nachtragendes Arschloch sein. *Selbstgerechter Vollidiot.*

Sie sprang aus dem Wagen, zog ihren Rucksack über beide Schultern und ging quer über den Campus auf das Büro ihrer Betreuerin zu.

»Hey, Psychopathin!« Miki, die schon den halben

Weg zu ihrem Ziel zurückgelegt hatte, drehte sich um und sah Amy und Craig auf sich zukommen.

»Hey.«

»Alles klar?« Amy kannte sie gut. »Ich weiß nicht recht, ob du sauer oder traurig bist.«

Beides. »Es ist nichts. Alles in Ordnung. Was tut ihr denn so früh hier? Oder wart ihr gar nicht erst im Bett?«

Amy seufzte. »Ich muss einem Haufen Erstsemestern etwas über Quantenphysik beibringen. Drei Stunden meines Lebens – für immer verloren.« Amy meckerte viel, aber sie war eine der besten Lehrbeauftragten, die die Universität hatte. Und wenn sie schlau waren, gaben sie sich einen Ruck und ihr eine Festanstellung, bevor das MIT oder Harvard sie ihnen abwarben.

»Und ich bin hier, um mich mit Professor Leucrotta zu treffen.« Miki lief ein Schauder über den Rücken bei Craigs gemurmelten Worten. Und es war keiner dieser coolen Schauder, die Conall bei ihr auslöste. Sondern einer von den grusligen, wie wenn sie eine Spinne in der Nähe ihrer Badewanne herumkrabbeln sah.

»Warum?«

»Keine Sorge. Er will sich wegen des Geldes für mein Stipendium mit mir treffen. Vielleicht kann ich sein Passwort herausfinden, wenn ich in seinem Büro bin.«

»Sei vorsichtig. Mach keine Dummheiten!«

»Wer? Ich? Und wo sind meine fünfzig Mäuse?«

Sie grinste. »Ich dachte, du hast heute Morgen *vergessen*, sie mir zu geben.«

»Du gibst sie mir nicht zurück, oder?«

Miki grinste. »Nö. Aber danke, dass ihr nach mir gesehen habt.«

»Jederzeit. Wir hatten das Gefühl, wir könnten dich nicht mit Conan dem Barbar allein lassen.«

»Hey, Mik.« Amy stieß sie mit dem Ellbogen an. »Schau mal. Dein langweiliger Traummann!« Miki sah in die Richtung, in die Amy nickte, und sah Troy Benson auf sich zukommen.

»Miki? Bist du das?«

Miki brachte ein Lächeln zustande und ließ eilig den Rucksack von den Schultern gleiten. Nichts war geekiger, als mit einem riesigen Rucksack herumzulaufen. Und Troy war alles andere als geekig. Eins dreiundachtzig groß – eine hübsch *normale* Größe, nicht wie andere, abnormal große Männer, die sie kannte – mit hellbraunen Haaren und dunkelgrünen Augen. Sie war seit der Chemievorlesung in ihn verknallt. Es überraschte sie nicht, dass Troy den Arm um irgendein großes blondes Mädchen gelegt hatte, das aussah, als äße es nichts, ohne hinterher alles wieder von sich zu geben, aber er küsste sie auf die Wange und verabschiedete sich von ihr, bevor er herüberkam.

»Wow, du hast dich nicht verändert. Immer noch meine kleine Miki.«

Lustig, das kam ihr nicht gerade wie ein Kompliment vor.

»Hat sie sonst noch etwas gesagt?«

Conall lehnte an der Beifahrertür des SUV, das Handy am Ohr, und blickte über den verlassenen Campus. Es war noch früh, und die Studenten trudelten erst langsam ein. »Sie sagte, sie wolle versuchen, sich einen Cowboy aufzureißen.«

»Das halte ich nicht für besonders hilfreich.«

Conall grunzte, und Zach am anderen Ende schwieg einen Moment. »Ist alles okay bei dir?«, fragte er schließlich.

»Ja, warum?«

»Du hast dich nur noch nie so … nach mir angehört.«

Conall grinste in sich hinein. »Mir geht's gut.«

»Macht Miki dir immer noch das Leben schwer?«

»So ähnlich.« Er würde vor seinem Alpha nicht zugeben, dass er sich von einer Verrückten hatte betäuben lassen, damit sie sich mitten in der Nacht verdrücken konnte. Und sei es nur, weil Zach ihm das noch ewig aufs Brot geschmiert hätte.

»Ich bin mir sicher, sie wird irgendwann damit aufhören. Egal, hast du ihr geglaubt?« *Ja!* Aber er würde kleinen, bösartigen Frauen nie wieder glauben. Vor allem nicht solchen, deren ganzer Körper beim Orgasmus zitterte.

»Wem?«

»Victoria Löwe.«

»Oh … äh … ja, ja. Habe ich. Ich habe ihr geglaubt.«

»Okay. Tja, dann seid trotzdem vorsichtig, ihr zwei. Sobald Miki fertig ist, bring sie sofort wieder her, bevor meine Frau mich zwingt, mit dem Trinken anzufangen.

Wenn sie gestresst ist, läuft sie ständig hin und her. Das treibt mich in den Wahnsinn.«

Conall schnüffelte in den Wind, der aus der Richtung kam, in die Miki gegangen war. Er roch etwas. Mikis Duft, aber vermischt mit etwas anderem. Etwas … Männlichem.

Conall knurrte.

»Conall? Hörst du mir zu?«

»Ja, klar. Wir sind vorsichtig. Ich muss los.« Er klappte das Handy zu und folgte ihr.

»Und? Immer noch in Texas, was?«

Miki holte tief Luft. Sie würde ruhig bleiben. Sie schaffte das. Auch wenn sie nicht gerade eine versierte Flirterin war. Um genau zu sein, stellte sie sich bei Männern manchmal sogar ausgesprochen blöd an … außer bei Conall. Bei ihm schien sie keine Probleme zu haben, ihm die Beine um die Taille zu schlingen, während er sie an die Wand drückte.

»Im Moment noch, ja. Ich werde diese Woche mit meiner Doktorarbeit fertig. Und Conridge erwähnte eine Stelle als Lehrbeauftragte.«

»Dann würden wir zusammenarbeiten. Nicht schlecht. Und Conridge ist knallhart.« Junge, das war sie allerdings. Professor Conridge war an der ganzen Universität berüchtigt. Die Leute fürchteten sie. Als Miki beschloss, endlich ihre Doktorarbeit fertigzuschreiben, hatte ihr alter Betreuer an eine andere Universität gewechselt, und Conridge hatte sich angeboten, sie zu übernehmen. Bis heute hatte sie keine Ahnung, warum. Sie glaubte, die Frau hasste sie. Andererseits schien sie einfach jeden zu hassen.

»Das wäre also toll für dich, was?«

Sie hätte den angstvollen Ausdruck in Craigs Gesicht sehen sollen und den lustvollen in Amys. Sie hätte bemerken sollen, dass soeben ein riesiger Schatten auf sie gefallen war. Aber sie bemerkte nur Troy und ihren lahmen Versuch, seine Aufmerksamkeit zu erregen. »Tja, weißt du, es ist definitiv Zeit für eine Veränderung.« Sie hörte auf zu reden, denn Troy hatte offensichtlich aufgehört, zuzuhören. Kurz bevor sie sich umdrehen konnte, um nachzusehen, was für ein Grauen hinter ihr stand, das jedermanns Aufmerksamkeit auf sich zu ziehen schien, erstarrte Miki, als lange, muskulöse Arme sich plötzlich um sie legten, sodass sie sich nicht mehr rühren konnte.

»Hey, Baby.« Warme Lippen drückten gegen ihr Ohr und schickten ein köstliches und verräterisches Kribbeln ihren Rücken hinab bis zu ihrer Klitoris. »Ich dachte, du wolltest mit deiner Professorin reden. Du kommst noch zu spät.«

Sie blickte zu Conall auf. Er lächelte. Ein böses Wolfslächeln. So lächelten sie, bevor sie ein Reh erlegten.

Mistkerl!

»Was zum Geier …«

Er drückte sie eng an sich, und Miki hatte Mühe zu atmen. »Man muss ständig darauf achten, dass Miki tut, was sie soll, sonst verzettelt sie sich total.«

Miki sah Craig und Amy an, erkannte aber sofort,

dass sie jetzt schon viel zu viel Spaß hatten, um irgendetwas zu tun.

Conall rieb die Nase an ihrem Hals, und sie dachte daran, ihm die Augen auszukratzen. »Na, stellst du mich deinen Freunden vor, Baby?«

Baby?

Sie versuchte, sich aus seinem Griff zu winden, aber er ließ sie nicht los. Und Troy sah viel zu erschrocken aus, um etwas zu sagen. Er starrte Conall nur an.

Dafür würde er später bezahlen müssen.

»Nein. Tue ich nicht.«

Amy sprang ein, bevor Miki Conall energisch auf den Fuß treten konnte. »Ich bin Amy. Das ist Craig. Und das da ist Troy.«

Miki starrte seinen Hals an. Es war ein dicker Hals. Da konnte viel Blut herausspritzen, wenn sie ihn ihm aufschlitzte.

»Hallo, Craig. Wir haben uns heute Morgen in unserem Hotelzimmer schon gesehen.«

In *unserem?*

»Aber es ist nett, die anderen Freunde von meinem Honigbärchen kennenzulernen.«

Amy hätte fast ihren Kaugummi ausgespuckt, während Craig sich plötzlich brennend dafür interessierte, was auf der anderen Seite des Campus los war. Troy sah ein bisschen enttäuscht aus, als er Miki ansah. Sie konnte sehen, wie ihre Zukunft ihr entglitt.

»Troy …«, begann sie. Aber eine von Conalls großen Händen glitt unter ihr T-Shirt, und plötzlich spürte sie Krallen. Seine Krallen, die leicht über ihren Bauch strichen.

Ich bringe ihn um!

»Baby, du musst los, sonst kommst du noch zu spät. War nett, dich kennenzulernen, Amy. Craig. Trey.«

»Ich heiße Troy.«

»Egal.« Conall nahm Mikis Hand und zerrte sie weg. Sie schaffte es gerade noch, ihren Rucksack zu schnappen, bevor sie hinter ihm herstolperte.

»Welches Gebäude?«, presste er heraus.

»Leck mich!«

Er zog sie plötzlich in seine Arme. Für jeden anderen sah es wahrscheinlich liebevoll aus, aber sie wusste es besser. Und sie war sowieso viel zu sauer, um etwas anderes als mörderische Wut zu spüren. Er beugte sich dicht zu ihr, sein heißer Atem streifte ihr Ohr. »Mach weiter so, und du wirst dir noch wünschen, sie hätten dich in dieser Gasse erledigt.«

»Das da. Da drüben.«

Conall ging weiter und zog Miki hinter sich her. Er ging ins Gebäude, fand ein Treppenhaus und zerrte sie hinein. Sobald er ihre Hand losließ, drosch sie ihm gegen die Brust. Dann fluchte sie wie ein Wasserfall, als der Schmerz ihren Arm hinaufschoss. Natürlich zuckte er nicht einmal mit der Wimper.

»Bist du fertig?«, knurrte er.

»Arschloch! Was soll die ganze Scheiße?« Sie schüttelte die Hand, besorgt, sie könnte sich einen Knöchel gebrochen haben. Conall fing die Hand unvermittelt ab und rieb die Knöchel zwischen den Händen, sah sie aber trotzdem wütend an. Sie war sich ziemlich sicher, dass er es nicht einmal merkte.

»Wer zum Henker war der Typ überhaupt?«

»Wer? Troy?« War er eifersüchtig? Tja, dann sollte sie ihn nicht enttäuschen. »*Das* war der zukünftige Mr. Miki Kendrick.«

Falsch. *Er* war der zukünftige Mr. Miki Kendrick. Nicht irgendein lascher, winziger Mann mit winzig kleinen Händen. Mit einem Blick hatte er erkannt, dass der Kerl ein Arschloch war. Auf keinen Fall würde er Miki in die Nähe dieses Kerls lassen. Klar, sie war eine rachsüchtige Zicke. Aber sie war *seine* rachsüchtige Zicke. Das wusste er jetzt. Kein Herumlabern mehr. Kein Argumentieren darüber, was er wirklich wollte. Miki Kendrick gehörte ihm.

Er brauchte allerdings eindeutig eine neue Taktik. Die übliche funktionierte bei ihr nicht. Hauptsächlich, weil sie verrückt war. Aber da war er flexibel. Und fies genug, sich zu holen, was er wollte.

»Ich finde, du solltest dich aus meinem Leben heraushalten, Wikinger.« Sie versuchte, ihm ihre Hand zu entreißen, aber er ließ nicht los.

»Und ich denke, du merkst nicht, dass ich jetzt am längeren Hebel sitze.«

»Was? Weil ich dir Schlafmittel verabreicht habe? Erwartest du, dass ich auch nur eine Sekunde glaube, du würdest mir wehtun oder mich bei den Cops abliefern?«

»Nein. Aber wer weiß, was ich mit *ihm* anstellen würde.«

Miki erstarrte. Ihre großen, schönen Augen starrten zu ihm herauf. »Das. Wagst. Du. Nicht.«

»Du hast Essen nach mir gespuckt. Du hast mir am

Flughafen bei den Cops eine Falle gestellt. Und du hast mich unter *Drogen* gesetzt. Willst du wirklich jetzt die ›Das wagst du nicht‹-Theorie testen?«

Er konnte erkennen, wie sich ihre Kiefermuskeln spannten und entspannten. Sie war richtig sauer, und dadurch roch sie nur noch leckerer.

»Lass ihn in Ruhe, Conall. Er hat dir nichts getan.«

Er trat ihren Rucksack aus dem Weg. »Aber was ist mir dir, Mik? Hat er dich?«

»Niemand hat mich.«

Er drängte sie zurück, bis sie mit dem Rücken an der Wand stand. Er hatte sich noch nie so Mühe gegeben, bedrohlich zu wirken, aber Miki löste das in ihm aus. Und es half auch nicht, dass ihm jedes Mal, wenn er das tat, der Geruch ihrer Lust ins Gesicht schlug.

»Aber ich will dich!«

»Das habe ich gemerkt.«

»Und wenn ich damit beschäftigt bin, dich herumzujagen, kann ich ihm ja wohl kaum gleichzeitig die Scheiße aus dem Leib prügeln, oder?«

Miki verschränkte die Arme vor der Brust. »Ich denke nicht.«

»Also treffen wir vielleicht eine kleine Vereinbarung.«

»Was für eine Vereinbarung?«

»Du gibst mir Zeit bis Freitag.«

»Um was zu tun?«

Er stützte beide Hände über ihr an die Wand und beugte sich zu ihr vor. »Um dir näherzukommen. Nachdem du deine Dissertation verteidigt hast. Wenn ich es bis Freitag nicht geschafft habe, zwischen deine süßen

Schenkel zu kommen, ist es vorbei. Dann behellige ich dich nie mehr. Ich werde dich nicht einmal ansehen.«

»Das soll wohl ein Witz sein!«

»Wenn es um dich geht, mache ich keine Witze.«

Er erwartete, dass sie ihn in die Glocken treten würde. Tat sie aber nicht. *Interessant.*

»Lass es mich zumindest versuchen, Mik!« Er zog ihre Arme sanft von ihrem Körper weg und beugte sich vor. Sie beobachtete ihn genau, versuchte aber nicht, ihn aufzuhalten. »Siehst du? Das war doch nicht so schwer, oder?« Er beugte sich hinab und küsste sie. Ein kleiner Kuss. Seine Lippen auf ihren. Sie wich nicht zurück, also knabberte er an ihrer Unterlippe, bis ihr Mund aufging und sie ihn hereinließ. Seine Zunge strich langsam über ihre, kostete ihren Geschmack aus. Sie versuchte, ihre Arme wegzuziehen, aber er hob sie hoch und hielt sie über ihrem Kopf an der Wand fest. Mit dem Unterleib hielt er sie an die Wand gedrückt, sein Knie glitt zwischen ihre Schenkel.

Sie stöhnte, und er wusste, er hatte sie.

Was in aller Welt tat sie da? Hatte sie den Verstand verloren? Machte sie tatsächlich im Treppenhaus ihrer Uni mit dem Wikinger herum? Das war eindeutig ein ganz neues Tief. Es war früh, aber überall waren schon Professoren und Studenten unterwegs. Früher oder später wurden sie erwischt. Es war verrückt. Sie war verrückt. Wie wollte sie hier eine Festanstellung bekommen, wenn sie mit irgendeinem Kerl im Treppenhaus erwischt wurde?

Sie musste ihn stoppen. Sie musste ihn wegschieben. Sie durfte definitiv nicht stöhnen. Um genau zu sein, musste sie *aufhören* zu stöhnen.

Conall löste sich aus dem Kuss und grinste anzüglich. »Ja. Genau das meine ich mit Näherkommen.«

Hätte sie die Kraft gehabt, sie hätte ihn noch einmal geschlagen. Tatsächlich war sie nur zu bereit, einfach zum Spaß ihre Fingerknöchel aufs Spiel zu setzen.

Doch bevor sie ihn umhauen konnte, küsste Conall ihre Wange, trat zurück und zog sie unter der Treppe hervor, unter die er sie gelockt hatte.

»Miss Kendrick. Ich hoffe, ich störe nicht.«

Conall und Miki drehten sich um. Oben an der Treppe stand die Drachenlady höchstpersönlich. Professor Irene Conridge. Eine imposante Frau in den Vierzigern, die einen ihrer schlichten blauen Hosenanzüge trug und dazu ein Paar Fick-mich-Pumps. Die Frau war schon immer ein wandelnder Widerspruch gewesen.

»Ehrlich. Ich weiß, wie beschäftigt Sie sind. Ich dagegen leite ja nur die ganze Fakultät, also lassen Sie mich ruhig noch mal eine Viertelstunde warten.«

Miki entriss Conall ihre Arme und drängte sich an ihm vorbei. »Professor Conridge. Es tut mir so leid. Ich habe die Zeit vergessen ...« *Weil ich damit beschäftigt war, mich befummeln zu lassen.*

Miki schnappte sich ihren Rucksack und zog Conall im Vorbeirennen an den Haaren, aber sie hatte das Gefühl, dass er das nur als einen Teil des Vorspiels sah. Sie stürmte die Treppe hinauf, doch Conridge war schon gegangen.

Oben blieb sie stehen und schaute noch einmal zu

Conall hinab, während sie sich ihren viel zu voll gepackten Rucksack auf die Schultern hievte. »Ich weiß nicht, wie lange es dauern wird.«

»Schon in Ordnung. Lass dir Zeit. Ich werde hier sein.« Natürlich würde er das. Denn er quälte sie.

»Miss Kendrick!«

Miki schüttelte ihre Benommenheit ab und rannte los.

Kapitel 11

Conall saß auf den Stufen und gab sich wirklich alle Mühe, seinen tobenden Ständer unter Kontrolle zu bekommen. Mann, diese Frau war ein Feuerwerk! Es brauchte nicht viel, damit sie losging. Nicht viel, um sie heiß und feucht zu machen. Für ihn. Er knurrte und zwang seinen Wolf zurück an seine Kette.

Nein. Keine andere würde je gut genug für ihn sein. Er wollte Miki. Nicht für eine Nacht. Nicht einmal für eine Woche. Sondern ein Leben lang. Er würde sie auch bekommen. Er musste sie nur überzeugen. Und zum Geier, wie schwer konnte das schon sein?

Conall runzelte die Stirn. Da war wieder dieser Geruch. Derselbe wie auf dem Rave. Derselbe wie der an Miki nach dem Überfall.

Diesmal hatte er ihn eigentlich schon wahrgenommen, sobald sie das Treppenhaus betreten hatten, aber Miki hatte ihn vollkommen abgelenkt. Jetzt konnte er es nicht mehr ignorieren.

Der Geruch war schwach, also war die Gefahr seiner Meinung nach nicht allzu nahe, aber dennoch …

Conall schnüffelte in die Luft und stellte fest, dass es aus einem anderen Stockwerk kam. Er folgte dem Geruch und ließ sich von ihm ein Stockwerk höher leiten. Er roch Miki auf diesem Stockwerk. Ihren köstlichen Duft roch er über alle anderen hinweg. Er ging noch einen Stock höher. Hier gab es mehrere Labore. Er ging an ihnen und einer Reihe von Unterrichtsräumen vorbei. Dann kam er in einen Flur mit Büros von Professoren. Er folgte dem Geruch, bis er eine Tür erreichte. Er versuchte, sie zu öffnen. Abgeschlossen. Also hielt er die Nase direkt ans Holz und schnüffelte. Dann noch einmal. Er kannte diesen Geruch. Von irgendwoher. Also nahm er noch einen Atemzug. Einen tiefen, langen.

Dann traf es ihn wie ein Schlag. Direkt zwischen die Augen. Er konnte nicht fassen, dass er nicht schon vorher darauf gekommen war.

»Eine Hyäne!«, bellte er triumphierend.

Conall wandte sich ab und stand plötzlich direkt vor Craig.

»Hallo.«

Conall nickte. »Hallo.«

Sie starrten sich noch kurz an, dann ging Conall davon – überzeugt, dass der Mann ihn beobachtet hatte, wie er an der Tür schnüffelte wie ein Bombensuchhund, der eine Atomwaffe ausfindig gemacht hatte. Aber darüber würde er sich jetzt keine Gedanken machen. Er war zu sehr mit den Hyänen beschäftigt. Den natürlichen Feinden der Löwen.

Conall hatte noch nie an Zufälle geglaubt, und er würde auch jetzt nicht damit anfangen. Er rief sich den Namen des Professors an der Tür ins Gedächtnis. »Leucrotta«. Er würde Miki nach ihm fragen müssen.

Conridge verschränkte die langen Beine und schaute auf Miki hinab. »Nun, ich denke, Sie sind bereit – besser wird es nicht werden.«

Das war immer noch besser als das, was sie anderen Absolventen gesagt hatte – »Sie bestehen lassen? Sie haben Glück, dass ich Sie nicht umgebracht habe!«

»Muss ich sonst noch etwas tun?«

»Sie haben einen Unterrichtsraum reserviert, oder?«

»Ja, Ma'am.«

»Und Sie haben sich doppelt versichert, dass alle Ausschussmitglieder die Zeit und den Ort kennen?«

»Ja, Ma'am.«

»Dann, Miss Kendrick, müssten Sie startklar sein. Bereiten Sie sich nur gut darauf vor, Ihre Dissertation hart zu verteidigen. Jetzt ist nicht der Zeitpunkt, um keinen Ton herauszubringen. Wobei ich mir sicher bin: Sollte das passieren, wird das Leben, wie wir es kennen, aufhören zu existieren.«

Miki lächelte. »Ja, Ma'am.«

»Also ruhen Sie sich ein bisschen aus, und wir sehen uns am Freitag um halb vier.«

»Ja, Ma'am.«

Miki stand auf und sammelte ihre Papiere zusammen. Sie wusste, dass Conridge sie beobachtete, aber sie hatte Angst, zu fragen, warum. Die Frau war ein echter Drache.

»Und, Miss Kendrick, wer war dieser nette junge Bursche, mit dem Sie im Treppenhaus geschmust haben?«

Miki ließ die knapp zweihundertfünfzig Blatt Papier fallen, aus denen die letzte Version ihrer Doktorarbeit bestand. Auf den Knien begann sie eilig, die Blätter wieder aufzusammeln. Über die Reihenfolge würde sie sich später Gedanken machen. Alles, nur nicht dieses Gespräch führen müssen. Auf keinen Fall würde sie über den Wahnsinn sprechen, der zwischen ihr und Conall vor sich ging. Sie verstand es selbst nicht, wie hätte sie es dann anderen erklären können? Vor allem würde sie es nicht Professor Conridge erklären. Mitglied der studentischen Vereinigung Phi Beta Kappa. Rhodes-Stipendiatin. Und eine Zicke vor dem Herrn.

»Nur ein Freund, Ma'am.« Immer wenn sie in Conridges Nähe war, fühlte sich Miki wie beim Militär. Ja, Ma'am. Nein, Ma'am. Bitte lassen Sie mich nicht durchrasseln, Ma'am.

»Lassen Sie sich von allen Ihren Freunden an die Wand drücken?« Heilige Scheiße, wie viel hatte die Frau gesehen? Oder noch schlimmer: gehört?

Sie spürte, wie ihr Gesicht rot anlief. »Wir haben nur geredet, Ma'am.«

»Verstehe. Um ehrlich zu sein, bin ich erstaunt, dass Sie ihn hinter diese Treppe quetschen konnten. Er ist ein großer Kerl. Selbst für einen von der Meute.«

Miki, die die Hälfte ihrer Papiere bereits zusammengesucht hatte, ließ sie wieder fallen. Aus der Hocke heraus starrte sie zu Conridge auf. »Entschuldigung – was?«

Die Frau lächelte und kam um ihren Schreibtisch herum. Sie setzte sich darauf, nahm einen silbernen Bilderrahmen und reichte ihn Miki.

»Mein Mann. Niles Van Holtz. Von der Van-Holtz-Meute.«

Miki wusste nicht, was sie mehr schockierte: Dass Conridges Mann zur Meute gehörte oder dass sie überhaupt einen Mann hatte. Mit offenem Mund starrte sie das Foto an. Der Mann war umwerfend, das musste sie ihr lassen. Es war ein Foto von Conridge, ihrem Mann und vier glücklich aussehenden Kindern.

Sie blinzelte. »Van Holtz?« Dann runzelte sie die Stirn. »Von der Van-Holtz-Restaurantkette?« Sie war noch in keinem dieser Restaurants gewesen. Man musste steinreich sein, um sich dort auch nur eine Beilage leisten zu können.

Die Frau verdrehte die Augen und kicherte, offenbar war ihr das alles peinlich. Allerdings nicht die Tatsache, dass ihr Gefährte an Bäume pinkelte und sich mit dem Hinterbein am Ohr kratzen konnte. *Das* schien sie nicht zu stören.

»Haben Sie deshalb angeboten, meine Betreuerin zu werden?«

»Natürlich. Ich weiß, wie schwer es ist, ein Mensch unter Gestaltwandlern zu sein. Und ich hatte davon gehört, dass Ihre Freundin Anführerin der Magnus-Meute geworden ist. Außerdem habe ich von Ihrer Rolle im Rudelkrieg gehört. Ich bin beeindruckt. Ich wusste immer, dass Sie schlau sind. Das habe ich nie bezweifelt. Ich hatte nur keine Ahnung, was Sie anrichten können. Sie werden ihm eine gute Gefährtin sein.

Miki stand auf. »Was? Conall? Nein. Ich werde nicht seine Gefährtin. Niemals.«

Conridge wirkte verwirrt. »Warum denn nicht?«

»Weil.«

»Weil … was?«

»Weil ich mich nicht so weit mit ihm einlassen will.« Wie oft sollte sie das diesen Leuten noch erklären? Und warum wurde sie ständig danach gefragt, verdammt noch mal?

»Aber Ihnen ist doch klar, dass er Sie genauso angesehen hat, wie Niles mich immer noch ansieht? Und meine Güte, wir sind jetzt schon seit mehr als zwanzig Jahren zusammen.« Ihr Blick war warm, und Miki wurde bewusst, dass sie gerade eine ganz andere Seite dieser Frau kennenlernte. Conridge liebte den Mann, von dem sie sprach. Sehr. Plötzlich bereute sie es, Conridge eine Schwanzlutscherin genannt zu haben, als sie ihr den ersten Entwurf ihrer Dissertation mit so vielen Rotstiftmarkierungen zurückgegeben hatte, dass das Papier aussah, als habe es die Bluterkrankheit.

»Aber Conall hat mir gegenüber nicht diese Gefühle.«

»Und Sie wissen das, weil Sie so viel von der normalen Gesellschaft verstehen.«

Conridge hatte recht. Miki hätte »Normalität« nicht einmal erkannt, wenn sie ihr ins Gesicht gespuckt hätte. Und langsam hatte sie das Gefühl, egal, was sie tat oder wie sehr sie sich abmühte, sie würde nie normal sein.

»Ich … ich …« Miki saß im Schneidersitz auf dem Boden und wusste nicht mehr, was sie sagen sollte. »Ich habe keine Ahnung, was ich da tue.«

»Das ist nicht schlimm. Das machen wir alle durch. Sogar ich.«

»Ehrlich?« Miki fiel es schwer, das zu glauben. Conridge wirkte immer so kontrolliert und mit sich im Reinen.

»Natürlich. Glauben Sie, ich *wollte* die Gefährtin eines Wolfes werden? Der Mann hat mich von hinten angegriffen und meinen Rücken markiert. Dafür habe ich ihm natürlich eins mit dem Baseballschläger übergezogen. Er musste mit acht Stichen am Kopf genäht werden.«

Miki starrte sie an, und Conridge zuckte die Achseln. »Er war damals noch auf dem Nimm-dir-was-du-willst-Trip. Ich habe ihn abgerichtet, das nicht mehr zu tun … und sich auf Befehl auf den Rücken zu rollen.« Die zwei Frauen lachten, und Miki fragte sich, ob sie hier sich selbst in fünfzehn Jahren vor sich hatte.

Conridge zog ihre Strümpfe zurecht. Sie trug tatsächlich solche mit Naht hinten. Im Stil der 1940er-Jahre und immer noch sehr sexy. »Hören Sie, Miki, was Sie da durchmachen, sind normale menschliche Gefühle. Und ab und zu haben sogar Leute wie Sie und ich welche.«

Miki grinste. Die Frau war eine ganz schöne Marke.

»Sie trauen sich selbst noch nicht«, fuhr Conridge fort. »Sie vertrauen Ihren Instinkten nicht. Das sollten Sie aber. Sie sind nicht nur ein Gehirn mit Beinen. Sie haben einige hübsche Überlebenstechniken drauf. Wölfe finden so etwas unglaublich sexy.«

Miki lächelte und ging in die Hocke, um die Papiere einzusammeln. »Ich will es wohl nicht versauen. Mein Leben, meine ich.«

»Das werden Sie nicht. Sie sind klug. Sie sind gemein. Sie machen das schon.«

Miki lachte und stand auf, ihre Doktorarbeit als chaotisches Durcheinander in den Armen. »Tja, vielen Dank für die aufmunternden Worte.«

»Gerne. Wissen Sie, mein Mann sagt, ich sei nicht gut im Aufmuntern. Ich glaube, er irrt sich.«

Conridge öffnete ihre Bürotür, und Miki gab ihrem großen, schweren Rucksack einen Fußtritt. Er rutschte zur Tür hinaus und traf etwas, von dem sie sich fast sicher war, dass es ein Mann war … oder vielleicht auch eine Frau … schwer zu sagen.

»So, so. Ist das die berüchtigte Miki Kendrick?«

Miki warf einen Blick zurück zu Conridge. Die Abscheu ihrer Professorin vor dieser Person stand ihr deutlich ins Gesicht geschrieben. »Miki Kendrick. Das ist Professor Mitchell Leucrotta.«

Also war es ein Mann … irgendwie. Der Typ, der viel zu viele Fragen nach ihr gestellt hatte. Ein wieselartiger kleiner Kerl. Nicht ganz so groß wie Sara. Dünn, aber muskulös. Ihre Mutter hätte ihn einen »Schlägertypen« genannt. Aber er hatte etwas so Raubtierhaftes an sich, dass sie sich zu fragen begann, wo zum Henker Conall steckte. Sollte er sie nicht eigentlich beschützen? *Arschloch.*

Miki nickte, blieb aber distanziert. »Professor Leucrotta.«

»Also, ich bin dann weg.« Er rückte den Gurt seiner Laptoptasche zurecht. »Ich bin auf der Flucht vor diesem kleinen, schwachköpfigen Studenten. Ich hasse es, wenn sie etwas von einem wollen.«

Jetzt hasste Miki den Kerl wirklich. Sie war sich fast sicher, dass er über Craig sprach. Einen ihrer besten Kumpel. Und verdammt noch mal viel weniger unheimlich als dieser Kerl hier.

Leucrotta winkte ihnen wenig männlich zu, bevor er den Flur entlangspazierte.

Miki sah Conridge an. »Ich hasse ihn.«

Conridge gluckste. »Sie sind schnell entschlossen, was?«

»Habe ich unrecht?«

Die ältere Frau schüttelte den Kopf. »Nein. Haben Sie nicht. Er ist ein Dreckskerl.«

Plötzlich erschien Conall aus der anderen Richtung. Er hob die Nase in die Luft und schnüffelte. Ihr wurde klar, dass er einer Fährte folgte. Conall folgte seiner Nase bis zu Miki herüber. Schnüffelte an ihr. Dann noch einmal. Miki hatte wieder dieses leichte Kribbeln im Nacken, und bevor sie es sich versah, war ihre Muschi feucht.

Okay, wann hat das *eigentlich angefangen?*

»Was zum Geier tust du da?«

»Hyäne«, murmelte er.

»Schakal!«, entgegnete Miki.

Er sah sie fragend an.

Sie zuckte die Achseln. »Ich dachte, das sei ein Assoziationsspiel.«

Conridge lachte prustend, und Conall sah sie an. Er schnüffelte noch einmal. »Ihr Geruch kommt mir bekannt vor.«

»Ich bin mit einem Van Holtz verheiratet.« Junge, die Frau sagte das mit gehörigem Stolz.

»Oh. Ja, ich erinnere mich. Wir haben uns mal kennengelernt. Schön, Sie wiederzusehen. Ich bin Conall.« Er hob Mikis Rucksack auf und warf ihn sich über die Schulter.

»Warum hast du Hyäne gesagt?«

»Das ist der Geruch, den ich nicht zuordnen konnte. Der an dir war, nachdem du angegriffen wurdest. Ich hatte nur ein- oder zweimal mit ihnen zu tun, als ich klein war. Ein Trupp von ihnen hat mich in der sechsten Klasse mal fürchterlich zusammengeschlagen.« Er sah Conridge an. »Damals war ich viel kleiner.«

»Verstehe.«

Conall sah Miki und die Papiere in ihrer Hand an. »Brauchst du Hilfe, Kleine?«

»Ein bisschen vielleicht.«

Conall nahm ihr einen Stapel ab. »Kennt einer von euch beiden Professor Leucrotta?«

Miki runzelte die Stirn. »Du hast ihn gerade verpasst. Warum fragst du?«

»Dort war der Geruch am stärksten. An seiner Bürotür.«

Sie seufzte. »Er hat nach mir gefragt.«

»Was?«

»Er wollte Miss Kendricks Betreuer für ihre Doktorarbeit werden«, ergänzte Conridge. »Ich habe ihm höflich nahegelegt, sich zum Teufel zu scheren. Das schien er ziemlich persönlich zu nehmen. Ich mag ihn nicht. Ich habe ihn auch nicht an die Universität geholt. Das war der Dekan. Aber in letzter Zeit kam einiges von den Hyänen-Klans.«

»Das hatten wir nicht mitbekommen.«

»Das überrascht mich nicht, Sie hatten ja alle Hände voll mit dem Withell-Rudel zu tun. Trotzdem sollten Sie vielleicht die Augen nach ihnen offen halten. Sie können ziemlich barbarisch sein.«

»Ich erinnere mich. Ich meine, für kleine Kinder waren sie echt grausam.«

Conridge nickte. »Hyänen sind nicht so groß wie Löwen, aber sie machen ihnen das Leben zur Hölle. Die Frauen und Kinder sind besonders brutal. Also passen Sie auf sich auf.«

Sie wandte sich an Miki. »Sie haben heute Abend und morgen, um sich zu entspannen. Ich schlage vor, Sie nutzen die Zeit. Keine Panik, Miss Kendrick. Sie machen das schon.«

»Wenn Sie das sagen.«

»Ich sage es nicht, ich befehle es. Und jetzt gehen Sie.« Conridge ging zurück in ihr Büro und schloss die Tür.

»Ihr Genies könnt manchmal furchtbar schroff sein.«

»Was für eine bahnbrechende Erkenntnis.« Miki ging auf die Treppe zu, Conall an ihrer Seite. So schnell würde sie ihn nicht abschütteln.

Wieder vor dem Gebäude, nahm Conall Miki die restlichen Papiere ab. »Gib mir das.« Seit er sie im Treppenhaus belästigt hatte, war er viel besser gelaunt.

»Was ist los mit dir? Warum bist du so zuvorkommend?«

»Weil ich gewonnen habe.«

»Was hast du gewonnen?«

»Du. Ich. Die Verführung. Im Treppenhaus.«

»Ich habe es dir nicht im Treppenhaus besorgt.«

»Ich habe ja auch nicht gesagt, dass du das sollst. Ich sagte, dass ich bis Freitag zwischen deine Schenkel komme.« Er grinste. »Und das war ich.«

Miki blieb stehen und starrte ihn an. »Du bist doch bekifft! So hatten wir nicht gewettet!«

»Doch, hatten wir.«

Miki ballte eine Faust und wollte ihm gerade eine verpassen, als Craig herankam. »Hey, Mik. Kann ich dich mal kurz sprechen?«

Miki war noch nicht fertig mit Conall. »Kann das warten?«

»Nur zu. Ich bin zufrieden.« Conall blinzelte ihr zu und ging, den Rucksack und ihre Dissertation in seinen großen Händen.

»Arschloch«, brummelte sie hinter ihm her.

»Mann, es ist noch viel schlimmer.«

Miki schaute Craig an. »Wovon redest du?«

»Ich habe ihn erwischt, wie er an Leucrottas Tür *geschnüffelt* hat. Richtig geschnüffelt!«

Miki seufzte. *Verdammte Gestaltwandler.* Sie waren einfach indiskret.

»Keine Sorge, Craig. Abgesehen davon habe ich größere Probleme als seine Fetische.«

»Und das wäre?«

»Alles.«

Craig lächelte. »Das ist viel.«

»Ich weiß.«

»Pass auf, die Verteidigung deiner Dissertation ist erst am Freitag. Wie wäre es, wenn du heute Abend zu meiner Party kommst? Alle werden da sein. Du kannst sogar den Herrn der Wildnis mitbringen, wenn du willst.«

Na ja, immerhin nannte er ihn nicht Teddybär.

»Ich liebe deine Partys.« Und sie war schon seit Ewigkeiten bei keiner mehr gewesen.

»Dann komm.«

Das würde ihr eine kleine Pause vom Alleinsein mit Conall verschaffen. »Okay. Ich werde da sein.«

»Cool. Es fängt um neun an. Du kannst gern Videospiele mitbringen.« Sie kicherte. Geek-Techno-Partys waren die besten.

Craig ging, und sie gesellte sich wieder zu Conall.

Tief Luft holend, machte sie ihren Vorstoß: »Hör mal. Craig schmeißt heute Abend eine Party und hat mich eingeladen ... willst du mit?«

Er hatte sich schon gefragt, ob Miki ihm etwas von Craigs Party erzählen würde. Er hatte gehört, wie der Langweiler sie einlud, obwohl er gut dreißig Meter entfernt stand. Als sie ihn fragte, ob er mitkommen wolle, fühlte er, wie ihm ein bisschen warm ums Herz wurde.

»Klar. Klingt super. Ich bin dann dein Date, nehme ich an.«

»Tja, da irrst du dich. Wir gehen als Freunde.«

»Warum?«

»Weil du nicht gewonnen hast«, knirschte sie.

Conall sah ihr nach, als sie abrauschte, und wartete zehn Sekunden, bevor er ihr nachrief: »Doch, habe ich!« Er lachte, als Miki den Mittelfinger wie zum Gruß hoch in die Luft reckte.

Er fing wirklich an, diese Frau zu lieben.

Kapitel 12

Miki blickte auf, als ihr Conall ihr Handy hinhielt. »Es ist Angie.«

Miki nahm es und sah Conall nach, der zurück ins Zimmer ging und die Glastür hinter sich schloss. Weil das Bett nicht mehr an der Wand befestigt war, hatten sie die Zimmer wechseln müssen. Conall war höflich genug gewesen, nicht zu erwähnen, wie viel er dem Hotel für diesen kleinen »Unfall« zahlen musste. Aber sie liebte das neue Zimmer, das sie jetzt hatten. Es hatte eine großartige Aussicht auf Seattle und einen kleinen Balkon, auf dem sie drei Stunden gesessen hatte, die Füße auf dem Geländer und den Laptop vor sich.

»Hallo?«

»Na, wie geht's dem großen blonden Hündchen? Hat es schon angefangen, dein Bein zu bespringen?«

Miki antwortete nicht. Sie konnte nicht.

»Okay, Kendrick. Spuck's aus.«

»Es ist kompliziert.«

»Hast du ihn gevögelt?«

»Nein. Nicht so richtig.«

»Was treibt ihr zwei da?«

»Zu viel. Es gerät außer Kontrolle.«

»Okay. Bleib dran.«

Miki wartete, während es am anderen Ende still wurde. Sie nahm an, dass Angelina bei der Arbeit war und einen Kunden hatte.

»Okay, da bin ich wieder. Und ich habe Sara in der Leitung.«

»Oh, Mist!«

»Also gut, Mik«, sagte Sara viel zu eifrig. »Was ist los?«

Verdammt, Angelina mit ihren Dreierkonferenzen.

»Das ist zu abgefahren.«

»Wir wollen Details!«

»Details worüber?«

»Sie und Conall haben Blödsinn gemacht«, warf Angie ein.

»Hast du ihn gevögelt?«

»Nein, hat sie nicht.«

»Oooh. Es wird immer besser!«

Miki rieb sich die Stirn. »Ich hasse euch beide.«

»Du kannst es uns auch genauso gut sagen«, drängte Angie.

»Oder ich frage Conall. Er *muss* es mir sagen. Ich bin so was wie seine Chefin.«

Miki verdrehte die Augen. Saras Schreckensherrschaft. *Dumme Nuss.* »Okay, okay. Wir sind uns ziemlich … nähergekommen. Aber wir haben es noch nicht getan.«

»Das war jetzt aber vage«, brummte Sara.

»Ich übersetze es dir in Sara-Sprache, Schatz. Er

hat entweder seine Hand oder seine Zunge benutzt, um es ihr zu besorgen, aber es waren keine Schwänze involviert.«

Wie konnte sie nur immer noch mit diesen zwei Idiotinnen befreundet sein?

»Lecker«, knurrte Sara. »Also, wo liegt das Problem? Es wird Zeit, dass du aufsattelst und den Mustang zureitest.«

»Ich fasse es nicht, dass du tatsächlich ›aufsatteln‹ gesagt hast!«

Angelina seufzte. »Hör mal, du musst wissen, worauf du dich da einlässt, Mik.«

»Und das wäre?«

»Eine Bettgeschichte. Die erweiterte DVD-Version, aber dennoch eine Bettgeschichte.«

»Aber was, wenn …«

»Nein, Miki. Keine Analyse. Kein Hinterfragen. Kein Hineinsteigern.«

»Amüsier dich einmal in deinem Leben einfach nur so«, flehte Sara beinahe.

Miki seufzte. »Um ehrlich zu sein, weiß ich nicht, wie das geht, glaube ich.«

Sara kicherte. »Barkeeper-Miki weiß es.«

»Barkeeper-Miki? Ist das wie deine Theorie von Golden-Retriever-Sara kontra Betrunkene-Sara?«

»Nein. Das bist du, Klugscheißerin«, knurrte Sara.

»Barkeeper-Miki«, begann Angie, »ist diejenige, die immer unpassende Fragen stellt und sagt, was sie denkt, ohne über die Auswirkungen nachzudenken.«

»Barkeeper-Miki, die früher im Chemie-Labor Dinge in Brand gesteckt hat, weil ihr langweilig war.«

»Die Unterricht in Elfisch und Klingonisch gab.«

»Die sich mehr als einmal mit meiner Großmutter angelegt hat.«

»Die Rowdys mit einem Fußtritt aus der Bar werfen konnte, die zehnmal so groß waren wie sie.«

»Barkeeper-Miki, die beim FBI immer noch unter ›diese Schlampe‹ geführt wird«, erklärte Sara mit offensichtlichem Stolz.

»Das ist die Miki, die wir beide kennen und lieben«, vollendete Angie.

Miki wurde rot. Jetzt fiel ihr wieder ein, warum sie immer noch mit diesen zwei Idiotinnen befreundet war. Weil sie beide sie wirklich verstanden. Und sie trotzdem liebten.

»Aber ich wollte alles ändern. Ich sollte doch ein nettes, normales, *respektables* Leben führen?«

»Normal? Wer will schon normal sein?«, fragte Sara vollkommen verwirrt.

»Normalität kann mich gernhaben.«

»Conall kann dich gernhaben. Aber damit meine ich etwas anderes.«

Miki kicherte. »Würdet ihr zwei Idiotinnen euch bitte konzentrieren?«

»Also gut, Miki. Hör zu.« Das kam von Angie. »Ist Conall irgendwo?«

»Ja. Er ist im Nebenzimmer.«

»Kannst du ihn von da, wo du gerade bist, sehen?«

»Ja. Warum?«

»Okay. Tu mir einen Gefallen. Schau ihn an. Aber schau ihn nicht an wie die Miki, die ein respektables Leben führen will …«

»Nennen wir sie doch mal die langweilige Miki«, schaltete sich Sara ein.

»Schau ihn dir an wie Barkeeper-Miki.«

»Okay.« Miki dachte an ihre Nächte in der Bar. Sie hatte alles im Griff gehabt und sich nichts bieten lassen. Sie regierte Skelly's Bar mit eiserner Hand, und alle respektierten sie. Sie wusste, was sie wollte und was nicht, und handelte entsprechend. Sie hatte das Gefühl, diese Miki im vergangenen halben Jahr lahmgelegt zu haben, aber jetzt war sie voll da. Und sie sah Conall an wie einen preisgekrönten Bullen bei einer Auktion in Austin.

Er lag auf dem Bauch ausgestreckt auf dem Bett und sah fern; die muskulösen Arme hatte der Wikinger um ein Kissen geschlungen. Ihr Blick glitt über jeden Zentimeter seines langen, festen Körpers hinweg, sah die Muskeln an seinen Armen, die Linie seines Körpers, wie riesig seine Füße waren. Und dieser großartige Hintern. Außerdem trug er wieder dieses verdammte schwarze Armband.

Er schien zu spüren, dass sie ihn beobachtete. Er sah sie an und lächelte. Ein Lächeln, von dem sie tief in ihrem Inneren wusste, dass es ihr und nur ihr allein galt. Statt sich abzuwenden, wie sie es immer tat, lächelte sie zurück. Und da wurde sein Lächeln tatsächlich noch breiter. Dann blinzelte er und wandte sich wieder dem Fernseher zu.

Miki seufzte. »Heilige Scheiße ...«

»Wir haben ja versucht, es dir zu sagen!«, lachte Sara.

»Was mache ich jetzt?«

»Sei einfach du selbst«, beharrte Angie.

»Seid ihr zwei durchgeknallt? Das macht den meisten Männern Angst!«

»Er ist wohl kaum die meisten Männer, Schätzchen.«

»Wie wäre es, wenn du mir einen Gefallen tust?«, fragte Angelina.

O-oh. »Was?«

»Du hast ein paar Tage Zeit, bis du diese Sache machen musst, oder?«

Miki verdrehte die Augen. »Du meinst meine Dissertation verteidigen? Ja. Noch ein paar Tage Zeit bis zu ›dieser Sache‹.«

»Warum amüsierst du dich dann nicht einfach?«

»Und machst dir keine Sorgen um die Arbeit«, fügte Sara hinzu.

»Oder die Uni.«

»Oder Rechnungen.«

»Wir stehen hinter dir. Wir kümmern uns um alles. Entspann dich einfach und schau, was passiert.«

Es war Jahre her, seit sie das gekonnt hatte. Einfach entspannen. Sie war sich sogar ziemlich sicher, dass sie das letzte Mal, als sie das getan hatte, ungefähr vierzehn gewesen war. Bevor ihre Mutter starb. Seitdem hatte sie keine Almosen angenommen. Sie hatte immer für alles gearbeitet, was sie hatte. Und ihr wurde bewusst, dass es schön wäre, sich ein paar Tage lang keine Sorgen um alles machen zu müssen.

»Ich glaube, das kann ich.«

Angie seufzte. »Gut.«

»Was kann im schlimmsten Fall schon passieren?«

»Aber ich verspreche euch nichts. Es gibt keine Garantie, dass zwischen ihm und mir irgendetwas passieren wird. Ich war noch nie für Bettgeschichten, und mehr würde ein Typ wie er nicht wollen.«

»Das weißt du nicht.«

»Und es ist egal, ob es stimmt«, mischte sich Angelina ein, bevor Sara und Miki anfangen konnten zu diskutieren. »Die Hauptsache ist, nicht darüber nachzudenken. Es ist deine Sache, was du mit ihm machen willst, Mik. Ich will nur, dass du dich entspannst und dir keine Sorgen machst.«

»Glaubst du, das bekommst du hin?«, fragte Sara.

Miki holte tief Luft. »Ich werd's versuchen.«

Er hatte nicht aufhören können, sie anzusehen, seit sie aus dem Badezimmer gekommen war. Es war nicht dramatisch oder so. Ein bauchfreies T-Shirt, ein schwarzer Jeans-Mini und Stahlkappen-Doc-Martens. Es waren die Strümpfe. Dunkle, halterlose Wollstrümpfe mit Strumpfbändern. Und man konnte die Strumpfbänder sehen. Das totale Punk-Geek-Mädchen-Outfit, aber an ihr … es ließ seinen ganzen Körper hart werden.

Sie hatte nicht viel mit ihm gesprochen, seit Angie angerufen hatte. Aber er konnte erkennen, dass etwas passiert war. Sie wirkte nicht unglücklich oder gestresst oder so. Für Miki war das ziemlich außergewöhnlich, denn normalerweise war sie immer auf irgendeine Art extrem. Sie beschwerte sich nicht einmal, dass er nur ein Zimmer für sie beide bekommen hatte, nachdem sie umziehen mussten. Er hatte erwartet, dass sie herumzickte, aber sie schien sich mehr mit der tollen Aussicht zu beschäftigen. Er hatte einiges dafür hinblättern müssen, aber allein ihr Lächeln zu sehen, war es wert.

Und er konnte ihren Blick nicht vergessen, als sie mit Angie telefoniert hatte. Er hatte sich nicht um sie gekümmert und versucht, einfach nur fernzusehen und nicht darüber nachzudenken, sie auf dem Balkon zu vögeln, als er merkte, dass sie ihn ansah. Er konnte sich nur vorstellen, dass sie und Angie über ihn gesprochen hatten. Aber dieses eine Mal sah sie nicht sauer oder genervt aus. Tatsächlich hatte sie ihn angelächelt. Und er kam nicht umhin zu denken, dass dieses Lächeln nur ihm ganz allein galt.

Die Frau machte ihn verrückt. Er wollte sie so sehr, dass er Angst hatte, seine Hände würden anfangen zu schwitzen. Unter diesen Umständen hatte er Probleme, den Wolf im Zaum zu halten. Jedes Mal, wenn er sie roch, jedes Mal, wenn sie in seine Nähe kam, hätte er ihr am liebsten in den Nacken gebissen und sie auf ewig als die Seine markiert.

Sie parkten in der Nähe von Craigs Haus und stiegen aus. Als Conall um den Wagen herumkam, fand er Miki in der Hocke vor, während sie sich die Schnürsenkel ihrer Docs band. Er knurrte. Er konnte nicht anders. Ihre Beine in diesen Strümpfen zu sehen, würde ihn noch umbringen.

»Das habe ich gehört.« Sie stand auf und grinste ihn an. »Versuch, während der Party nicht anzufangen zu heulen.«

»Wenn du diese Strümpfe trägst, Weib, kann ich dir gar nichts versprechen.«

Sie schüttelte den Kopf und ging aufs Haus zu. Als sie an ihm vorbeikam, packte sie sein Handgelenk und schleppte ihn hinter sich her.

Sie hatte ihn berührt. Eine ganz unschuldige Berührung, aber es war der Nagel zu seinem Sarg. Jetzt hing er am Haken. Und nichts konnte ihn retten.

Sobald sie Craigs Haus betreten hatten, wusste er, dass Miki in ihrem Element war. Als die dicht gedrängte Menge sie sah, brachen alle in einen Sprechchor aus: »Mi-ki, Mi-ki, Mi-ki!«

Achtzigerhits und aktueller Techno wummerten aus den riesigen Lautsprechern. Und es gab genug Hightech-Geek-Zubehör, um das Pentagon zu übernehmen. Alle spielten Spiele auf den riesenhaften Fernsehbildschirmen oder Plasmamonitoren, oder sie tanzten ... na ja, versuchten zu tanzen. Ihm wurde klar, dass Miki in dieser Welt eine großartige Tänzerin war. Denn diese Leute waren die schlimmsten.

Natürlich war er der Größte hier. Mehrere Typen hatten seine Körpergröße, waren aber meistens dürr, als hätten sie seit Tagen nichts gegessen. Oder extrem übergewichtig, als hätten sie ihre Computerstühle nie verlassen.

Conall versuchte die Typen zu ignorieren, die Miki umarmten, als sie ihre Begrüßungsrunde machte. Sie war freundlich. Die Typen grapschten. Aber wenn einer von ihnen übertrieb, ging sie meisterhaft damit um. Einem Kerl verdrehte sie tatsächlich den Arm hinter den Rücken und knallte ihn an die Wand.

Conall liebte es, ihr dabei zuzusehen, wie sie Leuten den Hintern versohlte.

Miki hatte gerade zusammen mit fünf betrunkenen Skateboardern »Love is a Battlefield« zu Ende gesungen, als Amy sie von hinten überfiel.

»Meine beste, beste, beste Freundin Miki!«

Sie war geliefert.

»Alte! Wie viel Alk hatten wir denn heute Abend schon?«

»Zwei Bier.« Dann fing Amy hysterisch zu kichern an.

Ganz die Barkeeperin, nahm Miki Amy die Bierflasche aus der Hand und schleppte sie zur Kaffeekanne.

»Trink jetzt Kaffee, oder wir müssen dich unter die kalte Dusche stellen.« Dann wäre sie eine nasse Betrunkene.

»Vielleicht mag ich kalte Duschen.«

»Dann bringe ich Ben dazu, dich unter die Dusche zu stellen.« Da Ben seit ungefähr zehn Jahren versuchte, an Amys Höschen heranzukommen, war Miki sich sicher, sie würde Ben zu überhaupt nichts »bringen« müssen.

»Du Kuh. Wo bleibt die Loyalität?«

Miki reichte ihr einen Styroporbecher voller Kaffee. »Ich bin nur der Meute gegenüber loyal.« Dann lachte Miki über ihren eigenen Witz.

Amy sah sie mit schmalen Augen an. »Du bist ganz schön fröhlich für deine Verhältnisse.«

»Ich amüsiere mich.« Und sie hatte wirklich gute Laune. Zu hören, wie Conall jedes Mal knurrte, wenn sie sich bewegte, hatte einen wundersamen Einfluss auf ihr Ego gehabt.

»Es ist dieser Typ, oder? He-Man aus *Masters of the Universe*.«

Miki hatte solche Geek-Freunde. Sie hatte schon gehört, dass Conall als Wolverine bezeichnet wurde, als

»der Punisher«, als Captain America und, ihr persönlicher Favorit, als »einer von diesen blonden Deutschen aus *Stirb langsam*«.

»Sei nicht blöd.«

»Ach, komm schon. Ich bin überrascht, dass der Typ dir heute Morgen nicht ans Bein gepinkelt hat, um sein Revier zu markieren, als er sah, dass du mit Troy redest. Und es ist ziemlich unterhaltsam, ihn zu beobachten, wie er dich beobachtet. Während du dein Bestes tust, ihn zu ignorieren.«

Kenny kam von hinten dazu. »Was ist hier los?«

»Ich bin betrunken, und Miki hat Conan den Barbar am Hals.«

»Das ist eine höllisch gute Vorstellung von euch beiden.«

»Was meinst du damit?«, blaffte Miki.

»Zeig es ihr, Ken.«

Kenny umarmte sie plötzlich. Eine feste, freundschaftliche Umarmung. Vollkommen asexuell. Als er sich wieder von ihr löste, sahen sie alle zu Conall hinüber. Sie konnte seinen finsteren Blick durch den ganzen Raum erkennen.

»Das meinen wir.«

»Ihr seid alle Idioten«, murmelte Miki.

»Streite alles ab! Gib nichts zu! Verlange Beweise!«, sagten ihre Freunde unisono.

Miki zeigte ihnen den Mittelfinger und ließ sie stehen. Conalls Gesicht zu sehen ging ihr durch und durch. Dieser Abend wurde immer merkwürdiger.

Conall konnte nicht aufhören, sie zu beobachten. Er mochte es, wie sie sich bewegte. Er mochte, wie sie mit ihren Freunden umging. Er mochte sie. Mehr und mehr, mit jeder Sekunde, die verstrich.

»Du weißt schon, dass manche Gesetzeshüter es als Stalking betrachten, jemanden so genau zu beobachten, oder?«

Conall senkte den Blick. Mikis drei Freunde umringten ihn. Craig, Ben und Kenny Liu, den sie immer bei seinem ganzen Namen nannte.

Conall verschränkte die Arme vor der Brust. »Ist das so?«

»Ja«, fuhr Craig fort. »Du bist vielleicht größer als wir.«

»Abnorm größer«, fügte Kenny Liu hinzu.

»Aber wir können dir Dinge antun, die du dir nicht einmal vorstellen kannst.«

Ben rückte seine umgedrehte Baseballmütze zurecht. »Wäre echt schade, wenn deinem Bankkonto etwas zustoßen würde.«

»Oder wenn du auf der Fahndungsliste des FBI landen würdest.«

»Oder wenn du als tot verzeichnet würdest.«

Conall starrte die drei Männer an. Er musste zugeben, er war beeindruckt. Er hätte nicht geglaubt, dass sie das wagen würden. Er hatte sich geirrt.

»Also«, endete Craig, »wenn du ihr wehtust, machen wir dir das Leben zur Hölle.«

»Und wir werden es jede Minute genießen.« Kenny Liu streckte die Hand nach oben und klopfte Conall auf die Schulter. »Denk immer daran, Conall.«

Conall sah ihnen nach. Klar, er könnte ihnen die Kehlen zerfetzen, aber ihm gefiel, dass Mikis Freunde ein solches Bedürfnis hatten, sie zu beschützen.

Sein Blick schweifte über die Menge, und er entdeckte sie wieder. Sie spielte mit irgendeinem Kerl ein Videospiel. Es war eines von diesen Kampfspielen. Er und Zach hatten damit aufhören müssen, weil sie dabei ständig echte Faustkämpfe anfingen. Was auch immer Miki getan hatte – sie hatte eindeutig gewonnen, denn sie warf den Controller auf den Boden, riss die Arme in die Höhe und schrie: »Vernichtet!« Dann vollführte sie einen schlimmen, aber urkomischen kleinen Siegestanz.

Conall seufzte. »Klar, Conall. Warum sich ein normales Mädchen suchen?«

Er wollte sich gerade wieder übers Buffet hermachen, als er es roch. Durch das Gedränge hindurch. Es war eine Sie, und sie bewegte sich schnell. Er erhaschte einen Blick auf ihre dunklen, stacheligen Haare, als sie sich durch das überfüllte Wohnzimmer drängte.

Er schaute zu Miki hinüber. Craig hatte eine Karaokemaschine herausgezogen, und sie schleppten Miki davor. Sie kam zurecht. Ihre psychotischen Freunde beschützten sie. Er folgte dem Stachelkopf nach draußen und seitlich ums Haus herum.

Er packte sie im Genick und hob sie vom Boden hoch. »Wo willst du hin?«

Sie wehrte sich und fuhr ihre Krallen aus. Bevor sie ihn kratzen konnte, schleuderte er sie fünf Meter weit. Sie schlug auf dem Boden auf und rutschte noch ein Stück. Dann drehte sie sich um und starrte ihn an. Sie war jung. Sie hatte ihre goldenen Haare schwarz gefärbt. Aber sie konnte weder ihre goldenen Augen noch ihren Rudelgeruch verbergen.

Sie fauchte wie eine Hauskatze und wich vor ihm zurück. Conall runzelte die Stirn. Jede andere Rudelfrau wäre ihm jetzt schon an die Kehle gegangen. Diese hier rannte vor ihm davon.

»Bleib weg von mir!«

Conall starrte sie an, und einen Augenblick lang dachte er, sie würde in Tränen ausbrechen.

»Ich war nur zur Party hier. Ich … ich will nicht gegen dich kämpfen.«

»Warum bist du nicht bei deinem Rudel?« Er sah sich um, in der Erwartung, sie würden plötzlich auftauchen. Löwinnen, die ihn von allen Seiten angriffen.

»Ich gehöre zu keinem Rudel mehr.«

»Warum nicht?«

»Das geht dich nichts an.« Sie rappelte sich auf. Er musterte sie von oben bis unten. Sie war die Alternative-Queen. Komplett schwarz gekleidet, Silberschmuck und totenblasse Haut. Und natürlich schwarzer Eyeliner und Lidschatten. Ein Goth-Mädchen. Er hätte gewettet, dass sie mit einigen der anderen Rudelfrauen nicht allzu gut auskam.

Conall nickte. »Das tut mir leid. Ich dachte …«

»Ich weiß. Du dachtest, ich würde dir Ärger machen, weil du zur Meute gehörst. Nichts für ungut, aber das ist mir scheißegal. Das ist nicht mehr mein Leben.« Sie schlang sich schützend die Arme um den Körper. »Und vielleicht solltest du keine Leute angreifen, solange du nicht sicher bist, dass sie wirklich versuchen, dich zu töten. Arschloch!«

Damit ließ sie ihn stehen.

Miki ging zum Buffet und nahm sich ein paar Karotten. Sie hatte es vorher schon mit einem Brownie versucht, aber Conall hatte ihr beinahe das Handgelenk gebrochen, damit sie ihn fallen ließ. Da war ihr klargeworden, dass das Craigs »Spezialbrownies« waren. In Conalls Nähe zu sein war wie einen Drogenhund dabeizuhaben.

Miki aß ihre Karotten und sah sich im Raum um. Zuerst sah sie Conall nicht. Einen kurzen Moment war sie verärgert, weil er nicht da war. Dann ärgerte sie sich, weil sie sich ärgerte. Und dann ärgerte sie sich noch mehr, als sie Erleichterung verspürte, als er in den Raum zurückkam.

Er kam zu ihr herüber und nahm ihr die Karotte aus der Hand. »So, jetzt habe ich einen neuen Tiefpunkt erreicht.«

»Was ist passiert?«

»Ich habe gerade ein kleines Mädchen verprügelt.«

»Im Vergleich zu dir ist jeder ein kleines Mädchen.«

»Sie gehörte zum Rudel.«

»Ach ja. Die Goth-Braut mit den goldenen Augen, richtig?«

»Ja. Die. Du hast sie gesehen?«

»Ja.«

»Warum hast du nichts gesagt?«

Miki zuckte die Achseln. »Ich habe nicht darüber nachgedacht. Sie ist eine von Amys studentischen Hilfskräften.«

»Du grübelst zwanghaft über alles andere nach, aber mir das zu erzählen, hältst du nicht für nötig?«

Miki wollte sich gerade richtig aufregen, als ihr bewusst wurde, dass er recht hatte. »Du hast recht.«

Conall verschluckte sich an seiner Karotte. »Was?«

Sie zuckte die Achseln. »Du hast recht. Ich hätte etwas sagen sollen.«

»Also gut. Was wird das jetzt wieder für eine Falle?«

»Keine!« Sie wäre verletzt gewesen, wenn sie ihn nicht schon einmal mit Schlafmitteln ausgeschaltet hätte.

Seine Augen wurden schmal, und sie fühlte sich irgendwie schuldig, dass er ihretwegen so paranoid war. »Ehrlich. Ich sage dir nur, dass du recht hast. Ich schwöre es.«

»Hast du von den Brownies gegessen?«

Miki verdrehte die Augen. »Nein.«

»Was in die Karotten gemischt?«

»Nein.«

»Was in die Jelly-Shots gemischt oder davon gegessen?«

»Nein. Ich habe niemanden und nichts unter Drogen gesetzt.«

Conall wich langsam vor ihr zurück und ließ sie dabei nicht aus den Augen. »Ich behalte dich im Auge, Kendrick!«

Sie starrte seinen Körper an, als er durchs Zimmer ging, um mit ein paar Snowboardern zu reden.

Er behielt sie im Auge. Das klang gut.

Nach einer rührseligen Runde »Video Killed the Radio Star« mit ein paar Typen, die tatsächlich ihren Lebensunterhalt damit verdienten, dass sie Videospiele spielten, brauchte Miki eine Pause von den Leuten und der Hitze im Raum. Sie verließ das Haus durch die Hintertür und ging auf die Treppe hinaus. Es war überraschend leer hier hinten. Weniger überraschend für Seattle war dagegen, dass es ein wenig regnete. Zwischen den Bäumen hinter Craigs Haus trieben sich mehrere Pärchen herum. Sie schaute in ihre Richtung, achtete aber eigentlich nicht auf sie. Andere Leute beim Herummachen zu beobachten hatte sie noch nie besonders interessiert.

Sie spürte jemanden neben sich und drehte sich mit einem Lächeln um zu … Troy. Sofort erlosch ihr Lächeln. »Oh. Hallo, Troy.«

»Hallo, Miki.«

Er setzte sich neben sie auf die Treppe. Sie rückte von ihm ab, denn er saß ein bisschen zu dicht. »Wo ist dein Pitbull?«

Sie brauchte einen Moment, bis sie verstand, dass er Conall meinte. »Drin. Er scheint sich gut mit den Snowboardern zu verstehen.«

»Ich bin froh, dass du wieder da bist, Miki.«

Sie sah ihn fragend an. »Ehrlich?« Sie hätte nicht gedacht, dass der Mann sie überhaupt jemals bemerkt hatte.

»Ja. Ich hoffe wirklich, dass du den Job annimmst, den Conridge dir anbietet.«

»Sie hat mir noch gar nichts angeboten.«

»Das wird sie aber.«

Miki zuckte die Achseln. »Meinetwegen.«

Sie starrte auf ihre Stiefel. Sie hatte diesem Mann nichts zu sagen. Am liebsten wäre ihr gewesen, er wäre gegangen.

»Weißt du, Miki« – seine Hand landete auf ihrem Knie – »ich habe den ganzen Tag an dich gedacht.«

Miki wandte sich zu Troy, und plötzlich waren seine Lippen auf ihren. Sie konnte den flüssigen Mut schmecken, den er in sich hineingeschüttet hatte, um diesen Schritt zu tun, aber er überrumpelte sie, und das war bei ihr immer ein Fehler. Sie stieß ihn so fest von sich, dass er von der Treppe kippte.

Miki beugte sich über die Kante. »Alles in Ordnung, Troy?«

Er hob den Arm. »Mir geht's gut.« Es klang gedämpft, denn er war mit dem Gesicht voraus im Schmutz gelandet. »Ich bleibe hier einfach eine Weile liegen. Kümmere dich nicht um mich.«

Du meine Güte, wie hatte sie diesen Kerl nur jemals süß oder sexy finden können? Allein die Berührung seiner Lippen auf ihren weckte in ihr das Bedürfnis auszuspucken.

Als sie sich mit dem Handrücken über den Mund wischte, erschien eine Flasche Wasser vor ihr.

Diesmal musste sie nicht hinsehen, um zu wissen, dass es Conall war. Er hatte sich den ganzen Abend sehr gut um sie gekümmert. Hatte dafür gesorgt, dass sie etwas aß, sich von jeglichen schlau versteckten Drogen fernhielt und dass sie immer genug Wasser trank. Sie nahm die Flasche und machte Platz auf der Stufe, damit er sich neben sie setzen konnte. Wenn er dicht neben ihr saß, machte ihr das nichts aus, merkte sie. Bei Conall hatte sie natürlich auch keine wirkliche Wahl. Er brauchte eine Menge Platz auf der Stufe. Zumindest seine Schultern.

»Geht's dir jetzt besser?«, fragte sie, während sie die Flasche öffnete.

»Ja. Ich habe mich von meinem blindwütigen Akt der Gewalt erholt.« Er sah sie an. »Alles klar?«

»Ja. Mir geht's gut. Auch wenn ich fast einen Mann umgebracht hätte.«

»Was?«

Sie deutete nach unten, und Conall beugte sich vor, um besser sehen zu können. Sobald sein Körper ihren berührte, reagierte sie sofort wieder auf dieselbe verdammte Art: harte Nippel. Feuchte Muschi. Es wurde langsam lächerlich.

»Was ist passiert?«

Sie musste sich zwingen, sich zu konzentrieren. »Er hat mich geküsst. Aber er hat mich damit überrascht.«

Sie spürte das Knurren, bevor sie es hörte. Miki ließ die Wasserflasche fallen, die Troy versehentlich am Hinterkopf traf, und packte Conall an den Schultern, bevor er sich auf Troy werfen und ihn in Stücke reißen konnte.

»Wage es ja nicht! Sara bringt mich um, wenn du ins Gefängnis gehst!«

Er ließ sich von ihr zurückziehen. Sein Arm streifte ihre Brüste, und das Keuchen war ihrem Mund entwichen, bevor sie auch nur daran denken konnte, es zurückzuhalten. Er sah ihr in die Augen. Sie hatte immer noch die Hände an seinen Schultern. Aus einer Laune heraus fuhr sie damit an seinem Hals hinauf und legte sie um sein Kinn. Er war so traumhaft schön. Sie spürte seine Kraft unter ihren Händen. Die Macht des Wolfes direkt unter seiner Haut.

Er war ein geiler Typ, und er war an ihr interessiert.

Vielleicht hatte sie die Sache falsch betrachtet. Vielleicht sollte sie sich an das halten, wovon sie etwas verstand. Wissenschaft. Wie funktionierte Anziehung? Warum konnte ein Mann sie dazu bringen, ihn niederzuschlagen, während ein anderer das Bedürfnis in ihr auslöste, auf die Knie zu fallen? Tja, es gab nur einen Weg, das herauszufinden.

Sie holte tief Luft und zog ihn zu sich her.

Conall sah auf ihren Mund und schien aufgehört zu haben zu atmen. »Miki …«

»Schschsch. Ich probiere eine Theorie aus.« Und dann war ihr Mund auf seinem. Und ja, es war eindeutig anders als Troys Kuss. Bei Troy hatte sie nichts als Panik und eine Spur von Ekel gespürt. Doch als ihre Zunge mit Conalls in Berührung kam, wollte sie nur noch, dass er in sie kroch. Sie lehnte sich rückwärts an die Treppenstufe und zog Conall mit sich. Auf sich. Seine Hände glitten hinter ihren Rücken. Er schlang die Arme um sie. Ihr wurde bewusst, dass er ihren Rücken von den harten Steintreppen fernhielt. Und jedes Mal, wenn seine Zunge über ihre strich, spürte sie es bis hinunter in ihre Klitoris. Sie wollte diesen Mann. Vielmehr musste sie ihn haben. Vorzugsweise sofort.

Sie löste den Mund von seinem. Sie musste etwas sagen, was sexy war und romantisch, mit bloß einer Andeutung ihrer enormen Intelligenz. Etwas, das ihn ins Bett locken würde.

Doch heraus kam: »Ich will ficken.«

Conall stöhnte und vergrub das Gesicht an ihrem Hals. »Du bringst mich noch um, Mik«, stieß er schließlich hervor. »Tu das nicht, wenn du nur mit mir spielen willst, weil du immer noch sauer bist oder …«

Sie rieb die Wange an seinen seidigen Haaren und beschloss, einfach anzugreifen. Auch wenn er sie wahrscheinlich nicht mehr wollte, nachdem all das vorbei war – na und? Zumindest konnte sie dann sagen, dass sie sich amüsiert hatte. Und sie wusste, dass sie sich mit Conall gut amüsieren konnte. *Richtig* gut. Sie hatte es satt, respektabel und normal zu sein. Es war langweilig, und sie hatte es *wirklich* mal wieder nötig.

Was würde also Barkeeper-Miki hier tun? Ganz einfach. Sie wäre ehrlich. »Weißt du, was einer der Wölfe, die mein Haus in Texas beschützen, mir erzählt hat?«, flüsterte sie ihm ins Ohr und spürte dabei seinen ganzen Körper an ihrem vibrieren. »Er hat mir erzählt, ich hätte im Schlaf deinen Namen gestöhnt. Und ich habe festgestellt, dass meine Hand roch, als hätte ich die ganze Nacht masturbiert. Vor dir hatte noch nie jemand diesen Effekt auf mich. Niemand außer dir.«

Conall löste sich langsam von ihr. Er sah sie nicht an, sondern wich nur zurück und setzte sich auf eine der unteren Stufen. Er fuhr sich mit den großen Händen durchs Haar, und sie sah zu, wie er seine breiten

Schultern dehnte. Miki setzte sich auf und streckte die Hand nach ihm aus.

»Fass. Mich. Nicht. An.«

Miki war ein bisschen verletzt. »Warum nicht?«

»Weil ich mir größte Mühe gebe, mich unter Kontrolle zu halten. Und wenn du mich berührst, besorge ich es dir hier und jetzt auf dieser Treppe, und ich will dir das nicht vor deinen Freunden antun. Also fass mich jetzt einfach nicht an.«

»Verstehe.« Sie kratzte sich den Hals. »Aber du weißt schon, dass wir zurück ins Hotel gehen können, und dort kannst du mich dann vögeln, wo und wie du willst.«

Ja. Das war eindeutig. Der nächste Schritt oblag ihm.

Miki stand auf und ging zurück ins Haus. Sie kam bis zur Kaffeekanne, bevor sie spürte, wie sie hochgehoben und über Conalls Schulter geworfen wurde. Der ganze Raum jubelte, als sie gingen. Sie winkte Amy zu, die betrunken den Daumen hob.

Conall kam, so schien es ihr, innerhalb von Sekunden am SUV an, öffnete die Tür, warf sie hinein und sagte nur: »Kein Wort mehr von dir. Nicht eines.«

Sie sah zu, wie er um den SUV herumging, um einzusteigen. Sie war sich fast sicher, dass er keine Ahnung hatte, dass seine Reißzähne ausgefahren waren.

Kapitel 13

Überraschenderweise wurde er nicht von der Polizei angehalten. Er hatte früher Rennmaschinen gefahren, die über dreihundert Stundenkilometer schafften, und er war sich ziemlich sicher, auf keiner davon je so schnell gefahren zu sein wie jetzt mit dem SUV. Aber Miki hatte ihn schließlich doch noch um den Verstand gebracht. Er betete, dass sie jetzt keinen Rückzieher machte. Er war sich nicht sicher, ob er das verkraftet hätte. Beinahe hätte er sie in Craigs Badezimmer geschleppt und dort genommen, aber er hatte sich einigermaßen unter Kontrolle gebracht. Obwohl der Wolf in ihm mit dem Mensch einen ausgewachsenen Faustkampf austrug.

Die Reifen quietschten, als er auf den Hotelparkplatz fuhr und auf dem ersten freien Platz parkte, den er sah. Er stieg aus, ging zur Beifahrerseite und zerrte Miki heraus. Sie sagte kein Wort, als er sie sich über die Schulter warf und ins Hotel ging. Die Hotelangestellten sahen ihm schweigend zu. Er wusste, sie hätten gerne einen Kommentar darüber abgelassen, dass er wie ein Höhlenmensch eine Frau in ihr Viersternehotel trug. Aber er wusste auch, dass keiner von ihnen den Mumm hatte, auch nur ein Wort zu sagen. Er konnte sich seinen Gesichtsausdruck nur vorstellen.

Aber Miki quälte ihn. Ob es Absicht war oder nicht – sie quälte ihn. Und bis er tief in ihr vergraben war, würde es keine Ruhe für ihn geben. Keinen Trost. Keinen Frieden.

Er wartete nicht einmal auf den Aufzug. Er nahm die Treppe und war nicht einmal außer Atem, als er im zehnten Stockwerk vor seinem Zimmer ankam. Er zog die Schlüsselkarte durch, trat ein und warf Miki aufs Bett.

Sie wirkte von alledem völlig unbeeindruckt, während sie ihn mit ihren forschenden braunen Augen ansah. Er wollte nicht denselben Fehler machen, den er beinahe an diesem Morgen gemacht hätte. Also ging er zu seiner Tasche, durchwühlte die wenigen Kleider, die er eingepackt hatte, und holte die braune Papiertüte mit den Kondomen heraus, die Sara hineingeschoben hatte, als er aus der Tür ging. Zu dem Zeitpunkt hatte er das für den Ausdruck einer sehr vagen Hoffnung gehalten.

Er warf die Tüte auf den Boden neben dem Bett. Miki wollte etwas sagen, aber er unterbrach sie.

»Kein Wort!«

Überraschenderweise schwieg sie und beobachtete ihn nur, als er aufs Bett zukam. Ihr Blick glitt über seinen ganzen Körper, bis er sich vor ihr auf die Knie sinken ließ.

»Leg dich zurück.«

Sie schüttelte den Kopf. »Ich will dir zusehen.«

Er knurrte und schob die Hände unter ihren Rock.

Er zerrte ihr das Spitzenhöschen vom Leib, ließ aber die Stumpfhalter und die Docs an. Schon seit sie aus dem Bad gekommen war, hatte er sich vorgestellt, wie er sie so angezogen lecken würde. Er beugte sich vor und strich mit der Zunge die Innenseite ihres Schenkels direkt oberhalb des Strumpfbandes entlang. Sie blieb ruhig, bis er die Schenkel weiter auseinanderdrückte und seine Zunge flüchtig an den Falten ihres Geschlechts entlangfuhr. Da stöhnte sie leise und ließ den Kopf nach hinten sinken. Mit einem Arm stützte sie sich auf, mit der anderen Hand umfasste sie seinen Hinterkopf und drängte ihn nach vorn.

Er zog sich ein wenig zurück. »Miki.« Sie blickte ihn an. »Du wolltest mir doch zusehen. Also sieh mir auch zu.«

An der Art, wie sich ihre Atmung und ihr Gesichtsausdruck veränderten, spürte er, dass sie ein bisschen näher am Höhepunkt war. Was gut war, denn er war sich nicht sicher, wie viel länger er sich noch zurückhalten konnte. Er musste in dieser Frau sein, bevor er den Verstand verlor.

Seine Zunge glitt in ihre enge Muschi. Sie war feucht und heiß und schmeckte so gut. Mikis Griff in seinen Haaren wurde fester, sie zog ihn an sich, während er die Hände unter sie schob, um ihren Hintern zu umfassen. Mit festem Griff zog er sie zu sich her. Sie stöhnte als Erwiderung, ein Bein über seiner Schulter, das andere auf dem Bett aufgestellt.

Ein gelenkiges Mädchen, dachte er glücklich.

Er leckte sie langsam, genoss ihre Süße. Ihren Duft. Er spürte, wie ihr Körper anfing zu beben, als ihr Orgasmus um ihn herum ausbrach. Sie machte leise Geräusche ganz hinten in ihrer Kehle, während er mit der Zunge ihren Höhepunkt verlängerte so lange er konnte.

Als sie ihn an den Haaren packte und versuchte, ihn zu sich hochzuziehen, wusste er, dass sie bereit für ihn war. Er ging in die Hocke und sah sie an. Er wollte, dass sie diesen Schritt machte. Er musste wissen, dass sie es wirklich wollte.

Sie strich ihm mit ihrer kleinen Hand über den Kiefer und den Hals hinab. Dann, langsam, beugte sie sich vor und begann, ihm ihre Säfte von Mund und Kinn zu lecken.

Ich werte das mal als ein Ja. Er ließ die Hände zu ihrer Taille gleiten und hob ihr Shirt an, zog es ihr über den Kopf und warf es quer durchs Zimmer. Sie löste sich von ihm, um sich den Rock, die Strümpfe, die Docs, alles vom Leib zu reißen. Gut. Er wollte sie vollkommen nackt. Und ganz für sich.

Miki schleuderte ihre Docs durchs Zimmer, während sich Conall das T-Shirt über den Kopf zog und sich aus seiner Jeans wand. Sie war in ihrem ganzen Leben noch nie so geil auf jemanden gewesen. Sie hatte es wirklich nötig. Und das war gut, denn als er die Hose fallen ließ und sie die Größe seines Ständers sah, wusste sie, sie würde sich ziemlich verausgaben.

Aber etwas in ihr hatte sich verändert. Hier kniete sie auf dem Bett, vollkommen nackt, und es war ihr egal. Zum ersten Mal in ihrem Leben war ihr wirklich alles und jeder scheißegal, außer Conall und sein riesiger Schwanz.

Sie lächelte und lockte ihn mit dem Zeigefinger zu sich her. Eine weitere Aufforderung brauchte er nicht. Innerhalb von Sekunden hatte er ein Kondom übergestreift und war in ihren Armen. Gemeinsam fielen sie aufs Bett, sein heißer Mund saugte an ihrer Brust. Jedes Mal, wenn seine Zunge über ihren Nippel strich, spürte sie es bis ganz hinunter in die Klitoris.

Sie hörte ein Knurren, aber es war nicht Conall. Es war sie selbst.

Als sie knurrte, meinte er, gleich vollends überschnappen zu müssen. Ein bisschen wollte er eigentlich noch warten. Es total besonders und romantisch machen – aber wem zum Geier wollte er etwas vormachen? Er war ein Wolf, und sie war verflucht heiß. Er stützte sich mit den Armen links und rechts von ihren Schultern ab. Mikis Körper wölbte sich ihm entgegen, als er in sie stieß und sich tief in ihr vergrub.

Sie wirkte so klein unter ihm. Klein und wunderschön. Miki blickte auf und keuchte überrascht. Sie streckte die Hand aus und berührte seine Stirn. »Wolfsaugen«, flüsterte sie. Seine Augen mussten sich verwandelt haben, aber sie hatte keine Angst. Sie reckte sich zu ihm hinauf, und weil sie nicht an seinen Mund herankam, küsste sie seine Brust und den Hals. Er zitterte und spannte den Körper an. Sein Ding war noch immer in ihrer engen Muschi vergraben. So wollte er für immer bleiben.

Ihre Beine legten sich um seine Taille, die Knöchel am unteren Ende seiner Wirbelsäule verschränkt. Fest umfasste sie seinen Hintern, um ihn tief in sich zu halten. Als er nicht mehr warten konnte, fing er an, sich zu bewegen. Es fühlte sich so gut an, und er meinte, jeden Moment zu kommen. Doch für sie hielt er durch. Natürlich war es nicht gerade hilfreich, als sie begann, die Hüften zu bewegen und seinen Namen zu stöhnen. Yup. Die Frau versuchte definitiv, ihn umzubringen.

Ihre Zunge strich über seinen Nippel, und da verlor er fast die Kontrolle. »O Gott, Miki, Baby. Tu das nicht!« Seine Selbstbeherrschung hing an seidenem Faden.

Sie lächelte mit dem Mund an seiner Haut, bevor sie seinen Nippel in den Mund saugte. Er spürte, wie seine Reißzähne wuchsen, und er kämpfte verzweifelt gegen den Drang an, sie zu markieren. Er wollte ihr das nicht antun. Sie war vollmenschlich, und er musste sicher sein, dass sie es wollte. Aber er wusste auch: Keine andere Frau hatte ihn je so verrückt gemacht. So zur Verzweiflung gebracht. Er hatte sich so lange bemüht, jeglichen Instinkt in sich zu unterdrücken, und diese eine Frau hatte all das komplett zunichtegemacht.

In dem Moment, als seine Klauen die Laken unter ihnen zerrissen, wusste er, dass er sie liebte.

Sie hörte, wie die Laken unter ihr rissen. Seine Krallen waren ausgefahren. Seine Reißzähne. Seine Augen hatten sich verwandelt. Wer hätte gedacht, dass das so antörnend war? Denn das war es. Es war, als stünde ihr ganzer Körper in Flammen. Nur für ihn.

Sie mochte es, ihn verrückt zu machen. So verrückt, wie er sie machte. Sie biss ihn in die Brust, und er stöhnte und knurrte gleichzeitig. Er stieß fester in sie, eine köstliche Strafe für ihre Bemühungen, ihn zum Höhepunkt zu bringen.

Ihr Orgasmus traf sie wie ein außer Kontrolle geratener Zug. So hart, dass sie schrie und ihm mit den Fingernägeln die Haut vom Rücken riss. Er kam einen Augenblick nach ihr, und ein Heulen entrang sich seiner Kehle. Zu wissen, dass sie dieses Heulen ausgelöst hatte … nein, ein besseres Gefühl gab es wirklich nicht.

Er fiel auf sie. Sein ganzer Körper war eindeutig zu sehr am Ende, um sich noch zu rühren. Sie beschwerte sich nicht. Ihr war nicht klar gewesen, wie gern sie es mochte, wenn so ein großer Kerl auf ihr lag. Es fühlte sich warm an. Gemütlich. Sicher. Nach ein paar Minuten rollte er herunter. Seine Wärme war fort, der Schweiß auf ihrem Körper kühlte ab. Fast hätte sie ihm gesagt, er solle sich gefälligst wieder zurückrollen.

Sie schwiegen beide eine ganze Weile. Dann kicherte sie. Sie konnte nicht anders. Dann fing auch er an zu kichern. Und dann lachten sie beide lauthals los.

»Ich hatte recht«, brachte sie schließlich heraus. »Wikinger.«

Mit einem spielerischen Knurren warf er sich auf sie und fiel mit ihr gemeinsam vom Bett.

Kapitel 14

»Mmmmmm, Conall.«

Conalls Augen öffneten sich mit einem Ruck. *Was war das?* Langsam drehte er sich um und sah sie an. Es war so dunkel, dass er sie nicht deutlich sehen konnte. Sie lag auf der Seite, ihm zugewandt. Und schlief tief und fest.

Er zog eine Augenbraue hoch. Die Frau war eindeutig nicht bei Bewusstsein, aber er hatte ihre Stimme gehört. Träumte sie von ihm? Sie hatten gerade mehrere Stunden richtigen Hardcore-Sex gehabt, eigentlich müsste sie einfach nur schlafen. Auf keinen Fall sollte sie immer noch feuchte Träume von ihm haben.

Plötzlich streckte und drehte sie sich und lag jetzt mit dem Rücken auf der nackten Matratze. Die ruinierten Laken waren schon vor Stunden auf dem Boden gelandet. Während sie sich streckte, wölbte sich ihr Rücken und präsentierte ihm ihre hinreißenden Brüste wie ein Angebot der Götter. Er beugte sich nieder und leckte eine davon. Nur ein kurzes Streifen mit der Zunge. Ihr Rücken wölbte sich noch mehr, und wieder stöhnte sie seinen Namen.

Er sah sie an; er liebte seine Wolfsaugen, denn so konnte er sie ansehen, ohne das Licht anzuschalten und den Augenblick zu ruinieren. Sie war die schönste Frau, die er je gesehen hatte. Es war nicht nur ihr Aussehen. Das konnte dahingehen, und er hätte es auch nicht vermisst. Es war etwas anderes. Sie war es. Sie war pur und rau und einfach sie selbst. Der Wolf in ihm liebte das. Liebte sie. Wenn sie in der Nähe war, wollte sich der Wolf in ihm nur hinlegen und den Kopf in ihren Schoß betten. Und er musste nicht verbergen, wer er war. Sie schien die Rohheit zu genießen, die zu unterdrücken er sich immer solche Mühe gegeben hatte.

»Conall?« Es klang fast, als flehe sie ihn an. Himmel, was führte sein Traumselbst da im Schilde? Er bemerkte, dass ihre Arme immer noch über ihrem Kopf waren, als hielte sie jemand fest. Er knurrte, und sie lächelte im Schlaf; ihre Lust streckte sich aus und schnappte ihn am Schwanz.

Er strich mit dem Finger sanft über ihren Nippel. Er wurde noch härter unter der Berührung, aber sie wachte nicht auf. Er drückte den Nippel zwischen Daumen und Zeigefinger. Sie wand sich ein bisschen, schlief aber weiter.

Ja, er mochte es, wie sie schlief.

Er senkte den Mund auf ihre Brust herab und packte den Nippel sanft mit den Zähnen. Er ließ die Zunge wieder und wieder darüberschnalzen, und dann sog er daran. Sie machte Geräusche ganz hinten in ihrer Kehle, aber auf wundersame Weise war sie immer noch komplett weggetreten.

Er strich ihr mit der Hand über den Bauch und zwischen die Schenkel. Sie stöhnte, als sein Zeigefinger ihre Klitoris umkreiste und dann dagegenschnipste. Fast wäre sie aus dem Bett gesprungen, deshalb fing er ihre Arme ab und hielt sie unten.

Er schloss kurz die Augen. Niemals hätte er gedacht, er werde jemanden wie Miki kennenlernen. Jemanden, der stark genug war, um seine Frau zu sein. Seine Gefährtin. Sie war es aber. Sie war alles, worauf er je gehofft hatte. Und es schadete nicht, dass sie ein verdammt heißer Ritt war.

Er bearbeitete ihre Klitoris mit den Fingern und ihre Brüste mit Mund und Zunge. Aber was auch immer in ihren Träumen passiert war – es hatte sie schon halb zum Höhepunkt gebracht. Er steuerte nichts weiter bei als den letzten Schubs, den sie brauchte.

Sie bebte. Um genau zu sein: ihr ganzer Körper. Dann fingen ihre Beine an zu zittern. Sie kam, und er wich so weit zurück, dass er sie beobachten konnte. Sie kam immer heftig und laut, und sie sah wunderschön dabei aus.

Er blieb bei ihr, bis ihr Körper sich wieder beruhigt hatte. Dann lächelte sie im Schlaf und seufzte … seinen Namen.

Falls er es physisch noch gekonnt hätte, wäre er selbst auch gekommen. Das löste diese Frau bei ihm aus. Stattdessen beschloss er hier und jetzt: Er würde Miki Kendrick heiraten. Er musste sie nur überzeugen. Und wie schwer konnte das schon sein?

Miki spürte warme Lippen auf ihren. Sie seufzte und öffnete die Augen, gestand ihnen ein paar Sekunden zu, um sich an die Dunkelheit zu gewöhnen. Seine Lippen bewegten sich sanft über ihren Hals, und sie fühlte, wie seine wundervollen Haare über ihren Körper strichen. Sie hätte gern die Hände darin vergraben, aber sie konnte nicht, denn ihre Arme wurden über ihrem Kopf festgehalten.

»Ähm … Conall?«

»Ähm … Miki?«

»Was soll das mit meinen Armen?«

»Das war der einzige Weg, dich auf dem Bett festzuhalten.«

»Siehst du? Solche Aussagen bringen mich echt zum Durchdrehen.«

»Du hast damit angefangen.«

»Womit angefangen?«

»Wenn eine Frau im Schlaf deinen Namen stöhnt, ist es wirklich schwer, sie zu ignorieren.«

Jetzt wurde es peinlich. »Gott, habe ich's mir wieder im Schlaf selbst gemacht?« Das war doch keine Geisteskrankheit, oder? Wie Soziopathie oder Schizophrenie.

»Nein. Aber ich dachte, du könntest ein bisschen Hilfe dabei gebrauchen.«

»Oh.« Sie hatte gedacht, sie hätte das alles geträumt. Sie war froh, dass es nicht so war, denn es war großartig gewesen.

Er küsste sie noch einmal auf den Mund, ließ dann ihre Arme los und setzte sich auf, den Rücken ans Kopfende gelehnt. Er nahm etwas vom Nachttisch. Sie hörte ein reißendes Geräusch, und ihr wurde klar: er hatte ein Kondom genommen.

»Was tust du da, Wikinger?«

»Komm hier rauf, Kendrick.«

»Ich schlafe.«

»Jetzt nicht mehr. Na los! Schwing dich her!«

»Du bist ja vielleicht romantisch.« Sie stemmte sich hoch und krabbelte auf seinen Schoß.

»Du willst es romantisch? Und wie war das noch mit ›Ich will ficken‹?«

»Arschloch«, brummte sie, während sie sich rittlings auf seine Hüften absenkte. Ihre Muschi war schon nass, sein großer Schwanz glitt mühelos hinein. Sie stieß ein raues Stöhnen aus. Himmel, er fühlte sich so gut an in ihr!

»Alles klar?« Seine Stimme war jetzt rau wie ihre. Sie konnte ihn im Dunkeln nicht sehr gut sehen, aber sie sah seine Augen. Und sie fühlte ihn.

»Machst du Witze?«

Er leckte ihren Hals und packte sie um die Taille. »Ich wollte dich gleichzeitig vögeln und küssen, ohne den Rücken beugen zu müssen, und ich dachte mir, das könnte die beste Methode sein.«

Ihr Größenunterschied schien ihn nicht zu stören. Es schien eher, als genösse er die Herausforderung.

»Küss mich, Mik!«

Sie beugte sich vor, die Arme um seinen Hals, die Brüste an seiner Brust. Langsam fuhr sie mit der Zunge seine Unterlippe entlang, dann die Oberlippe. Er versuchte, ihren Mund mit seinem einzufangen, aber sie machte sich los und entlockte ihm wieder einmal ein Knurren. Sie genoss es wirklich, ihn zu necken. Er lehnte sich zurück und wartete. Wieder berührte sie seine Lippen mit der Zunge. Er schmeckte so gut. Doch als er versuchte, sie zu küssen, wich sie wieder zurück.

»Was zum Henker soll das?«

»Ich habe nur ein bisschen Spaß.«

Er ächzte. Frustriert rieb er den Kopf an ihrer Wange, dann an ihrem Hals. »Verdammt, Weib! Küss mich!«

»Schon gut«, lachte sie. »Nicht quengeln!«

Sie küsste ihn, und seine Hände schlossen sich um ihre Taille, sein Schwanz breitete sich noch mehr in ihr aus. Sie grub die Hände in seine Haare und zog ihn dichter an sich. Es war, als versuchten sie beide, in die Haut des jeweils anderen zu kriechen.

Er hielt sie fest, seine Zunge streichelte ihre. Sie spürte, wie sehr er sie wollte. Sogar brauchte. Niemand hatte je zuvor so auf sie reagiert. Oder ihr dasselbe Gefühl gegeben.

Sie begann langsam, ihn zu reiten, ihre Hüften wiegten sich gegen seine, ihre Muschi verengte sich um seinen Schwanz. Er stöhnte, und seine Finger gruben sich tief in ihr Fleisch. Es tat weh, aber auf eine gute Art. Eine verflixt gute Art.

Sie überstürzte nichts, und er bat nicht darum. Sie genossen anscheinend einfach beide den Augenblick. Genossen einander.

»Miki-Baby?«

Sie mochte es, wenn er sie so nannte. Das war wohl sein Kosename für sie. Und ihr gefiel es, einen Kosenamen zu haben. »Hmmm?«

»Du hast doch keine Unipläne für morgen, oder?«

»Nein, warum?«

»Ich hab mich nur gerade gefragt, was wäre, wenn wir das hier noch vier oder fünf Stunden so weitermachen.«

Miki kicherte. »Ich schlafe nicht, Wikinger. Nicht wirklich. Also wäre es für mich kein Unterschied.«

Er leckte ihren Hals. Knabberte an ihrem Ohrläppchen. Und sie ritt ihn weiter. »Du brauchst nur jemanden, der dich müde macht.«

Sie schnaubte. »Klar. Viel Glück dabei.«

Sie erstarrten beide. *Verdammt.*

»Äh, Conall ...«

»Zu spät! Der Fehdehandschuh ist geworfen. Ich nehme deine Herausforderung an.«

»Nein, nein. Lass uns mal ganz vernünftig sein.« Sie versuchte, sich ihm zu entwinden, aber sein Griff wurde fest wie ein köstlicher Schraubstock. Er ließ sie nirgendwohin, und sie liebte es.

»Hunde sind nicht rational, Baby. Wir sind Hunde. Wir wollen nur eine Aufgabe.« Er drückte ihren Hintern, und sie quiekte auf. »Und ich habe gerade meine gefunden.«

Kapitel 15

Das Klingeln ihres verdammten Handys weckte ihn auf. Er fragte sich, wo sie war und warum sie noch nicht drangegangen war. Dann merkte er, dass sie auf seinem Rücken schlief. Nicht an seinem Rücken. *Auf* seinem Rücken. Völlig k. o. Er hatte sich etwas anstrengen müssen, aber am Ende hatte er sie genug erschöpft, um noch ein bisschen Schlaf zu bekommen. Er musste allerdings zugeben, dass es bis dahin eine ziemliche Party gewesen war.

Er sah auf den Wecker. Sie schliefen seit ungefähr sechs Stunden. Für ihn keine große Sache, aber er wusste, dass sie nur ungefähr drei oder vier Stunden pro Nacht schlief, wenn sie Glück hatte.

Er liebte es, wenn sie auf seinem Rücken lag und ihre weichen Brüste gegen seine Haut drückten. Die Arme hatte sie über seine Schultern geworfen. Die Beine auf seinen ausgestreckt, auch wenn ihre Zehen kaum über seine Kniekehlen hinausragten.

Das Telefon hatte aufgehört zu klingeln. Aber jetzt machte es ständig ein Piepsgeräusch, das anzeigte, dass eine Nachricht wartete. Das würde ihm sehr schnell auf die Nerven gehen. Er weckte sie nur sehr ungern, aber sie sollte ans Telefon gehen, und er musste mal.

»Miki-Baby.« Sie rührte sich ein bisschen. Drehte den Kopf und drückte die Lippen auf seinen nackten Rücken. Sofort wurde er wieder hart. Wie konnte das sein? Sein Schwanz hätte nach den Anstrengungen der vergangenen Nacht abfallen müssen. »Mik.«

»Hmmmmm?« Sie klang satt.

»Dein Telefon piepst.«

»Was?« Er spürte, wie sich ihre obere Körperhälfte anhob, und seine Haut verlangte nach ihrer. »Oh.«

Sie rutschte von seinem Rücken, ihre Leistengegend streifte flüchtig seinen Hintern. Er war sich ziemlich sicher, dass nichts sich besser anfühlen konnte als das.

Sie klappte das Telefon auf und rief rasch ihre Nachrichten ab. Dann runzelte sie die Stirn und wählte eine Nummer per Kurzwahl.

»Hey, Craig. Ich bin's. Was ist los?«

Conall setzte sich auf und beobachtete ihre Bewegungen, während sie das Telefon hielt. Er sah ihr gerne zu.

»Ja. Wir können uns treffen. Aber nicht jetzt. Wie wäre es mit Frühstück in dem Diner gegenüber von den Watson Suites? Ja. Ja. Das geht. Cool. Bis dann.« Sie klappte ihr Handy zu.

»Alles klar?«

Sie zuckte die Achseln. Eine beiläufige Bewegung. Die ganze Anspannung, die in ihr gewesen war, als er sie in dem Club angefasst hatte, schien von ihr abgefallen zu sein. »Weiß nicht genau. Craig ist komisch. Es könnte etwas Ernstes sein oder etwas, von dem er glaubt, es sei ernst, und es ist nicht so. Bei ihm ist das immer Glückssache.«

Sie gähnte und streckte sich. Er beobachtete, wie sich ihr Körper straffte, und hörte das kleine, hohe Geräusch, das sie hinten in der Kehle machte. Bevor er es sich versah, war er schon aus dem Bett geschlüpft und auf dem Weg zu ihr. Aber sie sah ihn kommen und wich ihm aus.

»Lieber nicht!«

Er hätte fast geächzt. Sie ging doch nicht wieder in den »Halte dich von Conall fern«-Modus über, oder?

»Nein?«

»Nein.« Sie ging ins Bad. »Du hast etwas anderes zu tun.«

»Und das wäre?«

Sie schaute ihn von der Schwelle zum Badezimmer aus an. »Mir mit der Seife helfen.«

Eine Dusche und drei Orgasmen später hatten sie es dann doch noch ins Diner geschafft. Conall starrte sie unverwandt über seinen Orangensaft hinweg an, während sie auf ihr Essen warteten. Sie versuchte, ihn zu ignorieren, aber der Mann machte es ihr nicht leicht. Vor allem, weil er die ganze Zeit knurrte.

»Hör auf damit!«

»Womit?«

»Mit dem Knurren.«

»Es macht dich feucht, oder?«

Sie versuchte, ihm über ihre Tasse Kaffee einen bösen Blick zuzuwerfen, aber ein Blick in dieses schöne, ungezogene Gesicht, und es kostete sie all ihre Kraft, nicht direkt hier in der Sitzecke über ihn herzufallen.

»Bastard.«

»Meine Mutter bestreitet das.«

Conall war gerade bei seiner dritten Portion Waffeln und Speck – der Mann konnte wirklich etwas wegputzen –, als ihre Freunde auftauchten. Sie versuchten, sich alle in die Sitzecke zu quetschen, aber wenn Conall auf der einen Seite saß, ging das ganz einfach nicht. Also zogen sich Ben und Craig Stühle her, und Miki ließ Kenny und Amy neben sich sitzen. Auf keinen Fall hätte sie zugelassen, dass Amy neben Conall saß.

»Also?«

Ihre Freunde tauschten Blicke, und sofort fing sie an, sich Sorgen zu machen.

»Was?«

»Ich sage es ihr.« Amy sah sie an. »Flipp jetzt nicht aus, aber wir haben in Leucrottas Computer einen passwortgeschützten Ordner gefunden. Darin waren Informationen über dich.«

»Was meinst du? Was für Informationen?«

»Alles. Sozialversicherungsnummer, Bankkonten, Mitgliedschaft im Fitnessstudio.«

Kenny Liu beugte sich vor. »Plus eine detaillierte Liste deiner täglichen Aktivitäten der letzten fünf oder sechs Monate. Du führst übrigens ein echt langweiliges Leben.«

»Wir haben die Sachen zurückverfolgt, und es sieht aus, als hätte er einen Privatdetektiv beauftragt. Jemanden bei dir in der Gegend«, fügte Ben hinzu.

Conall schob seinen fast leeren Teller von sich und lehnte sich zurück. Er sagte nichts, sondern hörte ihren Freunden nur ruhig zu.

»Wir haben auch noch einen Ordner für Angelina gefunden«, raunte Craig. »Darin war dieselbe Art von Infos.«

Sie hätte ausflippen müssen. Sie hätte sich die Seele aus dem Leib schreien und sich alle möglichen desaströsen Szenarien vorstellen sollen. Und obwohl ein Teil ihres Gehirns an Notfallplänen arbeitete, für den Fall, dass die Dinge außer Kontrolle gerieten, verspürte sie nicht das Bedürfnis, eine allgemeine Panik anzufangen. Sie wusste, Conall und die Meute würden tun, was sie konnten, um sie und Angelina zu beschützen. Sie wusste außerdem, dass sie selbst zu boshaft war, um sich irgendetwas gefallen zu lassen. Es gefiel ihr, dass sie endlich begann, diesen Teil ihrer selbst zu genießen. Er machte sie zu dem, was sie war.

Miki nickte. »Okay. Danke.«

»Das ist alles? ›Okay. Danke.‹ Mehr kriegen wir nicht?« Amy sah sie an. »Du flippst nicht aus? Daraus schließe ich, dass du nicht überrascht bist.«

»Ich bin nicht überrascht. Aber mehr kann ich euch wirklich nicht sagen.«

»Schwachsinn.«

»Ich werde nicht darüber mit dir diskutieren, Amy. Also lass es gut sein, ja?«

»Was sollen wir sonst noch tun?«, schaltete sich

Kenny Liu ein, bevor Amy eine Schimpftirade beginnen konnte.

Zum ersten Mal, seit ihre Freunde angekommen waren, ergriff Conall das Wort. »Nichts. Tut einfach gar nichts. Und verwischt eure Spuren. Sie sollten niemals erfahren, dass ihr da wart.«

»Sie? Wer sind sie?« Craig, der Paranoiakönig, stürzte sich auf diese Aussage. Aber Miki wusste, dass sie ihm nicht die Wahrheit sagen konnte. Es war nicht ihre Wahrheit. Also log sie.

»Die Mafia.«

Conall riss den Kopf herum und starrte sie an. Sie hob fast unmerklich eine Augenbraue.

»Mafia?« Amy drehte sich in der Sitzecke, damit sie Miki ins Gesicht starren konnte. »*Die* Mafia? Du willst uns weismachen, dass die Mafia hinter dir her ist?«

Conall beugte sich mit seinem unschuldigsten Blick vor. »Hey. Über so etwas würden wir nicht lügen.«

Miki sah Amy an. Sie musste. Wenn sie Conall noch eine Sekunde länger angesehen hätte, hätte sie hysterisch zu kichern angefangen.

Er wandte seinen Blick wieder Craig zu. »Und falls sie herausfinden, dass ihr da wart, finden wir eure Leichen mit herausgeschnittener Zunge im Kofferraum eines Cadillacs.«

Miki biss sich auf die Wangen und trat Conall unter dem Tisch.

Sie konnte die Gefühle ihrer Freunde auf ihren Gesichtern ablesen. Ben hörte nicht mehr zu, was bedeutete, dass er sich langweilte. Kenny Liu wirkte ehrlich besorgt. Craig sah aus, als würde er vor Angst ohnmächtig. Und Amy trommelte rastlos und mit finsterer Miene mit den Fingern auf der Tischplatte.

»Du musst verrückt sein, wenn du von uns erwartest, dass wir dir diesen Haufen Scheiße abkaufen.«

»Ihr wisst so einiges nicht von mir, Leute.«

»Ihr lügt, Kendrick. Du und Conan der Barbar.«

Miki und Conall sahen sich unschuldig an und dann wieder ihre Freunde.

Sie schüttelte traurig den Kopf. »Es schmerzt mich, dass du glaubst, ich lüge.«

Conall seufzte. »Es schmerzt uns beide.«

Sie hätte es wirklich nicht durchgehalten, wenn sie und Conall einander nicht die ganze Zeit unter dem Tisch getreten hätten.

»Die Mafia? Etwas Besseres ist dir nicht eingefallen?« Sie hatten angefangen zu lachen, sobald Amy und die anderen gegangen waren. Zehn Minuten später lachten sie immer noch.

»Mann, ich war verzweifelt! Ich brauchte etwas, und Amy hätte nicht lockergelassen. Ich kenne sie.«

»Na gut. Ist ja auch egal.« Conall nahm ihre Hand. »Lass uns zurück ins Hotel gehen und noch ein bisschen ficken.«

»Eigentlich habe ich eine andere Idee.«

Warum gefiel ihm nicht, wonach das klang? »Eine *bessere* Idee?«

»Wahrscheinlich nicht.« Sie hob einen kleinen Zettel hoch. »Aber trotzdem eine Idee.«

»Was ist das?«

»Leucrottas Adresse. Fahren wir doch mal vorbei.«

»Und schießen aus dem fahrenden Auto?« Er hätte es ihr glatt zugetraut.

»Nein, du Spinner. Wir nehmen ihn unter die Lupe.«

»Auf keinen Fall, Baby. Wenn dir etwas passiert, macht mich Zach fertig, weil Sara *ihn* fertigmachen wird.« Er blickte auf ihr hinreißendes Gesicht hinab. »Und ich würde dich vielleicht sogar auch ein bisschen vermissen.«

»Du meine Güte. Danke!« Miki grinste ihn an. »Pass auf, wir können das auf zwei Arten machen. Wir können jetzt hinfahren. Gemeinsam. Es uns aus Spaß ansehen. Oder du findest dich bewusstlos in einer Pfütze deines eigenen Erbrochenen im Bad wieder, während ich Leib und Leben riskiere, um allein hinzufahren.«

Conall starrte auf sie hinab. »Du würdest mir noch mal was ins Essen tun?«

»Klar. Ich müsste es nur in Speck einwickeln.«

Conall wäre gern beleidigt gewesen, aber sie war einfach so verdammt süß. »Ich kann es mir nicht leisten, dass du mit deinem Knackarsch in einer Klan-Höhle herumschleichst.«

»Und ich habe keine Lust, zu nahe heranzugehen. Ich habe keine Waffen. Keine Messer. Keine Handgranaten. Ich bin wehrlos. Aber wir müssen den Feind ausspionieren. Wir müssen herausfinden, wer diese Leute sind. Ich will nicht mein Leben lang davonlaufen und mich verstecken.«

Das glaubte er. Ihm wurde klar, warum Sara und

Miki Freundinnen waren. Miki war genauso hart wie jeder Wolf, den er kannte, sie fand nur einen anderen Weg, um zu überleben. Aber er wollte nicht, dass sie verletzt wurde. »Ich weiß nicht, Mik.«

Sie lächelte ihn an, und er spürte, wie sein Schwanz den Kopf hob. »Bitte, Conall ... Baby. Für mich.«

Er lachte wieder. »Du bist schamlos, verdammt!«

Sie nahm den Autoschlüssel aus seiner Jeanstasche. »Na komm, Baby.« Rasselnd wedelte sie damit in seine Richtung. »Na komm! Wir machen einen Ausflug!«

»Ich schwöre es, wenn du eine Bemerkung machst, dass ich während der Fahrt nicht den Kopf aus dem Fenster strecken soll ...«

Sie runzelte die Stirn, und ihm wurde klar, dass sie genau das vorgehabt hatte. »Verdammt.«

Sie fragte sich, wie lange das Fragespiel noch weitergehen sollte, während sie ihn zu Leucrottas Haus dirigierte. Sie hatte sich jede Straßenkarte von Seattle und Umgebung eingeprägt. Das war nicht schwer. Sie musste eine Karte nur einmal studieren, um jedes Detail zu kennen.

»Wo hast du schießen gelernt?« Noch mehr Fragen. Warum fand er das so interessant? Sie hatten diese Art von Fragen schon letzte Nacht gehabt, aber da hatte er noch versucht, sie rumzukriegen. Jetzt, wo er sie hatte, wusste sie nicht so recht, warum er immer noch so neugierig war.

Müssen Bettgeschichten so gesprächig sein?

»Bei den Marines.«

»Du warst bei den Marines?« Er hätte nicht unbedingt so schockiert klingen müssen.

»Nein.«

»Warst du mal mit einem Marine zusammen?«

»Nein.«

Diese Antwort schien ihn zu erleichtern, was sie noch mehr verwirrte.

»War dein Vater ein Marine?«

»Ich weiß nicht. Ich kannte den Mann nicht.«

»Wirklich?«

»Er hat nach der Highschool einmal versucht, Kontakt zu mir aufzunehmen. Aber ich habe ihm gesagt, er soll sich zum Teufel scheren. Ich hatte kein Bedürfnis, einen Mann kennenzulernen, der mit sechsundzwanzig etwas mit einem sechzehnjährigen Mädchen angefangen, sie geschwängert und dann sitzengelassen hat.«

Es war gut gewesen, dass sie ihren Vater damals nicht getroffen hatte. Mit neunzehn, im College, mit vollem Zugang zu den Biotech-Laboratorien. Das und der Kontakt zu Craig und den Jungs hätten dazu geführt, dass sie dem Mann wehgetan hätte. Sie erinnerte sich, dass sie eine ihrer Kreationen einmal spät in der Nacht in dem Raum versteckt hatte, der jetzt Craigs persönliches Labor war. Es hatte sein müssen. Das Militär hatte es in die Finger bekommen wollen. Natürlich glaubten Sara und Angelina immer noch, sie habe Wahnvorstellungen, wenn sie sagte, eines Tages würde ein Spezialkommando sie holen kommen. Was wussten sie schon.

»Das kann ich verstehen. Hat deine Mutter ihn geliebt?«

»Leider ja.«

Daraufhin schwieg er und beschloss offenbar, das Thema zu wechseln. »War Angelina mal mit einem Marine zusammen?«

Miki verdrehte die Augen. »Nein. Sie stehen auf der Liste.«

»Was für eine Liste?«

»Weißt du, du hast es direkt vor der Nase. Du weigerst dich nur, es zu sehen.«

Conall hielt an einer roten Ampel und sah sie an. Dann grinste er. Ein breites, schönes Grinsen. »Deine Mutter war ein Marine!«

»Und endlich betritt mein Neandertaler das einundzwanzigste Jahrhundert, in dem auch Frauen beim Militär sind.«

»*Dein* Neandertaler?«

Sie starrte aus dem Fenster, damit sie sein Wikinger-Grinsen nicht sehen musste. Sie würde nicht anfangen, ihn zu mögen. Ihn ehrlich zu mögen. Eine vorübergehende »Ich hasse dich nicht genug, um dich zu töten«-Beziehung war hübsch und nett. Aber ihn zu mögen wie sie Sara, Amy, Angelina oder sogar Craig mochte, kam nicht in Frage.

Die Ampel wurde grün, und er fuhr weiter. »Okay. Dann ist mir die offensichtliche Lösung wohl entgangen. Sie hat dir also das Jagen beigebracht?«

»Nein. Das habe ich von meiner Großmutter gelernt. Ihr Vater war Fährtenleser und Schwarzbrenner. Meine Mutter hat mir das Schießen beigebracht. Jeder Marine ist ein Schütze, weißt du.« Sie zuckte die Achseln. »Als ich zwölf war, konnte ich meine Jagdbeute selbst häuten.«

»Das ist ja reizend.«

Miki nickte und ignorierte den Sarkasmus. »Ich habe das Fell abgeschnitten, das Fleisch zerlegt, es eingefroren. Wir hatten dann immer Wildfleisch für Wochen.« Sie sah ihn an. »Und manchmal habe ich aus ihren Köpfen kleine Hüte gemacht.«

Conall bog in eine ruhige Vorstadtstraße ein. »Okay. Das Gespräch ist hier zu Ende.« Er schauderte. »Du gruslige Frau.« Er sah sich um. »Wir kommen näher. Ich kann sie riechen.«

»Gehen wir nicht näher ran?«

»Auf keinen Fall.« Er schaltete den Motor ab und gab ihr die Schlüssel. »Wenn ich in zwanzig Minuten nicht zurück bin, fahr los und geh nicht zurück ins Hotel. Verstanden?«

»Ja, mein Gebieter.«

Er warf ihr einen finsteren Blick zu. »Klugscheißerin.«

»Was machst du?«

Er zuckte die Achseln. »Im Windschatten bleiben.«

Dann stieg er aus und verschwand die Straße entlang. Miki stemmte die Füße gegen das Armaturenbrett und wartete.

Conall deponierte seine Kleider hinter einem leerstehenden Haus mit einem Zu-verkaufen-Schild davor, verwandelte sich und trabte den Rest des Weges zu Leucrottas Haus. Er wusste es, sobald er ihre Straße erreichte. Der Geruch überwältigte ihn fast. Er brauchte eine Weile, bis er herausfand, dass der ekelhafte Geruch von den zähflüssigen weißen Sekreten an fast allen Bäumen und Häusern ausging. Wenn diese Typen ihr Revier markieren, dann richtig. Schnell wurde ihm klar, dass fast jedes Haus in der Straße diesem Klan gehörte.

Die Straße war ziemlich ausgestorben, und Conall nahm an, dass der Großteil der Mitglieder ihren Tagesjobs nachging. Er schlüpfte in einen Garten und suchte sich seinen Weg zu einem der Häuser, wo er tatsächlich etwas hörte. Es war von einem hohen Zaun umgeben, aber er fand einen Riss im Holz, durch den er hindurchsehen konnte. Ein großes Grundstück mit Pool, das aussah wie jedes andere normale teure Vorstadthaus. Doch er wurde Zeuge einer der beunruhigendsten Szenen, die er je gesehen hatte.

Vier Frauen – es waren doch Frauen, oder? – waren in einen schonungslosen Faustkampf verwickelt. Blut floss in Strömen, und er konnte Knochen brechen hören. Die anderen Frauen, ungefähr vierzehn, sahen teilnahmslos zu. Noch grusliger war die brutale Schlägerei unter den Kindern. Sie schubsten einander nicht nur herum oder steckten den kleinen Johnny mit dem Kopf in die Toilette – nein, hier wurden Zähne und Klauen benutzt, um bleibende Schäden anzurichten.

Er dachte daran, wie er als Wolfswelpe aufgewachsen war. Er erinnerte sich noch gut, wie er mit Zach gerungen hatte. Einmal, sie waren nicht älter als sechs gewesen, hatte Zach ihn versehentlich eine Treppe hinuntergeworfen, und der arme Junge hatte stundenlang geweint, bis Conall wieder gehen und sich an seinen Vornamen erinnern konnte.

Doch was Conall jetzt beobachtete, war brutale, unverfälschte Aggression. Das waren definitiv keine Leute, mit denen man sich leichtfertig anlegen sollte.

Dann drehte der Wind. Der Kampf hörte auf. Die Aggression endete, und alle Aufmerksamkeit konzentrierte sich auf ihn am Zaun.

Er machte mehrere Schritte rückwärts, wirbelte herum und rannte los.

Es war Zeit, seine Meute zu rufen.

Miki hatte genug davon, im SUV zu warten, also setzte sie sich stattdessen auf die Treppe. Sie konnte nicht aufhören, an die vorherige Nacht zu denken. Das war es also, was Sara und Angie meinten, wenn sie sagten, etwas erschüttere einem die ganze Welt. Kein Wunder, dass Leute besessen von Sex waren. Jetzt war sie es auch. Von Sex mit Conall.

Sie spürte Conall in Wolfsgestalt neben sich. Sie warf ihm nicht einmal einen flüchtigen Blick zu, als er sich neben sie setzte. Er rieb die Schnauze an ihrem Arm.

»Was tust du da?«

Er leckte ihr Kinn. »Willst du mir sagen, was passiert ist oder nicht?«

Conall legte sich neben sie und drehte sich auf den Rücken. Sie seufzte. Das war so erniedrigend.

Sie weigerte sich immer noch, ihn anzusehen, und kraulte ihm den Bauch. Conall liebte es eindeutig. Sie spürte, wie sich sein ganzer Körper unter ihren Fingern wand, während sie ihm über Bauch und Brust strich.

»Das ist doch lächerlich! Verwandle dich einfach und sag mir, was du gesehen hast!« Endlich sah sie ihn doch an. Seine Zunge hing heraus, und er grinste fröhlich. Und plötzlich ging ihr auf, dass dieser Hund kein Wolf war. Und es war definitiv nicht Conall. »O Scheiße …«

»Was tust du da?«

Miki zuckte zusammen. Sie schaute auf und immer weiter hinauf, bis sie Conalls Gesicht sehen konnte. In Menschengestalt stand er auf ihrer anderen Seite. Nass, als wäre er schwimmen gewesen. Komplett angezogen. Und komplett empört.

»Äh … ich spiele mit diesem süßen Hündchen?«

»Du dachtest, das sei ich, stimmt's?«

»Sei nicht gleich sauer! Es hätte doch sein können!«

»Das ist ein Golden Retriever!«, knurrte er. »Ich kann jetzt nicht mit dir reden.« Er stürmte zurück zum SUV.

Miki schaute auf den Hund hinab, der bequem neben ihr lag. »Vielen Dank auch.«

»Können wir gehen?«

Miki stand auf, als der Hund auf Conalls geschriene Frage hin mit eingeklemmtem Schwanz davonschoss. Normalerweise wäre es ihr egal gewesen, wenn sie jemandes Gefühle verletzt hätte, außer vielleicht bei Sara und Angelina, aber die hatten ein dickes Fell. Doch aus irgendeinem Grund fühlte sie sich mies, wenn Conall sauer auf sie war.

Jetzt stand sie vor ihm. »Es tut mir leid.«

»Ich bin kein Hund.«

»Das weiß ich. Ich habe einfach nicht aufgepasst. Ich habe ihn nicht einmal angesehen.«

»Weißt du, wir sehen nicht alle gleich aus.« Sie sparte es sich, ihn darauf hinzuweisen, dass sie alle zur Art *Canis lupus* gehörten. Das hätte ihn wahrscheinlich nur noch mehr aufgeregt.

»Ich weiß.« Spontan schlang sie ihm die Arme um die Taille und lehnte den Kopf an seine Brust. Sie spürte, wie sich sein Körper widerwillig entspannte, und er legte die Arme um sie. Sie war nie eine anschmiegsame Person gewesen, aber aus irgendeinem Grund fand sie es mit Conall ganz leicht und irgendwie schön. »Es tut mir ehrlich, ehrlich leid. Ehrlich.«

Er kicherte. »Ich bin mir nicht sicher, ob du oft genug ›ehrlich‹ gesagt hast.«

Sie spürte die Nässe seines T-Shirts. »Warum bist du nass?«

»Der Wind hat gedreht. Ich musste einen Pool benutzen, um sie von meiner Spur abzubringen.«

»Schlau. Und was hast du herausgefunden? Hatte Conridge recht?«

»Sie sind mehr als barbarisch. Sie sind furchteinflößend. Unheimlicher, als ich sie in Erinnerung habe. Vielleicht solltest du ein paar Recherchen an deinem Computer machen. Mal sehen, was du sonst noch herausfinden kannst.«

Aber sie wusste schon etwas, warum also warten? Miki schloss die Augen. Sie konnte sich eines ihrer Lieblingsbücher bildlich vorstellen. Die *Enzyklopädie der Säugetiere*. Sie sah die Seiten blättern, als habe sie das Buch im Schoß. Sie blätterte zu dem Kapitel über Hyänen und las, was dort stand.

»Sie sind matriarchalisch geprägt. Extrem aggressiv,

aber das wissen wir ja schon. Sie kommen aber nicht so gut miteinander aus wie Wölfe oder Löwen. Es gibt eine Menge Kämpfe untereinander. Tja, das erklärt einiges. Die männlichen und weiblichen Sexualorgane sehen sich sehr ähnlich. Eine Zeitlang glaubte man, sie seien Hermaphroditen, sind sie aber nicht. Oooh.«

»Was?«

»Die Jungen werden mit vollem Gebiss geboren und fangen an, gegeneinander zu kämpfen, sobald sie den Mutterleib verlassen haben. Manchmal streiten sich zwei schon, solange die Mutter noch einen Dritten sauber leckt. Na, das ist doch echt mal interessant, oder?«

Conall blickte finster. Er hätte sauer sein sollen. Sie hatte einen Golden Retriever für ihn gehalten. Noch nicht einmal einen Schäferhund oder einen Husky, sondern einen Golden Retriever! Aber er war zu sehr damit beschäftigt, das Gefühl ihrer Arme um seine Taille zu genießen und die plötzliche Erkenntnis, dass sie gerade Wissen über Hyänen aus dem Hut gezogen hatte.

»Woher genau wusstest du das alles?«

»Ich habe ein gutes Gedächtnis.«

»Es klang, als würdest du aus einem Buch ablesen. Das hast du auch, oder?« Er spürte, wie sie sich plötzlich unwohl fühlte. »Du hast gerade in deinem Kopf ein Buch gelesen, oder?«

»Ich weiß nicht recht, was du …«

»Wie hoch ist dein IQ eigentlich genau?«

Miki räusperte sich. »Hundertachtundsiebzig.«

Soweit er wusste, war alles über hundertvierzig ein Genie. *Verdammt.*

»Warum bist du nicht in eine spezielle Schule gegangen oder so?«

»Meine Großmutter hielt nichts davon. Aber ich habe immer Fortgeschrittenenkurse besucht und ein paar College-Kurse.« Er spürte, wie angespannt ihr Körper war. Sie wartete auf irgendeine komische Reaktion auf ihr Geständnis. Sie schien nicht zu merken, dass es ihm völlig egal war. Für ihn bedeutete das nur, dass ihre Kinder clevere Gestaltwandler werden würden.

»Tja, damit du dir jetzt nicht zu viel einbildest, muss ich dagegenhalten, dass ich selbst oft das Kreuzworträtsel in der Fernsehzeitschrift komplett ausfülle.« Er blähte die Brust auf. »Mit Kugelschreiber.«

Miki brach in Lachen aus. Er liebte es, sie zum Lachen zu bringen. Dann war immer ihr ganzer Körper beteiligt. So ähnlich, wie wenn sie einen Orgasmus hatte.

Conall küsste sie auf die Stirn. »Komm, wir hauen hier ab, bevor sie … oh, Scheiße.«

»Was?« Sie löste sich aus seinen Armen und drehte sich nach dem um, was er sah. Kein hübscher Anblick. Die Hyänen hatten etwas getan, das er noch nie zuvor gesehen hatte und hoffentlich nie wieder sehen musste.

Sie hatten ihre Kinder auf die Jagd nach ihnen geschickt.

Sechs von ihnen standen mitten auf der Straße vor ihr und Conall. Ein rascher Blick zurück, und Miki sah noch drei weitere.

Es war helllichter Tag in einem hübschen, ruhigen Vorortviertel. Dennoch fühlte sie sich wie mitten in der Nacht in der Wüste in einer Falle.

Miki nahm kein Blatt vor den Mund: »Los, wir steigen ein und fahren die Scheißkerle über den Haufen.

Conall starrte sie mit offenem Mund an. »Das sind Kinder! Ich kann keine Kinder überfahren. Und ich hoffe ehrlich, dass du das auch nicht kannst!«

Miki seufzte. Nein. Sie konnte keine Rotte Kinder niedermähen. Aber sie wünschte, sie könnte. Denn sie waren vielleicht Kinder, aber sie waren die verdammt noch mal beängstigendsten Dinger, die sie je gesehen hatte. Sie hatte sich immer gefragt, welche Art von Kindern zu Hause unterrichtet wurde. Die hier machten sicher einen großen Prozentsatz aus. Sie schätzte, sie konnten ihre Reißzähne erst einziehen, wenn sie sehr viel älter waren.

»Na gut. Wenn du ein netter Kerl sein und die Kinder nicht umfahren willst, dann bleibt uns nur eine Option.«

»Und die wäre?«

Sie riss die Tür des SUV auf, sprang hinein, wühlte in ihrem Rucksack und zog die Schlüssel zu ihrem Haus heraus.

»Ich will auf keinen Fall, dass du das persönlich nimmst«, befahl sie, als sie wieder herausgekrabbelt kam.

Conall sah sie nicht an, er war zu beschäftigt, die vorrückenden Jungen im Auge zu behalten. »Was persönlich nehmen?«

Miki zog den kleinen Plastikregler ab, der an ihrem Schlüsselbund befestigt war, und zeigte ihn ihm.

»Ein Bellstopp?« Er grinste, während sich seine Reißzähne verlängerten und seine Augen zu Wolfsaugen wurden. »Du machst Witze, oder? Das funktioniert vielleicht bei dem Golden Retriever, den du vorhin geknuddelt hast, aber ich bezweifle, dass es beim Rest von uns viel ausrichtet.«

Miki räusperte sich. »Ich habe ihn ein bisschen verstärkt für den Fall, dass diese Vollblutwölfe ein wenig sauer werden, wenn Sara nicht mehr da ist.« Sie drückte den Knopf und hoffte, Conall konnte ihr verzeihen.

Er ging als Erster zu Boden. Die Hände über den Ohren, die Zähne gefletscht und mit einem Aufheulen. Dann fielen die Hyänen schreiend hin. Sogar die erwachsenen Frauen, die aus dem Hintergrund zuschauten, wanden ihre androgynen Körper vor Schmerzen. Für Miki war es still. Sie hörte und spürte nichts.

Tja, zumindest wusste sie jetzt, dass das Ding funktionierte.

Miki packte Conall hinten am Kragen und zog an ihm, in der Hoffnung, dass er selbst aufstehen konnte, denn sie hätte es niemals geschafft, ihn hochzuheben. Er rappelte sich mit Mühe auf und krabbelte in den SUV. Sie folgte ihm, den Finger immer noch auf dem Knopf. Sie rückte den Sitz nach vorn, damit sie das Gaspedal erreichen konnte, und startete den Motor. Als sie wegfuhr, ließ sie endlich den Knopf los und achtete darauf, keines der Kinder zu überfahren, die auf der Straße lagen.

Als sie in sicherer Entfernung waren, ließ sie die Schlüssel und das Gerät zurück in ihre Tasche fallen.

Conall sah sie an. Seine Reißzähne waren immer noch ausgefahren, die Augen rot gerändert. »Das nennst du ›ein bisschen verstärken‹?«

Sie zuckte mit den Schultern. »Sei dankbar. Es hätte schlimmer sein können. Ich hatte mir überlegt, es mit einem Elektroschocker zu kombinieren. Du weißt schon, nur so zum Spaß.«

Er lehnte sich in seinem Sitz zurück. »Du bist eine gefährliche Frau, Miki Kendrick.«

Sie lächelte. Sie hatte das unbestimmte Gefühl, er meinte das als Kompliment.

Kapitel 16

Conall beobachtete sie nun seit zehn Minuten. Sie hatte Traube gewollt, aber er hatte nur Kirsch gefunden. Ein Kirsch-Wassereis. Er hatte es ihr gegeben, nachdem er mit ihrem Mittagessen vom Deli nebenan wiedergekommen war.

Als sie erst wieder im Hotel in Sicherheit waren und seine Ohren aufgehört hatten zu klingeln, hatte er mit Sara gesprochen. Hatte ihr erzählt, was Mikis Hackerfreunde herausgefunden hatten. Was er in der Klan-Höhle gesehen hatte. Dass Miki ihn auf seinem kleinen Ausflug begleitet hatte, schien sie gar nicht zu beeindrucken. Anscheinend vertraute sie ihrer Freundin genauso wie er. Und er vertraute Miki wirklich. Diese Erkenntnis ging ihm immer wieder durch den Kopf. Sara hatte ihm versichert, sie werde mit Zach sprechen, sobald er von der Jagd zurück war, und sie würden so schnell wie möglich ein paar Meutenmitglieder nach Seattle schicken. Und dann hatte sie ihm einen direkten Befehl gegeben. Das tat sie sonst nie. *Beschütze Miki.* Es war ihr egal, was er tun oder wen er umbringen musste. Sie wollte, dass Miki in Sicherheit war.

Von Conall aus war das kein Problem.

Also hatte er es sich gemütlich gemacht, um das erste der drei riesigen Sandwiches mit Pommes und Bier zu essen, die er gekauft hatte. Aber er hatte keinen Bissen genommen. Nicht, nachdem er sie und dieses verfluchte Wassereis bemerkt hatte.

Bäuchlings auf dem Bett liegend, recherchierte sie an ihrem Laptop weiter über Hyänen. Sie hatte beide Hände auf der Tastatur, weshalb sie das phallusförmige Eis nur mit dem Mund lutschen konnte. Rein und raus. Rein und raus. Und diese schlürfenden Geräusche – das sollte doch wohl ein Scherz sein! Er hätte Geld verwettet, dass Miki keine Ahnung hatte, was sie ihm da antat.

Irgendwann hielt er es nicht mehr aus.

»Ich will, dass du das mit mir machst.«

Sie blickte nicht von ihrem Laptop auf. »Was soll ich machen?«, nuschelte sie mit dem Eis im Mund.

»Meinen Schwanz lutschen wie dieses Eis.«

Sie erstarrte, die Hände schwebten über der Tastatur. Langsam hob sie den Blick. Sie starrte ihn einen Moment lang an. Dann zog sie das Eis aus dem Mund, wobei sie darauf achtete, ein nasses »Plopp«-Geräusch zu machen.

»Das ist mal eine Bitte.«

»Es ist keine Bitte.«

Miki grinste und biss sich leicht auf die Unterlippe. »Verstehe. Ein Befehl.« Sie schob das Eis zwischen die Lippen, langsam und genüsslich, und zog es genauso langsam wieder heraus. »Interessant.«

Miki glitt vom Bett und kam auf ihn zu. Plötzlich

ging sein Handy los. Sie sahen es beide an. Dann stürzten sie sich darauf. Aber Miki war kleiner und schneller. Sie schnappte es sich und klappte es auf.

»Hallo? Hi, Zach.«

Conall schüttelte den Kopf, winkte ab und ließ sich auf einen Stuhl fallen. Sein inzwischen schmerzhafter Ständer stieß beinahe durch die Jeans. »Bad! Ich bin im Bad!«, formte er lautlos mit den Lippen.

»Nein, nein. Er ist hier irgendwo. Warte, ich hole ihn.«

Er würde sie umbringen.

Miki legte das Telefon hinter sich und setzte sich darauf. Sie beugte sich zu Conall vor und flüsterte ihm ins Ohr.

»Du wirst mit ihm reden. Und du wirst sein wie immer. Und wenn du kein Gespräch führen kannst oder wenn du ihm gegenüber andeutest, dass ich dir einen blase … dann höre ich auf.«

Allein davon wäre er fast gekommen, vor allem, als sie die Zunge ausstreckte und ihm damit übers Ohr wischte.

Sie reichte ihm das Telefon und steckte das Eis wieder in den Mund. Er hielt sich das Telefon ans Ohr, sagte aber noch nichts, während er ihr zusah, wie sie sich vor ihn kniete. Sie öffnete seine Jeans, und er hob die Hüften an, damit sie sie ihm ausziehen konnte. Er war so damit beschäftigt, sie anzusehen und darüber nachzudenken, was sie als Nächstes tun würde, dass er Zach vollkommen vergaß, bis sie mit der Hand in Richtung Telefon wedelte.

»Hallo, Zach.«

»Hallo. Ich habe gerade mit Sara gesprochen. Ist bei euch alles klar?«

Conall nickte.

Miki zog das Eis aus dem Mund. »Ich glaube nicht, dass er dein Nicken sehen kann«, flüsterte sie.

Er versuchte, sich zu konzentrieren. »Ja. Uns geht's gut.«

Miki strich mit dem Eis an der Unterseite seines Glieds entlang, und er meinte, er müsse aus der Haut fahren. *Bösartiges Luder.*

»Gut. Bestens. Wir schicken euch wahrscheinlich acht von unseren Jungs. Das müsste reichen, bis ihr zurückkommt. Sara wollte schon selber los, aber ich lasse ihren Arsch auf keinen Fall aus den Augen.«

»Das klingt … gut.«

Sie strich mit dem Eis über die Spitze und dann mit der Zunge direkt hinterher.

»Ich wünschte nur, ich würde endlich dahinterkommen, was zum Henker sie da tun. Löwen sind ihre Feinde, wir sollten also eigentlich Verbündete sein. Ich rede mit den älteren Wölfen. Vielleicht können sie uns weiterhelfen. Und ihr passt auf euch auf.«

Er stemmte die nackten Füße in den Teppich. »Alles klar.«

Zach schwieg kurz. Dann: »Du klingst abgelenkt. Macht sie dir das Leben schwer?«

Conall knirschte mit den Zähnen, als Mikis Zunge dem Eis überallhin folgte. »Du machst dir keine Vorstellung.«

»Ich habe dich vor ihr gewarnt! Du kannst sowieso etwas Besseres haben. Sie verdient dich nicht.« Der gute alte Zach. Unterstützte ihn immer. Mit dem schlechtesten Timing aller Zeiten.

»Redet sie inzwischen wenigstens mit dir?«

Conall ließ den Kopf nach hinten sinken, als Miki die Eichel in den Mund nahm und ihre Zähne leicht über die Spitze strichen, während ihre Zunge sie umkreiste.

»Manchmal«, brachte er heraus.

»Tja, dann mach dir mal keine Sorgen. Ich mach dir eine sichere Sache klar, wenn du wieder da bist.«

»In Ordnung.« Er konnte gerade noch ein Stöhnen unterdrücken, als sie ihn ganz in den Mund nahm – und summte. »Klingt super.«

Zach fing an zu schwadronieren ... über irgendwas. Wer wusste das schon? Conall gab unverbindliche Geräusche von sich. Zum Glück ließ Miki ihm das durchgehen, wahrscheinlich, weil er seine Stimme relativ ruhig hielt. Aber er hatte keine Ahnung, wie lange er das noch durchhalten konnte. Vor allem, als sie das Eis wegwarf, ihre weiche Hand um seine Eier legte und sanft zudrückte.

»Ach, wo ich dich gerade dranhabe, könnten wir doch auch gleich noch ein paar Sachen für den neuen Club in Barcelona besprechen, oder?«

Auf keinen Fall konnte er sich weiterhin konzentrieren. Nie im Leben. Um ehrlich zu sein, überraschte es ihn, dass er überhaupt noch bei Bewusstsein war.

»Ich habe die Unterlagen nicht hier. Kann das warten?« Konnte Zach sein Keuchen hören? Er hielt es nicht mehr lange aus. Sie machte ihn fertig, und das wusste sie auch. Sie lächelte mit seinem Ding im Mund, während sie ihn um den Verstand lutschte.

»Ja, klar. Jetzt ist sowieso gerade Sara reingekommen. Warte kurz.« Er hörte ein gedämpftes Geräusch am anderen Ende der Leitung. »Äh … Conall. Hier besteht plötzliches Interesse an meiner Hose, ich muss Schluss machen.«

Abrupt legte Zach auf. *Gott sei gedankt für Sara.* Im Gegensatz zu Zachs Timing war *ihres* tadellos.

Conall warf das Telefon durchs Zimmer, grub die Hände in Mikis Haare und ließ endlich sein heiseres Stöhnen heraus. Er war so dicht davor, dass er eine halbe Minute später seinen Höhepunkt erreicht hatte.

Sie leckte ihn sauber und schaute dann lächelnd zu ihm auf. »Nicht schlecht! Das Gespräch, meine ich.«

Okay. Er war dieser kleinen Göre etwas schuldig. Einiges. Abgesehen davon hatte ihr Mund ihn nur noch heißer gemacht. Allein ihr Anblick machte ihn schon wieder hart.

Conall packte sie und hob sie hoch. Er trat seine Jeans von sich und trug Miki zur Kommode, sodass sie sich beide vor deren Spiegel befanden. Er drehte sie von sich weg und legte sie auf das Holz.

Sie grinste ihn durch den Spiegel an. »Mann! Nette Idee, aber ich bin mir nicht ganz sicher, ob das funktioniert.«

Die Kommode war für Menschen von normaler Größe gebaut. Conall war nicht besonders menschlich, und seine Größe war alles andere als normal. Miki wackelte mit ihrem Knackarsch vor ihm und glaubte, er wüsste nicht weiter.

»Mal wieder: mangelnde Kreativität«, neckte er sie.

Er ging zum Schrank und holte ihre schwarzen Lederpumps, die mit den Dreizehn-Zentimeter-Absätzen. Er stellte sie neben sie. »Zieh die an.«

Er ertappte sie wieder dabei, wie sie versuchte, ein Grinsen zu unterdrücken. »Die will ich am Freitag tragen.«

Er lehnte sich gegen sie, die Arme links und rechts von ihr, sodass sie nicht wegkonnte. »Tu, was ich dir sage, und zieh sie an.«

Miki räusperte sich und stieg in die Schuhe. Sie sah ihn durch den Spiegel an. »Also? Was jetzt?«

Er riss ihr den Rock hoch und das Höschen vom Leib.

Miki schnappte nach Luft und klammerte sich an die Kommode. Conall nahm ein Kondom von dem Stapel neben seinen Schlüsseln und dem Kleingeld und streifte es über. Dann packte er Miki bei den Hüften und rammte von hinten in sie.

»Gott, ja!«, presste sie hervor. Sie hatte die Augen geschlossen, aber Conall wollte, dass sie alles sah.

Er hatte eine Hand an ihrer Hüfte, um sie festzuhalten, während er mit der anderen in ihre Haare griff und daran zog. »Mach die Augen auf, Miki.«

Sie sah in den Spiegel, und ihre Blicke trafen sich darin. »Sieh mich an.« Seine Stimme war leise und rau, er erkannte sie kaum wieder. »Sieh mir zu, wie ich dich vögle.«

Sie hatte es nicht für möglich gehalten, aber der Mann hatte sie eben noch feuchter gemacht. Das war einfach Conalls Wirkung auf sie. Er machte sie feuchter, heißer. Bei ihm war sie kühn, mutig und irgendwie nuttig. Aber auf eine gute Art.

Bei ihm fühlte sie sich schön und sexy. Bisher hatte sie sich immer dumm gefühlt, wenn sie die Pumps getragen hatte. Wie ein kleines Mädchen, das die Kleider seiner Mutter trägt. Zum ersten Mal hatte sie das Gefühl, als *gehörten* ihr diese Schuhe.

Sie sah ihm ins Gesicht, als er sie zu vögeln begann. Es war, als wolle er nirgendwo lieber sein. In keiner anderen. Das allein war ein Aphrodisiakum.

Sie nahm seinen Rhythmus schnell auf – das war mit ihm irgendwie immer so – und wiegte den Körper rückwärts, wenn er nach vorne drängte. Es verblüffte sie, dass sie ihn so verrückt machte. »Von der Hüfte abwärts tot«-Kendrick brachte jemanden wie Conall, der sich die gut trainierten Barschlampen aussuchen konnte, zum Durchdrehen.

»Fass dich an, Mik!«

Sie stöhnte, während sie ihn im Spiegel ansah.

»Tu's!«

Und was war das überhaupt für eine Art von ihm, sie herumzukommandieren, wenn sie vögelten? Und warum machte es ihr nichts aus? Denn es machte ihr nichts aus. Verdammt, sie war Feministin! Marschierte für die Entscheidungsfreiheit der Frauen nach Washington und so weiter und so weiter. Aber verdammt noch mal, sie liebte es, ihn Befehle knurren zu hören. Auch wenn es niemals Befehle um der Befehle willen waren. Er sorgte immer dafür, dass sie kam. Sorgte immer dafür, dass sie zufrieden war und lächelte. Der Mann war ein verdammter Dämon im Bett.

»Sofort!«, befahl er.

Sie griff sich mit der Hand zwischen die Beine und

zitterte, als ihre Finger ihre Klitoris fanden. Sie begann, den empfindsamen, elastischen Knopf zu streicheln. Ihr Keuchen wurde lauter, rauer. Zusätzlich hielt Conall weiterhin ihre Haare umklammert und zog hin und wieder daran.

Manchmal hatte sie das Gefühl, die Empfindungen waren zu viel. Sein Schwanz in ihr, seine Hände an ihr, sein Mund. Manchmal glaubte sie, sie könne es – ihn – keine Sekunde länger aushalten. So hatte sie nie für jemanden fühlen wollen. Sie hatte nie gewollt, dass ihr Körper so auf eine Person reagierte. Aber Conall, der Wikinger, war in ihr Leben gekommen und hatte es komplett durcheinandergebracht. Jetzt hatte sie keine Ahnung mehr, was zum Henker sie tun sollte.

Conalls Griff an ihrer Taille wurde fester, und ihre Muskeln begannen sich um ihn anzuspannen.

»Conall.« Sie sagte immer seinen Namen, wenn er in ihr war. Immer.

»Komm für mich, Miki-Baby.« Er lockte sie mit seiner rauen Stimme. »Komm für mich.«

Und sie tat es. Wieder schrie sie einen ihrer Orgasmen heraus, wie sie anscheinend nur Conall aus ihr herausholen konnte. Sie genoss dieses Gefühl, genauso wie Conall.

Gemeinsam sanken sie auf die Kommode, ihr keuchender Atem erfüllte den Raum.

»Und?« Miki streckte die Hand nach hinten und tätschelte seinen tollen Hintern. »Wie geht's Zach so?«

Conall legte sanft die muskulösen Arme um sie und zog sie eng an sich. »Bösartiges Luder!«

Kapitel 17

Miki machte die Augen auf und musste kurz überlegen, wo sie war. Hotelzimmer mit ihren dicken, schweren Vorhängen waren immer ein bisschen zu dunkel für sie. Doch dann spürte sie Conalls muskulösen Arm um sich, der sie eng an seine noch muskulösere Brust zog.

Sie entspannte sich und schaute auf die Uhr. Sieben Uhr morgens. Sie hatte tatsächlich sechs Stunden geschlafen. Zwei Tage hintereinander hatte sie länger als drei oder vier Stunden geschlafen. Conall schaffte sie. Er schaffte sie *richtig*.

War das normal? Er hätte inzwischen gelangweilt sein sollen. Anfangen, sie zu ignorieren. Einen Abgang planen, nach dem er keinen Tritt von Sara bekam. Am Tag zuvor hatte sie gedacht, er habe damit angefangen. Er hatte ferngesehen, während sie am Computer arbeitete. Er hatte fast eine Stunde geschwiegen, und sie hatte sich dabei ertappt, wie sie darüber nachdachte, ob er sie ignorierte oder ihr nur Zeit zum Lernen ließ. Zum Spaß hatte sie etwas davon gemurmelt, dass er nicht beendet hatte, was sie im ersten Hotelzimmer an der Wand angefangen hatten. Bevor sie es sich versah, hatte er sie schon an die Wand genagelt wie einen Schmetterling in einem Rahmen. Danach war es stundenlang weitergegangen. An der Wand. Auf dem Schreibtisch. Mit dem Gesicht nach unten auf dem Bett. Übers Waschbecken gebeugt. Über einen Stuhl gebeugt. Sie war sich ziemlich sicher, dass es kein Möbelstück in diesem Zimmer gab, auf dem ihr Hintern noch nicht gewesen war.

Sie war völlig verwirrt. Er verwirrte sie, und sie wusste nicht, was zum Geier sie da tat. Das war nicht ihr Gebiet. Eigentlich kümmerten sich Sara und Angelina um die zwischenmenschlichen Dinge, während Miki dafür sorgte, dass sie den Analysis-Kurs bestanden und nicht von Bikern gekidnappt wurden.

Aber jetzt wurde es immer schwieriger, ihren Körper von ihrem Herz zu trennen. Obwohl sie sich weiterhin selbst schwor, dass sie sich das nicht antun würde. Aber sie hatte den Fehler gemacht, auf diese zwei bescheuerten Kühe zu hören. Was zum Geier hatte sie sich dabei gedacht? Sie wusste es doch besser. Hatte sie aus dem Zwischenfall mit dem Lipgloss und Blutvergießen in der neunten Klasse nichts gelernt?

Dennoch hätte sie diese Tage, die sie mit Conall verbracht hatte, gegen nichts in der Welt eintauschen mögen. Er hatte ihr beigebracht, dass Sex Spaß machte, angenehm und verdammt überwältigend war.

Allein der Gedanke an ihn weckte den Wunsch in ihr, sich umzudrehen und seinen mächtigen Schwanz zu umfassen. Doch dann fiel ihr wieder ein, was sie in wenigen Stunden tun musste. Sich vor einen Haufen verklemmter Professoren stellen, die sie im besten Fall tolerierten, ein Kostüm tragen, das sie hasste, eine Doktorarbeit verteidigen, von der sie nicht sicher war, ob sie noch an sie glaubte. Und wie zum Henker konnte sie etwas verteidigen, woran sie nicht glaubte? Im Gegensatz zu Craigs Arbeit beruhte ihre Dissertation auf Theorien und nicht auf harten Fakten aus ihrer eigenen Laborarbeit. Wer würde das schon anerkennen?

Lähmende Panik wollte sich über sie legen, aber sie schüttelte sie ab. Sie musste ihren Kram packen. Sie musste Listen schreiben. Sie schlüpfte unter Conalls Arm hervor, fand ihre Notizen und setzte sich hin, um für die nächsten achteinhalb Stunden über ihre Zukunft zu grübeln.

Sie dachte, sie sei leise, aber nachdem sie eine halbe Stunde gegrübelt hatte, wachte Conall auf. Er sah sie mit diesem einäugigen Blick an, wie er das morgens immer als Erstes tat, und seufzte.

»Du grübelst, oder?« Weil er gerade aufgewacht war, grollte seine Stimme noch mehr als sonst. Das Geräusch machte sie sofort wieder feucht. Sie schüttelte den Kopf und besann sich wieder auf ihr Notebook. Sie hatte keine Zeit für dergleichen.

»Darin bin ich gut.«

Conall stand auf, herrlich nackt, und ging ins Bad. Er schloss die Tür hinter sich, und kurz darauf hörte Miki Wasser laufen. Jetzt war es an ihr zu seufzen. *Möge das Ignorieren beginnen!*

Sie machte sich wieder an ihre Notizen und hatte die halbe Seite durch, als Conall aus dem Bad und direkt zu ihr herüberkam. Er nahm ihr das Notebook aus der

Hand und zog ihr das T-Shirt über den Kopf. Er warf es beiseite, hob sie hoch und nahm sie mit ins Bad.

»Was zum Geier tust du da?«

Er schloss die Tür mit dem Fuß und trug sie zu der riesigen Marmorbadewanne. Der Raum war dampfig vom heißen Wasser, die Badewanne voller Schaum. Er tauchte mit ihr zusammen ein und lehnte sich zurück. Himmel, er war nicht aus dem Zimmer gestürmt, um ihr zu entkommen. Er hatte ihr ein Schaumbad eingelassen!

»Conall?«

»Miki?«

»Ich sollte mich vorbereiten. Oder in Panik geraten. Oder beides. Wahrscheinlich beides.«

»Vergiss die Panik. Das ist Energieverschwendung. Und was genau vorbereiten? Du hast ein verdammtes fotografisches Gedächtnis, Mik! Willst du mir erzählen, du kennst nicht längst jedes einzelne Detail deiner Doktorarbeit, deiner Lehrbücher und deiner Notizen?«

Mistkerl. »Okay. Du hast recht, aber …«

»Kein Aber. Du wirst dich entspannen, und wenn es uns beide umbringt.«

»Entspannen? Wie soll ich mich entspannen?«

Conall zog sie an sich und begann ihren Hals zu küssen, während seine Hände über ihren Körper glitten.

»Du hast meine Frage nicht beantwortet, Wikinger.«

»Doch, habe ich«, murmelte er mit dem Mund an ihrem Hals.

Mistkerl. »Also, das ist dein Plan?«

»Mehr oder weniger, ja. Hast du ein Problem damit?« Er schob seine Hände zwischen ihre Schenkel, und Miki stemmte sich mit den Händen gegen die Seiten der Badewanne. Gott, was dieser Mann mit ihr anstellte. »Miki?«

Himmel, sie keuchte! *Wann hat das angefangen?* »Was?«

Sie spürte, wie er mit dem Mund an ihrer Haut lächelte. »Du hast meine Frage nicht beantwortet.«

Mistkerl.

Conall riss die Tür auf, und drei von seiner Meute sprangen zurück. »Was gibt's?«

»Äh …« Billy Dunwich war der Einzige, der mutig genug war, beim Anblick seines finsteren Blicks zu sprechen. »Wir wollten nur nachsehen …«

»Wenn wir fertig sind, kommen wir runter. Wartet bis dahin einfach.« Er knallte Billy die Tür vor der Nase zu. Ganz wie er es versprochen hatte, hatte Zach acht seiner besten Wölfe geschickt, um Conall und Miki zurück nach Hause zu eskortieren. Sie würden sogar einen späteren Flug nehmen, damit die ganze Gruppe zusammen fliegen konnte. Doch bis dahin wollte er, dass ihn und Miki nichts unterbrach. Und er meinte *nichts*.

Er drehte sich um und sah die Frau an, die er liebte. Er verbarg nicht einmal sein Lächeln. Bei Miki musste er das nicht. Sie lehnte an der entweihten Kommode und trug nichts weiter als eines seiner T-Shirts. Es reichte ihr bis zur Mitte der Waden. »Verstehe.«

»Was verstehst du?«

»Dich. Du bist ein heimlicher Alpha.«

»Ich bin was?«

»Du hast schon verstanden. Du bist ein heimlicher Alpha. Verantwortlich sein willst du eigentlich nicht, aber du liebst es, Leute herumzukommandieren und ihnen eine Heidenangst einzujagen. Du bist wahrscheinlich nur mit Zach befreundet, weil er nicht so leicht Angst bekommt. Höchstwahrscheinlich, weil er nicht gerade der Hellste ist.«

Zach war um einiges heller, als Miki ihm zugestehen wollte, aber abgesehen davon hatte sie den Nagel auf den Kopf getroffen. Die Frau verblüffte ihn immer wieder.

»Ach ja?« Conall ging auf sie zu, und sofort begann sie zurückzuweichen. Er sah, wie ihre Nippel unter seinem T-Shirt hart wurden, und hörte ihren schweren Atem. »Was hast du sonst noch über mich herausgefunden?«

»Du scheuchst mich eindeutig gern in diesem Hotelzimmer herum.«

»Au, Miki-Baby, sag das nicht! Ich würde dich *überall* herumscheuchen!« Sie lachte, und er drängte sie rückwärts gegen das Bett. Als ihre Knie die Matratze berührten, hob sie die Hand.

»Bleib!«

Er blieb stehen und sah sie an.

»Ich muss mich fertigmachen für … äh … du weißt schon … diese Sache, die ich machen muss.«

Tja, er hatte gewollt, dass sie entspannt war, und jetzt war sie es.

»Wir haben noch drei Stunden bis zur Verteidigung deiner *Dissertation*.« Er rieb die Nase an ihrer ausgestreckten Hand, bis sie ein kleines Stöhnen ausstieß, dann nahm er ihren Mittelfinger in den Mund.

»Du, Wikinger ...« *Himmel, keucht sie?* »... hast einen sehr schlechten Einfluss auf mich!«

Miki schaute mit ihren schönen, großen braunen Augen zu ihm auf. »Weißt du«, flüsterte sie verzweifelt, »wenn ich jetzt losrenne, kann ich bis morgen Abend bei Sara sein. Am Nachmittag schon, wenn ich nicht von den Cops angehalten werde.«

»Das schaffst du nie in diesen Schuhen.« Erstaunlich. Die Frau konnte Löwen, Hyänen, Wölfe niederstarren. Wesen, die sie in Stücke reißen konnten. Aber vier aufgeblasene Professoren brachten sie aus dem Tritt.

Sie zerrte noch einmal an ihrem Jackett. »Ich hasse es, mich so anzuziehen. Ich fühle mich so dämlich!«

»Das mag sein. Aber du siehst total sexy aus.« Vor allem mit diesen Schuhen. Am Ende hatte sie die Fickmich-Pumps mit den Dreizehn-Zentimeter-Absätzen in Kombination mit einem schicken Businesskostüm angezogen.

»Wo sind denn alle?«, fragte sie, obwohl es sie wahrscheinlich nicht besonders interessierte, wo die Meute im Moment wohl war.

»Ich habe sie ums Gebäude postiert.«

Er strich ihr die Haare aus den Augen, dann legte er die Handfläche an ihre Wange. Sie schob ihn nicht weg. Sie ließ ihn an sich heran. Es war das beste Gefühl auf der Welt.

»Super, einfach super. Mein Hals tut weh.« Sie

seufzte und murmelte vor sich hin: »Wer hätte auch gedacht, dass ich schreie?«

Er musste seine ganze Kraft aufbieten, um nicht auf die Knie zu sinken und den Kopf hier und jetzt zwischen ihren Beinen zu vergraben. Das Schöne war, dass Miki keine Ahnung hatte, was sie ihm da für ein Kompliment gemacht hatte. Er liebte diese Frau wirklich. Wie auch nicht? Sie war völlig verrückt.

Sie warf einen nervösen Blick zu dem Raum hinüber. Conridge kam gerade heraus und winkte Miki zu sich her. »Wir wären dann so weit.«

Conall zog an ihrem Jackett, und sie sah ihn an. »Du machst das großartig, Miki.«

»Bist du dir da sicher, Wikinger?«

»Absolut. Und wie du weißt, irrt sich unsereins nie.«

»Du weißt, die Wikinger waren ziemlich einflussreich …«

Er unterbrach sie. »Miki. Geh. Ich bin da, wenn du wieder rauskommst.«

»Genau hier? Versprichst du das?«

Er trat zurück, lehnte sich an die Wand und glitt daran herab. »Ich bin genau hier. Versprochen.«

Sie lächelte tapfer und ging dann auf Conridge zu. Er sah sie in dem Raum verschwinden, und die Tür schloss sich hinter ihr.

Miki hatte den Eindruck, dass sie ihr ungefähr zweieinhalb Stunden Fragen gestellt hatten, bevor sie das Gefühl hatten, sie habe sich bewiesen. Conridge war natürlich die Härteste der Professoren. Aber das hatte sich Miki schon gedacht und war darauf vorbereitet. Tatsächlich hatte sie sich auf alle gut vorbereitet. Sie war souverän, selbstsicher und pointiert. Selbst wenn sie etwas vermasselte, brachte sie die Professoren zum Lachen und sie ließen sie vom Haken.

Es schien, als hätten Angie und Sara recht gehabt. Barkeeper-Miki zu sein, war offenbar die richtige Taktik, denn die normale Miki hätte inzwischen wahrscheinlich schon angefangen zu weinen.

Als sie den Raum verließ, saß Conall an die Wand gelehnt, genau wie sie ihn zurückgelassen hatte. Sie hatte den Eindruck, der Mann hatte sich nicht von der Stelle gerührt. Wie er es versprochen hatte. Sie war so verblüfft, dass sie gar nicht sofort merkte, dass einer der Professoren ihr gratulierte. Sie riss den Blick von ihrem Wikinger los und beendete ihre Dankesrunde.

Als die anderen Professoren gegangen waren, schüttelte ihr Conridge die Hand. »Ich wusste, Sie würden phantastisch sein.«

»Danke.«

»Ich gehe in mein Büro. Ich muss aus diesen Klamotten raus. Kommen Sie mit Ihrem gut gebauten Freund vorbei, bevor Sie gehen.«

»Ja, Ma'am.«

Sie schaute Conridge nach. Dann drehte sie sich zu Conall um. Er stand auf und machte mehrere Schritte auf sie zu.

»Also?«

Sie hatte vorgehabt, einfach zu sagen: »Ich bin fertig. Gehen wir etwas essen.« Vielleicht mit einem erhobenen Daumen. Aber er sah sie mit diesem besonderen Blick an … als sei ihm wirklich wichtig, wie es ihr ging. Als wolle er es wirklich wissen und als wolle er wirklich, dass sie es schaffte, und dadurch fühlte sie sich … na ja … besonders.

Bevor sie wusste, was sie tat, ließ sie alles fallen, sogar ihre Aktentasche mit dem kostbaren Laptop, rannte zu ihm und warf sich in seine Arme.

»Ich hab's geschafft! Scheiße!«

Conall drückte sie fest an sich. »Ich hab's gewusst, Miki-Baby. Ich habe nie daran gezweifelt.«

Sie löste sich ein wenig von ihm. »Sie haben mir schon gesagt, dass sie auf jeden Fall meine ganzen Papiere unterschreiben. Sie haben keinen Grund gesehen, mich auf ihre Entscheidung warten zu lassen. Ich werde *Doktor* Kendrick! Ich! Wie scheiße cool ist das denn?«

Conall lachte und drückte sie. »Das feiern wir.«

»Nicht in diesen Klamotten, auf gar keinen Fall.« Er hielt sie immer noch im Arm, sodass sie auf Augenhöhe waren. »Runter, Thor!« Sie deutete auf den Boden. Er ließ sie an seinem Körper entlang nach unten gleiten, und sofort stockte ihr der Atem. In seiner Gegenwart hatte sie absolut keine Selbstbeherrschung, aber sie schüttelte das Gefühl ab. Sie konnte sich nicht schon wieder hier mit ihm verknäulen. Sie hatten genug verbotene Dinge in der Uni gemacht. »Wo ist der Rucksack?«

Er hob ihn vom Boden auf und gab ihn ihr. Sie zog eine Jeans, ein Sweatshirt und ihre Stahlkappen-Docs heraus.

»Kannst du die Schuhe nicht anlassen?« Er bettelte geradezu.

»Mann, ich kann nicht einmal gehen in diesen Dingern!«

»Lass sie an, und du musst nicht lange gehen.« Er machte einen Schritt auf sie zu, und sie wich zurück.

Mikis Gesicht wurde heiß. »Lass mich in Ruhe, Wikinger!«

»Komm schon. Für mich?«

»Nein.« Da verwandelten sich plötzlich seine Augen, und er knurrte. Sie hätte versucht die Flucht zu ergreifen, aber mit diesen Schuhen war das unmöglich. Also ließ sie sich von ihm hochheben und über die Schulter werfen.

»Du Hundesohn! Lass mich runter!«

»Sag nicht immer Hund zu mir!«

Sie wusste, er war auf dem Weg zu den Toiletten am Ende des Flurs, um sich dort an ihr zu vergreifen. Der Gedanke brachte ihren Körper vom Scheitel bis zu den Zehen zum Kribbeln.

Er trat die Toilettentür mit dem Fuß auf und ging hinein. Vorsichtig ließ er sie zu Boden gleiten, nahm ihr die Klamotten ab, die sie immer noch in der Hand hatte, und warf sie auf die Reihe von Waschbecken. Dann lehnte er sich an sie und drückte sie gegen die Wand. »Ich mag es wirklich, wenn du diese Schuhe trägst, Mik. Dann muss ich mich nicht so zusammenfalten.«

»Willst du damit andeuten, dass ich klein bin?«

»Ich deute überhaupt nichts an.« Er streifte ihr das Jackett von den Schultern und küsste ihren Hals. »Du *bist* klein.«

Sie lachte laut auf und boxte ihn gegen die Schulter. »Vielen Dank auch!«

Er schob ihr den Rock hoch und machte dabei ein Geräusch an ihrem Ohr, das gleichzeitig Knurren und Stöhnen war. »Himmel, Weib! Du trägst schon wieder Strumpfhalter! Was hast du mit mir vor?«

Sie reckte sich und legte ihm die Arme um den Hals. »Dich verrückt machen.«

»Das macht dir Spaß, oder?«

»Nein. Ich will nur, dass du mich vermisst, wenn ich weg bin.«

Sie musste sich auf das Unvermeidliche vorbereiten. Nach Saras Geburtstag würden Miki und Conall getrennte Wege gehen. Sie wollte bereit dafür sein. Sie war wild entschlossen, sich nicht zu sehr zu binden. Diesen Plan würde sie beibehalten.

Doch als Conall sich von ihr löste, schockierte sie sein Blick. Er sah wütend aus. Wikinger-wütend. »Und was glaubst du, wo du hingehst, verdammt noch mal?«

Okay. Er dachte nicht rational, aber hey! Sie vermissen, wenn sie weg war? Sie würde nirgendwohin gehen! Nicht, solange er ein Mitspracherecht hatte. Und wenn es nach ihm ging, hatte er *jedes* Mitspracherecht! Sie würde ihn nicht verlassen. Nicht jetzt. Überhaupt nie. Er liebte sie. Und er konnte sich keine Sekunde seines Lebens ohne sie vorstellen.

»Ich dachte nur …«

»Tja, da hast du wohl falsch gedacht. Du gehst nicht weg!«

»Ich mag es nicht, wenn man mich herumkommandiert, Conall. Und ich habe dir nichts versprochen.«

Er machte einen Schritt zurück. Er musste. Es waren ihre fruchtbaren Tage. Deshalb hatte er im Flur die Hände nicht von ihr lassen können. Also, das und die Tatsache, dass sie so verdammt gut aussah in diesen Schuhen.

Er holte tief Luft. »Du bist verrückt nach mir, warum gibst du es nicht einfach zu?«

Okay. Wo kam das jetzt her? Das hatte er eigentlich nicht sagen wollen. Und es war eindeutig das Letzte, was sie hören wollte.

Ihre Augen wurden schmal, und sie drängte sich an ihm vorbei. »Ach ja? *Ich* bin verrückt nach *dir*?«

»Miki …«

»Nein, nein. Ich will nur sicher sein, dass wir die Reihenfolge der Verehrung richtig hinbekommen.«

Jetzt wurde es böse, und er hatte Schwierigkeiten, sich zu konzentrieren, wenn sie so roch. Alles, woran er denken konnte, war sie übers Waschbecken zu legen und sie um den Verstand zu vögeln.

»Ich wollte nicht …«

»Weißt du was, ich bin froh, dass wir das jetzt klären, bevor wir wieder bei Sara zu Hause sind und ihr und Angelina einen falschen Eindruck vermitteln.«

»Was haben die damit zu tun, verdammt noch mal?«

»Tja, sie sagten, ich soll dir eine Chance geben – und genau das habe ich getan.«

Sie wollte, dass es wehtat. Sie wollte ihm damit das Herz herausschneiden und es auf den Boden werfen, damit sie mit ihren Docs darauf herumtrampeln konnte.

Zuerst sagte er nichts. Starrte sie nur an. Dann hielt er ihr die Kleider hin. »Zieh dich um. Die Meute wartet.«

Sie schnappte sich die Sachen und riss sich praktisch ihr Businesskostüm vom Leib, um die normalen Kleider anzuziehen. Als sie fertig war, ging sie zur Toilettentür und riss sie auf. Aber Conalls große Hand knallte sie wieder zu.

»Warte.«

»Warum?«

Er war ihr so nahe. Sein Körper berührte sie fast, aber nur fast. »Weil wir nicht fertig sind.«

»Wir sind fertig, weil wir nie angefangen haben.«

Miki öffnete die Tür, und diesmal ließ er sie. Sie marschierte hinaus in den Flur, dicht gefolgt von Conall.

»Wovor hast du eigentlich Angst, Miki? Ich bin es eindeutig nicht. Was ist es dann?«

»Wir werden jetzt nicht eines dieser blödsinnigen Gespräche über Gefühle führen!«

Sie nahm ihren Rucksack, stopfte ihre Businessklamotten hinein und warf ihn sich über die Schulter. Dann nahm sie die Computertasche, hängte sie sich über die andere Schulter und ging auf die Treppe zu.

»Dieses Gespräch ist beendet, Conall.«

Sie war noch ein paar Meter von der Treppe entfernt, als sie ihn hinter sich knurren hörte. Nicht sein übliches »Du gehst mir auf die Nerven, Miki«-Knurren. Es war etwas ganz anderes. Sie drehte sich um und sah, dass er sich verwandelt hatte. Nicht nur zum Teil, sondern ganz. Zum ersten Mal seit dem Abend des Rudelkrieges sah sie Conall, den Wolf. Kein Wunder, dass er so sauer wegen des Golden Retrievers gewesen war. Man konnte das Hündchen auf keinen Fall mit dem mächtigen Raubtier vergleichen, das jetzt vor ihr stand.

Conall schüttelte die Kleider ab, dann stürmte er auf sie zu. Mit gefletschten Zähnen. Das Nackenfell gesträubt. Mit einem leisen Quieken, das so gar nicht nach ihr klang, sank Miki auf die Knie, die Arme schützend über dem Kopf. Sie wartete auf den Aufprall, doch es kam keiner. Sie blickte auf und sah, dass Conall über sie hinweg und einfach über das Treppengeländer gesegelt war.

»Ach du Scheiße! *Conall!*« Sie ließ ihre Taschen fallen und rannte zum Geländer hinüber. Sie sah, wie er auf der Treppe gegen zwei Hyänen prallte, sodass diese einen Treppenabsatz hinunterfielen. Aber da waren noch sechs weitere, und sie schauten alle sie an.

Miki dachte nicht einmal darüber nach. Sie rannte los.

Kapitel 18

Conall wusste nicht, was los war. Im einen Moment stritt er noch mit der verrückten Frau, die er insgeheim »Ehefrau« nannte, im nächsten war er bereits Wolf und stürzte sich über ein Treppengeländer.

Während er die Zähne in eine Kehle versenkte, fragte er sich kurz, was mit seiner Meute passiert war. Dann hörte er sie. Knurren. Fauchen. Kämpfen. Es klang, als stürzten sie sich richtig ins Getümmel, aber hier waren so viele Hyänen. Sobald er eine fertiggemacht hatte, hatte er schon wieder zwei neue am Hals. Hauptsächlich weibliche, die grausamer waren als alles, was er je zuvor erlebt hatte.

Dann fiel ihm Miki wieder ein. Zuletzt hatte er sie gesehen, wie sie sich duckte. Hatte sie wirklich geglaubt, er werde ihr wehtun? Dabei war er das geringste ihrer Probleme.

Dennoch machte sich Conall weniger Sorgen *um* Miki als *wegen* ihr. Denn eines wusste er über seine Frau – sie konnte auf sich selbst aufpassen.

Miki rannte die Treppe auf der anderen Seite des Gebäudes hinunter. Sie hörte die Hyänen, die sie verfolgten. Sie hatten das verstörendste Heulen, das sie je erlebt hatte: wie brutales, höhnisches Gelächter. Sie musste ihren Körper zwingen, sich zu bewegen. Eigentlich hatte sie nur noch das Bedürfnis, sich in einer Ecke zu verstecken und zu weinen. Alles, nur nicht dieses Geräusch hören.

Sie nahm zwei Stufen auf einmal und bremste im ersten Stock ab, rannte den Flur entlang, bis sie Conridges Büro erreichte. Da schnappten sie schon nach ihren Hacken. Sie schaffte es gerade noch, die Tür hinter sich zuzuschlagen, lehnte sich dagegen und spürte, wie sich die Hyänen draußen dagegen warfen.

Sofort war Conridge neben ihr und stemmte sich mit ihr zusammen gegen die Tür. Die Frau hatte sich zum Glück umgezogen. Jetzt trug sie einen Pullover, Jeans und Laufschuhe. Es sah so aus, als würde sie die auch noch brauchen.

»Was ist das denn?«

»Hyänen«, keuchte Miki, während sie fieberhaft überlegte, was sie tun konnte.

Obwohl Conridge die Tür abschloss, stemmten sich die zwei Frauen weiterhin dagegen. Aber viel länger würde sie dem Ansturm nicht standhalten. Mit jedem Schlag gaben die Scharniere mehr nach.

»Wir müssen hier raus!« Conridge suchte mit Blicken den Raum nach einer Fluchtmöglichkeit ab. Sie hatte kein Fenster, sondern nur einen Belüftungsschacht. Doch Miki hatte nicht vor, sich mit Hyänen auf den Fersen darin einschließen zu lassen.

Ihr verstärkter Bellstopp lag leider zusammen mit ihren Hausschlüsseln in ihrem Rucksack, an den sie nicht herankam, ohne zu den Hyänen zurückzukehren. *Auf keinen Fall.* Außerdem musste sie diese Viecher umbringen, nicht kampfunfähig machen.

»Haben Sie hier zufällig eine Waffe?«

»Untere Schublade links.« Als Miki sie nur anstarrte, fügte sie hinzu: »Ich habe keine Krallen, Miss Kendrick. Also musste ich mir andere Mittel suchen, um mich zu schützen. Wissen Sie, die Welt dreht sich nicht um die Magnus-Meute. Die Van-Holtz-Meute hat ihre eigenen Feinde.«

Na gut. Miki überließ Conridge die Tür, während sie die Schublade durchwühlte. Sie wäre fast in Tränen ausgebrochen, als sie zwei geladene Sig Sauer P239 fand. Die P239 waren kompakt und lagen ganz gut in der Hand. Beide waren .357er und hatten deshalb nur sieben Kugeln pro Magazin, aber die großartige Conridge hatte bereits bestückte Ersatzmagazine vorbereitet. Die Frau gefiel ihr immer besser.

Miki steckte sich eine Pistole hinten in den Bund ihrer Jeans und mehrere geladene Magazine in die vordere Hosentasche. Dann stellte sie sich vor die Tür und ging auf die Knie. Sie hielt die Waffe in beiden Händen und beobachtete die Tür, während die Hyänen auf der anderen Seite sich unermüdlich dagegenwarfen, um zu ihr zu gelangen. Sie beobachtete die Bewegung der Tür. Wie sie sich bog und wo. Sie horchte auf die Geräusche, die sie machten, wenn sie in Kontakt mit dem Holz kamen. Dann wartete sie auf das »Klick« in ihrem Kopf.

Conridge sah ihr zu, sagte aber nichts. Als Miki schließlich sprach, war sie bereit.

»Jetzt.«

Conridge machte mehrere rasche Schritte zur Seite und hielt sich die Ohren zu. Miki ließ sich noch eine Sekunde Zeit, um Kopf und Körper klar zu bekommen, dann jagte sie drei Kugeln durch die Tür. Sie hörte schmerzliches und überraschtes Aufjaulen und dann nichts mehr.

Nach einer Minute trat Conridge vor und horchte an der Tür.

»Ich höre nichts.« Sie legte die Hand an den Türknauf. »Machen Sie sich bereit«, war alles, was sie sagte, bevor sie vorsichtig die Tür aufmachte und in den Flur hinausspähte.

»Heilige Scheiße!«

Miki sah ihre Professorin an. Es war das erste Mal, dass sie die Frau etwas anderes sagen hörte als »Mist« und ein gelegentliches »Verdammt«.

»Sie sind eine höllisch gute Schützin, Miss Kendrick.«

Miki stand auf und zog die Tür vollends auf, die Waffe bereit, aber in einem Winkel, dass sie nicht versehentlich jemand Wichtigen erschoss. Auf dem Boden lagen drei tote Hyänen. Miki runzelte die Stirn.

»Auf der Treppe waren sechs, um die sich Conall nicht kümmerte«, flüsterte sie. Sie zog die andere Pistole aus dem Hosenbund und bot sie Conridge an, doch die ältere Frau schüttelte den Kopf. »Ich bin keine besonders gute Schützin.« Sie schaute auf die Hyänenkadaver hinab. »Nicht wie Sie.«

Miki zuckte die Achseln. Sie war klug genug gewesen, beidhändig schießen zu lernen. Erstaunlich, was man alles schaffte, wenn man unter Hausarrest stand.

Die Waffen links und rechts gesenkt in den Händen trat sie hinaus auf den Flur. Aus den Augenwinkeln sah sie sie lautlos von beiden Seiten kommen. Sie hob die Waffen und feuerte.

Zwei gingen direkt zu Boden. Eine rückte weiter vor. Also drehte sie sich um und feuerte; Gehirnmasse und Schädelsplitter spritzten an die Wände.

»Wir müssen in Craigs Labor.«

»Ich habe Schlüssel.« Conridge schnappte sich ihre Handtasche und warf sie sich über die Schulter. Miki rannte los in den dritten Stock zu Craigs Labor; Conridge war ihr dicht auf den Fersen.

Sie dachte an Conall. Vor dem Gebäude hörte sie die Meute kämpfen. Die Wölfe waren sicherlich in der Unterzahl. Hyänen-Klans konnten bis zu vierzig Mitglieder haben. Der Gedanke, dass Conall etwas passieren könnte, hätte sie beinahe in eine ausgewachsene Panik getrieben. Aber jetzt auszuflippen half weder ihm noch ihr.

Sie wusste, was Craig in seinem Labor aufbewahrte. Sie hatte es dort selbst deponiert. Sie wusste, was es ausrichten konnte. Zum Henker, sie hatte es erfunden. Und wenn sie Zeit hätte, würde ihr wahrscheinlich aufgehen, dass ihre Erfindung zu nutzen das Dümmste war, was sie tun konnte. Aber sie wusste, dass sie keine Zeit hatte, sich etwas anderes auszudenken. Wenn ihnen etwas fehlte, dann war das Zeit.

Im dritten Stock angekommen, blieb sie abrupt stehen. Leucrotta. Er hatte sich nur teilweise verwandelt und hatte eine der Wölfinnen erwischt. Sie war bewusstlos, und es sah aus, als habe Leucrotta gerade an ihr geschnüffelt.

Er sah Miki an und lächelte. Eine Reihe unglaublich scharfer kleiner, aber tödlicher Zähne kam zum Vorschein. Er stand auf und verwandelte sich fast vollständig zurück in seine Menschengestalt ... bis auf die Zähne. Er kam auf sie zu, und sie hob beide Pistolen.

Conridge war hinter ihr. »Er ist menschlich.«

»Na und?«

»Wenn Sie ihn jetzt töten, bleibt er menschlich.« Tja, das konnte man den Cops schwer erklären. Und sie war sich nicht sicher, ob sie bereit war, tatsächlich einen Menschen umzulegen. Das hätte ihr tatsächlich zu schaffen gemacht ... zumindest für eine Weile.

»Sie hat recht. Sie sollten mich besser nicht jetzt töten, Miki.« Seine Stimme war wie ein Zischen. Das Geräusch glitt über ihre Haut und stellte die Härchen in ihrem Nacken auf. Wäre sie eine Wölfin gewesen, hätte sich ihr Nackenfell bis über den Rücken gesträubt. »Wie gefällt Ihnen übrigens meine kleine Glückwunschparty für Sie, Dr. Kendrick?«

»Arbeiten Sie mit dem Rudel zusammen?«

»Nie und nimmer.« Er kam weiter auf sie zu, und sie spürte, wie sich Conridge hinten an ihr Shirt klammerte. Die Frau hatte eine kleinere Panikattacke.

»Was wollen Sie dann?«

Er zuckte die Achseln. »Woher soll ich das wissen? Dieser Kampf gehört den Frauen. Sie sagen mir, was ich tun soll, und ich tue es, denn ich tue es gern. Und sie haben mir gesagt, ich soll Ihre Meute in Stücke reißen und ihre Eingeweide fressen.«

Miki schnaubte höhnisch. »Melodramatischer Schwachsinn.« Dann senkte sie die Waffe und drückte ab. Zweimal. Leucrotta ging schreiend zu Boden – mit zwei zerschossenen Kniescheiben.

Sie hörte Conridge hinter sich nach Luft schnappen. »Ach du meine Güte.«

Miki warf der Frau über die Schulter einen finsteren Blick zu. »Sie sagten, ich solle ihn nicht töten. Sie haben nichts von seinen Knien gesagt.«

Einer von ihnen riss Conall mit den Krallen ein Stück aus dem Schenkel, und er brüllte wütend auf. Vor allem, als er spürte, wie das Gift sich in seinem Blutkreislauf auszubreiten begann.

Scheißkerle.

Er zerriss der Schlampe die Kehle und schleuderte sie über seinen Rücken hinter sich.

Er hatte Glück. Nicht der ganze Klan war hier. Bei einem vollständigen Klan wäre er jetzt tot gewesen. Aber es waren immer noch zwölf übrig. Die fünf, die er schon getötet hatte, lagen irgendwo im Gebäude. Drei weitere lagen zu seinen Füßen. Er konnte nur hoffen, dass Miki sich die Autoschlüssel aus seiner weggeworfenen Jeans geschnappt und es zum Parkplatz geschafft hatte. Er konnte nur hoffen, dass sie in Sicherheit war. Das war alles, was ihm im Moment wichtig war.

Wieder legte sich ein Kiefer um seinen Nacken. Billy

Dunwich rang die Hyäne nieder und riss ihr das Bein aus, als sie auf dem Boden aufschlug. Conall wandte sich einer weiteren zu, und da roch er es. An ihren fruchtbaren Tagen roch er sie viel früher.

»Hi. Störe ich bei etwas Wichtigem?«

Sie wandten sich alle zu ihr um. Conall bellte warnend. Sie musste hier verschwinden. Die Hyänen ließen sich nicht lange ablenken. Sie hatte sie mit ihrem plötzlichen Erscheinen nur überrascht.

Doch es war ihr Blick, der seine Aufmerksamkeit weckte. Und die Tatsache, dass sie die Hände hinter dem Rücken hatte. Außerdem stand sie ein kleines bisschen zu geziert da für die Miki Kendrick, die er kannte. Ein Bein leicht zum anderen gedreht, den Kopf schiefgelegt. Wie ein kleines Mädchen.

Dann war ihm plötzlich alles klar. Sie versuchte, harmlos auszusehen. Aber warum? Er beschloss, es nicht abzuwarten. Er sah die anderen Wölfe an, und geschlossen drehten sie sich um und rannten los.

Miki hatte ihre Aufmerksamkeit, und es war verdammt beängstigend. Diese kalten Tieraugen, die sie anstarrten. Sie taxierten. Überlegten, welche Stücke sie zuerst fressen wollten. Aber Conall und die Meute mussten verschwinden. Sofort. Warnen konnte sie sie allerdings nicht, sonst hätten die Hyänen auch Bescheid gewusst. Sie wusste von Sara, dass Gestaltwandler alles verstehen konnten. Sie dachten, hörten und sahen, als wären sie immer noch Menschen.

Da hauten Conall und die Meute plötzlich ab. Sie wusste nicht, was er als Zeichen gedeutet hatte, aber darüber würde sie später nachdenken. Ein paar der Hyänen sahen die Meute davonlaufen. Sie waren nicht dumm. Ganz im Gegenteil. Sie wussten, etwas stimmte nicht, und deshalb musste sie schnell sein, bevor die Gelegenheit vorüberging.

Sie hob ihre zwei Waffen. Die Hyänen starrten sie einen Augenblick an und begannen zu ... lachen? Es kostete sie ihre ganze innere Kraft, sich nicht wie ein Embryo zusammenzurollen und nach ihrer Großmutter zu weinen. Aber ihre Großmutter war eine große, böse Frau gewesen, und sie hätte Miki sowieso nur befohlen, sich zusammenzureißen.

Miki wusste, worüber sie lachten. Sie hatte nicht genug Kugeln in diesen zwei Waffen, um alle Klanmitglieder auszuschalten. Sie mochte ein paar töten, aber der Rest würde sie zerfleischen.

Das wusste sie selbst.

»Jetzt!« Die Wölfin, an der Leucrotta geschnüffelt hatte, trat aus den Schatten und warf ein Einweckglas voll mit der klaren Flüssigkeit, die Miki vor so vielen Jahren erfunden hatte, in die Luft. Miki hob eine der Waffen und feuerte. Das Glas explodierte über den Hyänen, und innerhalb von Sekunden bedeckten Flammen ihre Körper.

Eine chemische Flamme, die sich in kürzester Zeit über den ganzen Körper ausbreitete, sobald sie das Fell der ersten Hyäne berührt hatte. Beim Versuch, sie abzuschütteln, kam die Hyäne zu nahe an ein anderes Klanmitglied heran, und die Flamme breitete sich weiter aus. Das war das Schöne an ihrem Gebräu und einer der Gründe, warum die Regierung versucht hatte, sie dazu zu bringen, mehr davon herzustellen. Es war nicht wie normales Feuer. Es entwickelte beinahe ein Eigenleben und sprang von einem Opfer zum nächsten, solange es nicht weiter als drei Meter entfernt war. Es hatte es auch nur auf Fleisch, Fell oder Haut abgesehen. Gebäude, Bäume, selbst Gras blieben weitgehend unberührt, bis auf ein paar Brandspuren, für die sie keine Lösung gefunden hatte, bevor sie aufgehört hatte, an den Experimenten zu arbeiten.

Die Hyänen gingen in Flammen auf, während die Wölfin eine weitere Flasche auf die andere Seite warf und Miki diese ebenfalls zerschoss. Dann schleuderte die Wölfin noch eine zur Rechten und zur Linken der Hyänen. Miki traf sie alle ohne Probleme. Es war wie Tontaubenschießen. Sie brauchte nur vier Kugeln dafür.

Ein Ring aus Feuer umgab die Hyänen. Ein Feuer, das sich nicht nach außen, sondern nach innen ausbreitete. Noch so ein kleines »Extra« ihrer Erfindung. Bis die Feuerwehr hier war, würde man nur noch ein Häufchen Hyänenasche vorfinden und ein Feuer, das in ungefähr fünf Minuten ohne Wasser oder Feuerlöscher von selbst ausging.

»Los!« Die Wölfin rannte davon. Zwei Hyänen, die das Feuer nicht erwischt hatte, stürmten auf Miki los. Sie feuerte aus beiden Waffen. Eine brach nach dem Treffer zusammen. Die andere überschlug sich.

Miki rannte. Zwei Hyänen hatte sie immer noch an den Fersen kleben. Leider waren sie nicht nahe genug an dem Feuer gewesen. Wenn sie stehen blieb, um zu schießen, hatten sie sie. Plötzlich sah sie Conridge in einem Minivan vorfahren. Eine typische Familienkutsche. Zum Glück hatte sie automatisch öffnende Türen, die aufgingen, als sie sich näherte. Miki hechtete darauf zu, doch Hyänenzähne erwischten sie an der Wade.

Sie hatte Jeans an, aber die starken Kiefer gingen direkt durch die Haut darunter. »Scheißvieh!« Miki trat mit ihrem freien Fuß, aber die Hyäne ließ nicht los. Sie riss und zerrte sie aus dem Van und drehte sie auf den Rücken. Da feuerte sie. Da sie keinen sauberen Schuss in den Kopf abgeben konnte, ohne ihren eigenen Fuß zu treffen, schoss sie dem Vieh in den Hintern. Es jaulte und tänzelte davon. Da griff die zweite Hyäne an. Sie zielte, bereit zum Abdrücken. Plötzlich verwandelte sich die Frau, die ihr geholfen hatte, mitten im Flug wieder zum Wolf und warf sich auf die Hyäne. Sie drehte ihr den Hals um und brach ihr das Genick.

Miki versuchte, sich aufzurappeln, doch starke Hände packten sie von hinten und stellten sie auf die Beine. Sie sah über die Schulter und runzelte die Stirn. Sie hatte angenommen, es sei Conall, aber es war ein anderes Meutenmitglied.

»Wo ist Conall?« Er antwortete ihr nicht, sondern hob sie hoch und warf sie in den Van. Der Rest der Meute, manche in Menschengestalt, andere immer noch Wolf, folgte ihr. Er knallte die Tür zu, und Conridge fuhr los. Die Frau fuhr genauso, wie sie lehrte. Gefährlich.

»Warten Sie! Wir fahren nicht ohne Conall!« Sie hatte die Waffen, und alle wussten, dass sie sie ohne zu zögern eingesetzt hätte.

»Er ist hier hinten.« Eine der Frauen machte ihr ein Zeichen.

Miki sprang über die Sitze und um die Meutenmitglieder herum und ignorierte dabei so gut es ging den Schmerz in ihrer Wade. Sie hörte Sirenen heulen, als die Cops in ihre Richtung fuhren. Wahrscheinlich waren sie gerade noch rechtzeitig herausgekommen.

Als sie stolpernd hinten ankam, fand sie Conall im Kofferraum. Er war noch Wolf. Seine Schulter war aufgerissen. Dass er Mühe hatte zu atmen war offensichtlich.

»Es ist Gift«, erklärte ihr die Frau, die neben ihr stand. »Wir müssen ihn an einen sicheren Ort bringen.«

Conridge meldete sich von vorn: »Sie kommen ins Revier der Van Holtzens. Dort sind Sie sicher. Und unser Arzt kann ihm helfen.«

Miki rutschte nach hinten zu Conall. Sie streichelte ihm den Kopf.

»Miki? Ist das okay für dich?« Miki blickte auf. Die Frau, deren Name Patty war, sah sie an. Wartete auf eine Antwort. Miki brauchte eine Sekunde, bis sie verstand, dass die Meute auf ihre Entscheidung wartete. Wenn Zach und Sara nicht in der Nähe waren, hatte Conall das Sagen. Da Conall ausgeschaltet war, war die Nächststärkste dran. Plötzlich ging ihr auf: das war sie.

»Ja. Ja. Das ist cool.«

Sie konzentrierte sich wieder auf Conall, strich ihm mit den Händen über die Flanken und mied die blutige Wunde an seiner Schulter.

»Conall, kannst du mich hören?«

Er rieb die Schnauze an ihrem Arm. »Ich werte das

mal als ein Ja.« Sie sah sich nach etwas um, das sie um seine Wunde wickeln konnte. »Baby, kannst du dich für mich zurückverwandeln?«

Er winselte, und sie interpretierte das als Nein. »Das ist okay, Baby. Das ist okay.« Sie nahm eine kleine Flasche Wasser aus einer Kiste neben Conalls Kopf und ein kleines T-Shirt, das herumlag. Sie riss das Shirt in Streifen und tränkte diese mit Wasser.

Mit dem nassen Stoff säuberte sie die Wunde, roch daran, erkannte aber nicht, welches Gift sie verwendet hatten.

Ihn ins Krankenhaus zu bringen kam nicht in Frage. Zum Tierarzt genauso wenig. Sie konnte nur hoffen, dass die Van-Holtz-Meute helfen konnte.

Sie beugte sich dicht zu ihm vor. »Conall, kannst du noch ein bisschen durchhalten?« Er leckte ihren Arm. »Okay. Gut. Wir fahren an einen sicheren Ort.«

Er leckte ihr Gesicht. »Keine Sorge, Baby. Ich bin bei dir, okay?« Er machte ein leises Geräusch, und sie streichelte das Fell in seinem Nacken. »Ich bin bei dir.«

Kapitel 19

Conall öffnete mühsam die Augen und zuckte zusammen, als ihm der Schmerz in den Kopf schoss. Er sah sich um und bemerkte, dass er auf dem Rücksitz eines Autos lag, das er nicht kannte. Er sah an sich herab. Er war menschlich. Seine Schulter tat weh. Das Gift wirkte und hatte sich in seinem Organismus ausgebreitet wie eine Flamme auf Benzin. Aber sein Körper kämpfte dagegen an. Er spürte, dass er Fieber bekam. Es würde auf jeden Fall noch schlimmer werden, bevor es besser wurde.

Aber das war ihm nicht wichtig. Nicht wirklich. Er musste wissen, ob Miki in Sicherheit war. Lebte sie? Er hörte Türen aufgehen und fühlte Hände an seinem Körper. Er versuchte sich zu wehren, hatte aber keine Kraft mehr. Er hörte Grunzlaute, als sie ihn hochhievten, und dann bewegte er sich.

Miki hinkte hinter den Wölfen her, die Conall trugen. Ihr Bein schmerzte höllisch, aber nicht von Gift. Wenn sie sie vergiftet hätten, wäre sie inzwischen tot. Sie war kein Wolf und wäre nie in der Lage gewesen, gegen die

Wirkung anzukämpfen. Conall war ein Wolf. Doch ob er überleben würde, tja, darauf konnte ihr keiner eine Antwort geben.

Als sie im Van-Holtz-Revier ankamen, war sie überrascht über die Größe von Conridges Haus. Es war riesig, aber extrem bescheiden. Es gefiel ihr, dass es so einfach und nicht irgendwie schick war. Sie sah Conridges Ehemann an der Eingangstür stehen. Er sah noch besser aus als auf dem Foto. Ein typischer Wolf. Groß, breit gebaut und umwerfend gutaussehend. Seine Erleichterung beim Anblick seiner Frau war offensichtlich. Er nahm sie stürmisch in die Arme, hob sie hoch und drückte sie fest an sich.

Miki dachte an Conall und spürte wieder diese Enge ums Herz. Der Schmerz war schlimmer als der in ihrem Bein. *Was, wenn er stirbt?* Sie gebot dem Gedanken Einhalt. Dies durfte kein Gedanke sein, mit dem sie sich täglich herumquälte. Das hätte sie niemals überlebt.

Sie trugen Conall ins Haus, und Conridge bedeutete ihnen, in den ersten Stock hinaufzugehen. Miki wollte folgen, doch Conridge hielt sie am Arm fest.

»Nein, Sie nicht. Ich will mir Ihr Bein ansehen.«

»Ich lasse ihn nicht allein!«

Conridge zog sie in den hinteren Teil des Hauses. »Natürlich nicht. Aber jetzt haben ihn die Wölfe. Niles hat einen von seiner Meute angerufen. Er ist Arzt. Lassen Sie ihm ein bisschen Zeit mit Conall. Und währenddessen kümmere ich mich um Sie.«

Miki ließ sich von Conridge in die makellose Küche schleppen. Lustig, Saras Küche war makellos, weil sie offensichtlich nicht benutzt wurde. Conridges Küche war makellos, weil wohl jemand in ihrer Familie einen Putzfimmel hatte.

»Verstehen Sie das nicht falsch, aber ziehen Sie die Hose aus.« Miki hätte gelacht, wenn sie gekonnt hätte. Aber sie konnte nicht. Sie ließ die Hose zu Boden fallen, und Conridge drückte sie sanft auf einen Stuhl.

Conridge kniete sich hin und hob Mikis Bein an, um sich die Wunde anzusehen, als Niles Van Holtz in die Küche kam. Er warf einen Blick auf seine Frau und zog eine Augenbraue hoch.

»Wage es nicht!«, warnte ihn Conridge, ohne ihn auch nur anzusehen.

»Ich habe kein Wort gesagt.« Sein Blick ging zu Miki. »Haben Sie schon etwas gegessen?«

»Ich habe keinen Hunger.«

»Dann also nein.« Er ging zu einer Reihe von Schränken und holte einen Topf und eine Pfanne heraus sowie frische Nudeln aus dem Kühlschrank.

»Er ignoriert mich.« Miki erkannte ihre Stimme selbst nicht wieder. Es war kein Leben darin. Und bis es Conall besser ging, *falls* es ihm irgendwann besser ging, würde sie innerlich tot sein.

»Natürlich ignoriert er Sie. Er ist ein Wolf. Das tun sie immer, wenn ihnen nicht passt, was sie hören.« Conridge säuberte die Wunde, desinfizierte sie und umwickelte sie mit einem sauberen weißen Verband. »Es wird höllisch wehtun, aber es wird verheilen.«

»Danke.«

Conridge blickte zu Miki auf. Sie wusste nicht, was die Frau in ihrem Gesicht sah, aber ihr Blick wurde so weich, dass Miki sie kaum wiedererkannte. Sie sah sogar irgendwie hübsch aus. »Ich weiß, Sie haben Angst, Miki. Aber sie tun für Conall, was sie können. Er ist ein Wolf, er wird kämpfen.«

Miki nickte und Conridge stand auf. »Ich hole Ihnen etwas zum Anziehen.« Sie wandte sich an ihren Ehemann: »Und ich klaue dir ein paar Sachen für den Rest ihrer Meute.« Miki machte sich nicht die Mühe, ihnen zu sagen, dass das nicht ihre Meute war. Ihre Gefühle waren zu ausgelaugt.

»Ich bin sofort zurück.« Conridge drückte Mikis Schulter und ging.

Miki beobachtete Van Holtz am Herd. Sie war beeindruckt. Der Mann schien zu wissen, was er tat. Und was auch immer er da kreierte – es roch richtig gut.

»Sie werden hier bis morgen in Sicherheit sein. Bis dahin werden wir wissen, ob Víga-Feilan ...« Er unterbrach sich und sah sie über die Schulter an.

»Überleben wird?«

»Ich würde mir keine zu großen Sorgen machen. Er sieht ... na ja, *sehr* stark aus. Und das Fieber hat schon angefangen.«

»Fieber?«

»So kämpfen unsere Körper. Das Fieber kann bis zu vierundzwanzig Stunden dauern. Und man weiß nie, was passieren wird, wenn man es durchmacht. Manchmal gar nichts. Manchmal verwandelt man sich tausendmal in zwanzig Minuten. Und manchmal fängt man an durchzudrehen. Es ist Glückssache.«

»Ich sollte bei ihm sein.«

»Sobald Sie etwas gegessen haben.« Van Holtz warf eine Portion sautierte Nudeln auf einen Teller, rieb ein bisschen zusätzlichen Käse darüber, holte eine Gabel und stellte alles vor Miki hin. »Essen Sie das. Normalerweise verlange ich für dieses Gericht in meinem Restaurant fünfzehn Mäuse.«

Es roch toll, und plötzlich regte sich knurrend ihr Magen. Tief Luft holend, nahm sie die Gabel, die er ihr hinhielt, und kostete das Essen. Es schmeckte so gut, wie es roch.

»Danke.«

Er tätschelte ihre Schulter, dann ließ er sie allein. Sie aß, während er die Küche saubermachte. Ein zwangsneurotischer Wolf. *Abgefahren.*

Während Miki den letzten Bissen nahm, den sie schaffte, kam ein Mädchen in kurzer Hose und T-Shirt in die Küche, einen Fußball unter dem Arm. »Ich bin vom Training zurück, Papa.«

Das Mädchen stellte sich auf die Zehenspitzen und gab ihrem Vater einen Kuss.

»Wie lief es?«, fragte er.

»Gut. Aber der Rest des Teams bremst mich.« Das Mädchen drehte sich zu Miki um. »Hallo.«

»Hi.«

»Wer sind Sie?«

»Ich bin Miki.«

»Kendrick?«

Miki blinzelte. »Ja.«

»Ich habe Ihre Doktorarbeit gelesen.« Plötzlich sah das Mädchen genauso aus wie seine Mutter. »Ich habe Fehler gefunden.« Das Mädchen verließ den Raum.

Miki starrte Van Holtz an, und er zuckte die Achseln. »Sie kommt nach ihrer Mutter.«

Conridge öffnete die Küchentür, während sie über ihre Schulter rief: »Ich sagte, du machst sofort deine Hausaufgaben, junger Mann! Und wage es ja nicht, die Zähne zu fletschen!« Sie kam herein, eine Jogginghose und ein langärmliges T-Shirt in den Händen. »Verflixte Wolfskinder.«

Sie reichte Miki die Kleider. Ohne darüber nachzudenken, dass Van Holtz danebenstand, zog sie sich um.

Gerade als sie das Shirt über den Kopf gezogen hatte, streckte Billy Dunwich den Kopf in die Küche. »Miki, wir brauchen dich.«

Miki beeilte sich. Den Schmerz in ihrem Bein ignorierend, folgte sie Dunwich, der nur eine Jeans trug. Er führte sie die Treppe hinauf und zu einer Tür. Sie hörte Knurren und Schnappen, also drängelte sie sich an ihm vorbei und riss die Tür auf. Conall, in Wolfsgestalt, drehte vollkommen durch. Sie konnte das Weiße in seinen Augen sehen, während er sich im Kreis drehte und nach jedem schnappte, der ihm zu nahe kam. Derjenige, von dem sie annahm, er sei der Meutenarzt, hatte eine Spritze in der Hand und stand hinter mehreren Van-Holtz-Wölfen. Die anderen Wölfe schienen nicht zu wissen, was sie tun sollten.

Sie betrat das Zimmer. »Conall!« Beim Klang ihrer Stimme wirbelte der Wolf herum. Sie setzte sich im Schneidersitz auf den Boden. »Komm her, Baby!« Er rannte zu ihr. Seine Schulter hatte wieder angefangen zu bluten, und er humpelte merklich. Er kam zu ihr, ließ sich vor sie hinplumpsen und legte den Kopf in ihren Schoß. Er winselte, dann überlief ihn ein Schauer. »Ist gut, Baby. Ich lasse nicht zu, dass dir jemand wehtut.« Sie streichelte seinen Kopf und wartete, bis er sich beruhigt hatte. Dann blickte sie zu dem Arzt auf. »Alles klar. Tun Sie's.«

Der Arzt kam herüber, kauerte sich neben sie und gab Conall eilig die Spritze. Sie schaute zu Dunwich auf. »Legt ihn aufs Bett.« Conalls Meute hob ihn hoch und drapierte ihn wieder aufs Bett.

»Alle raus.«

»Bist du sicher?«

Sie nickte. »Ja. Ich mache das schon.«

Die Wölfe gingen. Der Arzt war der letzte. »Sie müssen die Wunde noch einmal säubern, aber diese Spritze müsste ihn ruhig halten. Er wird im Fieberkrampf aber wahrscheinlich aufwachen. Ich kümmere mich heute Nacht um die anderen Wölfe, die verletzt wurden; ich bin also da, falls Sie mich brauchen.«

»Danke.«

Der Arzt ging und schloss die Tür hinter sich.

Miki sah sich im Zimmer um. Es war ein riesiges Schlafzimmer mit angrenzendem Badezimmer. Sie war dankbar dafür. Sie wollte Conall überhaupt nicht mehr allein lassen. Nie mehr. Und dieser Gedanke machte ihr Angst.

Kapitel 20

Conall war kalt. Eiskalt. Er zwang die Augen auf und sah sich im Zimmer um. Er hatte keine Ahnung, wo er war. Was aber noch schlimmer war: er sah Miki nicht. Wo war Miki? Er musste sich überzeugen, dass es ihr gut ging.

»Miki?« Er versuchte, sich aufzusetzen, aber in seinem Kopf hämmerte es.

»Hey, hey. Nein, das tust du nicht, Wikinger!« Er fühlte ihre warmen Hände auf der Brust, die ihn zurück auf die Matratze drückten. »Du gehst jetzt noch nirgendwohin!«

»In Sicherheit? Bist du in Sicherheit?«

»Wir sind beide in Sicherheit, Baby. Alles ist cool. Schlaf einfach.«

Er nahm ihre Hand und zog sie an sich. »Bleib bei mir, Mik!«

»Ich gehe nirgendwohin.«

Er lächelte und schloss wieder die Augen. »Versprochen?«

Sie kicherte. »Ja. Ich verspreche es.«

Er ließ sich zurück aufs Kissen sinken, hielt aber weiterhin ihre Hand fest.

»Du lässt mich nicht los, was, Wikinger?«

»Ich lasse dich niemals los, Mik. Außerdem ist mir kalt. Du musst mich wärmen.«

Sie seufzte, und er spürte, wie sich das Bett leicht senkte, als sie neben ihm hereinschlüpfte. »Okay, okay. Komm her.«

Sie zog ihn an sich und legte seinen Kopf an ihre Brust. Er schlang die Arme um sie und hielt sie fest. Sie küsste ihn auf den Scheitel und legte ihm die Arme um die Schultern.

»Du riechst gut«, sagte er mit rauer Stimme. »Du bist läufig.«

Sie lachte leise. »Du meine Güte, Conall, schlaf lieber eine Runde!«

Jetzt, wo er wusste, dass sie in Sicherheit war, konnte er sich entspannen. Sie roch so gut, und die Wärme, die von ihrem Körper ausging, gab ihm so ein unglaublich beruhigendes Gefühl. Das Letzte, woran er sich erinnerte, war, dass sie ihm mit der Hand durch die Haare fuhr.

Miki strich Conall die Haare aus dem Gesicht. Er schlief wieder. Seit Stunden wachte er immer wieder auf und machte sich Sorgen um ihre Sicherheit. Es war beinahe zu viel, seine ständige Sorge um sie. Sie hatte immer die Liebe und den Schutz von Frauen gehabt. Ihre Mutter und ihre Großmutter. Sara und Angelina. Aber nie von Männern. Die meisten Männer fanden sie entweder einschüchternd oder sogar ein bisschen beängstigend. Auch Craig und die Jungs schienen einen gesunden Respekt vor ihr zu haben.

Aber Conall … Conall war anders. War sie ihm wirklich wichtig, oder war das nur das Fieber? Woher zum Geier sollte sie das wissen? Sie verstand etwas von Wissenschaft. Mathe. Und ein bisschen Geschichte. Sie wusste, wie man den besten Martini machte, und sie beherrschte einen ganz anständigen Roundhouse-Kick. Das war's. Alles, was mit Leuten und echten Gefühlen zu tun hatte, machte sie vollkommen ratlos.

Miki küsste Conall noch einmal auf die Stirn und legte sich neben ihn. Sie war so müde. Das überraschte nicht, nach allem, was sie in den letzten Stunden durchgemacht hatte. Aber nach einem kleinen Nickerchen, nur ein paar Minuten, würde sie wieder wie neu sein.

Sie schloss die Augen und ließ sich vom Schlaf übermannen.

Er hatte den besten aller Träume. Einen dieser heißen Träume von Miki, die er hatte, seit er sie kennengelernt hatte. Und er genoss diesen Traum, denn sie roch so gut. Es waren ihre fruchtbaren Tage.

Er war hinter ihr, die Arme fest um ihre Taille geschlungen. Er rieb die Nase an ihrem Hals und leckte ihn. Sie seufzte leise und kuschelte sich rückwärts an ihn. »Mein Wolf.«

»Ich gehöre ganz dir, Baby.«

Sie fasste ihm an den Schenkel. »Besorg's mir, Wolf!«

O ja. Was für ein *toller* Traum. Er strich ihr mit der Hand über den Bauch bis in ihr Höschen, ließ die Finger zwischen ihre Schenkel und über ihren Kitzler gleiten. Ihr Körper zuckte, und sie stieß ein leises Stöhnen aus, als zwei seiner Finger in ihre Muschi eindrangen.

Sie war schon feucht. Feucht und heiß. Sie nahm seine Hand und schob die Finger tiefer hinein.

Er lächelte und machte es ihr langsam mit den Fingern. Sie stöhnte wieder, ihr Knackarsch rieb sich an seinem Schwanz. Er war vorher schon hart gewesen, jetzt stand er in Flammen. Er wollte tief in ihr sein. So tief wie seine Finger. Tiefer. Er fuhr mit dem Daumen über ihre Klitoris, und sie keuchte, ihr Kopf fiel nach hinten gegen seine Schulter. »Gott, Conall!« Er liebte es, wenn sie mit ihrer sexy Stimme seinen Namen sagte. Er *fühlte* ihre Stimme am ganzen Körper.

Mit dem Daumen umkreiste er ihren Kitzler, und ihre Finger gruben sich in seine Hand. Ihr Körper spannte sich. Er leckte wieder ihren Nacken. »Miki?«

Sie drängte sich rücklings an ihn, ihr Körper begann zu beben. »Tu's, Conall. Bitte.«

»Bist du sicher, Baby?«

»Bitte«, flehte sie noch einmal. Und da war er sich sicher, dass es ein Traum war, denn Miki hätte ihm inzwischen schon in die Nüsse getreten und ihn nicht angefleht.

Er fuhr die Reißzähne aus, drehte den Kopf zur Seite und biss ihr in den Nacken. Sie schrie leise auf, aber er konnte nicht sagen, ob wegen des Bisses oder wegen des markerschütternden Orgasmus, den sie hatte. Um ehrlich zu sein, war es ihm egal. Während er ihr das Blut ableckte, wusste er nur eines: Sie gehörte jetzt ihm. Und nichts würde daran je etwas ändern.

Zumindest nicht hier in seinen Träumen.

Miki hatte den coolsten Traum aller Zeiten. Ein Traum, der aus einem ihrer lauten Orgasmen bestand, zu denen sie anscheinend nur Conall bringen konnte. Diesmal mit nichts weiter als seinen Händen und Zähnen. In diesem Traum ließ sie sich von ihm markieren. Tatsächlich flehte sie ihn sogar geradezu darum an. Es fühlte sich aber auch so richtig an. Und es war ein Traum, weshalb sie nicht befürchten musste, verletzt zu werden. Oder sich zu verlieben.

Hier konnte sie alles tun, was sie wollte. Sie zog seine Hand aus sich und drehte sich in seinen Armen, küsste ihn tief und lange. Ihre Zungen trafen sich, verschränkten sich, neckten sich. Sie spürte seinen Schwanz an ihrem Bein. Er war hart und heiß, und er gehört nur ihr. Sie umfasste ihn und strich mit dem Daumen über die Eichel.

Conall knurrte in ihren Mund. »Gott, Miki-Baby.« Seine Hände packten ihr Shirt und zogen es ihr über den Kopf. Der BH war als Nächstes dran. Dann küsste er sich an ihrem Körper hinab, während er ihr die Jogginghose und den Schlüpfer auszog. Er küsste sich wieder herauf und verweilte bei ihren Brüsten. Dann an ihrem Hals. Küsste sie wieder auf den Mund. Ließ sich Zeit zum Erkunden. Sein Körper fühlte sich immer so gut an. So richtig. Er rückte näher, und sie spürte, wie sein Schwanz in sie hineinglitt. Sie wölbte den Rücken und warf Conall beinahe ab.

Er fühlte sich so gut an in ihr. Er trug kein Kondom, und ihre Muskeln umschlossen ihn fest, zogen ihn tief hinein. Er knurrte wieder, und sie spürte es am ganzen Körper.

Seine Stöße waren langsam und tief, und sie verlor sich völlig in ihnen. Ihr Körper hob sich seinem entgegen, genoss das Gefühl seiner Haut. Nichts hatte sich je so richtig angefühlt.

Bevor sie wusste, wie ihr geschah, wurde sie von einem Orgasmus überrollt und klammerte sich an Conall. Dann kam er in ihr. Ein weiterer Orgasmus erschütterte sie, kaum dass der letzte vorbei war. Sie packte Conalls Brust mit den Zähnen und biss zu. Sie schmeckte Blut, und ohne darüber nachzudenken, leckte sie seine Wunde sauber. Als sich ihre Körper beruhigten, löste sie ihre Zähne von ihm, hielt ihn aber weiterhin fest umklammert.

»Ich liebe dich, Wikinger«, flüsterte sie und genoss ihren Traum.

»Ich liebe dich, Miki-Baby.« Dann begann ihr Traummann zu schnarchen.

Kapitel 21

Conall wachte auf, als ihm die Sonne ins Gesicht schien. Er fühlte sich großartig. Das war das Tolle am Fieber. Wenn man es überlebte, ging es einem normalerweise sogar besser als vor der Verletzung.

Miki lag in seinen Armen, und er genoss es. Vor allem, weil das Letzte, woran er sich aus der letzten Nacht erinnerte, war, dass sie sich lautstark gestritten hatten. Aber daran wollte er jetzt nicht denken. Er zog sie enger an sich, und sie seufzte leise im Schlaf.

So richtig sich all das auch anfühlte – er wusste, etwas stimmte nicht. Er kam nur nicht darauf, was es war. Er schaute auf sie hinab. Sie schlief und war schön wie immer, außerdem war sie nackt und hatte die Gliedmaßen um ihn geschlungen. Er brauchte einen Moment, aber dann merkte er, dass er in ihr war. In ihr, ohne Kondom.

O-oh.

Auf dem Kissen hinter ihrem Kopf war Blut. Er zuckte zusammen, als er ihren Nacken berührte. Dann zuckte sie zusammen, weil er die Wunde berührt hatte.

Er erinnerte sich, dass ihre fruchtbaren Tage gestern begonnen hatten. Er beugte sich vor und schnüffelte an ihr. Ihr Geruch hatte sich verändert. Was nur eines bedeuten konnte.

Er schloss die Augen. *Sie wird mich fertigmachen.*

Sie bewegte sich unter ihm, und er wurde sofort wieder hart. Junge, war das ein schlechtes Timing!

Miki streckte sich, breitete die Arme aus, schob ihn von sich und aus sich heraus. Sie gähnte und rieb sich mit den Händen übers Gesicht. Sie sah sich um, und dann schien sie sich zu erinnern, warum sie hier war … wo auch immer das sein mochte.

»Conall?« Sie drehte sich um und sah ihn an. »Conall? Geht's dir gut?«

»Ja, Mik. Mir geht's gut.« Sie beugte sich über ihn und befühlte seine Stirn. Ihre nackten Brüste strichen über seinen Arm, und er hatte das plötzliche Bedürfnis, sie noch einmal zu haben.

»Dein Fieber ist zurückgegangen. Das ist gut.« Sie sah ihn ganz merkwürdig an. Dann warf sie sich plötzlich in seine Arme. Er war so verblüfft, dass er zurück aufs Bett fiel. Er zog sie an sich, und sie drückte ihn fest. »Ich bin so froh, dass es dir gut geht«, flüsterte sie leidenschaftlich.

Er schloss die Augen. Nichts fühlte sich so richtig an, wie diese Frau in den Armen zu halten. Und zu wissen, dass er ihr wirklich etwas bedeutete, dass sie sich Sorgen machte … es gab nichts Besseres.

Miki, die sich eindeutig nicht wohl in ihrer Haut fühlte, wenn sie Gefühle zeigte, befreite sich aus seinen Armen. Sie setzte sich auf die Bettkante. »Es tut mir wirklich leid, was gestern passiert ist, weißt du?« Sie sah ihn an, wandte den Blick aber sofort wieder ab.

»Du hast mich überrumpelt. Und ich hätte nicht gedacht, dass du … ich hatte einfach noch nie …« Sie schüttelte den Kopf und lächelte. »Vergiss es. Wir reden später darüber. Richtig. Du und ich. Okay?«

Doch bevor er ihr antworten konnte, bevor er ihr sagen konnte, dass die Entscheidung schon für sie getroffen war, stand sie auf und ging ins Badezimmer. »Wenn ich fertig bin, sage ich Van Holtz und der Meute, dass es dir gut geht.«

Himmel, sie befanden sich im Revier einer anderen Meute! Tja, das erklärte den fremden Wolfsgeruch überall.

Conall ließ sich aufs Bett zurücksinken und wartete. Wartete darauf, dass sie merkte, was passiert war. Sie dachte wahrscheinlich dasselbe, was er zunächst gedacht hatte. Dass es ein Traum gewesen war. Aber er hatte sie markiert. Sie gehörte ihm. Ein Leben lang. Und es würde nie wieder eine andere Frau für ihn geben. Niemals.

Doch er kannte Miki inzwischen fast besser als sich selbst. Sie würde nicht gut damit zurechtkommen. Sie würde das Gefühl haben, in der Falle zu sitzen. Und sie hasste es, in der Falle zu sitzen. Er hatte Mühe, sich an letzte Nacht zu erinnern, aber er wusste, sie hatten sich in etwas verfangen, das ursprünglich war und älter als die meisten Götter. Er war sich ziemlich sicher, dass sie ihm gesagt hatte, er solle sie markieren. Dass sie gewusst hatte, was er vorhatte, ohne dass er es tatsächlich gesagt hätte. Der Wolf in ihm wollte sie. Er wusste, sie war die richtige Gefährtin für ihn. Und das war sie auch.

Miki hätte gestern davonlaufen können. Sie hätte

mit Conridge abhauen und keinen Blick zurückwerfen können. Aber sie hatte sich einem grausamen Klan von Hyänen gestellt, um ihn und seine Meutenkameraden zu retten. Sie hatte sich nicht einmal Sorgen um sich selbst gemacht. Nur um ihn. So handelte eine Gefährtin. *Seine* Gefährtin.

Er hörte die Toilettenspülung und zählte. »Fünf. Vier. Drei. Zwei ...«

»Conall!«

»Eins.« Er seufzte und wartete.

Miki kam aus dem Badezimmer gestürmt, nur mit weißen Tennissocken und einem echt angepissten Gesichtsausdruck.

»Was ist das für eine Scheiße?« Sie deutete in ihren Nacken. Er sah nicht einmal hin. Nicht, wenn sie nackt vor ihm stand.

»Mein Zeichen.«

Sie starrte ihn an. Er wartete darauf. Auf den Wutausbruch. Die Schimpftiraden. Das ganze Paket. Er wusste, es würde kommen.

Aber es kam nicht. Miki starrte ihn nur an. Dann nahm sie schweigend ihre Kleider vom Boden, ging ins Bad zurück und schloss leise die Tür hinter sich.

Okay. Das war jetzt definitiv *nicht* die Reaktion, die er erwartet hatte. Er hatte Wut erwartet. Mit Wut konnte er umgehen. Was auch immer sie im Moment durchmachte, schien nicht einmal einen Namen zu haben.

Er stieg aus dem Bett und öffnete die Badezimmertür. Sie hatte ihr T-Shirt und den Slip angezogen, aber das war alles. Jetzt saß sie auf dem Badewannenrand, die Sporthose in der Hand, und starrte auf den Boden.

»Miki?«

Sie schaute zu ihm auf. Ihre dunklen Augen glitzerten in dem hell erleuchteten Badezimmer. »Du konntest mich nicht selbst entscheiden lassen, oder?«

Die Wut war kontrolliert, und das beunruhigte ihn. Wenn sie schimpfte und tobte, wusste er, dass sie einfach die verrückte Miki war. Aber das … das war die Miki, die einem Löwen den Kopf wegpustete.

»So war es nicht, Mik, und das weißt du auch.«

Sie seufzte. Ruhig. Von Sekunde zu Sekunde bekam er mehr Angst. »Ich gehe zurück nach Texas, Conall.«

Er kauerte sich neben sie und legte sanft die Hand auf ihr Bein. »Nein.« Er sprach leise. Er wollte, dass sie wusste, dass sie nichts zu befürchten hatte. Dass sie bei ihm sicher war. »Nicht, bevor wir darüber geredet … *au*!«

Sie hatte ihn geboxt. Direkt auf die Nase.

»Wofür war das denn jetzt?«

»*Weil du ein verlogener Scheißkerl bist!* Dafür war das!« Ja. Das war die Miki, die er kannte und liebte. »Ich gehe zurück nach Texas, und du kannst mich nicht aufhalten, du Arschloch!«

Conall stand auf, verschränkte die Arme vor der Brust und blockierte die Tür. »Nein. Das tust du nicht.«

Sie starrte ihn an. Diese muskulösen, riesenhaften Arme, verschränkt vor dieser muskulösen, riesenhaften Brust. Die starken gespreizten Beine. Er füllte den Türrahmen komplett aus. Er schloss sie ein. Und das gefiel ihr überhaupt nicht.

»Das war keine Bitte, Conall.«

»Du läufst nicht davon. Vor uns.«

Vor *uns*? Wann war die Bettgeschichte zu einem »Wir« geworden?

Sie ließ den Kopf in die Hände sinken. Er machte sie wahnsinnig. »Es gibt kein Wir. Es wird nie ein Wir geben.«

»Warum nicht?«

Okay. Warum brachte sie diese Frage ins Schleudern? »Weil.«

»Weil was?«

Himmel, es war als spräche sie mit einem Zehnjährigen. »Weil ich es sage.«

Er lächelte. »Mehr fällt dir nicht ein, Miki-Baby?«

»Nenn mich nicht so!«

»Das hat dich bisher auch nicht gestört.«

Sie stand auf und zog die Hose an. »Tja, jetzt stört es mich aber.«

Er ging auf sie zu, und sie wich zurück. »Und warum?« Sie stieß rückwärts an das Edelstahl-Waschbecken. »Weil ich das normalerweise sage, wenn ich in dir bin? Wenn du kommst und meinen Namen schreist?«

Okay. Warum konnte sie nicht atmen? Er war so nahe und roch so gut. Nein. Das genügte nicht. Sie musste weg. Irgendwohin. Egal wohin. Weg von ihm. Sie brauchte Zeit zum Nachdenken. Zum Analysieren. Zum Planen.

»Gestern Nacht hast du mir gesagt, du liebst mich.«

Oh, daran erinnerte er sich also!

»Ich habe geschlafen.«

»Nicht zu tief, um mich zu vögeln.«

»Himmel, Conall!« Sie wollte ihn von sich stoßen, aber sie wusste, dass sie seine Haut nicht berühren konnte. Wenn sie ihn berührte, war sie verloren.

»Sag mir, dass ich dir egal bin, Miki.« Er beugte sich vor, sein Mund war so nahe. »Sag es mir, und vielleicht glaube ich dir.«

»Du bist mir egal.« Das wäre viel überzeugender gewesen, wenn sie es nicht geflüstert und dabei auf seinen Mund gestarrt hätte.

Seine Lippen waren nur noch Zentimeter von ihren entfernt. »Lügnerin.« Dann küsste er sie. Seine Lippen auf ihren, seine Zunge glitt in ihren Mund. Seine Hände griffen in ihre Haare. Sofort reagierte ihr Körper. Ihre Arme legten sich um seinen Hals. Ihr Körper presste sich an ihn. Und ihr Bedürfnis, auf die Knie zu sinken und ihn in den Mund zu nehmen, überwältigte sie fast.

Er löste sich ein wenig von ihr, aber seine Hände waren immer noch in ihren Haaren, und sein Oberkörper drückte sie immer noch gegen das Waschbecken. »Bleib bei mir, Miki!«

»Ich kann darüber jetzt nicht nachdenken.« Keuchen. Sie musste wirklich aufhören zu keuchen.

»Dann denk einfach nicht.« Sein Mund fing ihren wieder ein, und sie wurde feucht. Die Nippel wurden hart. Das Übliche. Sie hatte keinerlei Kontrolle über sich, wenn er in der Nähe war. Null.

Als er auf die Knie sank, explodierte sie fast. Warum tat er ihr das an? Sie versuchte, es ihm leicht zu machen. Ihm einen Ausweg zu zeigen. Warum quälte er sie so?

Weil, du Idiotin, er vielleicht gar keinen Ausweg will? Okay. Seit wann gab es diese neue Stimme in ihrem Kopf?

Conall zog ihr die Hose und den Slip aus und warf beides beiseite. Dann drückte er ihre Beine auseinander und begann, sie zu lecken.

»Verdammt, Conall!« Er ignorierte sie. Was hatte Conridge gesagt? Wenn ihnen nicht passt, was sie hören, ignorieren sie es einfach. Und das tat der Wikinger eindeutig. Aber seine Zunge fühlte sich so gut an. Und dann knurrte er. Ein tiefes Knurren, das tief aus der Brust kam. Es vibrierte auf seiner Zunge und in ihrer Klitoris und raubte Miki vollends die Kontrolle. Das war besser als absolut alles, was sie je erlebt hatte. Sie nahm seinen Kopf in beide Hände und hielt ihn fest. Sie liebte das Gefühl seiner Haare an den Innenseiten ihrer Schenkel. Sie liebte die Wärme seines Körpers. Sie liebte es, wie seine Hände ihren Hintern umfassten, während er sie leckte. Sie liebte alles daran. Alles an ihm.

Das Knurren, das Lecken, alles zusammen trieb sie weiter und weiter. Und das mit Macht. Das tiefe Stöhnen, das sie ausstieß, als sie zum Höhepunkt kam, klang, als käme es von irgendwo anders. Von einer ganz anderen Person.

Während sie noch zitterte, hob Conall sie hoch und setzte sie auf das Waschbecken. Dann war er in ihr. Es schien, als wäre sie nicht die Einzige mit Kontrollverlust. Sie legte ihm die Beine um die Taille und klammerte sich fest, während er ihre Hüften packte und ihren Körper für sich beanspruchte. Jedes Mal, wenn er sie nahm, fühlte sich besser an als das Mal zuvor.

Sie ließ den Kopf nach hinten sinken, und Conall saugte an ihrer Kehle. Sie liebte diesen Mann. Sie wusste es. Aber sie hatte furchtbare Angst. Sie hatte immer angenommen, dass sie diejenige sein würde, die für immer allein blieb. Sie hatte gehofft, dass Angie und Sara immer einen Platz beim Thanksgiving-Dinner für sie haben würden.

Aber der Winkinger …

Er hatte sie markiert, ohne einen Blick zurückzuwerfen. Und sie hatte ihm gesagt, er solle es tun. Sie hatte gedacht, das sei nur ein erstaunlicher Traum gewesen. Ein erstaunlicher *feuchter* Traum. Jetzt wusste sie, dass es wirklich passiert war. Im Halbschlaf oder nicht – sie hatten sich auf einer Ebene gefunden, von deren Existenz sie nichts geahnt hatte. Jetzt war sie »die Seine«, wie Sara zu sagen pflegte. Und ihr schnell arbeitendes Gehirn war einfach noch nicht so weit, damit umgehen zu können.

Natürlich hielt das ihren Körper nicht davon ab, komplett zu explodieren, wenn Conall in sie stieß. Sie biss ihm in die unverletzte Schulter, als sein heißer Samen in sie schoss. Da drang in ihr Bewusstsein, dass er kein Kondom trug, wie schon in der Nacht zuvor. Anscheinend waren sie jetzt so sehr ein Paar, dass Kondome nur optional waren.

Und sobald ihr Körper aufgehört hatte zu zittern, würde sie etwas dazu sagen.

»Hey, Conall. Bist du hier?« Eine männliche Stimme. Wahrscheinlich Dunwich. Er schien der Einzige zu sein, der mutig genug war, Conall zu konfrontieren, wenn er mit ihr zusammen war. »Van Holtz hat eure Sachen aus dem SUV und aus der Uni besorgt. Ein paar von den Cops, die den Fall bearbeiten, gehören zur Meute. Es dürfte also alles klar sein.«

Miki verkrampfte sich und versuchte, sich zu befreien, aber Conall ließ sie nicht los. Er hielt sie an sich gedrückt, während er seine Stimme wiederfand. »Gut. Danke. Wir kommen gleich raus.«

»Äh … ja. Klar. Okay.«

Miki verdrehte die Augen, als sie den amüsierten Unterton in Dunwichs Stimme hörte. *Depp.*

Conall küsste Miki auf die Stirn. Auf keinen Fall würde er sie gehen lassen. Jetzt verstand er, warum Zach die Finger nicht von Sara lassen konnte. Denn wenn man die Richtige gefunden hatte, wollte man sie nicht gehen lassen. Selbst wenn sie eine Nervensäge war. Natürlich war Conall bereit, Mikis Tendenz zur Nervensäge zu übersehen, solange sie weiterhin diese Orgasmen hatte, die ihm fast den Schwanz entzweibrachen.

»Wir reden später darüber, okay? Entscheide dich einfach jetzt für gar nichts.«

»Conall …«

»Lass uns einfach zurückfahren, okay?«

Sie wollte ihm widersprechen. Sie wollte ihm sagen, das sei nicht richtig. Er sah es in ihrem Gesicht. Aber er würde sie nicht lassen. Stattdessen würde er sie nach Hause bringen und sie so lange vögeln, bis sie aufgab und endlich verstand, dass sie ihm gehörte und er ihr. Für immer.

Ja. Das klang nach einem Plan.

Er zog sich aus ihr zurück und war überrascht, dass

sie kein Wort über das fehlende Kondom verlor. Er wusste ja, dass es nicht mehr nötig war, aber sie noch nicht. Und er würde ihr nichts über die Schwangerschaft sagen, bis er sie überzeugt hatte, dass sie zusammengehörten. Er konnte nicht noch etwas gebrauchen, das sie ausflippen ließ. Als wolle er eine nervöse Stute anlocken. Wenn er sie jetzt verscheuchte, würde sie auf schnellstem Wege zurück nach Texas flüchten. Wenn sie akzeptieren sollte, dass sie ihm gehörte, musste er es bedächtig angehen. Na ja, so bedächtig es eben ging, wenn schon allein ihre Berührung an der Schulter seinen ganzen Körper zum Pulsieren brachte.

Kapitel 22

Er dachte, die Van-Holtz-Meute würde sie hinauswerfen, sobald er wieder gehen konnte. Da hatte er sich ganz kräftig geirrt. Stattdessen machte Niles Van Holtz ihnen allen Frühstück. Die unglaublichsten Waffeln, die er je gekostet hatte, Eier, Speck, Kaffee, Orangensaft, das volle Programm. Der Mann war ein Genie in der Küche.

Er saß neben Miki, während sie und Conridge darüber sprachen, dass die Universitätsleitung schon angefangen hatte, den Hyänenangriff erfolgreich unter den Teppich zu kehren, indem sie behaupteten, eine Meute Wildhunde habe den Weg auf den Campus gefunden und dort Chaos angerichtet. Das Feuer, das Miki gelegt hatte, war so schnell wieder erloschen, dass es kaum erwähnt wurde. Und keiner hatte eine Ahnung, was mit Professor Leucrotta passiert war. Conall zwang sich, nicht zu reagieren, als er von den Knien des Mannes hörte, obwohl seine Meute beunruhigt wirkte.

Seine Gefährtin hatte offenbar echten Schaden angerichtet. Um ihn zu beschützen. Um seine Meute zu beschützen. Er dachte die ganze Zeit: »Sie hat sich nicht aus dem Staub gemacht. Sie hat sich nicht aus dem Staub gemacht.« Dabei hätte sie gehen können. Ganz leicht.

Er sah seine Meute an. Sie fürchteten sie alle. Sogar die Van-Holtz-Meute. Und jetzt, wo sie wussten, dass sie schwanger war, jetzt, wo sie es an ihr riechen konnten, warteten sie darauf, wie sie reagieren würde, wenn sie es selbst bemerkte. Sogar Niles Van Holtz sah ihn die ganze Zeit an, als wolle er sagen: »Willkommen in meiner Welt, Kumpel.«

Wie aufs Stichwort stürmten Conridges Kinder in den Raum. Die Jungs waren typische Wolfswelpen. Laut, ungestüm und mit scharfen Zähnen. Das Mädchen war anders. Sie schien nicht älter als zwölf oder dreizehn zu sein, aber sie bewegte sich gemessen. Teilte sich ihre Kräfte ein. Sie wirkte überhaupt nicht wie ein Wolf, aber sie roch wie einer. Sie würde eines Tages die Anführerin sein. Und sie wusste es jetzt schon.

Sie folgte ihren Brüdern ruhig in Richtung der Küchentür, die auf den Flur hinausführte. Doch plötzlich blieb sie stehen und sah Miki geradeheraus an.

»Sie waren gestern Abend noch nicht schwanger, oder?«

Der ganze Raum erstarrte. Hätte Conall es nicht besser gewusst, er hätte geschworen, dass das ganze Universum erstarrt war. Dass das Universum genauso wie sie alle sehen wollte, was Miki tun würde.

Miki blickte langsam auf und wandte sich dem Mädchen zu. »Entschuldige. Wie bitte?«

»Sie. Sie riechen schwanger. Papa hat mir erklärt, was

das ist, als ich denselben Geruch an meiner Tante wahrgenommen habe. Sie haben gestern Abend noch nicht so gerochen. Aber jetzt.« Das Mädchen zuckte die Achseln. »Sie hatten wohl eine rege Nacht.« Dann, nachdem sie seine ganze Welt zerstört hatte, ging das kleine Miststück einfach hinaus.

Miki drehte sich um, hielt aber den Kopf gesenkt und die Hände flach auf dem Küchentisch aus Stahl. Sie begann mit beiden Zeigefingern auf das Metall zu klopfen, und Conall sah, wie alle Wölfe zusammenzuckten. Dunwich winkte ihm zu und versuchte, seine Aufmerksamkeit zu erregen. Dann formte er irgendetwas mit den Lippen.

»Was?«, flüsterte er lautlos zurück.

Dunwich hob die Hand. Den Zeigefinger vorgestreckt. Den Daumen nach oben. Die anderen Finger zusammengerollt. Seine Hand sah aus wie eine Pistole.

Oh, Mist.

Conall warf einen Blick zu Miki hinüber, und da sah er die Waffe, die in einem Holster an ihrem Hosenbund befestigt war. Er hatte nicht einmal gemerkt, wie sie es angelegt hatte, als sie sich nach ihrer Dusche angezogen hatten. Conridge musste ihr eine für die Rückfahrt überlassen haben.

Und als Miki plötzlich mit den Händen auf den Tisch hieb, warfen sich alle Wölfe außer ihm und Van Holtz zu Boden.

Miki schob ihren Stuhl zurück. Sie sah Conall an. »Ich gehe ins Bad. Dann fahren wir.«

»Miki, ich …«

»Nein. Es gibt im Moment nichts zu sagen. Und ich

meine *nichts.*« Miki sah Conridge an. »Danke für alles, Dr. Conridge.«

»Jederzeit gern. Aber ich glaube, nachdem wir es gemeinsam mit einem Hyänen-Klan aufgenommen haben, können wir uns auch duzen. Ich heiße Irene.«

»Danke, Irene. Ich rufe dich morgen wegen des Jobangebots an.«

»Das ist gut.«

Sie sah Van Holtz an. »Danke für alles. Ich weiß Ihre Gastfreundschaft sehr zu schätzen.«

Allein seinem Gesichtsausdruck nach zu urteilen, konnte sich Conall des Gefühls nicht erwehren, dass Van Holtz diese Geschichte bis ans Ende aller Tage erzählen würde. »Sehr gerne.«

Miki sah sich am Tisch um und merkte, dass alle Wölfe verschwunden waren. Sie beugte sich nieder und spähte unter den Tisch. Zwölf Wölfe lagen ohne ersichtlichen Grund darunter – aber das schien sie kein bisschen zu verwirren. »Ich wollte euch allen dafür danken, dass ihr uns geholfen habt.«

»Gern geschehen«, erwiderte der mutigste der Van-Holtz-Wölfe.

Damit richtete Miki sich auf und verließ den Raum.

Conall schloss die Augen. Wie bei dem Fieber der letzten Nacht war er sich ziemlich sicher, dass das hier erst schlimmer werden würde, bevor es besser wurde.

Conridge lehnte sich über den Tisch und berührte Conall am Arm. »Ich würde mir keine Sorgen machen.« Sie deutete auf ihren Mann. »Ich habe ihm ein Messer ins Bein gestochen und seinen Mercedes in Brand gesteckt, bevor ich eingewilligt habe, ihn zu heiraten. Sie braucht nur Zeit.«

Conall runzelte die Stirn. »Äh … danke?«

Miki sagte die ganze dreizehnstündige Fahrt über nichts, die Conall und die Meute zu einer zehnstündigen Fahrt machten, indem sie viel zu schnell fuhren und die Toiletten- und Essenspausen auf ein Minimum reduzierten. Aber was zum Geier hätte sie auch sagen sollen?

Die SUVs, die die Van-Holtz-Meute ihnen geliehen hatten, hielten vor Saras und Zachs Haus. Das Alphapaar war schon draußen, da einer von der Meute sie angekündigt hatte.

Miki stieg aus dem Wagen. Sie war barfuß, weil sie sich nicht überwinden konnte, Doc Martens zu einer Sporthose zu tragen. Sie war keine Modeexpertin, aber das war einfach zu geschmacklos. Sie humpelte langsam auf Sara zu. Ihre Wade war empfindlich, heilte aber bereits. Ihre Freundin sah ihr in die Augen und machte sich von Zach los. Sara wusste, dass etwas nicht stimmte. Die drei Freundinnen wussten immer, wenn mit einer von ihnen etwas ganz und gar nicht stimmte, auch ohne dass diese ein einziges Wort sagen musste.

Als sie Sara erreichte, ging Conall an ihr vorbei. Er sagte nichts, ging einfach ins Haus. Zach folgte ihm.

»Dein Bein?«

»Das wird schon.«

Sara sah sie an. »Was ist los, um Himmels willen?«

Miki warf einen Blick zurück auf die Meutenmitglieder hinter ihr.

Sara machte eine Kopfbewegung in Richtung Haus. »Geht!«

Sie gehorchten. Als sie weg waren, wandte sich Sara wieder ihr zu.

»Okay, Mann. Was ist los?«

Miki sah ihre älteste und liebste Freundin an und brach in Tränen aus.

Conall hatte gerade ein Loch in die Wand geboxt, als Zach hereinkam. Er schloss die Tür und stellte sich hinter ihn.

Den Kopf gegen die Wand gelehnt, schloss Conall die Augen. »Sie ist schwanger.«

»Ich weiß. Ich konnte es meilenweit riechen.«

»Sie wird nicht hierbleiben.«

»Sie muss. Schwanger mit einem Meutenbaby? Jedes Rudelmitglied in ganz Nordamerika wird hinter ihr her sein. Und wer zum Henker weiß schon, was mit diesem Klan los ist. Abgesehen davon hast du sie markiert. Sie gehört dir.«

»Nicht, wenn sie nicht will. Das weißt du genauso gut wie ich.«

»Tja, du kannst nicht die ganze Zeit herumrennen und gegen Wände boxen. Das Haus macht das nicht lange mit.«

Miki saß am Küchentisch, den Kopf auf die verschränkten Arme gelegt, ein Glas Buttermilch vor sich, und Sara schnüffelte an ihrem Nacken.

»Was soll das, verdammt?«

»Du riechst anders.«

»Conridges Dämonenkind sagt, ich sei schwanger. Und das kleine Miststück hat ›Fehler‹ in meiner Doktorarbeit gefunden.«

Sara setzte sich Miki gegenüber. »Entschuldige. Was?«

»Du hast schon richtig gehört. Fehler! In *meiner* Doktorarbeit! Kannst du dir das vorstellen?«

»Das meine ich nicht, du Nuss! Ich meine die ... Schwangerschaft?«

»Ach ja. Dieser Neandertaler hat mich geschwängert.«

»Haben wir nicht die Kondome benutzt, die Angie und ich besorgt hatten?«

»Doch, *haben wir*. Aber das ist während des Fiebers passiert.«

»Und wo warst du?«

»Im Halbschlaf.«

Sara lächelte. »War es gut?«

»Gott, ja.« Miki bedeckte den Kopf mit den Armen. »Der Mann fickt wie ein Gott!«

»Nicht jede kann von Thor geliebt werden.«

Miki hob den Kopf gerade so weit, um ihre Freundin finster ansehen zu können. »Halt die Klappe!«

»Also ... soll ich mich für dich freuen oder nicht?«

»Himmel, Sara, ich weiß es nicht! Ich hatte nicht vor, ein Baby zu bekommen, weißt du? Eigentlich überhaupt nie!«

Sara wurde plötzlich ernst, und Miki hob den Kopf und sah sie an.

»Hör mal, Mik, egal, wie du dich entscheidest, ich stehe hinter dir. Immer.«

Miki wäre beinahe schon wieder in Tränen ausgebrochen, dabei weinte sie sonst nie. Aber zu wissen, dass Sara immer für sie da sein würde, bedeutete ihr mehr, als sie sagen konnte.

Sie wischte sich die Augen mit den Handflächen. »Das bedeutet mir viel. Aber ich glaube … ich glaube …«

»Du willst es behalten, oder?«

»Ich bin ganz schön blöd, oder?«

»Wie kommst du denn darauf?«

»Weil ich enden werde wie meine Mutter und mich allein mit einem Baby herumschlagen muss.«

»Okay. Zuerst einmal musst du dir darüber keine Sorgen machen. Ich unterstütze dich immer, Mik. Und meine potentielle Nichte oder mein Neffe wird immer gut versorgt sein. Immer. Das ist also schon mal gar kein Problem. Und du weißt, dass Angie genauso darüber denkt.«

Miki wischte sich schon wieder die Augen. Sie hoffte wirklich, dass sie schwanger war; andernfalls wurde sie völlig grundlos ein emotionales Wrack.

»Und zweitens wirst du nie allein sein. Du hast immer noch mich. Du hast Angie. Und du wirst immer die Meute haben.«

Daraufhin schnaubte Miki. »Machst du Witze? Die sind nur deinetwegen nett zu mir!«

»Das ist Blödsinn.« Sara stand auf und nahm eine

Schachtel Pralinen von der Ablage hinter sich. »Sie mögen dich.«

»Ja, klar.«

Kelly und Julie schoben die Glastüren auf und kamen herein. Sie waren beide nackt, Miki nahm an, sie hatten sich gerade verwandelt. *Wenn ich hierbleibe, muss ich mich wohl an diese Sache mit der Nacktheit gewöhnen.*

Moment! Was denke ich da eigentlich, verdammt?

»Hallo Mik, du bist wieder da.«

»Ja. Ich bin wieder da.«

»Also, ich und Julie wollen heute Abend losziehen. Komm doch mit. Das wird lustig. Wir feiern deinen Doktor und so.«

Miki lachte. »Danke. Ich sage euch Bescheid.«

»Cool.« Kelly nahm sich eine Handvoll Kekse aus einer Tüte, während Julie Gläser und eine Tüte Milch besorgte. Sie verschwanden durch die Küchentür, um zwei Sekunden später wieder zurückzukommen.

Kelly schnüffelte. »O mein Gott! Wer ist schwanger?«

Conall hatte den Kopf unter der Decke versteckt, aber Zach ging einfach nicht weg.

»Ich meine, wie sehr kannst du schon an ihr hängen?«

»Ich habe sie markiert, und sie trägt mein Baby aus!«, raunzte Conall unter seiner Decke.

»Ihr zukünftigen Eltern bringt mich immer wieder zum Lachen.«

»Nur, weil du kinderlos bleiben willst …«

»Sara und ich bevorzugen kinder*frei*.«

»Du bist ein Arschloch, Sheridan.«

»Ja. Ich weiß. Und sie liebt mich trotzdem.«

Conall streckte den Kopf unter der Decke hervor. »Und du liebst sie?«

»Mehr als alles andere.«

»Warum?«

Zach lächelte. »Weil sie meinen Scheiß erträgt, ohne sich jeden Mist von mir gefallen zu lassen.«

»Miki nennt mich Wikinger.«

»Tja, sie hat dich eindeutig durchschaut. All diese anderen Schlampen haben dir deine liebe Nummer abgekauft. Das hat mich immer wahnsinnig gemacht. Du hast immer mehr Weiber abgekriegt als ich.«

»Das könnte daran liegen, dass du schon immer ein sarkastisches Arschloch warst. Neben dir wirke ich natürlich wie der Nette. Abgesehen davon würde ich alles tun, um nicht zu sein wie meine Familie. Sogar nett sein.«

»Du vergisst ständig, dass *wir* deine Familie sind. Nicht diese geisteskranken Schwachköpfe. Und wir wissen beide, dass ich dich fertigmachen würde, wenn du anfangen würdest, dich zu benehmen wie sie.«

Ohne zu klopfen, kamen neun seiner Meutenkameraden herein.

Mac Sumner lehnte sich an die Kommode. »So. Du hast sie also geschwängert, was?«

Mit einem Knurren zog sich Conall die Decke wieder über den Kopf. Plötzlich wünschte er sich sehnlich, Waise zu sein.

»Also, du musst logisch darüber nachdenken.«

Miki wusste nicht, wann das hier zu einer Vollversammlung der Meutenfrauen geworden war, aber bevor sie wusste, wie ihr geschah, hatten sich zwölf zu dem Gespräch hinzugesellt. Fünf von ihnen hatte sie noch nie gesehen. Sie hatten alle eine Meinung, und sie wollten sie alle unterstützen. Es war das Verrückteste, was sie je erlebt hatte. Sie behandelten sie, als wäre sie eine von ihnen und als wäre es genauso ihre Aufgabe, ihr Problem zu lösen.

»Wie, logisch? Entweder sie liebt ihn oder sie liebt ihn nicht. Entweder sie will bei ihm bleiben oder sie will nicht.« Kelly, die dankenswerterweise inzwischen angezogen war, war so klein wie sie. Aber sie war quirlig wie ein Minipinscher auf sechs Tassen Espresso, und ihre Stimme war rau wie grobes Sandpapier.

»Für dich ist immer alles so schwarz und weiß«, blaffte Patty. »Vielleicht denkt sie nicht so. Du vergisst immer, dass Menschen anders denken!«

»Blödsinn. Miki ist mehr Wolf als viele von uns.«

Miki schaute zu Sara hinüber. Sie genoss es eindeutig ebenfalls, wie dieses Gespräch lief. Die Frauen hatten ihr die Schachtel Pralinen schon abgenommen, und jetzt bedienten sie sich alle daraus. Miki gab sich alle Mühe, den Wunsch zu unterdrücken, sie daran zu erinnern, dass Hunde keine Schokolade fressen sollten.

»Hört mal«, warf ein Mädchen namens Mindy ein. »Das bringt uns nicht weiter. Wir sollten sie einfach fragen, ob sie ihn liebt.«

Sie wandten sich alle zu ihr um.

Miki sah sie an. Sie hatte sich das eben erst selbst

eingestanden. Sie wusste nicht, ob sie schon so weit war, es einem Raum voller Fremder zu gestehen.

Sara reichte Miki eine Praline. »Die ist mit Walnüssen.«

Miki nahm die Praline und starrte darauf. »Danke.«

»Du liebst ihn, oder, Mik?«

Mit einem gepeinigten Ächzen schob sich Miki die Praline in den Mund und legte den Kopf wieder auf den Tisch.

»Es ist keine Schande, Thor zu lieben.« Sie konnte die Erheiterung in Saras Stimme hören. »Er ist schließlich der Donnergott.«

»Ich glaube, wir weichen hier der wichtigsten Frage aus. Was am meisten zählt. Was Männern wie uns am meisten bedeutet.«

Conall knurrte in Billy Dunwichs ernstes Gesicht. »Ich werde dir *nicht* sagen, ob sie schluckt!«

Dunwich grinste. »Sag mir einfach, ob sie ein gutes Mädchen ist … oder ist sie ein *sehr* gutes Mädchen?«

Sara beendete das Gespräch auf ihrem Handy. »Ich habe Angie auf die Mailbox gesprochen. Sie wird dich wahrscheinlich später anrufen.«

»Sie wird mir nur einen Vortrag halten.«

»Das ist ihre Aufgabe. Meine ist, dir eine Stütze zu sein.«

»Also, Stütze, was zum Henker soll ich machen?«

»Woher zum Henker soll ich das wissen?«

»Ich wusste es! Ihr habt mich in die Wüste geschickt und dort meinem Schicksal überlassen. Ich hätte niemals auf dich und Angelina hören sollen. In dem Moment, als die Reißzähne rauskamen, hätte ich weglaufen sollen!«

Miki blickte auf, als es still wurde im Raum. »Was?«

»Was meinst du damit, seine Reißzähne kamen raus?«

Verdammt. Sie musste wirklich darauf achten, was sie sagte und wann. Für diese Erkenntnis hatte sie jetzt neunundzwanzig Jahre gebraucht.

Sie räusperte sich und rutschte unbehaglich auf ihrem Stuhl herum. »Manchmal verwandelten sich seine Augen und seine Reißzähne kamen raus.«

Sara beugte sich vor. »Beim Sex oder wenn du ihn geärgert hast?«

Wieder sah sie sich in dem Raum voller Meutenfrauen um. Sie schienen alle auf ihre Antwort zu warten. »Ähm … na ja, beides. Manchmal.«

Miki richtete sich auf, als die Sprechchöre begannen: »Mi-ki! Mi-ki! Mi-ki!«

Jetzt war sie komplett verwirrt. »Was? *Was?*«

Sara sprang von ihrem Stuhl auf. »Mann! Du hast den Kerl dazu gebracht, beim Sex die Reißzähne auszufahren! Das ist unglaublich!«

Kelly wirkte genauso beeindruckt. »Wir werden schon vor der Pubertät darauf trainiert, das zu kontrollieren, weil viele von uns Beziehungen mit Menschen haben, ohne dass die es je erfahren. Wir vögeln sie, aber wir paaren uns nicht unbedingt mit ihnen. Jedenfalls kommt es sehr selten vor, dass wir, du weißt schon, beim Sex ›ausbrechen‹. Nicht einmal miteinander.«

»Also, wenn du ihn tatsächlich dazu gebracht hast, so die Kontrolle zu verlieren ...« Mindy schüttelte den Kopf.

»Und wir reden hier von Conall. Er dreht nie durch. Nie!«

Die Frauen klatschten einander ab.

»Wartet. Wartet.« Sara brachte sie zur Ruhe. »Also, Mik. Was ist mit dir?«

»Was soll mit mir sein?«

Sara legte die Hände flach auf den Holztisch und hob eine Augenbraue. Miki hatte das unbestimmte Gefühl, ihre Freundin rächte sich für die Bemerkung über den Rave von vor vier Tagen. Ziege. »War deine Reaktion genauso *enthusiastisch* wie seine zu sein schien?«

Miki starrte die Frauen an, dann vergrub sie wieder den Kopf in den Armen.

Sie hörte, wie Kellys Stimme verkündete: »Meine Damen, ich glaube, wir haben hier eine Schreierin!«

Ihre Wangen brannten so, dass sie sicher war, sie würden gleich in Flammen aufgehen. »Ich hasse euch alle!«

»Sie hat einen erstklassigen Knackarsch, aber wenn sie erst ein Kind kriegt, ist dieser Arsch dahin.«

Conall sah Jake finster an. Er fragte sich, ob es wirklich moralisch falsch wäre, ihn umzubringen.

»Ist mir egal.« Conall richtete seinen finsteren Blick auf Zach. Er machte ihn für das alles verantwortlich. »Wenn es nur um ihren Arsch ginge, glaubt mir, dann hätte ich sie gevögelt und wäre inzwischen schon wieder weg.«

»Wie könnte ein Wolf sie sitzenlassen?« Das kam von Dunwich. »Die Frau hat einen Hyänen-Klan angegriffen. Sie hat sie *angezündet*. Ich persönlich habe sie lieber auf unserer Seite.«

Zach zuckte die Achseln. »Für mich klingt es, als würdest du sie lieben. Und wenn du sie liebst, dann sag ihr, dass sie dir gehört und dass sie sich gefälligst daran gewöhnen soll. Zeig ihr, wer die Hosen anhat. Das habe ich mit Sara auch so gemacht.«

Zach schien wenig erfreut, als alle so sehr lachten, dass Conall tatsächlich aus dem Bett fiel.

Miki schaute auf, als Patty ein Glas Milch vor sie hinstellte. Sie starrte es verwirrt an, weil sie nicht um Milch gebeten hatte.

Patty zuckte die Achseln und beantwortete ihre unausgesprochene Frage. »Tja, wenn du es behalten willst, bin ich mir ziemlich sicher, dass du Milch trinken solltest und so weiter.«

»Wir müssen uns Bücher besorgen. Ihr wisst schon. Über Schwangerschaft und so«, schlug Kelly vor.

»Und ich bin im Kreißsaal dabei.«

»Ja, ich auch.«

»Ich auch.«

Miki konnte es nicht fassen. Diese Frauen boten sich freiwillig an, sie in den Kreißsaal zu begleiten. Ihr zu helfen, ohne dass sie überhaupt darum gebeten hatte. So war es also, zu einer Meute zu gehören. Sie vespürte schon wieder den Drang zu weinen, aber er verschwand, sobald die Wolfsfrauen Sara ansahen.

Sie wusste, was ihre beste Freundin sagen würde, bevor sie den Mund öffnete. Miki war kein Wolf, aber sie konnte die Angst und Panik riechen, die von der Frau ausging.

»Das soll wohl ein beschissener Scherz sein! Sorry, Kendrick, aber wenn die Fruchtblase platzt, bist du auf dich allein gestellt.«

»Wisst ihr was? Das ist Schwachsinn.« Conall gefiel Zachs Tonfall gar nicht, als der sich aufrichtete und in Richtung Tür ging. »Ich sage ihr, dass sie bleibt.«

Die Männer sahen einander an, dann rannten sie hinter Zach her. Während Conall ihnen folgte, konnte er zusehen, wie ihm seine Zukunft mit Miki entglitt.

»Und was ist mit meiner Karriere? Conridge hat mir eine Lehrtätigkeit angeboten.«

Sara grinste. »Erstens: Du hasst es zu lehren. Du hasst Collegekids. Und zweitens ist Nordkalifornien echt fortschrittlich geworden, es gibt hier tatsächlich auch ein paar Colleges. Und ein paar Universitäten. Der

Staat macht sich auf akademischem Gebiet einen ziemlichen Namen.«

Miki zeigte Sara den Mittelfinger, während die Frauen anfingen zu lachen. Doch als Zach, Conall und eine Gruppe von Meutenmännern hereinkamen, verstummten alle Gespräche.

Zach schaute Sara an. »Was?«

Saras Augen wurden schmal. »Ich frage mich nur, was ihr wollt.«

»Wie kommst du darauf, dass wir etwas wollen? Das ist auch meine Scheißküche.«

»Aha.«

Zach ging zum Kühlschrank und warf jedem der Männer ein Bier zu. Als sie alle eines hatten, ging er auf die Küchentür zu, öffnete sie und hielt dann inne. »Aber wenn ich etwas sagen würde …«

»Ich wusste es!« Sara stand auf. »Du kannst dich nicht einfach raushalten, oder?«

»Sara, warte!« Miki stand auf. »Ich will hören, was der Schlaukopf zu sagen hat.«

Zach sah sie finster an. »Hör mal, Tinker Bell, ich toleriere dich, weil es sein muss. Aber gegen mein besseres Wissen liebt Conall dich völlig durchgeknalltes Wesen. Ich weiß nicht, warum. Ich verstehe es nicht. Aber er tut es. Und wenn er dich liebt und Sara – der ich täglich mein Leben und das meiner Meute anvertraue – dich liebt, dann muss ich annehmen, dass etwas an dir dran sein muss, abgesehen von der großen Klappe und den winzigen Elfenfüßen.«

Mikis Augen wurden schmal, und sie verschränkte die Arme vor der Brust.

Kelly trat zwischen die beiden. »Die übernehme ich mal kurz, ja?« Sie nahm die Pistole samt Holster von Mikis Jogginghose.

Conall seufzte. Er hatte große Pläne für sein Leben mit Miki gehabt. Haus. Kinder. Waffenbörsen. Aber sein bester Freund war gerade dabei, diese Pläne zu atomisieren.

Doch da hatte er die Rechnung ohne seine Alpha gemacht. Sie ging so schnell auf Zach los, dass alle, sogar Miki, zurückwichen.

»Sollte das nett sein?«

»Sie kriegt keine Nettigkeiten. Sie wird gerade mal so toleriert.«

»Hör auf damit! *Sofort!*«

»Ich sage doch nur, wenn sie ihn liebt, soll sie einfach bleiben, verdammt noch mal!«

»Und es geht dich nichts an, ob sie ihn liebt oder nicht! Ob sie bleibt oder nicht!«

»Sara, sie gehört schon zur Meute! Sie hat Conall gerettet. Dich. Und jetzt trägt sie ein Meutenbaby aus …«

Da schaltete sich Miki ein. »Nenn unser Baby *nie wieder* so!«

»… aber wenn sie ihn nicht will, um alles, was heilig ist, dann erlöst den armen Kerl endlich von seinem Leid!«

Conall hörte sie weiterstreiten, aber er blickte weiter Miki an. Er wartete darauf, dass sie bemerkte, was sie gerade gesagt hatte. Sie brauchte ganze dreißig Sekunden. Er konnte den Moment an der puren Panik in ihrem Blick erkennen, als sie ihn ansah.

Er lächelte. Ein breites, anzügliches Wikingerlächeln, da war er sich sicher. Und Miki war nicht allzu froh.

»Das hatte gar nichts zu bedeuten!« Sie kreischte geradezu.

Sara und Zach wurden aus ihrem Streit gerissen, als Conall sich vor Miki stellte.

»Das bedeutete alles, Miki-Baby. Absolut alles.«

»Du bist doch durchgeknallt! Es ist mir herausgerutscht, nichts weiter! Ich habe noch überhaupt nichts entschieden!«

Die zwei standen jetzt dicht voreinander. Aber diesmal machte Conall sich nicht kleiner, um ihr in die Augen sehen zu können.

»Gewöhn dich einfach dran. Ich liebe dich. Du liebst mich. Und wir müssen Babymöbel kaufen.«

»Du kannst mich nicht zwingen, Wikinger!«

»Du bist so in mich verliebt, dass du gar nicht weißt, was du tun sollst!«

»Du hast doch Wahnvorstellungen!«

»Heirate mich, Miki Kendrick.«

»Nie im Leben!«

»Wir können eine Maihochzeit feiern. Oder im September. Nach dem Baby oder vorher?«

»Ich werde dich im Schlaf töten!«

»Du kannst es ja versuchen.«

»Du machst mich verrückt, und ich bin sicher, das ist nicht gut für *die Dämonenbrut, die ich in mir trage*!«

Er lächelte angesichts ihres Geschreis. »Redet man so über unser Kind der Liebe?«

Miki stieß einen ersticken Schrei aus. Und als Reaktion wurde Conalls Lächeln nur noch breiter.

»Das reicht!«, schnauzte Miki. »Geht mir aus dem Weg, verdammt noch mal!«

Und alle taten es. Sie sahen ihr nach, als sie hinausstürmte, und dann sahen sie alle Conall an. Er lächelte immer noch. Er konnte nicht anders. Miki brachte ihn zum Lachen.

Zach schüttelte den Kopf. »Bist du sicher, dass du weißt, was du …«

Mikis Gebrüll drang durch die Küchentür: *»Beweg deinen Hintern, Wikinger!«*

Conall sah seinen besten Freund an. »Ich liebe diese Frau wirklich.«

»Für diese Art von Geisteskrankheit gibt es Therapien, weißt du das?«

Miki stand vor Conalls Bett und staunte es mit offenem Mund an. Es war riesig. Er hatte es bestimmt extra anfertigen lassen, damit seine großen Füße nicht über die Kante hingen.

Sie verschränkte die Arme vor der Brust und stellte sich breitbeinig hin. *Großfüßiger Mistkerl.*

Er kam herein und schloss die Tür. Gemächlich schlenderte er auf sie zu, immer noch mit diesem Wikingergrinsen im Gesicht. »Also, was willst du, Baby?«

Sie knirschte mit den Zähnen. Konnte er vielleicht noch selbstgefälliger klingen? »Du hast Glück, dass sie mir die Waffe abgenommen haben.«

Er legte ihr den Arm um die Taille und beugte sich nieder, um ihr ins Ohr zu flüstern. »Du würdest mir doch nicht wirklich wehtun, oder?« Er knabberte an ihrem Ohrläppchen, und ein köstlicher Hitzeblitz schoss durch ihren ganzen Körper. »Würdest du nicht lieber die ganze Nacht vögeln, bis wir nicht mehr gehen können?«

Er steckte die Hand in ihre Hose, und sie riss sich von ihm los und stolperte durchs Zimmer. Er machte einen Schritt auf sie zu, und sie streckte die Hand aus. »Bleib!« Er lächelte sie an. Das schönste Lächeln, das sie je gesehen hatte. Sie liebte ihn. Sie hasste ihn. Sie konnte sich ihr Leben nicht ohne ihn vorstellen.

»Ich verstehe dich nicht, Wikinger. Warum bist du so fröhlich?«

»Weil ich dich liebe, Mik.« Ihr wurde ganz warm. »Und weil ich gewonnen habe.« Da wurde ihr heiß.

Miki knurrte. »Du hast nicht gewonnen!«

»Ich habe so was von gewonnen!«

Das wollte er also spielen? Na schön!

Sie lächelte. »Du glaubst also, du hättest gewonnen?«

»Ich weiß es. Ich liebe dich. Du liebst mich. Und ich werde dich behalten.«

Miki nickte. »Habe ich dir je erzählt, dass das FBI eine Pinnwand mit meinem Bild daran hat? Um genau zu sein, ein Bild von mir, Amy, Craig, Kenny Liu und Ben. Und unsere Fotos sind pyramidenförmig angeordnet, aber ich bin an der Spitze. Ich habe gehört, dass die Agenten Pfeile darauf werfen.« Sein Lächeln entgleiste ein wenig. »Die CIA ruft mich immer noch jedes halbe Jahr an, um mich zu fragen, ob ich in ihren – ich zitiere – ›Laboren‹ arbeiten will. Sie drücken sich nie genau aus, aber du hast gesehen, was ich herstellen kann, also rechne es dir selbst aus. Und es gibt mehrere

Bundesstaaten in diesem Land, in die ich nicht einreisen darf für ... na ja, für immer. Und die nächsten vierzig oder fünfzig Jahre wirst du damit beschäftigt sein, mich davon abzuhalten, dass ich etwas Grobes oder Unangemessenes sage, und du wirst versuchen, die Leute davon abzubringen, mich zu töten, weil du es nicht geschafft hast, mich davon abzuhalten, etwas Grobes oder Unangemessenes zu sagen.« Sie grinste. »Also, sag mir, Baby: Glaubst du immer noch, du hast gewonnen?«

Klar. Er hätte sich ein nettes, normales Mädchen suchen können. Oder zumindest ein Mädchen, das sich in etwas anderes als einen Menschen verwandeln konnte. Aber nein, er hatte sich in Miki Kendrick verlieben müssen. Hackerin. Wissenschaftlerin. Spinnerin. Großartig im Bett.

Seine Gefährtin.

Die Frau, die ihn den Rest seines Lebens in den Wahnsinn treiben würde – wenn er Glück hatte. Sie lächelte ihn an. Und ihm wurde klar, dass sie genauso Wikinger war wie er selbst. Kein Wunder, dass sie diesen Schwachsinn durchschaute. Nein, er bekam genau das, was er verdiente. Wer hätte geahnt, dass die Götter ihn so sehr mochten?

»Von mir aus. Komm, wir vögeln.« Er ging auf sie zu, und sie wich zurück.

»Zuerst ein paar Grundregeln.«

Er knurrte. »Und die wären?«

»Ich mache kein Frühstück. Ich putze nicht. Ich werde nicht Mitglied von Clubs oder Vereinen, die den Begriff ›Mama‹ in ihrem Briefkopf tragen. Irgendwann werde ich tatsächlich wissen, was ich karrieremäßig machen will, und das bedeutet, dass die Dämonenbrut, die ich ausbrüte, größtenteils deine Sache sein wird, bis sie oder er sechzehn ist. Dann ist es Zeit für die Uni-Aufnahmetests, und dann komme ich ins Spiel. Ich werde natürlich auch vorher mit ihm oder ihr sprechen, wenn es sein muss. Und nein, dieser Deal beinhaltet nicht, dass ich stille. Das ist meine Sache. Änderungen vorbehalten, wenn der IQ höher ist als 140. Dann bin ich schon ab fünf dabei. Wenn das Baby geboren ist, können wir über Heirat reden. Aber ich ändere nicht meinen Namen, und das Wort ›gehorchen‹ wird nicht in der Zeremonie vorkommen.«

»Ist das alles?«

Sie lächelte. Da war es. Ein dickes, fettes Wikingergrinsen. »Falls ich bleibe, will ich eine Genehmigung, eine Waffe zu tragen. Und viel Glück damit, denn ich bin mir sicher, all meine FBI-Freunde werden mit Zähnen und Klauen dagegen kämpfen.« Ihr Lächeln wurde weicher. Es war ein Lächeln, das nur ihm allein gehörte. »Und ich liebe dich wirklich, Wikinger. Versuch einfach nicht, das gegen mich zu verwenden.«

Ja. Er war eindeutig der glücklichste Mann der Welt. »Bist du jetzt fertig?«

»Ja.«

»Gut.« Er schnürte seine Stiefel auf, zog sie aus und warf sie quer durchs Zimmer. Sie sah ihm eine ganze Weile dabei zu, bevor sie schließlich etwas sagte.

»Was tust du da?«

»Ich mache mich nackig.« Er zog sich das T-Shirt über den Kopf, dann war die Jeans dran.

»Warum?« Sie wich vor ihm zurück, und ein Lächeln drohte sich über ihr schönes Gesicht auszubreiten.

»Damit ich dich mir auf meine dreckige, versaute Wikingerart zu Willen machen kann.« Er trat seine Jeans aus dem Weg. »Damit ich alle die ganze Nacht wach halten und ihnen zeigen kann, dass du eine Schreierin bist.« Er kam auf sie zu, und sie knallte rückwärts gegen den Nachttisch. »Damit ich es dir so oft besorgen kann, dass du nicht einmal mehr deinen eigenen Namen weißt.«

»Das ist ja ein irrer Plan.« Cool. Sie keuchte schon wieder. Er liebte es, wenn sie das tat.

»Ich finde ihn gut.« Er stand jetzt vor ihr. »Und hier sind *meine* Grundregeln.«

Miki riss den Blick von seinem Schwanz los, um ihm in die Augen zu sehen, und verschränkte die Arme. »Und die wären?«

»Wenn wir hier drin sind – bist du nackt. Auch wenn wir neunzig sind, das ist mir egal. Du bist nackt.«

»Ich …«

»Habe ich dir in deine Grundregeln reingeredet? Ruhe jetzt.«

Sie schwieg, aber nicht, ohne zu knurren.

»Lass Zach in Ruhe. Er ist der Alpha, mein bester Freund und mein Bruder. Also sag ihm nicht, er soll Stöckchen holen, wenn er den Streit nicht angefangen hat.«

»Aber er …«

Conall hielt ihr den Mund zu. »Kein. Wort.« Sie verdrehte die Augen und sah ihn böse an. »Ich erwarte, dass du immer zwei Paar von diesen Pumps hast, die du in Seattle dabeihattest. Der Absatz hat nicht niedriger als dreizehn Zentimeter zu sein. Ein Paar rot und ein Paar schwarz. Sie werden nur hier drin getragen. Und du wirst nackt sein. Außerdem mache ich jeden Morgen das Bett, aber tu dir keinen Zwang an, daran zu schnüffeln, wann immer dir danach ist. Und häng dein Herz nicht zu sehr an irgendwelche deiner Klamotten. Denn wenn sie nicht runter sind, wenn wir hier reinkommen, reiße ich sie dir vom Leib. Und ich reiße sie dir wirklich gern vom Leib. Denn ich mag es, wenn du nackt bist.«

Sie zog seine Hand von ihrem Mund. »Sonst noch was, Wikinger?«

»Nur noch eines.« Er zog ihre verschränkten Arme auseinander und trat ganz nahe heran. Er küsste ihren Hals, ihre Schulter, ihr Kinn. Dann hob er sie hoch. Automatisch legten sich ihre Beine um seine Taille, ihre Arme um seinen Hals. Sie vergrub die Hände in seinen Haaren und drängte ihren kleinen Körper an seinen. Sie sah ihm in die Augen und lächelte. Ein Lächeln, das nur ihm allein gehörte.

»Egal, wo wir sind. Egal, wohin wir gehen. Oder wo wir enden. Sorge immer … und ich meine *immer*, Miki Kendrick …«, er flüsterte ihr ins Ohr, »… dafür, dass wir Kirsch-Wassereis im Gefrierschrank haben.«

Miki brach in Lachen aus, während Conall sie zu ihrem gemeinsamen Bett trug.

Epilog

Sie öffnete mühsam die Augen. In ihrem Kopf hämmerte es. Ihr Rücken tat weh. Sie hatte Schmerzen in Armen und Knien. Sie setzte sich langsam auf und hielt den Blick von der Balkontür abgewandt, durch die das helle Morgenlicht strömte.

Sie wartete, bis sie das Gefühl hatte, sich umsehen zu können, ohne sich erbrechen zu müssen, dann musterte sie den Raum. Er war schön. Tolle Möbel. Hartholzboden. Ein weiches Bett mit Stahlrahmen. Allein die Ausstattung dieses Raumes musste eine hübsche Stange Geld gekostet haben. Goldfarbene Seidenbettwäsche mit erschreckend hoher Fadenzahl bedeckte ihren nackten Körper.

Die Schlafzimmertür stand offen, und sie überlegte, ob sie weglaufen sollte. Sie war sich allerdings ziemlich sicher, dass sie sich übergeben musste, sobald sie aufstand. Aber sie machte sich keine allzu großen Sorgen. Ihre Wunden waren verbunden. Ihr Körper gesäubert. Das Letzte, woran sie sich erinnerte, war etwas, eine Menge von Etwas, die zwischen den Bäumen in der Nähe ihres Ladens hervorkamen und sie angriffen. Sie hatten fast wie Hunde ausgesehen, aber sie war sich nicht sicher. Sie erinnerte sich, nach ihrer Waffe getastet zu haben, dann hatte sie etwas von hinten … umgeworfen? Und das war das Letzte, woran sie sich erinnerte.

Sie rieb sich die Schläfen und versuchte, die vergangenen Stunden zu rekonstruieren. Da hörte sie es. Es war kein Knurren. Auch kein Brüllen.

Es war ein Schnurren.

Angelina Santiago schaute wieder zur Schlafzimmertür hinüber und sah einen sechshundert Pfund schweren Tiger vorbeigehen. Er blieb stehen. Sie konnte immer noch seinen Schwanz langsam hin und her schwingen sehen. Dann ging er rückwärts und wandte ihr den majestätischen Kopf zu, um sie anzusehen. Und sie sah ihn an. Geduldig wartete sie darauf, dass die Angst einsetzte. Und die pure, unverfälschte Panik, die damit einhergeht. Dann verwandelte er sich und sprach.

»Na, so was. Hallo, Süße!«

Angie hauchte eine Mischung aus Seufzen und Ausatmen. »Oh, Scheiße …«

Erlegen

Roman

PIPER

Für Prinzessin Cammy.
Ohne deine Orientierungshilfe in der beängstigenden Welt der High Fashion würde es dieses Buch nicht geben. Und ja! Diese Schuhe SEHEN traumhaft an dir aus!

Prolog

Er sah die Wand tatsächlich nicht, bis er dagegenlief.

»O Mist, Nik! Alles klar?« Seine Brüder hätten wenigstens den Anstand besitzen können, sich das Lachen zu verkneifen, bis sie sicher waren, dass er keinen ernsten Schaden davongetragen hatte.

Er rieb sich die Stirn. »Ja, mir geht's gut.«

Besser als gut. Mit einer Frau wie ihr im Blick. Er riss sich zusammen. Er musste. Er hatte plötzlich das überwältigende Verlangen, sich zu verwandeln und sie zu hetzen wie Rotwild.

Er ging auf sie zu. Sie roch nach Hund, aber das war nicht sie selbst. Nein, zu seiner großen Enttäuschung merkte er, dass sie menschlich war.

Er war sich sicher gewesen, sie sei eine Katze, so wie sie sich bewegte und alles. Leopard oder Gepard. Etwas anderes als nur wieder eine langweilige Menschliche.

Sie lehnte sich in ihrem Sessel zurück, einen Martini in der Hand, schlug die Beine übereinander – und seine beiden Brüder stöhnten auf.

»O Mann. Wer zum Geier ist das?«

Sein Bruder Bannik kicherte. »Die gehört mir, kleiner Bruder.«

Nik ignorierte sie beide und ließ sie streiten, damit er sich auf das Gespräch zwischen der Frau und ihrer winzig kleinen Freundin konzentrieren konnte.

»Na gut«, seufzte sie. »Du willst dein Leben einsam und verbittert verbringen. Tu dir keinen Zwang an.«

»Glaub mir. Mit dem Wikinger in die Kiste zu springen ändert rein gar nichts an der Sache mit dem Einsam und Verbittert.«

»Wie du meinst.« Eine Flugdurchsage dröhnte durch das Terminal, und die Frau neigte den Kopf zur Seite und horchte. »Na komm, du aufsässiges Mädchen. Ich bring dich zu deinem Flugzeug.«

Sie trank aus und stellte das Glas vorsichtig auf den Tisch. Nik machte zwei große Schritte auf sie zu. Sie schob ihren Sessel zurück, stand auf und knallte gegen seine Brust. Ihre Haare strichen über seine Hand, und ihm schossen sofort Bilder durch den Kopf, wie diese Haare über seinen Körper streiften, während sie den Kopf zwischen seine Schenkel steckte.

Nik schüttelte den Kopf. Was war bloß los? Normalerweise hatte er sich besser im Griff. Aber ihr Duft … verdammt! Ihr Duft strich um seine Kehle, streichelte seine Wange. Er war so erotisch wie die Berührung einer Liebhaberin, die ihn in den Würgegriff nahm.

Er schluckte, starrte auf ihren Scheitel hinab und zwang sich zu sprechen. »Tut mir leid, Schätzchen.«

Endlich blickte sie zu ihm auf. Er hörte ihr scharfes Einatmen und wie ihr Herz schneller schlug. Er spürte, wie sich ihre Körpertemperatur veränderte. Die Hitze strahlte in Wellen von ihr aus.

Lustig, dasselbe passierte bei ihm. Als er ihren Duft aufgefangen hatte, hätte er nicht gedacht, dass sie so schön wäre. Was für ein umwerfendes Gesicht. Verdammt, niemand hatte das Recht, so hübsch zu sein. Und die schönsten braunen Augen, die er je bei einer Frau gesehen hatte. Dunkeldunkelbraun. Wie importierte Bitterschokolade. Lange, dunkelbraune Haare machten diese Augen sogar noch umwerfender. Ihre hellbraune Haut schimmerte beinahe, und sie besaß die süßeste kleine Nase der Welt.

Sie atmete zitternd aus.

»Alles in Ordnung, Süße?«

»Äh …«

Er wartete auf mehr, aber sie schien ein bisschen schwer von Begriff zu sein. So ähnlich wie sein Onkel Billy, dessen kleine Schwester ihm als Kind einen Ziegelstein über den Kopf gezogen hatte.

Ihre Freundin, die Nik kaum bemerkt hatte, so winzig war sie, warf sich ihre Tasche über die Schulter. »Tut mir leid, wir müssen mein Flugzeug erwischen.«

»Kein Problem.« Nik lächelte in dieses schöne Gesicht hinab. »Ihr dürft mich jederzeit über den Haufen rennen.« Zumindest *sie* durfte das. Die Zwergin hätte ihm nicht gleichgültiger sein können. Seine Brüder dagegen fanden wie immer sofort Interesse an allem, was eine Muschi hatte. Sie starrten die winzige Frau an, als wäre sie ein Happy Meal.

»Hey, Ang. Wir müssen gehen.« Ihre winzige Freundin nahm sie am Arm und zog. Dann zerrte sie.

Die Frau blinzelte und schaute sich um. »Äh … o ja. Ja. Wir sollten los.« Sie schenkte ihm ein sanftes Lächeln. »Sorry.«

»Keine Ursache.« Er hätte gern noch etwas anderes gesagt, aber mal ehrlich, was sollte er mit einer Menschlichen anstellen?

Bis ans Ende aller Zeiten mit ihr vögeln?

Nein. Er hatte den Vollmenschlichen abgeschworen. Sie waren furchtbar anhänglich, genau wie Hunde. Seinesgleichen lebte glücklich und zufrieden allein. Er konnte nichts damit anfangen, wenn sich eine Frau die ganze Nacht wie eine Anakonda um ihn wickelte, und das in einem Bett, in dem beide bequem mit Abstand schlafen konnten.

Statt sie also über den Tisch zu legen, ihr das Höschen herunterzureißen und ihr das Hirn rauszuvögeln – ging Nik davon.

»Also, das war jetzt interessant.« Sein jüngster Bruder Aleksei zwinkerte ihm zu und grinste.

»Halt die Klappe!«

»Ich war mir sicher, du würdest es gleich hier und jetzt mit ihr tun, großer Bruder.«

»Ich hab euch beiden doch gesagt, ihr sollt die Klappe halten, verdammt!« Niks Telefon klingelte. Er riss es von seinem Gürtel und klappte es auf. »Hier ist Nik.«

»Mr. Vorislav, hier ist Annie. Ihr Vater hat darum gebeten, dass Sie nach Hause kommen.«

Nik blieb stehen, weil er Angst hatte, dass hier im Terminal die schlechte Verbindung vollends abbrach. »Was? Warum?«

»Er braucht Sie für einen Last-Minute-Deal. Einzelheiten hat er nicht genannt.«

»Was ist mit dem Kingsley-Park-Deal?«

»Er bittet Sie, Ihre Brüder die Verhandlungen führen zu lassen.«

Nik starrte seine Brüder an. Er hatte keine Zweifel, dass sie einzeln einen Deal mit dem alten Wolf aushandeln konnten, mit dem sie hier verabredet waren. Aber zusammen? Zusammen konnten die beiden manchmal die größten Idioten auf dem Planeten sein. Sie diese Sache allein regeln zu lassen, konnte in einem riesigen Desaster enden.

»Mr. Vorislav, ich brauche Ihre Antwort.«

Wie üblich ließ ihm sein Vater keine große Wahl. »Sagen Sie ihm, ich bin in ein paar Stunden zu Hause.«

»Ja, Sir.«

Annie legte auf, und Nik wandte sich an seine Brüder. »Ich muss zurück.«

»Was ist los?«, fragte Bannik.

»Irgendein Last-Minute-Deal von Daddy. Er will, dass ihr zwei euch um diese Sache hier kümmert.«

Seine Brüder zuckten gleichgültig die Achseln. Nicht gerade die Reaktion, die er sehen wollte.

»Wir haben nur temporären Zutritt zu diesem Revier, also versaut's nicht.«

Aleksei schnaubte höhnisch. »Was soll denn das heißen?«

»Es heißt, ihr sollt eure verdammten Schwänze in der Hose lassen und euch auf den Deal konzentrieren. Und jetzt geht.«

Seine Brüder gingen um ihn herum auf den Ausgang

zu. »He, ihr!« Sie drehten sich noch einmal um. »Haltet euch von Ärger fern.«

Sie grinsten ihn an. Dann einander.

Mit einem ganz schlechten Gefühl in der Magengegend sah Nik ihnen nach.

Seufzend ging er zurück zum Jet. Auf dem Weg durchs Terminal – in der Hoffnung, die sexy Frau noch einmal zu sehen – sah er, wie »sie« den Gang entlangkamen.

Aber selbst wenn er sie nicht gesehen hätte, hätte er sie gerochen. Er erkannte ihren Geruch überall. Im Lauf der Jahre hatte er einige von ihnen kennengelernt.

Es waren ungefähr fünfzehn, aber sie machten einen großen Bogen um ihn. Bis auf die Anführerin. Sie versuchte, ihn niederzustarren. Er kannte sie. Dieses hübsche Gesicht. Dianne Leucrotta. Matriarchin des Leucrotta-Klans.

Sie nickte ihm zu und ging den Gang entlang weiter.

Nik schüttelte den Kopf. Diese Hyänen waren aus einem bestimmten Grund hier. Er konnte es in ihren wachsamen kleinen Augen erkennen. Zum Glück waren die Hyänen klug genug, sich nicht mit seinesgleichen anzulegen. Denn er wollte nichts weiter als nach Hause und an zwei lange braune Beine denken, statt an so einem wunderschönen Tag in Texas jemanden zu töten – auch wenn es Hyänen waren.

Obwohl mich schon interessieren würde, überlegte er, *wer so dumm war, die Hyänen zu verärgern.*

Kapitel 1

Sechs Tage später …

»Ich verstehe jetzt, warum sie auf der Liste stehen.«

»O-oh. Schleicht der Rodeo-Clown immer noch hier herum?«

Angelina Santiago zog den Riemen ihres Chanel-Schuhs fest und versuchte, dabei nicht umzufallen, was nicht leicht war. Sie hüpfte auf einem Bein.

»Ich glaube, er kann es immer noch nicht fassen, dass ich einen Cowboy abgewiesen habe.«

»Ich glaube, da muss ich ihm recht geben.«

»Ehrlich, Sara! Was hast du bloß mit Cowboys?«

»Mann, sie sind heiß!«

»Und du Arme hängst mit dem winzigen, schwachen Zach fest.« Angie richtete sich auf und glättete ihren Seidenrock, jetzt wieder elegant und gelassen – zumindest war das die Illusion, die sie vermittelte. Eine Illusion, die sie mit viel Mühe aufrechtzuerhalten versuchte.

»Ich habe nicht gesagt, dass Zach eine Enttäuschung ist oder so! Wenn ich ihn nur dazu bringen könnte, einen Cowboyhut aufzusetzen, wäre ich glücklich.«

»Du bist schon glücklich. Noch glücklicher, und du läufst in einem Zustand des permanenten Orgasmus herum, was mir den letzten verdammten Nerv rauben würde.«

»Alles raubt dir den letzten verdammten Nerv.«

»Das stimmt.« Angie bückte sich und holte ihre Tasche hinter dem Ladentresen hervor. Sie überlegte kurz, ob sie sich den massiven Holzschläger greifen sollte, der neben ihrer Louis-Vuitton-Tasche lag. Der »Schlampenhammer« gehörte ihr, seit sie ihn dem Kerl abgenommen hatte, der versucht hatte, ihn an ihr auszuprobieren. Bei der Erinnerung daran musste sie lächeln.

Unterschätze nie ein Teenager-Mädchen in sexy Klamotten.

Angie beschloss, auf ihre treue Lieblingswaffe zu verzichten, denn sie hatte ihre süße kleine 9-Millimeter-Glock in der Handtasche. Ein Geschenk, das sie vor drei Monaten von Sara und Miki zum Geburtstag bekommen hatte.

Sie stand auf und nickte ihren zwei Verkäuferinnen zu. Sie würden später den Laden abschließen und sich um alles kümmern, während sie weg war. Normalerweise wäre sie bis Ladenschluss geblieben, aber sie musste packen. Was ein ziemlich dramatisches und zeitintensives Ereignis für sie war.

Sie rückte den Kopfhörer, der an ihrem Handy hing, zurecht. »Hast du noch mal von Mik gehört?«

»Nicht, seit sie zum Tanken angehalten haben. Ich weiß nicht, was los ist, aber das war eine ›gefährlich ruhige‹ Miki, mit der ich da gesprochen habe. Gar nicht gut.«

Angie verzog das Gesicht. »Mein Gott, das kann nichts Gutes bedeuten.«

»Sag bloß!«

Nein. Gar nicht gut, das alles. Obwohl es bei Sara nicht besser war. Wenn sie ruhig wurde – dann sollte das Universum besser aufhorchen.

»Und Conall? Erholt er sich gut?«

»Ihm geht's gut. Auch wenn ich mir ziemlich sicher bin, dass er derjenige ist, der sie so nervt.«

»Wahrscheinlich. Aber nicht wirklich überraschend. Schließlich reden wir hier von Miki. Glaubst du, sie hat ihm schon gesagt, dass sie ihn liebt?« Angie ging auf den Ausgang zu, ihre sündhaft teure Handtasche lässig an ihrer Hand schwingend.

»Machst du Witze? Dafür wird er schon arbeiten müssen!«

Angie blieb stehen und sah die beiden Männer an, die in der vergangenen Woche jeden Tag in ihren Laden gekommen waren. Sie kannte sie vom Flughafen, als sie Miki hingebracht hatte. Sie waren verdammt gutaussehend, wenn ihr auch der dritte besser gefallen hatte. Schade, dass er nie dabei war.

Einer der Männer schaute die Schals an und gab vor, nicht sie angestarrt zu haben.

Sie lächelte und versuchte, ein neutrales Gesicht zu machen. »Dieser blaugrüne Schal würde fabelhaft an Ihnen aussehen.«

Der mit dem Schal in der riesigen Hand schaute darauf hinab und dann wieder sie an. Er runzelte die Stirn.

Sie lachte und schlenderte davon. *Was für Holzköpfe.*

Angie öffnete die Glastür und verließ den Laden.

»Mein Flugzeug kommt morgen früh um vier Uhr zehn an. Flug acht-sechzig.«

»Keine Sorge. Ich habe alle Infos. Wir holen dich vom Flughafen ab.« Sara seufzte. »Und hör mal, bis du hier bist, will ich, dass du vorsichtig bist. Sie hatten zwar Miki im Visier, aber ich weiß nicht, ob sie auch hinter dir her sind.«

»Fang bitte nicht schon wieder damit an! Abgesehen davon bin ich hier auf Meutenterritorium, und Marrec bringt mich zum Flughafen. Ich schaff das schon.« Sie bummelte auf ihren Mercedes zu.

»Angelina, nimm das nicht auf die leichte …«

»Tschüss, Sara. Ruf mich an, wenn Miki da ist.« Sie beendete die Verbindung. Ihre Freundin konnte eine ziemliche Mutterwölfin sein, wenn ihre Freundinnen in Gefahr waren.

Angie entriegelte per Fernbedienung ihr Auto und blieb abrupt stehen. Ihre Nackenhaare stellten sich auf. Sie wirbelte auf ihren teuren Hacken herum und stand Auge in Auge einer Frau gegenüber.

Na ja … zumindest nahm sie an, dass es eine Frau war. Eine Frau, die sie in der vergangenen Woche ein- oder zweimal im Diner direkt vor der Stadt gesehen hatte. Angie hatte schon damals nicht gemocht, wie die Frau sie anstarrte. Und jetzt gefiel es ihr noch weniger.

Was sollte es. Angie musste nichts weiter wissen, als dass diese Frau keine Wölfin, zu klein und langweilig gekleidet für eine Löwin und definitiv nicht komplett menschlich war.

Manchmal wünschte Angie, sie könnte mehr wie Miki mit ihrem schnellen Kopf sein. Mik konnte alles innerhalb von Sekunden analysieren und hatte gleich eine gute Lösung parat. Oder wie Sara mit ihrer ruhigen, kontrollierten Art – solange kein Tequila im Spiel war. Angie war wie keine ihrer beiden besten Freundinnen, und Psychologen hatten tatsächlich einmal ihre Kampf-oder-Flucht-Reaktion untersucht. Denn sie tat nie, was alle anderen taten. Niemals.

Angie knallte ihre Handtasche, die dank ihrer Glock recht schwer war, der Frau an den Kopf, die ihr gegenüberstand. Die schrie überrascht auf und stolperte. Nein, sie sahen Angie nie kommen. Das war immer ihr Fehler. Und um das zu beweisen, schlug Angie noch einmal zu. Die Schnalle an der Seite ihrer Tasche riss der Frau das Gesicht auf. Blut spritzte auf Angies Arm und ruinierte ihre Tasche.

Die Frau fiel hin, und Angie stellte ihr den Fuß mit Kraft auf die Luftröhre.

Keuchend versuchte die Frau, sich von Angies Fuß zu befreien, aber Angie biss die Zähne zusammen und trat noch fester zu.

Etwas, eine Bewegung aus dem Augenwinkel oder ein Geräusch, lenkte sie von ihrer Beute ab. Sie warf einen kurzen Blick nach links. Die zwei Männer, die aus dem Laden, kamen auf sie zu.

Zuerst überlegte sie, ob sie kamen, um sie zu retten oder die Frau, deren Luftröhre sie fröhlich unter ihrem Chanel-Pumps quetschte.

Da hörte sie noch ein Geräusch und drehte sich um. Irgendwelche Tiere – keine Löwen, aber auch nicht unbedingt Hundeartige – stürmten aus den Büschen hinter dem Parkplatz ihres Ladens hervor.

Angie griff in ihrer Tasche nach ihrer Glock und drehte sich gleichzeitig um, um die Männer zu warnen. Aber Gliedmaßen verwandelten sich, Fell spross, Reißzähne wuchsen. Dann warfen sie sich auf sie.

Und ihr letzter Gedanke, bevor alles schwarz wurde, war: *Es gibt auch Tiger?*

Nikolai Vorislav rollte sich auf den Rücken und ließ sich den Bauch von der Morgensonne wärmen, während er auf einem weichen Fleck grünen Grases gelassen wartete. Wartete, bis sein Frühstück an einen der vielen Seen kam, die er auf seinem Grundstück hatte. Und das Frühstück kam. Wie immer. Langsam rollte Nik sich wieder auf den Bauch und beobachtete, ob es ihn bemerkt hatte. Hatte es nicht. Es trank aus dem See – vollkommen ahnungslos ob seiner Gegenwart.

Er wartete noch einen Augenblick. Dann griff er lautlos an. Der Hirsch rannte los, doch Nik hatte schon die Pranken an seiner Hinterhand und unter ihm, bevor das Tier mehr als drei Meter weit gekommen war. Er umfasste seinen Hals und biss zu, bis es aufhörte, auszutreten. Mit einem glücklichen Seufzen legte er sich zu einer hübschen warmen Mahlzeit nieder.

Als er fertig war, ging Nik in seinem See schwimmen, ließ das Wasser seinen Pelz durchdringen und wusch das ganze Blut ab. Er schaute zur Sonne hinauf. Es wurde langsam spät. Er musste noch eine Telefonkonferenz hinter sich bringen, auch wenn er lieber den

Rest des Tages hier draußen gespielt hätte. Doch sein Vater hätte ihm den Kopf abgerissen.

Nik ertrug den alten Bastard in letzter Zeit kaum. Er liebte seinen Vater, aber er verstand ihn nicht. Und das wollte er eigentlich auch gar nicht. Dennoch musste er seinen Vater machen lassen. Der alte Mann hatte angefangen, ihm langsam das Geschäft zu übertragen, und seine Mutter würde ihm das Fell abziehen, wenn er jetzt irgendeinen Mist anfing. Schicksalsergeben bereitete er sich innerlich auf einen Sonntag, den er gefangen in einem Überseetelefonat verbringen würde, vor und machte sich auf den Rückweg zum Haus.

Er tapste lautlos durch seinen Garten und warf einen Blick auf den Pool. Er bekämpfte den Wunsch, kopfüber hineinzuspringen und die nächsten vier Stunden hierzubleiben. Stattdessen trottete er hinüber zum Innenhof und hielt inne, bevor er das Haus betrat. Er schnüffelte und knurrte. Seine Brüder waren irgendwo in der Nähe. Warum? Er hatte sie mit dem ausdrücklichen Befehl in Texas zurückgelassen, nicht wiederzukommen, bis sie ein Grundstücksgeschäft mit diesem alten Wolf Marrec unterschrieben hatten, damit sie irgendeinen blöden Freizeitpark bauen konnten, an dem das Herz seines Vaters hing. Nik hätte es besser wissen müssen. Zu versuchen, einen Wolf dazu zu bringen, sein Revier zu verkaufen, war nicht leicht, wenn nicht gar beinahe unmöglich. Aber dieses Geschäft war Aleks Baby. Er hatte seinen Vater auf das Grundstück aufmerksam gemacht. Woher er von Wolfsgrundstücken wusste, konnte Nik nur raten.

Nik wollte nicht durch die Hintertür in seine Küche

gehen. Er wusste, dass er sie wahrscheinlich dort vorfinden würde, wie sie sein Essen aßen und seinen Eistee austranken. Nein. Es war keine gute Idee, sich ohne seinen Morgenkaffee mit diesen beiden zu befassen. Es war in jedermanns Interesse, sie noch ein bisschen warten zu lassen. Also ging Nik seitlich ums Haus herum, nahm einen Schritt Anlauf und sprang mit einem Satz auf den Balkon im ersten Stock. Er überwand mit Leichtigkeit das Geländer und landete lautlos auf dem Marmorboden. Mit der Schnauze schubste er die Glastür auf und betrat den Flur.

Vor seinem Telefonat brauchte er eine Dusche und einen Kaffee. Mann, brauchte er dringend einen Kaffee!

Tatsächlich war er so auf seinen Kaffee konzentriert, dass er eine gute halbe Minute brauchte, bis er den fremden Geruch in seinem Haus wahrnahm. Er wurde langsamer, ging aber weiter und versuchte, die Besitzerin dieses Geruchs aufzuspüren. Vielleicht hatten seine Schwestern eine ihrer Freundinnen mitgebracht. Wer auch immer es war, er musste sie kennenlernen. Alle, die so verdammt gut rochen, mussten kennengelernt werden, wenn nicht gar in seinem Bett landen. Und der Duft kam ihm so bekannt vor – es musste jemand sein, den er schon einmal gesehen hatte. So intensiv, dass er zu schnurren begann. Wow, das hatte er schon lange nicht mehr gemacht. Es fühlte sich gut an.

Er ging an einem der unbenutzten Gästezimmer vorbei und hielt abrupt inne; sein Schwanz schwang erwartungsvoll hin und her. Er machte mehrere Schritte rückwärts und drehte den Kopf.

Sie war es. Das geile Ding vom Flughafen.

Sein Blick schweifte über ihren Körper. Sie saß aufrecht im Bett, das Laken bis unter die Arme hochgezogen, und sie war eindeutig vor Kurzem in einen Kampf geraten. Obwohl sie nicht allzu mitgenommen aussah. Ein paar blaue Flecke. Ein paar Kratzer. Eine hübsche Beule seitlich an der Stirn. Doch nichts Lebensbedrohliches. Dennoch ... was zum Geier tat sie in seinem Haus?

Sie sah ihn an, ihr Atem ging flach und keuchend, und Nik merkte plötzlich, dass er immer noch Tiger war.

Kein Wunder, dass sie aussieht, als würde sie sich zu Tode fürchten.

Nik verwandelte sich und achtete darauf, sich nicht zu rasch zu bewegen und sie dadurch noch mehr zu verängstigen.

Er lehnte sich an den Türrahmen und verschränkte die Arme vor der Brust. »Na, so was. Hallo, Süße!«

»Oh, Scheiße ...«, stieß sie leise aus.

Er grinste. Sie war so hübsch. Nein. Hübsch genügte nicht für sie. Schön. Umwerfend. Verblüffend. Selbst diese Worte waren noch zu schwach.

»Ich ... ich ...« Sie schüttelte den Kopf, dann setzte die Panik ein.

Sie glitt vom Bett und kam stolpernd auf die Füße. Sie hatte immer noch das Laken um den Körper, aber sie verfing sich darin und fiel.

Nik bewegte sich schnell. Er fing sie auf, bevor sie auf dem Boden aufschlagen konnte. Sie stöhnte vor Schmerzen auf, und er hielt sie vorsichtig, ging langsam auf die Knie und hielt dabei ihren nackten Rücken an seine nackte Brust gedrückt. Sie war so schwach, dass sie nicht allein stehen konnte.

»Atmen, Süße. Einfach atmen.«

Er musste schwer um seine Selbstbeherrschung kämpfen. Das war nicht leicht, wenn ihre nackte Haut sich an seine drückte. Und bevor er sie gepackt hatte, hatte er ein sexy Tattoo mitten auf ihrem Rücken entdeckt. Er hatte es nicht richtig sehen können, aber zu wissen, dass sie eines hatte, ging ihm durch und durch.

»Mir wird schlecht.«

O-oh. Tja, das tötete die Libido recht schnell ab.

»Na komm, Schätzchen. Wir bringen dich ins Bad.« Jedes Schlafzimmer in seinem Haus hatte ein eigenes Bad, und nie war er dafür dankbarer gewesen. Er stand auf, stellte die Frau auf die Beine und brachte sie eilig hinüber. Mit einem Arm hielt er sie fest, während er den Toilettendeckel und den Sitz anhob. Dann kniete er sich mit ihr zusammen wieder hin und hielt ihren Kopf über die Toilette.

»Alles wird gut, Süße. Entspann dich einfach.«

Stöhnend stützte sie sich seitlich an der Toilettenschüssel ab und beugte sich vor. Er wollte gerade um sie herumgreifen und ihr die Haare aus dem Gesicht halten, als ihr Kopf gegen seine Nase knallte. Seine Brüder hatten ihm vor Jahren einmal die Nase gebrochen, aber diese Schlampe zerlegte sie ihm förmlich. Er hörte den Knochen krachen.

»Gottverdammt!«

Er fiel rückwärts hin und ließ sie dabei los.

Sie dagegen stand mit einer flüssigen Bewegung auf, das Laken glitt an ihrem süßen Körper herab, sodass sie jetzt nackt und wunderschön über ihm stand. Mit einer Kälte, die er noch an keinem Menschen gesehen hatte, der nicht als Katze geboren war, drehte sie sich um und riss den Deckel der Toilettenspülung ab.

»Warte …« war das Letzte, was er sagte, bevor sie das harte, schwere Porzellan auf seinen Kopf niedersausen ließ.

Angie zuckte zusammen. So etwas Hübsches verletzte sie nicht gern, aber er hatte ihr ja keine große Wahl gelassen.

Verdammt! Wann waren Tiger in diesem kleinen Schauspiel aufgetaucht? Sie wickelte sich das Laken wieder um den Körper und rannte aus dem Bad ins angrenzende Schlafzimmer.

Von ihren Sachen war nichts zu sehen, aber das überraschte sie nicht. Sie hätte auch nicht wirklich von ihnen erwartet, dass sie ihre Waffe geladen herumliegen ließen.

Sie rannte in den Flur hinaus und in die entgegengesetzte Richtung von der, in die der Tiger unterwegs gewesen war. Doch sie war erst ein paar Meter weit gekommen, als sie schlitternd zum Stehen kam. Zwei weitere Tiger saßen ruhig am Ende des Flurs in der Nähe einer Treppe. Sie sahen sie an, und Angie war sich ziemlich sicher, Überraschung in den Katzengesichtern zu erkennen. Sie wusste, wenn sie Überraschung zeigen konnten, waren sie zumindest zum Teil menschlich. Verdammt. Sie hätte es lieber mit echten Tigern zu tun gehabt. Die hatten wenigstens keine Hintergedanken außer ihr Abendessen.

»Mist!« Sie drehte sich um und rannte in die andere Richtung. Der Flur war lang und besaß zwei Ausgänge. Junge, das war nicht nur ein Haus – das war eine Villa! *Eine sehr hübsche Villa.* Schade, dass sie keine Zeit hatte, sie zu genießen. Am Kopf der Treppe kam sie wieder schlitternd zum Halten. Zwei Frauen saßen seelenruhig plaudernd auf der untersten Stufe. Sie schauten zu ihr hinauf, runzelten die Stirn, und ihre Augen leuchteten im gedämpften Licht des Treppenaufgangs. Nein, die waren auch nicht ganz menschlich.

»Scheiße!«

Sie raste wieder in die Gegenrichtung, sah aber die Tiger auf sich zuschreiten. Also rannte sie ins nächstbeste Zimmer und knallte die Tür hinter sich zu. Kein Schloss. Mist.

Angie sah sich verzweifelt im Raum um.

Hier muss doch irgendwo eine Waffe sein!

»O mein Gott, Nik! Was hat das Miststück mit dir angestellt?«

Nik öffnete mit Mühe die Augen und sah seine Schwester und seine Cousine über sich knien. »Helft mir auf.«

Sie nahmen beide jeweils eine Hand und hievten ihn auf die Beine. Er konnte sie nicht sofort loslassen. Er war immer noch zu zittrig.

»Vielleicht sollten wir den Doc anrufen?«, schlug seine Cousine Reena vor, während sie ihm mit einem nassen Waschlappen das Blut vom Gesicht und aus den Augen wischte.

»Nein. Mir geht's gut.« Er machte sich von ihnen los

und ging langsam zurück in sein Schlafzimmer. In der Tür standen zwei Tiger.

»Zurückverwandeln. Sofort.«

Die zwei Tiger sahen einander an. Einen Moment lang glaubte Nik, sie würden weglaufen. Aber sie wussten es besser. Sie wussten, dass er sie gejagt und sie nach Strich und Faden vermöbelt hätte.

Sie nahmen menschliche Gestalt an und sahen ihren Bruder kleinlaut an.

Er starrte zurück. »Warum ist …« Nik unterbrach sich, legte die Hände auf beiden Seiten an die Nase und ließ sie wieder einrasten, wo sie hingehörte. Vor Schmerz schloss er die Augen. Als er sie wieder öffnete, versuchten seine Brüder gerade, sich aus dem Zimmer zu schleichen.

»Zwingt mich nicht, euch zu holen!«

Sie blieben stehen und drehten sich um.

»Wo ist sie?«, schnauzte er. Wäre er menschlicher gewesen, hätte diese Wahnsinnige ihn umgebracht. Zum Glück hatten er und seinesgleichen harte Schädel.

»In deinem Schlafzimmer.«

»Super.« Das hatte ihm gerade noch gefehlt. Eine verrückte Frau, die sein Schlafzimmer auseinandernahm. Er drängte sich an seinen Brüdern vorbei und pirschte den Flur entlang.

Er war gerade vor seiner Tür angekommen, als seine Schwester Kisa fragte: »Ist nicht Opas Jagdgewehr in deinem Zimmer?«

Nik sah seine Schlafzimmertür an und warf sich in dem Moment zu Boden, als das Holz förmlich explodierte. Ein Loch von der Größe eines Basketballs blieb zurück.

Wer zum Henker ist diese Wahnsinnige?

Angie warf die Schrotpatrone aus und zielte erneut. Die Beine gespreizt, den Blick auf das Loch gerichtet, das sie gerade erzeugt hatte. Sie brauchte ein Auto. Oder ein Telefon. Am besten beides.

Das war nicht gut. Eigentlich war es sogar richtig übel. Sie hatte nicht einmal gewusst, dass es Tiger-Gestaltwandler gab. Was taten Tiger? Himmel, fraßen sie nicht sogar Menschen? Und was war mit diesem ganzen Meuten-Rudel-Schwachsinn? Waren daran alle Katzen beteiligt oder nur die Löwen?

Gottverdammt! Wo zum Geier ist Miki, wenn ich sie brauche?

Angie wurde bewusst, wie still es plötzlich geworden war. Sehr still. Sie horchte angestrengt, während sie mehrere kleine Schritte vorwärtsging.

Dann blieb sie abrupt stehen und schloss die Augen. Sie wusste nicht, wie lange er schon hinter ihr stand, aber sie wusste, dass er es jetzt tat. Sie konnte ihn fühlen.

Sie fasste die Waffe fester und wirbelte herum, um ihn damit zu verprügeln. Aber er war schnell und stark. Er packte sie um die Taille und zog sie mit einer Hand an seinen nackten Körper, während er ihr mit der anderen die Waffe aus der Hand riss.

Sie starrten einander an, während er das Gewehr durch die offene Balkontür warf, durch die er hereingekommen war. Sie spürte seine harte Brust an ihren

Brüsten. Zwischen den Beinen hatte sie einen seiner stahlharten Schenkel.

Heilige Scheiße, er ist verdammt noch mal umwerfend!

Er sah sie wütend an. »Die Tür wirst du mir so was von bezahlen!«

Dann ließ er sie auf den Hintern fallen.

Kapitel 2

»Du primitiver Mistkerl!«

»Du versuchst, mich in meinem eigenen Heim umzubringen, und ich bin primitiv?«

»Du hast mich gekidnappt!«

»Frau, ich habe nichts dergleichen getan.« Während er sprach, schaute er auf und sah, dass seine Brüder ihn durch seine arme, misshandelte Tür hindurch ansahen. Er sah die Wahrheit in ihren Augen. Himmel, sie *hatten* sie gekidnappt! *Diese Idioten!*

»Tja, und wie willst du dann meine Anwesenheit hier erklären, du Landei?«

Er richtete den Blick wieder auf die schöne Frau, die auf seinem Fußboden saß. Mann, war sie hübsch! Ein Jammer, dass sie so eine hochnäsige Zicke war.

»Da scheint eine Art Missverständnis vorzuliegen ...«

»Ach ja, Bauerntrampel? Glaubst du?«

Er schloss die Augen und zählte bis zehn. Er musste ruhig bleiben. Auch wenn diese Frau den Tiger in ihm ernsthaft auf die Probe stellte. Als er die Augen wieder aufmachte, um ihr zu antworten, wollte sie gerade lautlos zur offenen Balkontür hinausschleichen.

Mit einem Brüllen, das das Haus zum Beben brachte, setzte er ihr nach. Er packte sie um die Taille, noch bevor sie den Balkon erreicht hatte. Das hatte ihm gerade noch gefehlt. Eine Verrückte mit einem gebrochenen Bein, weil sie aus dem ersten Stock gesprungen war.

»Nimm deine dreckigen Pfoten von mir, du Arschloch!«

Nik schleppte die um sich tretende, schreiende Frau aus seinem Schlafzimmer in den Raum, der früher seiner alten Tante Abby gehört hatte. Eine verrückte Tigerin, die geglaubt hatte, alle Welt schmiede pausenlos Pläne, um sie um ihre wertvollen »Besitztümer« zu bringen. Als sie in ihrem letzten Lebensjahr bei ihm eingezogen war, hatte sie auf einen begehbaren Kleiderschrank mit einem hübschen Schloss bestanden. Zum ersten Mal seit dem Tod der alten Frau schloss Nik diesen Schrank nun ab. Direkt nachdem er die Irre hineingeworfen hatte.

Sie trat und schrie noch lauter, aber Nik ignorierte es, während er das Vorhängeschloss anbrachte. Er musste herausfinden, was zum Henker seine Brüder sich dabei gedacht hatten, und er hatte immer noch keinen Kaffee gehabt.

Nik war kein glücklicher Mann.

Angie hämmerte noch einmal gegen die Tür, aber sie wusste, er hatte den Raum verlassen. Sie konnte fühlen, wie er ging, obwohl er es lautlos tat.

»Verdammter Bauerntrampel!« So wütend war sie lange nicht gewesen. Nicht, seit der Richter ihr eine Aggressionstherapie aufgebrummt hatte. Ein kleiner Zwischenfall mit einem Baseballschläger und den Knien eines Typs, und schon war sie als rasende Irre gebrandmarkt. Typisch.

Sie tastete in der Dunkelheit herum und fand schließlich einen Lichtschalter. Als sie ihn anknipste, sprang sie mit einem überraschten Aufschrei zurück, so weit sie konnte.

Sie starrte einen ausgestopften Wolf an, der schweigend zurückstarrte. Angie wollte nicht wissen, ob er einmal wie Sara gewesen war, denn nach dem Tod verwandelten sich Gestaltwandler nicht zurück.

Sie unterdrückte ein wütendes Schluchzen. Sie wollte nach Hause.

Sofort!

Nachdem er sich rasch eine Jeans übergestreift hatte, ging Nik in die Küche. Eine Tasse frischer, heißer Kaffee fand ihren Weg in seine Hand, und sein Hintern wurde auf einen der Küchenstühle gedrückt.

»Trink das, Nik!«, befahl Reena, während sie sich selbst auch eine Tasse eingoss. »Bevor du etwas sagst oder tust, was wir alle noch bereuen könnten, trink deinen verdammten Kaffee!«

Leise knurrend nahm er einen Schluck. Doppelt geröstete Bohnen, pechschwarz und stark. Seine Cousine und seine Schwester kannten ihn gut. Er hatte auch »das andere Zeug« im Schrank. Doch das war für Besuch reserviert – wenn er einmal Besuch hatte. Er mochte seinen Kaffee stark genug, dass man alte Farbe damit abbeizen konnte.

»Geht es dir jetzt besser?«, fragte Kisa, während sie

Aleksei, ihrem Zwillingsbruder, ein Stück Melone reichte. Aleksei nahm es und machte einen weiteren Schritt auf den Ausgang zu. Genau wie Bannik. *Idioten.*

»Denkt nicht mal dran zu gehen.« Nik nahm noch einen Schluck von seinem Kaffee. Sein Kopf schmerzte. Mann, diese Frau war tödlich, wenn man ihr einen Spülkasten in die Hand gab.

»Was tut diese Frau in meinem Haus?«

Bannik und Aleksei wechselten Blicke. Einzeln waren sie zwei der klügsten Männer, die Nik kannte. Raubtiere mit Herzen aus Gold. Aber Herr im Himmel, konnten sie gemeinsam dämlich sein!

»Es ist das Mädchen vom Flughafen«, führte Alek an. Als wäre das eine Erklärung.

Reena setzte sich zu Nik. »Welches Mädchen vom Flughafen?«

Ban grinste. »Unser großer Bruder hier hat das arme Ding am Flughafen praktisch niedergerungen, weil er sie süß fand.«

»Ich habe sie nicht niedergerungen.« Nik sah seine Cousine an, die eher wie eine Schwester für ihn war. Reenas Mutter hatte sie aus Gründen, die keiner so recht kannte, verstoßen, als sie kaum sieben Jahre alt gewesen war. Die Tigerin hatte aufgehört, sich um sie zu kümmern, sie zu füttern oder sonst etwas. Reena war in ihr Revier gekommen, und seine Mutter hatte sie aufgenommen und wie eine eigene Tochter aufgezogen. »Es war ein Unfall.«

Reena zog eine Augenbraue hoch. »Da bin ich mir sicher. Du bist ja dafür bekannt, ziemlich tollpatschig zu sein.«

»Halt die Klappe!«

»Also, jedenfalls kamen wir in diese Stadt, die Daddy unbedingt haben will, und da war sie. Stolzierte zwischen all den Wölfen herum, als gehörte ihr der Ort. Eine Vollmenschliche.«

»Das erklärt immer noch nicht, wie sie in mein verdammtes Haus kommt.«

»Dazu komm ich gleich.« Ban kratzte die Narbe, die sich über seinen Bauch zog. Der Preis, den er für seine Tochter gezahlt hatte. Tigerweibchen waren brutale Liebhaberinnen, aber Ban liebte seine Tochter, und Nik machte sich jetzt schon Sorgen um den Mann, der eines Tages, wenn sie erwachsen war, in ihr Leben treten würde. »Sie hat diesen kleinen Laden mit echt hübschen Sachen drin, verstehst du? Ich und Alek sind immer hingegangen, um ein Auge drauf zu haben, du weißt schon, ungefähr jeden Tag. Na, jedenfalls ist sie beim letzten Mal, als wir da waren, früher gegangen, und als wir rauskamen, roch es nach Hyäne. Was uns seltsam vorkam, denn es ist Wolfsterritorium.«

Nik ließ seufzend den Kopf nach hinten sinken. »Das ist stinklangweilig! Komm zum Punkt!«

Ban gebrauchte nicht weniger Worte, aber er sprach schneller: »Jedenfalls gehen wir auf den Parkplatz, um nachzusehen, ob es ihr gut geht, und da hat sie diese Hyäne vor sich liegen und zerquetscht ihr gerade die Luftröhre. Wir hätten sie das tun lassen, aber dann kam dieser Hyänenklan aus dem Wald, und sie war irgendwie in der Unterzahl. Also haben ich und Alek eingegriffen. Sie hat ein bisschen was abgekriegt, aber das war irgendwie unsere Schuld, weil wir sie erwischt haben, als wir über sie gesprungen sind, um an die Hyänen heranzukommen.«

»Das erklärt immer noch nicht, warum sie *hier* ist!«, brüllte Nik frustriert auf.

»Wir konnten sie doch nicht einfach dort lassen. Diese Wölfe haben sich eindeutig nicht gut um sie gekümmert.«

»Das ist sehr ritterlich von euch, aber ihr habt beide ziemlich große, wenn auch geschmacklose Häuser, also weiß ich nicht recht, was ihr knochiger Hintern in meinem Haus verloren hat.«

»Tja, ich und Alek wussten, dass du sie auch magst. Also haben wir auf dem Heimweg um sie gewürfelt, und du hast gewonnen.«

»Wir fanden es nur fair, dich mitspielen zu lassen, weil du sie doch zuerst gesehen hast.«

Nik starrte seine Brüder an. Er betete, es mögen überall in der Küche Kameras versteckt sein und gleich spränge jemand aus einem Versteck und riefe: »Verstehen Sie Spaß?« Doch das passierte nicht.

»Euch zwei ist aber schon klar, dass ihr sie über Staatsgrenzen gebracht habt?«

»Was glaubst du, wie wir sonst von Texas hierhergekommen wären?«

Nik hob seine Kaffeetasse und wollte sie gerade quer durch den Raum nach seinen Brüdern werfen, als Reenas kühle Hand auf seinem Arm ihn aufhielt. »Was er meint, ihr zwei Neandertaler, ist, dass es jetzt eine Straftat nach Bundesrecht ist. Schon mal von lebenslang Knast gehört?«

»Wir haben sie gerettet! Ich habe keine Wölfe da

draußen gesehen, die versucht hätten, ihr zu helfen. Wenn du mich fragst, sollte sie verflucht dankbar sein!«

»Sie ist nicht dankbar. Sie ist verrückt. Schau dir an, was sie mit mir gemacht hat!« Nik deutete auf seine immer noch blutende Stirn. »Und falls ihr es wissen wollt: Ja, das tut weh!«

»Wenn du sie nicht willst, nehme ich sie.«

Alek schüttelte den Kopf. »Nein. Dann sollten wir noch mal würfeln.«

»Du hast recht. Das wäre gerecht.«

»Ihr bringt sie nirgendwohin!«, blaffte Nik. »Der einzige Ort, wo sie hingeht, ist zurück zu ihren Leuten!«

»Ähm ...« Die immer sehr zurückhaltende Kisa räusperte sich. »Um genau zu sein, sind das nicht ihre Leute in der Stadt, in der sie lebt.«

»Weil sie menschlich ist.«

Kisa schüttelte den Kopf. »Eigentlich wird sie schon als Teil einer Meute betrachtet. Nur nicht dieser Meute.« Sie räusperte sich noch einmal. »Nachdem ich sie gestern Abend saubergemacht habe ...«

»Du hast sie saubergemacht?« Die Worte waren aus Niks Mund heraus, bevor er sie aufhalten konnte, und seine Brüder waren begeistert.

»Keine Sorge, großer Bruder«, begann Ban.

»Wir haben sie nicht nackt gesehen«, ergänzte Alek.

Er warf ihnen beiden wütende Blicke zu. »Ist mir doch egal, ob ihr sie nackt gesehen habt!« Nein, war es nicht.

Nik schaute wieder Kisa an. »Erzähl weiter, Schätzchen.«

»Na ja, ich habe ein bisschen recherchiert. Du weißt schon, damit wir wissen, womit wir es zu tun haben. Und sie gehört jetzt zur Meute von Aleks kleiner Freundin.«

»Sie ist nicht meine Freundin«, seufzte Alek.

»Welche Freundin?«

»Nessa Sheridan.«

Nik grinste endlich doch wieder: »Die süße kleine Nessa?«

Alek warf seinem Bruder einen finsteren Blick zu. »Nenn sie nicht so!«

»Hast du so von dem Grundstück erfahren, das Daddy wollte? Von deiner kleinen Freundin?«

»Sie ist nicht meine Freundin!«

Es war Jahre her, seit Nessa Sheridan zu Besuch gekommen war. Einer der wenigen Wölfe, der je ihr Revier hatte betreten dürfen. Sie waren vier Jahre lang Collegefreunde gewesen, aber aus irgendeinem unbekannten Grund hatte sein normalerweise so charmanter Bruder nicht ganz bekommen, was er von ihr wollte. Aber auf die übliche Vorislav-Art versuchte er es weiter. Seine Telefonrechnung musste horrend sein. Die Frau lebte schon seit einiger Zeit in Europa.

Das warf allerdings ein sehr großes Problem auf. »Wenn wir von den Sheridans reden … dann reden wir von der Magnus-Meute.« Er hatte die anderen Mitglieder der Meute nie kennengelernt, aber er erinnerte sich gut genug an Nessas Bruder und ihren Vater. Und er kannte den Ruf der restlichen Meute. Wölfe. Biker. Spinner. Seit er das letzte Mal mit dieser »kleinen Gang« zu tun gehabt hatte, hatten sie das Withell-Rudel ausgelöscht und eine neue Alphafrau aufgenommen. Irgendeine Psychopathin, die dafür sorgte, dass die gesamte Katzennation zweimal pro Nacht die Türschlösser überprüfte. Sie war erst seit einem halben Jahr Alpha, aber offenbar war sie verdammt furchteinflößend.

»Die …« Reenas scharfe goldene Augen schwenkten zu ihren Cousins hinüber. *»Die Magnus-Meute?«*

»Warum«, fragte Nik Kisa vorsichtig, »ist eine unmarkierte Menschliche Teil einer Meute?«

»Sie ist die beste Freundin ihrer Alphafrau.«

»Von der Verrückten?«

Alek und Ban duckten sich, als Niks Kaffeetasse geflogen kam. Allerdings hatte nicht er sie geworfen – das war Reena gewesen. *»Ihr Idioten! Habt ihr eine Ahnung, was ihr da angerichtet habt?«* Anscheinend hatte auch Reena von der Alpha der Magnus-Meute gehört.

»Schrei uns nicht an!«, schoss Ban zurück.

»Du hast recht! Ich sollte euch einfach in den Hintern treten!«

»Stopp!«, blaffte Nik.

»Ähm …« Kisa hob die Hand, als wäre sie wieder in der fünften Klasse. »Findet außer mir noch jemand, dass es da oben irgendwie still geworden ist?«

Sie schauten alle zur Decke auf. Und Nik war beinahe überrascht, kein Blut durch die Wände sickern zu sehen.

Als das Schloss entfernt war, schwang die Tür auf, und Angie blinzelte in das helle Sonnenlicht, das sich durch die Fenster ergoss. Sie lehnte an der Wand, die Arme verschränkt. Als ihre Augen sich an das Licht gewöhnt hatten, stockte ihr der Atem. Verdammt, war der Mann schön!

Groß, vielleicht eins fünfundneunzig. Dichtes schwarzes Haar mit einer Andeutung von Rot und mehreren weißen Strähnen. Nicht grau. Weiß. Und was ihr entgangen war, als sie am Flughafen mit ihm zusammenstieß, waren die dicken, runden Wirbel weißer Haare hinter jedem Ohr. Das fand sie unglaublich eigenartig, und doch hatte sie den beinahe überwältigenden Drang, mit den Fingern hindurchzufahren und herauszufinden, ob sie sich anders anfühlten als die restlichen Haare. Dann bemerkte sie, dass er die Haare im Nacken kurz trug, die an der Vorderseite aber ein bisschen länger ließ, sodass sie ihm in die Augen fielen. Seine Nase, lang und leicht flach an der Spitze, erinnerte sie ein bisschen an eine Katzenschnauze. Und seine goldenen Augen mit den grünen Sprenkeln reflektierten das Sonnenlicht. Seine Augenlider standen ganz leicht schräg, deshalb nahm sie an, dass er ein bisschen asiatisches Blut hatte.

Außerdem hatte er sich endlich etwas angezogen. Eine locker sitzende Jeans und ein altes blaues T-Shirt, auf dem *Navy* stand. Er trug keine Schuhe an den großen Katzenfüßen. Gut. Falls nötig, konnte sie ihm also den Fuß brechen.

Die beiden beäugten sich eine volle Minute lang, bis Angie das Schweigen nicht mehr ertrug. »Also, Landei, lässt du mich raus? Oder willst du mich den ganzen Tag anstarren?«

Er verzog finster das Gesicht und trat von der Tür

zurück. »Also gut. Schaff deinen knochigen Hintern hier raus.«

Angies Versuch, elegant zu sein, verpuffte, denn seine Worte brachten sie dazu, direkt in ihn hineinzustolpern. Sie wusste nicht, von wessen knochigem Hintern er sprach, aber ihrer konnte es nicht sein. Sie war keinen Tag in ihrem Leben knochig gewesen und hatte es zum Glück auch nie gewollt. Angie hatte viele Probleme, aber ein mangelndes Selbstbewusstsein hatte nie dazugezählt.

Er packte sie an den Armen, um ihren Sturz aufzuhalten, und sie fühlte die Hitze seiner Hände durch die Haut dringen. Sein mürrischer Tonfall von eben veränderte sich, als er fragte: »Alles in Ordnung, Süße?«

Sie entriss ihm ihre Arme. Sie hasste es, berührt zu werden. Schon immer. Und seine Berührung fand sie besonders unerfreulich. Seine Stimme dagegen, mit ihrem verflixten Südstaatenakzent, ließ ihren Puls durch den ganzen Körper rasen wie ein außer Kontrolle geratenes Buschfeuer. »Mir geht's gut. Und nenn mich nicht Süße!« Sie ging bis zur Mitte des Schlafzimmers. »Und jetzt, Landei?«

Er zuckte die Achseln, ein irritierendes Lächeln spielte um seine Lippen. Dann ging er zum Nachttisch, nahm ein schnurloses Telefon und warf es ihr zu. Sie fing es mit einer Hand, aber sie wusste nicht, was er von ihr erwartete. Wollte er, dass sie jemanden anrief, damit er eine Lösegeldforderung stellen konnte? Oder sollte sie es ihm einfach in seinen knackigen Hintern schieben? Eher Letzteres, bevor sie Sara dazu brachte, diesem Bastard auch nur einen verdammten Cent für ihre Freiheit zu zahlen.

»Was zum Geier soll ich damit anfangen?«

»Tja, Süße, das nennt man Telefon. Es gibt diese unglaubliche neue Erfindung …«

»Ich weiß, was das ist, du …« Sie knirschte mit den Zähnen und schluckte ihre Beschimpfung hinunter. Hätte sie ihre Raserei mit voller Wucht losgelassen, hätte sie hier gestanden und ihn die nächsten zweiundsiebzig Minuten verflucht.

Sie versetzte dem Telefon einen Schlag.

»Ich werde keine Lösegeldforderung überbringen!«

»Lösegeld.« Er lachte. »Wer würde schon Lösegeld für dich zahlen?«

»Du schleimiger kleiner …!«

»Ich gebe dir das Telefon, damit du deine Freunde anrufen und ihnen sagen kannst, dass sie deinen knochigen Hintern hier abholen sollen. Heute noch.« Auf ihr verwirrtes Stirnrunzeln hin fügte er hinzu: »Glaub mir. Ich habe dich nicht gekidnappt. Das waren meine idiotischen Brüder. Dachten, sie täten damit etwas Gutes. Ich persönlich hätte dich dort gelassen. Sollen sich die Hunde doch um dich kümmern.«

Sie hatte nicht darum gebeten, von Hinterwäldlern entführt zu werden, aber sie hatte ganz sicher keine Lust zu hören, sie sei eine Entführung nicht wert.

Schnell hämmerte sie eine Nummer in die Tastatur und hielt sich das Telefon ans Ohr. Es klingelte, während sie an dem Bauerntrampel vorbeiging und sich mit Leichtigkeit auf die leere Kommode hochdrückte. Ihre Füße baumelten in der Luft, und sie freute sich zu sehen, dass ihre Pediküre die jüngsten Misshandlungen gut überstanden hatte.

Beim vierten Klingeln hörte sie ein »Ja?«.

Mann, das würde sie sich noch ewig von Sara und Mik anhören müssen. Sich von Hinterwäldlern verschleppen zu lassen. »Hey, Sara. Ich bin's.«

Okay, dachte sie im Stillen, *lasst die Beschimpfungen beginnen*. Doch alles, was sie hörte, war ein leises Schniefen.

»Angie?« Saras Stimme klang so dünn. *Was sollte das?*

»Ja?«

Dann brach Sara Morrighan in Tränen aus.

Ihre Freundinnen weinten nicht ... *niemals*! Sie selbst hatte einmal geweint, aber das hätte jeder getan, wenn eine eifersüchtige Cheerleaderin ihn eine Treppenflucht hinunterstieß. »Sara, was ist los, verdammt?«

»Ich ... wir ...« Sara konnte nicht sprechen, so sehr weinte sie.

Nach einer Weile hörte sie eine andere Stimme. »Wer ist dran?«

»Zach, ich bin's. Was soll das alles?«

»Herr im Himmel, Angie! Scheiße!« Er sprach vom Telefon weg. »Sara, es ist Angie. Schatz, es geht ihr gut. Sara«, knurrte er, »hör auf zu weinen!«

Angie schüttelte den Kopf. Dieser Zach. Der wusste, wie man Mitgefühl zeigte. Aber es hatte sich herausgestellt, dass ihre beste Freundin genau so einen Kerl brauchte. »Marrec hat uns heute Morgen angerufen«, sagte er, jetzt wieder an sie gerichtet. »Sie haben deine Handtasche, Blut und ein paar zerfetzte Hyänen gefunden.«

Angie schloss die Augen. Kein Wunder, dass Sara weinte. Sie hatte gedacht, Angie sei tot.

»Hat euch niemand angerufen und euch gesagt, dass es mir gut geht?«

Der Hinterwäldler verzog das Gesicht, und ihr wurde bewusst, dass er ebenfalls geglaubt hatte, ihre Freunde seien informiert worden.

»Nö.«

»Mir geht's gut, Zach. Ehrlich.«

»Wo bist du? Was ist passiert?«

»Ich habe keine Ahnung, was passiert ist. Und wo ich bin ...« Sie warf einen Blick auf ihren Entführer und stellte fest, dass er sich inzwischen auf dem Bett ausgestreckt hatte. Ein Arm hing über die Seite und schwang vor und zurück, die Finger streiften den Teppich, während er unverhohlen auf ihre Beine starrte.

»Hey, Landei! Wo bin ich überhaupt?«

Er blickte durch lange schwarze Wimpern zu ihr auf. »North Carolina.«

Angie starrte ihn ungläubig an. »Entschuldige. Könntest du das bitte wiederholen?«

»North Carolina. Da bist du. Im Moment.«

»Zach. Ich ... ich bin in North Carolina.«

»North Carolina? Wie zum Henker bist du nach North Carolina gekommen?«

»Ich weiß nicht. Aber ich möchte jetzt nach Hause.«

Zach murmelte einen leisen Fluch, dann: »Okay. Okay, wir kommen so schnell wie möglich.«

Wie er das sagte ... da ging doch etwas vor sich. Etwas, bei dem es nicht um sie ging. Das wusste sie.

»Was ist los, Zach?« Sie streckte die Hand aus und

rieb sich die Wade. *Verdammte Insekten hier in Carolina.*

»Nichts. Wir sind in ein paar Stunden da.«

»Zach«, warnte sie, »ich bin *nicht* die Nette von uns dreien! Es wäre mir also lieb, wenn du mir antwortest.«

Zach seufzte, und Angie hörte, wie er sich bewegte.

Was war da los, verdammt? Und was glaubte der Hinterwäldler eigentlich, was er da tat? Es war kein Insekt, sondern seine Finger, die über die Haut an ihrem Knöchel strichen, sodass sich ihr ganzer Körper zusammenzog.

Schon wieder diese Berührungen.

Sie zog das Bein weg und hielt den Hörer zu. »Hör auf damit!«

Zach war wieder da. Sie hatte das Gefühl, er war in ein anderes Zimmer gegangen. »Okay, Angie. Folgendermaßen sieht es aus: Die Hyänen haben versucht, sich Miki zu schnappen. Ein Frontalangriff direkt in ihrer Uni.«

»Ja, ich weiß. Conall wurde verletzt, aber als ich gestern Abend mit Sara geredet habe, sagte sie, es ginge ihm gut.« Sie schlug die Hand weg, die ihre Wade streichelte.

»Ja, ja. Ihm geht's gut. Es ist nur … na ja, wir holen gerade die Meute zusammen, um Miki zu schützen.«

»Miki beschützen? Wozu, zum Geier?« Einer der letzten Menschen, von denen sie glaubte, dass sie Schutz brauchten, war Miki. Und einer der letzten Menschen, bei denen sie sich vorstellen konnte, dass sie sie beschützen wollten, war Zach.

»Nicht auf Dauer. Nur die nächsten ... äh ... neun Monate ungefähr.«

Angie erstarrte, ihre Augen wurden weit. Sie bemerkte die große Hand kaum, die sich um ihren Knöchel legte.

»Zach, willst du ... willst du mir damit sagen, dass Miki ...«

»Ja. Sie und Conall, äh ...« Zach gluckste. »Sind sich irgendwie nähergekommen.«

Sie quiekte. Von den dreien verhielt sich Angie definitiv am meisten wie ein Mädchen. Und wenn die beste Freundin schwanger wurde, quiekte man eben, was den Hinterwäldler dazu brachte, die Hand wegzuziehen. »Heilige Scheiße, verdammt, Zach! Du verarschst mich doch!« Sie verhielt sich vielleicht wie ein Mädchen, aber sie war auch von Bikern großgezogen worden.

»Nö. Unser kleiner Conall wird Vater.«

Mann, hatte sie jetzt viel zu tun. Sara war, was das anging, völlig nutzlos. Sie hasste Kinder. Und Miki würde – typisch Miki eben – so mit Analysen beschäftigt sein, dass sie wichtige Dinge wie die Ausrüstung für das Baby vernachlässigen würde. Ein Kinderbett, Windeln, einen Computer, der unbemerkt in hypersensible Regierungsdatenbanken eindringen konnte – es würde schließlich ein Kendrick werden. Also würde Miki ihre Hilfe brauchen.

Himmel, Angelina Santiago wurde Tante!

Das hieß aber auch, dass sie jetzt den Überblick bewahren musste. Sie schaute zu dem Hinterwäldlerkater hinüber, der in ihr Leben geplatzt war. Er rollte sich auf den Rücken, streckte beide Arme hinter den Kopf und die Beine lang aus. Der Mann hatte wohl die muskulösesten Schenkel, die sie je an einem menschlichen Wesen gesehen hatte.

Ja, das roch nach Unheil.

Sie sollte ihm eigentlich nicht vertrauen. Aber ihre Instinkte täuschten sich nie. Die einzige Macht, die sie von ihrer Großmutter geerbt hatte. Als sie Sara und Marrec kennengelernt hatte, hatte sie sofort gewusst, dass sie zwar anders waren, aber gute Leute. Und bevor Saras Großmutter auch nur ein Wort gesagt hatte, hatte Angie ihre Bösartigkeit und ihren Wahnsinn schon gerochen. Dieselben Instinkte sagten ihr eindeutig, dass sie diesem großen Idioten vertrauen konnte. Zumindest konnte sie ihm ihr Leben anvertrauen.

»Zach, ich will, dass du etwas für mich tust.«

»Alles, was du willst.«

»Warte, bis die Meute da ist. Beschütze Miki.«

»Ang, ich kann dich nicht dort lassen. Und sei es nur, weil deine Freundin mir den Kopf abreißt.«

»Und wenn Miki etwas passiert?«

Darauf hatte Zach keine Antwort. Und das aus gutem Grund. »Bitte, Zach. Tu, worum ich dich bitte. Ich komme schon zurecht.«

»Ich weiß nicht einmal, bei wem du bist.«

»Hey, Landei!«

Er blickte zu ihr auf, den Kopf ans Kopfende des Bettes gestützt. »Nenn mich nicht immer so!«

Sie würde es auch weiterhin tun, aber das musste er ja nicht wissen. »Wie heißt du?«

»Nikolai Vorislav, aber das würde ich ihm nicht sagen.«

Sie ignorierte ihn. »Nikolai Vorislav.«

Ein kaltes, brutales Schweigen schlug ihr vom anderen Ende der Leitung entgegen. *O-oh.* »Zach?«

»Hol ihn ans Telefon!«

Nik starrte auf ihre Füße. Sie hatte die hübschesten Zehen, die er je an einer Frau gesehen hatte. Und ihre Haut. Der Himmel wusste, wie sie die so weich bekam. Als er nach oben gekommen war, um sie aus dem Kleiderschrank zu lassen, war er furchtbar wütend gewesen. Aber ein Blick auf sie, wie sie da an der Rückwand des Schranks lehnte wie die verdammte Königin von Saba, genügte und sein Schwanz hätte fast den Reißverschluss gesprengt. Himmel, was er mit diesem Körper alles anstellen könnte!

Im Moment trug sie immer noch nichts weiter als das Laken. Sie hatte keine Unterwäsche an, und er wäre für einen zweiten Blick auf das Tattoo auf ihrem Rücken gestorben. Vor allem, wenn das bedeutet hätte, dass er sie komplett nackt sehen konnte. Er wusste jetzt schon, dass sie komplett nackt gut aussah.

Ein Mensch, du Idiot. Sie ist ein Mensch! Zu armselig. Zu … langweilig. *Weißt du noch?* Andererseits, wie langweilig konnte diese Frau schon sein, wenn sie Toilettenteile als Waffen benutzte?

Nein, sie musste weg, bevor er noch etwas tat, das er sehr lange bereuen würde.

Sie sah ihn ein paar Sekunden an, bevor sie den Kopf schüttelte und lautlos murmelte: »Ich hoffe, diese Schlampen sind diese Scheiße wert.« Sie hielt den Hörer zu. »Ich muss hierbleiben.«

Nik riss den Blick von ihren Füßen los und sah ihr ins Gesicht. »Wo?«

»Hier.«

Nik schüttelte den Kopf und drehte sich auf den Bauch. »Das glaube ich nicht, Süße. Du hast mich mit einer Toilette geschlagen.«

Sie zog eine Augenbraue hoch, und diese Geste tröstete ihn wenig. »Und deine Brüder haben mich über Staatsgrenzen hinweg entführt – über mehrere. Du hast die Wahl, Landei. Ich bleibe ein paar Tage hier und du beschützt mich, oder deine Brüder gehen dorthin, wo sie eindeutig hingehören und lernen, sich nicht zu bücken – in den Knast. Und da sie meine Freunde stundenlang haben zappeln lassen, weißt du, dass ich kein Problem damit habe.«

Nik knurrte. Ein leises, drohendes Knurren. Es dauerte normalerweise nicht länger als ein paar Sekunden. Dieses Knurren erstreckte sich jedoch über ungefähr fünfzehn Sekunden, so sauer machte ihn diese Frau. Doch sie reagierte nicht. Sie rührte sich nicht. Duckte sich nicht. Sie starrte ihn nur an. Sie war wie eine verfluchte Hauskatze. Nur dass er die Gänsehaut sah, die sich über ihre Arme und die nackte Haut über ihrer Brust ausbreitete.

»Ist das ein Ja?«

Er blinzelte, seine Nasenflügel bebten. Hätte er es nicht besser gewusst, er hätte geschworen, dass sein Knurren sie anmachte.

Okay. Jetzt macht sie mir langsam Angst.

»Habe ich eine Wahl?«

»Nein«, antwortete sie kühl. »Und jetzt rede du mit

ihm. Versichere ihm, dass du mich beschützen wirst. Und sei verdammt noch mal nett und charmant.«

»Oder was?«

»Oder ich fange an, Dinge in Brand zu stecken.«

Und er wusste, dass sie es ernst meinte. Zumindest wusste er, dass sie es versuchen würde.

Er hielt die Hand auf, und sie warf ihm das Telefon zu. Er hielt es sich ans Ohr. »Hallo?«

»Vorislav?«

»Ja.«

»Zach Sheridan.«

Nik lächelte. »Hey, Sheridan. Wie geht's deiner Schwester?«

»Super. Wie geht's deinen Eiern?«

Ah ja. Was war das für eine College-Abschlussfeier gewesen – sie war in einen hässlichen Kampf zwischen zwei Familien ausgeartet. Sie hatten sich nicht einmal verwandelt, sondern einfach angefangen, sich gegenseitig nach Strich und Faden zu verprügeln. Und Nik erinnerte sich deutlich daran, wie Zach Sheridan versucht hatte, ihm die Eier bis zu den Mandeln hochzuschieben. Um genau zu sein, war das das Letzte, woran sich Nik aus diesem Kampf erinnerte.

Die Einzigen, die nicht gekämpft hatten, waren Alek und Nessa. Nach alledem waren die beiden immer noch Freunde, wenn auch über große Entfernung.

»Also, warum genau haben deine Brüder sie vom Wolfsterritorium verschleppt?«

»Ich weiß nicht. Das wirst du sie selbst fragen müssen. Aber ich bin mir sicher, es hatte etwas damit zu tun, dass sie deine Schwester beeindrucken wollten.«

Nik hielt den Hörer auf Abstand, als ein Hundeknurren daraus zu hören war. »Halte deinen Bruder von meiner Schwester fern!«

Oh, das konnte noch richtig lustig werden. »Ich weiß nicht recht. Mein Bruder findet sie furchtbar süß.«

»Ich frage mich, wie süß sie ihn finden wird, wenn man Teile von ihm über die Ostküste verteilt findet.«

»Willst du auf was Bestimmtes hinaus, kleines Hündchen? Oder willst du weiter nach meinen Hacken schnappen?«

»Hey«, flüsterte Angelina. »Nennst du das nett?«

»Psst, Schätzchen. Die großen Jungs unterhalten sich.«

Beim Anblick ihres Gesichtsausdrucks war sich Nik sicher, dass sie sich gleich auf ihn werfen und ihn fertigmachen würde.

Mann, was für ein verspanntes kleines Ding.

»Hör mal, Landei-Kätzchen, woher weiß ich, dass meine Freundin bei dir sicher ist?«

»Meine Brüder haben sie gerettet, oder? Und sie haben keine Wölfe gesehen, die ihr zu Hilfe gekommen wären. Aber wenn du dir solche Sorgen machst, frag deine Schwester.«

»Was soll das heißen?«

»Sie war schon einmal hier. In unserem Revier. Hat im Haus meiner Momma übernachtet. Unser Essen gegessen. Unser Wild gejagt. Es ist schon ein paar Jahre her, aber es hat sich nicht viel verändert.«

»Erzähl mir keinen Mist, Vorislav. Auf keinen Fall war meine Schwester in eurem Revier.«

Normalerweise hätte Nik jeden fertiggemacht, der

ihn der Lüge bezichtigte. Denn er bildete sich einiges auf seine Südstaaten-Ehrlichkeit ein. Doch jetzt lächelte er. Er konnte nicht anders. »Sie hat es dir nicht gesagt, oder?« Das Schweigen, das er erntete, war Antwort genug. Die arme Nessa. Er wusste, sie würde bald einen Anruf von ihrem wütenden großen Bruder bekommen. »Deine kleine Menschliche ist hier bestens aufgehoben. Mach dir keine Sorgen.«

Guter Gott, er wollte, dass sie blieb. Er wollte *wirklich*, dass sie blieb.

»Pass bloß auf sie auf, Vorislav. Die Hyänen laufen Amok und wir wissen nicht warum.«

»Keine Sorge, kleines Hündchen. Ich lasse nicht zu, dass ihr etwas passiert.« Er streckte die Hand aus und umfasste ihren Knöchel. Genau wie er es erwartet hatte, riss sie ihren Fuß los. Doch dabei knallte sie mit dem Kopf gegen den schweren vergoldeten Rahmen des Spiegels hinter sich. Nik verzog schmerzlich das Gesicht, als sie sich den Hinterkopf hielt. »Ich werde sie sogar vor sich selbst schützen.«

»Na dann: viel Glück dabei.«

Er warf das Telefon wieder Angie zu und traf sie an der Stirn, denn ihre Hände massierten immer noch ihren Hinterkopf.

»Au!«

»Tut mir leid.«

Sie fing das Telefon auf, bevor es von ihrem Schoß auf den Boden rutschte. Während sie es ans Ohr hielt, warf sie ihm einen bösen Blick zu. »Zach? Alles klar? Okay. Und lass dir von Sara und Mik nichts erzählen. Wenn sie ein Problem haben, können sie mich anrufen.

Aber tu dir selbst einen Gefallen … iss nichts, was Miki gekocht hat.« Sie beendete das Gespräch.

»Also gut. Sieht aus, als hätte ich einen Gast.«

»Ja. Hast du.«

»Und was kommt als Erstes? Hunger?«

»Das ist sehr südstaatlich von dir, aber mir wären vorher Klamotten lieber.«

»Aber die sind so unnötig!« Die Frau schlug ihn mit einer Toilette, und er flirtete mit ihr. Das konnte einfach nicht normal sein, nicht einmal für Gestaltwandler. Er machte seinen Vater und dessen fehlerhafte Tigergene dafür verantwortlich.

Sie ließ ihren unglaublich heißen Körper von seiner Kommode gleiten und kam langsam auf ihn zu.

»Junge.« Sie kauerte sich neben ihn. »Vielleicht sollten wir ein paar Dinge klarstellen.«

»Junge? Hast du mich gerade Junge genannt?«

»Ich bleibe hier nur vorübergehend, weil ich muss. Nicht damit du mit dem Mädchen aus Texas eine Party feiern kannst.«

Er stützte sich auf einen Ellbogen.

Dies war eine Frau, die ihn mühelos dazu bringen konnte, auf allen vieren zu kriechen. Mit Freuden. »Aber wir haben hier so tolle Partys, Süße. Weißt du, was ein Body Shot ist? Man leckt den Tequila …«

»Kleider! Essen! Sofort!« Sie stand auf. *Mmmmmm. Wie groß sie ist.* »Oder ich stecke hier wirklich Dinge in Brand – und mit dir fange ich an.«

Er rief seinen Schwanz zur Ordnung, während er zu ihr aufsah. Vielleicht würde er seine »Keine Vollmenschen«-Regel dieses eine Mal brechen. Nur für sie.

»Also komm in die Gänge, Landei.« Sie ging zur Tür hinaus; das verdammte Laken versperrte ihm die Sicht auf ihr köstliches Tattoo. »Ich hab nicht den ganzen beschissenen Tag Zeit.«

Nein. Er schüttelte den Kopf. Er würde seine Regeln für sie nicht brechen. Er erkannte eine Verrückte, wenn er sie sah. Der Großteil seiner Familie war verrückt. Das genügte ihm vollkommen.

So sexy diese Frau auch war – und guter Gott, sie *war* sexy –, würde er sich nur darum kümmern, dass sie die nächsten Tage überlebte. Mit diesem Mundwerk würde das nicht leicht werden. Und dann, wenn die Wölfe da waren, würde er ihren knochigen Hintern aus seinem Haus werfen.

Ihr Kopf erschien noch einmal im Türrahmen. »Entschuldige. Habe ich mich nicht deutlich ausgedrückt, als ich sagte, du sollst deinen verdammten Hintern in Bewegung setzen?«

Nik knurrte und folgte ihr.

O ja. Wenn das alles vorbei war, würde er seine Brüder fertigmachen.

Kapitel 3

»Ich sehe das Problem nicht, Süße.«

Angie verschränkte die Arme vor der Brust. »Erstens: hör auf, mich Süße zu nennen. Zweitens: ich würde nie zulassen, dass dieses … *Ding* meinen Körper berührt.«

Er sah das Kleid an, das er in den Händen hielt. »Was stimmt damit nicht? Es ist ein hübsches, einfaches Sommerkleid.«

Glaubte er wirklich, sie würde das Kleid einer Toten tragen? »Es wäre in Ordnung. Wenn ich neunzig wäre … und langweilig.« *Und tot.*

»Hör mal, bis wir dir etwas anderes besorgt haben …«

Mit einem Knurren kam Angie auf ihn zu. Erschrocken wich er bis zur Wand zurück. Sie griff um seine Taille herum und fasste in seine hinteren Hosentaschen.

Lächelnd fragte er: »Was tust du da?«

»Das, was ich immer tue. Ich sorge selbst für mich.« Sie fand seine Brieftasche, zog sie heraus und trat wieder zurück. »Himmel, was ich alles tun muss, nur um den Tag zu überleben!« Rasch fand sie seine Kreditkarte und zog sie heraus. Er hatte eine von diesen ganz schwarzen Kreditkarten. Der Mann mochte vielleicht ein Bauerntrampel sein, aber wenn, dann ein sehr reicher. Diese Karte konnte man nicht einfach bestellen … man musste sie angeboten bekommen. *Nett!*

Sie warf ihm seine Brieftasche zu – und zwar absichtlich ins Gesicht – und ging auf die Tür zu.

»Wo willst du hin?«

»Was auch immer die nächste schäbige Stadt sein mag – offenbar muss ich meinen brasilianisch-mexikanischen Luxuskörper selbst dorthin ausführen.«

»In dem Aufzug?«

Sie hörte die Heiterkeit in seiner Stimme und hatte den überwältigenden Drang, ihm ins Gesicht zu schlagen. »Selbst das Laken ist besser als dieses beschissene Kleid!«

Angie kam bis zur Treppe, bevor sich ein Arm um ihre Taille legte. Sie schauderte bei dem Kontakt. Nein, sie hatte es noch nie gemocht, berührt zu werden, aber das hier fühlte sich anders an, und sie hatte keine Ahnung, warum. Sie wusste nur, es machte ihr eine Höllenangst.

Sie riss sich los und rutschte auf dem Laken aus. Hätte er sie nicht aufgefangen, wäre sie kopfüber die Marmortreppe hinuntergefallen, doch er drehte sie herum und drückte sie an sich.

»O nein, das tust du nicht. Du kannst in deinem eigenen Haus tollpatschig sein.«

Sie runzelte die Stirn. Okay. Zuerst sagte er etwas über ihren nicht knochigen Hintern. Jetzt behauptete er, sie sei tollpatschig. Dabei war sie *niemals* tollpatschig. Sie war die Elegante. Was zum Geier hatte dieser Mann an sich, dass sie ständig stolperte?

»Wenn dir etwas passiert, werden deine Hunde mich mit ihrem Heulen in den Wahnsinn treiben. Ich hasse dieses Geräusch.« Er klemmte sie sich unter einen Arm und trug sie den Flur entlang.

»Wo zum Henker gehen wir hin?«

»In mein Schlafzimmer.«

Sie versuchte, sich aus seinem Griff zu befreien, aber er hielt sie mühelos fest. »O nein, das tun wir nicht!«

»Bilde dir nichts ein.« Er brachte sie in sein Schlafzimmer und ließ sie los. Sie taumelte rückwärts und hätte sich beinahe an ihm festhalten müssen, um nicht hinzufallen – schon wieder.

»Okay, Süße, jetzt besorgen wir dir etwas Akzeptables zum Anziehen. Ich kann nicht zulassen, dass du mich vor den Nachbarn in Verlegenheit bringst.«

»Wo sind die Kleider, die ich anhatte, als diese Idioten mich herbrachten?«

»Zerrissen und blutverschmiert. So kann ich dich nicht herumlaufen lassen, oder?«

Angie erwartete, dass er die Kleider irgendeiner anderen Frau herausziehen würde. Von irgendeiner sexy Schlampe, die er vorher hier im Haus gehabt hatte. Aber anscheinend war die Garderobe der alten Dame alles, was er hatte, denn er holte ein großes weißes T-Shirt hervor. Er sah sie an und warf es ihr dann mit einem anbetungswürdigen, verruchten Lächeln so zu, dass es auf ihrem Kopf landete.

Angie riss sich das Shirt vom Kopf, nur um von einem Paar Shorts frontal im Gesicht getroffen zu werden.

Diese schnappte sie sich. »Was soll das?« Sie strich sich die Haare aus den Augen.

»Ich versuche, dich ein bisschen lockerer zu machen. Du bist ein ganz schön zickiges Fohlen.«

»Tut mir leid, das kann passieren, wenn man entführt wird.«

»Nein, ich bin mir ziemlich sicher, dass du schon mit einem Stock im Arsch geboren wurdest.«

»Du verdammter …«

»Zieh dir das an, Süße. Die Hose hat einen Tunnelzug, das müsste also gehen, bis wir etwas anderes für dich gefunden haben. Und es tut mir leid – Schuhe gibt's im Moment nicht. Aber wir sind hier im Süden. Schuhe sind immer nur optional.«

Er ging an ihr vorbei. »Wir treffen uns unten, Knackpo.«

Er gab ihr einen Klaps aufs Hinterteil, aber bis sie herumgewirbelt war und ausgeholt hatte, war er schon fort.

»Was ist mit denen hier?«

Nik holte tief Luft. Das tat er jedes Mal, wenn sie ihm ihre Hufe mit Schuhgröße 41 in den Schoß stieß. Vor allem, wenn sie diese Hufe mit Prada-Schuhen für achthundert Dollar geschmückt hatte.

Schuhe, die er bezahlen würde. Wer hätte geahnt, dass ihn ein Klaps auf den Po so viel kosten würde?

»Die sehen hübsch aus.« Langsam schmerzte sein Kiefer von diesem ganzen Reden mit zusammengebissenen Zähnen. Aber er konnte nicht anders. Die Frau war wie ein Dämon durch seine Stadt gezogen. Ein Dämon mit *seiner* Kreditkarte.

»Nur hübsch? Ist das alles?«

Sie hatte neue Kleider gekauft. Eine Menge neue Kleider. Im Moment trug sie ein bezauberndes Minikleid, das ihn genug gekostet hatte, dass eine vierköpfige Menschenfamilie eine Woche davon leben könnte. Jedes Mal, wenn sie ihre Beine hob, um ihm ein neues Paar Schuhe zu zeigen, konnte er einen Blick auf ihr weißes Spitzenhöschen erhaschen. Er hasste sich für seine Schwäche. Je öfter sie ihm dieses Höschen zeigte, desto dringender wollte er es ihr vom Leib reißen.

Es konnte nicht normal sein, jemanden nicht zu mögen und ihn gleichzeitig zu wollen.

Sie hob ihr langes Bein und hielt ihm den Fuß direkt vors Gesicht. »Also, welche findest du besser? Die oder die Schwarzen mit den Riemchen?« Sie hatte schon drei Paar »Schwarze mit Riemchen« gekauft. Wie zum Henker sollte er den Unterschied erkennen?

»Ist mir egal.«

»Hmmmm.« Sie senkte das Bein. »Dann kaufe ich besser beide. Und die Ferragamos.«

Er biss sich auf die Innenseite der Wangen, damit er nicht anfing, sie zu beschimpfen.

Sie ließ den Fuß von seinem Schoß gleiten, streifte dabei seinen Schritt und stand mit Leichtigkeit auf.

»Die hier nehme ich auch noch.« Sie machte Janette, der Besitzerin des Ladens, ein Zeichen. Janette warf ihm einen fragenden Blick zu, und er nickte. Unfähig, ihr Grinsen zu unterdrücken, und nicht gewillt, mit dem Lachen aufzuhören, folgte Janette der bösartigen Schlange durch den Laden.

Angelina Santiago. Er war endlich dazu gekommen,

die bösartige Schlange nach ihrem Namen zu fragen. Jetzt war das der Name, den er auf ewig mit tiefer, leidenschaftlicher Verärgerung verbinden würde. Die Frau hatte in etwas weniger als drei Stunden beinahe zwanzigtausend Dollar von seinem Geld ausgegeben. Tatsächlich katapultierten ihn die Ferragamos sogar weit über die Zwanzigtausendermarke.

Und was ihn am meisten erstaunte, war, dass es ihr einfach egal war. Sie gab sein Geld aus, als wären sie seit zwanzig Jahren verheiratet und sie hätte herausgefunden, dass er sie mit seiner Sekretärin betrog.

Wie Vollmenschen das aushielten, war ihm ein Rätsel.

»Ich bin gleich zurück.« Sie stolzierte an ihm vorbei auf den Ausgang zu. Und es war im wahrsten Sinne des Wortes ein Stolzieren. Die Art von Gang, über die Bands wie ZZ Top Songs schrieben. Sie bewegte sich nicht wie ein Supermodel. Sie bewegte sich wie eine Stripperin.

»Ich soll dich beschützen.«

»Tja, gut gemacht!« Sie hob den Daumen und stolzierte zur Tür hinaus.

Janette setzte sich neben ihn.

»Wie läuft dein Tag, Nik?«

Er sah sie an. Sie lächelte, und ihre Reißzähne lugten ein wenig hervor. *Verdammte Leoparden.*

»Gut. Allerdings nicht so gut wie deiner.«

»Sehr richtig, Nik.« Sie tätschelte seinen Oberschenkel. »Sehr, *sehr* richtig.«

»Einen Waffenschein?« Angie zog einen Schmollmund. »Ehrlich?«

»Tut mir leid, Schätzchen. Sie können aber ein Jagdgewehr kaufen.«

Sie dachte über den Vorschlag des Verkäufers nach, doch ihre Schulter schmerzte immer noch vom Rückschlag dieser verdammten Schrotflinte am Morgen. Handfeuerwaffen waren ihr wirklich lieber. Abgesehen davon hätte sie auch für die Schrotflinte einen Waffenschein gebraucht, und all ihre Sachen waren in Texas.

Angie schüttelte den Kopf. »Nein danke.« Sie ließ den Blick durch das Geschäft für Sport- und Feuerwaffen schweifen und beschloss, auf die Standardwaffen zurückzugreifen, die sie benutzt hatte, bevor sie alt genug war, um sich Pistolen zu kaufen.

Rasch nahm sie sich, was sie brauchte, und ließ es von dem netten Mann auf Niks Rechnung schreiben. Anscheinend kannte jeder in der Stadt die Hinterwäldler. Und ganz eindeutig kannte jede Frau Nikolai Vorislav. Das überraschte sie allerdings nicht. Selbst sie musste zugeben, dass er echt gut aussah. Vor allem, seit sie herausgefunden hatte, wie sie ihn zur Weißglut treiben konnte.

Sie nahm ihre Einkaufstüte und ging zurück zu dem anderen Geschäft, in dem sie Nik zurückgelassen hatte. Auf halbem Weg dorthin erweckte ein süßer schwarzer Lederrock in einem der Läden ihre Aufmerksamkeit.

Angie trat ein, und sofort war die Verkäuferin zur Stelle. Sie mochte diese Stadt. Hier wusste man, wie man die Leute zu behandeln hatte. Natürlich schienen fast alle, die sie bisher getroffen hatte, nicht ganz menschlich zu sein. Aber nachdem sie dasselbe über die meisten Leute in ihrer Heimatstadt herausgefunden hatte, machte ihr das keine allzu großen Sorgen mehr.

Angie stellte ihre Einkäufe auf einem der Sessel ab und nahm den Rock von der Verkäuferin entgegen. Sie hielt ihn sich an den Körper und betrachtete sich damit im Spiegel. *Süß*. Und original Armani.

»Hat Nik Vorislav hier ein Kundenkonto?«

»Seine Familie, ja.«

»Super. Setzen Sie den hier auf die Rechnung – und alles andere, was ich noch so finde.«

»Ja, Ma'am.«

Sie gluckste und überlegte, wie sie es am besten anstellte, dass Vorislav das Preisschild sah. Sie liebte seinen Blick, wenn sie das tat.

»Na, amüsieren wir uns mit Vorislavs Geld?«

Angie schaute über die Schulter und merkte schnell, dass sie sie umzingelt hatten. Sechs von ihnen. Alle golden und wunderschön.

Sie drehte sich langsam um und ihr Blick wanderte zu der Tüte, die sie mit in den Laden gebracht hatte. Nein. Sie würde es niemals bis dorthin schaffen, bevor sie sie in Stücke rissen. Und dennoch … sie hatte das Gefühl, als wollten sie ihr gar nichts tun.

»In der Tat, ja.«

Eine der Frauen lachte. »Gut.«

Eine andere, die ein Telefon in der Hand hielt, musterte Angie von oben bis unten. »Sind Sie Angelina Santiago?«

Lügen nützte jetzt nichts. Doch Angie konnte nicht anders, als sie auch kurz zu mustern, bevor sie antwortete: »Ja.«

Die Frau reichte ihr das Telefon. »Hier.«

Vollkommen verwirrt nahm Angie es. »Hallo?«

»Ist da Angelina Santiago?«

»Ja.«

»Ja, hallo! Hier ist Victoria Löwe.«

»Wer?«

»Um es kurz zu machen – ich bin eine Löwin, die Frieden schließen will.«

»Mit wem?«

»Mit der Magnus-Meute.«

»Was hat das mit mir zu tun?«

»Na ja, ich habe versucht, mit Sara Morrighan zu kommunizieren, aber sie weigert sich, mit mir oder sonst jemandem von uns zu sprechen.«

Die anderen Frauen verteilten sich im Laden, um sich die Kleider anzusehen, während Angie telefonierte. »Könnte das vielleicht daran liegen, dass ihr ihre Mutter umgebracht habt?« Eine von ihnen nahm ein scheußliches Kleid von der Stange, und Angie runzelte die Stirn. Die Frau bemerkte ihren Blick. Sie hielt es hoch, und Angie schüttelte den Kopf. »Auf keinen Fall!«, formte sie mit den Lippen.

Sie kannte diese Leute nicht, und sie waren die Todfeinde ihrer besten Freundin, aber verdammt, Modesünden waren Modesünden. Und sie konnte niemanden in dem Glauben durchs Leben gehen lassen, dieses Kleid sei okay.

»Ich habe gar nichts getan, Ms. Santiago. Um genau

zu sein, war ich damals noch nicht einmal geboren. Abgesehen davon ist das Withell-Rudel tot und begraben. Ich möchte gern, dass wir nach vorne sehen. Die ganze Katzennation sieht das genauso.«

Katzennation? Es gibt eine Katzennation?

Angie nahm der Frau das grässliche Kleid aus den Händen und hängte es wieder auf die Stange. Sie nahm ein kurzes goldenes, sexy Teil und hielt es vor die Frau hin. »Und was wollen Sie von mir?«

»Reden Sie mit ihr. Bringen Sie sie dazu, mit mir zu sprechen.«

Das Kleid würde großartig an der Frau aussehen, also nickte Angie nachdrücklich. »Ich mische mich nicht in Saras Angelegenheiten und sie sich nicht in meine. Das hat uns zu einer sehr langen und gesunden Beziehung verholfen.«

Es zupfte an ihrem Arm und als Angie sich umdrehte, sah sie ein süßes Outfit – an der falschen Frau. Sie zog eine Grimasse. »Nein, nein.« Sie nahm das Outfit und warf es auf die Kleiderständer.

»Nein, nein, was?«

»Nicht Sie.« Angie schleppte die Frau zu einem Regal auf der anderen Seite des Geschäftes. Sie fand ein elegantes Kostüm, auf dem quasi der Name der Frau stand – wie auch immer sie heißen mochte. Die Frau blinzelte überrascht, dann lächelte sie.

»Hören Sie. Ich kann mit Sara reden, aber Reden bedeutet ihr gar nichts. Wenn Sie einen Waffenstillstand mit Sara Morrighan wollen, bereiten Sie sich am besten darauf vor, ihr zu zeigen, wie weit Sie gehen würden.«

»Und wie weit wäre das?«

»Ich habe keine Ahnung.« Zum Geier, bei Sara konnte das der Mars sein.

»Hören Sie. Ich will nur reden. Und würden Sie das nicht auch wollen?«

»Mir persönlich ist das vollkommen egal.« Noch ein Ziehen am Ärmel, sie drehte sich um und nickte sofort zustimmend. Zumindest eine von ihnen hatte ein bisschen Geschmack.

»Was ist mit Ihrer Freundin? Die, die gerade schwanger ist? Sie wollen doch, dass sie in Sicherheit ist, oder?«

Angie erstarrte. »Wollen Sie mir drohen?« Wenn es sein musste, würde sie jede Katze der Vereinigten Staaten umbringen, wenn dadurch Miki und ihre zukünftige Nichte oder ihr zukünftiger Neffe in Sicherheit war.

»Nein. Aber wir wollen auch unsere Kinder in Sicherheit wissen. Verstehen Sie, was ich sagen will? Das könnte zu unser aller Vorteil sein.«

Angie nahm einer anderen Frau ein Kleid aus den Händen, das ihr mehrere Größen zu klein war. »Sie müssen sich nicht schämen. Es gibt nichts auszusetzen an dem ›X‹ vor dem ›L‹.« Sie gab der Frau etwas, das eher deren Größe entsprach.

»Ich werde versuchen, mit ihr zu reden. Aber ich kann nichts versprechen.«

»Dagegen ist nichts einzuwenden.«

Angie machte eine missbilligende Handbewegung beim Anblick von einem Paar Sandalen, während sie das Telefon zuklappte und es einer der Frauen zurückgab.

»Muss ich mir Sorgen machen, weil Sie mich hier gefunden haben?«

Die mit dem Telefon schüttelte den Kopf. »Nein. Wir haben nicht nach Ihnen gesucht. Wir haben Sie nur zufällig in der Stadt herumlaufen sehen. Jeder weiß, dass Victoria einen Waffenstillstand auf den Weg bringen will. Wir dachten, wir könnten vielleicht behilflich sein.«

»Und woher wussten Sie, wer ich bin?«

»Machen Sie Witze?« Sie lachte. »Jeder in der Stadt weiß, dass die Vorislav-Jungs Sie entführt haben. Diese Tiger. Verrückt.«

»Abgesehen davon«, fügte eine andere hinzu, »riechen Sie nicht, als wären Sie von hier.«

Angie ließ diese gruslige und beunruhigende Bemerkung unkommentiert, als Nik in den Laden gestürmt kam. »Wo zum Henker bist du hin?«

Die Löwinnen lächelten. »Hey, Nik«, sagten sie im Chor.

Niks Gesichtsausdruck schmolz zu einem appetitlichen Grinsen. »Aber hallo, Ladys! Wie geht's denn so?«

Angie verdrehte angewidert die Augen. *Himmel, gibt es in dieser Stadt eine einzige Frau, in die dieser Mann nicht sein Ding gesteckt hat?*

Angie schnappte ihre Tüte aus dem Sportgeschäft, und die Angestellte reichte ihr eine weitere mit ihrem neuen Rock. Sie ging zu Nik hinüber, aber der schien viel interessierter an den Löwenfrauen zu sein.

Doch sie wusste genau, wie man die Aufmerksamkeit eines Mannes auf sich zog. *Jedes* Mannes.

»Schau mal, was ich gekauft habe, Landei.« Sie nahm die Uhr ab, die sie gekauft hatte, als er vor ungefähr einer Stunde zur Toilette gegangen war. Sie hielt sie ihm vors Gesicht. »Eine TAG Heuer. Der nette Herr im Juweliergeschäft sagte, er setze sie gerne auf deine Rechnung.« Angie bewegte sich rückwärts und ließ die glänzende neue Uhr baumeln. »Ist die nicht hübsch und glänzend, kleines Kätzchen? Und teuer?«

Über seinen Gesichtsausdruck lachend, verließ sie das Geschäft und wusste, ohne hinzusehen, dass Nik direkt hinter ihr war.

Er war sich sicher, sie würde sich von ihm in eines der vielen teuren Restaurants der Stadt ausführen lassen, um die Übertreibungen des Nachmittags perfekt zu machen, doch stattdessen holte sie sich einen Cheeseburger, Pommes und eine Cola im örtlichen Diner. Sie nahm ihr Essen und machte sich damit auf den Weg in den Park. Er folgte ihr mit einer Extratüte nur für ihr Ketchup. Anscheinend mochte sie ihre Pommes Frites nicht ohne tonnenweise Ketchup.

Jetzt saßen sie sich an einem Picknicktisch gegenüber und Nik musste sich fragen, ob sie immer so war, oder ob sie einfach nur ihre Medikamente abgesetzt hatte.

Schweigend aß sie ihren Burger und die Pommes und schaute in den Park. Für einen Menschen war sie wirklich sehr katzenhaft. Sie beobachtete gern andere Leute, ihre scharfen Augen sahen alles. Und sie liebte es zu flirten. Nicht mit ihm, aber mit allen anderen. Auf ihrem Weg zum Diner waren sie an einer kleinen Gruppe von Zuchtmännern des Rudels vorbeigekommen. In typischer Löwenmanier hatten die Männer sie gemustert wie ein Prime Rib im Steakhaus. Sie erwiderte das Taxieren nicht mit schüchternen Blicken oder einem verführerischen Lächeln. Stattdessen sah sie zu, wie sie vorbeigingen, drehte sich um und ging auf ihren Zehnzentimeterabsätzen rückwärts, als wäre sie mit ihnen an den Füßen geboren worden. Und dann nagelte sie sie mit einem Killergrinsen fest, das sie alle abrupt stehen bleiben ließ. Er kannte dieses Lächeln. Er hatte es selbst auch oft benutzt. Es war das Lächeln, das sagte: »Ich werde euch vögeln, und danach wird niemand je wieder gut genug für euch sein.«

Leider lächelte sie ihn nicht so an. Meistens starrte sie wütend, grinste süffisant oder höhnte. Und sie schien ein wirklich großer Fan davon zu sein, ihn sauer zu machen.

»Es gibt also eine Katzennation?«

»Natürlich. Die Hunde werfen wie die Karnickel. Deshalb sind sie uns gegenüber gewissermaßen in der Überzahl. Aber da wir die größten Katzen sind, machen wir Tiger uns keine allzu großen Sorgen.«

Sie grinste mit vollem Mund. »Und da ihr eine bescheidene Rasse seid, wie ich sehe.«

»Was soll ich sagen? Nicht viele Rassen sind wie wir. Als ich mich das letzte Mal gewogen habe, war ich verdammt nah an dreihundert Kilo.«

»Zu viel Kohlehydrate?«

»Sehr witzig.«

»Ja, so bin ich … und ich sehe fabelhaft aus in meinen neuen Schuhen.«

Schon wieder diese verdammten Schuhe. »Nervst du alle so?«

»Ich? Nerven? Natürlich nicht. Ich bringe jedermann Freude und Leben. Ich bin lieb, charmant, habe ein großartiges Stilbewusstsein – und wenn du deine Hand behalten willst, halt sie von meinen Pommes fern.«

Erwischt. »Komm schon. Ein kleines Mädchen wie du schafft das doch niemals alles ganz allein.«

Sie starrte ihn lange an. Dann schlug sie mit einem Achselzucken seine Hand weg, als er zum zweiten Mal nach ihren Pommes greifen wollte.

»Machst du dir überhaupt keine Sorgen, wenn du hier unter meinem Schutz lebst? Du hast keine Ahnung, wer ich bin.«

Sie kaute nachdenklich, bevor sie antwortete: »Nein. Ich mache mir keine Sorgen.«

»Das kommt mir seltsam vor. Ich glaube, ich würde mir Sorgen machen.«

Sie nahm einen Schluck Cola. »Ich habe dir einen Kopfstoß versetzt, dich mit einer Toilette geschlagen und ein Loch in deine Tür geschossen. Du dagegen hast mich in einen Kleiderschrank geworfen.« Sie zuckte die Achseln. »Also, nein. Ich mache mir keine Sorgen.«

Er packte seinen vierten Burger aus. »Da ist wohl was dran.«

»Ich denke mir, wenn du mich töten wolltest, hättest du es inzwischen schon getan.«

»Ich könnte dich immer noch an die Löwen verkaufen.«

»Tja, wenn sie auch nur annähernd so aussehen wie die, an denen wir vor dem Diner vorbeigekommen sind – sehr gerne!«

Er überlegte, ob er sie mit dem Burger in der Hand schlagen sollte, aber sein Hunger war stärker als dieser Impuls.

Sie sah ihm einen Moment beim Essen zu, dann fragte sie. »Du bist nicht verheiratet, oder?«

Nik verschluckte sich. Er schlug sich mehrmals auf die Brust, um das feststeckende Stück zu lösen, während sie ihn schweigend beobachtete.

»Warum fragst du?«, keuchte er.

»Nur eine Frage.«

»Meinesgleichen heiratet nicht. Wir werden nicht sesshaft. Wir leben allein. Glücklich.«

»Dann seid ihr also nicht wie die Wölfe?«

Er schüttelte sich. »Nein. Wir sind *nicht* wie die Wölfe!«

»Interessant.«

»Ach ja?«

»Nein. Eigentlich nicht. Ich wollte nur etwas sagen.«

Angies Telefon klingelte. Er hatte ihr ein neues gekauft, aber mit der alten Nummer, damit sie mit ihren Freunden Kontakt halten konnte.

Sie zog das vergoldete Handy aus ihrer Dolce-&-Gabbana-Handtasche. Nik nahm an, es waren ihre Hundefreunde. Er erwartete Tränen, beruhigende Worte, Beteuerungen, es ginge ihr gut.

Was er nicht erwartete …

»Wage es ja nicht, mich anzuschreien, Sara Kylie Morrighan!«

»Wir kommen dich abholen! Heute noch!«

»Einen Scheiß werdet ihr!« Angie stand auf. »Ich schwöre bei Gott, wenn du mich drängst, lasse ich die Narbe in deinem Gesicht aussehen wie einen beschissenen Kratzer!«

»Hier!«, schrie Sara vom Telefon weg. »Ich kann nicht mit ihr reden!«

Angie begann, nervös um den Tisch herumzugehen. »Sie kann nicht mit mir reden? Sie benimmt sich wie eine irrationale Psychopathin, und *sie* kann nicht mit *mir* reden?«

Nik biss in einen weiteren Burger – *Wie viele waren das jetzt? Vierzig?* – und beobachtete sie, sagte aber nichts. Plötzlich hätte sie ihn am liebsten in sein schönes Gesicht geschlagen, aber das lag daran, dass sie ein bisschen angespannt war. Sie hatte vor langer Zeit aufgehört, ihre Wut an anderen auszulassen. Oder arbeitete zumindest sehr, sehr hart daran.

»Hallo?«

»Und wann zum Geier wolltest du mir sagen, dass du schwanger bist, Miki?«

»Ich habe es gerade erst erfahren! Ich habe noch nicht einmal Tests gemacht!«

»Was meinst du damit, du hast noch keine Tests gemacht? Woher zum Henker weißt du es dann?«

»Weil sie es an mir riechen können! Als würde mich das allein nicht schon verrückt genug machen! *Und warum schreist du mich an?*«

»Ich weiß es nicht!« Mit einem Seufzen setzte sich Angelina wieder an den Tisch, direkt neben Nik.

»Miki, du musst Sara unter Kontrolle bekommen. Sofort!«

»Ich glaube nicht, dass sie unrecht hat. Ich glaube, wir sollten dich auf der Stelle abholen kommen.«

»Miki Kendrick, ich schwöre bei Gott …«

»Angie, wir kennen diese Leute nicht, bei denen du da wohnst!«

»Es sind Tiger.«

»Sibirische«, warf er ein.

Sie warf ihm einen finsteren Blick zu, schnauzte aber ins Telefon: »Sibirische anscheinend.«

»Ach wirklich! Tja, laut Seite sechshundertfünfundneunzig der *Enzyklopädie der Säugetiere* gehören männliche Tiger zu den grausamsten und tödlichsten bekannten Raubtieren. Die Männchen töten fremde Junge, damit die Weibchen wieder brünstig werden, sodass sie sie selbst schwängern können.«

Angie rieb sich mit der freien Hand die Stirn. »Das ist faszinierend, Kendrick. Aber ich glaube wirklich nicht, dass wir hier einen Grund zur Sorge haben. Du hast einen. Wie wäre es also, wenn du dich eine Weile auf dich selbst konzentrierst? Du bist die Schwangere.«

»Ich wünschte, ihr würdet alle verdammt noch mal aufhören, das ständig zu sagen!«

»Oh, tut mir leid. Wie wäre es mit: du bist diejenige, die das Wunder der Geburt erleben wird?«

»Du bist so eine blöde Kuh!«

»Und du bist so eine Psychopathin!«

»Na gut!«

»Na gut!«

Angie klappte das Telefon zu, dann knallte sie es auf den Picknicktisch. Sie hob es wieder hoch und knallte es noch zweimal hin.

»Streitet du und deine Freundinnen immer so?«

»Das war kein richtiger Streit. Das war eine Meinungsverschiedenheit. Bei Streits wird normalerweise mit dem Finger gepiekst und gelegentlich jemand in den Schwitzkasten genommen.«

»Und mit Toilettenspülkästen geschlagen?«

Sie lächelte, ihre Wut verpuffte angesichts seines Humors innerhalb von Sekunden. »Nee, *Süßer*«, imitierte sie ihn mit ihrem schönsten Provinzakzent. »Das war ein ausgewachsener Angriff. Texas-Style.«

Ohne sich dessen bewusst zu sein, streckte Angie die Hand aus und berührte vorsichtig die Platzwunde, die sie ihm direkt über dem Auge zugefügt hatte. Sie war schon fast wieder verheilt. *Muss nett sein, diesen unglaublichen Gestaltwandler-Stoffwechsel zu haben.*

»Ich hab dir doch nicht zu sehr wehgetan, oder?«

Er antwortete nicht. Stattdessen schloss er die Augen, während ihre Finger über seine Stirn strichen, und lehnte sein Gesicht an ihre Hand.

An diesem Punkt hätte sie ihre Hand wirklich wegziehen sollen. Normalerweise hätte sie das auch getan. Normalerweise hätte sie ihn überhaupt nicht berührt. Aber nachdem sie von Hinterwäldlern entführt worden war, schien ihr »Normalität« jetzt das Letzte, worum sie sich Gedanken machen musste.

Nik neigte den Kopf und rieb ihn an ihrer Hand. Die Augen hatte er immer noch geschlossen, sodass sie ihn einfach beobachten konnte. Er hatte die längsten schwarzen Wimpern, die sie je bei einem Mann gesehen hatte. Und seine Haare waren nicht schwarz, sondern von einem tiefen, satten Braun und fühlten sich unglaublich in ihrer Hand an. Ohne recht zu wissen, warum, fuhr Angie mit den Fingern durch seine Haare … und Nik schnurrte. Ein leises Schnurren, von ganz tief unten.

Erschrocken riss sie ihre Hand zurück. Vor zwei Wochen hatte sie mit dem Rodeo-Clown darüber gestritten, dass sie es nicht mochte, in der Öffentlichkeit berührt zu werden. Sie hatte schließlich zugegeben, dass sie es nicht mochte, wenn *er* sie berührte. Jetzt saß sie hier und strich in aller Öffentlichkeit ihrem Entführer durchs Haar.

Habe ich den Verstand verloren, verdammt noch mal?

Als Nik ruckartig die Augen öffnete, starrte sie ihn an, als hätte *er ihr* irgendetwas getan. Dabei war sie doch diejenige, die ihn um ihren wohlmanikürten Finger wickelte. Viele Frauen hatten ihn vor dieser hier berührt, und es würden auch noch viele sein, nachdem er ihren knochigen Hintern wieder aus seinem Haus geschafft hatte. Aber keine hatte es geschafft, dass er sich so gehenließ. Und diese eine hatte es mit einer einfachen Berührung fertiggebracht.

Sie rappelte sich auf. »Wir … äh … gehen besser zurück. Die Klamotten … du weißt schon.«

Klar, ihre Klamotten im Wert von zwanzig Riesen lagen hinten in seinem Pick-up, aber er brauchte jetzt einen Augenblick, um, äh, sich zu sammeln.

»Kommst du?«

Also, das war jetzt eine mehrdeutige Frage.

Er warf ihr den Autoschlüssel zu. »Ich bin gleich da. Muss das ganze Zeug hier wegräumen.«

Sie nickte und sprintete praktisch zum Auto zurück. Er dagegen rief seinen armen Schwanz zur Ordnung.

Warum fühlte sich das Ganze hier plötzlich zehnmal gefährlicher an, als wenn er daran dachte, dass ein ganzer Klan von Hyänen darauf aus war, sie zu töten?

Kapitel 4

»Hast du ihr auch ein Pony gekauft?«

»Fang nicht so an, Reena!«

»Ich meine, was ist eigentlich los mit dir? Hat dich jedes rationale Denkvermögen verlassen, dass du so viel Geld für eine Frau ausgibst, die du nicht einmal kennst?«

Nik sah seine Cousine nicht an. Stattdessen vergrub er den Kopf in den Sofakissen.

»Also? Antworte mir!«

»Ich finde sie süß«, murmelte er traurig in das teure Leder.

»Oh, guter Gott!« Reena warf sich auf Niks Rücken und schlug mit den flachen Händen auf seinen Kopf ein. Komisch, wenn sie Tiger waren, tat das nie so weh. »Habe ich dir gar nichts beigebracht?«

»Hör auf damit! Sofort!«

Sie packte sein T-Shirt und zog daran. »Schick sie zurück!«

Mit einem Seufzen setzte Nik sich auf und warf seine Cousine von seinem Rücken. Als sie auf den Boden knallte, schenkte er ihr kaum einen Blick. »Ich kann nicht. Ich soll sie beschützen.«

»Nur weil sie Angst haben, sie zu transportieren. Schick sie im Jet hin!«

Nik interessierte sich plötzlich für seine Bücherregale. Vielleicht sollte er sich neue kaufen.

»Nikolai Vorislav, die Hunde wissen gar nichts von dem Scheißjet, oder?«

»Das geht sie nichts an.«

»Sie haben sie hiergelassen, weil sie keine andere Möglichkeit hatten, sie sicher dorthin zurückzubringen, wo auch immer sich die Hunde herumtreiben. Aber wenn wir sie selbst …«

»Sie bleibt hier. Ende der Diskussion.«

»Die Frau hat dich mit einer Toilette geschlagen!«

»Sie hatte Angst. Ich glaube fast, sie bereut es inzwischen.«

»*Du* glaubst, sie bereut es. *Ich* glaube, die Schlampe ist irre!«

Nik seufzte wieder. »Ja. Aber ich will verdammt sein, wenn sie in einem Laken nicht gut aussieht.«

»Ich gehe.« Reena stand auf, offensichtlich empört über ihren Cousin. »Die Jungs kommen bald von ihrem Daddy nach Hause, und du machst mich langsam echt sauer.«

Reena machte ein paar Schritte und wirbelte dann herum. »Und nur damit wir uns richtig verstehen: Du wirst langsam wie dein Daddy!«

Reißzähne brachen aus Niks Mund hervor. »Ich werde *nicht* wie mein Daddy!«

Reena verschränkte die Arme vor der Brust. »War es dir wichtig, dass Alek und Ban sie nicht nackt gesehen haben?«

Nik sah seine Cousine finster an, antwortete aber nicht.

Reena kicherte. »Zu spät.«

Angie saß auf dem Boden des Schlafzimmers, das jetzt ihr vorübergehendes Zuhause war. Einkaufstüten lagen um sie herum, und sie nahm eine nach der anderen, zog jedes Kleidungsstück einzeln heraus und faltete es sorgfältig. So waren ihre Hände beschäftigt, während sie sich im Stillen selbst schalt.

Was zum Henker hatte sie geritten, dass sie dem Mann die Stirn streichelte?

Sie war nicht wie Miki und Sara. Wenn sie es auch gut verbergen konnten, sehnten diese beiden sich doch nach Zuneigung und Liebe. Angie sehnte sich nach Gelegenheitssex und danach, nicht zu Tode genervt zu werden. Abgesehen davon lebte sie glücklich und zufrieden mit sich selbst. Sie hatte nicht einmal ein Haustier. Die einzige Vollzeit-Gesellschaft, die sie brauchte, waren ihre beiden Freundinnen, aber selbst die gingen abends nach Hause.

Angie faltete sauber ein goldenes Tanktop und legte es auf den Stapel. Sie schüttelte den Kopf.

Warum zum Geier packe ich aus? Um es mir gemütlich zu machen?

Sara würde es sich nicht gemütlich machen. Sara würde sich betrinken und dann die Brüder halbtot prügeln.

Miki würde … na ja, Miki würde einen unterirdischen Tunnel graben, sich in sichere Entfernung retten und dann das Haus in die Luft jagen.

Keine von ihnen würde nach einem kleinen Shopping-Gelage mit ihrem Entführer Klamotten auspacken.

Wow. Sie war wirklich ein Mädchen. Konnte man noch mädchenhafter sein? Noch oberflächlicher? Und noch schwächer, dämlicher und weiblicher?

»Hey, Schätzchen.« Das kam vom Balkon ihres Zimmers. Ohne zu zögern, schnappte sich Angie einen der Baseball-Bälle, die sie im Sportgeschäft gekauft hatte, kauerte sich hin, drehte sich und warf.

Der Ball traf einen der Landei-Brüder direkt zwischen die Augen. *»O Mist!«*

Erschrocken griff er sich an die schmerzende Stirn und vergaß, dass er am Balkongeländer stand. Auf der *Außenseite* des Balkongeländers. Er fiel rückwärts und verschwand aus ihrem Blickfeld.

»O-oh.« Vielleicht hätte sie warten sollen, bevor sie angriff. Sie war sich nicht sicher, wie gut die Familie es aufnehmen würde, wenn sie einen der Ihren umbrachte. Vor allem, nachdem sie schon versucht hatte, den anderen Bruder zu töten.

Mit einem weiteren Baseball bewaffnet – nur zur Sicherheit – trat sie auf den Balkon und lehnte sich übers Geländer.

Niks Brüder waren da unten, und sie nahm an, die beiden, die sich gerade totlachten, waren diejenigen, die *nicht* auf den Balkon geklettert waren.

»Na, was schaust du dir denn da an?«

Angie schnappte nach Luft; seine Stimme war direkt

an ihrem Ohr. Muskulöse Arme stützten sich links und rechts von ihr aufs Geländer.

Der Mistkerl ist in meinem Zimmer!

Angie drehte sich herum und schwang die freie Hand. Sie traf auf eine Betonplatte … oder eine Hinterwäldler-Brust. Jedenfalls fühlte es sich an, als hätte sie sich die Fingerknöchel gebrochen.

»Du Dreckskerl, du verdammter Schweinehund, du Arsch!«

»Oje, Süße. Hast du dir an der Hand wehgetan?«

Angie wusste nicht, was sie mehr ärgerte. Dass ihm der Schlag nicht das Geringste ausmachte oder dass er immer noch so dicht vor ihr stand. Doch. Sie wusste es.

Beides ärgerte sie zu Tode.

»Lass mal sehen.« Er nahm ihre Hand, aber sie riss sie zurück, bevor er sie richtig zu fassen bekam.

»Nimm deine Landei-Pfoten von mir!«

Er hob die Hände. »Okay, okay. Kein Grund, hysterisch zu werden.«

»Ich bin nicht …« Angie holte tief Luft und wandte die Zähltechnik an, die sie von ihrem Aggressionstherapeuten gelernt hatte. *Zehn. Neun. Acht …*

»Und was hast du überhaupt damit vor?« Er warf einen Blick auf den Baseball in ihrer Hand.

Sie blickte in sein lächelndes Gesicht auf. Nein. Er lächelte sie nicht an. Er grinste.

Herablassender Arsch!

Sie sah den Baseball in ihrer Hand an, und einen kurzen Augenblick dachte Nik, sie könnte versuchen, ihn ihm in den Hintern zu schieben. Mann, diese Frau war eine Höllenkatze.

Statt ihn rektal zu beschädigen, murmelte sie: »Drei, zwei, eins«, und sah ihn ruhig an. »Such dir etwas aus.«

Nik blickte in ihr hübsches Gesicht hinab. »Wie bitte?«

»Ich sagte, such dir etwas aus. Irgendwas hier in der Umgebung, und ich treffe es. Punktgenau. Ich hatte mal was mit einem Baseballspieler aus der Regionalliga.«

»Ehrlich?«

»Yup. Er liebte es, mir Sachen beizubringen.« Darauf hätte Nik gewettet. »Das waren die einzigen Momente, wo ich ihm nicht gesagt habe, er soll seine verdammten Hände von mir nehmen.«

Nik rieb sich die Nase, um sein Lachen zu unterdrücken. Er lehnte sich gegen das Geländer. »Egal was?«

Ban schaute zu ihnen hinauf und rieb sich die Stirn. Als er merkte, dass Nik ihn ansah, begann er, Kussmünder zu ziehen und auf sie beide zu zeigen. Als Angie sich umdrehte, hörte er auf.

Sarkastisch fragte Nik: »Wie wäre es, wenn du meinen Holzkopf von Bruder noch mal am Kopf triffst?« Denn er nahm an, dass das schon einmal passiert war, der Beule nach zu urteilen, die dort jetzt schon wuchs.

Sie zuckte die Achseln. »Okay.«

»Warte, das war bloß …« Doch es war zu spät. Sie schleuderte den Ball vom Balkon und traf Ban direkt am Kopf … noch einmal.

Mann, dieser Baseballspieler war ein guter Lehrer!

Ban stieß eine Tirade von Flüchen aus, die er wahrscheinlich alle nicht mehr angewandt hatte, seit er bei den *Marines* aufgehört hatte, und hielt sich erneut die Stirn.

Nik fuhr sich mit den Händen durchs Haar. Diese Geschichte würde er sich noch ewig anhören müssen.

Während Ban sich mit einer Hand den Kopf rieb, hob er mit der anderen den Ball zu seinen Füßen vom Boden auf. Nik wusste genau, was er vorhatte. »Denk nicht mal dran!«

»Diese Wahnsinnige hat mich am Kopf getroffen! *Zweimal!*«

Sie stellte die Füße zwischen die Stäbe des Geländers und beugte sich weit vor. »Wen nennst du hier wahnsinnig, minderbemittelter Junge vom Ende der Straße?«

»Sie hat dich allerdings erwischt!«, lachte Nik. Wahrscheinlich hätte er nicht so stolz darauf sein sollen, aber er konnte nicht anders. »Was zum Geier hast du überhaupt hier oben gemacht?«

Ban ließ den Ball fallen und machte ein paar Schritte auf Niks Seite des Balkons zu. »Ich wollte fragen, ob sie morgen Abend mit uns zu dem Dinner kommt.«

Angie horchte auf und schob Nik beiseite, um Ban besser sehen zu können. »Ein Dinner? So was wie eine Party?«

»Ja. Aber ich habe es mir anders überlegt!«

»Also, das ist jetzt gemein!«

»Vergiss es. Ich gehe nirgendwo mit dir hin. Der minderbemittelte Junge vom Ende der Straße hat gesprochen.«

Nik stützte sich am Geländer ab und streifte dabei »versehentlich« Angies nackten Arm. »Gut. Denn sie kommt mit mir.«

»Tu ich nicht!«, fuhr sie ihn an.

Er wollte nicht analysieren, warum sie sich wohler damit zu fühlen schien, mit Ban hinzugehen, dem sie einen Baseball-Ball an den Kopf geworfen hatte, statt mit ihm. Er sah definitiv besser aus als Ban.

»Psst. Unterbrich uns nicht, Süße. Die Großen unterhalten sich.«

»Wir nehmen sie nicht mit!«, blaffte Ban.

»Klar tun wir das. Daddy wird sie lieben.«

»Momma nicht. Sie hat mich verletzt. Ich bekomme eine Beule am Kopf.« Ja. Und wenn er sich irgendeine Geschichte dazu ausdachte, würden sämtliche Tigerinnen der Umgebung sich überschlagen, um sich um den großen Volltrottel zu kümmern. Sie liebten Ban. Nik beugte sich hinab, damit er ihr direkt ins Ohr flüstern konnte: »Er hat recht, Süße. Du hast ihrem Kleinen wehgetan. Ban ist ihr Liebling.«

Sie antwortete ihm nicht. Sie war zu sehr damit beschäftigt, sich von ihm wegzubeugen. Er verstand das nicht. Er hatte am Morgen gebadet.

Er fragte sich, wie weit sie gehen würde, also beugte er sich noch ein bisschen weiter vor. Sofort lehnte sie sich weiter zurück. Er war sich nicht sicher, ob es ihr bewusst war. Als er sich wieder aufrichtete, tat sie es ihm nach.

Dann beugte er sich wieder vor. Genau wie sie. Also machte er weiter, um zu sehen, wie weit sie sich biegen konnte.

Sie fiel auf den Boden.

»Verdammt!«

Er streckte die Hand aus, um ihr aufzuhelfen, doch sie schlug sie weg. Sie stand auf und sah verdammt süß dabei aus.

»Alles in Ordnung, Süße?«

»Ja.« Sie klopfte sich den nicht vorhandenen Staub vom Kleid. »Und hör auf, mich Süße zu nennen!«

»Nö.«

»Nö?«

Er zuckte die Achseln. »Nö.« Dann lächelte er. »Bist du denn nicht zuckersüß?«

Sie schnaubte. »Nö.«

Plötzlich erschien Aleksei auf der anderen Seite des Geländers. »Du musst mit uns kommen.«

Erschrocken sprang Angie zurück. »Habt ihr da Stufen oder so was neben diesem verdammten Balkon?«

»Nö«, antworteten beide Brüder gleichzeitig.

Sie lehnte sich übers Geländer und erlaubte Nik einen phantastischen Blick auf ihre Beine. *Verdammt, Mädchen!* »Wie …«

»Es liegt an unseren Hinterbeinen. Tiger können sehr weit springen«, erklärte Aleksei.

»Wirklich?« Sie biss sich auf die Unterlippe. »Du musst ja unglaubliche Schenkel haben.

Was zum Henker tat die Frau da? Flirtete mit seinen *beiden* Brüdern! Und ignorierte *ihn* total!

Aleksei starrte sie vollkommen verwirrt an. »Na ja, sie sind nicht schlecht.«

»Interessant.«

Alek beugte sich weiter zu ihr vor, und Nik hätte ihn

am liebsten vom Balkon geworfen. *Was hat er überhaupt in meinem Revier verloren?*

»Achte nicht auf Ban«, beharrte Alek. »Komm einfach mit uns.«

»Das würde ich total gerne. Ich liebe gute Partys.« Sie warf einen Blick auf Nik. »Und ich glaube, ich habe genau das richtige Kleid dafür.«

Nik unterdrückte nur mit Mühe ein Knurren. »Nur eines?«

Sie zuckte unschuldig die Achseln.

»Super!« Aleksei grinste. »Also, dann kümmere ich mich jetzt besser um Bans Wasserkopf. Ich höre ihn immer noch winseln.«

»Ich winsle nicht!«, schrie Ban von unten.

Aleksei zwinkerte Angie zu. »Doch, das tut er.«

Sie winkte ihm zu. »Tu, was du tun musst, Landei. Aber ich will meine Baseball-Bälle zurück.«

Sie ging zurück ins Zimmer. Aleksei beugte sich dicht zu seinem Bruder vor. »Mann«, flüsterte er. »Die Frau ist heiß! Und ich glaube, sie mag mich.«

»Ich glaube, sie mag jeden, der dumm genug ist, sich von ihr bändigen zu lassen.«

»Du meinst, so wie du, Mr. Zwanzigtausend Riesen?«

Nik starrte seinen Bruder finster an, legte ihm die Hand übers Gesicht und schubste ihn vom Balkon.

»Das war nicht lustig!«, schrie Alek, nachdem er gelandet war.

Nik beugte sich übers Geländer. »Doch, war es!«

Angie ordnete ihre neu gekauften Kleider in die Kommode, als Nik zurück ins Zimmer kam. Er schloss die

Balkontür, und sie hätte ihn beinahe angeschrien, sie wieder aufzumachen. Sie musste es sich endlich eingestehen – der Mann machte sie nervös. Und in einem Raum mit ihm eingeschlossen zu sein, war nicht gerade hilfreich.

Er nahm den Baseballschläger, den sie aufs Bett gelegt hatte. »Und was hast du damit vor?«

Dich im Schlaf töten?

»Du hübsches kleines Ding, du. Was? Willst du damit die großen, bösen Hyänen verhauen?«

Sorgfältig glättete sie eine Bluse, legte sie in die Schublade, drehte sich zu ihm um und schloss die Schublade mit dem Hinterteil. Sie verschränkte die Arme vor der Brust und betrachtete den Mann eine Weile schweigend.

»Gibt es ein Problem, Landei?«

»Wenn du mich weiterhin Landei nennst, dann schon.«

Sie ging von der Kommode weg. »Oh, tut mir leid. Ist dir Hinterwäldler lieber oder Bauerntrampel oder …?«

»Du könntest meinen Namen benutzen.«

»Das könnte ich natürlich. Aber ich ziehe es vor, es nicht zu tun.«

Wut blitzte in seinem Gesicht auf, verschwand aber schnell wieder. Stattdessen breitete sich ein träges, lässiges Lächeln aus, das sie fast zum Schmelzen brachte. »Ich frage mich, was nötig wäre, um dich dazu zu bringen, meinen Namen zu sagen.«

O-oh. »Komm nicht auf komische Ideen, Landei!« Vor allem, weil sie selbst so viele hatte.

Er ließ den Schläger wieder aufs Bett fallen. »Was für

welche zum Beispiel?« Als sie nicht antwortete, ging er auf sie zu. »Ich habe dich etwas gefragt, Süße.«

»Ich spiele dieses Spiel nicht mit dir.«

Er blieb direkt vor ihr stehen, nahm behutsam eine ihrer Locken und wickelte sie sich um den Zeigefinger.

»Ich spiele nicht. Ich bin ein echt schlechter Verlierer.«

Er sah die Haare an, die er um den Finger gewickelt hatte, und glättete sie mit dem Daumen. Angie brauchte einen Moment, bis sie merkte, dass er noch näher gekommen war. Sie hätte gern einen Schritt rückwärts gemacht, aber wenn sie das tat, würde er sie an den Haaren ziehen. Und sie wollte auch nicht aussehen, als versuche sie, vor ihm davonzulaufen.

Wann hatte sie eigentlich die Kontrolle über die Lage verloren?

Verfluchte Katzen!

»Verdammt, Mädchen. Du bist wirklich hübsch.«

Tja, zumindest versuchte er nicht, sie mit »schön« zu langweilen. Männer sagten ständig diesen Mist zu ihr, aber sie hätten Schönheit nicht einmal erkannt, wenn diese ihnen in die Nüsse getreten hätte. Miki, die sie alle ignorierten, war schön, denn wenn das Mädchen wollte, konnte es das *Universum* zerstören. Sara ging mit ihrer Stärke über Schönheit hinaus. Die Frau hatte jahrelang mit Schmerzen und dieser furchtbaren Zicke Lynette gelebt und dabei nicht nur überlebt, sondern auch ihre Seele behalten. *Sie* waren schön.

Angie hatte ein wirklich gutes Stilgefühl, tolle Freundinnen und absolut keine Illusionen über sich selbst. Oder über sonst jemanden.

»Das ist sehr nett von dir.«

»Eigentlich nicht.« Er wickelte weiterhin ihre Haare um seinen Finger, bis seine Hand nahe an ihrer Wange ruhte.

Er hatte sie in die Enge getrieben – die hohe Kommode in ihrem Rücken und die Haare um seine Hand gewickelt. Sie musste den Kopf zurückneigen, um ihn richtig sehen zu können. Er ragte über ihr auf. Er war groß. Riesig. So groß wie Conall. Nur ein bisschen schmaler.

Sie räusperte sich und gab sich größte Mühe, sich zumindest ein wenig Pseudoruhe zu erhalten. Natürlich war sie nicht ruhig. Sie hatte auch keine Angst. Sie wusste nicht, was sie fühlte, bis auf extreme Panik und eine zunehmende Feuchtigkeit zwischen den Beinen, die sehr wenige Männer bei ihr hatten auslösen können, ohne die Hände oder den Mund an bestimmten Teilen von Angies Körper zu Hilfe zu nehmen. Und dieses Geräusch. Was zum Geier war dieses Geräusch?

Poch. Poch. Poch.

Seit er ihre Haare festhielt, hörte sie dieses verdammte Geräusch.

Guter Gott. Das war sie! Dieses pochende Geräusch entsprang zwischen ihren Schenkeln! War das normal, dass ihr Kitzler so laut gegen ihr Höschen pochte? Und konnte der Hinterwäldler es hören? Das konnte noch ernsthaft peinlich werden.

»Hör mal, Landei«, sie hielt Ausschau nach einem Weg an ihm vorbei, aber er rührte sich nicht und schien es auch nicht eilig zu haben, ihre Haare loszulassen, »wenn ich hierbleibe, sollten wir vielleicht ein paar Dinge klarstellen.«

Er beugte sich plötzlich vor, und sein Griff in ihren Haaren wurde fester. Mann, fühlte sich das gut an. Er legte seine Nase direkt an ihren Hals. *Schnuppert der Mann etwa an mir?* »Und was wären das für Dinge, Süße?«

»Erstens: hör auf, an mir zu schnuppern!«

»Tut mir leid. Es ist nur …« Er nahm noch einen Atemzug. »Du riechst so gut, dass …«

»Wage es ja nicht, es zu sagen!«

»… ich dich lecken möchte.«

Dann tat er es. Direkt über ihre Halsvene. Seine Zunge, warm und trocken, zog die Haut an ihrem Hals lang, als sie rau darüberfuhr.

Sie wäre fast hingesunken. Hier und jetzt. Direkt vor diese riesigen Hinterwäldlerfüße. Aber gleichzeitig setzte ihr Fluchtreflex ein, und sie tat das Einzige, was ihr einfiel: Sie hob das Knie und zielte nach seinen Nüssen.

Aber der Mistkerl bewegte sich wie der Blitz. Er schnappte ihr Knie, bevor es ihn auch nur berührte. Dann drehte er es nach außen, beugte sich vor, seine schmalen Hüften an ihren Schenkeln, und legte sich das Bein fest um die Taille.

Das tat er so schnell, dass sie nicht einmal merkte, was passiert war, bis sein Körper sie gegen die Kommode drückte und das schwere Möbelstück gegen die Wand knallte.

Poch. Poch. Poch.

Nik wusste, dass er aufhören musste. Er wusste, dass er loslassen und sie weiterpacken lassen musste oder weiter auspacken oder was auch immer sie gerade getan hatte, als er hereinkam. Dann würde er als Tiger hinausgehen und das erste unglückliche Wesen töten, das ihm über den Weg lief. Hoffentlich einer seiner Brüder.

Aber er konnte nicht. Er konnte nicht von ihr weg. Er hatte noch nie eine Frau getroffen, die fähig war, ihn so *wild* zu machen. Er hätte sich im Augenblick als außer Rand und Band bezeichnet, zumindest nach Vorislav-Maßstäben. Sie roch aber wirklich zu gut. Und sie schmeckte noch besser.

Zur Hölle und zurück mit seinen Brüdern! Warum hatten sie auch dieses bösartige geile Stück in sein Haus bringen müssen? Gestern war sein Leben noch so gut gelaufen. Ruhig. Einfach. Mit einem Elch hier und da als Zugabe.

Jetzt waren zwanzig Riesen in Rauch aufgegangen, er hatte eine ordentliche Beule an der Stirn und drückte eine Fremde gegen sein Mobiliar, während er seine schmerzlich harte Erektion an ihren erstaunlich heißen Schritt drängte. Und Mann, fühlte sich das gut an!

Ihre Hände, immer noch mit Kratzern und Schrammen vom Vortag übersät, packten sein T-Shirt. Doch statt ihn an sich zu ziehen für den Kuss, den er ihr so dringend geben wollte, schob sie ihn von sich.

»Geh weg von mir, verdammt!«

Nik ließ sie und ihre Haare sofort los. Er wollte nicht, aber er hatte in seinem Leben noch keine Frau zu etwas gezwungen, was sie nicht wollte – seine kleine

Schwester Dreck fressen zu lassen, zählte nicht –, und er würde jetzt nicht damit anfangen.

Wie eine unter der Couch verschanzte streunende Katze fauchte sie ihn an: »Fass mich nie wieder an! Ich mag es nicht, wenn man mich anfasst!«

»Ehrlich? Denn es *riecht*, als würde es dir nicht viel ausmachen.«

Verdammte Gestaltwandler! Wenn man Angie fragte, dann schummelten sie! Angst, Panik, Schmerz und jetzt auch noch Lust riechen zu können beraubte sie ihrer Fähigkeit, zu lügen, was das Zeug hielt.

Und zu ihrem wachsenden Zorn hatte er auch noch recht. Es machte ihr nicht viel aus. Zum ersten Mal überhaupt machte es ihr nichts aus, in die Ecke getrieben zu werden. Und dann auch noch von einem verrückten Hinterwäldler. Ein verrückter Hinterwäldler, der ihr das Gefühl gab, als hätte sie seit tausend Jahren keinen Sex gehabt … und als könnte das ihre einzige Chance sein.

Nein, Sex mit ihm wäre nicht das Problem. Ihre mangelnde Kontrolle wäre das Problem. Sie konnte es in seinen Augen sehen. Angie würde ihn niemals kontrollieren können. Sie würde ihm nie sagen können, was er tun sollte, und er gehorchte einfach. Seine Brüder waren einfach gestrickt. Ein paar Komplimente, ein paar Blicke von unten herauf, und sie hätten alles getan. Aber er nicht.

Er war kein großes Kätzchen, das sie an seinem Penis herumführen konnte. Das hier war ein großer, böser, Frauen fressender Tiger. Und sie tat gut daran, ihre

Beine geschlossen zu halten und ihren Körper zur Tabuzone zu erklären.

Männer und Sex zu kontrollieren waren das Einzige, was sie richtig gut konnte, und sie würde es für dieses Arschloch nicht aufgeben.

Egal, wie sehr sie sich wünschte, er möge sie auf alle viere hinunterdrücken und von hinten vögeln.

»Du musst jetzt gehen.« Sie löste sich von der Kommode. Seine Augen wurden schmal angesichts ihrer plötzlichen und schonungslosen Distanziertheit. Sie hob ein paar gefaltete Kleidungsstücke vom Boden auf, zog die Kommodenschublade auf und legte sie sorgfältig zu den anderen.

»So ist es also?«

Sie sah ihn über die Schulter an. »Wie?«

Er schüttelte den Kopf. »Weißt du, Süße, wenn du so tun willst, als wäre gerade nichts passiert und als hätten wir nicht gefühlt, was wir gefühlt haben – tja, dann ist das deine Sache.«

Er verließ das Schlafzimmer. »Aber wir wissen beide, dass das gelogen wäre.«

Dann war er fort, die Tür fiel leise hinter ihm zu.

Angie schaute auf ihre Hände. Sie zitterten. Stark. Aber nicht vor Angst. Sie hatte keine Angst vor dem Mann. Nicht einmal ansatzweise.

Und zum ersten Mal überhaupt bereute Angie, dass sie es eigentlich hasste, angefasst zu werden.

Kapitel 5

Nik lehnte am Küchentresen, die Arme vor der Brust verschränkt, und sah dem Essen auf dem Herd beim Kochen zu. Er spürte, wie sich sein Gesicht finster verzog. Er ließ zu, dass eine Frau ihn dazu brachte, finster dreinzublicken. Außerdem machte sie ihn hart. Unglaublich, schmerzhaft, bewusstseinsverändernd hart. Aber das Finster-Dreinblicken ärgerte ihn definitiv am meisten.

Er ließ sich von Frauen nicht nerven. Warum auch? Es gab andere. Mehr als genug, sodass ein Mann verdammt glücklich sein konnte, ohne sich an nur eine zu binden.

Bekannt als grausame Einzelgänger, verbrachten die meisten männlichen und weiblichen Tiger, abgesehen von den gelegentlichen wilden Paarungen, wenig Zeit miteinander.

Doch die Vorislavs waren nicht wie andere Tiger aufgewachsen. Nicht bei dem Vater, mit dem der gute Gott sie gestraft hatte. Die anderen Verwandten nannten seinen Vater nicht einmal exzentrisch. Sie nannten ihn seltsam. Die weniger Freundlichen nannten ihn einen

Freak. Ein Freak unter Freaks. Und er war Niks Samenspender.

Nik wusste, er sollte, wenn er von der Jagd kam, seine Geschwister niemals in seiner Küche vorfinden. Dabei, sein Essen zu essen und sein Bier und seinen Kaffee zu trinken. Und wenn es so wäre, sollte er sie nicht am Leben lassen. Doch er tat es. Der alte Mann hatte darauf bestanden, seit sie ganz klein waren. Er hatte von Anfang an eine Familie haben wollen und tat alles, was dazu nötig war. Er rühmte sich zweier Dinge: den Vietnamkrieg überlebt zu haben und dafür zu sorgen, dass alle seine Kinder von derselben Frau waren.

Ersteres verstand Nik. Aber das Zweite wollte ihm nicht in den Kopf. Es gab wenige Tiger, wenn überhaupt, die in ihrem Leben nur mit einer Tigerin Nachwuchs zeugten. Die meisten Tigerfamilien bestanden aus Halbgeschwistern. Aber nicht seine. Es war nicht so, als hätte seine Mutter keine anderen Männer gewollt. Aber wenn ihr einer zu nahe kam, stellte sein Vater sicher, dass er nichts und niemandem mehr nahekam.

Wenn man seine Eier behalten wollte, hielt man sich von »Vorislavs Weibchen« fern – das war der Spitzname seiner armen Mutter in der Tiger-Gemeinschaft.

Nik hasste seinen Vater nicht. Er verstand ihn einfach nicht. Er hatte auf jeden Fall kein Bedürfnis, zu sein wie er. Sicher, er hatte noch nie wie Ban den Wunsch gehabt, eigenen Nachwuchs zu haben, aber sein sexueller Hunger war genauso gesund wie der seiner anderen Geschwister. Um also dem Albtraum einer fruchtbaren

Tigerfrau zu entgehen, hatte er seine freie Zeit damit verbracht, sich von anderen Katzen zu holen, was er brauchte. Löwenfrauen waren großartig, denn sie zeugten nur mit ihresgleichen Nachwuchs. Deshalb kamen sie zu ihm, wenn sie einfach nur sexuelle Bestätigung brauchten oder wollten. Dasselbe war es mit Leopardinnen und Schakalinnen.

Doch Menschen mied Nik wie die Pest. Sie konnten genauso schlimm sein wie Wölfe. Manche waren zufrieden damit, von Bett zu Bett zu hüpfen. Doch zu viele andere wollten ihr Leben einer Person widmen. Für immer! Warum zum Henker sollte man das tun? Warum zum Henker tat es sein Vater?

Nein. Er musste sich von Angelina Santiago fernhalten. Sehr weit entfernt.

Was natürlich nicht so einfach war, wenn sie in seinem Haus lebte – wenn auch nur vorübergehend. Wenn sie mit diesem halb verrückten Blick durch die Küchentür kam, auf ihn zustürzte und sein T-Shirt mit diesen weichen, kühlen Händen packte.

Ja, schon wieder ein Problem, das nur auf ihn wartete.

»Wo ist er?«, wollte sie wissen.

»Wo ist wer?« Er hätte gern ihre Hände von seinem Shirt gelöst, aber wenn er sie noch einmal berührte …

»Der Fernseher. Wo ist er?«

»Ich habe keinen.«

»Was meinst du damit, du hast keinen?« Die Panik war ihr anzumerken. *»Welcher erwachsene Mann hat keinen Fernseher?«*

»Einer, der lieber liest.«

»Lesen?« Er liebte ihr Gesicht. Vor allem, wenn sie so wunderschön perplex aussah.

»Ja. Ich lese. Ich habe eine Menge Bücher, die du dir ausleihen kannst.«

Sie verzog angewidert das Gesicht. »Was? Sehe ich etwa aus wie Miki?«

Sie ließ ihn los und stürmte wieder hinaus.

Er starrte die Tür an, durch die sie verschwunden war. »Wer zum Henker ist Miki?«

Verärgert knurrend wanderte Angie durch Niks Haus. Sie waren allein. Seine Familienmitglieder waren schon lange weg. Nur sie, der Hinterwäldler und Bücher. Bücher!

Sie schüttelte den Kopf und betrat einen Raum, den sie für die Bibliothek und sein Büro hielt. Eine Wand bestand aus einem deckenhohen Bücherregal. Es war vollgestopft mit Büchern, und sogar auf den Büchern waren noch Bücher gestapelt. An der anderen Wand stand ein genauso hohes Regal, das voller CDs und tatsächlich Vinylalben war. Sie stürzte sich auf die Musik. Er hatte sie chronologisch geordnet, angefangen mit Sachen aus den Fünfzigern. Sie runzelte die Stirn. Eindeutig ein großer Elvis-Fan.

»Kein Fernseher. Und Elvis. Kann es noch furchterregender werden?« Als sie die verschiedenen Jahrzehnte durchging, stieß sie schließlich auf die Achtziger und Neunziger und lächelte erleichtert. Er hatte eine hübsche Sammlung von alternativer Musik und einen Haufen tollen Techno. Er schien ein ziemlicher Fan von Lords of Acid zu sein. Angesichts dessen, dass ihre Musik meistens mit Sex und Fesselspielen zu tun hatte, überlegte sie kurz, ob er ein bisschen pervers war. Ob er darauf stand, Mädchen zu fesseln und sie zu vögeln, bis sie das Bewusstsein verloren.

Poch. Poch. Poch.

Verdammt! Das musste sie wirklich unter Kontrolle bekommen. So einen lauten Kitzler zu haben war wirklich inakzeptabel.

Sie schnappte sich eine der früheren Lords-of-Acid-CDs und legte sie in die wohl unglaublichste Anlage ein, die sie je gesehen hatte. Sie ließ einen ihrer Lieblingstracks laufen, »Rough Sex«, und sah einen Stapel Zeitschriften durch, den er auf seinem Schreibtisch liegen hatte. Es gab einen Stapel Nachrichtenmagazine wie *Time* und *Newsweek*, aber an so deprimierenden Sachen hatte sie kein Interesse. Zum Glück war ganz unten eine aktuelle Ausgabe der *Vogue* vergraben. Der Name auf dem Adressetikett war Kisa Vorislav. Musste eine Schwester sein, denn Nik würde es nicht wagen, eine Frau zu haben.

Seufzend setzte sie sich an den Schreibtisch, legte mit der Zeitschrift im Schoß die Beine auf das erlesene, geschnitzte Holz und schlief sofort ein.

Nik hörte sie im Haus herumgehen. Er konnte sich vorstellen, wie der Rock ihres Minikleides ihre Schenkel umspielte. Und diese Schuhe. Die »Schwarzen mit den Riemchen«, über deren Kauf sie so lange nachgedacht hatte. Sie sahen wirklich gut an ihr aus. Die zwanzig Riesen waren gut angelegt, wenn man ihn fragte.

Sein Handy ging los, und Nik seufzte erleichtert.

Hauptsache, er wurde von dem Gedanken an diese Frau in diesen Schuhen abgelenkt.

»Hier ist Nik.«

»Hey, Nik, Schätzchen.«

»Sahara. Hey, Baby.« Eine Löwin. Sie gehörte zu dem Löwenrudel vom Nachmittag. Er und Sahara hatten in der Vergangenheit ein bisschen Spaß gehabt. Die Frau wusste wirklich, wie man sich amüsierte.

»Meine Schwestern meinten, sie hätten dich heute in der Stadt gesehen. Und da habe ich mir überlegt, da ich heute Abend Zeit habe …«

Nik lächelte, dann ächzte er. »Ich kann nicht. Ich muss eine menschliche Hundeliebhaberin babysitten.«

»Lass das doch deine Brüder machen. Nach allem, was ich über ihren phantastischen Klamottengeschmack gehört habe, wird es ihnen überhaupt nichts ausmachen.«

Niks gute Laune schwand. Er dachte an seine Brüder, die in seinem Revier herumlungerten und Angelina beobachteten, wie sie in diesen Schuhen in seinem Haus herumlief. Der Gedanke gefiel ihm überhaupt nicht. Dann wurde ihm bewusst, dass er besitzergreifend gegenüber einer Frau war, mit der er nicht vorhatte, Nachwuchs zu haben. Diese Erkenntnis ärgerte ihn noch mehr.

Auf keinen Fall. Er war *nicht* der Sohn seines Vaters. Er würde sich heute Abend mit Sahara treffen. Sich mit ihr treffen und sie bis zur Besinnungslosigkeit vögeln und damit jeden Gedanken an Angelina Santiago und ihre schwarzen Riemchenschuhe verdrängen.

»Weißt du, Sahara, eigentlich …« Plötzlich wummerte Techno durchs Haus. Aber nicht irgendein Techno. Die Lords of Acid. Um genau zu sein, »Rough Sex« von den Lords of Acid.

Diese Kuh!

Die Vorstellung, wie diese bösartige Schlange über seinen Küchentisch gebeugt seinen Schwanz in sich aufnahm und dabei seinen Namen schrie, ließ ihn beinahe in seiner Jeans kommen. Vor allem, wenn er auch noch an die Handschellen dachte.

»Sahara, ich kann nicht. Ehrlich. Ich habe ...« – er seufzte schwer – »... mich verpflichtet.«

»Du?«

Niks finsterer Blick war wieder da. »Ja. Ich.«

Sahara gluckste. »Ah ... okay.«

Angie wachte auf, als gegen ihren Stuhl getreten wurde.

»Was denn?«, fragte sie, ohne sich um Höflichkeit zu bemühen.

»Hunger?«

Sie nickte, gähnte und streckte sich. Die Arme über den Kopf, die Beine und Zehen gestreckt. Als sie fertig war, blickte sie auf und sah, dass Nik mit zu Fäusten geballten Händen auf sie herabstarrte. »Was denn?«, fragte sie noch einmal.

»Nichts«, knurrte er.

Komischer Mann, dachte sie, als sie ihm aus dem Zimmer folgte.

Angie erwartete, dass er ins Esszimmer gehen würde, doch er ging direkt weiter in die Küche. Sie fragte sich, wie lange sie geschlafen hatte, denn draußen war es inzwischen stockdunkel. Sie hätte auf ihre neue Uhr geschaut, aber die hatte sie auf der Kommode in ihrem Zimmer gelassen.

Sie folgte Nik in die Küche und blieb in der Tür stehen. Auf dem Tisch standen Essen, Wein und brennende Kerzen.

O nein. Das ging ganz und gar nicht.

Sie schaltete die Deckenbeleuchtung an. Er schaute stirnrunzelnd zu ihr auf. Zuerst dachte sie, es wäre Ärger, doch dann wurde ihr klar, dass die Helligkeit seine Augen störte.

»Es ist zu dunkel«, erklärte sie.

»Anscheinend.«

»Tut dir das Licht in den Augen weh?« Sie wusste nicht, warum ihr das plötzlich etwas ausmachte. Ehrlich gesagt hasste sie Candlelight-Dinner. Wie Miki zu sagen pflegte: »Du weißt nie, was sie dir ins Essen tun, Mann.«

»Eigentlich nicht. Ich bin nur nicht dran gewöhnt. Ich brauche nachts eigentlich kein Licht.« Er stellte eine riesige Schüssel Essen auf den Tisch; der Salat und das Brot standen schon da. »Setz dich, Süße.«

Sie merkte, dass sie die letzten zwei Minuten wie eine Idiotin herumgestanden hatte. Also schnappte sie sich einen Stuhl und plumpste darauf.

»Hast du heute wieder mit deinen Freundinnen gesprochen?«, fragte er im Plauderton.

»Nein. Ich rufe sie morgen an. Dann können sie sich heute Nacht abregen.«

»Wie lange seid ihr schon befreundet?« Er setzte sich ihr schräg gegenüber und begann, Essen zu schöpfen.

»Seit wir acht waren.«

»Hast du Geschwister?«

»Nein.«

»Du bist nicht besonders gesprächig, was?«

»Wie soll ich mich lang und breit darüber auslassen, dass ich keine Geschwister habe? Soll ich weinen?«

Er lächelte und hob eine Flasche. »Wein?«

»Bitte.«

»Du kannst das Wort also sagen. Ich dachte, du wärest physisch nicht dazu in der Lage.«

Sie sah ihm zu, während er den Wein in Gläser füllte, die mit großer Wahrscheinlichkeit Riedel-Vinum-Stielgläser waren. *Hübsch!*

Sie schätzte Männer mit Geschmack.

»Ich sage es, wenn ich es für nötig halte.« Sie blickte auf das Essen hinab, das er ihr vorgesetzt hatte. »Makkaroni mit Käse? Nobel.«

»Für meine unerwünschten Gäste ist mir nichts zu teuer.«

»Das sehe ich.« Sie nahm einen Bissen, schloss die Augen und ließ den Geschmack auf der Zunge zergehen. »O mein Gott«, brachte sie schließlich heraus.

»Ist das gut oder schlecht?«

»Gut. Eindeutig gut.«

Der Hinterwäldler grinste. »Oh, danke schön!«

»Wo hast du so zu kochen gelernt?«

»Momma. Sie hat allen ihren Jungs das Kochen beigebracht. Sie meinte, mit unserer Einstellung könnten wir nicht davon ausgehen, dass eine Frau es lange mit uns aushält.«

Angie hob den Kopf. Im Gegensatz zu der Liebe ihrer

Großmutter und ihrer besten Freundinnen war die Liebe ihrer Eltern immer fraglich gewesen. Dass eine Mutter also so etwas zu jemandem sagte, störte sie.

Nik fing ihren Blick auf. »Keine Sorge. Dasselbe sagt sie über Daddy.« Er seufzte. »Und Gott weiß, sie ist ihn immer noch nicht losgeworden.«

Angie wusste nicht, ob er damit Scheidung oder Mord meinte. Und sie hatte auch nicht vor zu fragen.

Stattdessen beschloss sie, das Thema zu wechseln, bevor sie womöglich noch auf ihre Familie zu sprechen kamen. »Was weißt du über Victoria Löwe?«

Er zuckte die Achseln. »Nicht viel. Das Revier ihres Rudels ist irgendwo in der Nähe deiner Freundin. Oben bei San Francisco, glaube ich.« Angie hatte keine Ahnung gehabt, dass so nahe bei der Meute Löwen lebten. »Und ich weiß, dass sie eine Menge Änderungen bei den Rudeln vornimmt. Aber wir Tiger mischen uns nicht zu sehr in diesen Rudelquatsch ein. Ich hatte immer das Gefühl, sie haben sich diesen Krieg selbst zuzuschreiben.«

»Ich dachte, ihr wärt alle Teil der Katzennation.«

»Schon. Ich meine, ehrlich gesagt geht mich das alles eigentlich nichts an.«

»Jetzt schon.«

»Tja, dafür kannst du meinen Brüdern die Schuld geben.«

»Weißt du, ich erinnere mich nicht, dich bei deinen Brüdern gesehen zu haben. Warum bin ich eigentlich hier gelandet? Haben sie nicht genug Platz in ihren Wohnwägen?«

Nik warf ihr einen finsteren Blick zu, während er in

ein Stück Brot biss. »Um genau zu sein, haben sie um dich gewürfelt – und ich habe verloren.«

»Sie haben … um mich … und du … hast *verloren*!« Sie warf die Gabel hin und wollte aufstehen, aber Nik fasste sie am Arm. »Lass mich los!«

»Setz dich. Sofort.«

Sie hatte keine große Wahl. Er hatte einen eisernen Griff. Sie setzte sich wieder, sah ihn aber nicht an.

»Das war gemein. Tut mir leid.« Er ließ ihren Arm los. »Meine Momma hat mich eigentlich besser erzogen.«

Endlich sah sie ihn doch an. »Also habt ihr nicht um mich gewürfelt?«

»Nein, sie haben gewürfelt.« Er schenkte ihr wieder dieses verdammte umwerfende Lächeln. »Aber ich habe gewonnen.«

Nein. Den hier würde sie *nie* kontrollieren können.

»In der Tat hast du gewonnen. Vergiss das nicht.«

»Keine Sorge, Süße. Das werde ich nicht.«

Nik rollte sich auf den Rücken, die Arme hinter dem Kopf, den Blick an die Decke gerichtet, sein Ding hart, bereit und Befriedigung fordernd. Am liebsten von dem sexy Stück ein paar Türen weiter.

Er konnte sie riechen. Sie hatte eine heiße Dusche genommen, und jetzt schwebte ihr Duft durchs ganze Stockwerk. Ihm lief das Wasser im Mund zusammen. Sein Herz hämmerte gegen seinen Brustkorb. Himmel, er wollte diese kleine Lady. Und zwar sehr.

Er schloss die Augen und versuchte zu schlafen. Doch das war ein Fehler. Sobald er die Augen schloss, sah er sie … mit dem Kopf in seinem Schoß. Ihren Mund an seinem Schwanz, ihre Zunge kreiste um die Spitze. Ihre Wangen höhlten sich, während sie ihn lange und tief lutschte.

Nein. Das half nicht beim Einschlafen. Er machte die Augen wieder auf.

Er fragte sich, was sie wohl tun würde, wenn er zu ihr hinüberschlendern und um ein Uhr morgens an ihre Tür klopfen würde. Ihn hereinbitten oder ihm in die Eier treten? Wahrscheinlich ihn hereinbitten und ihm *dann* in die Eier treten.

Ein Knurren unter seinem Balkon riss ihn aus seinen Phantasien von Santiago, die ihn ritt wie ein Cowboy einen bockenden Bronco.

Seine Brüder. Sie wollten jagen gehen. Eigentlich keine schlechte Idee. Abgesehen davon: sosehr ihn seine Brüder in den Wahnsinn trieben – er liebte sie wirklich.

Sie knurrten wieder, und Nik lachte. Sie wollten *sofort* jagen gehen. Und im Grunde wollten sie ihm sagen, er solle seinen Kopf zwischen Angelinas Schenkeln herausziehen und in die Gänge kommen.

Klugscheißer.

Na ja, alles war wohl besser, als die ganze Nacht hier herumzuliegen und sich nach einer Frau zu verzehren, die ihn wie eine nervende streunende Katze behandelte, die sie nicht aus ihrem Garten verjagen konnte.

Er verwandelte sich noch im Bett und schlüpfte unter den Laken hervor. Dann sprang er durch den Raum und über die Balkonbrüstung. Seine Brüder waren schon losgelaufen, nur noch den Wildgeruch im Kopf, und er folgte ihnen. Er liebte das Gefühl der kühlen Nacht in seinem Fell und das der Macht seines Volkes, die in seinen Adern floss.

Angie saß auf dem Balkon und schaute durch die Stäbe des Geländers in den Garten. Sie trug nichts außer einem übergroßen Sweatshirt, das sie an diesem Tag gekauft hatte, und hatte die Knie bis unters Kinn gezogen.

Als plötzlich die beiden Tiger erschienen, wäre sie beinahe nach drinnen gerannt, doch sie zwang sich, sitzen zu bleiben. Sie wusste, es mussten Gestaltwandler sein. Sie brüllten das Haus an und schlugen sich gegenseitig mit ihren riesigen Pfoten. Nach kurzer Zeit sprang ein weiterer Tiger vom Balkon, von dem sie vermutete, dass es Nik war, und die drei rannten in den Wald.

Sie waren so schön anzusehen. Ihre langen, kraftvollen Gliedmaßen bewegten sich mit solcher Präzision. Es musste interessant sein, ihnen beim Jagen und beim Erlegen ihrer Beute zuzusehen. Solange die Beute nicht sie selbst war.

Angie kämmte sich die nassen Haare mit den Fingern. Außer Sara, Miki und Marrec gab es niemanden, dem sie sagen musste, dass es ihr gut ging. Dass sie nicht von gefährlichen Gestaltwandlern umgebracht worden war. Ihre Eltern wussten nicht, dass sie vermisst wurde, und sie war sich auch nicht sicher, ob es ihnen etwas ausgemacht hätte. Als sie das letzte Mal von ihnen gehört hatte, waren sie bei einer Ausgrabung irgendwo im Sudan gewesen. Zwei Wissenschaftler, deren Liebe gerade für ihre Arbeit und füreinander reichte. Angie war von Anfang an ein Unfall gewesen, und irgendwann konnten sie nicht einmal mehr so tun, als wäre sie ihnen wichtig. Sie hatten sie bei ihrer Großmutter gelassen und waren ab und zu vorbeigekommen, um sie daran zu erinnern, dass sie Eltern hatte.

Sie wusste noch, wie ihre Eltern zu Besuch gekommen waren, als sie zehn war. Sie hatten versprochen, sie auf einen Familienurlaub mitzunehmen. Stattdessen erzählten sie ihr eine halbe Stunde lang, warum sie das doch nicht konnten. Sie hörte absolut emotionslos zu, während ihre Großmutter in der Küche laut mit Töpfen klapperte und auf Portugiesisch fluchte. Miki und Sara waren auch da gewesen. Sie sagten nichts, aber sie hatte bald herausgefunden, dass ihr Schweigen etwas sehr, sehr Schlechtes bedeutete.

Sara hinkte in die Küche und kehrte mit einem Glas zurück, dessen Inhalt wie eine Mischung aus Milch und Orangensaft aussah. Eine widerliche Mischung. Mit unverwandtem Blick auf Angies Eltern reichte sie Miki das Glas, die es in zwei großen Schlucken leerte.

Drei Minuten später stand Miki auf, stolperte zu Angies Mutter hinüber und spie sie von oben bis unten voll. Zweimal.

Bis heute erwähnte ihre Mutter nicht einmal die Namen der zwei Frauen, die so ein wichtiger Teil von Angies Leben geworden waren. Und bis zum Tod ihrer Großmutter hatten Sara und Miki immer einen Platz an deren Tisch gehabt.

Angies Aggressionstherapeut schien überzeugt, dass ihre Probleme mit Körperkontakt auf die mangelnde Zuneigung ihrer Eltern zurückzuführen war. Vielleicht war es so, aber das zu wissen, machte es nicht besser. Oder weniger schmerzhaft.

Obwohl sie wusste, dass sie zu alt dafür war, sich Gedanken zu machen, ob sie ihren Eltern wichtig war oder nicht, tat sie es doch. Immer noch. Nach all der Zeit.

Angie legte den Kopf auf die Knie und seufzte. Sie fühlte sich nicht oft einsam. Doch wenn, dann spürte sie es bis in die Knochen.

Sie blickte auf, als Nik – zumindest hoffte sie ehrlich, dass es Nik war – aus dem Wald hervorbrach. Er rannte durch den Garten und machte einen wilden Sprung auf ihren Balkon. Allerdings sprang er nicht ganz herauf – er hing mit seinen starken Krallen und Unterarmen außen am Geländer. Sein riesiger Tigerkopf tauchte über dem Balkongeländer auf, und er sah sie an.

Sie war so verblüfft von seiner Rückkehr und seinem Sprung auf ihren Balkon, dass sie sich weder rührte noch um ihr Leben rannte. Sie starrte nur zu ihm hinauf. Sie hatte noch nie einen Tiger aus so großer Nähe gesehen. Sie konnte nicht fassen, wie groß er war. Seine goldenen Augen schimmerten in der Dunkelheit, und die riesige Zunge hing ihm aus dem Maul.

»Ist das deine Art, gute Nacht zu sagen?«

Er leckte ihr mit seiner Riesenzunge über die Wange.

»Mann! Eklig!« Aber sie lachte wider Willen, und sofort war ihre Traurigkeit verschwunden.

Eine Pfote ließ das Geländer los, sodass er seitlich herabhing. Er sah sie durch die Stäbe an und sie brauchte einen Moment, bis ihr klar wurde, dass er sie anstarrte. Na ja, sie und ihren kein Höschen tragenden Hintern.

»Hey! Augen geradeaus, Katze!«

Er packte das Geländer wieder mit beiden Pfoten und stieß ein merkwürdiges Geräusch durch die Nase aus. Wie ein lautes Schnauben. Merkwürdig, aber sie hatte das Gefühl, dass er ihr nichts Böses wollte. Sein Kopf streckte sich weiter übers Geländer, und er wartete ruhig ab. Es schien ihr, er würde nicht gehen, bis er hatte, was er wollte.

In der Hoffnung, ihre Hand an einem Stück zurückzubekommen, streckte Angie den Arm aus und strich mit den Fingern durch sein Fell wie früher am Tag über seine Stirn. Sie streichelte ihn ein paar Minuten lang, konzentrierte sich ganz auf das Gefühl seines Fells an ihren Fingerspitzen. Irgendwann machte er wieder dieses schnaubende Geräusch, leckte ihr Handgelenk mit seiner trockenen, rauen Zunge, und ließ das Geländer los. Er fiel zurück auf den harten Boden, landete aber auf den Füßen. Dann drehte er sich noch ein letztes Mal zu ihr um und rannte wieder in den Wald.

Sie hatte keine Ahnung, was passiert war, aber sie wusste, ihre harten Nippel, nassen Schenkel und dieses verdammte pochende Geräusch machten ihr eine Höllenangst.

Kapitel 6

Nik kam nicht zurück. Zumindest hörte sie ihn nicht. Gegen elf Uhr morgens fiel sie aus dem Bett und schnorrte sich eine Schüssel Müsli, machte eine frische Kanne Kaffee, genoss zwei Tassen davon und die Zeitung, bevor sie sich eine kurze Jeanshose und ein T-Shirt anzog und in den Garten hinausging. Sie drapierte sich auf einen Liegestuhl und wählte Saras Nummer.

Keine Antwort auf ihrem Handy. Also versuchte sie es bei Miki.

»Ja?«

»Hey, ich bin's.«

»Ja.«

»Ach, komm schon! Du bist nicht immer noch sauer auf mich!«

»Nein. *Ich* nicht.«

»Aber Sara?«

»Sie ist sauer auf alle. Zach, Conall, mich. Das Universum.«

Angie zog eine Grimasse. Es brauchte viel, um die nüchterne Sara zu verärgern. Aber wenn es einmal so weit war, war die Frau nicht zufrieden, bis jemand blutete und weinte.

»Dann tu was!«

»Was denn? Sie redet nicht mal mit mir. Sie ist angepisst. Ich meine a-n-g-e-p…«

»Ja, Miki. Ich weiß, wie man angepisst buchstabiert. Ich kann es sogar in mehreren Sprachen buchstabieren.«

»Ich kann immer noch zwei mehr als du.«

»Es tut mir leid, aber Klingonisch und Elbisch zählen nicht.«

»Wer sagt das? Klingonisch ist echt schwer!«

»Mik, Schatz, lass uns über das eigentliche Thema reden.«

»Ja. Also, wenn ich du wäre, würde ich es mir nicht zu gemütlich machen.«

»Bin ich eigentlich die Einzige, die das große Ganze im Blick hat? Hyänen versuchen, dich umzubringen. Klar, es gab auch schon viele andere, die dich am liebsten tot gesehen hätten, aber das hier sind die Ersten, die es tatsächlich versucht haben.«

Miki schnaubte. »Ich verstehe sehr wohl. Und ich weiß es zu schätzen, dass du dir Sorgen machst.«

»Aber …?«

»Es gibt kein Aber. Nun ja, ich habe gestern Nacht eine kleine Nachforschung über diesen Vorislav angestellt und ein paar Fotos von ihm und seinen Brüdern auf seiner Firmenwebsite gefunden. Und stell dir meine Überraschung vor, als mir klar wurde, dass es der Kerl vom Flughafen ist. Aber ich bin mir natürlich sicher, dass das nichts damit zu tun hat, dass du es dir dort so gemütlich machst und bleiben willst.«

Miki und ihre beschissenen Recherchen!

»Das hat nichts damit zu tun. Ich warte, bis die Meute hier ist, dann komme ich nach Hause.«

»Tja, sie scheinen sich Zeit zu lassen, aber ich bin mir sicher, du wirst es schon irgendwie überleben.«

»Ach, bei allem, was heilig ist! Hör mal, ich tue das für deinen – du meine Güte.«

»Was? Was ist los?«

»Ähm … Welpe.«

»Nenn mein Baby nicht so!«

Angie verdrehte die Augen. »Tu ich nicht, du Gartenzwerg. Ich sehe einen echten Welpen.«

Einen bezaubernden schwarzen Labradorwelpen, um genau zu sein, der in Niks Garten im Gras herumrannte.

»Welpe? Warum nennst du ihn nicht beim Namen? Ein Mittagssnack.«

Ihre verrückte Freundin hatte recht. Auf diesem Grundstück waren Tiger unterwegs. Ein süßes kleines Ding, das im Gras herumtapste, war für diese Leute wirklich nur ein Schokoriegel auf vier Beinen.

Angie machte ihr Telefon am Hosenbund fest, vergewisserte sich, dass ihr Headset an war, ging durchs Gras auf das Hündchen zu und schrie dabei ihre beste Freundin an.

»Ich versuche nur, meine Familie zu beschützen. Man sollte meinen, sie würde das zu schätzen wissen.«

»Oooh, du bezeichnest mich als deine Familie?«

»Das ist das verdammt noch mal Dümmste, was du je gesagt hast. Natürlich tue ich das!«

»Du musst ja nicht gleich eklig werden!«

»Doch, das muss ich, wenn du mir dumme Fragen stellst. Du, Sara und Marrec seid die einzige Familie, die ich habe, seit meine Großmutter gestorben ist.«

»Deine Erzeuger leben noch.«

»Ja, aber die zählen nicht.« Sie erreichte den Welpen, als er am äußersten Rand des Gartens ankam, wo der Rasen endete und Bäume und hohes Gras begannen. »Komm her, du süßes Ding.«

Sie kauerte sich hin und hob das kleine Tier hoch. »Was tust du denn hier, Kleiner?«

»Vielleicht ist er lebensmüde.«

»Halt den Mund.«

»Wieso bist du netter zu dem Hund als zu mir?«

»Der Hund macht es nicht zu seinem Lebensziel, mich zu ärgern.«

»Das ist wahr.«

Der Welpe wand sich aus ihren Händen. »Mist!« Sie griff nach ihm, erstarrte aber, als sie den Welpen auf den Tiger klettern sah, der weniger als anderthalb Meter von ihr entfernt lag. Er verbarg sich so gut im Gras, dass sie ihn nicht gesehen hatte. Ihr eigentliches Problem war aber, dass er eine andere Fellzeichnung hatte als Nik. Seine Ohren waren ein bisschen anders geneigt, die Augen standen etwas schräger. Das war nicht Nik. Was bedeutete, dass sie nicht wusste, ob sie in Gefahr war oder nicht.

»Mist«, stieß sie noch einmal hervor und kroch rückwärts.

»Was ist los?«

»Äh …« Der Tiger kam auf sie zu, sein großer Körper hob sich aus dem Gras. Er schüttelte sich, und der

Welpe purzelte herunter. Er packte das kleine Tier mit den Zähnen im Nacken. Angie zuckte zusammen. Sie wollte wirklich nicht dabei zusehen, wie ein Hund zu jemandes Mittagessen wurde. Ehrlich. Aber der Welpe hing völlig furchtlos im Maul des Tigers.

Langsam kam der Tiger auf sie zu und ließ das Hündchen schließlich vor Angies Füße fallen. Sie hob es auf und wich zurück, bis sie wieder auf dem Liegestuhl saß.

Der Tiger beobachtete sie lange. Dann rannte er in den Wald davon.

»Bist du noch da?«

»Was? Oh. Ja. Ich bin da.«

»Was ist da los?«

»Tiger-Eskapaden.«

»Dreh ja niemals einem von ihnen den Rücken zu!«

»Wie bitte?«

»Tiger. Sie greifen von hinten an.«

Angie schloss seufzend die Augen. »Guter Gott, du hast gelesen.«

»Das tue ich doch immer. Recherchieren.«

Der Tiger kam zurück, einen Hasen im Maul. Im Gegensatz zu dem Welpen ging es dem Hasen nicht so gut. Der Tiger ließ den blutigen Kadaver mitten auf Niks Rasen fallen und schaute sie erwartungsvoll an.

Noch ein Tiger, wieder mit anderer Zeichnung als Nik, kam aus dem Wald getrottet. Er erblickte den anderen. Sah Angie an. Dann den toten Hasen. Er drehte sich um und rannte zurück in den Wald. Nach einer Weile kam er mit einem eigenen Hasen angetrottet. Einem größeren. Er ließ ihn auf den ersten fallen.

»O-oh.«

»Was, o-oh?«

Die beiden Tiger starrten sich wütend an, dann rannten sie wieder in den Wald.

»Hier geht etwas vor sich.«

»Etwas Schlimmes?«

»Nicht für mich.«

Sie kehrten zurück, jeder mit einem Hirsch. Der eine hatte eine Hirschkuh, der andere einen Bock. Sie ließen ihre Beute fallen, brüllten einander an, drehten sich um und rannten schon wieder in den Wald.

Angie kicherte. »Mann, das wird langsam echt irre.«

»Wie irre?«

»Na ja, ich könnte mich täuschen, aber … ich glaube, ich werde umworben – auf Tigerart.«

»Und wie sieht das aus?«

»Bisher? Wie Hasen und Hirsche.«

»Was?«

Die Brüder kehrten zurück, beide mit jeweils einem Elch. Sie schleppten sie herbei und ließen sie auf den Haufen fallen. Dann hieb einer dem anderen mit der Pfote auf den Kopf. Der andere schlug zurück. Bevor Angie es sich versah, verwandelten sie sich in ein Knäuel aus knurrenden, beißenden, kratzenden Streifen.

»Was zum Geier ist das für ein Lärm?«

»Ein Zickenkrieg – allerdings unter Katzen.«

»Sie kämpfen um dich?«

»Ich weiß nicht.«

»Sie kämpfen so was von um dich!« Miki lachte.

»Angelina und die Macht ihrer Beine haben wieder zugeschlagen.«

»Ach, halt die Klappe!«

»Du trägst Shorts, oder?«

»Halt die Klappe!«

Ein dritter Tiger kam aus dem Wald gerannt. Nik. Inzwischen erkannte sie seine Zeichnung ganz leicht.

Mit seinem massiven Kiefer packte er einen Bruder im Nacken und schleuderte ihn in den Wald. Der andere wollte hinterher, doch Nik stoppte ihn mit einem wohlplatzierten Prankenhieb. Dann jagte er ihn in die andere Richtung davon.

»Alles klar. Der große Bruder hat sich darum gekümmert.«

»Ich schwöre es, überall, wo du hinkommst ...«

»Ach, halt die Klappe!«

Nik kehrte zurück. Er trottete an Angelina vorbei, würdigte sie kaum eines Blickes und machte einen uneleganten Bauchklatscher in seinen Pool.

Angie lachte wieder.

»Was ist?«

»Nichts. Tiger-Nik ist nur in seinen Pool gesprungen. Wie das trottelige dicke Kind im Schwimmunterricht in der achten Klasse.«

»Tja, ich habe gelesen, dass Tiger Wasser lieben. Und sie schnurren nicht.«

»Der hier schon.«

»Wirklich?« Angie konnte Miki förmlich denken hören. »Interessant. Tiger sind die einzigen Katzen, die das nicht tun. Das muss wohl der Mensch in ihm sein.«

Kopfschüttelnd und lächelnd sah Angie dem Dreihundertkilotier zu, wie es planschte wie ein kleines Kind.

»Hör mal, Angie. Bist du sicher, dass alles in Ordnung ist? Wirklich?« Mikis Sorge um sie war durchs Telefon zu hören, und es wärmte Angies hartes Herz.

»Mir geht es gut, Mik. Der Mann ist mit mir shoppen gegangen. Ich habe zwanzigtausend Dollar von seinem Geld ausgegeben, und er hat nicht einmal mit der Wimper gezuckt. Und auch nicht nach Sex gefragt.«

»Du hast anscheinend mal wieder jemand Angst eingejagt.«

Schön wär's. Angie kicherte, als sie sah, wie Nik sich aus dem Pool stemmte.

Da erstarrte sie, und ihr Kichern blieb ihr im Hals stecken. Er hatte sich zurückverwandelt. In einen nackten Menschen. Nik stand auf und schüttelte sich das Wasser aus den Haaren. Die helle Mittagssonne ließ seine Haut aussehen, als hätten die Götter sie nur für sie gebräunt. Jeder Muskel war perfekt geformt und flehte um Berührung.

Ihr Verstand stellte den Dienst ein. Ihr Herz fühlte sich an, als würde es ihr aus der Brust platzen, und sie starrte ihn unverhohlen an. Sie konnte nicht anders. Sie konnte sich nicht abwenden. Sie war hypnotisiert.

Poch. Poch. Poch.

»Angie? Hörst du mir zu?«

Nein. Sie hörte überhaupt nichts. Nichts. Alles andere, sogar ihre beste Freundin, wurde von der Schönheit dieses Mannes überstrahlt.

Ihr Blick wanderte an seinem muskulösen Körper

entlang, und da sah sie ihn. Seinen Schwanz. Genau wie er war er perfekt.

Sie schluckte.

»Erde an Angelina Santiago! Bitte kommen!«

Nik kam auf sie zu; Wasser tropfte von jedem wunderbaren Zentimeter seines Körpers. Mit seinen langen Beinen war er im Handumdrehen an ihrem Liegestuhl. Er kauerte sich neben sie und schloss ihr mit einer seiner großen Hände den Mund.

»Fängst du Fliegen, Süße?«

Seine Hand glitt über ihr Kinn, ihren Hals hinab und dann weiter. Einen ekstatischen Moment lang glaubte sie, er würde ihre Brust umfassen. Doch stattdessen streichelte seine Hand den Welpen, den sie immer noch auf dem Arm hatte.

Nik beugte sich dicht zu ihr vor, sein heißer Atem streifte ihr Ohr. Leise, damit nur sie es hören konnte, sagte er: »Und, Süße, wenn du weiterhin nachts halbnackt auf deinem Balkon sitzen willst und so gut riechst und seufzt, als hättest du gerade den besten Fick deines Lebens hinter dir, dann kannst du mir auch gleich eine Leine um den Hals legen und mich zu deinem Eigentum erklären.«

Er richtete sich wieder auf, schenkte ihr das breiteste selbstgefällige Grinsen, das sie je gesehen hatte, und ging zurück ins Haus.

»Angie! Entweder du antwortest mir, oder ich komme selbst da rüber, verdammt noch mal!«

»Wage es ja nicht!« Hoppla. Sie hatte das eigentlich nicht schreien wollen. Und auch nicht so hysterisch klingen. Aber um alles in der Welt, wer war dieser Kerl?

Sie atmete tief durch und leckte sich die Lippen. »Ich meine, das Wichtigste ist doch im Moment das Meutenbaby.«

»Nenn sie nicht immer so!«

Nik öffnete seine Haustür, und seine Schwester und seine Cousine stürmten herein – beide mit den Armen voller Kleider.

»Wo ist sie?«, wollte Reena wissen.

»Angelina?«

»Wohnt im Moment noch eine andere Yankeebraut hier?«

»Hüte deine Zunge! Als würde ich einen Yankee in mein Haus lassen. Sie ist Texanerin.«

»Komm.« Kisa deutete auf die Treppe. »Sie ist wahrscheinlich in ihrem Zimmer.«

Die zwei Frauen rannten die Treppe hinauf, und Nik schüttelte den Kopf. Er wusste nicht, was seine Schwestern vorhatten, aber da er keine Krallen sah, war er nicht allzu besorgt.

Er wollte gerade die Haustür wieder schließen, da kamen Ban und Aleksei heran.

»Hey, Bruder!«

Nik knallte ihnen die Tür vor der Nase zu und ging zurück in sein Büro. Er hatte immer noch tote Elche im Garten.

»Das ist nicht lustig!«, schrie Ban durch das dicke Eichenholz.

»Doch, ist es wohl!«, lachte Nik.

Angie betrachtete sich in dem mannshohen Spiegel. Sie trug zwei verschiedene Schuhe. Beide Highheels, beide ungemein sexy.

Sie schaute nicht einmal auf, als das Hämmern an der Tür anfing.

»Verpiss dich! Du sagtest, wir gehen nicht vor sieben!« Sie löste den Blick nicht von den Schuhen. Sie wollte nicht zu viel darüber nachdenken, aber sie wollte heute Abend hübsch aussehen.

»Wir sind's.«

Sie runzelte die Stirn. Es gab nur ein »Wir« in ihrem Leben, und die beiden klangen ganz anders.

»Verpisst euch bis sieben!«

Ohne Schlösser an den Türen – *verdammte Gestaltwandler* – hielt die beiden Frauen nichts davon ab, in ihr Zimmer zu platzen.

»Entschuldigt bitte. Ich glaube, ich habe nicht ›Herein‹ gesagt.«

Die Kleinere blieb stehen und schaute auf Angies Füße hinab. »O Mann, sie hat sogar süße Schuhe! Wir haben keine süßen Schuhe!«

Sie wandte sich zu ihnen um. »Wer seid ihr?«

»Kennst du uns nicht mehr? Wir haben uns gestern gesehen, bevor du mit Nik weggegangen bist.«

Angie zuckte die Achseln. Sie konnte sich nur an wenige Leute erinnern, schon gar nicht von einem Tag zum nächsten.

Die Größere ergriff das Wort: »Ich bin Niks Cousine Reena. Das ist seine Schwester Kisa.«

»Super. Dann habe ich ja jetzt die ganze bucklige Verwandtschaft da.«

»Du musst uns helfen«, bettelte die Kleinere.

»Helfen? Wie?«

Sie ließen die Kleider, die sie mitgebracht hatten, auf den Boden fallen. Angie schnappte sich das erste Stück, das sie sah, und hielt es hoch.

»Wir gehen als Nonne, was?«

Reena nickte. »Genau.«

»Siehst du?«, beharrte Kisa. »Du musst uns helfen.«

»Warum ich?«

»Wir haben heute diese Rudelnutten gesehen«, sagte die Größere. »Sie haben unglaublich ausgesehen.«

»Es hat sich in der ganzen Stadt herumgesprochen, dass du ihnen geholfen hast.«

»*Das* hat sich in der Stadt herumgesprochen?« Angie schnaubte. »Hier in Gestaltwandlerhausen ist nicht viel los, was?«

»Hör zu, du strahlst Stil aus«, sagte die Kleinere. »Und wir nicht.«

Angie sah die beiden Frauen an. Das Problem war nicht ihr Aussehen. Sie waren wunderschöne Gestaltwandlerinnen, und die Narben an ihren Hälsen waren kaum zu sehen. Aber die Kleine konnte ihr kaum in die Augen sehen, so schüchtern war sie. Und die andere war eindeutig eine Oberlehrerin. Wahrscheinlich diejenige, der man die Verantwortung aufgebürdet hatte, die jüngeren Brüder zu hüten. Diese Aufgabe fiel anscheinend immer den ältesten Schwestern zu.

Zum Henker, was konnte es schaden? Und um ehrlich zu sein, machte es ihr irgendwie Spaß, den modisch Hilflosen zu helfen.

»Also gut. Warum nicht?« Die zwei Frauen lächelten

erleichtert, und sie grinste breit. »Aber dafür brauchen wir Champagner.«

Seine Brüder kamen in sein Büro.

»Wie siehst du denn aus?« Ban warf sich in einen der Lehnsessel. »Und was zum Henker hörst du dir da an?«

»Lords of Acid.«

»Teufelsmusik, würde E-O sagen.«

»Was ist los?« Aleksei setzte sich auf die Kante von Niks Schreibtisch. »Und hör auf, unsere Großmutter so zu nennen, Ban!«

»Auf meinem Konto sind über zwanzigtausend Dollar.«

»Ist das alles, was dir auf der Welt geblieben ist?«, wollte Alek wissen.

»Bruder, warum hast du uns nichts gesagt? Wir können dir doch was leihen!«

»Ihr Idioten, ich habe nicht nur zwanzigtausend ... da sind plötzlich mehr als zwanzigtausend zusätzlich drauf.« Er überprüfte noch ein paar Sachen, dann lehnte er sich auf seinem Stuhl zurück. »Sie hat es mir zurückgezahlt.«

Kisa rauschte herein. »Champagner?«

»Weinkeller.«

»Und gekühlter?«

»Kühlschrank im Keller.«

»Danke.« Sie schoss wieder hinaus.

Ban zuckte die Achseln und wandte sich wieder Nik zu. »Wer hat dir was zurückgezahlt?«

»Was meinst du wohl? Und hast du deinen verdammten Hund aus meinem Garten geholt?« Ban war der einzige Tiger, den er kannte, der meinte, unbedingt Streuner aufnehmen zu müssen, sogar Hunde. Aber nicht »für den kleinen Hunger«, wie ihre Mutter das nannte, sondern als Haustiere. Die örtlichen Tierheime liebten Ban, denn er spendete ihnen Geld, half bei Benefizveranstaltungen und kam vorbei, um die Katzen zu streicheln und mit den Hunden spazieren zu gehen. Sein Bruder war echt schräg.

»Ja. Er ist wieder bei mir zu Hause. Und du meinst, die reizende Ms. Santiago hat dir dein Geld zurückgezahlt? Übrigens kann sie jederzeit mit meinem Hündchen spielen.«

»Angelina Santiago«, seufzte Alek. »Der Name zergeht auf der Zunge, was, Bruder?«

»Ich bin mir sicher, bei ihr zergeht einem so einiges auf der Zunge.«

»Nähzeug?«

Die Brüder blickten zu Reena, die auf der Türschwelle stand.

»In Tante Abbys Zimmer, glaube ich.«

»Danke.« Sie verschwand wieder.

Mit einem kurzen Kopfschütteln drehte sich Nik zu seinen Brüdern um. »Damit wir uns da richtig verstehen, Gentlemen. Ihr haltet euch von ihr fern. Sie ist mein Gast. Ich habe diesen Hunden versprochen, mich um sie zu kümmern. Also haltet ihr zwei Idioten euch raus.«

Aleksei zwinkerte Ban zu. »Ich dachte, du wolltest sie nicht.«

Ban grinste zurück, und Nik spürte, wie sich ihm vor Wut die Nackenhaare aufstellten. »Und das bedeutet, großer Bruder, dass sie Freiwild ist.«

Kisa huschte an der offenen Tür vorbei, zurück in die Richtung, aus der sie gekommen war. »Ich habe auch noch Käse und Cracker genommen!« Dann rannte sie die Treppe hinauf.

Nik wusste nicht, was die Frauen da ausheckten, und er wollte es auch gar nicht wissen. Er konzentrierte sich auf seine Brüder. »Sie ist *kein* Freiwild.«

»Ach, komm schon, Nik. Du kannst sie nicht alle behalten.«

»Ich behalte sie nicht alle. Und diese hier auch nicht.«

Mit komplett unschuldigem Gesicht fragte Ban: »Also können wir sie haben, wenn du fertig bist?«

Er wusste, dass seine Brüder sich nie über das hermachen würden, was er übrig gelassen hatte, aber dennoch … der bloße Gedanke löste in Nik den Wunsch aus, ihnen das Fell abzuziehen. Das wussten sie auch. Sie machten ihn absichtlich fuchsteufelswild. Und sie genossen es.

Kapitel 7

Nik nahm das Glas Brandy, das Ban ihm reichte, und knallte sich aufs Sofa. Ban und Alek gesellten sich zu ihm, und die drei Männer ließen ihre großen Füße auf Niks Fünfzehntausend-Dollar-Couchtisch fallen. Er war aus einem einzigen Stück Holz geschnitzt, und Nik hatte ihn gekauft, weil er ihm gefiel. Doch er wusste, dass jedes Möbelstück, das er in sein Haus brachte, stabil genug sein musste, um dem Missbrauch durch seine ganze Familie standzuhalten. Wie die meisten Katzen hatten sie es gern gemütlich.

Alek schaute auf die Uhr. »Es ist fünf nach sieben. Wo bleiben sie?«

»Was hast du nur immer mit der Zeit?«

»Ich komme einfach nicht gern zu spät, das ist alles.«

Ban warf einen Blick auf Nik. »Er ist ein bisschen verspannt, oder?«

»Halt die Klappe, Ban.«

Nik schüttelte den Kopf und nippte an seinem Brandy. Er hatte sie den ganzen Tag nicht gesehen. Sie hatte sich schon seit Stunden mit seinen Schwestern in ihrem Zimmer verkrochen, und er stellte zu seinem wachsenden Entsetzen fest, dass er sie vermisste. Aber das war ihre Schuld. Saß in diesen verdammten Shorts draußen an *seinem* Pool und sah aus, als gehörte sie in sein Zuhause – mehr als es jeder Frau zustand. Ohne nachzudenken, leerte er seinen Brandy in einem Zug.

Körperlich. Es war nichts weiter als körperlich. Angie Santiago war ein geiles Stück, und er wollte nichts weiter als herausfinden, ob ihre Beine noch besser aussahen, wenn sie auf seinen Schultern ruhten.

Die Tür des Arbeitszimmers ging auf und Reena fegte herein. Sie wirbelte in ihrem extrem kurzen Minikleid einmal um die eigene Achse, dann blickte sie ihre Cousins an. »Also?«

»Verdammt, Mädchen«, äußerte sich Ban. »Du hast dich ja rausgeputzt.«

»Was soll das heißen?«

Nik gab seinem Bruder eine Kopfnuss. »Er meint, du siehst hübsch aus.«

»Dann sag das doch auch! Ich fasse es nicht, dass dich noch keine Frau umgebracht hat.« Sie warf einen Blick zurück zu der halb offenstehenden Tür. »Kisa kommt. Jetzt sagt etwas Nettes«, flüsterte sie eindringlich.

Reena trat von der Tür zurück, als Kisa eintrat. Er hatte seine Schwester noch nie so elegant gesehen. Sie trug ein langes Kleid, das über den Boden streifte, wenn sie ging. »Wow, Schätzchen«, sagte Nik stolz. »Sieh dich an!«

»Sehe ich okay aus?« Kisa strich unnötigerweise die Vorderseite des Kleides glatt. »Ich fühle mich irgendwie blöd.«

Nik stand auf. »Du siehst toll aus. Ihr seht beide toll aus.«

Die beiden Frauen lächelten entzückt, und die fünf sahen einander an. Zum ersten Mal seit langer Zeit schrien sie sich nicht an, verhöhnten sich oder stritten. Es war einfach ein netter, ruhiger Moment unter erwachsenen, entspannten Gestaltwandlern.

»Also« – Angie stolzierte in den Raum – »gehen wir, Leute. Wird Zeit, dass wir die Party starten.«

»Also, Süße, ich …« Nik unterbrach sich. Unterbrach sich und starrte. Was hätte er auch tun sollen? Sie trug die langen Haare offen, Ringellocken umspielten ihre Schultern und ihren Hals. Das Kleid war ein teures Teil, und er hatte die Augen verdreht, als sie ihm den Preis genannt hatte. Es glitt über ihre Kurven, als habe es jemand speziell für ihre appetitliche Figur entworfen. Yup, eindeutig die besten fünfzehnhundert Dollar, die er je ausgegeben hatte.

Sie kam zu ihm herüber. Mit ihren eins fünfundsiebzig hatte sie auch noch den Nerv, zehn Zentimeter hohe Absätze zu tragen. Das gefiel ihm. Ihre kühlen Finger strichen über seinen Kiefer. Sanft schloss sie ihm den Mund. »Fangen wir Fliegen, *Süßer*?«

Sie starrten sich an; alle schwiegen, bis Reena sich räusperte. »Ähm … wie wäre es, wenn wir draußen im Wagen auf euch warten?«

Reena schnappte Ban am Arm und zerrte ihn aus dem Raum. Eine feste Hand von Kisa in seinem Rücken beförderte Aleksei ebenfalls zur Tür hinaus.

Angie lächelte. »Schau nicht so, Landei!«

Sie trat einen Schritt zurück. »Und ich will hoffen,

dass das Essen dort gut ist. Ich bin am Verhungern. Der Käse und die Cracker haben nicht lange vorgehalten.«

Mühelos drehte sie auf diesen unmöglichen Absätzen, und Nik wäre beinahe auf die Knie gesunken. Das Kleid, komplett rückenfrei, enthüllte ihr Tattoo. Eine Maya-Zeichnung, die Macht und einen Schutzzauber ausstrahlte und eindeutig eine Katze zeigte. Eine große. Ihre Krallen rissen die Haut auf. Der Künstler hatte sogar ein bisschen rotes Blut tätowiert. Es war eines der schönsten Stücke, die Nik seit langem gesehen hatte, aber an ihr …

Dazu kam die Art, wie sie die Hüften bewegte, und er war kurz davor, in der Hose zu kommen wie ein Dreizehnjähriger.

»Na komm schon, Landei! Ich habe nicht die ganze Nacht Zeit!«

Sie musste allerdings endlich aufhören, ihn Landei zu nennen.

Angie lehnte an der Bar. Sie hatte den Blick auf ihren Lemon Martini gerichtet, aber die Ohren komplett auf das ältere Paar neben sich eingestellt. Sie waren Mitte fünfzig und stritten, seit sie an die Bar gekommen waren.

Der Mann tat ihr leid. Die Frau kam ihm kein Stück entgegen. Irgendwie erinnerte sie Angie an Miki. Offen, brutal und sachlich.

»Geh weg!«, fauchte die Frau noch einmal.

»Warum? Du weißt, wir sehen wunderbar zusammen aus.«

»Wir sehen nicht …« Die Frau holte Luft. Sie war deutlich größer als der Mann, ihre schwarzen Haare, die von grauen, weißen und roten Strähnen durchzogen waren, wurden von einer Haarklammer aus Platin gehalten. »Halt dich von mir fern, oder ich sorge dafür, dass du bereust, dass dich noch keiner umgebracht hat.«

Sie wandte sich zum Gehen, und er versetzte ihr einen Klaps auf den Hintern. Die Tigerin – wie hätte man diese Frau sonst nennen können? – blieb stehen, knurrte und stapfte davon.

»Sie hasst es, wenn ich das tue.«

Angie antwortete nicht, denn sie sollte eigentlich nicht zuhören.

»Ich weiß, dass Sie zuhören.«

Verdammt. Sie warf einen Blick zu ihm hinüber. »Tut mir leid.«

Er schüttelte den Kopf und kam näher. »Kein Problem. Wir sind ein ziemlich faszinierendes Paar.«

Angie stellte fest, dass sie gleich groß gewesen wären, wenn sie die Schuhe ausgezogen hätte. Im Vergleich mit den anderen Männern im Raum war er fast schon winzig.

Er bedeutete dem Barkeeper mit einer Handbewegung, ihm noch einen Scotch zu machen. »Sie sind nicht von hier.«

»Und wie kommen Sie darauf?«

»Ihr Akzent.«

Sie blinzelte. Da sie die Dunkelste im Raum war, hatte sie einfach angenommen, dass das sein Problem war.

»Texas.«

»Gut. Ich fände es auch gar nicht witzig, wenn jemand einen Yankee auf meine Party mitgebracht hätte.« Angie lachte, und er erwiderte das Lächeln. »Verdammt, Mädchen. Das ist das hübscheste Lächeln, das ich je gesehen habe … neben ihrem, natürlich.«

Sie blickte zu der Frau hinüber, der er vollkommen verfallen zu sein schien. »Sie wirkt nicht allzu interessiert.«

»Sie ist stur. Will einfach nicht zugeben, dass sie mich liebt. Das war schon immer so.«

»Ich habe eine Freundin, die so ist.«

»Also, wie heißen Sie, Schätzchen?«

»Angelina.«

»Das ist ein wunderschöner Name. Ich bin Boris.«

»Boris, was? Das ist ein sehr russischer Name.« Sie schüttelten sich die Hände. »Waren Sie je in Russland?«

»Wozu? Dort wird es echt kalt. Abgesehen davon bin ich Amerikaner, Schätzchen. Hier geboren und aufgewachsen. Genau wie mein Vater und vor ihm mein Großvater. Alles, was ich brauche, ist hier in den Staaten.«

Er stand jetzt direkt neben ihr, aber nicht so nah, dass sie zurückweichen musste. Gut. Er verstand etwas von Distanzzonen. Das schien ein Thema zu sein, das der Hinterwäldler noch nicht ganz kapiert hatte.

»Das hier ist also Ihre Party?«

»Yup. Nur so kann ich diesen reichen Schnöseln Geld aus den Rippen leiern.«

»Geld wofür?«

»Für arme Familien von dort, wo ich früher gelebt habe. Oben in einem kleinen Bergtal, nicht weit von hier.«

Guter Gott, ich bin in der Nähe eines »Bergtals«.

»Sie hatten nicht immer Geld?«

»Oh, nein. Hab oben im Tal gelebt, bis ich siebzehn wurde. Dann hat mich mein Daddy zur Army geschickt.«

Ausgehend von seinem jetzigen Alter konnte das nur eines bedeuten: »Vietnam?«

»Yup. War der schlimmste Albtraum meines Lebens. Aber es hat mich zum Mann gemacht. Als ich zurückkam, habe ich mich durch die Schule geboxt und bin schon früh in die Computerbranche eingestiegen.«

»Und jetzt sind Sie hier.«

»Jetzt bin ich hier.«

»Die Geschichte gefällt mir, Boris. Das ist eine gute Geschichte.«

Er nahm einen Schluck von seinem Scotch. »Und was tut eine Vollmenschliche hier?«

»Ich wurde von Hinterwäldlern entführt.«

»Ach, tatsächlich?«

»Yup. Das ist eine lange und schmutzige Geschichte, und ich bin mir nicht sicher, ob mir jetzt danach ist, sie zu erzählen.«

»Ich muss Sie nicht retten oder so was, oder?«

Angie lächelte und schüttelte den Kopf. »Nein. Ich komme schon mit ihnen klar.«

»Welche sind es denn?«

Angie warf einen Blick über die Schulter und nickte in Richtung Nik. Er stand mit seinen Brüdern zusammen, umringt von einer Schar umwerfender Frauen. Nicht dass sie den Frauen einen Vorwurf hätte machen können. Alle drei Männer waren gutaussehend, aber Nik übertraf sie alle. Er war wohl persönlich mit allen großen Designern bekannt. Sie hatte nicht gewusst, dass Armani, Gucci und der ganze Rest Kleidung herstellten, die einem Mann seiner Größe passte. Und sie passte sehr gut. Er trug keinen Smoking wie einige der anderen Männer. Er trug schwarze Schuhe, eine schwarze Stoffhose und ein schwarzes Seiden-T-Shirt. Darüber hatte er eine schwarze, halblange Lederjacke, und wenn sie zu dem Typ Frau gehört hätte, der sabberte …

»Die da.«

»Ah. Verstehe.« Boris' Gesicht wurde plötzlich ernst. »Sind sie nett zu Ihnen?«

»Sie bringen mir Elche und Hirsche.«

Sein breites Grinsen kehrte zurück. Er war wohl der fröhlichste Mann, den sie je kennengelernt hatte. »Sie umwerben Sie! Sie müssen Sie mögen.«

»Es scheint so.«

»Nicht dass ich es ihnen verdenken könnte. Sie sind ein charmantes Mädchen.«

»Sie auch.«

»Ja, ich bin wirklich ein charmantes Mädchen.«

Angie prustete und wandte sich wieder ihrem Martini zu. Sie mochte diesen Provinzler. Er brachte sie zum Lachen.

»Und, sind Sie an einem von ihnen interessiert?«, fragte Boris leichthin.

»Nein.«

»Warum nicht? Weil Sie sie für Hinterwäldler halten?«

»Sie sind Hinterwäldler. Und ich will nicht darüber reden.«

»Warum seid ihr Frauen nur so kompliziert?«

»Wir sind nicht kompliziert. Wir lassen uns nur nichts mehr gefallen.«

Boris schaute zum aktuellen Objekt seiner Begierde hinüber. »Sie ganz sicher nicht. Das ist eines der Dinge, die ich an ihr liebe. Sie würde einem in Null Komma nichts die Kehle zerfetzen.«

»Das haben Sie schön gesagt, Boris. Das sollten Sie auf eine Grußkarte drucken lassen.«

Sie spürte Nik hinter sich, bevor sie seine großen Hände links und rechts von sich auf die Bar gestützt sah. Warum zum Geier musste er das ständig tun?

»Verschwinde, Bauerntrampel!«

»Keine Sorge. Ich fasse dich nicht an.«

»Nein. Aber du dringst in meine Intimzone ein.«

»Natürlich! Die ist so groß wie Montana, ich kann also wohl schlecht irgendwo anders hin.«

Sie warf ihm über die Schulter einen finsteren Blick zu, aber er starrte Boris an. Die Männer musterten sich lange.

»Was hast du mit ihr gemacht?«, wollte Nik schließlich wissen.

Angie verteidigte Boris auf der Stelle. »Hey, hey, hey! Er hat gar nichts gemacht.« Sie drehte sich in seinen Armen und bemühte sich, ihn dabei nicht zu berühren. »Er ist ein perfekter Gentleman. Also verpiss dich!«

»Ich spreche nicht von dir.« Er sah Boris mit hochgezogener Augenbraue an. »Ich meine, was hast du mit Momma gemacht?«

Boris zuckte die Achseln. »Nichts, was ich nicht schon tausendmal vorher gemacht hätte.«

Nik blickte finster drein und zischte: »Du bist ekelhaft.«

Boris wurde todernst. »Und ich bin dein Vater. Also pass auf, was du sagst, Junge!«

Angie duckte sich unter Niks Arm hindurch und stellte sich zwischen die Männer. Sie legte eine Hand an Boris' Brust. »Beruhigen Sie sich.«

»Manchmal vergisst mein Sohn, wo sein Platz ist.«

»Mein Platz?«

O Mann. Das war nicht gut. Sie hatte sich nie mit ihren Eltern gestritten. Es hatte nie einen Sinn gehabt. Das hatte andererseits natürlich auch bedeutet, dass sie immer, wenn sie wieder gegangen waren, jemanden gesucht hatte, dem sie körperlich wehtun konnte. Normalerweise auf dem Spielplatz oder im örtlichen Diner.

Aber sie amüsierte sich bisher wunderbar und wollte sich das von Nik nicht verderben lassen.

Mit einer Hand immer noch an Boris' Brust und der anderen an Niks, stand sie zwischen den beiden Männern. »Gentlemen. Ihr wollt mich ganz bestimmt nicht sauer machen. Wie wäre es also, wenn wir uns alle beruhigen? Und versuchen, diesen verdammten Abend hier zu genießen?«

Vater und Sohn sahen Angelina an, dann einander.

»Wie könnten wir so ein Angebot ablehnen?« Boris lachte. Er nahm ihre Hand von seiner Brust und küsste den Handrücken. »Wissen Sie, Miss Angie, ich würde mich freuen, wenn Sie heute beim Essen neben mir säßen.«

Sie lächelte. »Sehr gerne.«

Die Hand immer noch an Niks Brust, spürte sie sein Knurren, lange bevor sie es hörte. Sie ging, ohne ihn noch eines Blickes zu würdigen. Die Dinner-Ansage schallte durch den Raum, und alle machten sich langsam auf den Weg in den Ballsaal, wo die Tische gedeckt waren.

Angie nahm den Arm, den Boris ihr anbot. »Wissen Sie, Boris, es ist so eine Freude, endlich einen Gentleman zu treffen.«

»Oh, na, herzlichsten Dank, Ma'am!«

Sie musste nicht einmal zurückblicken, um zu wissen, dass Nik immer noch dort stand, wo sie ihn zurückgelassen hatte … und schäumte.

»Ist das das Mädchen, das deine Brüder entführt haben?«

Nik nickte. Er konnte nicht fassen, dass sein Vater ihn eifersüchtig gemacht hatte. Er wusste, es gab keinen Grund dafür. Der Mann liebte Niks Mutter immer noch. Schon sein ganzes Leben, wenn man ihm Glauben schenken durfte.

»Ja.«

»Sie ist ein hübsches kleines Ding.« Seine Mutter, immer noch dieselbe Schönheit, die nach Klasse und altem Geld roch, stellte sich vor ihren Sohn und strich ihm den Kragen seines Jacketts glatt. »Und wahrscheinlich nicht gut genug für einen *meiner* Söhne.«

»Und wenn schon – das ist egal, Momma.«

»Ach? Willst du mir sagen, du seist nicht interessiert?«

»Ich bin nicht interessiert.«

Sie seufzte, als sie seinen dargebotenen Arm nahm. »Ich werde nie verstehen, mein Sohn, warum du unbedingt nach mir kommen musst.«

»Tja, hauptsächlich, weil du versuchst, die Familie nicht in Verlegenheit zu bringen.«

Boris rückte einen Stuhl für Angie zurecht. »Setzen Sie sich, Schätzchen.«

»Danke.« Boris setzte sich neben sie, und die beiden lächelten sich an.

»Sie wissen aber«, tadelte Angie ihn taktvoll, »dass Sie mir hätten sagen sollen, dass er Ihr Sohn ist.«

»Und wo wäre da der Spaß geblieben?« Boris beugte sich zu ihr vor, aber sie fühlte sich immer noch in keiner Weise von ihm bedroht. »Und jetzt sagen Sie mir die Wahrheit, Schätzchen. Sie haben doch keinen Mann drüben in Texas, der auf Sie wartet, oder? Irgendein Cowboy mit Ihrem Namen als Tattoo quer über der Brust?«

Angie kicherte. »Nein. Habe ich nicht.«

»Gut.«

»Ich dachte, Niks Mom sei Ihre Geliebte.«

»Oh, das ist sie auch, Schätzchen. Aber ich denke nicht an mich.«

Nik kam zum Tisch und rückte Stühle für seine Mutter und Schwester zurecht. Als er aufblickte, merkte er, dass Angie und Boris ihn ansahen. »Was ist?«, fragte er verwirrt.

Angie konnte nicht anders. Sie begann zu kichern, und Boris stimmte ein.

Das Dinner war mal wieder ein voller Erfolg für Boris Vorislav und eine der wenigen Gelegenheiten, bei denen man eine riesige Gruppe von Tigern zusammen antreffen konnte. Nik verbrachte den Großteil des Abends plaudernd mit seiner Mutter und seinen Tanten, wich den Avancen einiger Frauen aus und mied ein paar der aggressiveren Männer, weil er auf der Party seines Vaters lieber niemanden töten wollte. Vor allem nicht bei einer wichtigen Wohltätigkeitsveranstaltung wie dieser.

Außerdem verbrachte er einen guten Teil des Abends damit, dafür zu sorgen, dass keiner der Männer zu keck mit seiner Schwester oder Cousine wurde. Ihre plötzliche Veränderung schien ihnen eine Menge männliches Interesse einzubringen. Um Reena musste er sich keine Sorgen machen. Sie kam mit allem zurecht und hatte schon zwei Junge von zwei verschiedenen Männern. Aber Kisa … um sie machte er sich Sorgen. Von der ganzen Familie war sie immer noch die beste Jägerin. Aber nur in Tigergestalt. Als Mensch war ihre Schüchternheit schmerzlich anzusehen. Und er wollte verdammt sein, wenn er zuließ, dass irgendein überheblicher Vollidiot seine kleine Schwester schlecht behandelte. Doch wenn er sich nicht gerade darum Sorgen machte, verbrachte er den Rest seiner Zeit damit, Angelina im Auge zu behalten. Zu seiner großen Verärgerung verstand sie sich mit seinem Vater, als wären sie alte Freunde. Außerdem hatte sie die Aufmerksamkeit beinahe sämtlicher Männer im Raum. Jedes Mal, wenn sie aufstand, um zur Toilette zu gehen oder sich die Beine zu vertreten, richtete sich jedes männliche Auge auf sie.

Es gefiel ihm nicht. Kein bisschen. Und es störte ihn, dass es ihm nicht gefiel.

Sein Vater ließ sie schließlich an dem riesigen Tisch allein und kam zu seinem Sohn herüber.

»Junge«, blaffte er statt einer Begrüßung.

»Daddy.«

»Es läuft gut, findest du nicht?«

Nik zuckte mit den Schultern. »Klar. Aber es wird überhaupt nichts ändern. In ihren Augen sind wir immer noch nicht gut genug.« Und Nik machte die wolfsartigen Paarungstendenzen seines Vaters mehr dafür verantwortlich als seine Vergangenheit in Armut.

Grimmige goldene Augen fixierten ihn. »Sie haben recht. Das sind wir auch nicht. Wir sind besser. Vergiss das nicht.«

Nik nickte. »Ja, Sir.« Er würde jetzt nicht schon wieder einen Streit mit dem alten Mann anfangen. Er respektierte ihn immer noch. Sein Vater war der zäheste Mann, den er kannte. Als Türschütze im Krieg hatte er zu den Männern mit der kürzesten Lebenserwartung gehört. Doch sein Daddy hatte überlebt. Hatte sich durch die Schule gekämpft, eine Firma gegründet und war jetzt einer der wohlhabendsten Tiger der Ostküste. Gleichzeitig vergaß Boris nie, woher er kam. Und er weigerte sich, sich zu schämen. Gott behüte, dass seine Kinder das je taten.

Die einzige Schwäche des Mannes: Niks Mutter,

Natalia. Sie spielten ihr Spiel schon mindestens fünfunddreißig Jahre und schienen es nie müde zu werden. Nik persönlich mochte keine Spielchen. Man sagte, was man fühlte, und meinte es auch so. Sobald er dachte, eine Frau versuche, ihn zu verarschen oder zu manipulieren, war er weg.

»So, und jetzt hört zu. Alle drei.« Seine Brüder gesellten sich auf den Befehl ihres Vaters hin zu ihnen. »Ich will, dass ihr gut auf diese kleine Lady aufpasst.«

»Wie bitte?«, knurrte Nik.

»Du hast mich verstanden. Sie ist ein reizendes kleines Ding, und ich will nicht, dass ihr träge werdet.«

Nik knurrte erneut. Warum sein Vater ihn unbedingt zu Tode nerven musste, würde er wohl nie verstehen. Vor allem, wo er sich solche Mühe gab, dem alten Bastard nicht die Kehle zu zerfetzen.

»Daddy, das ist nicht fair«, schaltete Ban sich ein. »Nik kümmert sich großartig um sie.«

»Und vielleicht solltest du dich um deine eigenen Angelegenheiten kümmern«, fügte Alek hinzu.

»Diese Familie und alles, was darin passiert, *ist* meine Angelegenheit.«

»Was ist hier los?« Niks Mutter stellte sich vor ihre Söhne. Sie beschützte sie, als wären sie immer noch ihre Kleinen.

Boris' Blick glitt an Natalias Körper entlang, als mustere er eine Stripperin und nicht die Mutter seiner Kinder. *Was für ein geiler alter Kerl!*

»Ich rede nur mit unseren Jungs, Schatz. Hast du ein Problem damit? Etwas, das wir unter vier Augen klären sollten?« Er wackelte mit den Augenbrauen, und sie knurrte entnervt.

»Ich hasse dich.«

Bevor seine Eltern vollends außer Kontrolle geraten konnten, kam Kisa herangeeilt, dicht gefolgt von Reena.

»Wir haben ein Problem. Szervác macht Angie an.«

Die ganze Familie schaute zu Angie hinüber. Szervác stand dicht neben ihr. Zu dicht, wie Nik wusste.

»Gehen wir ihn in den Arsch treten!«, schnaubte Ban.

»Keine Bewegung!« Sie sahen alle Nik an, und der zuckte die Achseln. »Ich will sehen, was sie macht.«

Seine Mutter wandte sich zu ihm um. »Nikolai Vorislav, das kann nicht dein Ernst sein!«

»Fünfzig Mäuse, dass sie ihn fertigmacht.«

Seine Mutter warf einen Blick zu Angie hinüber, dann zurück zu ihrem Sohn. »Hundert.«

Angie drehte sich zu dem Idioten um, der ihre Privatsphäre verletzte. »Gehen Sie weg von mir.«

»Na, na, Schatz. Stell dich nicht so an.« Er strich ihr mit dem Zeigefinger an der Innenseite des Arms entlang. »Ich kann es wiedergutmachen.«

Angie schüttelte sich vor Zorn und Widerwillen. Es erstaunte sie, wie sehr sie ungebetenen Körperkontakt hasste. Sie wusste, sie sollte nach Nik rufen, aber sie hatte schon immer selbst auf sich aufgepasst. Klar, sie wünschte, sie hätte ihren Baseballschläger hier, aber dann würde sie eben damit auskommen müssen, was sie zur Verfügung hatte.

Sie zog ihm den Arm weg, winkelte ihn an und knallte ihm den Ellbogen ins Gesicht, dass ihm die Nase brach.

Blut spritzte, und er brüllte auf.

Angie rutschte von ihrem metallenen Klappstuhl, packte ihn mit beiden Händen und zog ihn dem Mann über den Hinterkopf. Der Hieb schleuderte ihn gegen den Tisch, der wiederum zusammenbrach.

Angie ließ den Stuhl fallen. Ruhig sagte sie: »Nächstes Mal, wenn eine Frau dir sagt, du sollst die Hände wegnehmen, dann nimmst du auch deine beschissenen Hände weg.«

Sie wirbelte auf ihren Ferragamos herum und erstarrte, als sie merkte, dass die ganze Familie Vorislav sie ansah wie ein Monster – mit Recht, wie ihr plötzlich bewusst wurde. Sie hatte sie nicht in Verlegenheit bringen wollen. Tatsächlich tat es ihr fast körperlich weh zu wissen, dass sie wahrscheinlich Boris' wichtigen Abend ruiniert hatte.

Himmel, kann dieser Abend noch schlimmer werden?

Sie beschloss, sich dem Albtraum direkt zu stellen. Weglaufen nützte nichts. Abgesehen davon: wo hätte sie hinsollen?

Eilig entfernte sie sich von ihrem bewusstlosen Bewunderer, bevor er wieder auf die Beine kommen konnte. Als sie sich den Vorislavs näherte, fiel ihr auf, dass dort gerade Geld den Besitzer wechselte.

»Boris, es tut mir wirklich …«, begann sie.

Boris hob einen Finger und unterbrach sie. Er schaute finster auf Kisa hinab. »Ich schulde dir keine hundert.«

»Doch, Daddy. Ich habe dir gesagt, dass sie den Stuhl benutzen würde.«

»Es waren fünfzig.«

»Hundert.«

»Du würdest deinem eigenen Vater Geld abknöpfen?«

»Ohne zu zögern.« Kisa streckte die Hand aus. »Und jetzt gib schon her.«

Brummelnd gab Boris seiner Tochter einen Hunderter aus dem Geldbündel, das er in seiner kräftigen Hand hielt.

Angie wandte sich an Nik. »Ihr habt auf mich gewettet?«

Nik nickte. »Ja. Die Chancen standen zu gut, um sich das entgehen zu lassen.«

»Momma und Daddy haben dich unterschätzt.« Ban zählte sein Bares. Er sah sie nicht einmal dabei an.

»Aber habe ich euch nicht in Verlegenheit gebracht und den Abend ruiniert?«

Sie sahen sie an, dann fingen sie an zu lachen.

»Oh, Schätzchen.« Niks Mutter legte ihr einen Arm um die Schultern, und Angie bekämpfte den Drang, sich loszureißen. Die Frau war so nett zu ihr, wie konnte Angie ihr da sagen, sie solle ihre Baumwollpflückerpfoten von ihr lassen? »Dafür müssten Sie dieser Familie schon sehr viel mehr antun. Abgesehen davon hat Szervác das nur getan, weil Sie eine Menschliche sind. Er hätte nie den Mumm, das mit einer von uns zu versuchen.«

»Na ja, danke, dass Sie so … nett zu mir sind.«

»Gerne.« Sie blinzelte, dann warf sie einen Blick auf

Nik. »Ich denke, du solltest deinen Hausgast nach Hause bringen, Sohn. Bevor die Lage hier kompliziert wird.«

Szervács Familie hatte ihn vom Boden aufgehoben und warf den Vorislavs jetzt wenig freundliche Blicke zu.

»Gute Idee.« Er nahm sie an der Hand und zerrte sie aus dem Saal.

Angie winkte Niks Eltern zu. »Es war nett, Sie beide kennenzulernen!«

Sie ließ sich von ihm festhalten, bis sie draußen waren, dann entriss sie ihm ihre Hand. »Ich kann sehr gut ohne deine Hilfe gehen!«

Nik kam so schnell auf sie zu, dass sie rückwärts taumelte und gegen eine Limousine stieß. Wieder stützte er die Arme links und rechts von ihr ab und beugte sich dicht zu ihr vor, aber nicht dicht genug, um sie zu berühren.

»Also ist es okay, wenn mein Vater dich anfasst, aber ich darf das nicht. Ist es so?«

»Er hat mich nicht angefasst. *Ich* habe *ihn* angefasst.«

Nik blinzelte. »Was?«

»Er hat mir den Arm hingehalten und ich habe ihn genommen. Dein Vater hat mich nie berührt. Im Gegensatz zu dir weiß dieser Mann, was Grenzen sind.«

»Ich verstehe.« Er entfernte sich von ihr. Aber er war nicht wütend. Ganz im Gegenteil, nach dem Grinsen zu urteilen, das sich auf seinem gutaussehenden Gesicht ausbreitete.

»Was freut dich so?«

»Pack deinen hübschen Hintern ins Auto, Süße. Bevor Szervács Familie hier rauskommt und etwas anfängt, das sie nicht beenden kann.«

Angie gefiel das gar nicht, aber sie konnte ihm nicht widersprechen. Nicht jetzt. Nicht hier. Aber sie hatte das unbestimmte Gefühl, als sei das Ganze noch lange nicht vorbei.

Kapitel 8

Angie musste zugeben, dass sie in ihrem ganzen Leben noch nicht so gut geschlafen hatte. Beim Duft echter Kiefern, dem wundervollen Bett, in dem sie im Moment lag, und dem beruhigenden Geräusch absoluter Stille holte sie den ganzen Schlaf nach, den sie in den letzten Monaten verpasst hatte.

Irgendwann gegen elf stand sie auf. Sie duschte kurz, zog sich bequeme abgeschnittene Jeans-Shorts und ein T-Shirt an. Dann machte sie sich barfuß auf den Weg in die Küche. Eine frische Kanne Kaffee wartete, und Nik hatte sogar eine Tasse für sie hingestellt.

Verdammter Kerl. Warum er plötzlich das Bedürfnis hatte, so nett zu sein, konnte sie sich nicht erklären. Auf der Rückfahrt von der Party hatte er nichts zu ihr gesagt, außer sie hatte ihm eine Frage gestellt. Aber er hatte die ganze Zeit gelächelt. Sie hasste dieses Lächeln. Klar, es war umwerfend, aber darum ging es nicht. Es war ein großspuriges Mir-gehört-die-Welt-Lächeln. Und es ärgerte sie zu Tode.

Er hörte ihre nackten Füße über den Marmorboden tappen, als sie zur Treppe zurückging.

»Hey, Angie. Könntest du mal kurz kommen?«

Er wusste, es jagte ihr eine Heidenangst ein, dass er ihren Namen benutzte, aber er musste dafür sorgen, dass sie sich nicht zu sicher fühlte. Eine gute Minute lang antwortete sie ihm weder noch rührte sie sich. Er biss sich auf die Innenseite der Wangen, um nicht zu lachen. Als sie tief und dramatisch aufseufzte, musste er fester zubeißen.

Sie kam ins Arbeitszimmer.

»Also? Wo bist du?«, wollte sie wissen.

Er hob den Arm, damit sie ihn über der Rückenlehne der Couch sehen konnte. Sie kam um das riesige Sofa herum, blieb stehen und starrte ihn an.

»Ist irgendetwas mit der Couch?«

»Nein.«

»Warum sitzt du dann auf dem Boden?«

Er zuckte die Achseln. »Ich find's gut.«

»Von mir aus. Was willst du?«

»Komm her.«

»Ich bin hier.«

Er klopfte auf den Boden neben sich. »Hier.«

Flüche murmelnd stapfte sie zur Vorderseite der Couch und setzte sich auf den Boden. Aber sie blieb auf Abstand.

»Was ist?«, fragte sie.

Er packte eine Gürtelschlaufe ihrer Shorts und zog sie schnell zu sich her. Genauso schnell ließ er sie wieder los, bevor sie anfangen konnte, ihn zu schlagen.

»So, das ist besser.«

»Was willst du?«, presste sie mit zusammengebissenen Zähnen hervor.

»Reden.«

»Worüber?«

Die Versuchung, »Über uns« zu sagen – und ihr natürlich dabei tief in die Augen zu schauen und zuzusehen, wie sie ausflippte –, war beinahe übermächtig. Doch er hatte ja ein Ziel. Sein Ziel war ihm klargeworden, als er sie am Abend vorher gegen das Auto gedrückt hatte. Seine Keine-Menschen-Regel war nicht mehr wichtig. Genauso wenig wichtig war es, dass sie von einer kompletten Meute Hunde beschützt wurde. Oder dass die Frau es zu einem Lebensstil machte, gemein zu sein. Er wollte sie. Mehr als er je in seinem ganzen Leben etwas gewollt hatte. Zuerst musste er allerdings einen Weg um die Eiswand herum finden, die sie um sich aufgebaut hatte.

Tiger warteten auf ihre Beute. Bei ihr würde er es nicht anders machen.

Und wenn sie genug voneinander hatten, wenn er sie besinnungslos gevögelt hatte, bis er seinen eigenen Namen vergaß, würde er sie zurück zu ihren Tierheimhündchen schicken und sich wieder auf die Suche nach den passenden Tigerfrauen machen, die ihm seinen Nachwuchs gebaren.

»Ich wollte über unser Gespräch von gestern Abend reden.«

Sie seufzte. Noch ein tiefes, dramatisches Seufzen. »Da gibt es nichts zu diskutieren. Ehrlich.«

»Siehst du? Ich finde schon.«

Noch ein Seufzen. »Na gut. Bringen wir es hinter uns.«

Gut. Den schwierigsten Teil hatte er geschafft. Dass er sie dazu gebracht hatte, sich hinzusetzen und zuzuhören, war ein echter Triumph.

»Also, ich habe nachgedacht ...«

Sie wollte etwas sagen, schien es sich aber anders zu überlegen. »Zu naheliegend«, murmelte sie.

Er sprach weiter: »... darüber, was du gesagt hast. Und ich wollte dich fragen, ob es okay für dich ist, nicht angefasst zu werden.«

Sie runzelte verwirrt die Stirn, dann schüttelte sie den Kopf. »Ja. Mir geht's gut. Kann ich jetzt gehen?«

»Nein. Wir sind noch nicht fertig.« Er hatte Mühe, nicht zu grinsen. Wenn sie so launisch war, erinnerte sie ihn an ein fauchendes Kätzchen. Sie machte es ihm nicht leicht, aber es machte Spaß. »Ich glaube, dir geht es nur um Kontrolle, oder?«

Sie riss den Kopf herum und sah ihn wütend an, die Augen gefährlich schmal, und in diesem Augenblick wusste er, dass er absolut recht hatte.

O Baby, das wird lustig.

»Was ist?«

»Na ja, ich dachte eigentlich, du willst grundsätzlich niemanden anfassen oder angefasst werden. Aber tatsächlich magst du es nur nicht, wenn jemand dich anfasst, aber du kannst anfassen, wen du willst. Es geht dir also nur um Kontrolle und Vertrauen.«

Wieder wollte sie etwas sagen und änderte offenbar ihre Meinung. Stattdessen knurrte sie: »Was willst du, Landei?«

Hab dich! »Ein kleines Experiment versuchen.«

Nein, nein, nein! Das gefiel ihr nicht. Beim letzten Experiment, das sie mitgemacht hatte, hatte sie drei Wochen lang alle Haare verloren und Miki Kendrick fast totgeschlagen. Damals war sie zwölf gewesen, und seither war sie intelligenzmäßig gewachsen.

Sie würde also kein Experiment mit diesem großen Idioten starten.

»Ich gehe.«

Sie wollte aufstehen, aber er schnappte sie wieder an der Gürtelschlaufe und riss sie zurück.

»Denn ich glaube«, fuhr er ohne Pause fort, »wir sollten es mal versuchen. Mal sehen, ob es funktioniert. Falls nicht, reden wir nie wieder davon.«

Das klang vernünftig und nach einem schnellen Weg aus diesem Hinterwäldler-Albtraum.

»Lässt du mich in Ruhe, wenn es nicht funktioniert?«

»Ja.«

»Sind dabei meine Haare wieder in Gefahr?«

»Ähm ... nicht, wenn du nicht willst.«

»Also gut. Dann bringen wir diesen Schwachsinn hinter uns.«

»Gut.« Er sprang auf seine großen Tigerfüße. Für einen großen Mann war er ziemlich agil.

Er zog sich das T-Shirt aus und machte sich an seine Jeans, während er ums Sofa herumging.

»Was tust du da?« Sie machte sich nicht die Mühe, ihre Panik zu verbergen.

»Für dieses Experiment muss ich nackt sein.«

Er verschwand hinterm Sofa.

»Nein! Nacktsein ist nicht nötig!«

Sie spannte sich an, bereit, beim ersten Anblick seines riesigen Schwanzes davonzulaufen. *Verdammter Kerl.* Wenn sie diesen noch einmal sah, war sie sich wirklich nicht sicher, ob sie in der Lage sein würde, diesmal den Mund davon fernzuhalten. Sie wusste nicht, was für ein Spielchen er da spielte, aber sie wollte verdammt sein, wenn sie mitmachte.

Doch als er am anderen Ende der Couch um die Ecke kam, konnte sie sich nicht rühren. Sie kroch rückwärts am Sofa hinauf und stieß ein Wimmern aus.

Was zum Geier sollte *das*?

Der Mistkerl hatte sich verwandelt. Er war jetzt von der Nasen- bis zur Schwanzspitze bestimmt drei Meter lang, und seine Pfoten waren so groß wie ihr Kopf!

Sie hatte gerade angefangen zu hyperventilieren, als er sich hinlegte. Sie überlegte, ob sie es wohl rechtzeitig bis zur Tür schaffen würde, wenn sie jetzt losrannte, als er sich plötzlich auf den Rücken rollte. Und wie ein riesiges Kätzchen streckte er die Pfoten hoch und wedelte damit in der Luft.

Dann verstand sie plötzlich.

Sie lachte. *Verdammte verrückte Hinterwäldler-Katze.*

Angie hielt sich den Mund zu, um ihr Lachen zu unterdrücken, und starrte ihn eine ganze Weile an. Er rührte sich nicht.

Er wartete, dass sie den ersten Schritt machte. Das gefiel ihr. Es gab ihr das Gefühl, die Kontrolle zu haben, auch wenn ihr Verstand es besser wusste.

Sie lehnte sich so weit vor, wie sie konnte, ohne den unteren Teil ihres Körpers bewegen zu müssen, und ließ die Hand vorsichtig über seine Pfote gleiten. Die Ballen fühlten sich rau an.

Das ist ja so abgefahren. So verdammt abgefahren!

Sie konnte nicht anders – sie rückte näher an ihn heran. Wann hatte sie je wieder die Chance, einem Tiger so nahe zu sein, ohne sich Sorgen machen zu müssen, dass er ihr den Kopf abbiss?

Also fuhr sie mit den Händen über seine Flanken und über die Brust. Er schloss die Augen und machte wieder dieses schnaubende Geräusch. *Das muss bedeuten, dass er zufrieden ist*, denn er sah gerade ziemlich behaglich aus.

Angie rückte noch ein wenig näher, bis ihre Knie seine Seite berührten. Sie streichelte noch ein paar Minuten lang seinen Brustkorb. Dann wurde sie mutiger.

»Dreh dich um.« Er gehorchte sofort, und sie lehnte sich an ihn und strich mit den Händen über seinen Rücken und vergrub sie in seinem Fell. Sie steckte die Nase in sein Fell und atmete tief ein. Sara tat das ständig bei ihren Hunden. Sie fand, sie hätten einen »Welpengeruch«, den sie liebte. Aber Angie roch nur Nik. Sie musste allerdings zugeben, dass sie seinen Geruch wirklich mochte.

Sie kroch auf seinen Rücken und legte sich bäuchlings auf sein Fell. Dann streckte sie die Arme aus, kraulte mit den Fingern seinen Kopf und staunte, dass ihre Füße nicht annähernd bis zu seinem Schwanzansatz reichten. Dann setzte sie sich rittlings auf seine Körpermitte.

Ich könnte auf diesem Mistkerl bis nach Utah reiten.

Sie glitt von seinem Rücken, kroch vorwärts und nahm eine seiner Pfoten in die Hand. Sie hielt sie gegen ihre. Ihre langen Finger sahen dagegen wie Zwergenhände aus. Sie lächelte. O ja. Das war wohl das Coolste *überhaupt.*

Er rieb seinen riesigen Kopf sanft unter ihrem Kinn. Ohne auch nur darüber nachzudenken, rieb sie zurück. Er schnaubte, und dann schnurrte er.

»Steh mal kurz auf.« Sie wollte sehen, wie groß er auf allen vieren war. Er stemmte sich hoch, und immer noch lächelnd hob sie die Hand und streichelte ihm übers Gesicht. Seine schwarze Zeichnung war so eindrucksvoll, dass sie sich fragte, ob sie etwas bedeutete. Warum hatten Tiger so etwas? Und die weißen Haare, die sich hinter seinen Ohren ringelten, wenn er in Menschengestalt war, bildeten jetzt perfekte Kreise an der Hinterseite seiner Tigerohren. Aber warum? Alle möglichen Fragen schossen ihr durch den Kopf. Miki-artige Fragen.

Er machte einen Schritt und stupste sie mit dem Kopf an. Sie lehnte sich zurück, stützte sich auf die Ellbogen, und er ragte über ihr auf. Dann senkte er den Kopf, und sie hob beide Hände und hielt sich an seinen Seiten fest. Nun hing sie mit ihrem ganzen Gewicht an ihm, während sie mit den Fingerspitzen Kreise in seinem Fell zeichnete und er die Augen geschlossen hielt.

Sie war so darin versunken, was er ihr zu tun erlaubte, dass sie eine Weile brauchte, bis sie merkte, dass er angefangen hatte, sich auf sie zu senken. Der Gedanke an dreihundert Kilo Tiger auf ihrem Größe-42-Körper war wenig beruhigend. Doch bevor sie in voller Panik schreien konnte, verwandelte sich Nik wieder. Einfach so. Er wurde in ein paar Sekunden vom Tiger zum Mann, und plötzlich lag Nik der Mann auf ihr. Besser gesagt: zwischen ihren Beinen, und der Blick seiner goldenen Augen brannte sich in ihre ein.

Die Arme links und rechts von ihr aufgestützt, versuchte er nicht, sich tiefer zu senken. Er wartete wieder, bis sie den ersten Schritt machte.

Verdammt. Er hatte nicht vorgehabt, sich so zu verwandeln. Seine Übung im Berühren hatte dauern sollen, bis sie sich bei ihm wohlfühlte, aber hoffentlich nicht länger, als bis sie zu ihren Leuten zurückkehren musste. Doch nie hätte er erwartet, dass sie auf ihn als Tiger so schnell und so neugierig reagierte. Und ihre Hände überall in seinem Fell zu spüren, hatte einfach die Sehnsucht in ihm ausgelöst, diese Hände auf seiner Haut zu spüren.

Jetzt lag er hier. Zwischen ihren Schenkeln. Vollkommen nackt. Das Einzige zwischen ihm und ihrer unglaublich heißen Muschi waren Jeans-Shorts, die er ihr in Sekunden vom Leib reißen konnte. In diesem Augenblick beschloss sein Schwanz natürlich, sich zu erheben und zu sagen: »Hallo zusammen!«

Na großartig. Jetzt würde sie ihm niemals vertrauen. *Dummer, dummer Bauerntölpel!*

Angie schaute zu ihm auf. Eine ganze Reihe von Emotionen wechselte sich auf ihrem Gesicht ab. Wut. Misstrauen. Angst. Dann überlief ein Schauder ihren Körper. Er wusste, er sollte von ihr heruntergehen. Aber er wollte, dass sie es ihm sagte. Sie *musste* es ihm sagen.

Sie tat es nicht.

Zuerst glitten ihre Finger tiefer in seine Haare und wickelten sich um einzelne Strähnen. Dann zog sie sich an ihm hoch, bis ihre Münder nur noch Zentimeter voneinander entfernt waren. So dicht, dass sich ihr Atem vermischte und er merkte, dass sie angefangen hatte zu keuchen. Ein sanftes, leises kleines Keuchen.

»Angie«, flüsterte er an ihrem Mund. Sie wimmerte fast unhörbar, und dann berührten ihre Lippen seine.

Er hätte sich zurückhalten sollen. Doch er tat es nicht. Er konnte nicht. Nicht, wenn der süßeste Mund, den Gott je geschaffen hatte, zu seiner Verfügung stand.

Nik küsste sie wieder. Fest. Mit einem Arm zog er sie eng an sich. Mit dem anderen stützte er sich auf den Boden, um sie beide an Ort und Stelle zu halten. Er wollte nicht, dass etwas diesen Zauber brach.

Er glitt mit der Zunge an ihren Zähnen vorbei und strich über die Innenseite ihres Mundes. Sie schauderte wieder, und ihre Zunge berührte seine. Er stöhnte und sog den süßen Muskel in seinen Mund. Er wollte sie schmecken, wollte wissen, was ihre Zunge konnte.

Er legte sich mit dem Unterkörper auf sie, und sie spreizte die Beine weiter.

Da traf es ihn wie ein Schlag. Sie wollte ihn. *Heilige Scheiße!* Sie wollte ihn genauso wie er sie. Er zwang sich, ruhig zu bleiben. Er würde das hier nicht vermasseln. Er wiegte die Hüften gegen sie, und sie dankte es ihm mit einem Stöhnen. Er schob die Hand, mit der er sie hielt, unter ihr T-Shirt und streichelte in langsamen Kreisen ihren Rücken. Sie versuchte nicht, sich ihm zu entziehen, es machte sie nur heißer. Er konnte ihre Lust riechen. Spürte, wie ihr ganzer Körper unter seiner Berührung pulsierte.

Es gab so vieles, was er gern mit ihr tun wollte, dass er gar nicht wusste, womit er anfangen sollte. Sie hielt sich mit den Armen an ihm fest. Also fuhr er mit den Fingern über ihre Haut, bis er ihren BH-Verschluss fand. Er löste den Haken an der Vorderseite und schob das störende Stück Stoff aus dem Weg. Seine Hand legte sich um ihre Brust und drückte zu.

Sie löste endlich ihren Mund von seinem, aber nur, um ein leises Stöhnen auszustoßen, während sie den Kopf nach hinten fallen ließ.

Nun hielt er es nicht mehr aus. Er senkte sich mit ihr zusammen auf den Boden ab. Er brauchte beide Hände dafür. Für sie.

Er senkte den Kopf, schob ihr T-Shirt hoch und strich mit der Zunge über und um ihren Nippel herum; er liebte dieses Gefühl auf seiner Zunge. Zuerst spielte er mit ihm; das machte sie verrückt. Sie umklammerte seinen Kopf und versuchte, seinen Mund an sich zu zwingen, während sich ihr ganzer Körper unter seinem wand. Doch er spielte weiter mit ihr, solange er konnte, was, um ehrlich zu sein, nicht sehr lange war. Letztendlich wollte er sie genauso dringend in seinem Mund spüren, wie sie ihn forderte.

Er hielt die Brustwarze zwischen den Zähnen und hielt still, während seine Zunge sie noch ein paar Mal neckte. Und dann saugte er daran.

Angies ganzer Körper bäumte sich auf. »Gott, Nik!«

Sie sagte seinen Namen. Seinen richtigen Namen. Und an der Reaktion ihres Körpers konnte er ablesen, dass er sie dazu bringen konnte zu kommen, indem er genau das tat, was er jetzt tat. Und er wollte sie so weit bringen. Er wollte fühlen, wie sie unter ihm davonflog.

Das würde sie auch tun. Er würde dafür sorgen.

»Nikolai?« Er runzelte die Stirn. Gerade hatte er sie dazu gebracht, ihn Nik zu nennen; jetzt bezweifelte er irgendwie, dass sie bereits seinen Taufnamen benutzte. »Nikolai, Schätzchen? Weißt du, wo dieses süße kleine Mädchen ist?«

Er riss gerade rechtzeitig den Kopf hoch, um seine Mutter um die Couch herum kommen zu sehen.

»Heilige Scheiße!« Angie krabbelte hektisch unter ihm hervor und zog sich das T-Shirt herunter. »Ich … äh …« Sie blickte zwischen Mutter und Sohn hin und her. Mit einem Aufstöhnen äußerster Verlegenheit rannte sie aus dem Zimmer. Irgendwie wie eine Gazelle.

Immer noch auf dem Bauch auf dem Boden liegend, streckte Nik die Hand aus und zog eine Decke von der Couch, mit der er sein Hinterteil bedeckte.

»Was zum Teufel tust du hier?«

»Ah, ah, ah! Rede nicht so mit deiner Mutter! Ich weiß, ich habe dich besser erzogen.« Seine Mutter nickte in Richtung Tür. »Ich bin gekommen, um Angelina zu sehen. Ich muss mit ihr reden. Wie wäre es also, wenn du sie holen gehst?«

Zähneknirschend presste er hervor: »Ich kann im Moment nicht wirklich aufstehen.«

Seine Mutter räusperte sich, ohne allerdings ihr verflixtes Lächeln zu verbergen. »Verstehe. Also, dann werde ich mal in der Küche warten, und wenn du so weit bist, schickst du sie zu mir.«

»Du gehst nicht wieder?« Verdammt, war seine Stimme bei dieser Frage tatsächlich gekippt?

»Nein. Ich gehe nicht wieder. Also reiß dich zusammen, Junge.« Sie ging zur Tür und murmelte, allerdings so laut, dass er jedes Wort hören konnte: »Ich schwöre es. In der einen Sekunde bist du wie ich und in der nächsten … wie dein Daddy.«

Angie konnte sich nicht bewegen. Sie stand nur da, den Kopf an die Tür gelehnt, die Hände an dem harten Holz abgestützt. Sie war in ihr Zimmer gerannt und hatte die Tür hinter sich zugeknallt. Nun lehnte sie den Kopf gegen das schwere Holz und versuchte, irgendwie die Kontrolle über sich wiederzugewinnen. Aber das würde so schnell nicht passieren. Nicht, wenn ihr Kitzler weiterhin so pulsierte. Immer wieder. *Poch. Poch. Poch.*

Sie wusste, was ihr Kitzler wollte. Er wollte, dass sie nach unten ging und beendete, was der Hinterwäldler angefangen hatte. Aber sie konnte nicht. Seine *Mutter* hatte sie erwischt. Zum ersten Mal in ihrem ganzen Leben fühlte sie sich wie ein Teenager. Sie hatte sich noch nie so gefühlt, nicht einmal, als sie einer war. Seine Mutter hatte sie auf der dritten Base auf dem besten Weg zum Home Run erwischt.

Sie holte tief Luft, aber der Atemzug war zittrig. Als wäre sie um ihr Leben gerannt. Zum Henker, vielleicht war sie das auch. Der arme Rodeo-Clown hatte eine richtige Zicken-Abreibung bekommen, als er versuchte, in der Öffentlichkeit ihre Hand zu halten. Seinen entsetzten Blick hatte sie immer noch im Kopf. Doch Nik hatte auf ihr gelegen, und es hatte sie nicht gestört.

Tatsächlich störte es sie immer noch nicht. Das Einzige, was sie störte, war das verdammte Pochen.

Poch. Poch. Poch.

Ehrlich, wer hätte geahnt, dass ein Kitzler so einen Lärm veranstalten konnte? Himmel, konnten die Nachbarn es hören?

Konnte seine Mutter es hören?

Ein leises Klopfen an der Tür ließ sie beinahe aus dem Fenster springen.

»Angie, Süße. Mach die Tür auf.«

Sie hätte fast geschrien: »Bist du verdammt noch mal verrückt geworden?« Aber stattdessen holte sie zitternd tief Luft und öffnete die Tür.

Der Hinterwäldler stand draußen, eine braune Decke um die Hüften gewickelt.

»Kann ich reinkommen?«

Sie übernachtete in seinem Haus, und er fragte sie, ob er hereinkommen könne.

So etwas gab es nur im Süden.

Angie nickte nur, da sie nicht sicher war, ob sie einen intelligenten Satz hätte bilden können, und trat von der Tür zurück. Sie setzte sich auf ihr Bett, dann sprang sie wieder auf.

Auf dem Bett sitzen … nicht gut.

Nik schloss die Tür und kam langsam auf sie zu. Als sie zurückwich, blieb er stehen.

»Alles in Ordnung?«

Schließlich sprach sie doch; sie hielt es nicht mehr aus. »In weniger als vierundzwanzig Stunden hat deine Mutter mich einem Mann die Nase brechen, ihn mit einem Stuhl verprügeln und ihren Sohn belästigen sehen. Nein, nichts ist in Ordnung.«

Grinsend machte Nik noch einen Schritt auf sie zu.

Sie sprang zurück und knallte gegen das Bett. Sie hob den Arm. »Bleib!«

Er lachte. »Ach, Süße. Das funktioniert nur bei Hunden.« Dann war er da. Direkt vor ihr. Sie hielt die Hände an den Seiten, um sich davon abzuhalten, diesen unglaublichen Körper zu streicheln.

»Das ist nicht schlimm. Meiner Momma macht das nichts aus.«

»Mir schon. Diese Frau hält mich wahrscheinlich für eine Hure. Eine gefährliche, psychotische Hure.«

»Nö. Daddy wurde mit achtundzwanzig Stichen genäht, als Mom ihn einmal übel zugerichtet hat. Vertrau mir. In meiner Familie ist das gar nichts.«

Er konnte nicht glauben, wie schön diese Frau war. Sie trug kein Make-up, ihr dichtes Haar war immer noch feucht und verfilzt von ihrem Herumwälzen auf dem Boden, und sie trug ein einfaches T-Shirt und Shorts. Doch für ihn sah sie zehnmal schöner aus als am Abend zuvor, als sie sich so schick gemacht hatte. Irgendwann würde er ihr sagen, sie solle nie wieder Make-up tragen. Sie brauchte es nicht. Eigentlich stahl es einen Teil ihrer natürlichen Schönheit. Und sie war wirklich eine Naturschönheit.

Eine Hand hielt die Decke, die andere berührte ihr Gesicht. Sie machte noch einen Schritt rückwärts. Oder versuchte es zumindest. Aber das Bett war im Weg.

Nik wartete, bis sie stillhielt, und berührte leicht ihre Wange. Zu seiner Überraschung schlug sie ihn diesmal nicht weg. Stattdessen schloss sie die Augen und machte dieses sexy kleine Wimmergeräusch.

»Okay.« Sie riss die Augen auf und sah ihn an. »Bringen wir es hinter uns.«

»Was bringen wir hinter uns?«

»Du. Ich. Lass uns einfach vögeln und es hinter uns bringen.«

Sie war wohl die amüsanteste Frau, die er in seinem ganzen verdammten Leben je kennengelernt hatte. Wo zum Henker hatte sie sich die ganze Zeit versteckt? Waren alle Frauen in Texas so?

»Was?«

»Hör mal, Landei, ich will dich. Du willst mich. Lass uns einfach eine schnelle Nummer schieben und dann zur Tagesordnung übergehen.«

Nik schüttelte langsam den Kopf. »Nein.«

Sie runzelte die Stirn, dann nickte sie verstehend. »Alles klar. Du willst mich nicht.«

»Süße, das soll wohl ein Witz sein.« Er nahm ihre Hand und legte sie um seinen Schwanz; zwischen ihnen nur die Decke. »Spürst du das? Das warst du. Das stellst du dauernd mit mir an.«

»Oh.« Sie schaute auf ihre Hand hinab, die mit seinem Körper verbunden war. Dann hob sie abrupt ihre schönen braunen Augen zu ihm. »Und wo ist dann das Problem?«

»Es wird keine schnelle Nummer geben.« Er trat noch näher an sie heran. »Wenn wir das tun – und wir werden es tun –, habe ich nicht vor, irgendetwas zu überstürzen. Wir sind nichts, was man ›hinter sich bringt‹.«

Sie schaute mit großen Augen zu ihm auf. »Sind wir nicht?«

Da sie ziemlich zufrieden damit zu sein schien, seine

wachsende Erektion festzuhalten, legte er die Hand wieder an ihre Wange. Er strich ihr mit den Fingerspitzen über die weiche Haut – und sie ließ ihn gewähren.

»Nein. Sind wir nicht. Wir werden es langsam und entspannt angehen, Süße.«

»Werden wir das?«

Er drückte den Körper gegen ihren; ihre Hand war zwischen ihnen gefangen. »O ja. Werden wir.«

»Warum?«

Sie meinte es ernst. Sie hatte keine Ahnung, warum er sie nicht einfach aufs Bett warf, kam und zur Tagesordnung überging. Sie hatte auch keine Ahnung, dass Nik nicht vorhatte, etwas zu überstürzen, was Angelina Santiago anging. Dies war eine Frau, die man auskostete. Genoss. Vögelte. Hart, lange und so oft wie möglich.

Nein. Das mit der schnellen Nummer konnte sie vergessen.

Er hatte andere Pläne. Größere Pläne. Und sie hatten alle mit dem heftigsten Orgasmus ihres Lebens zu tun.

»Weil … du mich zum Schnurren bringst, Süße.«

Sie hatte Männer über die Jahre schon viele Dinge über sich sagen gehört. Manche Dinge nett. Manche lieb. Manche schlichtweg ekelhaft. Aber keiner hatte ihr je gesagt, sie brächte ihn zum Schnurren. Und sie hatte nicht geahnt, dass das solche Auswirkungen auf sie haben würde.

Angie schloss die Hand fest um seinen Schwanz und drückte zu. Nik schloss die Augen und beugte sich nieder, bis seine Stirn an ihrer ruhte.

»Verdammt, Schätzchen. Das war gemein!«

»Ich warte nicht gern, Landei.« Eigentlich hätte sie gern gebettelt. Am liebsten hätte sie geschrien: »Bitte lass mich nicht warten!«

Aber verdammt, sie hatte schließlich ihren Stolz. Oder etwa nicht?

Er lächelte, obwohl sie das Gefühl hatte, dass sie ihn womöglich fertigmachte. »Aber du wirst warten.« Das war ein Befehl. Ein köstlicher Befehl, den sie bis in die Zehenspitzen spürte. »Du wirst auf mich warten.«

Im Großen und Ganzen hatte sie wohl auch keine Wahl.

»Verdammte Katze.«

Er gluckste, seine freie Hand spielte mit dem unteren Saum ihres T-Shirts. Die Atmosphäre änderte sich. In einem Herzschlag von spielerisch zu ernst. Er zog an ihrem Shirt.

»Zieh dein Shirt hoch.«

Normalerweise hätte sie gefragt wozu, verdammt. Aber sie wussten beide, dass sie das diesmal nicht tun würde.

Nicht gewillt, seinen Schwanz so schnell wieder loszulassen, packte sie das Shirt mit der freien Hand und zog es bis über ihre Brüste hoch. Sie hatte keine Zeit gehabt, ihren BH wieder zu schließen, deshalb waren sie nackt und die Nippel hart.

Nik steckte die Decke um die Hüften fest, damit er die Hände frei hatte. Dann strich er mit ihnen ihren Brustkorb hinauf, seine Finger glitten über ihre Haut. Das Pochen wurde eindringlicher. Wie ein Hund, der mit dem Schwanz wedelt und auf einen Knochen wartet.

Pochpochpochpochpoch …

Niks starke Finger umkreisten ihre Brüste, und sowohl sie als auch er stießen zitternd die Luft aus. Sie fand seine Hände an ihrem Körper nicht mehr störend. Nicht im Geringsten. Sie hatte das eindeutige Gefühl, dass sie sich leicht daran gewöhnen konnte, dass er sie berührte, liebkoste, zum Zappeln brachte.

Er nahm ihre beiden Nippel zwischen Daumen und Zeigefinger. Jetzt wand sie sich noch mehr; ihr rechter Fußballen drückte gegen den Boden.

Er strich mit den Lippen über ihre, küsste sie aber nicht. Sie fragte sich, ob er Angst davor hatte. Angst, dass er nicht würde aufhören können.

Mit einem tiefen Seufzen ließ er ihre Brüste los und ergriff ihren BH. Sanft hakte er ihn wieder zu, nahm ihr das T-Shirt aus der Hand und zog es wieder herunter. Er hatte immer noch die Stirn an ihre gelehnt, und sie sah, welche Mühe ihm seine Entscheidung machte, sich von ihr zu lösen.

Endlich und mit offensichtlichem Widerstreben trat er zurück und löste ihre Finger von seinem harten Schwanz.

»Wir tun es nicht jetzt.« Er hob ihre Hand an den Mund, drehte sie um und küsste die Innenseite ihres Handgelenks, direkt unterhalb der Handfläche. Dann fuhr er mit der Zunge an den Adern entlang. Als er sie wieder so weit hatte, dass sie sich wand, hörte er auf.

»Langsam und entspannt, Süße. So ist das im Süden.«

»Ich fange allmählich an, den Süden zu hassen.«

Himmel, wer hätte geahnt, dass ein Mädchen so feucht werden konnte? Ihr Höschen musste klatschnass sein. Sie würde es wechseln müssen, bevor sie irgendwohin ging, oder sie holte sich den Tod.

»Du musst gehen, Süße. Meine Momma wartet unten auf dich.«

»Das soll wohl ein Witz sein!«

Er schüttelte den Kopf, seine schwarzen Haare fielen ihm vor die goldenen Augen. »Nö. Und es muss wichtig sein, wenn sie in mein Revier kommt. Also lass sie nicht zu lange warten.«

Er ließ ihre Hand los und ging davon.

»Wo willst du hin?«

»Zum See. Ich muss an meinen See – ans kalte Wasser. Schönes kaltes Wasser.«

Er ging rückwärts zur Tür, ohne sie aus den Augen zu lassen. Die dicke Decke um seine Hüfte konnte den Ständer nicht verbergen, der auf sie zeigte, und er packte die Türklinke, sobald er sie erreichte, und riss die Tür auf.

Nik starrte sie einen Moment an. Sein Blick schweifte an ihrem ganzen Körper auf und ab. Als er zu ihrem Gesicht zurückkehrte, schüttelte er den Kopf. »Verdammt, Mädchen!«

Dann war er fort. Die Tür schloss sich leise hinter ihm.

Angie wollte sich aufs Bett setzen, landete aber krachend auf dem Boden.

Sie spürte es nicht einmal.

Kapitel 9

Eine Dusche und eine frische Garnitur Unterwäsche und Kleider später kam Angelina in Niks Küche, wo sie seine Mutter Zeitung lesend und Kaffee trinkend am Tisch vorfand. Die langen Beine hatte sie übereinandergeschlagen und den Wirtschaftsteil der Zeitung geöffnet.

Ohne aufzublicken, sagte sie: »Ich hoffe wirklich, ich habe Sie nicht zu sehr in Verlegenheit gebracht, meine Liebe.«

»Nein, nein«, log Angie. »Überhaupt nicht.« Sie holte eine Tasse aus dem Schrank und goss sich Kaffee ein.

»Ich habe heute Morgen einen ziemlich interessanten Anruf bekommen«, fuhr Niks Mutter fort.

Angie überlegte, ob sie ihre Zehennägel neu lackieren sollte. Etwas weniger dunkel. »Ach?«

»Von Vicki Löwe.«

»Wirklich?« Andererseits passte Rosa nicht so gut zu ihrer Haut. Vielleicht sollte sie also lieber bei den dunklen Rottönen bleiben. Außerdem musste sie endlich Saras Partypläne erfragen. Nur weil sie entführt und Miki auf dem Campus angegriffen worden war, hieß das nicht, dass Saras verdammte Geburtstagsparty nicht stattfinden würde.

»Sie dachte, ich hätte vielleicht Informationen über die Vergangenheit, aber ich habe wirklich keine, denn das hieße ja, dass es mich interessiert.«

Also war die Frage: Wollte sie mit offenen oder geschlossenen Schuhen zu der Party gehen?

»Ich belaste mich nicht gern mit dem Mist anderer Leute.«

Angie drehte sich schließlich doch noch zu Niks Mutter um. Nik sah ihr wirklich ähnlich. »Ach, wirklich nicht?«

»Ich habe genug eigene Sorgen, finden Sie nicht? Und damals habe ich den Großteil meiner Zeit damit verbracht, Boris aus dem Weg zu gehen. Aber ich kenne jemanden, der weiß, dass Wissen Macht ist. Und diese Frau mag die Macht. Sie sollten sie kennenlernen. Am besten jetzt, solange ich noch in Stimmung bin.«

Angie nippte an ihrem Kaffee. Ihr war eigentlich nicht danach, sich schon wieder schick anzuziehen. Aber die Idee eines Waffenstillstands faszinierte sie. Was, wenn sie Sara und Löwe für einen Waffenstillstand an einen Tisch bekommen würde? Wäre dann Mikis Baby weniger gefährdet? Vielleicht würde Sara auch ein bisschen ruhiger. Es war durchaus ein näheres Hinsehen wert.

Dennoch seufzte sie ihre Antwort: »Also gut. Ich komme mit.«

»Schätzchen, ich weiß, dass ich Sie von Ihren Spielchen mit meinem ältesten Jungen auf diesem hübschen

Hartholzboden weghole …« Angie hätte beinahe ihren Mundvoll Kaffee ausgespuckt. »… aber wenn er seinem Daddy auch nur ein bisschen ähnlich ist, glauben Sie mir, dann ist er noch da, wenn Sie wiederkommen.«

Nik streifte sein T-Shirt über, während er in Angies Zimmer nachsah. Nein. Hier war sie auch nicht. Seine Mutter und ihr Jeep waren weg. Wo war dann seine kleine Höllenkatze hin?

Erst als er die ganze Küche absuchte, fand er den Zettel, den sie an den Kühlschrank gehängt hatte.

Bin mit deiner Mutter weg. Ich freue mich auf die Fortsetzung der Geschichte.
– Angie

Ein Lächeln breitete sich auf seinem Gesicht aus, als er die Nachricht las. *Sie ist so süß.*

Angie starrte die Hütte an, in der Niks Großmutter Broyna Vorislav lebte. »Mein Gott, er lässt sie hier wohnen?«

»Sie will nicht umziehen. Glauben Sie mir, Nik hat alles versucht.«

Nach kurzer Zeit verstand Angie, warum. Es drang durch ihre Füße und stieg in ihren Beinen nach oben. Dies war ein Ort der Macht.

»Sie wohnt auf einer Grabstätte.« Angie schauderte bei dem Gedanken. Ihre Großmutter, eine Hexe von gewisser Macht, hätte nie einen Ort der Toten entweiht. Aber sie hatte Angie viele Geschichten über Hexen erzählt, die es taten.

Es schien, als wäre Niks Großmutter eine von ihnen.

Natalia sah sie überrascht an. »Woher wissen Sie das?«

»Guter Gott, Frau! Spüren Sie das nicht?«

»Eigentlich nicht.«

Die Fliegengittertür ging auf, und die wohl älteste lebende Frau auf dem Planeten hinkte auf die Veranda heraus.

»Was willst du?« Die Frau sah Niks Mutter an, als hätte sie die Pest.

»Ich habe dir jemanden mitgebracht«, schrie Natalia.

»Ich bin nicht taub.«

»Natürlich nicht«, schrie sie weiter. Angie wusste sofort, dass Natalia die Frau ärgern wollte. *»Diese junge Dame hier möchte dir ein paar Fragen stellen!«*

Die alte Frau stieß ein Gebrüll aus, das den Wald erschütterte.

»Ich glaube, sie will, dass ich gehe, Angelina. Kommen Sie zurecht?«

Angie sah die ältere Frau an. Sie hatte einen kleinen Buckel, knotige Hände und eine schwarze Augenklappe. Guter Gott. Deshalb nannte Natalia sie die ganze Zeit E-O. *Einäugige Oma.*

Sara war diesen Schwachsinn hier hoffentlich wert!

»Klar. Alles in Ordnung.«

»Prima. Ich hole Sie später wieder ab.« Sie blickte zu

der alten Frau zurück. *»Wir sprechen uns später, Mutter Vorislav!«*

Sie wandte sich ab, zwinkerte Angie zu und ließ sie allein mit dem furchteinflößendsten Wesen zurück, das Angie je getroffen hatte.

Sie schaute zu der Frau auf. Die Großkatze starrte sie mehrere lange Sekunden lang an, dann nickte sie zu ihrer Hütte hinüber.

»Sie können auch genauso gut reinkommen.«

Da seine Mutter sie anscheinend zum Einkaufen in die Stadt mitgenommen hatte, als bräuchte irgendeine von diesen Frauen noch mehr Klamotten, beschloss Nik, ein bisschen zu arbeiten. Er nahm sich seinen Laptop und sein Handy und setzte sich mit einem Krug Eistee, den ihm Kisa hingestellt hatte, auf die Veranda. Er erledigte Anrufe, verschickte E-Mails, kaufte ein Apartmentgebäude in Paris und ein Resort auf den Cayman-Inseln. Als er gerade über ein Nickerchen oder ein bisschen frischen Elch nachdachte, klingelte sein Telefon.

»Hier ist Nik.«

»Ich bin's, Zach.«

Nik runzelte die Stirn. »Wer?«

»Zach Sheridan.«

Nik suchte in seinem Kopf, wer das war, aber er hatte sich noch nie Namen von Leuten merken können, die ihn rein gar nicht interessierten.

»Ihr habt unsere Frau, und unsere Familien haben

sich bei der Abschlussfeier meiner Schwester fast gegenseitig umgebracht.«

»Oh.« *Der Hund.* »Hallo.«

Nik spürte, wie sich sein ganzer Körper verkrampfte. Sie kamen sie doch noch nicht jetzt schon holen, oder? Der Gedanke, Angie an jemanden abgeben zu müssen, versetzte Nik beinahe in Raserei.

»Wie geht es ihr?«, fragte der Hund.

»Super. Sie ist mit meiner Mutter unterwegs.«

»Mit deiner Mutter? Und was kommt als Nächstes? Thanksgiving bei dir zu Hause?«

»Warum rufst du an?«

Der Wolf gluckste. »Himmel, sie hat recht.«

»Wer hat recht? Womit?«

»Ich habe gestern Abend einen Anruf von meiner Schwester bekommen. Sie ist wohl der Meinung, wir sollten Angie solange es geht bei dir lassen.«

Alek. Was ihn so an dieser Wölfin faszinierte, würde Nik wohl nie verstehen. Aber er wollte verdammt sein, wenn er das in diesem Augenblick nicht zu schätzen wusste.

»Und wie lange wäre das?«

»Drei Tage höchstens, du Prolet. Um ehrlich zu sein, könnten wir zusätzliche Zeit gebrauchen. Aber meine Frau spricht mit niemandem mehr, nicht einmal mit der Psychopathin. Was uns alle sehr nervös macht.«

Nik verkniff sich seine spöttische Bemerkung über Hunde, die ihre Frauen nicht unter Kontrolle hatten. Sosehr es ihn auch reizte, den Köter zu ärgern – Nik konnte es sich nicht leisten, ihn anzumachen. Nicht, wenn Zach ihm genau das gab, was er wollte. Mehr Zeit mit Angie.

»Also, du hast drei Tage. Aber unter einer Bedingung.«

»Und die wäre?«

»Halt deinen Bauernbruder von meiner Schwester fern.«

Wenn Alek sie wollte, würde er sie bekommen. Egal, was Nik tat oder nicht tat. Aber er konnte sich nicht zurückhalten, einen Hund anzulügen.

»Ich werde sehen, was ich tun kann.«

»Tu das, Landei.«

Wie die alte Spinatwachtel Angie dazu gebracht hatte, ihr beim Kochen zu helfen, verstand sie nicht. Nicht einmal zehn Minuten nachdem sie ihr Haus betreten hatte, hatte die Frau sie an ihren Küchentisch gesetzt und sie arbeiten lassen. Sie schnippelte grüne Bohnen, während Broyna eine Unmenge Hähnchen briet und Teig für Brötchen knetete. Offenbar erwartete sie noch mehr Besuch, oder sie glaubte wirklich, Angie könnte das verputzen.

»Du bist also mit meinem Nikky zusammen.«

Angie hätte sich beinahe an ihrem Eistee verschluckt. »Nein. Ich übernachte vorübergehend bei ihm.«

»In seinem Bett?«

Angie stellte ihr Glas ab. »Nein.« Sie log nicht. Zumindest nicht im Moment.

»Aber du willst gern. In sein Bett.«

Angie hatte einfach nicht Saras Geduld mit alten Frauen. Ihre Großmutter war eine Heilige gewesen. Eine liebevolle Frau, die Angie sogar während der dunklen Highschool-Jahre aufgezogen hatte, in denen ihre ganze aufgestaute Wut auf ihre Eltern ein Ventil in willkürlichen Gewaltakten fand. Bis heute schmerzte es Angie, wie sehr ihre gewalttätigen Jahre ihre Großmutter verletzt hatten.

Abgesehen davon glaubte sie nicht an diese ganze Sache mit dem Respekt vor Älteren. Das lastete sie natürlich Saras Großmutter an. Die ganze Stadt sprach immer noch von damals, als Angie Lynette Redwolf niedergeschlagen hatte, als sie die Frau dabei ertappte, wie sie Sara mit einem Besen schlug. Hätten Miki und Sara sie nicht zurückgehalten, sie hätte die alte Schlampe wahrscheinlich umgebracht.

»Hören Sie, alte Frau, was ich mit Ihrem *erwachsenen* Enkelsohn tue oder nicht, ist verdammt noch mal meine Sache.«

»Du bist ein störrisches Mädel, was?«

»Und Sie sind eine launische alte Ziege. Also schätze ich, wir sind so was wie Schwestern.«

Kichernd wandte sich die alte Frau wieder ihrem Hühnchen zu. »Tja, da kann mein Nik sich mit dir auf was gefasst machen.«

Sie rührte die Hühnchenstücke ein bisschen um, legte den Deckel auf und hinkte hinüber zum Tisch. Tief seufzend setzte sie sich.

»Also, was willst du wissen?«

Na endlich. »Der Krieg zwischen der Magnus-Meute und dem Withell-Rudel. Wissen Sie etwas darüber?«

»Klar.«

Das kam furchtbar schnell. »Vielleicht sollte ich es anders formulieren. Wissen Sie etwas, das mich auch tatsächlich interessieren könnte?«

Die alte Frau beugte sich über den Tisch zu Angie hinüber. Es kostete Angie ihre ganze eiskalte Haltung, um nicht vor ihr zurückzuschrecken. »Wusstest du, dass diese zwei Schlampen Freundinnen waren?«

»Welche zwei Schlampen?«

»Annie Withell und Kylie Redwolf?«

Nein. Das hatte sie nicht gewusst. Und Sara wusste es sicher auch nicht.

Broyna grinste sie an, als dächte sie gerade, dass Angie gut mit Ketchup schmecken würde, nahm die Schüssel Bohnen und deutete zu dem Teil des Tisches, wo sie schon mit den Brötchen angefangen hatte. »Mach die Brötchen fertig, und ich erzähle dir ein paar interessante Sachen über die Löwen, diese eingebildeten Schnösel, und diese Hunde, die sich im Schritt lecken.«

Angie verdrehte die Augen. *Verdammte trickreiche Katzen.*

Nik saß auf seiner Veranda, die Füße ans Geländer gestützt, ein Mark-Twain-Taschenbuch auf dem Schoß. Er sah zu, wie seine Brüder in Aleks Chevy-Pick-up bei ihm vorfuhren. Eines der wenigen Fahrzeuge, in das die beiden gemeinsam bequem hineinpassten. Hinter dem Truck fuhren seine Schwester und seine Cousine in Reenas Porsche.

Sie hielten vor dem Haus. Ban streckte den Kopf aus dem Fenster.

»Komm besser mit. Wir müssen dein Mädchen retten.«

Nik schwang leise knurrend die Füße vom Geländer. »Wovon zum Geier redest du da?« Schon schossen ihm alle möglichen Horrorszenarien durch den Kopf.

»Momma hat sie allein gelassen – mit der einäugigen Oma.«

»Scheeeiiiße!« Nik sprang übers Geländer und hechtete in die Fahrerkabine von Aleks Truck.

Es war schlimmer, als er gedacht hatte.

Kapitel 10

»Bring das raus.«

Mit einem verärgerten Schniefen riss Angie Broyna den Krug Eistee aus den Händen. »Noch irgendwelche Befehle, mein General?«

»Ich bin sicher, mir fällt noch was ein«, kicherte sie.

Angie stapfte nach draußen, den Krug in den Händen. Als sie auf die Verandastufen kam, fuhren gerade ein süßer Porsche und ein cooler Pick-up vor. Als die Wagen hielten, sprang Nik hinten aus dem Truck.

Sobald er sie sah, blieb er stehen und starrte sie an. Sein Blick schweifte über ihre Haut, als wäre sie nackt. Und ihr Körper reagierte augenblicklich.

Der Krug glitt ihr aus den Händen, und sie griff fester zu. Da merkte sie, dass Kisa ihn ihr abgenommen hatte.

»Hallo, Angie.« Kisa stellte den Krug auf den langen Picknicktisch, den sie draußen aufgestellt hatten, und ging ins Haus ihrer Großmutter. Der Rest von Niks Geschwistern folgte ihr; keiner von ihnen machte sich die Mühe, sein Grinsen zu unterdrücken. Sie wollte wütend sein. Wollte glauben, dass sie zusammen herumgesessen waren und auf ihre Kosten gelacht hatten, damit sie aufhören konnte, so für diesen Mann zu empfinden. Vor allem, weil sie wusste, dass er es nie erwidern konnte. Nicht richtig. Doch sie wusste es besser. Nik hatte nichts zu ihnen gesagt. Das musste er nicht. Ihre Lust hing zwischen ihnen wie eine Hitzewolke.

Als alle Geschwister im Haus waren, winkte Nik sie mit einer Kopfbewegung zu sich. »Komm her.«

»Auf keinen Fall«, flüsterte sie mit einem heftigen Kopfschütteln. »Ich habe genug davon, dass deine Familie mich in schwierigen Lagen mit dir erwischt.«

Sein Lächeln strahlte wie der Sonnenaufgang. »Wenn ich kommen und dich holen muss, sorge ich dafür, dass sie dich sogar in einer sehr schwierigen Lage erwischen. Also komm her.« Sein Knurren glitt bis in ihre Magengrube und weiter zwischen ihre Beine.

Sie warf einen Blick über die Schulter zur Tür. Aus dem Haus drang Gelächter und Geplauder. Sie ging die Treppe hinab, blieb aber auf der letzten Stufe stehen.

»Ich warte«, seufzte er.

Sie verschränkte die Arme. »Du kommst mir den Rest entgegen.«

»Warum?«

»Weil ich jeden Schritt wert bin.«

Verdammt! Er liebte Frauen, die es ihm nicht leicht machten. Er ging zu den Stufen hinüber und schaute sie an. So ein freches kleines Ding.

»Also, was ist?«

Er beugte sich vor und schnüffelte an ihrem Hals. »Ich habe eine Idee. Wie wär's damit?«

»Du hattest deine Chance heute Morgen, und soweit ich mich erinnere, hast du sie versaut.«

Ein *verdammt* freches kleines Ding.

»Tja, es gibt solche Ideen, Süße!« – er leckte ihren Hals, und sie stieß wieder dieses sexy kleine Wimmern aus. »Und solche.«

»Meine Freundin hat mich vor euch Katzen gewarnt.«

»Die Hündin?«

»Nein. Das Genie.«

»Interessante Freundinnen.« Er strich mit dem Daumen über ihre Schlagader. »Hast du mich heute vermisst?«

Sie schlug seine Hand weg. »Ja. Ich habe mich den ganzen Nachmittag nach dir verzehrt. Merkst du das nicht?«

»Hey, Mädchen!«, schrie E-O aus dem Haus, und Angie verdrehte ehrlich genervt die Augen. »Schwing deinen Hintern wieder hier rein! Wir sind noch nicht fertig!«

»Ich bin wirklich kurz davor, sie umzubringen.«

»Ich gehe die Steakmesser verstecken.«

Angie streckte sich über den Tisch, um eine Schüssel grüne Bohnen hinzustellen, und Niks Brüder lehnten sich beide ein bisschen vor, um die langen Beine, die aus ihren Shorts ragten, besser sehen zu können.

Er versetzte beiden einen Schlag auf den Hinterkopf. »Hört auf damit! Sofort!«

»Man wird doch wohl noch die Aussicht genießen dürfen«, witzelte Ban.

»Man kann auch beide Augen bei einem tragischen Tigerangriff verlieren.«

Seine Brüder prusteten, und er spürte, wie sein Ärger wuchs. Es war schwer, dagegen anzukämpfen, wenn er spitz wie ein Köter war. Allein zu sehen, wie sie sich bewegte, ließ ihm das Wasser im Mund zusammenlaufen. Elegant. Süß. Lustig. Eine echte Lady.

Angie betrachtete den Tisch und trat dann einen Schritt zurück. *»Abendessen!«*

Alle drei Brüder zuckten zusammen. Eine echte Lady, die ein Fußballstadion überschreien könnte.

Seine Eltern tauchten auf, als sie sich alle auf den Weg zum Tisch machten. Seine Mutter stürmte aus Boris' Pick-up und knallte die Tür hinter sich zu. Sie sah teuflisch wütend aus, aber sie hatte einen Knutschfleck am Hals.

»Gut«, brummte Boris. »Ich habe Mommas Brathähnchen nicht verpasst.« Er lächelte Angie zu. »Das beste Brathähnchen im ganzen Süden.«

Boris stellte sich ans eine Ende des Tisches, während Nik seiner Großmutter auf einen Stuhl am anderen Ende half. Sein Vater rückte einen Stuhl für Angie zurecht, dann noch einen für Niks Mutter. Angie setzte sich, während Natalia Boris' Hand wegschlug, den Stuhl noch einmal zurechtrückte und sich setzte. Die Tatsache, dass Niks Mutter bereit war, zum Abendessen im Haus seiner Großmutter zu bleiben, war eine ziemliche Leistung für seinen Vater. Kein Wunder, dass der alte Mann strahlte, als hätte er eine neue Firma gekauft.

Nik machte es seiner Großmutter bequem und ging

zum Platz neben Angie. Ban hatte sich bereits neben sie gesetzt, also packte er ihn mitsamt dem Stuhl, hob ihn an und rückte ihn näher zu Reena. Dann nahm er sich einen anderen Stuhl und setzte sich neben sie.

Angie schüttelte den Kopf. »Und ich habe mir früher Geschwister gewünscht.«

»Was meinst du damit? Ich liebe meine Familie.«

Angie schnaubte nur.

Nik schob ihr eine lose Strähne hinters Ohr. »Also, Süße, warum bist du hier?«

»Es geht wirklich nichts über das einfache Leben auf dem Land.«

Seine Hand verirrte sich auf ihr nacktes Bein und streichelte es unter dem Tisch. Er liebte es, wie sie bei seiner Berührung zusammenzuckte. »Glaubst du immer noch, du bist besser als meine Familie?«

»Oh, Schatz. Ich glaube doch nicht, dass ich besser bin als deine Familie.« Sie hob seine Hand hoch und legte sie auf den Tisch. »Ich glaube, ich bin besser als du.«

Nik lächelte, während sein Vater mit der Faust auf den Tisch hieb.

»Ich *mag* dieses Mädchen!«

Tja, Angie musste es zugeben: Sie mochte diese Leute wirklich. Sie waren lustig und interessant. Sie brachten sie das ganze Abendessen über mit Geschichten über ihre eigenen Verwandten und die Leute aus der Stadt zum Lachen, ob Gestaltwandler oder Menschliche. Broyna sagte sehr wenig, abgesehen von gelegentlichen abfälligen Bemerkungen über einen Cousin oder Nachbarn. Sie schien es einfach zu genießen, ihre Enkel und ihren Sohn um sich zu haben.

Angie fand das alles überhaupt nicht überraschend. Südstaatler erzählten wirklich immer die besten Geschichten. Und sie hatten alle Verwandte namens Big Earl und Jackie Ray.

Nach dem Essen wurde es ein wenig ruhiger. Die Familie stand vom Tisch auf, Ban und Alek halfen ihrer Großmutter zurück ins Haus. Reena und Kisa gingen davon, um sich mit Natalia zu unterhalten, während Boris sich ein Stück entfernte, um seine Mailbox abzuhören.

Womit sie im Grunde mit Nik allein war.

Er packte ihren Stuhl und drehte ihn samt ihr selbst zu sich herum. Er zog ihn dicht an sich, sodass seine muskulösen Beine schließlich ihre einklemmten.

Sie erwartete, dass er etwas sagte, aber er tat es nicht. Er sah ihr nur ins Gesicht. Nach zwei Minuten wurde ihr das ganz schön unangenehm.

»Was ist?«

»Nichts.«

»Dann hör auf, mich anzustarren. Du machst mir Angst.«

»Dir macht alles Angst.«

»Stimmt nicht. Ich habe eine sehr hohe Toleranz für Eigenartigkeiten. Schließlich habe ich auch eine hohe Toleranz für dich, oder?«

»Und für meine Familie.«

»Sie sind nett.« Sie hatte sich immer gefragt, wie es wohl war, aus einer großen Familie zu kommen. Angelina wusste es nicht. Ihre Eltern hatten ihren wenigen

Geschwistern und anderen Verwandten nie nahegestanden. Und als sie sie in Texas abgesetzt hatten, war es, als existiere sie für den Rest ihrer Familie nicht mehr.

Nik strich ihr mit beiden Händen über die Beine und hielt an einer ziemlich langen Narbe inne, die quer über ihr rechtes Knie verlief.

»Woher hast du die?«

Sie schaute hin. »Eine Messerstecherei.«

»Eine Messerstecherei?«

»Yup ... na ja ... Ich hatte kein Messer. Ich bin nicht so gut mit Messern.«

»Verstehe.«

»Ich hatte einen Baseballschläger.«

Sie blickte den Pfad entlang, der zum Haus führte. Scheinwerfer kamen in dem trüben Licht, das der völligen Dunkelheit vorausging, auf sie zu.

»Ich nehme an, den zu benutzen hast du von dem Baseballspieler gelernt.«

»Nö. Er hat mir das Werfen beigebracht. Der Anführer des Motorradclubs, mit dem ich mit sechzehn zusammen war, bis Marrec es herausfand – der hat mir beigebracht, wie man mit einem Baseballschläger umgeht. Ich glaube allerdings nicht, dass er erwartete, dass ich ihn für ihn selbst verwende.«

Sie warf einen Blick auf Nik. »Hey, schau mich nicht so an! Er kann wieder feste Nahrung zu sich nehmen.«

»Willst du mir erzählen, was passiert ist?«

»Was gibt es da zu erzählen? Er war gemein zu meinen Freundinnen. Mehr musste ich nicht wissen.«

Nik knurrte und schien aus einem unerfindlichen

Grund zufrieden mit dieser Antwort. Vielleicht lag es daran, dass er ein Gestaltwandler war. Sie hatte schon vor langer Zeit aufgehört, ihren Dates diese Geschichte zu erzählen. Sie waren immer nach dem Essen aufs Klo gegangen und nie wieder aufgetaucht.

»Da kommt jemand.«

Nik nickte, wirkte aber eher interessiert an ihren Beinen. »Ich weiß.« Seine großen Hände legten sich um ihre Knie, und sie staunte über ihre Größe. »Hast du einen Freund, Angelina?«

Warum mussten die Männer dieser Familie sie das eigentlich immer fragen?

Angie dachte an den Rodeo-Clown zurück. Er hatte ihr Freund sein wollen. Zumindest am Anfang. Wie all die anderen hatte er jedoch schnell gemerkt, dass ihr ihre Freundinnen das Wichtigste im Leben waren und dass sie eigentlich nicht wollte, dass jemand sie anfasste, solange es nicht ums Vögeln ging. Letzteres schien das größte Problem für den Cowboy zu sein. Sie hatte keine Ahnung, warum. Er hätte ja trotzdem mit ihr ins Bett gehen können. Stattdessen klammerte er sich ständig an sie und wurde besitzergreifend. Sie hasste das.

»Nein. Ich habe keinen Freund.«

»Gut.« Er drückte ihre Knie.

Plötzlich waren seine Hände in Bewegung, glitten ihre Beine hinauf, seine Daumen verschwanden zwischen ihren Schenkeln. Angie zuckte zusammen, sprang praktisch vom Stuhl, und ein kleines Wimmern entschlüpfte ihr. Sie packte seine Handgelenke, und er hielt inne. Aber sie wusste, er hätte weitermachen können, wenn er gewollt hätte. Seine Arme waren wie dicke Stahlseile.

»Ich habe dich heute Morgen unter mir gespürt, Angie. Ich glaube nicht, dass sich irgendetwas je so gut angefühlt hat.«

Angie sah sich um. Niemand schien auf sie zu achten. Aber sie wusste nicht, wie lange sie noch ruhig bleiben konnte. Allein mit Worten machte der Mann sie vollkommen wild.

»Wie du dich bewegt hast, deine Reaktionen … Süße, das spüre ich am ganzen Körper.« Er strich über die Innenseite ihrer Schenkel, bewegte sich aber nicht näher zu ihrem Schritt, und sie war dankbar dafür. Sie glaubte nicht, dass sie in der Lage gewesen wäre, ihn aufzuhalten. Nicht weil er sich aufdrängte, sondern weil sie wusste, dass sie ihn nicht würde stoppen wollen.

»Gott«, flüsterte er. »Ich kann es nicht erwarten, bis ich in dir sein kann. Zu spüren, wie deine Muschi sich um meinen Schwanz krampft, wenn du kommst. Dich meinen Namen sagen zu hören wie heute Morgen, als ich deine Brust im Mund hatte.«

»Du musst jetzt wirklich aufhören.«

Endlich sah er ihr ins Gesicht, und was auch immer er sah – er schien verdammt glücklich darüber zu sein. Er atmete aus, und Angie schluckte. »Ich bin so froh, dass ich nicht allein so fühle«, murmelte er.

Sie lachte verzweifelt auf. »Was? Soll das ein Witz sein?«

»Hey, Nikky!« Nik schaute hinüber, und Angie wurde bewusst, dass die Autos, die sich dem Haus genähert hatten, inzwischen geparkt hatten und eine Menge Verwandte oder Nachbarn schon ausgestiegen waren und sich unterhielten. Sie hatte es nicht einmal bemerkt. Ein junger Mann, allein wegen seiner Größe eindeutig auch ein Gestaltwandler, winkte Nik zu.

»Hey, Cleatus. Bin gleich bei dir.«

Nik wandte sich wieder Angie zu.

Sie räusperte sich. »Wir … äh … wir sollten besser … du weißt schon, deine Verwandten und so.« Also, das ergab jetzt absolut keinen Sinn.

»Ja. Sollten wir. Aber, Süße, dafür musst du mich loslassen.« Sie blinzelte; sie wusste nicht, wovon er sprach. »Es blutet langsam.« Er schaute in ihren Schoß, und ihr Blick folgte seinem. Sie hielt immer noch seine Handgelenke umklammert, aber ihre Nägel hatten sich mittlerweile in seine Haut gegraben, und sie sah, dass schon ein bisschen Blut hervorquoll.

»O Gott!« Sie riss die Hände weg. »Das tut mir so leid!«

Er nahm ihre Hände wieder. »Was denn? Dass du mir unmissverständlich sagst, dass du mich willst? Süße, das muss dir niemals leidtun!«

Er drückte ihre Hände und legte sie sanft zurück in ihren Schoß. »Ich muss mich bei der Verwandtschaft lieb Kind machen, sonst muss Daddy sich das noch ewig anhören. Was bedeutet, dass *ich* mir das noch ewig anhören muss.«

Nik stand auf und sah sich um. Plötzlich blickte er finster, und Angie folgte wieder seinem Blick. Die Frauen plauderten und umarmten sich. Aber die Männer starrten alle sie an. Zum ersten Mal, seit sie herausgefunden hatte, was Sara war, fühlte sich Angie unter Gestaltwandlern unbehaglich.

Nik beugte sich nieder und legte die Hände an ihre Wangen. »Tut mir leid, Süße, aber das geht jetzt nicht anders.« Er küsste sie. Ein harter, fordernder Kuss, der sie dazu brachte, wieder seine Handgelenke zu umklammern, während er sie praktisch vom Stuhl hochriss. Seine Zunge glitt in ihren Mund und wand sich um ihre. Sie war nie mit einem Mann zusammen gewesen, der sie so das Gefühl für sich selbst verlieren ließ. Dafür hatte sie sich viel zu sehr unter Kontrolle. Aber bei Nik vergaß sie, wo sie sich befand, wer noch um sie herum war oder warum sie überhaupt da war. Alles, was sie wusste, war, dass Nik der unglaublichste Küsser war, den sie je die Freude gehabt hatte zu treffen, und dass das Brathähnchen seiner Großmutter wahrscheinlich wirklich das beste im ganzen Süden war.

Schließlich löste er sich von ihr und ließ sie wieder auf ihren Stuhl hinab. »Für den Fall, dass irgendeiner meiner Verwandten auf dumme Gedanken kommt.« Er zwinkerte ihr zu, dann ging er die anderen begrüßen.

Angie starrte in ihren Schoß, rieb sich die Lippe und versuchte, die ganze Sache ruhig und rational zu betrachten. Es funktionierte nicht wirklich, aber es war ein ehrbarer Versuch.

Als sie sich schließlich zutraute, sich nicht mehr lächerlich zu machen, blickte sie auf – um festzustellen, dass so ungefähr alle von Niks weiblichen Verwandten sie ansahen. Sie saßen auf dem Tisch und um ihn herum, während zwei sich die Zeit nahmen, das Geschirr abzuräumen.

Sie seufzte. »Ach, Scheiße.«

Nik klopfte einem seiner jüngeren Cousins zur Begrüßung auf den Rücken, dass der Arme gegen Alek flog.

Er zuckte zusammen. »Oh, tut mir leid.«

Alek half dem Jungen wieder auf die Beine. »Nimm's nicht persönlich, Jimmy Ray. Bei Nik kommt im Moment ein bisschen der Urtrieb durch.«

»Halt die Klappe.«

Aber sein Bruder hatte recht. Angelina brachte seine niedersten Instinkte zum Vorschein. Sie machte ihn zu einem Tiger, der das Weibchen und die Jungen beschützte, von denen er wusste, dass sie seine waren.

Himmel, sie brachte den Boris in ihm zum Vorschein! Ihn schauderte bei dem Gedanken, aber er wusste es. Zum Henker, jetzt wusste es jeder. Aber hätte er sie nur ins Bett bekommen wollen, hätte er sie inzwischen schon gevögelt und sie im Familienjet zurück zu ihrer Meute geschickt. Ganz sicher hätte er nicht darauf *gewartet*, sie zu vögeln. Auf den richtigen Moment gewartet. Gewartet, bis sie so verrückt war vor Lust, dass sie niemals einfach so gehen konnte.

Er schüttelte sich in Gedanken. So sehr wie Boris würde er nie werden. Wenn sein Vater sein ganzes Leben mit einer Frau festsitzen wollte, war das seine Sache. Nik wollte nur, dass er sich daran erinnern würde. Natürlich sorgte Angie schon jetzt dafür.

Eine Messerstecherei?

»Übrigens«, verkündete Nik seinen Brüdern, während er das Bier auffing, das Cleats ihm zuwarf, »habe ich heute Nachmittag einen Anruf bekommen.«

»Ach?« Alek nahm von Ban ein Bier entgegen.

»Ja.«

»Und?«

»Ich soll dich von seiner Schwester fernhalten.«

Die drei Brüder sahen sich an. Dann brachen sie in schallendes Gelächter aus.

»Kann ich euch helfen?«

Eine ältere Frau beugte sich vor, und Angie erwartete das Verhör oder den Versuch, sie zu verjagen. Egal was, sie konnte damit umgehen.

»Also, in was würdest du mich stecken?«

Also, das wurde jetzt aber plötzlich schräg. »Wie bitte?«

»Ich denke Chanel. Aber meine Schwester findet Dolce & Gabbana.«

»Ich dachte, Dolce & Gabbana machen nur Schuhe«, schaltete sich eine der jüngeren Frauen ein.

»Nein. Sie machen nicht nur Schuhe! Was ist bloß los mit dir?«

Guter Gott. Sie wollten Klamottentipps.

Angie schüttelte den Kopf. »Ähm … ich würde dich in Marc Jacobs stecken.«

»Ehrlich?«

Sie lächelte, um nicht hysterisch zu lachen. »Eindeutig.«

Kapitel 11

Nik konnte es nicht fassen, dass sie hinten im Pick-up seines Bruders eingeschlafen war. Das war furchtbar bodenständig für seine kleine Höllenkatze. Aber so fand er sie, als die Spontanparty sich langsam auflöste. Sie hatte das Sweatshirt, das er über seinem T-Shirt getragen hatte, um sich gewickelt wie eine Decke. Er strich ihr die Haare aus dem Gesicht. Diesmal schlug sie ihn nicht weg. Stattdessen lächelte sie im Schlaf.

Alek fasste seinen Bruder an der Schulter. »Können wir gehen?«

Nik stimmte zu, indem er leise zu ihr nach hinten stieg. Er zog sie vorsichtig in seine Arme, darauf bedacht, sie nicht zu wecken. Sie kuschelte sich an ihn und seufzte, während sie mit einer Hand sein T-Shirt packte.

Sie waren viel früher zu Hause, als ihm lieb war, obwohl er wusste, dass sein Bruder sich Zeit gelassen hatte. Alek öffnete die hintere Tür, damit Nik wie ein normaler Mensch aussteigen konnte.

Nik hob Angie in seine Arme und sprang heraus. Er nickte seinem Bruder zu und ging ins Haus, während

Alek davonfuhr. Dann trug er sie die Treppe hinauf in ihr Zimmer.

Die Putzleute waren wohl da gewesen, denn das Bett war neu bezogen und gemacht. Mit einer Hand zog er die Daunendecke und die Laken weg, dann legte er sie behutsam ab. Er streifte ihr die weißen Segeltuchschuhe von den Füßen und massierte kurz ihre eiskalten Füße, bevor er sie vorsichtig aus dem Sweatshirt wickelte. Er warf es auf den Boden und zog ihr die Laken und die Decke über den reglosen Körper.

Dann kauerte er sich neben sie und sah ihr ins Gesicht. Verdammt, sie war wirklich hübsch. Er beugte sich vor und küsste sie auf die Wange.

»Nacht, Süße«, flüsterte er sanft.

Dann stand er auf, löschte das Licht und schloss die Tür hinter sich.

Angie lag eine gefühlte Ewigkeit in der Dunkelheit. *Was zum Geier war das denn jetzt?*

Sie war sich sicher gewesen, er würde versuchen, sie zu betatschen, während sie schlief. Um genau zu sein, hatte sie darauf gehofft. Aber er tat es nicht. Noch ließ er sie einfach von einem seiner Brüder im Bett ablegen, während er ging und tat, was auch immer Tiger nach einer bestimmten Uhrzeit taten.

Aber ein züchtiger Gutenachtkuss? Was zum Henker sollte das? Was bedeutete das? Und seit wann analysierte sie überhaupt, was jemand tat oder sagte? Vor allem ein Mann. Normalerweise bedeutete ihr das alles rein gar nichts. Miki war diejenige, die alles analysierte. Sara steigerte sich zwanghaft in Dinge hinein.

Und Angie gab sich große Mühe, zu versuchen, die beiden davon abzuhalten, sich selbst in eine psychiatrische Klinik zu bringen.

Das lange, aufschlussreiche Gespräch mit den Frauen von Niks Familie hatte sie noch mehr verwirrt. Tiger waren notorische Aufreißer. Sowohl die männlichen als auch die weiblichen. Die Mehrheit von ihnen wollte über das Vögeln und die Kinder hinaus nichts weiter. Die Frauen hatten ihr eigenes Leben, ihre eigenen Berufe, ihr eigenes Zuhause.

Sie hielten Boris für einen Freak der höchsten Ordnung. Ein Tiger, der sich an eine Gefährtin klammerte, egal, wie sehr diese dagegen ankämpfte. Sie schienen Natalia nicht allzu sehr zu mögen. Fanden, sie sei ein reicher Snob, genau wie Broyna, aber sie glaubten nicht, dass sie sich, was Sex und Beziehungen anging, von ihnen allen unterschied. Doch sobald Boris sie im Alter von nur zwölf Jahren gesehen hatte, hatte er beschlossen, dass sie seinen Nachwuchs gebären und seine Gefährtin sein würde. Mit einundzwanzig hatte er Natalia schon mit Nik geschwängert. Ban kam kurz danach. Und schließlich die Zwillinge. Aufgrund von Komplikationen während der Geburt von Alek und Kisa konnte Natalia keine weiteren Kinder mehr bekommen. Die Familie war sich sicher gewesen, oder hatte zumindest gehofft, dass Boris' Besessenheit von ihr damit enden würde. Dass er zu anderen Frauen weiterziehen würde, die noch gebärfähig waren.

Er tat es nicht. Er hatte vier Kinder und schien damit mehr als glücklich. Er verließ sie nie. Gab sie nie auf. Versetzte jedes männliche Wesen, das auch nur in Witterungsdistanz kam, in Angst und Schrecken. Und obwohl ihre Tage darin bestanden, dass sie ihm sagte, er solle sich verdammt noch mal aus ihrem Leben fortscheren, verbrachten sie die Nächte im selben Bett.

Alle hofften jedoch, seine Kinder würden mehr wie sie alle sein. Doch nach dem zu urteilen, wie Nik sie vor versammelter Mannschaft geküsst hatte, schienen sie sich jetzt ziemlich sicher zu sein, dass er nach seinem Daddy kam.

Angie dagegen war sich Niks Gefühlen ihr gegenüber nicht so sicher. Er wollte sie, aber das konnte daran liegen, dass sie einfach eine frische Muschi in seinem Haus war. Doch dass er auf Sex warten wollte sowie sein unglaublich süßer Gutenachtkuss verwirrten sie. Auch wenn er unmissverständlich klarmachte, dass seinesgleichen nichts weiter wollte als spaßiges Herumtollen im Heu, wurde Angie das Gefühl nicht los, dass hier etwas ganz anderes vor sich ging.

Was ihr mehr als alles andere Sorgen machte? Dass es ihr nicht egal war. Es war ihr wichtig, ob Nik sich vielleicht in sie verliebte. Es war ihr wichtig, ob seine Familie sie mochte. Zum Henker, es war ihr sogar wichtig, ob der Mann glücklich war oder nicht. Sie. Angelina Santiago.

Angie waren plötzlich Dinge wichtig, die sie noch nie interessiert hatten, und das jagte ihr eine höllische Angst ein.

Nik kontrollierte das Haus. Jetzt, wo Angie bei ihm wohnte, wollte er keine Risiken eingehen, was ihre Sicherheit anging. Als er das Gefühl hatte, alles sei sicher, verwandelte er sich und machte sich auf den Weg nach draußen, um sein Grundstück zu kontrollieren. Er wusste, dass seine Brüder auch in der Gegend waren. Sie hatten sich bereiterklärt, sein Gelände zu sichern.

Es überraschte ihn nicht, dass sie sich genauso verantwortlich für sie fühlten wie er. Sie waren es schließlich auch. Immerhin hatten sie sie von Marrecs Meute entführt. Aber er konnte ihnen nicht mehr böse sein. Nicht wirklich. Ohne die beiden wäre sie jetzt nicht hier und würde in seinem Haus schlafen.

Dafür schuldete er seinen Brüdern etwas. Eine ganze Menge.

Angie konnte nicht schlafen und stand wieder auf. Sie duschte kurz, zog ein langes T-Shirt an und machte sich auf den Weg zu Niks Büro im Erdgeschoss. Sie öffnete die Glastüren, die nach draußen führten. Der frische Geruch nach Nadelbäumen wehte ihr entgegen, und sie fühlte sich plötzlich wie eine dieser Frauen in der Putzmittelwerbung: »Gestaltwandler – jetzt auch mit frischem Kiefernnadelduft.«

Sie lachte, ging zu seinem Schreibtisch und suchte sich eine Zeitschrift heraus, um ein bisschen zu lesen, bevor sie wieder ins Bett ging. Sie nahm sich eine Ausgabe von *GQ* und ließ sich auf die Couch plumpsen. Es gefiel ihr, wie Nik sein Zimmer eingerichtet hatte. Mit einem Schreibtisch und unwahrscheinlich bequemen Ledersesseln. Aber außerdem mit einer riesigen Couch wie der im Wohnzimmer, die in Richtung der Glastüren zeigte, die in seinen Garten führten. Sie überlegte, ob er wohl viel Zeit in diesem Raum verbrachte. Sie fragte sich, ob er in Tigergestalt auf dieser Couch lag. Das musste wohl die größte, stabilste Couch sein, die sie je gesehen hatte. Und die gemütlichste.

Statt ein Licht anzuschalten, damit sie die Zeitschrift lesen konnte, schaute sie weiter hinaus in die Nacht von Carolina und genoss die Couch. Bevor sie es sich versah, war sie tief und fest eingeschlafen.

Nik schüttelte den Kopf und trottete wieder nach Hause. Wenn seine Brüder Hasen jagen wollten wie die jungen Kätzchen, war das ihre Sache. Auf ihn wartete ein warmes Bett und der köstliche Duft von Angelina Santiago als Gesellschaft. Viel besser als ein Hase.

Die drei hatten zuerst die komplette Umgebung abgegrast, und seine Markierungen waren immer noch stark. Ein paar schwächere hatte er aufgefrischt. Als er sich dem Haus näherte, sah er die Tür seines Arbeitszimmers offen stehen. Dabei wusste er, dass er sie geschlossen zurückgelassen hatte.

Er rannte los und kam schlitternd zum Stehen, als er Angelina schlafend auf seiner Couch fand. Sie musste aufgewacht sein, nachdem er sie hingelegt hatte. Sie hatte geduscht und trug ein T-Shirt. Er tapste näher, um sicherzugehen, dass es ihr wirklich gut ging, da bewegte sie sich plötzlich im Schlaf. Ihr T-Shirt rutschte ein wenig hoch. Genug, dass er sehen konnte, dass sie kein Höschen trug.

Sein großer Tigerkopf krachte auf den Boden, und er bedeckte sich die Augen mit den Pfoten. *Was tut diese Frau mir an?*

Angie wachte auf, als sie draußen vor dem Arbeitszimmer die Vögel zwitschern hörte. Es war noch nicht ganz hell, und ihr wurde bewusst, dass sie den Rest der Nacht in Niks Arbeitszimmer geschlafen hatte. Sie wollte hier raus sein, bevor er aufwachte, denn sie war halbnackt. Sie versuchte, sich zu bewegen, und merkte, dass etwas ihre untere Körperhälfte auf der Couch festhielt.

Sie brauchte eine Sekunde, bis sich ihre Augen an das Halbdunkel gewöhnt hatten, und stützte sich auf die Ellbogen, um an ihrem Körper entlangzuschauen. Da sah sie ihn. Sein riesiger Tigerkopf lag auf dem unteren Teil ihres Bauches. Seine enormen Unterarme breiteten sich über ihre Beine und hielten sie fest. Der Rest seines pelzigen Körpers lag bequem zwischen ihren Schenkeln auf der Couch.

Ihr ging durch den Kopf, dass das das Einzige sein könnte, was sie wieder in die Therapie trieb.

Nik öffnete langsam die Augen. Er sah sich im Raum um, dann drehte sich sein großer Kopf in ihre Richtung. Seine goldenen Augen blinzelten.

Zu abgefahren. Zu abgefahren. Zu abgefahren. Selbst für sie.

Als sie versuchte, unter ihm hervorzukriechen, verwandelte er sich. Plötzlich hatte sie Nik, den Mann, zwischen den Beinen. Und jetzt wollte sie nirgendwo mehr hin. Seine Arme umfassten ihre Schenkel und hielten sie fest. Anscheinend wollte er auch nirgendwohin.

Sein Kopf neigte sich, und er strich mit der Nase über ihr nacktes Geschlecht. Dann blickte er wieder zu ihr auf, um ihre Reaktion zu sehen. Sie rührte sich nicht. Atemlos. Tat nichts, außer die Unterlippe leicht mit den Zähnen zu packen. Viel mehr brauchte der Hinterwäldler nicht.

Er senkte wieder den Kopf, und Angie merkte, dass sie die Luft anhielt. Was, wenn Nik nur wirkte, als wäre er ein heißer Kerl im Bett? Sie hatte das schon erlebt. Der Typ, der ihr das Wasserskifahren beigebracht hatte, hatte versprochen, ihre Beine zum Zittern zu bringen. Sie war schließlich nach der Hälfte gegangen. Was, wenn Nik auch so war? Was, wenn er sie bis zur Besinnungslosigkeit langweilte? Sie weigerte sich, jemandem etwas vorzuspielen. Vortäuschen lag ihr nicht in den Genen. Und was dann? Würde er sie hinauswerfen? Sie anflehen, es niemandem zu sagen? Was, wenn … was, wenn … *ach du heilige Scheiße!*

Ihre Ellbogen gaben unter ihr nach, und sie fiel rückwärts auf die Couch. Seine Zunge leckte noch einmal, und Angie rollte die Zehen ein. Seine Zungenspitze schnippte gegen ihren Kitzler, aber zum Glück hielten seine starken Arme sie immer noch fest, sonst wäre sie von der Couch geschnellt. Doch er konzentrierte sich nicht darauf – das war lediglich ein Vorgeschmack dessen, was noch kommen sollte. Stattdessen ließ er sich Zeit und erkundete jeden Zentimeter ihrer Muschi mit seiner rauen, flachen Zunge. Er glitt sogar in sie und vögelte sie damit.

Nein. Sie würde an diesem Morgen überhaupt nichts vortäuschen. Das würde nicht nötig sein.

Nik rückte ihre Beine zurecht, sodass sie auf seinen Schultern lagen, rutschte ein wenig höher und hob ihren Hintern an, damit er besser an ihren Körper herankam. Er schob die Hände unter sie und umfasste ihre Backen, und Angie umklammerte die Armlehne der Couch. Sie wölbte den Rücken, und er vögelte sie weiter mit der Zunge, während seine Finger ihren Hintern drückten.

Sie warf den Kopf zurück, ihr Körper bäumte sich noch mehr auf, während Nik zu ihrem Kitzler zurückkehrte und ihn mit der flachen Zunge rieb. Ihre Hände ließen die Couch los und vergruben sich stattdessen in Niks dichten Haaren.

Angies ganzer Körper begann zu zittern, und sie wusste, dass sie ihm wahrscheinlich Haare vom Kopf riss, als ihr Orgasmus an all ihren Nervenenden rüttelte. Dicht gefolgt von einem langen, leisen, schnurrenden Geräusch, das sie vorher noch nie gemacht hatte.

Nik knurrte als Antwort darauf und machte weiter. Er bearbeitete sie weiter mit der Zunge, bis ihre Schultern sich von der Couch hoben, ihr ganzer Körper sich wild zusammenzog und sie sich eng an ihn klammerte. Jedem anderen Mann hätte sie so womöglich das Genick gebrochen, aber Nik schnurrte und zog ihren Orgasmus eine gefühlte Ewigkeit in die Länge.

Irgendwann konnte sie nicht mehr, schaffte es aber nicht, zusammenhängende Sätze oder Gedanken zu bilden, also zog sie ihn an den Haaren, um ihn zu stoppen. Sein nasses, grinsendes Gesicht hob sich aus ihrem Schoß, und sie wusste: So etwas Schönes hatte sie noch nie gesehen.

Nik löste sich aus der Umklammerung ihrer Beine und biss ihr spielerisch in die Innenseite des Schenkels, bevor er sich an ihrem Körper entlang hochzog, bis sie sich in die Augen sehen konnten. So blieb er eine Weile über ihr, die Arme links und rechts von ihr aufgestützt. Dann neigte er den Kopf nach unten, um sie zu küssen.

Angie stöhnte in seinen Mund; ihr eigener Geschmack brachte sie noch einmal zum Zittern. Nachdem er gründlich und langsam ihren Mund von innen erforscht hatte, zog er sich zurück und lächelte so breit wie vorhin.

»Morgen, Süße.« Er küsste ihre Nase, dann glitt er von ihr herunter und ging davon.

Angie stützte sich wieder auf die Ellbogen und starrte die Tür an, durch die er eben den Raum verlassen hatte.

Weniger als den Bruchteil einer Sekunde fragte sie sich mal wieder, ob er sie vielleicht nicht wollte. Aber sie hatte seinen wippenden Schwanz zur Tür hinaustanzen sehen, härter als ein Holzbrett. Sie glaubte keine Sekunde, dass er nicht bereit war, sie zu vögeln.

Worauf zum Geier wartet er dann? Und wie lange konnte sie noch durchhalten?

Stöhnend drehte sie sich um und vergrub den Kopf in den Sofapolstern. Dann schrie sie.

Kapitel 12

Das Telefon klingelte wieder, und Angie streckte die Hand aus und schnappte es vom Nachttisch. Sie musste unbedingt den Klingelton ändern. Nach zwei Orgasmen war sie ins Bett zurückgegangen, und um elf Uhr morgens fand sie ihren Klingelton verdammt nervtötend.

Sie klappte es auf und meldete sich, ohne den Kopf von ihrem wunderbar festen Kissen zu heben.

»Ja?«

»Hey, hey. Sie ist dran. Hallo, Schatz!«

Angie schoss hoch. Jetzt war sie hellwach.

»Mom?«

»Ja. Hallo! Dein Vater ist auch hier.«

Okay, was war hier los? Zuerst die morgendlichen Mätzchen mit Nik und jetzt das.

»Ist alles in Ordnung?«

»O ja. Ja. Aber ich bin heute Morgen meinen Terminkalender durchgegangen, weil ich Notizen gesucht habe, und habe bemerkt, dass wir deinen Geburtstag verpasst haben. Also wollten wir anrufen und dir alles Gute wünschen.«

Angie schloss die Augen. »Mein Geburtstag? Der war vor einem Vierteljahr.«

»Tja, besser spät als nie!«

Angie wäre nie lieber gewesen. Sie wusste nicht, warum, aber überhaupt nicht anzurufen wäre leichter gewesen als diese um Monate oder sogar Jahre verspäteten Anrufe, auf die ihre Eltern beide bestanden. Versuchten sie wirklich zu beweisen, dass es sie irgendwie interessierte?

Sie wusste schon, dass sie kein Interesse an ihr hatten. Sie waren beide Archäologen – vielleicht hätte es sie ein bisschen mehr interessiert, wenn sie sie im Sudan ausgraben müssten.

Aber sich um Menschen zu kümmern, lag einfach nicht in ihrer Natur. Noch nie.

Sie fühlte, wie sie am ganzen Körper eisig wurde. Ihr Herz verhärtete sich gegen den Schmerz. Es verhärtete sich allgemein. Bevor sie gelernt hatte, wie das ging, hatte sie den dümmsten Mist angestellt. Es erstaunte sie jeden Tag, dass Sara und Miki während dieser hässlichen Zeit an der Junior High und an der Highschool bei ihr geblieben waren. Diese zwei Frauen, damals noch Mädchen, hatten ihr das Blut aus den Haaren gewaschen, ihre Schnitte und Schürfwunden desinfiziert und alle Beweise verschwinden lassen. Während sie ihr den blutverschmierten Schläger aus der Hand wanden, erinnerten sie sie immer wieder daran, dass sie jetzt ihre Familie waren und dass sie sie liebten.

»Und«, bemühte sich ihre Mutter um Konversation, »wie läuft es so?«

Was soll ich ihr erzählen? *Na ja, meine beste Freundin ist eine Gestaltwandlerin und meine andere beste Freundin ist in einen verliebt und bekommt ein Kind von ihm. Außerdem hat eine Bande Hyänen versucht, mich umzubringen. Und wer weiß, was die Löwen aushecken. Ich wohne vorübergehend bei einem Tiger, der anscheinend scharf auf mich ist. Und bei euch so?*

Sie wollte eigentlich gar nicht mit ihrer Mutter reden. Dennoch brachte sie es auch nicht fertig, einfach aufzulegen.

»Gut«, brachte sie schließlich heraus.

»Wie auch immer, da war noch etwas anderes.«

Sie hätte es wissen müssen. Es musste einen Grund geben, warum ihre Eltern sie plötzlich aus heiterem Himmel anriefen.

»Was willst du, Mutter?«

»Ich müsste nur etwas über den Nachlass deiner Großmutter wissen.«

»Du weißt, dass ich mich nicht darum kümmere. Das macht alles Onkel Ernesto. Seit Jahren schon.« Ihre Großmutter hatte Angie einen Großteil ihres Geldes geschenkt, als Angie das College abgeschlossen hatte. Die alte Frau wusste schon damals, dass ihre Tochter und ihr Schwiegersohn es ihrer Enkelin schwermachen würden. Universitäten zahlten nicht viel, und es kostete einiges, ihre Ausgrabungen am Laufen zu halten. Als ihre Großmutter starb, wurde die Verwaltung des übrigen Geldes per Testament an Angies Onkel übertragen, der immer noch in Brasilien lebte, aber Angie hatte ihr Geld schon und erwartete nichts mehr.

»Du kommst viel besser mit ihm zurecht als ich.«

»Er ist dein Bruder.«

»Ja. Aber er redet gerne mit dir.«

»Was willst du von mir, Mutter?«

»Na ja …«

Angie erschrak ein bisschen, als starke Finger ihr das Telefon sanft aus der Hand wanden. Sie blickte auf und sah Nik, der auf sie herabschaute.

»Dies, Süße, nennt man die Macht des Auflegens.« Mit einem Schnappen schloss er das Handy. »Also, wie wäre es mit Frühstück?«

Sie sagte nicht viel, obwohl sie ihm hinunter in die Küche folgte. Aber sie ließ ihn auch nicht in ihre Nähe. Sie scheute noch mehr vor seiner Berührung zurück als damals, als sie angekommen war. Verdammte Eltern. Er war so weit mit ihr gekommen, und sie warfen ihn mindestens fünf Meter zurück. Hätte er es nicht besser gewusst, er hätte geschworen, dass alles, was an diesem Morgen passiert war, wie sie gestöhnt hatte und gekommen war wie ein Schnellzug, nie passiert war. Aber er wusste, es war geschehen. Sein Kopf tat immer noch weh, wo sie ihm die Haare ausgerissen hatte.

Zum Henker, wie konnten Eltern den Geburtstag ihres Kindes vergessen? Vielleicht ein Vater, aber eine Mutter? Hatte sie Angie nicht aus sich herauspressen müssen? Normalerweise erinnerten sich Frauen an dieses Zeug, und die meisten ließen es einen nicht vergessen. Zumindest seine Mutter nicht. Vor allem, seit sie festgestellt hatte, dass Schuldgefühle so eine effektive Methode waren, von ihm und seinen Brüdern zu bekommen, was sie wollte.

Seine Eltern feierten die Geburtstage ihrer Kinder auch immer zusammen. Eines der wenigen Dinge, die sie bereitwillig als Paar taten. Von der Party mit dem Cowboy-Motto für ihn bis zu der Party für die Zwillinge mit einem Clown, den sie zu Tode erschreckt und in den Wald gejagt hatten, weil sie es lustig fanden, wie er schrie, hatten seine Eltern immer dafür gesorgt, dass sich jedes einzelne ihrer Kinder geliebt und beschützt fühlte.

Auch die Tigerfrauen, die ihre Kinder allein aufzogen, sorgten dafür, dass ihre Kinder das verstanden. Egal, wie viele Daddys involviert waren.

Jetzt verstand er, warum diese zwei Frauen, von denen Angie dauernd sprach, so wichtig für sie waren. Sie waren im Grunde die einzige Familie, die sie hatte. Sogar eine Hundemeute als Verwandtschaft war besser als diese Leute, mit denen sie telefoniert hatte.

Während sie aß, ging er zurück in ihr Zimmer und holte ihr Telefon. Er ging das Telefonbuch durch, bis er fand, was er suchte. Er wählte die Nummer und wartete.

Nach dem dritten Klingeln hörte er: »Es ist acht Uhr morgens, verdammt noch mal, also hoffe ich, es lohnt sich! Scheiße!«

Guter Gott.

»Äh … ist da Miki?«

»Ja.«

»Hier ist Nik. Nikolai Vorislav. Angie ist bei mir.«

»O ja. Der Bauern-Kidnapper. Sie ist okay, oder?«

»Ja, ja. Es geht ihr gut.«

»Was willst du dann, Landei?«

Er holte tief Luft. Es war eine Sache, sich Beleidigungen von Angie anzuhören, die seinen Schwanz hart machte, indem sie nur die Beine übereinanderschlug, aber von einer hundeliebenden Schlampe würde er sich so etwas nicht anhören. »Ihre Eltern haben heute angerufen.«

»Warum haben *die* angerufen?«

»Ich glaube, um ihr zum Geburtstag zu gratulieren.«

Die Pause dauerte eine gute halbe Minute, dann sagte sie: »Das soll doch wohl ein Scherz sein? Ihr Geburtstag war vor einem Vierteljahr, verdammt! *Ich schwöre bei Gott, diese Leute sind beschissene Arschlöcher!*«

Wow. Was für eine interessante junge Lady. Mit so einem bunten und laut vorgetragenen Vokabular.

»Kannst du sie ans Telefon holen?«

»Ja. Moment.«

Er kehrte in die Küche zurück und reichte Angie das Telefon. Sie sah es mit Schrecken an, als erwarte sie, es seien wieder ihre Eltern. Obwohl sie das vage Gefühl hatte, dass sie von denen eine ganze Weile nichts mehr hören würde.

Sie nahm ihm das Telefon ab. »Ja?« Sie zog ein finsteres Gesicht. Dann lächelte sie erleichtert. »Du bist so eine blöde Kuh! Das habe ich nie gesagt! Nein, habe ich nicht! Nein, habe ich nicht! Nein! Habe ich *nicht*!«

Nik verließ kopfschüttelnd die Küche. Er hatte angenommen, ihre Freundin würde sie beruhigen, damit es ihr besser ging, und keinen Streit mit ihr anfangen. Aber als Angie die Füße auf den Tisch legte und blaffte: »Du erzählst so eine Scheiße, Kendrick!«, wusste er, dass das genau das war, was sie brauchte.

Eine Dreivierteldstunde Streit über absolut alles – angefangen bei der Frage, ob Angie versprochen hatte am Vorabend anzurufen oder nicht, über das geplante Geschenk für Sara und ob Zach mitziehen würde, bis zu Mikis Ansage, wenn es ein Junge würde, würde sie ihn Bartholomew nennen – führte dazu, dass Angie sich wieder wie ein Mensch fühlte.

»Du willst ihm also im Prinzip ›Tritt mich!‹ auf den Arsch tätowieren.«

»Was soll das heißen?«

»Wenn du ein Kind Bartholomew nennst, verdammst du ihn zu einem Leben unter Folter. Du erinnerst dich doch noch an damals, oder, Mik?«

»Du klingst wie Conall!«

»Tja, immerhin hat einer von euch beiden ein bisschen Verstand.«

Angie seufzte. Die Anspannung und Eiseskälte, die sie nach dem Anruf ihrer Mutter verspürt hatte, waren wegdiskutiert.

»Also, warum hast du angerufen?«

»Habe ich nicht. Tiger, der Hinterwäldler, hat mich angerufen.«

Angie schwang die Beine vom Tisch und setzte sich auf. »Was? Warum?« Himmel, ihre Nippel wurden bei der bloßen Erwähnung dieses Mannes hart. War so etwas normal?

»Ich schätze, er hat sich Sorgen um dich gemacht. Du kannst ziemlich gruselig werden nach einem dieser unerwarteten Anrufe von deinen Eltern. Sara und ich haben das immer deine ›Schübe‹ genannt. Wenn er sich Sorgen macht, kann das natürlich nur eines bedeuten …«

»Halt die Klappe, Kendrick!«
»Jemand ist verliebt.«
»Halt. Die. Klappe!«
»Ich bin nicht dazu gekommen, Gestaltwandler auf die Liste zu setzen. Du kannst ihn vielleicht unter dem Radar reinschmuggeln.«
»Würdest du es bitte gut sein lassen?«
»Könnte ich ... aber wo bliebe da der Spaß?«
Angie seufzte und fuhr sich mit den Fingern durch die Haare.
»Also, Santiago ...«
»Was?«
»Magst du ihn?«
Sie zuckte die Achseln. »Ich hab nichts gegen ihn.«
»Also, für deine Verhältnisse ist das ja schon fast wie heiraten.«
»Sehr lustig.« Sie wollte dieses Gespräch beenden. Sofort. »Hör mal, könntest du mir Zach ans Telefon holen?«
Eine lange Pause folgte dieser Bitte. »Warum?«
Angie schniefte verärgert. »Hol ihn mir bitte einfach her, ja?« Es war ein guter Augenblick, um jemandem, der wenigstens halbwegs vernünftig war, von dem vorgeschlagenen Waffenstillstand sowie die Wahrheit über Saras Mutter zu erzählen. Vor allem die Wahrheit über ihre Mutter. Sara selbst hatte ihre Mutter nie gekannt, und ihr Vater hatte seine Gefährtin verehrt. Also hatte Sara nur die guten Dinge über Kylie Redwolf gehört. Dass die Frau und ihre Löwenfreundin hinter Hyänenterritorium her gewesen waren wie Donald Trump gemischt mit ein bisschen Cosa Nostra, würde ihrer

Freundin nicht leicht beizubringen sein. Sie hatten diese Hyäne ermordet, zumindest sah es so aus. Sie waren dabei nicht in Menschengestalt gewesen, sondern hatten die Matriarchin des Leucrotta-Klans – und damit Dianne Leucrottas Mutter – gejagt und ermordet. Wer hinterher die Löwin und die Wölfin umgebracht hatte, wusste niemand so recht. Aber Kylie Redwolfs Hunger nach Land hatte sie dazu gebracht, und das war der Anfang vom Ende gewesen.

Also brauchte Angie Zachs Sicht der Dinge, seine ruhige Art …

Und seine Fähigkeit, Sara körperlich unter Kontrolle zu halten, wenn sie überschnappte.

Angie fand Niks Nachricht, die an die Innenseite der Haustür geheftet war.

Musste geschäftlich in die Stadt. Versuch, dich von Ärger fernzuhalten. Meine Brüder sind irgendwo in der Nähe, du bist also nicht allein. Und bitte tu dir keinen Zwang an und zieh neue Shorts an, für wenn ich nach Hause komme.
– Nik

Sie musste lächeln, als sie an Niks Blicke am Abend zuvor bei der Party dachte. Er schien ihre Beine wirklich zu mögen, vor allem, wenn sie sie ihm um den Hals legte.

Ein Klopfen an der Haustür ließ sie einen Meter

rückwärtsspringen. Sie holte tief Luft. Seit wann war sie so schreckhaft?

»Ja?«

»Wir sind's, Angie.«

Tja, jetzt hatte sie ein »Wir« in Carolina und ein »Wir« in Texas und Kalifornien. *Wie cool bin ich eigentlich?*

Sie öffnete die Tür, und Kisa stand davor. »Hey. Was geht?«

»Nichts.«

Angie schaute sie an. »Du willst shoppen gehen, oder?«

Kisa runzelte allerliebst ihre Nase. »Ja, bitte.« Sie trat zurück und deutete auf Reena. »Wir haben Daddys Pick-up dabei. Den richtig großen.«

»Warum?«

»Für die ganzen Klamotten!«

Angie grinste. »Natürlich.«

Nik hatte noch nie verstanden, warum sein Vater unbedingt auf diese Art Geschäfte machen musste. Während er in einem Restaurant saß und zwischen Gerichten, die aus Schweinegekröse und -füßen bestanden, wichtige Verträge unterzeichnete. Was es diesmal noch schlimmer machte: sein Vater schien einen Plan zu haben.

»Also, Junge, kümmerst du dich gut um unser kleines Haustier?«

»Nenn sie nicht so, sie ist vollkommen sicher in

meinem Haus, und ich werde nicht darüber mit dir sprechen.«

»Mit ihr kannst du nicht spielen, weißt du? Sie ist etwas Besonderes. Etwas an ihr lässt erkennen, dass sie dich mit Freuden im Schlaf töten wird.«

Nik lächelte, sah aber weiter auf die Papiere hinab. »Du magst sie.«

»Du nicht?«

»Ich habe zumindest nichts gegen sie.«

»Zum Teufel, Junge, für deine Verhältnisse ist das ja fast wie heiraten.«

»Ich dachte, wir wären zum Arbeiten hier?«

»Versau diese Sache nicht, indem du dich wie ein Trottel benimmst. Einer Frau wie dieser begegnet man nur einmal im Leben.«

Das hoffte er jedenfalls. Er glaubte nicht, mit mehr als einer Angelina Santiago fertigwerden zu können. Ein Gesicht wie ein Engel. Ein Körper wie ein Dämon. Ein Mundwerk wie ein Trucker aus der Bronx.

Aber er hatte nie vorgehabt, sie zu behalten. Er war nicht sein Vater. Zumindest sagte er sich das immer wieder. Dennoch … eine Frau, die einem praktisch das Genick brach, wenn sie kam, war keine Frau, die man so einfach wegwarf.

»Hör mal, alter Mann, ich weigere mich, mein Leben mit dir zu diskutieren. Sowohl jetzt als auch sonst. Also lass es gut sein.«

»Also gut, wenn du willst, dass dir deine Zukunft entgleitet, weil du keinen Verstand hast …«

»Warum kannst du nicht normal sein?« Nik hatte das nicht beinahe schreien wollen, aber das Drängen seines

Vaters hatte das Fass zum Überlaufen gebracht. »Warum kannst du nicht wie alle anderen sein? Besorg dir mehr als eine Frau. Besorg dir zwanzig! Warum sind meine Brüder meine Brüder? Und nicht meine Halbbrüder? Die Einzigen, die von derselben Mutter sein sollten, sind Kisa und Aleksei, denn die sind Zwillinge.«

»Normal sein ist langweilig.« Sein Vater sah sich in dem schmuddeligen Diner um, in das er immer unbedingt gehen wollte. Es war voller Gestaltwandler, hauptsächlich Tiger, aber auch ein paar Wölfe und Löwen, und sie starrten sie alle neugierig an. Wahrscheinlich hofften sie auf einen Kampf zwischen dem alten und dem jungen Tiger. Alte Tiger gingen nie kampflos unter. »Diese Leute sind langweilig. Deine Momma dagegen … die Frau war nie langweilig. Verrückt. Giftig wie eine Natter. Höllisch versnobt. Aber niemals langweilig.«

»Und wie kommst du auf die Idee, dass Angelina niemals langweilig sein könnte? Im Moment sitzt sie bei mir zu Hause und liest die *Vogue* – mal wieder – und quengelt, weil es keinen Fernseher gibt. Klingt das interessant für dich?«

»Tatsächlich?« Sein Vater nickte zum Fenster hinüber. »Ist das nicht sie in einem meiner Pick-ups?«

Nik riss den Kopf herum. Natürlich war das Angie – höchstwahrscheinlich eine der gefährlichsten Fahrerinnen in North und South Carolina zusammen, nach dem zu urteilen, was sie ihm erzählt hatte –, die da hinter dem Steuer des Chevy Dually seines Vaters saß.

»Und sind das nicht deine Schwestern neben ihr?«

Nik rieb sich die Augen. *Da lasse ich das Haus fünf verdammte Minuten allein, und schon bricht die Hölle los.*

»Siehst du, Junge? Niemals langweilig.«

»Was meinst du?«

Angie nippte an ihrem Champagner. Sie überlegte, ob sie nett sein sollte.

Nö.

»Ich würd's nicht machen, Schätzchen.«

»Ehrlich nicht?«

»Es macht dich plump … und fett.«

Die Löwin drehte sich um und stürmte zurück in die Ankleidekabine.

Reena, ein wenig beschwipst von dem ganzen Champagner, streckte sich auf der Couch aus. Ihr Kopf ruhte an Angelinas Seite, und Angelina verspürte das Bedürfnis, sie von der Couch zu werfen. Sie brachte es allerdings nicht übers Herz, so gemein zu sein. Nicht heute.

»Weißt du, Santiago, du solltest verdammt stolz auf dich sein.«

»Ach? Und warum?«

»Weil dies das erste Mal ist, dass im Fallons Department Store Tigerinnen, Löwinnen und Wölfinnen, einige Gepardinnen und ein paar Bärinnen alle am selben Ort sind, ohne sich gegenseitig halbtot zu prügeln.«

»Ich dachte, diese Orte wären neutraler Boden für euch Gestaltwandler-Typen.« Sie mochte diesen Laden. Er erinnerte sie an Neiman Marcus oder Bloomingdale's. Groß, geräumig und mit all den großen Designern.

»Das stimmt. Hier gehen auch Menschen shoppen, aber der Laden gehört Gestaltwandlern und wird auch von ihnen betrieben. Trotzdem können wir einander normalerweise nicht riechen. Die Löwen halten sich von den Tigern fern. Die Hyänen von den Löwen. Und so weiter und so weiter. Das hier ist das erste Mal, dass wir uns so vermischen, soweit ich mich erinnern kann.«

»Wie viele von diesen Geschäften gibt es?«

»Die gibt's überall in den Staaten und Europa.«

»Cool.« Vielleicht konnte sie Sara in einen in der Nähe des Meutenhauses schleppen und der Frau ein paar sexy Klamotten besorgen, auf denen kein Harley-Davidson-Logo war. »Ich lerne jeden Tag dazu.«

Kisa setzte sich auf die Couch. »Was zum Beispiel?« Je mehr Angie mit ihr sprach, desto mehr öffnete sich Kisa. Wie eine Schildkröte, die den Kopf aus ihrem Panzer streckt.

»Ich hatte zum Beispiel keine Ahnung, dass Manolo Blahnik Schuhe in Größe siebenundvierzig fertigt.«

»Na ja, sie fertigen sie nicht offiziell. Aber die Bären und Wölfe haben riesige Füße«, flüsterte Reena.

»Das haben wir gehört«, knurrte eine der Bärinnen.

Angie stand auf und lachte, als Reenas Kopf auf die Couch knallte. »Entschuldige.«

Sie ging in Richtung Toiletten und blieb auf dem Weg mehrmals stehen, um zwei Frauen zu überzeugen, nie wieder Orange zu tragen, und eine Wölfin zu drängen, darüber nachzudenken, ihre eine Augenbraue zu zwei einzelnen zu zupfen.

Sie erreichte die Toiletten und hatte gerade die Hand an der Tür, als sich ihre Nackenhaare aufstellten. Sie erinnerte sich an dieses Gefühl – es war dasselbe wie vor ein paar Tagen, als sie sich vor ihrem Laden umgedreht hatte und eine weibliche Hyäne hinter ihr stand.

Angie drehte sich langsam um. Diesmal war es eine andere Frau, aber dennoch eine Hyäne. Sie erkannte inzwischen die Unterschiede.

Die Frau sagte nichts, sondern entblößte ihre Reißzähne. Einen ganzen Mund voll. Kleine, nadelscharfe Zähne, die Angie mühelos das Fleisch von den Knochen reißen konnten.

Was für ein angenehmer Gedanke.

Die Hyäne machte einen Schritt auf sie zu, und Angelina spannte den Körper, bereit, alles anzugreifen, was in ihre Nähe kam. Die meisten normalen Leute wären weggelaufen. Aber Angie rannte nicht weg, es sei denn, jemand befahl es ihr. Andernfalls blieb sie einfach stehen und begann, um sich zu schlagen. Da weder Sara noch Miki hier waren, um ihr die Flucht zu befehlen, konnte das nur eines bedeuten, und sie ballte die Fäuste und machte sich bereit, sie fliegen zu lassen.

»Gibt es ein Problem, Angelina?«

Sahara Lyon kam um die Ecke, eine Wölfin neben sich.

»Wir dachten, wir hätten etwas Muffiges gerochen«, grollte die Wölfin. »Also haben wir beschlossen, mal nachzusehen.«

Die Hyäne starrte Angie an. Sie kannte diesen Blick.

Es war der Blick von jemandem, der sie unbedingt fertigmachen wollte. Sie hatte ihn im Lauf der Jahre mehr als einmal gesehen. Und Angie hätte gewettet, dass ihr eigenes Gesicht exakt dasselbe Gefühl widerspiegelte. Sie konnte die Prügel schon beinahe schmecken, die sie ihr verpassen wollte. Sie konnte praktisch fühlen, wie Haut und Knochen nachgaben, wenn sie auf sie losging.

»Was hast du jetzt vor?«, flüsterte Angie. »So nahe, und doch kommst du nicht an mich ran.«

Die Frau machte noch einen Schritt auf sie zu, und Angie glaubte bereits, sie hätte die dämliche Schlampe zu einem Kampf provoziert. Aber zu Angies unendlicher Überraschung stellte sich Kisa vor sie und entblößte ihre Tiger-Reißzähne. Sie öffnete weit den Mund, und ein Tigergebrüll schallte durch den Laden.

Angie schaute zu Sahara hinüber, die genauso überrascht die Achseln zuckte.

Kisa packte die Frau an der Kehle, riss sie zu sich heran und warf sie. Die Hyäne flog über mehrere Kleiderständer und in eine Gruppe anderer Hyänen hinein. Umgerissene Kleiderständer, zerbrochenes Glas, beschädigte Kleider – Angie zuckte zusammen. *Das wird teuer.*

Die Hyänen hoben Angies Herausforderin auf, hielten nicht einmal inne, um die Glasscherben von ihr abzuklopfen, sondern strebten eilig auf die Rolltreppe zu, während Kisa zu Angie zurückkam. »Ich glaube, ich kaufe mir das blaue Kleid, das ich anprobiert habe.«

»Tu das, Kisa. Es sieht wirklich gut an dir aus.«

Die Tigerin ging, und Angie warf Sahara einen Blick zu. »Okay. Sie ist ein bisschen gruslig.«

»Ein bisschen?«

Nik stand mit seinen Brüdern auf der Hauptstraße. »Wann habt ihr sie zum ersten Mal gesehen?«

»Erst heute.«

Männliche Hyänen. Schwache, unterwürfige Bastarde. Wahrscheinlich aus einem der Raleigh-Klans.

Nik sah, wie sie die Straße entlangschlichen und versuchten, nicht aufzufallen. Aber jeder Gestaltwandler der Stadt sah sie vorbeigehen und roch, dass sie nicht hierhergehörten. Hyänen lebten nicht so weit von einer Großstadt entfernt. Was eigentlich nicht besonders überraschte. Sie legten sich fröhlich mit jeweils einer anderen Rasse an, was in einer Stadt wie New York oder San Francisco nicht schwer war. Aber zwei, drei, sechs Rassen, die es schafften, in einer kleinen Stadt mitten im Nirgendwo zusammenzuleben, gab es nicht. Also blieben Hyänen in der Nähe der großen Städte, wo sie sich sicherer fühlten und mehr Schaden anrichten konnten, und machten normalerweise einen großen Bogen um die kleinen Städte voller Gestaltwandler.

»Was sollen wir tun?«, fragte Alek.

»Tut, wofür der Süden berühmt ist. Jagt sie aus der Stadt.«

Seine Brüder grinsten.

Kapitel 13

Nik riss seine Haustür auf. *»Angie?«*

»Küche.«

Er erstarrte. *Küche?*

Nik ging beklommen darauf zu, aber als er sich näherte, roch er Essen. Und es roch wirklich gut.

Er fand Angie am Küchentisch sitzend, die Füße auf die massive Holzplatte gelegt. Die neueste Ausgabe des *Mademoiselle Magazine*, wie er annahm, lag offen in ihrem Schoß. Die Erleichterung, die er verspürte, sie in Sicherheit zu wissen, stieß ihn beinahe wieder rückwärts zur Tür hinaus. Als seine Brüder ihn auf die Hyänen in der Stadt hingewiesen hatten, hatte er sofort das Schlimmste befürchtet. Und Wölfinnen und Löwinnen vor dem Fallons Department Store herumhängen zu sehen, verwirrte ihn einfach.

»Wonach riecht es hier?« Ihm gefiel, dass er nicht jedes Gespräch mit den üblichen Artigkeiten beginnen musste. Um genau zu sein, hatte er langsam das Gefühl, dass Angie Artigkeiten hasste.

»Meine Killer-Spaghetti mit Fleischsoße.«

»Du kannst kochen?«

Sie warf ihm einen bösen Blick zu. »Ja, ich kann kochen. Ich entscheide mich oft dagegen, aber ich *kann* kochen.«

Er verschränkte die Arme vor der Brust. »Und warum hast du entschieden, für mich zu kochen?«

»Du weißt schon, als Dankeschön für deine wunderbare Gastfreund…«

»Angie.«

»Schon gut, schon gut!« Wow, dafür hatte er nicht viel an den Daumenschrauben drehen müssen. »Ich war mit deinen Schwestern in der Stadt, und es gab dieses kleine Problem mit ein paar Hyänen und Kisa. Dann einen Kampf zwischen den Löwen und Bären, und dann haben die Geparde die Wölfe angepisst … na ja, jedenfalls wird Fallons dir ungefähr zwanzigtausend auf dein Kundenkonto setzen.«

Nik zwang sich, nicht zu lächeln. »Du kostest mich zwanzigtausend, und ich bekomme nichts weiter als deine lausigen Spaghetti?«

Er duckte sich gerade noch rechtzeitig unter der Zeitschrift weg. »Meine Spaghetti sind *nicht* lausig.« Sie schwang die Füße vom Tisch und stand auf. »Und du wirst sie essen und verdammt noch mal lieben!« Sie drängte sich an ihm vorbei.

»Verdammter Hinterwäldler«, brummelte sie, während sie zum Ofen stapfte. Sie hatte Shorts an.

Hübsch.

»Und jetzt setz dich gefälligst auf deinen Hinterwäldlerhintern!«

Er zog sich einen Stuhl vor und ließ sich darauf fallen. »Ist es fertig?«

»Fast.« Sie stellte einen Teller vor ihn hin. »Aber für den Anfang gibt's Salat.«

Sie wollte gehen, aber er packte ihr Handgelenk und zog sie auf seinen Schoß.

»Wo willst du hin?« Irgendwie wusste er, dass noch mehr hinter dieser Geschichte steckte.

»Nimm deine Katzenpfoten von mir!« Sie lachte und zappelte, um sich von ihm zu befreien.

Nik schlang die Arme um ihre Taille und hielt sie fest. »Also, was verschweigst du mir?«

»Nichts.«

»Lüg mich nicht an, Angie!«

»Tu ich nicht.« Er steckte die Hand zwischen ihre Beine, und sie hielt sein Handgelenk fest. »Wage es ja nicht!«

»Dann sag's mir.«

»Es gibt nichts zu sagen.« Er schob die Hand an ihrem Bein hoch. »Okay, okay!«

Angie holte tief Luft, weigerte sich aber weiterhin, sein Handgelenk loszulassen. »Es gab einen leichten Auffahrunfall mit dem Truck deines Daddys, aber deine Schwester war schuld.«

»Wie viel wird mich das kosten?«

»Ich weiß nicht.«

Seine Hand rutschte noch ein paar Zentimeter nach oben.

»Ich weiß es wirklich nicht!« Sie drückte gegen seinen Arm. »Aber dein Daddy sagte, er sagt dir Bescheid.«

»Vielleicht«, er kreiste mit der Zunge um ihr Ohr, bevor er sich wieder zurücklehnte, »könntest du all das Geld abarbeiten. Du weißt schon. In Naturalien.«

»Oh, reiß dich zusammen, Landei! Du weißt, dass ich dir alles zurückzahlen werde.«

Er leckte ihren Hals. Sie drückte seine Hand. Er biss ihr in den Hals. Sie boxte seinen Arm. Er ließ die Hand an ihrer Wade auf und ab gleiten und genoss ganz einfach das Gefühl ihrer weichen Haut unter seiner Hand, bis sie knurrte: »Hör mal, Landei, wenn du nicht vorhast, mich zu vögeln, dann hör verdammt noch mal auf, mich anzufassen!«

Nik hielt inne, denn er war sich nicht sicher, ob er richtig gehört hatte. »Was?«

»Ich mag es nicht, wenn man mich anfasst, es sei denn, es führt zum Vögeln. Und dann nur an den wichtigen Stellen. Andernfalls nimm die Hände von mir.«

»Du machst Witze, oder?«

»Nein.«

Er beschloss, sie zu testen, und fuhr mit der Hand über ihre Kniekehle.

Mit einem Knurren wich sie vor ihm zurück, und er ließ los. Leider verlor sie das Gleichgewicht und fiel von seinem Schoß auf den Boden.

Erst traf ihr Hintern auf den Fliesen auf, dann ihr Kopf. Nik verzog mitleidig das Gesicht.

»Alles klar, Süße?«

»Ach, fick dich!«

»Also, das war jetzt unhöflich.«

»Weißt du was …« Sie hatte Schwierigkeiten, sich aufzusetzen, also packte er sie am T-Shirt und zog sie hoch. Sie schlug nach seinen Händen. »Du bist ein sehr verwirrender Mann.«

»Na, vielen Dank auch.«

»Das war kein Kompliment!« Angie barg ihr hübsches kleines Gesicht in den Händen und seufzte.

Sie hätte ihn umbringen können. Natürlich wäre sie dann mindestens fünfundzwanzig Jahre ins Gefängnis gekommen, aber das war es vielleicht wert.

Er kauerte sich hin, packte sie am Knöchel und zog sie zu sich her.

»Hey!« Sie schlug nach seiner Hand. »Was soll das?«

»Du bist böse gefallen. Ich will mir deinen Hinterkopf ansehen.«

»Meinem Kopf geht's gut.« Sie versuchte, von ihm wegzukriechen, aber er riss sie mit grimmiger Entschlossenheit zurück und zog sie an sich.

»Du zwingst mich doch nicht dazu, dir dafür die Hände hinter dem Rücken zu fesseln, oder?«

Er meinte es im Scherz, sie wusste es. Aber sie machte den Fehler, sich abzuwenden, während sich ihr Atem beschleunigte und ihre Nippel hart wurden. Alles gleichzeitig.

Was sollte sie sagen? Die Vorstellung, gefesselt und seiner Hinterwäldlergnade ausgeliefert zu sein, schickte alle möglichen schmutzigen erotischen Bilder durch ihr müdes, leicht champagnerbeschwipstes Gehirn.

Es entging ihm nicht. Sein Griff an ihrer Taille wurde fester, und für jemanden, der als Tiger jede Nacht Meilen um Meilen lief, schien er plötzlich ein Atemproblem zu haben.

»Lass mich los, Nik.«

»Ich will nicht.«

»Nik … lass mich los!«

Er tat es. Langsam. Seine Finger brauchten schmerzlich lange, um sich von ihr zu lösen. Als er es endlich getan hatte, rückte sie ein Stück von ihm ab.

»Angie …«

»Komm hier mal nicht auf dumme Gedanken, Landei!« Sie wollte vor ihm zurückweichen, andererseits aber auch wieder nicht. »Es ist nicht, was du denkst. Ich stehe nicht auf diesen abgefahrenen Mist.«

»Ich weiß. Ich weiß genau, was du willst.« Er rieb die Nase an ihrem Kinn. »Du spielst gerne.« Wie kam es, dass sie sich plötzlich wie eine dieser Spielzeugmäuse fühlte, die man seiner Katze gab? Er beugte sich vor, und sie schloss die Augen. Er roch so gut, und ihr ganzer Körper prickelte von seinem Duft. »Ich habe sehr lange darauf gewartet, jemanden wie dich kennenzulernen, Angelina Santiago.«

Sie spürte seine Zunge an ihren Lippen, und nach nur ganz kurzem Zögern öffnete sie sich ihm. Er stöhnte, sein Mund nahm Besitz von ihrem. Er schob die Hände hinter ihren Rücken und zog sie an sich.

Und jetzt? Sie hatte einen unbeherrschbaren Tiger an der Angel. *Und was mache ich jetzt mit ihm, verdammt?*

Was sie brauchte. Was sie wollte. Absolut alles – solange er sich bis ans Ende der Zeiten in ihr vergraben konnte.

Angie löste sich aus dem Kuss. »Meine Soße … Ich … ich muss sie fertigmachen.«

Nik verlagerte sein Gewicht auf die Fersen und hob die Hände mit offenen Handflächen. Sie hatte wieder diesen Blick einer streunenden Katze. Er würde nichts tun, was sie verscheuchen konnte. Nicht jetzt. Niemals. »Okay. Kein Problem. Ich muss noch ein paar Sachen in meinem Arbeitszimmer fertigmachen, dann komme ich wieder und wir essen, wenn du so weit bist.«

Gemeinsam standen die beiden langsam auf.

»Ich gehe jetzt in mein Arbeitszimmer.« Er sprach langsam, um sie nicht zu erschrecken. »Falls du mich brauchst …«

»Yup. Yup. Ich weiß, wo du bist. Und jetzt geh.«

Er ging rückwärts zur Tür hinaus. Vom Flur aus hörte er sie tief, sexy und frustriert aufseufzen und dann fluchen wie ein Matrose. Danach schepperten Töpfe.

Aber sie ging nicht weg. Und mehr musste er nicht wissen.

Sie schmeckte das Essen nicht einmal. Und es war wohl das längste, ungemütlichste Abendessen, das sie je durchgestanden hatte. Vor allem, weil sie sich Nik die ganze Zeit nackt vorstellte.

Poch. Poch. Poch.

»Meine Brüder werden gleich hier sein.«

Die letzte Gabel Spaghetti, die sie von ihrem Teller hob, blieb direkt vor ihren Lippen in der Luft hängen. »Warum?« Sie füllte diese Frage mit einer Aura intensiven Misstrauens. So viel, dass Nik sich auf seinem Stuhl zurücklehnte.

»Normalerweise zum Jagen. Aber heute Abend kontrollieren wir, dass das Grundstück sicher ist. Dass du sicher bist.«

»Oh.«

Er schob seinen Stuhl zurück, stand auf und stützte sich mit seinen großen Händen auf die Tischplatte aus dickem Holz. »Und vielleicht sollten wir ein paar Dinge klarstellen.«

»Klarstellen?«

Wortlos hob Nik den Tisch hoch und stellte ihn beiseite. Angie sah ihm wie hypnotisiert zu. Dieses Ding musste eine Tonne wiegen. Ein wirklich exquisites antikes Möbelstück, über das sie sich schon seit zwei Tagen im Stillen fragte, wie viel es wohl gekostet haben mochte. Zwanzigtausend sicher, und seine Familie ging damit um, als hätte er es für zwanzig Dollar auf einem Flohmarkt aufgegabelt.

Nik kam zu ihr herüber, nahm ihr die Gabel aus der Hand und warf sie durch den Raum in die Spüle. Bevor sie sich rühren konnte, packte er sie unter den Armen und hob sie von ihrem Stuhl, bis sie auf einer Augenhöhe waren.

»Ja, wir müssen einige Dinge klarstellen. Ich teile nicht, was mir gehört. Mach dir also keine Sorgen um meine Brüder. Niemals.«

Zu verblüfft, um zu antworten, starrte Angie ihn an.

Nik grunzte. Er war offenbar zufrieden, dass sie nicht antwortete. Er trug sie zur Spüle und stellte sie wieder auf den Boden. *Wenn er glaubt, ich mache den Abwasch, kann er das vergessen. Ich habe das Essen gekocht, dann kann er verdammt noch mal abspülen.*

Doch Nik schien wenig interessiert an dem schmutzigen Geschirr und der Unordnung, die sie auf dem Herd hinterlassen hatte. Stattdessen nahm er ihre Hände und breitete ihre Arme weit von ihrem Körper weg über die Arbeitsplatte aus. Er lehnte sich an sie, sodass sie in der Falle saß.

Er starrte sie eine gefühlte Ewigkeit an. Schaute auf ihr Gesicht herab, während er ihre Arme auf der Edelstahlplatte festhielt. Gott, sein Körper fühlte sich gut an. Wie ein hartes, langes Stück Fleisch.

Und für den Moment gehörte all dieses Fleisch ihr.

Ein kräftiges Klopfen gegen die Glastüren, die in den Garten hinausführten, riss sie von Niks Blick los.

»Ich glaube, sie sind hier, um dich abzuholen.«

Er lächelte, als sich seine zwei Brüder gegen das Glas drückten. Sie standen auf den Hinterbeinen. Große Pfoten rutschten an der glatten Oberfläche ab, ihre langen Zungen hingen heraus. Sie waren so liebenswert und albern, dass es ihr schwerfiel zu glauben, dass sie tödliche Raubtiere waren.

Nik knurrte und entblößte die Reißzähne. Nachdem sie zurückgeknurrt hatten, rannten die zwei Brüder davon.

»Ich bin bald zurück.« Er küsste sie, und Angies Körper begann zu pochen. Sie wollte nicht, dass er ging. Sie wollte, dass er nie wieder ging. *Sie* wollte nie wieder gehen.

Nik löste sich ein bisschen von ihr, die Lippen immer noch an ihren. »Die Spaghetti waren übrigens toll.«

Spaghetti? »Äh … danke.«

»Und was wirst du jetzt tun, während ich weg bin?«

Masturbieren, bis mir die Hand abfällt? »Duschen. Schlafen. Das Geschirr in die Spüle stellen, damit du es später abwaschen kannst.«

Seine Lippen verzogen sich dicht an ihren zu einem Lächeln. »Gut. Aber mach's dir nicht selbst.«

»Was?« *O Gott! Der Hinterwäldler kann Gedanken lesen! Die verdammten Hexengene der einäugigen Oma!*

»Du hast mich verstanden, Süße. Wage es ja nicht, dich anzufassen.« Er strich mit den Lippen über ihre. »Das ist jetzt mein Job.«

Du meine Güte. Was ist das für eine Pfütze zu Niks Füßen? Ach so, das ist Angie Santiago. Sie war mal eine Eisprinzessin, aber jetzt ist sie nur noch ein klitschnasses Häufchen.

»Hörst du?« Lustig, wie kontrolliert er klang. Dabei fühlte er sich nicht, als hätte er irgendetwas unter Kontrolle. Er hatte das Gefühl, wenn diese Frau auch nur einmal zuckte, würde er kommen und den Küchenboden vollspritzen.

Oh, das wäre stilvoll, Nik.

»Ja, ja.«

Er ließ sie los, bevor sie sich in seinen Armen wand und er durchdrehte. Aber er gab ihr einen schnellen Kuss auf den Hals. »Gut.«

Er ging hinaus und rannte in die zwei Idioten hinein, die direkt vor dem Haus standen. Er hatte kaum Zeit, sich zu verwandeln, bevor sie sich auf ihn warfen. Nik warf sie beide ab und schlug mit den Pfoten nach ihnen. Himmel, man hätte meinen können, sie wären zu alt dafür. Aber wohl eindeutig nicht.

Mit dem Vorsatz, diesen Patrouillengang zum kürzesten seines Lebens zu machen, rannte Nik in den Wald; seine Brüder konnten kaum Schritt halten.

Kapitel 14

Angie trat aus der Dusche und nahm sich eines der Handtücher. Sie konnte es nicht fassen. Geil, wie sie war, konnte sie sich nicht überwinden, es sich selbst zu machen.

Was hatte der Mann nur mit ihr gemacht?

Sie hatte bisher jede ihrer Beziehungen kontrolliert. So weit, dass einer ihrer Exfreunde sie »meine Freundin, der Feldwebel« genannt hatte. Wenig schmeichelhaft, aber treffend.

Sie trocknete sich eilig ab, zog sich ein großes T-Shirt über und begann, ruhelos auf und ab zu gehen.

Wie lange dauerte »bald zurück« eigentlich? Sie wusste nicht, wie lange sie noch warten konnte. Sie war nicht gerade berühmt für ihre Geduld, und jetzt war sie kurz davor, ihren Tiger zu jagen.

Ja, genial, Angie. Lauf in nichts als einem T-Shirt im Wald herum und schrei: »Ich bin jetzt bereit, gevögelt zu werden, Nik!«

Statt dieses gewagten Plans schaltete Angie das Licht in ihrem Zimmer aus und wanderte hinaus auf den Balkon. Sie lehnte sich ans Geländer und schaute in den Wald hinab, sah aber nichts bis auf die Baumlinie und das hohe Gras. Eine kühle Brise ließ sie schaudern, aber allein wollte sie nicht ins Bett.

Also seufzte sie stattdessen.

Nik kam schlitternd zum Stehen. Seine großen Pfoten rissen den laubbedeckten Boden auf. Er war eine gute Meile vom Haus entfernt, aber er hörte dennoch ihr verdammtes Seufzen. Und der Wind trug ihren lustvollen Duft zu ihm herüber und ließ ihn erstarren.

Ihr Geruch löste etwas in ihm aus. Etwas Ursprüngliches und Gefährliches. Etwas, das er nicht im Zaum halten oder kontrollieren konnte. Und anscheinend ging es seinen Brüdern genauso. Sie rannten an ihm vorbei aufs Haus zu. Zurück zu Angelina.

Angie sah sie aus dem Wald stolpern. Sie konnte von ihrem Platz auf dem Balkon aus nicht unterscheiden, welcher Tiger welcher war. Und zuerst konnte sie auch nicht beurteilen, ob sie spielten oder nicht.

Doch nach kurzer Zeit wurde ihr klar, dass sie nicht spielten.

Zwei Tiger kamen aufs Haus zu, ein dritter, der schneller rannte als alles, was sie je zuvor gesehen hatte, kam hinterher. Er schlitzte einem der anderen die Hinterhand auf. Rang den zweiten nieder und vergrub die Zähne in seinen Nacken.

Sie rollten herum, und der obere schleuderte den anderen schließlich weg. Jetzt hinkten die ersten beiden Tiger ernsthaft verletzt davon. Zurück in den Wald und fort von Niks Haus. Der dritte wirbelte zu Angie herum. Sie trat vom Geländer zurück. Sie hatte immer noch keine Ahnung, welcher es war.

Er machte einen Schritt, dann war er mit einem mühelosen Satz übers Geländer und auf dem Balkon. Angie stolperte in ihr Zimmer zurück. Langsam kam er auf sie zu, und ein abgrundtiefes Knurren grollte durch den Raum. Angie streckte eine Hand von sich. *O ja, Ang. Das wird funktionieren.*

Sie machte noch einen Schritt rückwärts. Und noch einen. »Hübsches Kätzchen.« Er knurrte, und sogar in der Dunkelheit konnte sie seine weißen Reißzähne sehen. Sie überlegte, wo zum Henker sie den verdammten Baseballschläger gelassen hatte. Mit seiner Hilfe würde sie wenigstens nicht kampflos untergehen.

Der Tiger rückte näher, auch dann noch, als er sich auf die Hinterbeine stellte. Selbst als sein orange-weißes Fell sich in seinen Körper zurückzog und seine schwarzen Streifen zu den Haaren auf seinem Kopf wurden.

Nik drängte sie rückwärts, bis sie gegen die Wand knallte; die Tür war gute drei Meter entfernt. Er klatschte beide Hände links und rechts von ihrem Kopf an die Wand. Sie starrte zu ihm auf. Seine goldenen Augen waren immer noch Tigeraugen und seine langen Reißzähne immer noch sichtbar.

»Nik?«

Er schloss die Augen. Sie konnte sehen, wie er sich verzweifelt abmühte, die Kontrolle zu behalten, und staunte über die Energie, die es ihn kostete. Seine Reißzähne zogen sich in den Mund zurück.

Er zwang sich zu einem Lächeln. »Ich bin gleich wieder okay.«

»Warst du nicht okay?«

Nik schüttelte den Kopf. »Nicht für dich. Nein.«

Was zum Geier sollte das heißen? Sie wollte sein Gesicht berühren, aber Nik wich zurück. »Nein!« Er holte noch einmal tief Luft. »Das würde ich im Moment nicht tun.«

»Mann, was tust du?«

»Ich versuche, die Kontrolle zu behalten.«

»Warum?« Er starrte sie an, als seien ihr Hörner gewachsen. »Was?«

Er lehnte sich an sie und zog sich genauso schnell wieder zurück. Mit zitterndem Körper stöhnte er: »So wollte ich das nicht. Nicht für uns.«

Endlich verstand sie. Wenn er sie jetzt vögelte, würde es nicht langsam und genießerisch sein, und Nik würde nicht alles unter Kontrolle haben. Es würde ein animalisches Ficken sein, nur eben unter zwei Menschen.

Sie erinnerte sich daran, als sie Sara das erste Mal besucht hatte. Mitten in der Nacht war sie auf der Suche nach einer Flasche Wasser in die Küche gekommen und hatte entdeckt, dass Sara und Zach den Küchentisch benutzten, wie es *Lou's Furniture Outlet* höchstwahrscheinlich nicht vorgesehen hatte. Sie war nicht geblieben, schließlich wollte sie ihren Freunden ihre Privatsphäre lassen, aber sie hatte genug gesehen, um animalisches Ficken zu erkennen, wenn sie es sah. Roh. Schmutzig. Grob.

Volltreffer!

»O Mann, das könnte echt gut werden!«

»Angie!«, jammerte er doch tatsächlich.

»Nik!«, jammerte sie zurück.

»Du musst gehen!«

»Ja, aber …«

»Sofort!«

Höllisch frustriert schlüpfte sie unter seinem Arm hindurch und stürmte hinaus.

Das war wohl die verrückteste Frau, die er in seinem ganzen Leben kennengelernt hatte, und wenn sie nicht in dieser Sekunde gegangen wäre, wäre sie auch die am gründlichsten durchgevögelte gewesen.

Nik lehnte den Kopf gegen die Wand und stieß einen Seufzer der Erleichterung aus. Er würde ihr morgen alles erklären. Sobald er es schaffte, würde er Kisa anrufen, und sie würde Angie zu sich nach Hause holen.

Bis morgen würde er sich wieder voll im Griff haben. Er würde nicht mehr so sein. Der außer Kontrolle geratene Tiger-Nik. Er wollte Angelina Santiago verführen. Nicht im Stehen an der Wand nageln.

Na ja … das wollte er irgendwann auch, aber nicht sofort.

Nik hörte eine Tür aufgehen und riss den Kopf herum. *Was sollte das?* Sie war nicht gegangen. Sie war in seinem Zimmer. Er konnte hören, wie sie herumging, vor sich hinbrummelte und Schubladen knallte.

Was tat die Frau da?

Nach einer Weile kam sie wieder herein. Blieb an der Kommode stehen und ließ etwas auf den Boden fallen.

»Also gut, ich weiß, du machst dir Sorgen, weil ich so

viel menschlicher bin als du, aber ehrlich, lass dich davon nicht täuschen. Ich bin ein robustes Mädchen mit einem super Schuhgeschmack. Und ich muss gestehen, dass ich schon das unbestimmte Gefühl hatte, du wärest gut vorbereitet. Ich muss zugeben, das mag ich an Männern.« Sie schlüpfte wieder unter seinem Arm hindurch und stellte sich vor ihn.

»Was um Himmels willen tust du da?« *Mein Gott. Sie riecht so gut.*

»Wow, sagt ihr hier immer noch um Himmels willen?« Sie schüttelte den Kopf. »Egal. Jedenfalls werde ich nicht noch länger warten. Denn jetzt werde ich langsam sauer.«

»Süße, du kannst nicht mit mir umgehen, wenn ich so bin.« Sie schien nicht zu merken, dass er für sie an der Leine sein musste. Wie einer dieser weißen bengalischen Tiger in Vegas. Angeleint, gezügelt und vielleicht sogar sediert. Das war der Grund, warum er keine Menschen vögelte. Zu verdammt kompliziert. Und sie gingen so leicht kaputt.

»Wie mit dir umgehen? Mit Reißzähnen und übellaunig?«

»Du musst gehen.«

»Nein. Ich muss flachgelegt werden. Von dir.« Sie hob ein Kondom hoch. »Willst du dir die Ehre geben, oder soll ich?«

»Ich glaube, du verstehst ni…«

»Also gut. Ich tu's.« Sie riss die Packung auf. »Ich bin wirklich gut darin. Ich habe es Miki und Sara damals an Gurken demonstriert, denn Gott weiß, was diese beiden angestellt hätten, wenn ich nicht gewesen wäre. Na ja, ich schätze, das, was Miki jetzt angestellt hat. Ledig schwanger werden. Nur viel früher.«

Sie packte seinen Schwanz, und er kniff die Augen zusammen. Er war hart gewesen, sobald er seine menschliche Gestalt angenommen hatte. Jetzt schmerzte es. Und ihre starken, kühlen Finger ... halfen nicht gerade.

Sie rollte das Kondom an ihm entlang.

»Angie ...«

»Alles klar, das passt.« Sie drückte noch einmal zu. »Und jetzt? Willst du es an der Wand machen? Oder auf dem Boden?«

Er blickte zur Decke auf. »Angelina ...«

»Oooh! Ich weiß!« Sie flitzte davon und zog sich unterwegs das T-Shirt aus. Wie üblich – keine Unterwäsche. Verdammt, warum konnte die Frau kein Höschen tragen?

»Das habe ich auf dem Discovery Channel oder so gesehen.«

Sie kniete sich vor das Fußende des Bettes, streckte sich bäuchlings aus, die Arme vor sich, und krallte sich in die Bettdecke. Sie blickte zu ihm zurück. »Tu einfach so, als hätte ich einen Schwanz.« Sie wackelte mit dem Hintern und den Augenbrauen.

Seine Krallen rissen Farbe und Gips von den Wänden.

Noch fünf Sekunden. Sie würde ihm noch fünf Sekunden geben. Wenn er sie noch länger warten ließ, würde sie seinen jämmerlichen Hintern an diesem Baseballschläger, den er einen Schwanz nannte, zu sich heranziehen.

Angie hatte noch nie so dringend vögeln wollen. Sie wusste, er machte sich Sorgen, sie zu verletzen, bla, bla, bla. Aber zum Henker, sie hatte es damals mit dem Mädchen-Lacrosse-Team aufgenommen. Es war deren Schuld gewesen. Sie hätten Sara kein Bein stellen sollen. Zu ihrem Glück hatten Miki und Sara sie zurückgehalten. Sonst hätte sie der käsigen Team-Kapitänin ihren Lacrosseschläger in den Hintern geschoben.

Mann, er sollte endlich seinen Knackarsch bewegen. Sie war so feucht, dass sie schon auf seinen hübschen Hartholzboden tropfte.

Als Angelina glaubte, es keine Sekunde mehr auszuhalten, und gerade aufstehen wollte, kniete sich Nik hinter sie. Seine Hände in ihren Haaren rissen ihren Kopf zurück. Er küsste sie, und sie spürte seine Reißzähne auf der Zunge. Doch es war ihr egal. Sie wollte ihn zu sehr. Und sie wollte ihn genau auf diese Art.

Er löste sich von ihr. »Bist du sicher?« Sein Griff in ihren Haaren wurde fester, und sie stöhnte als Antwort; die Grenze zum Schmerz brachte sie genau an den richtigen Punkt. »Denn wenn ich einmal angefangen habe, Süße, kann ich vielleicht nicht mehr aufhören.«

Sie blickte in seine goldenen Augen, die in der Dunkelheit schimmerten. Katzenaugen. »Sagen wir mal so, Landei – wenn du mich noch eine verdammte Sekunde warten lässt, reiße ich dir den Schwanz ab.«

Nik knurrte – dieses lange, leise Knurren, das er ausgestoßen hatte, als sie mit nichts als einem Laken bekleidet auf der Kommode gesessen und mit Zach telefoniert hatte. Damals hatte sie das Geräusch angetörnt; jetzt machte es sie absolut wahnsinnig.

Er drängte sie gegen das Bett, packte mit einer Hand ihre Handgelenke, während er mit den Beinen ihre Knie auseinanderdrückte. Zähne bissen ihr in den Nacken und hielten sie fest.

O ja!

Seine freie Hand glitt zu ihrer Muschi, zwei Finger schoben sich hinein und dehnten sie. Sie schloss sich eng um diese Finger, und er knurrte wieder.

»Verdammt, Mädchen!«

Seine Hüften knallten gegen sie, sein Schwanz suchte sich gewaltsam seinen Weg hinein. Angie hätte beinahe geschrien: »Wurde auch Zeit, verdammt!« Aber ihre Sprachfähigkeit – war irgendwie weg. Fortgerissen von ihrer Lust und dem riesigen Schwanz des Hinterwäldlers.

Er schob sich tiefer in sie, dehnte sie noch viel weiter, bis seine ganze Länge in ihre Muschi glitt. Ohne Einleitung, übergangslos. Ohne blumige Worte. Ohne sonstigen Blödsinn. Stattdessen drückte er sie mit seinem Körper aufs Bett und packte ihre Handgelenke fester, sodass sie nichts weiter tun konnte, als zu empfangen, was er ihr gab. Und das war ein richtiger Fick. Kein Liebemachen. Kein Sex. Das … das hier war Ficken. Hart, grob und genau, was Angie brauchte. Gott, vielleicht das, was sie immer gebraucht hatte.

Sein Schwanz pumpte in sie, als Angie die Beine weiter öffnete, um Nik einzulassen. Sie wand sich unter ihm und versuchte, ihm die Arme zu entziehen. Er ließ sie nicht los, und allein davon wäre sie fast gekommen.

Seine freie Hand umfasste grob ihre Brüste, drückte fest zu und zog an den Nippeln.

»Oh, Scheiße, ja!«, stöhnte sie.

Das war ihr herausgerutscht, aber es kurbelte Niks Lust noch ein bisschen mehr an. Sein Schwanz rammte gnadenlos in sie, während seine starken Finger zu ihrer tropfenden Scham glitten und ihren Kitzler rieben. Der Druck war brutal. Und Scheiße noch mal, es fühlte sich unglaublich an.

Sie hatte immer gewusst, dass sie es eher grob mochte, aber sie hatte keine Ahnung gehabt, dass sie es *so* grob mochte. Um genau zu sein, mochte sie es nicht … sie liebte es, verdammt noch mal!

»Fick mich härter, Nik! Bitte!«

Ihr ganzer Körper zitterte dem Orgasmus entgegen, während Niks Finger ihren Kitzler streichelten. Er stieß weiter in sie, und sie spürte, wie sich die Größe seines Schwanzes praktisch verdoppelte, als er sich dem Höhepunkt näherte. Sie zog ihre Muschi um ihn zusammen, und er knurrte ihr ins Ohr.

»Durchtriebenes Biest!«

»Verdammte Katze!« Ihr Orgasmus schoss durch sie hindurch, riss sie entzwei, schickte sie schreiend von einer Welle zur nächsten.

Er zog ihren Ritt in die Länge, veränderte die Bewegungen seiner Finger und seines Schwanzes, bis sie glaubte, ohnmächtig zu werden. Schließlich schloss sie sich noch einmal um ihn. Fest. Er brüllte einen Fluch, dann kam er und kam immer weiter, zuckte in ihr, bis er fertig war.

Sie brachen auf dem Bett zusammen, ihr rauer Atem mischte sich, Schweiß tropfte auf den Boden.

Reißzähne zogen sich zurück. Seine Augen verwandelten sich in die eines Menschen. Im Kommen hatte er den Tiger in seinen Käfig zurückgeschickt und merkte jetzt, dass Angelina Santiago, die Prada tragende Prinzessin, keuchend unter ihm lag.

Sexy.

Verdammt.

Noch nie hatte er so einen Fick gehabt. Und sobald er sich aus ihr zurückzog, verlangte sein Schwanz verzweifelt, wieder hineinzudürfen.

»Nicht bewegen!«

Angie zuckte die Achseln, ihr Körper ruhte immer noch am Fuß des Bettes. Nik ging ins Badezimmer, streifte das Kondom ab, verknotete es und warf es in den Müll. Er drehte das Wasser am Waschbecken auf, hielt die hohle Hand unter den Strom und trank, so viel er konnte. Seine Kehle brannte von seinem rauen Atmen, und er brauchte all seine Kraft, um seine tobenden Gefühle unter Kontrolle zu halten.

Nachdem er eines der sauberen Gläser am Waschbecken mit kaltem Leitungswasser gefüllt hatte, kehrte Nik ins Schlafzimmer zurück. Er blieb hinter ihr stehen und betrachtete ihren langen auf dem Boden knienden Körper. Ihr Kopf ruhte an der Bettkante. Ihre Hände umklammerten das Leintuch. Sie seufzte wieder. Dieses kleine Geräusch, das sie aus einem unerfindlichen Grund immer unbedingt machen musste, trieb ihn in den Wahnsinn.

Guter Gott. Ich bin wie mein Vater!

Mit einem verärgerten und gleichzeitig lustvollen Knurren hielt er ihr das Wasser hin. »Hier.« Sie drehte sich zu ihm um und nahm es mit einem leichten Lächeln.

Schnell leerte sie das Glas und gab es ihm wieder.

»Danke, Landei.«

Er schloss die Augen. Sie konnte es einfach nicht lassen, oder? Es war, als könnte sie nicht anders.

Er stellte das Glas auf den Nachttisch, kniete sich hin und hob ihren knochigen Hintern vom Boden hoch. »Na komm, Höllenkatze.«

»Wo gehen wir hin?«, murmelte sie an seinem Hals, als er sie hochhob.

»Ins Bett.«

»Warum? Meine Knie mochten deinen Hartholzboden wirklich gern.«

Die Augen verdrehend, warf er sie auf die zerknüllten Laken.

»Hey!«

»Ruhe.« Nik streckte sich neben ihr aus. Er legte ihr einen Arm um die Taille, zog sie an sich und schlief ein.

Angie wachte auf, als sie kam. Die Arme um Niks Schultern, die Beine um seine Taille geschlungen. Sie hatte keine Ahnung, wie lange er schon in ihr war und sie vögelte, aber Mann, was für eine großartige Art, mitten in der Nacht aufzuwachen.

Er rollte die Hüften, und Angies Orgasmus rollte mit ihm. Sein heißer Mund schloss sich um ihren Nippel, und es fühlte sich besser an als das erste Mal, als er mit der Zunge ihre Brust geschnippt hatte.

Das Letzte, woran sie sich erinnerte, war, wie er sie

ins Bett geworfen hatte, sich an sie geschmiegt hatte wie ein riesiges Kätzchen – das er ja auch war – und sofort angefangen hatte zu schnarchen. Nicht gerade schön, aber ein kleiner Preis für den Fick ihres Lebens.

Er rollte die Hüften in die andere Richtung.

»Ah, Nik!«

Er ließ mit einem nassen *Plopp!* ihren Nippel los und hob den Kopf.

»Bist du endlich wach, Süße?«

»Hör … nicht auf. Gott, bitte hör nicht auf!«

»Hab ich auch nicht vor. Zumindest eine ganze Weile nicht.«

Nik, der Tiger, hatte bekommen, was er brauchte. Nun war Nik, der Mensch, dran. Es beschlich sie das Gefühl, dass Nik, der Mensch, etwas zu beweisen hatte.

Ach, was soll's, diesen Preis würde sie einfach zahlen müssen.

Sein Mund legte sich auf ihren, und seine Zunge glitt in kreisenden Bewegungen hinein, ein Echo seiner Hüftbewegungen. Sie konnte nicht anders: Sie öffnete die Beine weiter, ließ ihn noch weiter hineinsinken. Sie hatte sich noch nie so erfüllt gefühlt. Vor allem, als er ihren Hintern umklammerte und sie gerade genug hochhob, dass er noch tiefer hineinpasste.

Himmel, wie konnte irgendein armer menschlicher Typ dem je gerecht werden?

Angie schob ihm die Hände in die Haare und zog ihn ein wenig zurück. Das musste sie, da sie schon wieder kam. Diesmal schrie sie dabei Niks Namen.

»Das gefällt mir, Süße.« Er biss ihr seitlich in den

Hals, und sie stöhnte, während ihr Körper von ihrem Orgasmus geschüttelt wurde. »Ich mag es, wie du meinen Namen schreist. Mal sehen, wie oft wir dich heute Nacht noch dazu bringen können.«

Verdammte ehrgeizige Hinterwäldler!

Kapitel 15

Die verdammten Kardinäle weckten sie. Früher hatte sie diese Vögel so süß gefunden, aber jetzt gingen sie ihr verdammt noch mal auf die Nerven.

Angie ließ die Augen zu und wünschte sich, sie hätte ihr Schrotgewehr für ein paar Zielübungen dabei. Sie tat ihr Bestes, um das Geräusch zu ignorieren, aber die große Hand, die ihre Brust festhielt, als gehörte sie ihr, konnte sie nicht ignorieren.

Gewaltsam die Augen öffnend, drehte sie den Kopf und lag einem schlafenden Hinterwäldler gegenüber. Ein Hinterwäldler, der aussah, als fände er es mehr als bequem, ihre Brust festzuhalten, und sich an ihre Seite drückte.

Bin das ich, oder wird mein Leben immer verrückter?

Langsam, um ihn nicht aufzuwecken, glitt sie aus dem Bett. Nackt ging sie für eine kurze Dusche ins Bad. Die ganze Zeit, während sie das Wasser über ihren Körper laufen ließ, dachte sie daran, was Nik mit ihr gemacht hatte – die ganze Nacht. Sie hatte bestenfalls ein paar Stunden Schlaf bekommen. Und sie war an den interessantesten Stellen wund.

Der Mann wusste wirklich, wie man es einer Frau richtig besorgte.

Mist. Sie mochte ihn. Sie mochte einen reichen, gestaltwandlerischen Hinterwäldler. Sie mochte ihn sogar sehr, und sie hatte keine Ahnung, was sie damit anfangen sollte.

Sie seufzte und trocknete sich ab.

Kaffee. Das brauchte sie jetzt. Eine gute Tasse Kaffee ließ alles immer gleich viel simpler und leichter aussehen.

Sie wickelte sich ein riesiges weißes Handtuch um den Körper und schlich auf Zehenspitzen aus dem Bad durchs Zimmer in Richtung Tür.

»Wo willst du hin?«

Sie zuckte zusammen. Das war's wohl mit ihrer ruhigen Tasse Kaffee.

Sie weigerte sich, sich umzudrehen. »Ich wollte frühstücken.«

»Aber ich hatte *mein* Frühstück noch nicht.«

Wenn dieser kleine Scheißkerl glaubt, dass ich ihm Frühstück mache …

»Schwing deinen Hintern hier rüber!«

Sie drehte sich um, und bei seinem Anblick stockte ihr der Atem. Mann, war er schön. Er war auf dem Bett ausgestreckt, das Laken lag tief um seine Hüften. Seine wirren schwarzen Haare bedeckten praktisch seine goldenen Augen. Und muskulöse Arme lagen hinter seinem Kopf, als gehörte ihm das Ganze hier.

Oh, halt. Es gehört ihm ja wirklich.

»Warum?«

Als Antwort zog er eine Augenbraue hoch, und sie tat es ihm nach.

»Zwing mich nicht, dich holen zu kommen!«, warnte er.

Mit einem Knurren, von dem sie hoffte, dass es ihren plötzlichen Anflug von Lust verbarg, stapfte sie zu ihm hinüber.

»Was?«

Er nahm eine Hand hinter seinem Kopf hervor und riss ihr das Handtuch weg.

»Hey!«

Er holte tief Luft. »Perfekt.« Er legte sich im Bett zurück und befahl: »Und jetzt bring deine hübsche Muschi hier rüber.«

Angie blinzelte. »Was?«

»Direkt hierher.« Er deutete auf sein Gesicht. »Ich will diese Muschi genau hier.«

»Ich werde nicht …«

Und da war wieder die verdammte hochgezogene Augenbraue. »Müssen wir wirklich immer wieder dieses ›Zwing mich nicht, dich holen zu kommen‹-Gespräch führen?«

Nach allem, was sie in der vorherigen Nacht getan hatten, wusste sie nicht, warum es ihr peinlich sein sollte. Aber sie wollte verdammt sein, wenn sie es ihm sagte. Angie fühlte sich natürlich nicht ganz wohl dabei, dem Mann aufs Gesicht zu springen, also setzte sie sich mit gespreizten Beinen auf seine Brust.

»Sieht das für dich wie mein Gesicht aus?«

»Jetzt lass mir doch eine Sekunde Zeit!«

»Nein. Du brauchst zu lang. Und ich verhungere.«

Er packte ihren Hintern mit beiden Händen und hob sie hoch.

»Oh, Mist! Warte mal kurz!«

Doch das tat er nicht, sondern setzte sie sich aufs Gesicht. Seine Zunge strich über ihre bereits feuchte Muschi, neckte ihren Kitzler, und sie packte hilfesuchend das Kopfende des Bettes.

Er erkundete sie, als hätte er das nicht schon viele Male getan. Und er stöhnte, als hätte sie die Hände an ihm, obwohl sie sich in Wirklichkeit am Kopfende festklammerte, als hinge ihr Leben davon ab.

So viele Männer in ihrer Vergangenheit, und bei keinem hatte sie sich gefühlt wie bei Nik, der Hinterwäldler-Katze.

Als seine geübte Zunge sie auf einen weiteren mächtigen Orgasmus zusteuerte, überlegte sie, wie sie ihn je verlassen sollte.

Aber sie würde es tun müssen, oder? Sie konnte ihn nicht behalten.

Die Tatsache, dass sie schnurrte, wenn sie kam, versüßte ihm wirklich den Tag. Er hätte dieses Geräusch jeden Tag hören können, immer und immer wieder. Und wenn er bedachte, dass er es war, der sie dazu brachte, konnte er sich gut vorstellen, den Rest seines Lebens so oder so ähnlich zwischen ihren Schenkeln zu verbringen.

Er hatte vorher nie so gedacht. Bei niemandem. Er hatte es sich nicht erlaubt. Aber der alte Mann hatte nicht ganz unrecht. Ein Mädchen wie Angelina kam wirklich nur einmal im Leben um die Ecke.

»Gott, Nik«, knurrte sie, während sie sich auf seinem Gesicht bewegte. »Verdammt!«

Ihr Körper bebte, als sie in seinen Mund kam. Ihre Beine klammerten sich um seinen Kopf. Er leckte sie sanft, bis sie in ein leises Stöhnen überging. Als sie aufgehört hatte zu zittern, hob er sie vorsichtig von sich und schwang sie in seine Arme, während er vom Bett glitt.

»Jetzt bin ich bereit, mich dem Tag zu stellen.«

»Wo gehen wir hin?«, flüsterte sie ihm ins Ohr, offensichtlich zu ausgelaugt, um über irgendetwas mit ihm zu diskutieren.

»Dusche.«

»Ich war gerade unter der Dusche.«

»Tja, und jetzt wirst du in einer gevögelt, Süße.« Er rieb das Kinn auf ihrem Kopf. »Übrigens glaube ich, du könntest auch ein kleines Frühstück gebrauchen.«

Ihr Arm um seinen Hals drückte fester zu. »Gut. Denn ich bin am Verhungern.«

»Angie!«

Angie riss die Augen auf. Himmel, sie schlief ständig am Küchentisch ein.

»Hier, du Faulpelz. Trink das.« Nik stellte eine Tasse heißen Kaffee vor sie hin. Hätte sie nicht gewusst, wohin das führen würde, hätte sie ihn geküsst.

»Danke.«

»Kein Problem.«

Sie beobachtete ihn aus dem einen Auge, das sie öffnen konnte. Er hatte nur ein altes Paar Jeans an, das er aus Faulheit nur halb zugemacht hatte. Keine Schuhe an seinen großen Füßen und kein Shirt.

Sie schloss die Augen wieder. Niemand hatte ein Recht, so gut auszusehen. Absolut niemand.

»Willst du immer noch Frühstück, oder willst du stattdessen Mittagessen?«

»Was schneller geht. Jetzt bin ich wirklich am Verhungern.«

Er gluckste. »Ja. Ich auch. Gutes Ficken hat solche Auswirkungen.«

Interessant. Wenn sie dieses Wort wahllos benutzte, sah Nik sie an wie eine Serienmörderin. Aber wenn sie über den tatsächlichen Akt sprachen, konnte der Mann das Wort nicht oft genug benutzen.

Komische Hinterwäldler-Regeln.

Er öffnete den Kühlschrank und schien die Vorzüge und Nachteile seines Inhalts abzuwägen. Sie wusste, er durfte sie nicht dabei ertappen, wie sie auf seinen Hintern starrte, wenn sie nicht bäuchlings auf dem Tisch enden wollte, also sah sie zur Balkontür hinüber, nur um dort zwei Gesichter zurückstarren zu sehen.

Beide schmollten.

Sie stand auf und öffnete die Tür.

»Was ist los?«

»Schau dir an, was dein Freund mit uns gemacht hat!«

Für den Ausdruck »dein Freund« hätte sie Ban ins Gesicht geboxt, aber da drehte er sich um, und sie sah die Spuren von Reißzähnen in seinem Nacken.

»Oh, Schatz!« Angie stellte sich auf die Zehenspitzen, um besser sehen zu können. »Da müssen wir was draufmachen.«

»Du solltest erst sehen, was er mit Aleks Bein gemacht hat.«

»Was wollt ihr zwei hier?«, blaffte Nik hinter ihr.

»Sei nett!« Sie nahm beide Brüder am Arm und zog sie ins Haus. »Ihr setzt euch jetzt hin, ich schaue mal, was ich finde.«

»Ich hätte euch zwei gestern Nacht umbringen sollen!«

Ban warf Alek einen Blick zu. »Kommt mir das nur so vor, kleiner Bruder, oder sieht unser großer Bruder an diesem frühen Nachmittag gut gevögelt aus?«

»Ich muss sagen, das tut er, großer Bruder. Mächtig gut gevögelt.«

»Wenn ihr zwei eure Hintern nicht hier rausschert …«

»Was? Willst du deine Freundin verärgern?«

»Sie ist nicht meine Freundin.«

»Dann ist sie also Freiwild?«

Nik antwortete Ban, indem er ihm einen Schlag in den Nacken versetzte, direkt auf seine noch nicht verheilte Wunde. Daraufhin sprang Ban auf, die Zähne gefletscht und kampfbereit.

»Das reicht! Ihr zwei hört sofort mit dieser Scheiße auf!« Angie kam mit einem Verbandskasten aus dem Bad in die Küche zurück. Doch als keiner der Brüder Notiz von ihr nahm, knurrte sie leise: »Zwingt mich nicht, euch die Eier abzureißen!«

Ban zuckte zusammen.

»Jetzt setz dich verdammt noch mal hin, Ban, bevor

ich wütend werde!« Nik grinste, bis sie sich ihm zuwandte. »Und hattest du nicht etwas vor?«

Junge, sie konnte echt schlecht gelaunt sein, wenn sie noch keinen Kaffee hatte!

Angie konnte nicht fassen, wie viel sie den ganzen Nachmittag zu tun gehabt hatte. Nachdem sie Aleks und Bans Wunden versorgt hatte – und Nik die beiden aus dem Haus geworfen hatte –, verbrachte sie den Rest des Nachmittags mit Anrufen. Na ja, nachdem Nik sie über die Couch im Wohnzimmer geworfen und gevögelt hatte, bis sie Sterne sah.

Vertreter von Designhäusern und ein paar Personalprobleme beschäftigten sie den restlichen Tag. Nik verbrachte seine Zeit ebenfalls arbeitend in seinem Büro. Sie sahen fünf Stunden lang nicht viel voneinander. Aber bereits der satte Klang seiner Stimme und dieser verdammte Hinterwäldler-Akzent, die durch den Flur in die Küche drangen, machten sie feucht. Sie hatte sich schließlich einen weiten schwarzen Rock angezogen und komplett auf die Unterwäsche verzichtet. Sie konnte ja nicht den ganzen Tag in feuchter Unterwäsche herumsitzen. Und zu ihrem eigenen Spaß trug sie die schwarzen Ferragamos mit den Riemchen.

Miki hatte sie angerufen, aber zum Glück war das Gespräch kurz gewesen und sie hatte keine unangenehmen Fragen gestellt, die Angie nicht beantworten wollte.

Während sie mit Celine diskutierte, ihrer Einkäuferin und der Frau, die sie drängte, noch ein Geschäft in Dallas zu eröffnen, beschloss Angie, dass dies ihr letztes Telefonat war. Sie hatte genug vom Reden und vermisste Nik, deshalb wollte sie für heute Feierabend machen.

»Ich habe sein Zeug nie gemocht, Celine.«

»Aber du hast die neuen Sachen von ihm noch nicht gesehen!«

»Ich will nicht …«

»Hast du Zugang zu einem Computer?«

Nik hatte, soweit sie wusste, nur einen Computer, und der stand in seinem Büro.

»Vielleicht.«

»Er hat eine Homepage, die du dir ansehen kannst.«

Na ja, das verschaffte ihr einen Vorwand.

»Bleib dran.«

Sie machte das Telefon an ihrem Rock fest und kontrollierte, ob ihr Kopfhörer sicher auf ihrem Kopf saß, ohne ihre Haare dumm aussehen zu lassen. Sie verließ die Küche und ging direkt in sein Büro. Die Tür stand halb offen, also streckte sie den Kopf hinein und klopfte leise.

Er trug ebenfalls einen Kopfhörer, und sie brauchte einen Moment, bis sie merkte, dass er kein Englisch und auch nicht Hinterwäldlerisch sprach.

Nik blickte auf und schenkte ihr ein breites Grinsen. Er bedeutete ihr, hereinzukommen.

»Ich brauche deinen Computer«, formte sie lautlos mit den Lippen, dann machte sie das übliche Zeichen des Tippens auf einer Tastatur.

Er nickte, zeigte darauf und schob seinen Stuhl ein wenig zurück, damit sie an den Computer herankam.

Sie hatte kein Faible für technische Spielereien, aber sie wusste, dass Miki beim Anblick dieses Rechners vor Begeisterung ausgeflippt wäre.

»Also gut. Gib mir den Link.«

Celine lenkte sie auf die Seite des Designers und führte sie herum. Angie war immer noch nicht beeindruckt von den Sachen des Designers. Aber sie war beeindruckt, als sie merkte, dass Nik Mandarin sprach. Er sprach es auch noch gut. Sie konnte es selbst nicht sprechen, verstand es aber, und er sprach es quasi akzentfrei.

»Das beeindruckt mich nicht, Celine.«

»Du bist schwierig.«

»Ich darf das, es ist meine beschissene Firma.«

»Okay. Beruhige dich. Ich will nur sagen …«

»Ich weiß, was du sagen willst und … iiip!«

»Iiip, was?«

»Äh …« Angie schlug nach der Hand, die sich zwischen ihre Beine schob. Und ohne Höschen unterm Rock … »Ähm …«

»Alles klar bei dir?«

Nik drückte ihre Beine auseinander.

»Ja. Aber ich, äh, ich muss los.«

»Angie, ich warte schon seit drei Tagen darauf, dass ich mit dir über die Sachen reden kann.«

»Ich weiß.«

»Ich meine, du verschwindest einfach und ängstigst alle in der Stadt halb zu Tode.« Niks Zunge glitt die Innenseite ihres Schenkels hinauf.

»Celine!«, knurrte sie, was Celine dazu brachte, mit dem Plappern aufzuhören. »Ich kann jetzt nicht darüber sprechen.«

»Ähm ... okay.«

»Ich rufe dich morgen an oder so.«

Angie klappte das Handy zu, riss es mitsamt dem Headset ab und warf es auf den Boden. Sie umklammerte die Schreibtischkante, während Niks Finger um ihren Kitzler herum spielten und seine Zunge um ihre Schamlippen kreisten, ohne jedoch etwas wirklich Wichtiges zu treffen.

Dann wurde ihr etwas bewusst.

Der Mann ist immer noch am Telefon, verdammt!

Nik hörte auf, seinem Freund und Geschäftspartner zuzuhören, sobald Angie sich an seinem Computer vornüberbeugte.

Wo-hoo Ling, oder Cracker, wie die Verbindungsbrüder ihn nannten, palaverte weiter über die Millionen, die sie in letzter Zeit gemacht hatten, aber wen interessierte es? Ehrlich, wen interessierte überhaupt irgendetwas, wenn er auf den perfektesten Hintern und die perfektesten Beine der Welt starrte?

»Du hörst mir nicht zu, oder?«, seufzte Cracker auf Mandarin.

»Doch, doch.« Okay. Eine Lüge. Aber Nik konnte dem puritanischen Cracker mit seinen sechs Kleinen und drei treuen Tigerfrauen nicht sagen, dass er im Moment die Hand in der heißesten Muschi des ganzen Landes hatte.

»Kennst du überhaupt ihren Namen?«

»M-hm.« Er fuhr mit der Zunge die Innenseite ihres Schenkels hinauf. Sie schmeckte immer so gut, dass er einfach nicht genug von ihr bekommen konnte. Und zu hören, wie sie andere Leute herumkommandierte, machte ihn einfach brutal hart.

»Ich lege auf.«

Nik zog das Gesicht weg, hob Angie aber stattdessen auf seinen Schoß. Er positionierte sie so, dass ihr Kopf an seiner Schulter ruhte, sie selbst mit gespreizten Beinen auf seinem Schoß saß. Er schob die Hände unter ihr Shirt und umfasste ihre jetzt schon harten Nippel. »Warum?«

»Weil ich weiß, wann ich ignoriert werde.«

»Nun gut. Ich rufe dich morgen an.«

»Ich schwöre, ihr Sibirischen habt keine Selbstkontrolle …«

Nik klickte den Anruf weg. Die verdammten südchinesischen Tiger glaubten immer, sie seien besser als der Rest.

Er nahm das Headset ab und stellte sein Telefon auf die Mailbox um. Dann wandte er sich wieder der schönen Frau zu, die auf seinem Schoß keuchte.

Er umfasste fest Angies Nippel und zwickte gerade genug, um ein kleines bisschen Schmerz zu verursachen. Sie stöhnte.

»Du hast mir gefehlt, Süße«, murmelte er an ihrem Ohr.

»Ich war nicht weg, Landei.«

»Aber du warst auch nicht direkt hier.« *Wo du hingehörst.* Wieder drückte er ihre Nippel, und Angie wäre fast von seinem Schoß gefallen. Er strich mit den Händen über ihre Haut. Nichts fühlte sich besser an als ihre Haut unter seinen Händen.

Sie packte seine Schenkel. »Hör verdammt noch mal auf, mich anzufassen, und fick mich schon endlich!«

Angie musste eindeutig die Kontrolle behalten, und die ganze Sache mit dem Berühren schien immer noch ihr allerletzter Versuch zu sein. Aber aus irgendeinem unbekannten Grund war Nik entschlossen, ihr Vertrauen zu gewinnen. Das volle Vertrauen. Er hatte nur keine Ahnung, warum ihm das wichtig war.

»Noch nicht, Süße.«

Sie grub die Finger in seinen Schenkel. »Ich sehe, du weißt nicht, was ›noch nicht‹ bedeutet.«

Er ließ sie los und schob sie von seinem Schoß. »Setz dich in den Sessel da drüben.«

Angie ließ ihren Blick zu dem Leder-Ohrensessel und dann wieder zurück zu Nik schweifen. »Warum?«

»Setz. Dich. Hin.«

Verärgert schnaubend stapfte Angie zu dem Sessel und warf sich darauf. Sie verschränkte Beine und Arme und sah ihn wütend an. »Und jetzt?«

»Leg das linke Bein über die Armlehne.«

Ihr Gesichtsausdruck ging von Verärgerung zu leichter Panik über. Sie schaute aus den Panoramafenstern. Sie wusste nicht, dass er das Glas so hatte anfertigen lassen, dass er hinaussehen konnte, aber bei geschlossenen Glastüren keiner hereinschauen konnte. Das musste sie im Moment natürlich auch nicht wissen.

»Äh …«

»Leg das linke Bein über die Armlehne, Angie.«

Angie biss sich auf die Unterlippe und tat, wie ihr geheißen.

»Gut.« Er lehnte sich auf seinem eigenen Stuhl zurück und machte es sich bequem. »Und jetzt leg die Hand zwischen die Beine.«

»Nik …«

»Leg die Hand zwischen die Beine, Angie.«

Wenn sie sich noch weiter auf die Lippe beißt, blutet sie noch.

Mit aufreizender Langsamkeit ließ Angie die rechte Hand zwischen ihre Schenkel gleiten.

»Zieh den Rock ein bisschen hoch. Ich will dich sehen.«

Noch ein verzweifelter Blick aus dem Fenster, dann zog sie den schwarzen Rock hoch, damit er ihre Hand und die tropfnasse Muschi sehen konnte. Sie glitzerte ihn an und ließ ihm das Wasser im Mund zusammenlaufen.

»Verdammt, Mädchen. Du bist ganz schön feucht. Dir gefällt wohl die Vorstellung, beobachtet zu werden.«

»Nein, tut sie nicht!«, zischte sie.

»Dann gefällt dir wohl die Vorstellung, von mir beobachtet zu werden.«

Angie wandte den Blick von ihm ab, und Nik kämpfte darum, nicht zu lächeln.

»Mach deinen Kitzler richtig nass, Angelina.«

Sie riss den Kopf herum. »Was?«

»Zwing mich nicht immer, alles zu wiederholen.«

Sie sah ihn finster an. »Und was, wenn doch?«

»Dann binde ich dich ans Bett und lasse dich die

ganze Nacht so. Ich werde natürlich im anderen Zimmer schlafen, damit du mich nicht dazu verführst, den tiefen Schmerz zwischen deinen Beinen zu lindern.«

»Bastard.«

»Nur weil meine Eltern nicht geheiratet haben, heißt das nicht, dass du mich beschimpfen kannst.«

Angie prustete los, und ihr Lachen heiterte seine Welt auf wie nichts zuvor.

Er senkte die Stimme; sein stahlharter Schwanz schrie danach, heraus und in sie gelassen zu werden. »Tu's für mich, Angie. Mach es dir selbst. Ich will dir zusehen.«

Sie schauderte und schloss die Augen, während ihr Mittelfinger in diese enge Muschi glitt, von der er nicht genug bekommen konnte. Sie zog den Finger heraus und fuhr damit über ihren Kitzler. Langsam umkreiste sie den winzigen, sensiblen Muskel. Ihr Körper spannte sich und zitterte, so dicht stand sie schon vor dem Orgasmus. Aber sie kämpfte dagegen an. Es war ihr peinlich. Er hatte das Gefühl, dass sie das vorher noch nie mit jemandem getan hatte. Noch nie jemandem genug vertraut hatte, um sich so verletzlich zu zeigen. Doch sie vertraute ihm genug, um ihn so weit gehen zu lassen, und er wusste genau, was sie brauchte, um vollends loszulassen.

»Angie?« Nach einem Moment richtete sie ihre schönen braunen Augen auf ihn, hörte aber nicht auf zu masturbieren. »Denkst du gerade an mich?«

Sie leckte sich die Lippen, dann nickte sie langsam.

»An mich tief in dir? Wie ich dich ficke?«

Sie nickte wieder.

Nik setzte sich auf, stützte die Arme auf die Knie, verschränkte die Hände. »Ich halte dich aufs Bett gedrückt. Mein Körper zwischen deinen Beinen, mein Schwanz tief in dir vergraben.« Er hielt kurz inne, um sicherzugehen, dass er ihre Aufmerksamkeit hatte. »Ich halte deine Arme über deinem Kopf fest. Du willst dich befreien, aber ich lasse dich nicht. Ich habe die Kontrolle übernommen. Und du kannst nicht dagegen ankämpfen. Ich lasse dich nicht weg. Erst wenn ich mit dir fertig bin. Erst wenn ich dich wundgefickt und dafür gesorgt habe, dass du immer und immer wieder meinen Namen schreist.«

Er war noch nicht einmal fertig, als ihr ganzer Körper sich verkrampfte und sie einen Orgasmus herausstöhnte, der sie bis hinab zu ihren heißen kleinen Stilettos erschütterte.

Angie konnte nicht fassen, wie hart sie kam. Doch bevor sie auch nur eine Chance hatte, sich zu erholen, kniete Nik vor ihr. Er hob ihr anderes Bein über die zweite Armlehne und vergrub das Gesicht zwischen ihren Schenkeln, schwelgte in ihrer Muschi wie ein Verhungernder.

Zu viel. Zu viel Nik und sein sexy Körper und diese unglaubliche Zunge. Aber gleichzeitig nicht annähernd genug Nik. Langsam hatte sie das Gefühl, sie würde nie genug von Nik bekommen.

Knurrend löste er sich von ihr und hob sie aus dem Sessel. Sie schlang die Arme um seine Schultern und vergrub den Kopf an seinem Nacken.

»Du trägst mich wirklich gerne herum.«

Er wischte Papiere, Ordner, alles außer dem Computer auf den Boden. »Warum auch nicht? Du bist so ein kleines Ding.«

Er setzte sie auf den Schreibtisch, dann zog er ein Kondom aus der hinteren Jeanstasche. Sie starrte ihn an. War das auch nur annähernd sein Ernst? Er musste ihr keinen Schwachsinn erzählen, damit sie ihn zwischen ihre Beine ließ. Und im Unterschied zu den meisten zurechnungsfähigen Männern hatte er keine Angst vor ihr.

Er hob den Blick zu ihr, während er die Packung aufriss. »Was, Süße?«

Sie schüttelte grinsend den Kopf. »Nichts. Mir geht's nur gerade gut.«

»Tja, heb dir das bis später auf.« Er holte seinen Schwanz heraus, zog das Kondom über und war innerhalb von Sekunden in ihr. Die Hände fest um ihre Schenkel gelegt, zog er sie zur Tischkante heran.

Angie umklammerte Niks Arme, ihre Finger bohrten sich in die harten Muskeln, während sein Schwanz sich in ihr vergrub.

»Übrigens«, lächelte er. »Die Ferragamos ...« Er blickte auf ihre Schuhe hinab. »Das war eine gute Investition.«

Als Antwort legte Angie die Beine um seine Hüfte und achtete darauf, dass sich die Absätze in seinen Hintern bohrten. Er stöhnte und umklammerte sie fester.

»Sind sie nicht fabelhaft?«, keuchte sie.

So eng. So heiß. So etwas wie sie hatte er noch nie gefühlt.

Nachdem sie mehrere Stunden lang die Möbel im ganzen Erdgeschoss malträtiert hatten, schafften sie es schließlich ins Bett in ihrem Zimmer. Jetzt saß sie rittlings auf ihm, sein Schwanz tief in ihr. Sie ritt ihn. Hart. Anscheinend hatte sie früher Westernreiten gemacht. Das erklärte diese Schenkel. Damit konnte sie einen Mann in der Hälfte durchbrechen.

Nik vergrub die Hände in Angies schweißgetränkten Haaren und zog sie herab, bis ihre kieselharten Nippel sich in seine Brust drückten. Er küsste sie, ihre Lippen verschmolzen, ihre Zungen schlangen sich umeinander. Er liebte es, wie diese Frau küsste. Es ging von eindringlich zu liebevoll und schließlich zu hart über. Genau wie sie vögelte.

Er löste die Lippen von ihren. »Fester!«

Sie packte seine Arme, ihre Nägel gruben sich in seine Haut. Der Schmerz war beißend und erotisch zugleich. Ihre Muschi umklammerte seinen Schwanz fester, während sie ihn härter ritt.

Nik hatte nie geglaubt, dass eine Vollmenschliche so mit ihm umgehen könnte. Sie jedoch tat es. Sie nahm. Sie gab. Sie verlangte mehr. Und das schon seit Stunden.

Angie lehnte die Stirn an seine. »Bist du sicher, dass ich dir nicht wehtue?«

»Nein, Süße«, stöhnte er und packte ihre Hüften fester. »Ich halte eine Menge aus.«

»Gut. Sehr …«, sie zitterte heftig, »… sehr gut.«

Nik ließ die Hände an ihren Hüften hinab zu ihrem Hintern gleiten und grub die Finger in die weichen Backen. Sie keuchte und lächelte gleichzeitig. Er liebte dieses Lächeln. Es machte seinen Schwanz zu Stahl.

»Nik …« Und dann sein Name auf ihren Lippen. Nichts klang besser. »Ich … ich …«

»Tu's, Angie. Komm auf mir.«

Er küsste sie wieder, ließ ihr Stöhnen, das seine Seele erschütterte, durch sich pulsieren. Ihre Muschi zuckte noch um ihn, als sein Schwanz weiter anschwoll und explodierte. Nik war so in ihr versunken, dass er nicht einmal merkte, dass er seine Krallen ausfuhr und in ihre Hinterbacken grub, bis sie aufschrie.

»Was?«

»Krallen! Krallen! Krallen in meinem Hintern!«

Er zog sie wieder ein. »O Gott, Süße! Geht es dir gut?«

Nik fasste sie an der Taille, hob sie von seinem weicher werdenden Schwanz und legte sie sanft aufs Bett. Er drehte sie auf den Bauch.

Als er die Krallenspuren sah, verzog er schmerzlich das Gesicht. Fünf in jeder Backe.

»Wie schlimm ist es?«, wollte sie wissen und versuchte, hinzusehen, aber eine Hand auf ihrem Rücken hielt sie davon ab.

»Ähm … nicht schlimm.«

»Du lügst! Ich weiß es!«, klagte sie ihn an.

»Na, na! Wirf nicht mit solchen Beschuldigungen um dich!« Nik sprang vom Bett. »Nur die Ruhe, Süße. Ich bin gleich zurück.«

Er versuchte nicht zu lachen, während er ins Bad ging und sich holte, was er brauchte. Als er wieder herauskam, lag sie immer noch auf dem Bauch, ein Bein angehoben, den Fuß perfekt gebogen und zur Decke zeigend. Er fragte sich, ob sie als Kind Tanzunterricht gehabt hatte.

Nik kroch zurück aufs Bett. »Überlass das mir.«

»Das habe ich. Und du hast meinen Arsch aufgespießt!«

Sie sahen sich einen Augenblick an, dann brachen sie in Gelächter aus.

Angie drohte ihm mit dem Finger. »Denk nicht mal dran!«

»Ich habe kein Wort gesagt.«

»Das musstest du auch nicht. Deine großen Kätzchenaugen verraten dich jedes Mal.«

Er küsste ihre Schulter, dann leckte er den Schweiß von der Stelle. »Gib mir fünf Minuten, dann ist es schon besser.«

Am Ende brauchte er zwanzig Minuten. Er konnte nicht anders. Die Frau hatte so einen süßen Hintern. Er küsste ihn einfach weiter. Leckte die Wunden, die er verursacht hatte.

Und ein tiefer, dunkler Teil von ihm hatte Lust, seinen Namen quer über diesen süßen Hintern zu tätowieren.

Nik räusperte sich, zu Tode erschrocken über seine plötzlichen besitzergreifenden Gedanken wegen eines unglaublichen Ficks.

Ein unglaublicher Fick, sonst nichts.

»Also, Süße. Dein Tattoo. Wann hast du das machen lassen?«

»In meiner wilden Jugend. Als Schutz. Deine Großmutter würde es verstehen.«

»Du hast damals alles Mögliche angestellt, oder?« Er war jetzt mit ihren Wunden fertig, entfernte die Erste-Hilfe-Ausrüstung vom Bett und legte sich neben sie.

»Du hast ja keine Ahnung.« Sie legte den Arm über seine Brust, den Kopf an seine Schulter. »Aber das ist lange her, Landei. Jetzt bin ich ein anderer Mensch.«

Er strich ihr die nassen Haare aus dem Gesicht. »Was hat dich verändert?«

»Die Angst vor dem Gefängnis.« Sie klang schläfrig; er wusste, sie würde bald eingeschlafen sein.

Deshalb fand er ein plötzliches Gebrüll im Wald hinter seinem Haus wirklich ziemlich ärgerlich.

»Geh«, murmelte sie.

»Was?«

Angie küsste seine Schulter. »Mit deinen Brüdern. Sie sind es doch, oder?«

Sie lag völlig daneben, aber er erwartete nicht von ihr, das unterscheiden zu können, und wollte auch nicht, dass sie sich Sorgen machte.

»Geh«, sagte sie wieder.

»Sicher?«

Angie seufzte zufrieden. »Gehst du nach Frankreich?«

»Was? Nein.«

»Dann geh schon, verdammt.« Sie sagte es ohne Groll oder Wut. Sie drehte sich nur auf den Rücken und verzog ein bisschen das Gesicht, als die Laken ihren verwundeten Hintern berührten. »Geh. Tu, was immer ihr Tiger nachts tut. Wenn du wiederkommst, bin ich da.«

Sie klammerte nicht. Er musste sie nicht die ganze Nacht im Arm halten, bis sie einschlief. Tatsächlich hatte er das Gefühl, sie wollte ein bisschen allein sein. Ihm dämmerte plötzlich, dass diese Frau ihn nicht brauchte. Sie wollte ihn, aber sie brauchte ihn nicht. Sie brauchte ihn nicht zum Überleben. Sie brauchte ihn nicht, um ihr Leben besser zu machen.

Angelina Santiago, wo warst du mein ganzes Leben lang?

Nik setzte sich rittlings auf sie. »Du bist unglaublich.«

Sie streckte sich, genoss es, wie er sie ansah. Und genoss es vor allem, wie er sich auf ihr anfühlte. »Das bin ich wirklich, oder?«

Er küsste sie, und eine Sekunde glaubte sie, er würde hierbleiben. Endlich löste er sich und gab ihr noch einen Kuss auf den Hals. »Eine Runde durch den Wald, vielleicht ein Hirsch, dann bin ich wieder da.«

»Ein Hirsch?«

»Ich hab's dir gesagt. Ich werde hungrig nach dieser Art von Fick.«

»Charmant.«

»Ja. Bist du.« Er küsste sie wieder. Dann verwandelte er sich. Direkt in ihrem Schoß.

»Okay«, erklärte sie schlicht. »Wenn das zur Gewohnheit wird, fängst du an, mir Angst zu machen.«

Nik leckte ihre Wange mit seiner riesigen Tigerzunge, sprang vom Bett und zur Balkontür hinaus.

Angie drehte sich um, das Laken eng um sich gewickelt.

So, nun hatte sie es also getan. War einem gestaltwandelnden Hinterwäldler verfallen, der nicht vorhatte, sich an eine einzige Frau zu binden. Und da sie nicht teilte …

Egal. Darüber konnte sie sich ein andermal Sorgen machen. Nicht, wenn eine Hand auf ihren Mund klatschte. Angie hatte kaum Zeit, sich zu wehren, bevor sie ihr Gesicht mit etwas einsprühten, das nach Pfefferminz roch. Das Letzte, was sie sah, waren Augen, die in der Dunkelheit reflektierten.

Nik folgte dem Knurren. Er roch Tiger, aber es war irgendwie weder seine Verwandtschaft noch ein Nachbar. Etwas stimmte nicht, und das bedeutete, dass Angie in Gefahr war.

Er war weit weg vom Haus, als er es fand. Einen hochwertigen tragbaren CD-Player mit Surround-Sound und daneben einen umgebauten Duftspender.

Er starrte nur einen Moment darauf, dann drehte er sich um und rannte zurück in Richtung Haus. Aber er kam nicht weit, denn da kamen sie schon zwischen den Bäumen hervor. Lautlos. Sie bewegten sich, als hätten sie alle Zeit der Welt. Kluge, gemeine Wölfinnen. Und ein Blick auf sie sagte ihm, dass sie bösartig waren wie sonst etwas.

Sie griffen ihn aber nicht an. Sie beobachteten ihn, wie er sie beobachtete. Aber er konnte diesen Geruch nicht ignorieren. Nicht den der Wölfe. Nicht einmal den künstlichen Tigergeruch. Etwas ganz anderes.

Eine schwangere Frau. Eine menschliche.

Er wirbelte herum. Da stand sie. Ein schwarzes Mädchen. Süß und klein. Sie kam ihm irgendwie bekannt vor. Und vor ihr stand eine ziemlich große schwarze

Wölfin. Er brauchte einen Moment, bis er die Narben bemerkte, die eine Seite des Wolfsgesichts bedeckten.

»Hey, Sonnenschein.« Das schwarze Mädchen schüttelte den Kopf, sodass ihr die wirren Locken in die Augen fielen. »Ich kann nur sagen – deine Jungs haben das falsche Mädchen geschnappt.«

Sie hob eine Flinte. Nik stieß ein bedrohliches Knurren aus, griff den Wolf an, der sie beschützte, machte sich bereit, sie beide umzuwerfen. Aber wie Angie sagte: ihre Freundinnen waren schnell und brutal.

Eine Explosion in seinem Gehirn warf ihn zurück. Dann nichts mehr.

Kapitel 16

Sie zwang die Augen auf. Ihr Kopf hämmerte. Ihr Rücken tat weh. Sie spürte einen leichten Schmerz oben in der Schulter. Sie setzte sich langsam auf und hielt den Blick von den großen Fenstern abgewandt, durch die das grelle Morgenlicht strömte.

Sie wartete, bis sie das Gefühl hatte, sich umsehen zu können, ohne dass ihr schlecht wurde, dann sah sie sich das Zimmer an. Es war ihr Zimmer. In Saras Haus.

»Ich bringe sie um!« Sie würde sie beide umbringen.

Sie schleppte sich aus dem Bett und taumelte, sobald ihre Füße den Teppich berührten. An einen Bettpfosten gelehnt, wartete sie ein paar Sekunden, bis die Übelkeit vorüberging. Wer wusste schon, was für einen bescheuerten, unerprobten, nicht zugelassenen Mist Miki Kendrick an ihr ausprobiert hatte. Angie hob die Hand zum Kopf. *Gott sei Dank.* Sie hatte noch ihre Haare. Sie schaute an sich herab. Goldfarbene Jogginghose und T-Shirt. Na ja, zumindest bekamen die Schlampen die Farbabstimmung richtig hin.

Sie atmete ein paarmal tief und beruhigend durch.

Als sie sich unter Kontrolle hatte, verließ sie ihr Zimmer.

Angie musste ihre Freundinnen nicht suchen. Sie musste nur dem Geschrei folgen. Es überraschte wenig, dass sie in der Küche waren, wo die Wölfe sich anscheinend gerne versammelten.

Niemand bemerkte sie, als sie hereinkam, also ließ sie die Schwingtür zugehen und lehnte sich an den Türrahmen. Dann wartete sie.

»Sag mir, wo er ist, Sara. Sofort!«

Angie erkannte den Blick in Saras Gesicht. Den »Ich komme dir keinen Millimeter entgegen«-Blick. Zach konnte schreien, bis er blau anlief – es würde nichts nützen. Sara würde Zach erst etwas sagen, wenn sie es wollte.

Conall knallte die Hand auf die Arbeitsplatte. »Sag es ihm, Miki!«

»Ich sagte, ich weiß es nicht.«

Zach wandte sich ihr zu. »Wie kannst du das nicht wissen?«

»Weil ich es nicht weiß!« Miki log nicht, das konnte Angie erkennen. Sara hielt Miki zumindest so weit heraus, dass sie sich nicht zwischen ihr und Conall entscheiden musste.

Zach raufte sich die Haare, während er in der Küche auf und ab ging. »Wenn ihr zwei glaubt, Tiger seien leicht zu schlagen, seid ihr irre. Und sie beschützen ihre Leute. Glaubt mir, wenn ich euch sage: Sie sind auf dem Weg hierher. Und jetzt …« Er sah wieder Miki an. *»Sag mir, wo er ist, verdammt noch mal!«*

»Ich sagte, ich weiß es nicht. *Und schrei mich nicht an!*«

Frustriert wandte sich Conall von seiner Gefährtin ab und drehte sich in ihre Richtung. Überrascht fragte er: »Angie?« Sie drehten sich alle zu ihr um. »Wie geht es dir, Schatz?«

»Als hätte mich jemand unter Drogen gesetzt.«

Conalls Gesicht lief rot an, und er wirbelte zu Miki herum. *»Miki!«*

»Hey! Du sagtest, ich darf *dich* nicht unter Drogen setzen. Von allen anderen hast du nichts gesagt. Abgesehen davon habe ich ein cooles neues Spray erfunden. Es riecht und schmeckt nach Pfefferminz.«

Zach knurrte. Ein Geräusch, das in Angie den Wunsch weckte, rückwärts den Raum zu verlassen. Selbst Miki forderte ihn nicht heraus. Es gab nur eine Frau, die es völlig in Ordnung fand, in diesem heiklen Moment mit dem Mann zu spielen.

Sara stand auf, ihr Stuhl kratzte über den Boden. »Glaub bloß nicht, ich wüsste nicht, welche Rolle du in dieser Sache gespielt hast. Und glaub nicht, dass du mir Angst machen kannst. Wenn du den Scheißkerl so unbedingt willst, dann sei ein beschissener Bluthund und spür ihn auf.«

Angie fasste es nicht. Was zum Geier dachte sich Sara dabei? Wie konnte sie Nik das antun? Was, wenn er ernsthaft verletzt irgendwo herumlag? Hatte sie ihn irgendwo hingebracht, oder hatte sie ihn umgebracht? Fragen über Fragen wirbelten durch Angies Kopf. Fragen, auf die sie keine Antworten hatte. Und je mehr unbeantwortete Fragen aufkamen, desto wütender wurde sie.

Jahre der Aggressionsbewältigung gingen in Rauch

auf, und sie warf sich auf Sara. Sie legte die Hände um ihren Hals, und Sara knurrte und fletschte ihre schneeweißen Reißzähne. Sara holte aus, um Angie ins Gesicht zu boxen, doch bevor eine der Frauen auch nur ein bisschen Schaden anrichten konnte, hatte Zach Sara im Griff und Conall zog Angie weg.

Die zwei Frauen warfen sich wütende Blicke zu; beide atmeten tief und keuchend.

Zach sah Conall an. »Jetzt beruhigen wir uns alle mal wieder.« Er ließ Sara los und Conall Angie. Augenblicklich gingen sich die beiden wieder gegenseitig an die Gurgel – buchstäblich.

Dann war Miki da. Sie war vielleicht klein, aber die Frau wusste, wie man mit zwei prügelnden Verrückten umging. Sie packte beide an den Haaren und riss sie auf ihre Höhe herab.

»Hört mir zu, denn ich sage das nur einmal: Ihr zwei Schlampen geht jetzt sofort auseinander, oder ihr wacht morgen komplett haarlos auf. Du weißt doch noch, wie sich das anfühlt, oder, Ang?«

»Ja, aber sie …«

»Sie hat angefangen …«

Miki zog fester an den Haaren. Sie hatte sie beide so gedreht, dass keine von ihnen sich umdrehen konnte, um ihr den dünnen Hals zu brechen.

»Vielleicht habe ich mich nicht klar genug ausgedrückt.« Sie drehte die Fäuste noch weiter.

»Okay! Okay!«

Sie schob Sara von sich. »Geh laufen oder was für ein Hundeding du auch immer tun musst, aber wenn du wiederkommst, benimmst du dich besser!«

Sara wollte widersprechen.

»Haare!«, schrie Miki.

Knurrend riss Sara die Schiebetür auf, verwandelte sich, schüttelte die Kleider ab und rannte los.

Miki ließ Angie los. »Würdet ihr zwei uns jetzt bitte entschuldigen?«

Verblüfft und ein bisschen misstrauisch gingen die beiden Männer. Angie rieb sich den Kopf, wo ihre beste Freundin ihr beinahe die Haare ausgerissen hatte.

»Sie …«

Miki hob die Hand. »Bevor du auch nur anfängst, lass mich eines sagen: Als Zach aufgetaucht ist, um sich Sara zu holen, dachten die damaligen Alphas daran, sie zu entführen. Sie einfach mitzunehmen und einzuweihen. Was hättest du getan, wenn das passiert wäre? Ganz ehrlich.«

Sie kannten beide die Antwort. Sie wussten beide, dass Angie nicht geruht hätte, bis jeder gestaltwandlerische Bastard des Kontinents tot war, weil er ihre beste Freundin entführt hatte.

Angie holte tief Luft. Dann noch einmal. »Sag mir nur eines – lebt er?«

Miki nickte. »Natürlich. Es ging ihr ums Prinzip. Nicht darum, jemanden umzubringen. Zumindest jetzt nicht mehr, du weißt schon. Also ist er definitiv am Leben. Aber ich weiß nicht, wo er ist.«

Angie verließ die Küche und ließ Miki einfach stehen. Sie ging zurück in ihr Zimmer und nahm ihr Handy. Sie hatten alle ihre Sachen mitgenommen, als sie sie zurückgeholt hatten. Angies neue Kleider hatten sie in eine Ecke geworfen, wie Hunde es nun einmal taten.

Sie hatten sogar ihre Baseball-Bälle und den Schläger mitgenommen.

Ein Mann ging dran. »Yo?«

»Derek. Ich bin's.«

»Hey, meine Schöne! Lange nichts von dir gehört!«

»War beschäftigt. Hör mal, ich habe einen Job für dich. Du musst etwas für mich finden. Etwas Großes.«

Nik öffnete langsam die Augen. Sein Kopf hämmerte. Sein ganzer Körper hämmerte. Er hatte überall Schmerzen.

Er schaute an sich entlang. Er war immer noch in Tigergestalt. Er hatte sich nicht zurückverwandelt. Und er glaubte auch nicht, dass er dazu in der Lage sein würde. Zumindest eine Weile nicht. Er war auch nicht tot. Als diese verrückte Wolfsliebhaberin den Abzug gedrückt hatte, war er sicher gewesen, er sei tot. Aber stattdessen hatte sie ihn mit etwas betäubt. *Verdammte Genies.* Man sollte sie in speziellen Heimen einsperren, wo sie am wenigsten Schaden anrichten konnten.

Und wo zum Henker war Angie?

Nik stemmte sich hoch, aber sein Rücken knallte gegen etwas. Er blinzelte und zwang seine Augen zu fokussieren. Er sah sich um. Blinzelte noch einmal. Dann schaute er sich noch einmal um.

Das kann nicht sein … sie würden doch nicht …

»Na so was, na so was. Schau an, wer da wach geworden ist. Wie fühlst du dich, mein Großer? Ich wette, du hast Hunger.

Nik wandte den Kopf der männlichen Stimme zu, die versuchte, ihn zu beruhigen.

»Mann, du bist ja riesig. Es wird uns ein Vermögen kosten, dich zu füttern, was?«

Nik schloss die Augen. Er konnte den Mann nicht mehr ansehen. Das hatte nichts mit dem Mann zu tun, sondern mit dem Hemd, das er trug. Auf die vordere Hemdtasche hatte man in Grellorange die Worte »Northport Zoo« gestickt.

Diese verrückten Schlampen haben mich in einen Zoo gesteckt!

Angie sah ihr Telefon an, hatte aber eigentlich ein Klopfen an der Tür gehört. Ihre Frustration stieg im Lauf des Tages immer weiter an. Sie konnte keinen von Niks Verwandtschaft erreichen. Keines seiner Geschwister, deren Nummern ihr Nik für den Notfall ins Handy gespeichert hatte, ging ans Telefon.

Sie wollte nicht in Panik verfallen. Denn bei ihr führte Panik zu Wut. Und das Letzte, was sie im Moment tun wollte, war ihrer Freundin ins Gesicht zu stechen.

»Ja?«

Zach streckte den Kopf herein. »Alles okay bei dir, Ang?«

Sie nickte und winkte ihn herein. »Die Frage ist: bei dir auch?«

Er zuckte die Achseln und lehnte sich an die Wand. Angie konnte sehen, wie sehr Saras Zorn ihn verletzte.

Klar, das Paar stritt scheinbar die ganze Zeit, aber immer mit einem Lächeln und selten ohne gleichzeitig aneinander herumzufingern. Doch im Moment lächelte Sara nicht neckend. Kein sanftes Streicheln seines Nackens. Nein. Sara war wirklich und wahrhaftig angepisst.

»Mir geht's gut«, log er.

»Sie wird sich wieder beruhigen, Zach.«

Er verzog das Gesicht. »Bist du sicher?«

»Ich kenne diese Verrückte. Was auch immer sie da am Laufen hat – sie hat es schon wieder vergessen. Ich auch.«

»Und wer hätte gedacht, dass Miki so erwachsen sein kann?«

Zum ersten Mal seit Stunden lächelte Angie. »Sie hat ihre Momente. Sie sind rar, aber es gibt sie. Vor allem, wenn sie merkt, dass Sara und ich es nicht sind.«

»Hör mal, Ang, nur damit du Bescheid weißt: Sie und Miki waren wirklich völlig fertig, als wir den Anruf von Marrec bekamen. Und Marrec war am Boden zerstört.«

Ihre biologischen Eltern mochten ihren Geburtstag komplett vergessen haben, aber das hieß nicht, dass sie keine Familie hatte. Selbst wenn sie ihre beiden »Schwestern« im Moment am liebsten umgebracht hätte.

»Ja, wir haben geredet. Es ist jetzt okay.« Angie warf dem Mann, der ihre Freundin liebte, einen Blick zu. Er ließ die Schultern hängen und starrte auf den eher langweiligen Teppich. Armer Kerl. Konnte er noch deprimierter sein? »Und danke, Zach.«

»Wofür?«

»Dass du dir Zeit genommen hast, nach mir zu sehen. Das ist süß von dir. Ich weiß, dass es dir nicht leichtfiel.«

Er schenkte ihr ein schwaches Lächeln, wahrscheinlich das erste nach mehreren Tagen. »Oh, das hast du bemerkt?«

»Ja. Und ich weiß es wirklich zu schätzen.«

»Also, erzähl es mir … hatte meine Schwester recht? Hast du dich in ihn verguckt?«

Angie seufzte und schaute aus dem Fenster.

Zach öffnete die Tür und murmelte vor sich hin: »Na toll. Jetzt haben wir eine Katze in der Familie.«

Nach etwa zwei Stunden ließ die Wirkung der Medikamente nach, und Nik war wieder er selbst. Er konnte sich jederzeit zurückverwandeln. Sein einziges Problem?

Sie hatten ihn ausgestellt.

Ich hasse diese Frauen.

Er kannte sie nicht, aber er hasste sie schon.

Der Northport Zoo war ein kleiner Zoo in der Nähe der kanadischen Grenze, und dort hatten Angies Freundinnen anscheinend einigen Einfluss. Demnach zu urteilen, was er hatte belauschen können, hätten ihn die Zoomitarbeiter erst in mehreren Monaten zu den anderen Tigern gelassen. Aber anscheinend hatte ihre »Wohltäterin« darauf bestanden. Entgegen den Empfehlungen des leitenden Tierpflegers hatten sie Nik zu den anderen hinter eine bruchsichere Glasscheibe gesteckt.

Die Volltiger beobachteten ihn still. Es waren alles Tigerinnen. Zum Glück. Er wäre nicht besonders glücklich gewesen, wenn er es mit einem männlichen Tiger zu tun bekommen hätte, der sein Revier verteidigte.

Aber dieses kleine Abenteuer würde nur noch heute andauern. Sobald es Nacht wurde, würde er seinen pelzigen Hintern hier rausschaffen. Selbst wenn er einen armen Sicherheitsmann zu Tode erschrecken musste. Dann würde er nach Kalifornien aufbrechen. Er musste in ein paar Hundehintern treten.

Seufzend blickte Nik auf und sah, dass ihn ein kleines Kind anstarrte. Ein kleines Kind, das in der Nase bohrte.

Konnte es noch schlimmer werden?

Die Tigerinnen regten sich unruhig in seiner Nähe, und da nahm er ihren Geruch wahr.

O nein. Bitte. Nicht das auch noch.

Sie standen vor ihm, hatten keine Ahnung von seiner Anwesenheit und stritten wie zwei Zehnjährige.

Nik machte sich nicht die Mühe, nach einem Ausweg zu suchen. Es gab keinen. Diese zwei bösartigen Schlampen hatten ihn eingesperrt. In der Hölle.

Wütend die Hände in die Luft werfend, wandte sich Alek von Ban ab und dem Tigerkäfig zu. Er starrte Nik kurz aus goldenen Augen an, ein verwirrtes Stirnrunzeln zog seine Brauen zusammen. Dann lächelte er. Und *dann* bekam er einen Lachkrampf.

Bastard! Das war nicht lustig!

Ban starrte Alek eine Weile verwirrt an, bevor er Nik entdeckte.

Während seine Brüder sich buchstäblich vor Lachen auf dem Boden wälzten – und die ganzen Zoobesucher zu Tode erschreckten –, kochte Nik vor Wut. Jetzt musste er nur eines wissen: Als Angie ihn am Abend zuvor weggeschickt hatte, hatte sie da gewusst, dass ihre Freundinnen auf ihn warteten?

Angie fand Sara draußen, wo sie diesen abartig hässlichen Hund streichelte.

»Ich fasse es nicht, dass Zach keinen Weg gefunden hat, ihn loszuwerden.«

Sara blickte nicht auf, sondern streichelte das hässliche Vieh einfach weiter. Lange Striche vom Kopf bis ganz zum Schwanz. Der Hund ließ sie machen; er spürte, dass sie das brauchte.

»Ich verstehe nicht, wie man Roscoe T. hassen kann«, murmelte sie.

Angie streckte die Hand aus und streichelte Roscoe den Kopf. »Stimmt. Er ist hässlich, aber liebenswert.«

Mit einem halben Lächeln sagte sie: »Du meinst, so ähnlich wie ich?«

Angie verdrehte die Augen. »Versuch's erst gar nicht, Morrighan.«

Endlich lachte Sara. »Ach, komm schon! Das war ein perfekter Moment, um Mitleid zu heischen!«

»Ich bemitleide dich keine verdammte Sekunde lang!«

»Na ja, ich hab's versucht.« Sara drehte den Hund auf den Rücken. Sie streichelte ihm mit einer Hand den Bauch, während sie ihm mit der anderen den Kopf kraulte. »Und bevor du fragst – ich sage dir nicht, wo er ist.«

»Ich weiß. Ich wollte auch gar nicht fragen. Du bist so eine sture Ziege, wozu also die Mühe?«

»Genau.« Sara kitzelte das hässliche Tier unterm Kinn. »Willst du noch über etwas anderes mit mir reden, Santiago?«

Angie holte tief Luft. »Zach hat es dir gesagt.«

»Er hatte keine große Wahl. Abgesehen davon war es die perfekte Gelegenheit. Ich rede nicht mit ihm, also musste ich ihm zuhören.«

»Kluger Mann.« Angie kratzte sich am Kopf. »Und, geht's dir gut?«

»Warum nicht? Ich habe herausgefunden, dass meine Mutter ein machthungriges Monster war, wie auch ihre eigene Mutter, was bedeutet, dass ich auch eines werde. Warum sollte es mir nicht gut gehen?«

Angie runzelte die Stirn. »Was redest du da?«

Sara stieß einen Seufzer aus tiefster Seele aus, und Roscoe leckte ihren Arm. »Ich dachte, wenn meine Mutter normal war, sei ich es auch. Aber sie war genau wie diese Schlampe. Und ich werde auch genauso. Ich werde alles zerstören, was ich liebe und was mir wichtig ist, weil ich das Irren-Gen der Redwolfs habe.«

»Das ist doch Schwachsinn, Sara. Und das weißt du auch. Wir alle wissen es.«

Fünfzehn Meter entfernt stolperte plötzlich Miki aus einem Gebüsch und zog sich den kurzen Rock herunter. Sie kam auf unsicheren Beinen auf ihre Freundin zu.

Angie zog eine Augenbraue hoch. »Was tust du?«

»Nichts.«

Angie lehnte sich zurück, die Hände ins Gras gestützt, die langen Beine ausgestreckt und an den Knöcheln überkreuzt. »Und warum siehst du dann so schuldbewusst aus?«

»Seh ich gar nicht!«

Sara schüttelte den Kopf. »Ich rieche Conall überall an dir.«

»Du musst wirklich damit aufhören, solche Sachen zu mir zu sagen«, knurrte Miki. »Es macht mich wahnsinnig, Scheiße noch mal.«

Miki setzte sich ihren Freundinnen gegenüber und streichelte über Roscoes Flanke. »Also, worüber reden wir gerade?«

»Meine Mutter.«

»Oh, du meinst den Don Corleone der Magnus-Meute?«

Angie setzte sich aufrecht hin, als Sara Miki entsetzt ansah. Mit nur ein paar Worten kam die Sara, an die Angie sich aus der Zeit erinnerte, als ihre Großmutter noch gelebt hatte, plötzlich wieder zum Vorschein. Enge Freunde oder die Familie brauchten nicht viel, um einen dorthin zurückzuwerfen, wo man nie wieder sein wollte.

Sie wusste, sie musste schnell etwas tun, oder sie würde Sara im Sumpf ihrer zwanghaften Gedanken verlieren. »Nein, Süße. Sieh mich an. Nicht Miki.« Angie schnippte mit den Fingern vor Saras Gesicht, um ihre Aufmerksamkeit zurückzugewinnen. »Konzentrier dich auf mich und nicht auf die irre Schlampe, die uns da gegenübersitzt.«

»Hey!«

»Ruhe, Kendrick!« Angie konzentrierte sich auf Sara. »Du musst mir jetzt zuhören, Sara. Hörst du mir zu?« Sara nickte. »Gut. Schau, wir haben deine Mutter nie kennengelernt, und sie mag vielleicht eine Mafia-Prinzessin in Ausbildung gewesen sein, aber sie hatte Freunde. Leute, die für sie getötet hätten und für sie gestorben wären. Deine Großmutter hatte niemanden.«

Angie nahm Saras Hand von Roscoe und umfasste sie fest. Sie wollte sichergehen, dass ihre Freundin sie klar und deutlich verstand. »Aber am Ende zählt nichts davon. Nichts. Denn du bist wie keine von ihnen. Du bist Sara. Das coolste Mädchen, das ich je in meinem Leben kennengelernt habe. Du hast einen echt heißen Mann, der glaubt, du könntest übers Wasser gehen, eine Meute von Leuten, die dich respektieren und fürchten, und das ganze Gestaltwandleruniversum ist vollkommen überzeugt, dass du und deine Freundinnen gefährliche Psychopathen sind.« Darüber lachte Sara. »Und diese ganze Sache mit Nik macht das nur umso deutlicher. Wenn ich also du wäre, würde ich mir keine Sorgen machen, dass ich eine machthungrige Schlampe werde. Weißt du, warum?«

Mit ihrem schönen Lächeln antwortete Sara: »Nein. Sag es mir, o Weise.«

»Weil du viel zu faul bist, meine Liebe. Wenn die Weltherrschaft erfordert, dass du deinen fetten Hintern während der Football-Saison von der Couch erheben musst – dann hat keiner etwas zu befürchten.«

»Findest du meinen Hintern wirklich fett?«

»Na ja, Schätzchen, klein ist er nicht.«

»Ich glaube, man sollte besser vorsichtig sein, wenn man in einem Glashaus mit Steinen wirft, Santiago.«

»Ich kann nicht fassen, dass du mich irre Schlampe genannt hast!«, schaltete sich Miki ein.

Angie ließ Saras Hand fallen und drehte sich zu Miki um. »Der Don Corleone der Magnus-Meute? *Was ist bloß los mit dir?*«

»Schrei mich nicht an!«

Angie wandte sich von Miki ab und hielt ihr dabei die Hand vors Gesicht. »Wir sind fertig.«

Miki knurrte und schlug Angies Hand weg. Aber statt sich auf sie zu stürzen, wie Angie erwartet hatte, sagte Miki zu Sara: »Keine Sorge, Sara. Du bist normal. Schräg, aber normal.«

Lächelnd fragte Sara: »Woher willst du das wissen?«

»Hey, Mann. Ich habe recherchiert. Ich mache mir täglich Sorgen, dass ich die Grenze zwischen Genialität und Wahnsinn überschreiten könnte.«

»Genialität?«

»Halt die Klappe, Santiago! Jedenfalls kenne ich alle Anzeichen, ich habe alle Tests gemacht. Du bist ein Freak, Morrighan, aber du bist nicht geistesgestört.«

»Gut zu wissen, Kendrick.«

Miki grinste, als habe sie den Stein von Rosette entziffert.

Aber Angie fühlte sich, als hätte sie ihre erste große Hürde genommen, Sara dazu zu bekommen, die Wahrheit über ihre Mutter anzuerkennen. Es war nicht einfach gewesen, aber Angie hatte es geschafft. Nächster Schritt … der Waffenstillstand. Aber dies war weder der richtige Zeitpunkt noch der richtige Ort für dieses Gespräch. Nein, das würde sie langsam angehen müssen. Aber Angie war entschlossen, es zu tun. Und sie hatte genau die richtige Idee, wie sie ihre sture Freundin in die richtige Richtung lenken konnte.

»Ich habe mir überlegt, wenn Nik erst wieder sicher in North Carolina ist und verzweifelt versucht, mich zu vergessen …«

Ihre beiden Freundinnen prusteten und verdrehten die Augen, aber sie biss die Zähne zusammen und sprach weiter: »Ich dachte mir, wir könnten shoppen gehen.«

Sara, verwirrt von diesem Vorschlag, starrte Angie an. »Warum?«

»Weil Freundinnen das tun.«

»Normale Freundinnen vielleicht. Ich dagegen kann mich in eine komplett andere Spezies verwandeln. Und sie ist …« Sara warf einen Blick zu Miki hinüber, »sie ist verrückt.«

»Bin ich nicht. Ich habe den Test gemacht. Ich dachte, das hätten wir gerade besprochen!«

»Ich weiß, Momma. Ich weiß.« Nik hielt den Hörer zu und machte Ban ein Zeichen. »Ruf mich«, flüsterte er eindringlich.

Ban lehnte sich lachend zurück. »Nik. Ich brauche dich.«

Mit einem dankbaren Nicken wandte er sich wieder der Tirade seiner Mutter darüber zu, dass sie alle »Hunde« für ihre »Unverfrorenheit« abknallen wolle.

»Momma, ich muss auflegen. Ban braucht mich.«

»Aber es geht dir gut, ja?«

»Momma, mir geht's prima. Wirklich. Ich rufe dich später an.«

»Also gut, Schatz. Ich liebe dich.«

»Ich liebe dich auch.«

Nick beendete den Anruf.

»Ich liebe dich, Momma«, sangen seine Brüder.

Knurrend warf Nik ein Kissen nach ihnen. Nachdem sie ihn kurz angestarrt hatten, warfen sie Kissen zurück. Sie hatten Kissenvorräte angelegt und nur auf diesen Moment gewartet. Nik schleuderte Kissen zurück, so schnell er konnte. Sie verschanzten sich hinter Sitzen und schrien: »Luftangriff!«

Sie machten noch gute fünf Minuten weiter, bis der Flugkapitän aus dem Cockpit kam und sie ansah.

»Ich dachte, wir hätten das besprochen, Mr. Vorislav.«

Nik seufzte. »Ja, haben wir.«

»Es wird nicht gespielt, wenn das Flugzeug in der Luft ist.«

»Ja, aber ...«, begann Ban, aber der Pilot brachte ihn mit einem Blick zum Schweigen.

»Es wird nicht gespielt, wenn das Flugzeug in der Luft ist. Haben Sie mich verstanden?«

Die Männer nickten.

»Ich kann Sie nicht hören.«

»Ja«, antworteten sie im Chor.

»Gut.«

Der Kapitän kehrte in sein Cockpit zurück.

»Das war das letzte Mal, dass wir Marines dafür anheuern.«

»Ohne Scheiß. Der Typ ist echt griesgrämig.«

Nik setzte sich wieder auf seinen Platz, während seine Brüder über den gesunden Menschenverstand des Flugkapitäns herzogen.

Im Gegensatz zu dem Piloten wusste Nik allerdings genau, was seine Brüder taten. Sie versuchten, ihn von Angie abzulenken. Zumindest im Moment. Sie hätten es nie laut gesagt, aber sie fühlten sich beide schuldig. Indem sie Angie entführt hatten, hatten sie den Zorn der verrückten Alphahündin der Magnus-Meute auf ihn gezogen.

Sie hätte ihn töten können. Es zumindest versuchen können. Aber diese Rache war viel beredter gewesen. Ein Beweis für die Katzen, dass sie auf eigenes Risiko mit ihr und ihrer Sippe spielten. Wenn er nicht selbst im Zoo aufgewacht wäre, hätte er die ganze Sache ziemlich witzig gefunden. Seine Brüder fanden das jedenfalls, sobald sie wussten, dass es ihm grundsätzlich gut ging. Anscheinend hatte jemand Ban angerufen und ihm gesagt, wo genau Nik zu finden war.

Ban schwor, dass es nicht Angie gewesen war. Er meinte, diese sexy Stimme hätte er überall herausgehört. Also musste es eine ihrer Freundinnen gewesen sein. Sie hatten ihren Standpunkt klargemacht, also war der Rest in bester Ordnung.

Natürlich zählte nichts davon wirklich. Nichts zählte, bis er die Wahrheit über Angie kannte und wusste, was sie mit der ganzen Sache zu tun hatte.

Und ganz sicher nicht, bis er sie das nächste Mal gevögelt hatte.

»Hier. Versuch den.« Angie nahm den Lippenpinsel und trug dunkelroten Lipgloss auf Mikis Unterlippe auf. Sie lehnte sich zurück. »Nö. Das geht nicht. Zu dunkel.«

Angie wischte Miki den Lipgloss mit einem Tuch ab. Sie musste etwas tun, um sich von der momentanen Lage abzulenken. Sara wollte ihr immer noch nicht sagen, was sie mit Nik gemacht hatte, Derek hatte sie immer noch nicht zurückgerufen, und Niks Familie hatte sie immer noch nicht kontaktiert. Sie konnte sich vorstellen, wie wütend seine Mutter sein würde. Und sie bekam auch die einäugige Oma nicht recht aus dem Kopf. Sie würde eine ihrer Großtanten in Brasilien anrufen müssen. Vielleicht konnte sie einen Schutzzauber für die ganze Meute bekommen.

»Wow.«

Angie stand auf und ging zu ihrem Schminkkoffer. »Was ist los?«

Miki blickte von dem Laptop auf, über dem sie in der letzten Stunde gebrütet hatte. »Ein Baby zu bekommen ist scheißteuer.«

Angie warf ihr einen Blick zu. *So viel zum Thema rechtzeitig zur Party kommen.* »Klar sind die teuer.«

Miki seufzte tief auf und wandte sich wieder dem

Computer zu. Bevor Angie sie fragen konnte, was ihr Problem war, brachte Conall, der einem der anderen Wölfe vor der Tür ein »Hey« zumurmelte, Miki plötzlich in Bewegung. Sie sprang auf und begann, ihren Rock auszuziehen.

»Was zum Geier tust du da?«

»Ich liebe diesen Rock!«

»Was?«

Conall kam herein und sah Miki mit hochgezogener Augenbraue an.

»Wage es ja nicht, Wikinger! Ich liebe diesen Rock!«

Er schlenderte auf sie zu. »So sehr scheinst du ihn nicht zu lieben. Erinnerst du dich an die Regeln?«

»Bleib!«, kreischte sie und hob die Hand mit ausgestreckter Handfläche. Und das Beste daran? Conall blieb wirklich stehen.

Wow, Nik hatte recht. Das funktioniert wirklich bei Hunden.

Conall lächelte, und Angie sah zu, wie ihre beste Freundin dahinschmolz.

»Komm schon, Miki-Baby. Wir gehen das Abendessen holen. Ich glaube, du brauchst eine Pause von diesem Haus.«

»Cool.« Miki sprang vom Bett auf und warf sich mit ihrem ganzen Körper auf Conall.

Himmel, der Mann ist eine zweihundert Jahre alte Eiche. Denn er bewegte sich kein bisschen, als Miki gegen ihn prallte. Er packte sie um die Taille, und sie verschränkte ihre Knöchel am unteren Ende seiner Wirbelsäule.

»Willst du mit, Angie?«

»Nein danke. Aber bringt mir etwas mit, ja?«

»Klar.«

Sie folgte ihren Freunden in den Flur und kehrte dann in ihr eigenes Zimmer zurück. Sie schloss die Tür und ging zum Duschen ins Bad. Während sie sich den Tag vom Körper wusch, fragte sie sich, ob Nik inzwischen wohl zu Hause war. Sie fragte sich, ob sie wohl je wieder etwas von ihm hören würde. Würde sie von irgendeinem der Vorislavs hören? Sie merkte erst jetzt, wie sehr ihr die ganze Familie ans Herz gewachsen war. Aber vor allem Nik. Er bedeutete ihr mehr, als ihr bewusst gewesen war … bis er verschwand.

Angie war nicht mehr wütend auf Sara und Miki. Wie konnte sie auch? Miki hatte recht. Wenn jemand Sara oder Miki entführt hätte, wäre sie selbst nicht halb so nett gewesen. Als sie Zach gesagt hatte, sie sei nicht die Nette von den dreien, war das kein Scherz gewesen.

Aber sie konnte auch verstehen, wenn er nichts mehr mit ihr und ihren verrückten Freundinnen zu tun haben wollte. Denn sie waren Teil des Pakets. Teil von ihr. Sie waren so sehr Familie für sie, wie Alek und Ban seine Familie waren. Nicht viele Leute verstanden das. Die Meute hatte es gelernt, aber Sara hatte ihnen auch keine Wahl gelassen. Marrec hatte es immer gewusst. Aber Nik würde es wahrscheinlich nie verstehen.

Angie drehte das Wasser ab und stieg aus der Dusche, nahm sich ein Handtuch und trocknete sich ab. Während sie sich die Haare frottierte, überlegte sie, ob sie es noch einmal bei Niks Schwestern versuchen sollte. Aber sie war sich nicht sicher, ob sie noch mehr unbeantwortete Anrufe ertragen konnte. Langsam verletzte es ihre Gefühle.

Ihr eigenes Handy ging los. Sie wickelte sich das Handtuch um und rannte zurück in ihr Zimmer.

»Ja?«

»Hier ist Derek.«

Sie bekämpfte ihren Drang, frustriert aufzuschreien. »Und? Was hast du herausgefunden?«

»Nicht viel. Es sind nicht viele Tigerinfos in Umlauf.«

»Das will ich nicht hören, Derek. Er ist irgendwo da draußen! Du musst ihn finden!«

»Und wofür genau brauchst du einen Tiger?«

»Es geht dich verdammt noch mal nichts an, wofür ich einen Tiger brauche. Ich muss nur diesen einen finden.«

Angie hörte ein Geräusch unter ihrem Fenster. Sie ging rasch hinüber und schaute hinab. Die Hälfte der Meute rannte in Wolfsgestalt zur Hintertür hinaus und verschwand zwischen den Bäumen. *Was zum Geier jagen sie?* Himmel, waren Niks Leute aufgetaucht, um ein paar Hunde fertigzumachen? Und gab es irgendeinen Weg, wie sie das Blutvergießen verhindern konnte?

»Schon gut, schon gut. Beruhige dich.«

»Nein, Derek. Ich beruhige mich nicht, verdammt! Tu einfach, was ich dir verdammt noch mal aufgetragen habe. Wie schwer kann es sein, einen Tiger von dreihundert Kilo zu finden?«

»Schon gut, ich rufe dich morgen an.«

Es fühlte sich gut an, endlich jemanden herumstoßen zu können. Und sicher war es zudem, denn der Mann stand nicht vor ihr, und sie konnte ihm nichts tun. Kein Gefängnis! »Nein. Du rufst mich heute Abend noch an. Verstanden?«

»Ja, ja.«

»Komm mir nicht mit diesem Ja-ja-Scheiß! Du bist einfach nur faul!« Angie wandte sich vom Fenster ab. »Er ist wahrscheinlich genau vor deiner … Iiip!«

Die Worte erstarben in ihrer Kehle, als sie Auge in Auge einem angepissten Hinterwäldler gegenüberstand.

Kapitel 17

»Wie bitte? Wie war das? Direkt vor meiner was?«

Angie sah Nik an. Der Blick seiner goldenen Augen prickelte auf ihrer Haut, schweifte an ihrem Körper hinab und wieder herauf. Sie fühlte sich plötzlich wie eine Stripperin. Eine sehr *sexy* Stripperin, die ihm die Brieftasche gestohlen hatte.

»Ich muss auflegen, Derek.« Sie brachte die Worte kaum heraus.

»Okay«, gluckste er. »Ich rufe dich später an.«

»Nein. Mach dir keine Umstände.«

»Ja, aber du sagtest doch …« Sie klappte das Telefon zu.

Sie kannte Nik immer noch nicht gut genug, um seinen Gesichtsausdruck zu lesen. Er taxierte sie fast wie ein Tier, das überlegt, was man in seinem Revier macht, bevor es einem an die Kehle springt.

Sie konnte sich gerade noch ein Zusammenzucken verkneifen und ließ sich von Nik das Telefon aus der Hand nehmen. Er legte es sorgsam auf die Kommode. Dann schüttelte er beiläufig seine Lederjacke ab und ließ sie auf den Boden fallen. Angie überlegte, ob sie fliehen sollte. Sie hatte keine Ahnung, was er dachte. Sie hatte keine Angst – das hieß aber nicht, dass sie nicht auf der Hut war.

Nik kam näher, und Angies Magen zog sich zusammen. Ihn nur in der Nähe zu haben, machte sie ganz zittrig. Er hatte den Blick immer noch unverwandt auf sie gerichtet und studierte ihr Gesicht, als hätte er sie zwei Jahre nicht gesehen und nicht nur zwanzig Stunden.

Er beugte sich vor und rieb die Wange an ihrer. Sie hielt still, erwartete mehr, doch er rieb nur den Kopf an ihr. Wie eine große Katze. Sie entspannte sich ein wenig. Gestand sich zu, ihn einfach zu spüren. Instinktiv rieb sie sich auch an ihm. Langsame Kreise an seinem Hals und Kinn.

Sie spürte seinen Körper. Wusste, dass er in Sicherheit war. Und ihre Erleichterung war beinahe überwältigend.

Guter Gott, ich bin in einen Hinterwäldler verliebt!

Sie schloss die Augen vor der enormen Tragweite dieser Erkenntnis und zwang sich, nicht in Panik zu verfallen. Zwang sich, nicht mit ihren Gefühlen herauszuplatzen wie irgendein jämmerliches Weibchen.

Was für eine Spinnerin verliebte sich überhaupt in einen Kerl, den sie noch nicht einmal eine Woche kannte?

Na ja, abgesehen von meinen zwei besten Freundinnen?

Nik hob die rechte Hand und berührte ihre Wange, glitt an ihrer Kehle herab und weiter über ihren Körper. Seine Finger bewegten sich über das Handtuch und strichen über ihre Brust. Angie seufzte bei dem

Kontakt und legte die Hände um Niks Schultern. Doch mit einem plötzlichen und bösartigen Knurren riss er sich von ihr los. Er sah wieder animalisch aus. Wie in jener Nacht, als er auf ihren Balkon gesprungen war.

O-oh.

Niks scheinbare Ruhe war vorbei. Seine Hand, noch Augenblicke zuvor so sanft, packte das Handtuch und riss es ihr vom Körper. Er schaute an ihrem nackten Körper entlang und knurrte leise. Sie spürte dieses Geräusch bis in ihre Muschi, wo es von den Wänden ihres Unterleibs widerhallte.

Er packte sie am Arm, zog sie zum Bett hinüber und riss die Tagesdecke herunter. Er hob sie an der Hüfte hoch und warf sie bäuchlings mitten darauf.

»Hey!«

Nik ignorierte sie und riss rasch einen Streifen des Leintuchs ab. Angie wollte aufstehen, aber er wickelte ihr den Baumwollstreifen ums Handgelenk und knotete das andere Ende an den Bettpfosten.

Oh, das soll doch wohl ein Witz sein!

»Können wir nicht darüber reden?«

»Nö.«

Noch ein Lakenstreifen, und ihr anderes Handgelenk wurde ans Bett gebunden.

»Das ist nicht meine Schuld!«

»Doch, ist es.«

»Wie kommst du darauf?«

»Sie sind deine Freundinnen.« Sie spürte, wie ihr rechter Knöchel festgebunden wurde, dann ging er zum anderen Bein über.

»Nein. Sie sind meine Familie. Und bei der Familie musst du Zugeständnisse machen.«

»Nö.« Er zog ihr anderes Bein weit hinüber bis zum anderen Bettpfosten, sodass sie offen und entblößt dalag. Und sehr schutzlos.

»Komm schon, Nik. Das ist lächerlich.«

»Oh, jetzt bin ich also Nik? Ich dachte, ich sei nur das Landei.« Er war jetzt fertig damit, sie am Bett zu fixieren.

Sie zog versuchsweise an den Fesseln, aber sie hielten. Sie würde ihn umbringen. Wenn er etwas auch nur ansatzweise Irres machte, würde sie ihn verdammt noch mal umbringen.

Natürlich konnte sie nicht abstreiten, wie verdammt angetörnt sie war. Mit harten Nippeln, die auf dem Bett rieben. Nicht in der Lage, die Beine zu schließen. Nicht in der Lage, sich zu rühren.

Beschissener Hinterwäldler-Mistkerl!

Nik kramte in einem Rucksack, den er mitgebracht hatte, und zog schließlich eine Packung Kondome heraus. Er ließ sie auf den Nachttisch fallen.

Offenbar war er ein dreister beschissener Hinterwäldler-Mistkerl.

»Nikolai Vorislav, ich schwöre bei Gott …«

»Zwing mich nicht, dich zu knebeln, Süße. Denn bei meiner momentanen Laune würde ich es sofort tun.«

Angie zischte ihn an, und er begann, sich auszuziehen. Zuerst das T-Shirt, dann die Jeans und die Tennisschuhe. Am Schluss die Boxershorts. Sie schluckte. Warum sah sein Schwanz plötzlich zehnmal größer aus als vorher?

Nik kam aufs Bett zu und blickte auf sie herab.

Egal was, wenn es nur ein winziges bisschen irre war, würde sie ihn so was von umbringen. Kein komischer SM-Scheiß. Kein Spanking. Und besser auch keine Erniedrigungen. Oder der Mann würde das Tageslicht nicht wiedersehen.

Er kroch zu ihr aufs Bett, und sie spannte sich, ihr ganzer Körper schreckte zurück und wartete auf seine nächste Bewegung.

Als er sich dann bewegte, fuhr sie praktisch aus der Haut und kämpfte wie eine Verrückte gegen die Fesseln.

»Vergiss es, Süße. Meine Momma hat dafür gesorgt, dass alle ihre Jungs zu den Pfadfindern gingen. Diese Knoten sollen halten. Also kannst du dich auch genauso gut entspannen.«

»Geh weg von mir, Nik! Sofort, verdammt!«

Er lachte sie aus. Lachte! Über sie! Dieser schleimige, hinterwäldlerische Hurensohn!

Er tat es wieder. Seine starken Finger glitten an ihrem Knöchel hinauf, über ihre Wade und die Kniekehle. Dann wieder hinab.

»Hör auf! Sofort!«

»Je mehr du zickst, desto länger mache ich das. Und deine Haut ist so weich, dass ich das ewig machen könnte.«

Verdammter Hinterwäldler!

Seine Finger glitten über ihren Rücken, ihre Wirbelsäule hinauf, über ihre Schulterblätter. Einfach verdammt noch mal überallhin.

Der Mistkerl berührte sie einfach weiter. Die Kondome blieben unbenutzt. Kein Übergang zu irgendwelchen Körperteilen, die stimuliert werden mussten. Stattdessen fuhr er mit den Händen über ihre Haut, wieder und wieder und wieder. Warum? Weil er es konnte. Weil er wollte, dass sie wusste, wie sehr sie ihm gehörte.

Und verdammt noch mal, sie gehörte diesem Mann. Mit Haut, Haar und Ferragamos. Und definitiv mit ihrem Herzen. So groß ihre Angst auch war, das zuzugeben – sie hatte langsam das Gefühl, ihr Herz würde immer ihm gehören. Ob der Hinterwäldler-Mistkerl in ihrem Leben war oder nicht.

Nik sah seinen Fingern zu, wie sie über ihre weiche braune Haut glitten. Sie hatte versucht, ihn zu finden. Das ging ihm ständig durch den Kopf, während er sie sanft folterte.

Sie hatte ihn nicht in die Falle gelockt. Sie wusste nicht einmal, wo er war. Zu hören, wie sie diesen armen Trottel herumkommandierte, machte ihn nur hart, zeigte ihm aber auch, welche Sorgen sie sich um ihn machte.

Die Eiskönigin, Höllenkatze, Psychopathin machte sich tatsächlich Sorgen um *ihn*.

Angie vergrub den Kopf im Kissen, ihre Hände ballten sich rhythmisch zu Fäusten. Lächelnd ließ er die Finger zwischen ihre Beine gleiten und spielte mit ihren Schamlippen. Sie stöhnte und drängte sich gegen seine Hand.

Er zog die Finger weg, und sie stöhnte und knurrte halb vor Wut und halb vor Lust.

»Was ist los, Süße? Alles klar?«

»Beschissener Hurensohn, Arschloch, Dreckskerl, Vollidiot!«

Er kicherte, und ihr ganzer Körper spannte sich.

»Wie redest du denn mit mir?«

»Wenn meine Freundinnen herausfinden, dass du hier bist …«

»Nö, die sind zu sehr damit beschäftigt, Tiger in ihrem Revier herumzujagen. Sie werden uns stundenlang nicht bemerken.«

Sie warf ihm über die Schulter einen finsteren Blick zu. »Deine Landei-Brüder.«

»Yup.« Er fuhr mit den Fingern seitlich über ihre Brust, streifte den Nippel nur. Sie wimmerte, aber er machte einen Bogen und konzentrierte sich eine Weile auf ihren Unterarm. »Wir haben früher mit der Meute, die bei unserem Daddy in der Nachbarschaft gewohnt hat, ›Finde den Tiger‹ gespielt. Sie hassten uns, weil sie uns nie gefunden haben. Meine Brüder werden die Hunde da draußen stundenlang suchen lassen.«

Ein wütendes Schluchzen unterdrückend, vergrub sie wieder den Kopf im Kissen.

»Oh, keine Sorge, Süße. Wir haben eine Menge Zeit, damit ich herausfinden kann, wie sich jeder Teil deines Körpers anfühlt. Ich meine, du hattest doch heute nichts vor, oder?«

Achtzehn Stunden? Zwanzig Tage? Zehn Minuten? Angie hatte keine Ahnung. Nach ungefähr einer halben Stunde hatte sie das Zeitgefühl verloren. Er streichelte sie. Berührte sie. Fuhr ihr mit den Fingern durchs Haar.

Dann begann er zu lecken. Er fing am Rist ihres linken Fußes an und arbeitet sich von dort aus vor. Dann und wann verirrten sich seine Finger oder die Zunge an eine entscheidende Stelle. Ihre Muschi. Ihre Titten. Aber es war nur ein Verirren.

Dennoch hatte sie, ohne dass er irgendeinen direkt sexuellen Teil von ihr berührte, das Gefühl, sie sei nahe vor dem Kommen. Aber verdammt, nicht nahe genug. Nicht annähernd nahe genug.

Sie wollte um alles in der Welt, dass er sie endlich vögelte, und das machte sie verdammt unleidlich.

Sie verfluchte ihn. Sie bedrohte ihn. Seine Familie. Seine Existenz. Seine Männlichkeit. Sie drohte sogar dem Hund seines Bruders. Und Nik kicherte nur auf diese verdammte Art, die sie langsam wirklich hasste, während seine Zunge und Finger weitermachten.

Angie hasste den Mann. Hasste ihn. Seine Familie. Seine einäugige Oma. Sie hasste seine nette Mutter dafür, dass sie ihn geboren hatte.

Warum war sie nicht bei dem Rodeo-Clown geblieben? Ihn hätte sie kontrollieren können. Er hätte zu große Angst vor ihr gehabt, um sie zu fesseln und *nicht* zu vögeln. Und warum, warum nur hatte Miki Gestaltwandler nicht auf ihre verdammte Liste gesetzt?

Drei seiner Finger glitten in ihre schmerzlich leere Muschi. »Willst du, dass ich dich jetzt ficke, Süße?«

Angie geriet in Panik. *Das ist eine von diesen Katzen-Fangfragen, oder?*

Er zog die Finger heraus, nur um sie wieder hineinzustecken … ein Mal. »Du musst mir antworten.«

»Ja.« Er wollte, dass sie bettelte oder so, richtig? Etwas, das alle Frauen demütigte und erniedrigte.

»Dann versprich mir, dass du mich nie wieder verlässt.«

Ihm versprechen, dass ich ihn nicht verlasse …? »Ich wurde entführt … schon wieder!«

Seine Finger rutschten aus ihr heraus. »Das ist nicht die Antwort, die ich hören will.«

»Ich verspreche es.« Wem wollte sie hier etwas vormachen? Sie hätte ihn in diesem Augenblick um alles angebettelt. Alles getan, was er wollte. Absolut alles, nur damit er seinen Schwanz in sie stieß. *Alles.*

»Ich glaube nicht, dass du das wirklich ernst meinst.« Er beugte sich wieder über sie, seine Brust drückte gegen ihren Rücken.

»Ich verspreche es, Nik. Ich schwöre. Alles. Bitte …«

Er knabberte an der Haut in ihrem Nacken. »Bitte was, Süße?«

»Bitte, Nik. Bitte fick mich.«

Er küsste ihr Ohr. »Alles, was du willst, Süße. Absolut alles.«

Angies ganzer Körper wurde nach vorn gerissen, als sein kondombekleideter Schwanz in sie rammte, und ihre Beine wurden durch die Fesseln in die Länge gezogen.

Oh, Gott sei Dank, dachte Angie verzweifelt, während sie unter Niks muskulösem Körper, der sie vögelte, zitterte und bebte. *Gott sei Dank, dass Gestaltwandler nicht auf der Liste stehen!*

Nik schob die Finger in Angies seidigen Haarschopf und riss ihren Kopf zurück. Sein Mund senkte sich auf ihren, während ihre feuchte, heiße Muschi seinen Schwanz praktisch versengte. Er schob die freie Hand unter sie und umfasste eine ihrer üppigen Brüste. Gott, er liebte ihren Körper. Liebte ihre weiche Haut unter seinen Händen. Liebte, dass sie Hüften und einen Hintern hatte, die er wirklich gern anfasste.

Er stieß grob in sie, denn er wusste, sie konnte es vertragen. Er wusste, dass sie es liebte. Und das tat sie wirklich. Ihre köstliche Muschi schloss sich um ihn. Sie stöhnte und zerrte sinnlos an ihren Fesseln. Er lächelte, wenn sie seinen Schwanz quetschte. Das passierte jedes Mal, wenn sie gegen die Fesseln ankämpfte, was ihn nur noch verrückter machte.

Das Mädchen hatte eine Wirkung auf ihn wie noch keine zuvor. Sie machte ihn heiß, brachte ihn zum Lachen, und manchmal machte sie ihn höllisch sauer. Er konnte sich nicht vorstellen, ohne sie nach Hause zurückzukehren. Er hatte nicht vor, es überhaupt zu versuchen.

Er gehörte ihr, und sie wusste es nicht einmal.

An seinen Lippen flüsterte sie: »Verdammt, Nik! Gott!«

Er grinste und küsste sie wieder; er hatte nie genug von ihrem Mund. Plötzlich kam sie, ihre Schreie glitten seine Kehle hinab und füllten sein Herz.

Nik hätte gern länger für sie durchgehalten, aber er konnte nicht. Nicht, wenn ihre Muschi sich so um seinen Schwanz krampfte.

Es schüttelte ihn, während er schnell und hart in sie pumpte, als er kam.

Nik brach auf ihr zusammen, und die beiden lagen eine Weile nur da und versuchten, wieder zu Atem zu kommen.

Wow, sie liebte diesen Mistkerl wirklich. Sie ließ sich sogar von ihm fesseln und schrie nicht einmal. Zumindest nicht vor Angst oder so.

Nik zog sich hoch und aus ihr heraus. Rasch entsorgte er das Kondom, löste ihre Fesseln und rubbelte ihre Arme und Beine, um das Blut wieder zum Fließen zu bringen. Als er fertig war, hob er die Decke vom Boden hoch und zog sie aufs Bett über seine Hüften und ihre Beine.

»Geht es dir gut, Süße?«

Angie nickte, und Nik legte den Kopf auf ihre Brüste und schlang ihr die Arme um die Taille. Er machte es sich bequem und entspannte sich endlich. Sie zog die Knie ein wenig an, um es ihm auf ihrem Körper gemütlicher zu machen. Ob als Katze oder Mann – er schien es zu genießen, zwischen ihren Beinen zu sein.

Sie streichelte seinen Kopf, und sie schlummerten zusammen ein, die Körper ineinander verschlungen.

Es passte perfekt.

Deshalb fand sie es wirklich verdammt nervig, als mit einem Knall plötzlich die Schlafzimmertür aufgerissen wurde.

Angies Kopf hob sich ruckartig, als Miki hereinstürmte – mit einem Gewehr mit Sucher in den Händen.

»Miki!«

»Einen Moment, Ang.« Miki marschierte quer übers Bett zum Fenster. »Das wird gut.« Miki schob das Fenster auf und fixierte den Blick auf etwas. Angie kannte diesen Blick. Miki bekam ihn immer in der Jagdsaison.

»Was zum Geier tust du da?«, wollte Angie wissen.

Miki stabilisierte das Gewehr in ihren Händen und zielte auf den Boden unter dem Fenster. »Ich besorge mir einen Tigerfellteppich.«

Angie spürte, wie sich Niks Körper anspannte und wusste genau, auf wen Miki ihr verdammtes Gewehr zu richten wagte.

»Miki Marie Kendrick!«, brüllte sie.

»Schrei mich nicht an, wenn ich ziele. Das lenkt mich ab.«

»Miki!«

Seufzend senkte sie die Waffe und drehte sich um. *»Was denn?«*

»Siehst du nicht, dass ich ein bisschen beschäftigt bin?«

»Aber … mein Tigerfellteppich!«, jammerte sie.

»Nein.«

»Was? Seinetwegen?« Miki deutete auf Nik, der den Kopf immer noch nicht von Angies Brust gehoben hatte. Er schien kein Mann zu sein, der leicht zu erschüttern war.

Und Miki hatte ihren »Tunnelblick«. Also packte Angie ihre Psychotherapeuten-Stimme aus: sanft, trällernd und ungemein ruhig. »Also, das ist jetzt ein bisschen unangenehm, meinst du nicht? Weißt du noch, als wir über unangenehme Dinge gesprochen haben und dass du es vermeiden solltest, dass Leute sich so fühlen?«

Miki verdrehte die Augen. »Ja.«

»Also dann …«

»Na gut!«

Miki marschierte vom Fenster weg, zurück übers Bett und blieb im Türrahmen stehen. Sie drehte sich um und warf Nik einen finsteren Blick zu. »Aber ich rate dir, sie gut zu behandeln!« Sie lächelte, aber es war keineswegs ein freundliches Lächeln. »Andernfalls gehört dein pelziger Arsch mir!«

Sie wollte gehen, doch plötzlich erschien Conall. »Was tust du? Und wo hast du das Gewehr her?«

»Marrec hat es mir geschickt. Nett, was?«

Er nahm es ihr aus den Händen. »Ich glaube, wir brauchen mehr Regeln.« Er hob sie an der Taille hoch und ging.

Angie atmete hörbar aus. »Ich frage lieber nicht, was er damit meinte.«

Sie schaute auf Nik hinab. Der Mann hatte sich nicht gerührt. Sein Kopf lag immer noch schwer zwischen ihren Brüsten.

»Bequem, Nik?«

»Yup.«

»Na so etwas, was haben wir denn hier?«

Angie hatte Sara nicht kommen gehört, aber sie hätte gewettet, Nik schon.

»Könntest du bitte wieder gehen?«, knurrte sie.

»Mein Haus.« Sara trat näher ans Bett, die Arme vor der Brust verschränkt. Sie nickte Nik zu. »Landei.«

»Hund.«

Angie ließ den Kopf aufs Kissen fallen. Mussten diese Gestaltwandler so unerträglich sein?

»Also? Wo ist sie?«

»Wo ist wer?«, fragte Nik.

»Meine Entschuldigung?«

»Wofür? Dass wir getan haben, was ihr Hunde nicht konntet?«

Sara knurrte, und Angie überlegte, ob es falsch wäre, bei der Beerdigung von einem von ihnen Knallrot zu tragen, denn sie war sich nicht sicher, wen sie zuerst töten würde.

Angie sah sich im Zimmer um. *Wo hatte sie eigentlich den Baseballschläger?*

Sie war nicht überrascht, als Zach hereinkam. *Warum auch nicht?* Vielleicht kamen der Rest der Meute, die NFL und die kompletten Wiener Sängerknaben ja auch noch vorbei, um sich Angie nackt anzusehen.

Zach stellte sich neben Sara. »Vorislav.«

»Sheridan.«

Zach sah seine Gefährtin an. »Also … sind wir fertig?«

Sara zuckte überrascht zusammen und sah Angie an. Angie wusste, was Sara glaubte, was er meinte. Aber das konnte er nicht meinen. Nicht Zach. Natürlich nahm Sara aber wie immer das Schlimmste an und glaubte, Zach meinte, er sei fertig mit *ihr*. Unwahrscheinlich. Obwohl, was Sara ihn in den letzten Tagen hatte durchleiden lassen – jeder Mann hatte seine Grenzen des Erträglichen.

Und wie üblich hatte Sara nicht vor, um einen Mann zu kämpfen. »Ja. Schön. Wir sind fertig. Meinetwegen.«

»Gut.«

Er packte Sara und warf sie sich über die Schulter.

»Hey!«

»Ruhe.« Er nickte Angie zu. »Wir sehen uns morgen, Ang.«

»Nacht, Zach.«

»Lass mich runter, Zacharias!«

Auf dem Absatz kehrtmachend, ging Zach zur Tür und hieb Sara fest mit der flachen Hand auf den Hintern. »Schließ mich *ja* nie wieder so aus!«

»Lass mich runter!«

»Ich lass dich gleich runter. Dann werde ich dich bewusstlos vögeln. Und ich werde mich nicht darum scheren, ob es dir Spaß macht.«

Sara packte seinen Hintern. »Tja, dann werde ich mich wohl wehren müssen. Ich hoffe, du hast noch genug Verbandszeug im Badezimmer.«

Zach knallte die Tür zu, und Nik hob endlich den Kopf von ihrer Brust und schaute ihr tief in die Augen, als Sara den Flur entlangschrie: »Morgen shoppen gehen!«

»Ich habe es dir gesagt, Landei«, seufzte Angie. »Familie.«

»Jetzt verstehe ich es, Süße. Denn nur die Familie kann so peinlich sein.«

Kapitel 18

Nik tastete nach ihr, aber seine Hand berührte nichts als leere Baumwolllaken. »Angie?« Er drückte sich auf den Händen hoch und versuchte, seinen Blick zu konzentrieren. Sein Körper war so erschöpft von den letzten beiden Tagen. Ficken. Entführungen. Noch mehr Ficken. Das forderte einem Mann einiges ab.

Er schnüffelte, roch sie aber überall, auch überall an sich selbst. »Angie?«

»Was?« Sie kam aus dem begehbaren Kleiderschrank, dessen Tür halb geschlossen war, sodass er sie nicht richtig sehen konnte. Sie trug nichts als Jeans-Shorts, Cowboystiefel und einen schwarzen Spitzen-BH. Sie sah zum Anbeißen aus. Sein Schwanz rührte sich, und er tat es ihm nach.

»Komm her.«

»Warum hast du mich gerufen?«

»Kein Grund. Komm einfach her.«

Sie grinste. »Hast du dir Sorgen um mich gemacht?«

»Nein.«

»Dich gefragt, wohin ich verschwunden bin?«

»Nein.«

»Ach Nikolai, das ist so süß!«

»Halt die Klappe!« Er zog sich die Decke über den Kopf. Er spürte, wie sie sich rittlings auf seinen Rücken setzte, wahrscheinlich immer noch mit diesen Stiefeln.

»Du bist so verrückt nach mir, dass du nicht weißt, was du tun sollst.«

Sie scherzte vielleicht, aber sie hatte keine Ahnung, wie nahe sie der Wahrheit kam. »Halt die Klappe!«

Sie packte die Decke und versuchte, sie wegzuziehen, aber er hielt sie fest. »Gib's zu! Du kannst nicht dagegen an.« Nein. Und er hatte aufgehört, es zu versuchen.

»Dieses Gespräch nervt mich furchtbar!«

Sie zog die Decke so weit weg, dass sie ihr Gesicht an seines drücken konnte. »Sag es, du großes Kätzchen!«

»Nein.«

Sie machte doch tatsächlich »Ts-ts«. »Verleugnung ist kein schöner Ort zum Leben, Landei.« Sie beugte sich vor und küsste Nik auf die Wange. So eine unschuldige, liebevolle Berührung, dass er beinahe spontan gekommen wäre.

Wie konnte er das zulassen? Wie konnte er diese Frau in sein Leben und unter seine Haut lassen? Er machte seinen Vater dafür verantwortlich. Yup. Eindeutig die Schuld seines Vaters. Wegen dieses Mannes hatte Nik fehlerhafte Tigergene. Na ja, zumindest wusste er, dass seine Mutter ihn dafür leiden lassen würde, wie es in ihrer Macht stand.

Das war auch etwas wert …

Angie wusste, dass sie aufhören sollte, den Mann zu necken. Wenn sie so weitermachte, vergraulte sie ihn noch, und dabei war sie noch lange nicht fertig mit ihm und seinen muskulösen Schenkeln.

Lächelnd glitt sie aus dem Bett und wollte gehen, aber sein langer Arm streckte sich und seine große Hand fing sie am Handgelenk ein.

»Wo willst du hin?«

Sie versuchte, ihren Arm aus seinem Griff zu befreien. »Mit Sara und Mik ausgehen. Shopping.«

»Nein. Bleib!« Er zog sie aufs Bett. Kichernd drehte sie ihm den Rücken zu und versuchte, aus dem Bett zu entkommen. Aber er schlang die Arme um sie und zog sie an sich. »Übrigens«, flüsterte er ihr ins Ohr, »hatte ich noch kein Frühstück.«

Angie biss sich auf die Unterlippe. *Verdammt!* Noch mehr davon, und sie würde vollkommen vergessen, was sie wem versprochen hatte. Aber heute ging es um mehr als ums Shoppen. Sie musste sicherstellen, dass mit »ihren Mädels« alles in Ordnung war, und sanft anfangen, Sara in Richtung Waffenstillstand zu lenken. Also musste jeglicher Spaß mit Nik warten, bis sie wiederkam.

Mist. Warum konnte sie nicht so egoistisch wie andere Frauen sein, was ihr Liebesleben anging? Freunde sollten in den Hintergrund treten. *Verdammt, verdammt, verdammt.*

»Später. Nik!« Sie hielt seine Hand fest, als er anfing, ihren BH zu öffnen. »Sara wartet auf mich.«

»Sie kann warten. Sie wird neben der Haustür sitzen und einfach warten … mit deinen Hausschuhen im Mund.«

Angie musste gegen ihr Lachen ankämpfen, während sie ihm einen Klaps auf die Hand gab. »Das ist nicht lustig. Und nimm die Hände aus meinen Shorts!«

»Komm schon, Süße! Nur ein kleines bisschen.«

In dem Wissen, dass Sara und Miki sie eine weitere Stunde – oder auch zwei – nicht zu Gesicht bekommen würden, wenn sie jetzt nicht hier herauskam, befreite sich Angie aus Niks Armen.

Sie fiel auf den Boden. »Böses Kätzchen!« Sie rappelte sich auf. »Ehrlich. Bei euch Landeiern ist man einfach nicht sicher!«

Nik kuschelte sich bäuchlings aufs Bett, die Arme um eines der Kissen geschlungen. Seine Muskeln wölbten sich und er warf ihr ein schläfriges Lächeln zu. »Du magst uns Landeier, Süße. Gib's zu.«

Wenn sie jetzt zu etwas ja sagte, würde sie zu allem ja sagen.

»Ich muss gehen.« Sie ging rückwärts auf die Tür zu. Sie konnte den Blick nicht von ihm losreißen, wie er da ausgestreckt auf dem Bett lag und sein nackter Hintern förmlich nach ihr schrie. Sie hob ein T-Shirt vom Boden auf, denn sie wusste, sie musste sehr schnell hier raus, bevor all ihre guten Vorsätze sich in Luft auflösten.

Sie knirschte mit den Zähnen. Ehrlich, was machte man nicht alles an Mist für seine Freunde.

Sie knallte gegen die Tür, packte den Knauf, drehte ihn und floh.

Angie fand Miki und Sara in der Küche. Wen auch immer Sara am Telefon hatte – derjenige hatte das Reden übernommen, denn Sara grunzte und nickte nur. Grunzte und nickte.

Angie setzte sich neben Miki an den Tisch.

»Bist du bereit shoppen zu gehen?«

»Nein. Ich habe kein Geld.« Miki blätterte eine Seite in dem Katalog um, den sie vor sich hatte, und schenkte ihrer Freundin kaum einen Blick. »Hübsches T-Shirt übrigens.«

Angie blickte hinab auf das, was sie trug, und verdrehte die Augen. »Wenn du nicht mit den großen Hunden pissen kannst, bleib im Vorgarten« stand in weißen Buchstaben quer auf dem blauen T-Shirt.

»Oh, das soll doch wohl ein Scherz sein!«

»Wir hatten es wohl eilig heute Morgen?«

»Fang nicht damit an, Kendrick. Und was soll das heißen, wir gehen nicht?« Wenn Miki nicht mitkam, warum hatte Angie dann einen heißen Hinterwäldler ganz allein oben im Zimmer gelassen?

Miki knallte den Katalog auf den Tisch. »Ich kann mir diesen Mist nicht leisten.«

Angie schaute sich das Cover des Katalogs an. Ein Babymöbel-Katalog. »Und warum nicht?«

»Weil man als Dozentin nicht gerade auf großem Fuß leben kann.«

»Ich dachte, du wolltest nicht in die Lehre gehen.«

»Will ich auch nicht, aber ich brauche das Geld.«

Sara legte auf und kam an den Tisch, als Miki fortfuhr: »Conridge hat mir ein Angebot von der Uni besorgt. Wenn ich will.«

Angie nahm sich einen Apfel. »Wer?« Miki und Sara starrten sie an. »Was denn?«

»Hörst du mir überhaupt jemals zu?«

»Ich höre zu. Wenn ich es interessant finde. Warum? Wer zum Geier ist er?«

»*Sie*. Meine Professorin. Großer Kampf mit den Hyänen. Sie hat mir zugesehen, wie ich einem Mann in die Knie geschossen habe.«

Angie zuckte die Achseln. »Sagt mir immer noch nichts.«

Sara ließ sich auf einen der Stühle fallen. »Sie ist mit einem Van Holtz von der Van-Holtz-Restaurantkette verheiratet. Stinkreich.«

»Oh! *Die* Conridge.«

Miki verdrehte die Augen. »Du bist unglaublich.«

»Danke.«

Sara zog ein Knie hoch, lehnte es an den Tisch und benutzte das andere, um auf ihrem Stuhl zu wippen. Scheinbar lernten manche Leute nie dazu. Sara hatte das schon in der Highschool gemacht, war nach hinten gefallen und hatte sich den Kopf aufgeschlagen.

Angie schüttelte das Bild einer blutüberströmten Sara ab. »Miki, bleibst du etwa nicht bei Conall? Hast du beschlossen, ihn zu verlassen?«

»Ich bleibe. Du weißt schon – für den Moment.« Angie schaffte es gerade noch, ihr nicht ins Gesicht zu lachen. Miki würde nirgendwohin gehen. Sie liebte den großen Teddybär zu sehr. Es sickerte ihr aus allen Poren. »Aber ich brauche einen Job. Ich kann kein Geld von einem Mann ohne Geld nehmen.«

Sara und Angie sahen sich stirnrunzelnd an.

Sara schüttelte den Kopf. »Wovon zum Geier redest du da?«

»Ich lebe nicht von der Meute, Sara. So einfach ist das.«

»Das ist ja schön und gut, aber Conall hat sein eigenes Geld.«

»Ich werde sicher nicht seine Ersparnisse ausgeben.«

»Du könntest Conalls Ersparnisse nicht mal ausgeben, wenn du ganz Schottland kaufen würdest.«

Miki schaute Sara mit einem so tiefen Stirnrunzeln an, dass es die Konturen ihres Gesichtes veränderte.

»Was zum Henker soll das heißen?«

»Die Víga-Feilans schwimmen im Geld. Um genau zu sein, hat sein Vater dieses Haus hier für die Meute gekauft. Als Dankeschön, weil wir ihn aufgenommen haben.«

Miki klammerte sich an die Tischkante, sagte aber nichts.

»Und Conalls Geld ist von dem seines Vaters unabhängig. Aber er wird alles erben, was sie haben, und da er Einzelkind ist, wird er das, was er jetzt hat, vervierfachen. Ich würde mir also wirklich keine Sorgen ...«

Miki stand auf. *»Conall!«* Ihr Kreischen erschreckte Sara, die ein bisschen zu stark schaukelte und natürlich auf dem Boden landete.

Angie schaute zu ihrer Freundin auf. »Was ist los mit dir, verdammt?« Wenn sie schon zu Beginn ihrer Schwangerschaft so war, würden die nächsten neun Monate die Hölle werden.

Miki kochte vor Wut. Sie hatte die Hände zu Fäusten geballt und knirschte mit den Zähnen. »Wenn er das ganze Geld hat, hat er die ganze Macht.«

Sara rappelte sich vom Boden auf und rieb sich den

Hinterkopf. »Bist du sicher, dass du den Zurechnungsfähigkeitstest bestanden hast?«

Conall kam in die Küche geschlendert. »Du hast gebrüllt?«

Miki zog sich einen Stuhl heran und stellte sich darauf – jetzt waren sie beinahe auf Augenhöhe. »Du bist reich! Ekelhaft, stinkend, obszön reich!«

»Ich glaube, um ganz genau zu sein …« Conall unterbrach sich, als Mikis Faust seinen Solarplexus traf.

»Au!« Miki schüttelte ihre Hand.

Conall zuckte nicht mit der Wimper. »Warum musst du das eigentlich immer wieder versuchen?«

Angie hielt die schwarze Kreditkarte in der Hand. »Ich will, dass dir die enorme Tragweite dieses Moments bewusst wird.«

»Oh, guter Gott!«, stöhnte Miki.

»Er hat dir seine schwarze Kreditkarte gegeben und gesagt: ›Kauf, was du willst, Miki-Baby.‹ Zunächst einmal: Der Mann besitzt eine schwarze Kreditkarte. Zweitens: Er hat nicht mit der Wimper gezuckt, als er sie dir gegeben hat.«

Miki riss ihr die Karte wieder aus der Hand. »Das ist ein dummes Gespräch. Es ist nur eine beschissene Kreditkarte!«

Das Trio ging durch ein riesiges Kaufhaus, eine ganze Meute von Gestaltwandlerinnen hinter sich. Diese Frauen waren eindeutig nicht in ihrem Element. Auf den einzigen schwarzen Nieten-Lederarmbändern, die es hier gab, stand Chanel. Kein Wunder, dass Sara und ihre wilde Meute nichts von diesem von Gestaltwandlern betriebenen Kaufhaus wussten.

»Es ist nicht nur eine beschissene Kreditkarte. Es ist eine Zusage.«

Miki schüttelte den Kopf. »Du machst mich traurig.«

Sara prustete los, aber das Lachen erstarb ihr im Hals und sie blieb stehen. Sie nahm einen karierten Hosenanzug in die Hand, der mit einer Perlenkette perfekt an ihr ausgesehen hätte.

»Erklär mir noch mal: Warum sind wir hier?«

»Weil wir tun, was Freundinnen eben tun: Wir gehen shoppen.«

»Können wir nicht zu Old Navy gehen?«

»Nein. Das hatten wir doch schon. Und kein GAP. Und kein Harley-Davidson-Store. Also hört endlich auf damit, Leute.«

Sie lächelte, was alle Wölfinnen veranlasste, einen Schritt rückwärts zu machen. »Okay, dann los!«

Angie setzte sich in Bewegung. »Ich hatte mir überlegt, dass wir bei den Kleidern anfangen, dann vielleicht in die Kinderabteilung für Miki gehen …«

»Hey!«

»… und dann lassen wir uns umstylen!«

Angie ignorierte das Jaulen hinter sich. *Als wolle man einem Hund einen Maulkorb anlegen.* Sie bog um eine Ecke und sah eine Frau auf sich zukommen. Einen Augenblick lang glaubte sie, es sei ebenfalls eine Wölfin, denn sie trug eine dicke Lederjacke. Aber selbst sie war zu schmuddelig, um eine Wölfin zu sein, mit ihren abgetragenen knöchelhohen Turnschuhen mit kleinen Löchern und der Jeans, die eindeutig schon bessere Tage gesehen hatte. Und Angie hätte geschworen, das übergroße Bob-Marley-T-Shirt, das die Frau trug, hätte Bob Marley damals noch selbst tragen können.

»Können wir bitte gehen?«, motzte die Frau die wunderschönen und viel größeren blonden Frauen hinter sich an. »So langweilig war mir in meinem ganzen Leben noch nie.«

»Könntest du vielleicht wenigstens so tun, als wärst du eine Frau?«, schleuderte ihr eine der anderen entgegen.

Miki baute sich neben Angie auf, packte sie im Nacken ihres schwarzen Shirts und hielt sie zurück, da sie die .45er bemerkt hatte, die Angie hinten am Bund ihrer Jeans befestigt hatte.

»Was? Was ist los?« Miki blickte auf und sah der kleinen Blonden in die Augen. »Ich kenne dich. Du bist diese Schlampe, die Conall angegraben hat.«

Erschrocken schaffte es die Frau dennoch zu grinsen. »Ich habe ihn nicht angegraben.«

Sara kam hinzu. »Ich rieche dauernd Katze – bist das du, Angie?«

»Nein, das ist …« Angie warf ihr einen finsteren Blick zu. »Das ist nicht lustig!«

»Sara Morrighan?«

Sara sah die Frau an, von der Angie jetzt wusste, dass es Victoria Löwe war. Angie mochte versucht haben, die Sache langsam anzugehen, aber welche Macht auch immer das Universum regierte – sie hatte eindeutig andere Vorstellungen.

Saras Reißzähne brachen aus ihrem Zahnfleisch hervor, und sie fletschte die Zähne.

»Sara!« Wolfsaugen wandten sich Angie zu. »Sei nett!«

Die Wölfinnen kamen heran. Angie konnte ihre Aggression beinahe körperlich spüren.

Sie wollten an den drei Freundinnen vorbeigehen, doch Sara hob die Hand. »Wartet.« Die Wölfinnen blieben stehen, während sich die Löwinnen um Victoria gruppierten. Sie waren so viel größer als die kleine Löwin, dass sie fast zwischen ihnen verschwand.

Angie holte tief Luft und trat zwischen die beiden Frauengruppen. »Victoria.«

Sie nickte. »Angelina.«

»Ich würde dir gerne Sara vorstellen.« Angie wandte sich um und lächelte ihrer Freundin zu. »Und Sara, das ist Victoria Löwe.«

Die beiden Frauen beäugten sich misstrauisch, während die anderen darauf warteten, dass eine den ersten Schritt machte.

Angie hätte es kommen sehen müssen. Sie hätte darauf vorbereitet sein sollen. Aber aus irgendeinem Grund war sie es nicht.

»Du bist furchtbar klein für eine Löwin.« Miki verschränkte die Arme und lächelte. »Bist du sicher, dass deine Mutter nebenher nichts mit einem Berglöwen hatte oder so?«

Angie schloss die Augen und knurrte.

Nik ging die Treppe hinunter und fuhr sich mit den Händen durch die nassen Haare. Er blieb auf der untersten Stufe stehen, und ein Lächeln erhellte sein Gesicht.

Er ging in das riesige Wohnzimmer hinüber und fand seine Brüder auf zwei der fünf Sofas ausgestreckt, wo sie fernsahen und mit dem wohl hässlichsten Hund spielten, den Nik je gesehen hatte.

»Was macht ihr denn hier?«

»Wir wollten eigentlich gehen …«, begann Ban.

»Vor allem, nachdem dieses Zwergenmädchen gestern Nacht versucht hat, uns zu erschießen.«

»Aber wir haben so viel Spaß hier …«

»Und dieser große blonde Typ sagte, wir könnten eine Weile bleiben«, endete Alek.

Nik sah seinen kleinen Bruder mit hochgezogenen Augenbrauen an. »Du hoffst, dass die Schwester dieses Hundes auftaucht.«

»Es ist gut, wenn man noch Träume hat.«

»Jämmerlich.« Nik gähnte, dann nickte er in Richtung Küche. »Habt ihr was zu essen übrig gelassen?«

»Nicht wirklich.«

»Und waren die Wölfe deswegen stinkig?«

»Das könnte man so sagen.« Ban machte Platz auf der Couch, damit der Hund heraufspringen konnte. »Ein paar von ihnen sind losgezogen, um mehr zu besorgen.«

»Aber sie waren nicht glücklich darüber.«

Nik kletterte über die Sofalehne, setzte sich neben Alek und ließ die Füße auf den Couchtisch fallen.

»Und, habt ihr zwei Turtelkätzchen euch versöhnt?«, fragte Ban.

Nik streckte sich und war verdammt zufrieden mit sich. »So was in der Art.«

»Und lass mich raten«, fuhr Alek fort, »jetzt ist sie richtig tabu.«

Mehr als je zuvor.

Er hatte Angelina Santiago zu der Seinen gemacht. Jedes Mal, wenn er sie in der vergangenen Nacht gevögelt hatte – und er hatte sie die ganze Nacht hindurch gevögelt –, hatte er sie zu der Seinen gemacht.

Aber er war nicht in der Stimmung, das mit seinen zwei Idiotenbrüdern zu besprechen. Noch nicht.

Er streckte die Hand aus. »Fernbedienung.«

Alek ließ sie in seine Hand fallen.

»Diese Yankees sollten sich mal besser beeilen. Ich verhungere. Da sieht sogar der Hund da ziemlich lecker aus.«

Ban, der Beschützer aller Dinge bis auf Hirsche, Elche, Hasen und Kühe, zog den Hund an sich. »Das ist nicht lustig!«

»Doch, ist es wohl.«

»Du willst Sachen anprobieren?«, wollte Miki wissen.

Angie zuckte die Achseln. »Was erwartest du von mir? Dass ich einfach hier herumstehe? Abgesehen davon sind diese Manolo-Blahnik-Schuhe zum Niederknien.«

»Oh, bitte!«

»Willst du ein Paar?«

»Nein!«

»Kein Grund, so verspannt zu sein. Du wirst in letzter Zeit so launisch! Muss an dem Meutenbaby liegen.«

»Sag nicht immer so zu ihr!«

Miki setzte sich auf eine der Bänke.

Eine der Löwinnen kam zu Angie. »Was meinst du?«

Angie warf einen Blick auf den Schuh in ihrer Hand. »Schlechte Farbe für dich, Schätzchen. Versuch's mit Blau.«

»Danke.«

Miki schnaubte abfällig. »Das soll ja wohl ein beschissener Witz sein!«

Angie schloss die Riemen an den Schuhen, die sie gerade anprobierte, stand auf und ging zu einem Spiegel hinüber. Der Verkäufer stellte sich neben sie. »Wow. Die sehen toll an Ihnen aus.«

Sie betrachtete sich selbst im Spiegel. »Wissen Sie was ... Sie haben recht. Sie sehen *wirklich* toll an mir aus.«

Kurz nach Mikis entnervtem Knurren schallte ein Geräusch durch das ganze Stockwerk mit Schuhen und Accessoires, das jeden Wolf und jeden Löwen erstarren ließ.

Saras Lachen.

Sie drehten sich alle zu den zwei Frauen um, die in der gegenüberliegenden Ecke der Schuhabteilung die Köpfe zusammensteckten. Victoria hatte ihre Lederjacke ausgezogen. Ihr ärmelloses Bob-Marley-Shirt ließ auf einem Oberarm ein Jimi-Hendrix-Tattoo sehen. Ihre Jacke glitt zu Boden. Als Victoria sich vorbeugte, um sie aufzuheben, entdeckte Angie ein Robert-Plant-Tattoo auf dem anderen Oberarm.

»Interessant«, murmelte Miki. »Ich wette, wenn du

dir ihre Highschool-Hefte anschaust, sind sie auch noch mit diesem dämlichen Van-Halen-Logo vollgemalt.«

Angie kicherte. Eine der Verkäuferinnen kam mit einem Kleid für sie zurück. »Wie wäre es mit dem?«

Angie nahm das Kleid am Bügel und betrachtete es aufmerksam. Dunkelrot und rückenfrei. Sie überlegte, ob sie es für Saras Party kaufen sollte. Sie wusste, Nik würde sie toll darin finden.

Himmel, wie jämmerlich bin ich eigentlich?

»Was meinst du, Mik?«

»Was ich meine? Ich meine, dass Löwenfrauen eigentlich lesbisch sind und die Männer allein für ihr Sperma gebraucht werden.«

Angies Kopf ruckte hoch. »Miki!«

Sie hatte wieder ihr verdammtes unschuldiges Lächeln im Gesicht. »Was denn? Es ist nur eine Theorie!«

Die Wölfinnen blickten zu Boden, um ihr Gelächter zu verbergen, während die Löwinnen finster dreinblickten. Na ja, die meisten von ihnen. Eine grinste nur. Angie hatte keine Zeit, das zu analysieren, sondern nahm Miki am Kragen und zerrte sie an den glotzenden Wölfinnen und Löwinnen vorbei zu den Umkleidekabinen.

»Ich schwöre es, Kendrick! Ich kann dich nirgendwohin mitnehmen!«

»Gib mir nicht die Schuld, dass diese Schlampen keinen Sinn für Humor haben! Und du weißt, dass ich recht habe!«

Angie fand die Umkleiden. Da es immer noch relativ früh war, waren nur wenige Kunden da, und sie hatte das Gefühl, sie würden die Kabinen ganz für sich haben. *Gut.* Sie hasste es, mit einem Haufen Zicken um ein bisschen Platz zu streiten.

Sie hielt Miki immer noch am Kragen fest und bog mit ihr um die Ecke in einen riesigen Raum, der in acht große Umkleidekabinen aufgeteilt war. Sie war so damit beschäftigt, sich eine Kabine auszusuchen, dass sie direkt in eine Frau hineinrannte.

Dianne Leucrotta trat mit einem Fluch einen Schritt zurück. Sie sahen sich an, und Angie wäre bei diesem Anblick beinahe zusammengezuckt. Ein tiefer, gezackter Schnitt zog sich über das Gesicht der Frau, von der Schläfe bis unter die Lippe. Und im Gegensatz zu Niks Wunden von der Toilette und sogar ihren eigenen war die von Leucrotta immer noch nicht richtig verheilt. Angie fragte sich, ob sie überhaupt je heilen würde.

»Wow, ich habe Ihr Gesicht vollkommen versaut.« Dann boxte Angie sie ins Gesicht. Leucrotta fasste sich an die Nase und taumelte rückwärts von ihnen weg. Angie schob Miki hinter sich und boxte Leucrotta noch einmal.

»Himmel, Angie!«

»Hol Sara!« Sie packte die Hyäne an den Haaren und rammte sie mit dem Gesicht voraus gegen eine der Umkleidekabinen.

Erst als jemand gegen seine Beine trat, wachte Nik auf. Alek schnarchte neben ihm, den Kopf auf seiner Schulter. Ban schnarchte auf der anderen Couch; so laut war außer ihm nur der Hund.

Er blickte in das schlecht gelaunte Gesicht von Zach Sheridan auf. »Habt ihr was zu essen besorgt?«

»Wir hatten einen vollen Kühlschrank, bevor ihr drei hier aufgetaucht seid.«

»Wo ich herkomme, lässt man den Kühlschrank nicht leer werden.«

»Wo du herkommst, heiratet man seine Schwester.«

Bevor Nik dem Mann den Kopf abreißen konnte – im Wortsinn –, wachte Alek mit einem Ruck auf. »Deine Schwester ist hier?«

Wie ein tollwütiger Hund knurrend, stapfte der Wolf davon.

Alek zwinkerte, kicherte böse und stand auf, um in die Küche zu gehen.

Nik hatte wirklich die *beste* Familie.

»Sie haben keine Ahnung, wie froh ich bin, dass Sie hier sind, Ms. Leucrotta. Sie sind genau, was ich brauchte, um diesen Tag perfekt zu machen.«

Als sie Leucrotta zu Boden warf, kamen Sara und Victoria hereingestürmt; Miki war ihnen dicht auf den Fersen. Sie blieben stehen und starrten die blutende Leucrotta auf dem Boden an.

»Himmel, Angie!«, stöhnte Sara auf. »Ich dachte, du hättest das in der Therapie verarbeitet – und was ist das für ein Geruch?«

Victoria legte den Kopf schief. »Hyäne.«

Sara knurrte. »Das ist sie?« Sie sah Angie an. »Die, die hinter dir her war?«

»Ja. Achte auf das Louis-Vuitton-geschädigte Gesicht.«

Miki grinste. »Hübsch, Santiago.«

Leucrotta versuchte, sich vom Boden hochzudrücken, deshalb rammte ihr Angie den Fuß auf den Rücken. Diese Schuhe standen ihr wirklich gut!

»Ich habe mir überlegt, statt eines Waffenstillstands zwischen euch beiden könnten wir vielleicht alle drei einbeziehen.«

Angie spürte, wie sich die Atmosphäre veränderte, sich Spannung aufbaute, und sie wusste, dass Leucrotta sich direkt unter ihrem Fuß verwandelte.

Miki riss ihre .45er aus dem Holster, lud durch und knurrte: »Wenn du dich verwandelst, Schlampe, wird es das Letzte sein, was du tust.«

Leucrotta atmete hörbar aus, und die Luft um sie alle herum wurde wieder normal. Sie hatte den Verwandlungsprozess gestoppt.

Victoria blickte Sara an. »Ich fange *wirklich* an, deine Freundinnen zu mögen.«

Die Wölfe sahen zu, als die Tiger immer weiteraßen und den Großteil der neuen Lebensmittel vertilgten, die sie ins Haus geschleppt hatten.

Es gab nicht viele, die es mit ansehen konnten, wie Tiger schlangen, wenn sie wirklich hungrig waren. Und die Vorislav-Jungs waren mächtig hungrig.

Conall beobachtete, wie Ban einen Teller gebratene Hühnchenschenkel vernichtete. »Ich glaube nicht, dass wir je so etwas Verstörendes gesehen haben wie das eben. Dabei habe ich schon Miki tanzen sehen.« Er blickte Zach an. »Wenn sie für Saras Party hierbleiben, brauchen wir noch eine Kuh für den Grill.«

Sara kauerte sich neben Leucrotta. »Du fragst dich wahrscheinlich, warum wir dich noch nicht umgebracht haben.«

»Obwohl die Versuchung groß ist«, fügte Victoria hinzu. Sie hatte Angies Platz übernommen, nachdem sie ihre Frauen mit Saras Wölfinnen zusammen losgeschickt hatte, um sich um eventuelle herumlungernde Hyänen zu kümmern. Außerdem schien sie es wirklich zu genießen, den Fuß im Nacken der Frau zu haben. Noch mehr Druck, und sie würde einfach den Knochen durchbrechen, dachte sich Angie.

»Pass auf, das ist der Deal«, fuhr Sara fort. »Wir könnten dich umbringen, aber dann würde das hier ewig weitergehen. Und wir haben genug davon.«

»Aber man kann dir nicht trauen.«

»Genau, Victoria. Ein Vorurteil gegen Hyänen, das ist richtig. Aber wir haben keine Wahl, wir müssen das Verhalten der Vergangenheit berücksichtigen. Und dieses Verhalten der Vergangenheit zwingt uns dazu, aufeinander zuzugehen und einen Waffenstillstand zu schließen.« Sara stand auf und ging im Raum auf und ab. »Verstehst du, bisher konntet ihr euch auf unsere Kosten amüsieren, weil wir einander sowieso umbrachten.«

»Aber wir haben einen Waffenstillstand geschlossen, der für die Katzennation gilt.«

»Und die meisten Meuten. Wenn ich mich auch an deiner Stelle von den Víga-Feilans fernhalten würde. Auch wenn sie nicht unsere Freunde sind, sind sie aus Prinzip wirklich fies.«

Sara stand jetzt über Dianne Leucrotta und schaute auf sie hinab. »Und willst du wissen, was dieser Waffenstillstand für dich bedeutet?«

»Ooh! Lass mich es ihr sagen!«, bettelte Victoria mit gespieltem Eifer.

»Oh, Victoria, bitte, nach dir.«

Ohne ihren gutplatzierten Fuß wegzubewegen, kauerte sich Victoria nieder. Sie vergrub die Hand in Leucrottas bräunlich goldenen Locken und riss ihr brutal den Kopf nach hinten. »Es ist ganz einfach. Wenn du dich mit uns anlegst – mit irgendeinem von uns –, dann ist jede Katze, jeder Hundartige innerhalb der USA und Kanada hinter dir her.«

Sara kauerte sich ebenfalls wieder neben sie. »Aber das Schöne daran ist – wir werden auf dem Weg zu dir noch ein paar andere Klans ausschalten. Wenn sie herausfinden, dass das alles deine Schuld ist, werden diese Hyänen sich gegen dich wenden. Es wird nirgendwo einen sicheren Ort für dich geben. Keinen sicheren Ort für deine Familie, Freunde, für niemanden.«

Leucrotta antwortete nicht, sondern starrte die beiden nur an.

Sara sah Victoria an. »Ich weiß nicht, Vic. Ich bin mir nicht sicher, ob sie uns richtig versteht.«

»Ich glaube, du hast recht.«

»Gut.« Die beiden Frauen standen auf. »Kümmere dich darum, Mik.«

Miki trat vor, und zum ersten Mal hörte Angie Leucrottas Stimme … als sie um ihr Leben bettelte.

»Wartet. Wartet!«

»Zu spät.« Miki richtete die Pistole auf ihr Gesicht.

»Nein! Nein! Nein!«

Victoria grub ihren Fuß in Leucrottas Nacken. »Ich glaube nicht, dass ich die richtigen Worte gehört habe«, zischte sie mit zusammengebissenen Zähnen.

»Wir hören auf. Ich schwöre es!«

Victoria blickte zu Sara auf. »Was meinst du, Sara? Glaubst du ihr?«

Sara zögerte. Dann: »Nein. Miki, du bist dran.«

»Nein! Ich schwöre! Ich schwöre!«

Die Frauen sahen einander an. Schließlich wandte sich Sara an Angie.

»Was meinst du, Santiago?«

Angie war stolz auf ihre Freundin und musste ihr Lächeln unterdrücken, als sie zustimmend nickte. »Ich würde sagen, wir machen es.«

»Cool!« Miki hob die Pistole wieder.

»Nicht du, du Psychopathin! Sie! Wir geben ihr eine Chance!«

»Verdammt.«

Victoria nahm den Fuß von Leucrotta, doch bevor die Hyäne aufstehen konnte, kauerte Sara sich wieder vor sie hin und packte ihre Haare mit beiden Händen. Sie zog ihr den Kopf zurück, bis ihre Gesichter so dicht voreinander waren, dass sie auch ein Liebespaar hätten sein können.

»Hör mir gut zu: Wenn meinen Freundinnen noch einmal etwas passiert, gibt es keinen Ort im Universum, wo du dich vor mir …« – Saras Stimme wurde noch tiefer – »… *verstecken kannst.*«

Damit stand Sara auf und zog die Frau mit hoch. Sie stellte sie auf die Füße. Bleich, zitternd und vollkommen verängstigt, wie sie war, war es fast erstaunlich, dass Leucrotta sich nicht nassgemacht hatte.

Sara trat zurück, und Leucrotta ging auf den Ausgang zu.

»Ach.« Leucrotta spannte vor Angst jeden Muskel an, als sie Saras Stimme hinter sich hörte. »Und eines noch …«

Langsam drehte sich Leucrotta um. »Ja?«

Sara warf ihrer Freundin einen Blick zu. »Angie?«

Angie trat vor und rammte Leucrotta die Faust ins Gesicht. Der Kopf der Hyäne krachte gegen den Spiegel hinter ihr und zersplitterte ihn, woraufhin sie wie ein Sack Kartoffeln umfiel. Sie würde sich wahrscheinlich mehrere Minuten nicht mehr rühren, was sowohl der Meute als auch dem Rudel Zeit verschaffte, das Kaufhaus zu verlassen und eine Konfrontation zu vermeiden. Und Angie hatte sowieso noch eine Rechnung mit der Schlampe offen gehabt, weil sie ihr die Louis-Vuitton-Tasche ruiniert hatte.

Sara lächelte. »Du hattest immer den besten Haken.«

»Weißt du noch, der Boxer, mit dem ich eine Weile ausgegangen bin? Das hat er mir beigebracht – und beim Blasen nicht die Zähne zu benutzen.«

Miki sicherte ihre Pistole und schob sie zurück ins

Holster. »Also, auf die Info hätte ich mein Leben lang verzichten können.«

Sie starrten alle auf den Fernseher. Zwanzig männliche Gestaltwandler, die sich schweigend *Das Tier* ansahen.

»Wenn das Verwandeln immer so schmerzhaft wäre«, murmelte Conall mehr an die Couch gerichtet, auf der er ausgebreitet lag, als an sonst jemanden, »würde ich es nie tun.«

»Wer hat überhaupt diesen Mist eingelegt?«, wollte Zach wissen.

»Keiner. Es kommt im Kabelfernsehen.«

Zach hob den Kopf vom Boden. »Warum zum Geier schauen wir es dann noch an?«

Conall zeigte auf die andere Seite des Zimmers. »Weil die Fernbedienung da drüben ist.«

Sie schauten alle das elektronische Gerät an. Im Augenblick sah es aus, als sei es meilenweit entfernt.

»Also, wer zum Henker hat sie ganz da drüben hingelegt, Scheiße?«

Bans Kopf hob sich. »Sorry. Das war ich.«

Zach legte den Kopf wieder auf dem Boden ab. »Verdammte Landeier.«

»Wir bevorzugen den Begriff Proleten«, brummelte Nik.

Sie verfielen wieder in ihr schläfriges Schweigen, bis Aleks Kopf hochschoss. »Riecht ihr das?«

Conall sprang auf, als das Hämmern an der Tür begann. Bis er im Flur war, standen schon alle hinter ihm.

Er öffnete die Tür, und sechs Rudelmänner schoben sich an ihm vorbei. Groß. Gut gekleidet. Langweilig.

»Wo sind sie?«, brüllte der Anführer.

Zach verschränkte die Arme vor der Brust. »Wo ist wer?«

Der Löwe stand mit gefletschten Reißzähnen vor Zach. Er war größer als der Wolf, doch Nik war beeindruckt, dass der Alphawolf nicht zurückwich. Im Gegenteil, Zach sah beinahe belustigt aus.

Ban stieß Nik mit dem Ellbogen an. »Schau, es sind die hübschen Kätzchen.«

Einer der Löwen warf Ban einen wütenden Blick zu. »Und schau, was wir hier haben ... streunende Katzen. Warum überrascht es mich nicht, dass sie mit den Hunden abhängen?«

Alek knurrte leise, aber Nik hielt ihn zurück, indem er eine Hand auf seine Schulter legte. »Na, na, Alek. Man sollte keinen Mann angreifen, der mutig genug ist, solche Schuhe zu tragen.«

»Wo sind unsere Frauen?«, wollte der Anführer wieder wissen. »Ich habe einen Anruf bekommen, sie kämen hierher.«

»Hierher?« Zach zuckte die Achseln. »Sorry, davon weiß ich nichts. Aber sag mal, wie schafft ihr es eigentlich ständig, eure Muschis so leicht zu verlieren?«

Reißzähne brachen hervor und Körper begannen sich zu verwandeln. Der Löwe stürzte sich auf Zach, den Wolf. Conall, der sich ebenfalls eilig verwandelte, gesellte sich dazu. Nik sah, wie sich ein zweiter Löwe auf Conall stürzte, und seine Südstaatenehre ließ es nicht zu, dass irgendwelche Löwenärsche seine Freunde belästigten, also verwandelte er sich ebenfalls und stürzte sich auf das große, goldfarbene Tier. Durch sein Gewicht schob er sie alle durch die offene Tür nach draußen auf die Treppe.

Sie fielen als knurrender, schnappender Haufen Krallen und Fell die Treppe hinunter. Er spürte, wie sich Reißzähne in sein Hinterbein gruben, aber es dauerte nur eine Sekunde, denn Ban schnappte den Löwen im Nacken und schleuderte ihn fort.

Nik landete auf dem Rücken eines weiteren Löwen und zog ihn von Zach herunter. Sie rollten ein Stück und versuchten, sich fester zu packen, als sie plötzlich gegen ein wunderschönes Paar Beine stießen.

»Mann! Die neuen Schuhe!«

Nik und der Löwe blickten auf und sahen, dass sie von einer Gruppe Frauen ruhig beobachtet wurden. Tatsächlich hatte eine davon sogar eine Tüte Chips herausgezogen und begann, sie herumzureichen.

Angie bückte sich und klopfte ihre Schuhspitzen ab. »Hast du eine Ahnung, wie schwer es ist, Katzenhaare wieder wegzubekommen?«

Sie schüttelte den Kopf, nahm ein paar Einkaufstüten und ging aufs Haus zu. »Wir sehen uns später, Ladys. Ich bin fertig.« Sie drehte sich auf ihren großartigen Absätzen um. »Und vergesst nicht – ihr kommt alle zu Saras Geburtstagsparty, ja?«

Eine kleine Frau, die zwar nach Löwe roch, es aber schon wegen ihrer Größe und Kleidung nicht sein konnte, nickte. »Auf jeden Fall.« Sie wandte sich an Sara. »Der perfekte Zeitpunkt, um den Waffenstillstand zu festigen, oder was meinst du?«

»Klar. Von mir aus. Wollt ihr die Bikes sehen?« Sara ging auf die Garage zu; Löwinnen und Wölfinnen folgten ihr.

Miki wollte hinterher, aber Angie rief sie von der Haustür aus. »Schwing deinen Hintern hier rauf, Kendrick!«

»Ich will …«

»Nein. Denn wir haben offensichtlich während unserer Trächtigkeit keine Impulskontrolle, was unser Mundwerk angeht, nicht wahr?«

Miki stampfte um die männlichen Löwen, Wölfe und Tiger zu ihren Füßen herum, als wären sie Plüschtiere, und ging die Treppe hinauf. »Ich kann dir gar nicht sagen, wie sehr ich deine beschissene Psychotherapeutenmasche hasse!«

»Tja, wenn man es mit einer Irren zu tun hat …«

Die Tür knallte hinter den zwei Menschlichen zu, während die Gestaltwandlerinnen zwischen den Motorrädern verschwanden. Die Männer starrten einander an und zogen schließlich Krallen und Reißzähne von lebenswichtigen Organen zurück. Ein bisschen Blut war geflossen, aber nicht viel.

Nik überlegte, was sie jetzt tun sollten. Zu kämpfen erschien ihm irgendwie falsch, jetzt, wo die Frauen einen Pakt geschlossen hatten. Aber er musste sich nicht lange den Kopf zerbrechen. Eine kleine Gruppe Hirsche rannte vorbei, und die anderen setzten ihnen geschlossen nach, womit nur er und Conall übrig blieben.

Conall, der seine schwangere Gefährtin nicht allein lassen wollte, wenn überall in seinem Revier Löwen ausschwärmten, drehte sich um und trottete zurück zum Haus. Nik dagegen hatte keine derartigen Sorgen. Angie schien ganz gut mit Katzen umgehen zu können. Zum Henker, sie konnte schließlich auch mit ihm umgehen, nicht wahr?

Nein, er hatte andere Pläne für die reizende Miss Santiago. Und die hatten eindeutig mit diesen Schuhen zu tun.

Nik ging hinters Haus. Sie hatte das Fenster offen gelassen, also nahm er einen Schritt Anlauf und sprang. Er übersprang mit Leichtigkeit die Fensterbank und landete geräuschlos.

Er drehte sich zum Bett um, und sie war schon da. Wartete auf ihn. Nackt. Ein Laken zwischen den Beinen hochgezogen, das ihre Brust bedeckte.

Und die Schuhe. Sie hatte die Schuhe noch an.

Sie beobachtete ihn schweigend und holte dabei tief Luft. Als sie sie wieder ausstieß … kam sie als ein Seufzen heraus.

Er knurrte. *Neckische Höllenkatze.*

Angie beobachtete Tiger-Nik, der am Fußende des Bettes stand und sie anstarrte. Als sie geseufzt hatte, war sie sich sicher gewesen, er würde sich verwandeln und sich augenblicklich auf sie werfen. Doch er tat es nicht, er starrte nur. Wieder einmal machte sie der bloße Gedanke an Nik ganz zappelig und heiß.

Dann tat Nik etwas, das er in ihrer Gegenwart noch nie getan hatte. Er schloss fest die Augen, entblößte die Reißzähne und streckte die Zunge heraus. Das war wohl eines der fünf lächerlichsten Dinge, die sie je gesehen hatte, und sie hätte gelacht, aber Nik senkte den

Kopf, schnippte mit der Schnauze das Laken hoch und krabbelte darunter aufs Bett.

Sie spürte, wie sein pelziger Kopf an ihrem Bein rieb, dann bewegte er sich langsam höher. Strich mit seinem langen Körper an ihrem entlang. Aber während er sich an ihrem Körper nach oben schob, verwandelte er sich, und Niks raues Fell wurde zu fester Haut. Bis er oben aus dem Laken auftauchte, war er wieder menschlich und sah so umwerfend aus wie immer.

Er küsste ihre Nase, ihr Kinn.

»Was«, fragte sie vorsichtig, »war das für ein Blick, kurz bevor du unter die Decke gekrochen bist?«

»Ich habe deinen Duft geschmeckt. Das machen Tiger so.«

»Iiih!«

Er nahm das Laken, das sie um die Brust gewickelt hatte, zwischen die Zähne und zog es herunter, bis ihre Brüste freilagen. Er rieb die Nase an einer davon und leckte die andere.

»Also, sag mir, Süße: Was hast du heute so angestellt?«

»Ich glaube, ich habe die Welt gerettet … und ich habe neue Schuhe gekauft.«

»Eine Frau, die weiß, was wichtig ist. Das gefällt mir.« Er küsste das Tal zwischen ihren Brüsten.

Angie streckte sich wie eine große, faule Katze und umfasste mit den Händen das Kopfende des Bettes. »Gefallen dir meine Schuhe, Landei? Der Verkäufer sagte, ich sähe fabelhaft darin aus.«

»O ja. Sie sind hübsch. Und jetzt wollen wir mal sehen, ob sie auf meinen Schultern noch besser aussehen …«

Kapitel 19

»Vergiss es.«

»Komm schon, Zach. Für mich. Bitte?«

»Auf gar keinen Fall.«

»Dann tu's für Sara. Es ist ihr Geburtstag.«

»Nicht einmal, wenn ihr Leben davon abhinge – und das tut es nicht.«

Angie sah Nik an. Er grinste, und sie wusste, er würde ihr keine Hilfe sein.

»Bitte. Setz ihn einfach auf. Es wird nicht nur ein Geschenk für sie sein … sondern auch für dich. Vertrau mir.«

»Weißt du, im Vergleich zu ihr …« – er warf einen Blick auf Miki, die ihm sofort den Mittelfinger zeigte – »… mag ich dich sogar. Aber das … das ist zu viel verlangt.«

Na gut, Schmeicheln half wohl nicht bei dem Wolf. »Setz ihn auf, oder ich hole den Baseballschläger!«

Zach blickte auf sie hinab. »Ich würde einen Schlag auf den Kopf jederzeit dem hier vorziehen.«

Angie knurrte. *Verdammte spießige, nervtötende Wölfe.*

Nik hatte noch nie einen Mann gesehen, der sich so sehr dagegen wehrte, einen Cowboyhut aufzusetzen. Und Angie hatte alles bis auf Oralsex versucht. Wenn sie das getan hätte, hätte er natürlich Zach und jeden Wolf im Umkreis von dreitausend Meilen umbringen müssen.

Die kleine asiatische Wölfin, von der Ban in letzter Zeit äußerst fasziniert zu sein schien, kam durch die Schwingtür. »Sie kommt.«

Angie war mit ihrem Latein am Ende und griff zu ihrem letzten Ausweg. Sie trat mit dem Absatz ihres Prada-Schuhs auf Zachs Rist.

»Au!«

Sie rammte ihm den Hut auf den Kopf, als Sara durch die Tür kam. Sie drehten sich alle um, und Angie stellte sich vor den vornübergebeugten Zach.

»Happy Birthday!«

Über Saras Gesicht breitete sich ein umwerfendes Lächeln. Ein Blick darauf ließ Nik die Narbe in ihrem Gesicht vollkommen vergessen. Sie hatte keine Bedeutung neben diesem blendenden Lächeln.

Sara schaute zum Küchentisch hinüber, auf dem ein komplettes Geburtstagsfrühstück stand, mit Waffeln, Pfannkuchen, Eiern, Speck, Würstchen und allem anderen, was eine Cateringfirma bot, denn die Wölfe schienen nicht besonders viel vom Kochen zu halten.

»Leute! Das ist so süß von euch!«

Sie drehte sich um, als Zach sich gerade aufrichtete. Der schwarze Cowboyhut saß immer noch fest auf seinem Kopf. Sein Gesicht war gerötet vor Scham und Wut.

Sara hielt den Atem an, und Nik konnte ihre Lust aus drei Meter Entfernung riechen.

»Oh … du meine Güte«, flüsterte sie.

»Alles Gute zum Geburtstag, Mädchen!« Angie umarmte ihre Freundin. »Von mir und Mik.«

Sara nickte ihren Freundinnen zu, wandte den Blick aber nicht von Zach ab. Sie schluckte. »Äh … danke.«

Angie lächelte. »Bitte schön.«

Zach sah Sara entgegen. »Hör mal, Sara. Bevor du etwas sagst …«

Sie unterbrach ihn, indem sie ihn an seinem ärmellosen schwarzen T-Shirt packte und zu sich herzog. Dann presste sie ungestüm ihre Lippen auf seine.

Angie, die sich offensichtlich ziemlich toll vorkam, verschränkte die Arme vor der Brust und sah Nik an.

Der schüttelte den Kopf. Mann, er liebte diese Frau. *Verrückte Höllenkatze.*

Sara löste sich von Zach, hielt ihn aber weiterhin am T-Shirt fest. »Fangt ruhig schon mal an. Wir kommen wieder.« Sie schleppte ihn aus der Küche.

Miki sprang vom Tresen, was Conall einen seiner Beinahe-Herzinfarkte bescherte. Nik hatte das Gefühl, davon würde der Mann noch einige haben mit seiner leicht exzentrischen Frau, die Nik schon langsam ans Herz wuchs. Sie war einfach so was von durchgeknallt.

»Tja, die sehen wir bis zur Party heute Abend nicht wieder.« Miki lachte.

»Yup. Damit haben wir Zeit, alles zu organisieren.« Angie hatte die Partyvorbereitungen übernommen, seit sie zurück war. Und es schien keinen zu stören. Sie sagte ihnen, was sie tun sollten, und die Hunde, die sie schließlich waren, gingen los und taten es.

An den Tresen gelehnt sah Nik Angie zu, wie sie einen Block voll mit ihren Notizen für die Party herauszog und ihr Handy vom Tresen nahm.

Sie hatte im Moment die volle Kontrolle. Er liebte es, wenn sie die volle Kontrolle hatte.

»Was ist mit meinem Frühstück, Süße?« Angie erstarrte, das Telefon in der Hand. Ihr Herzschlag wurde schneller, und sie konnte ihr Keuchen kaum unterdrücken. »Ich habe noch nicht gegessen«, schob er nach.

Sie warf ihm einen finsteren Blick zu, während ihn im selben Moment ihre Lust wie ein Schlag traf.

Miki stellte sich vollkommen ahnungslos zwischen sie. »Hallo, Landei! Da steht ein Tisch voller Essen! Oder mach dir dein eigenes verdammtes Frühstück.«

Conall nahm sie am Arm. »Komm, Miki-Baby. Wir gehen nachschauen, ob der Garten für heute Abend bereit ist.«

»Ja, aber …«

Der große Blonde schleppte die winzige Frau aus der Küche, während der Rest der Wölfe sich etwas zu essen schnappte und ging.

Nik drückte Angie gegen die Kühlschranktür und grinste. »Ich mag diesen Hund.«

Angie zerrte Niks Cousin Cleatus vom DJ-Pult weg. »Sei mir nicht böse, Schätzchen, aber ich glaube, wir sind durch mit ›Sweet Home Alabama‹.« Vier Mal waren drei Mal zu viel.

Abgesehen davon musste sie etwas unternehmen. Miki hatte schon nach ihrer Waffe gegriffen.

Nun schob sie den DJ auf seinen Platz. »Und los!«, gab sie das Kommando.

Als sie ging, spülte sehr, sehr guter Techno über sie hinweg. Sie ging zur Bar hinüber, wo Miki beschlossen hatte, eine Weile die Getränke auszuschenken, und sah, dass ihre Freundin die Waffe wieder ins Holster steckte. Cleatus hatte keine Ahnung, wie gefährlich er gelebt hatte …

Angie drehte sich um und ging durch die Menge zurück. Sie konnte nicht glauben, wie groß diese Party geworden war. Vertreter von Meuten und Rudeln aus dem ganzen Land waren erschienen. Es hatte sich herumgesprochen. Der Waffenstillstand war gültig, der Krieg war vorbei. Zumindest der Krieg zwischen Rudeln und Meuten. Die Hyänen waren in letzter Zeit unglaublich ruhig, was alle ein bisschen nervös machte. Doch Angie wusste, Sara und Victoria hatten die richtige Entscheidung getroffen, als sie Leucrotta am Leben gelassen hatten. Hätten sie sie umgebracht, hätten sie sie nur zur Märtyrerin gemacht. So aber sah man sie als das, was sie war – eine verbitterte Schlampe, die sich endlich damit abfinden sollte.

Um ehrlich zu sein, hatte sich Angie Sorgen gemacht, als die Meuten und Rudel eintrudelten. Sie sprachen kein Wort und beäugten einander mit offener Feindseligkeit. Auf die Vorislavs zählte sie allerdings nicht. Von ihnen war der ganze Haufen aufgetaucht, bis auf die einäugige Oma. Angie hatte keine Zweifel daran, dass Broyna wahrscheinlich in ihrer kleinen Hütte war und einfach so zum Spaß die Toten auferstehen ließ.

Aber der junge Cleatus hatte das DJ-Pult übernommen und »Sweet Home Alabama eingelegt«, und das war's. Was als nette kleine Geburtstagsparty begonnen hatte, wurde zu einem ausgewachsenen Volksmusikfest. Vor allem, als ein paar Wölfe aus Tennessee auftauchten. Die Smiths oder so. Ihr Name mochte nichtssagend sein, aber diese Leute wussten, wie man feierte.

Danach verbrachte Angie den Rest der Zeit damit, dafür zu sorgen, dass genug Essen und Alkohol da war und Miki die versammelte Mannschaft nicht zu Tode nervte. Zum Glück hatte Conall dem vorgebeugt und Miki hinter die Bar gesteckt. Als sie erst in ihrem Element war, ging es Miki gut. Aber irgendwann würde sie eine Pause brauchen, und Angie hoffte, dass Conall auch das im Griff hatte.

Angie ging zum Grill hinüber. »Hey, Bobby.«

»Hey, Schätzchen. Du siehst heute Abend wie immer umwerfend aus.«

»Du bist so ein dreckiger kleiner Charmeur«, flirtete sie. Bobby war ein Wolf aus ihrer Heimatstadt und einer der nettesten Typen, mit denen sie nie ausgegangen war. Sie deutete auf das Essen. »Ist alles in Ordnung?«

»Ich hatte ein bisschen Sorge, als Sheridan noch zwei Kühe bestellt hat, aber wenn ich diese Tiger essen sehe, verstehe ich, warum. So weit, so gut.«

»Gut. Ruf mich über Funk, wenn du mich brauchst.«

Sie hatte darauf bestanden, dass alle, die auf der Party arbeiteten, ein Headset und ein Funkgerät hatten. Sie hatten ja keine Ahnung gehabt, was für ein Feldwebel sie sein konnte, wenn es um die Organisation einer Party ging.

Als Nächstes hielt Angie nach Sara Ausschau. Nein, sie waren immer noch nicht da. Es war Stunden her, seit die Alphas sich in ihrem Schlafzimmer eingeschlossen hatten. *Stunden.*

Sie ging zu ein paar Wölfen hinüber, die bei Alek und Ban standen. »Jemand muss sie holen gehen.«

»Bist du bekifft?« Kelly sagte das mit einer beunruhigend rauen Stimme.

»Vergiss es«, fügte ein Wolf namens Billy Dunwich hinzu. »Keiner geht da rauf, wenn die zwei vögeln.«

Angie sah Alek und Ban an. Sie schenkte ihnen ihren verführerischsten Blick. »Jungs?«

Sie schnaubten im Chor. »Nie im Leben, Santiago.« Alek schüttelte den Kopf. »Da würde ich noch eher anfangen, vegan zu essen.«

»Ich würde mich eher selbst in Brand stecken«, fügte Ban hinzu.

Mann, seit sie angefangen hatte, ihren Bruder zu vögeln, wurden die zwei immer weniger kooperativ.

Als sie gerade selbst hingehen und das Alphapaar mit einem Tritt aus seinem Schlafzimmer befördern wollte, erschien Sara, gefolgt von Zach. Sie hatte ihn gezwungen, den Hut zu tragen, aber er sah zu erschöpft aus, als dass es ihn gestört hätte. Sara dagegen sah überhaupt nicht müde aus. Ihr Abend hatte eindeutig erst begonnen.

Angie stapfte zu ihr hinüber. »Wo zum Henker wart ihr?«

Sara grinste. »Willst du wirklich alle Details hören?«

Sie brauchte keine Details. Die Bissspuren am ganzen Hals ihrer Freundin sprachen Bände.

Angie packte Sara am Arm und zog sie zu einigen Löwen hinüber. »Du kommst jetzt hier rüber und bist verdammt noch mal höflich, oder ich mach dich fertig.«

»Ich hab Geburtstag!«, beschwerte sie sich.

»Du hast dein Geburtstagsgeschenk von mir bekommen. Und du hast es den ganzen verdammten Tag benutzt.«

»Guter Gott im Himmel.«

Nik und Ban wandten sich ab, doch Alek blieb stehen. Wie gelähmt. »Mein Gott. Sie ist die schlechteste Tänzerin, die ich je gesehen habe.«

»Schau weg! Du machst dir die Augen kaputt. Schau weg!«

Endlich gehorchte Alek. »Er muss sie wirklich lieben.«

Die drei Männer warfen wieder einen Blick zu Miki hinüber, konnten aber nicht länger hinsehen. Nik verstand jetzt, warum Conall sich nicht beschwert hatte, als Miki angefangen hatte, die Bar zu bedienen, statt selbst den Abend zu genießen. Denn solange sie an der Bar arbeitete, sah Miki elegant und höllisch süß aus. Auf der Tanzfläche dagegen war die Frau die absolute Katastrophe.

Nik beugte sich über den Tresen zu dem Mann, der Miki vertrat. »Hast du Korn da? Ich muss eine grauenvolle Erinnerung auslöschen.«

Der Barkeeper schüttelte den Kopf.

»Dann nehmen wir drei Wodka.«

»Jeder von uns«, fügte Alek hinzu.

Nik schaute zum Ende der Bar hinüber. Dort stand die zum Glück immer elegante Angie und plauderte mit zwei Löwinnen und Reena. Er hatte noch nie eine Frau gekannt, die so mühelos Klasse und Trash verband. Angies Jeans waren von Calvin Klein. Ihr Cowboyhut und die Stiefel waren maßgefertigt und hatten sie wahrscheinlich einiges gekostet. Aber das knappe schwarze Lederbustier, das sie trug, bedeckte kaum ihre Brüste und blieb nur an Ort und Stelle, weil winzige Lederbänder um den Hals und die Taille es fixierten. Nik hatte am Nachmittag eine recht vergnügliche Zeit damit verbracht, diese Bänder zu schnüren. Außerdem war der Tanga, der oben aus ihrer Jeans lugte, von Frederick's of Hollywood, und all das machte Nik zu einem sehr glücklichen Mann.

Er lächelte vor sich hin und überlegte, wann diese dumme Party wohl vorüber war, damit er sich wieder in dieser heißen kleinen Muschi vergraben konnte, die für seinen Schwanz wie gemacht schien.

»Du tust es schon wieder.«

Nik sah seine Brüder an. »Was tue ich?«

»Angie mit großen, dummen Hundeaugen anstarren.« Alek kippte seinen Wodka.

»Verdammt, Mann«, fuhr Ban fort. »Du bist eine Katze! Benimm dich auch so!«

»Aber Katzen mögen hübsche, glänzende Dinge. Findet ihr nicht, dass sie hübsch und glänzend ist?«

Die drei Männer sahen wieder zu Angie hinüber. In

diesem Moment blickte sie plötzlich auf. Ihre Augen weiteten sich, als sie merkte, dass sie sie anstarrten. Nach einer Weile wandte sie sich kopfschüttelnd wieder ihrem Gespräch zu.

Ban seufzte. »Ja, das ist sie.«

Nik nickte. »Yup. Und wenn ihr euch ihr auch nur auf zwei Meter nähert, töte ich euch auf der Stelle.« Er hob sein Wodkaglas. *»Na zdorovie!«*

»Dir auch zum Wohl«, antworteten seine Brüder lachend.

Plötzlich merkte Angie, dass sie Miki aus den Augen verloren hatte. Sie hatte den ganzen verdammten Abend versucht, ein Auge auf sie zu haben, aber seit sie nicht mehr hinter der Bar war, bewegte sich die kleine Schlampe wie der Blitz.

Zwischen den Hinterwäldlern, die die versnobten Löwen ärgerten, den Meuten, die einander anknurrten, und Sara, die viel mehr an Zach interessiert war als daran, den Waffenstillstand aufrechtzuerhalten, wusste Angie nicht, was sie mit sich anfangen sollte.

»Du kannst sie nicht die ganze Zeit beobachten, Angie.«

Beim Klang der vertrauten Stimme wirbelte Angie herum. »Marrec!« Sie warf sich dem Mann in die Arme. Er drückte sie so fest, dass sie sich sicher war, er werde ihr eine Rippe brechen. Aber es fühlte sich großartig an, denn er zeigte ihr damit, wie wichtig sie ihm war.

»Ich freue mich so, dich zu sehen«, grummelte er barsch.

»Mir geht's gut. Ganz sicher.« Endlich ließ er sie los

und hielt sie auf Armeslänge von sich, um ihr ins Gesicht sehen zu können.

»Ganz bestimmt? Bist du sicher, dass ich keinen umbringen muss?« Und dass er das getan hätte, wussten sie beide.

»Nein, Sir. Alles in Ordnung.«

»Gut. Wo ist das Geburtstagskind? Der Rest der Meute will sie unbedingt sehen.« Der Rest der Meute, von wegen. *Marrec* wollte Sara sehen. Angie wusste genau, wie sehr der alte Kauz sie vermisste. »Sie ist da drüben … und fummelt mit Zach.«

Das stimmte. Sara saß rittlings auf Zachs Schoß wie eine Stripperin beim Lapdance, die Arme um seinen starken Hals gelegt, und präsentierte ihm ihre üppige Brust unter dem ärmellosen schwarzen Harley-T-Shirt.

Notgeile Hunde.

Marrec schüttelte den Kopf. »Vielleicht warte ich ein bisschen, bevor ich hallo sage.«

Angie zuckte die Achseln. »Das ist wahrscheinlich eine gute Idee. Aber wir haben hier eine Menge zu essen und zu trinken, also amüsiert euch, Leute. Wir sehen uns später.«

Marrec drückte ihr einen väterlichen Kuss auf die Wange und ging. Sie winkte all ihren Freunden aus ihrer Heimatstadt in Texas zu, aber wichtiger war ihr immer noch, Miki zu finden.

Schließlich, nachdem sie ein bisschen herumgewandert war, sah sie sie. Angie wurde langsam bewusst, wie klug Conall tatsächlich war. Um die Verrückte zu beschäftigen, hatte er Mikis Geek-Freunde aus Seattle eingeladen. Drei Typen und ein Mädchen, die ihr vage bekannt vorkamen, und ein paar andere, die sie nicht kannte. Angie war ihnen zwar schon begegnet, aber sie waren nicht interessant genug gewesen, dass sie sich ihre Namen gemerkt hätte. Doch sie sorgten dafür, dass ihre Freundin beschäftigt und zufrieden war. Genau wie Conall offenbar. Miki stand vor ihm und sprach mit ihren Geek-Freunden, während Conall mit einem Löwen redete, den sie nicht kannte. Dabei hatte er den Arm um ihre Taille gelegt, eine Hand flach auf ihrem Bauch. Mikis Hand lag auf seiner, die Finger hatten sie ineinander verschlungen.

Miki hatte tatsächlich endlich jemanden gefunden, der es ihr nicht nur besorgte, sondern sie auch noch mochte. Angie hätte gerne geglaubt, dass Nik dieser Kerl für sie sei, doch sie weigerte sich, falsche Hoffnungen auf eine Zukunft zu hegen, die es nicht gab. Egal, wie viele merkwürdige, sehnsüchtige Blicke Nik ihr durch den Raum zuwarf.

Nik legte den Arm um den Hals seiner kleinen Schwester und zog sie an sich. »Was treibst du so?«

»Sehr wenig.«

»Gut. Belass es dabei.« Die männlichen Löwen schienen ein spezielles Interesse an seiner Schwester zu haben, das er nicht besonders schätzte. Er hätte ihr gern gesagt, sie solle in Reenas Nähe bleiben, doch seine Cousine war zu beschäftigt damit, mit einem Haufen Hunde zu flirten. Seine ganze Familie ging den Bach runter, und diesmal konnte er niemandem als sich selbst die Schuld daran geben.

»Wo ist Angie?«, fragte Kisa.

»Den Feldwebel spielen. Das Mädchen weiß wirklich, wie man eine Party schmeißt.«

»Du magst sie, oder, Nik?«

»Nein.«

»Nein?«

Er seufzte. »Ich liebe sie.«

»Weiß sie es?«

Er wollte ja sagen, dann wurde ihm klar, dass er es eigentlich gar nicht wusste. Er hatte es ihr nie direkt gesagt. »Ich weiß es nicht.«

Seine Schwester schüttelte den Kopf. »Typisch.« Kisa drehte sich um und lächelte ihrem Bruder ins Gesicht. »Du bist also doch wie Daddy?«

Er knurrte, doch sie verdrehte nur die Augen. »Du kannst es auch einfach endlich einsehen. Ich muss es auch.« Sie zuckte die Achseln. »Ich mag Daddy trotzdem.«

»Das könnte erklären, warum du sein Lieblingskind bist.«

Kisa stellte sich auf die Zehenspitzen und küsste ihren Bruder auf die Wange. »Sie ist perfekt für dich, Nik. Jede andere hätte dich inzwischen umgebracht.«

Angie legte der Wölfin einen kalten Waschlappen auf die Stirn. »Vielleicht solltest du den Tequila eine Weile sein lassen, Schätzchen.«

Die Frau nickte, stöhnte und tauchte zurück in die Büsche.

Angie war sich nicht sicher, aber anscheinend vertrugen Wölfe wirklich nicht viel.

Sie entfernte sich von dem Gebüsch und erstarrte

vor Entsetzen. Natalia, die Mutter des Mannes, den sie liebte, stand vor der Bar und unterhielt sich in aller Ruhe mit Marrec. Ein nettes, zivilisiertes Gespräch. Doch hinter ihr war Miki auf einen Barhocker gestiegen – mit einem Garnknäuel in der Hand.

»O Gott!«

Angie rannte los. Sie erreichte Natalia in dem Moment, als ein roter Garnfaden über das Gesicht der älteren Frau strich. Sie wischte ihn mit der Hand weg, ohne recht zu wissen, was es war. Bevor Angie um Natalia herumgreifen und ihrer besten Freundin den Hals umdrehen konnte, packte Conall sie und hob sie von dem Hocker herunter.

Kichernd verkündete Miki laut: »Das war nur ein kleines Experiment!«

Das Garnknäuel fiel zu Boden und Natalia hob es auf. Sie schaute Angie mit hochgezogener Augenbraue an und sah dabei genauso aus wie ihr Sohn.

Angie riss ihr das Knäuel aus der Hand, während Marrec auf den Boden starrte und versuchte, nicht zu lachen.

»Sie hat wieder mit dem Stricken angefangen«, log Angie verzweifelt.

Nik stand ungefähr fünfzehn Meter entfernt und beobachtete, wie Ban seine Tochter an Angie übergab. Niks Nichte, eine bezaubernde Zweijährige, krallte sich eine Handvoll ihrer Haare und klammerte sich daran fest. Angie schien das überhaupt nicht zu stören, während sie sich mit Ban und der Mutter seiner Nichte unterhielt, einer gewissen Connie, eine bösartige Tigerin mit einem mörderischen rechten Haken und den längsten Reißzähnen, die Nik je bei einer Frau gesehen hatte.

Das Baby schien sich in Angies Armen sehr wohl zu fühlen. Und Angie sah mit dem Baby im Arm perfekt aus. Da traf es ihn wie ein Schlag. Wie mit dem Hammer auf den Kopf ...

Nik liebte sie nicht nur, er wollte, dass Angelina Santiago die Mutter seiner Kinder wurde ... und zwar nur seiner Kinder. Er wollte, dass alle seine Kinder in derselben Familie aufwuchsen, mit dieser Verrückten als Mutter. Er wollte jeden Tag aufwachen und sie schlafend neben sich vorfinden. Er wollte Angie noch mehr Schuhe kaufen, damit sie sie nur für ihn anzog. Er wollte überall in seinem Haus und in jeder menschenmöglichen Stellung mit ihr Sex haben. Er wollte es und wusste, dass er nicht glücklich sein würde, bis er es bekam.

Ach, zum Teufel, ich werde diese Verrückte heiraten müssen!

Er schloss die Augen. Konnte dieser Tag noch gruseliger werden?

Wie zur Antwort legte sich ein muskulöser Arm um Niks Schulter. »Hey, Mann.«

Überrascht erblickte Nik Conall neben sich. »Äh ... hey.«

»Hey.« Von Zach bekam er einen Schlag auf den Rücken. »Alles klar?«

Mit schmalen Augen sah Nik die beiden an. »Was wird das hier?«

»Nichts. Ich und Zach haben uns nur gefragt, wann du einziehst.«

»Einziehen? Ich ziehe nicht ...«

»Natürlich ziehst du ein. Wenn du mit Angie zusammenbleibst, musst du einziehen.«

»Was?«

»Hat sie es dir nicht gesagt?«, fragte Zach. »Sie wollten immer zusammen wohnen. Alle drei. Und du hast Angie beschützt ...«

»Und mich«, fügte Conall mit einem liebenswürdigen Lächeln hinzu, das vielleicht eine menschliche Frau täuschen konnte, aber Nik keine verdammte Sekunde lang.

»Also gehörst du jetzt zur Meute«, beharrte Zach.

»Ja. Du bist einer von uns.«

»Und mach dir keine Sorgen«, schloss Zach, »wir werden dir schon beibringen, wie man heult.«

Plötzlich war Nik furchtbar übel.

Angie beschloss, sich endlich selbst etwas zu essen zu besorgen. Sie nahm sich einen Teller voll Hähnchen vom Grill und Coleslaw und setzte sich auf eine lange Bank, um sich zu entspannen und Leute zu beobachten. Natürlich dauerte dieser Moment allein nur zwei Sekunden, und schon saßen Sara und Miki neben ihr.

»Okay. In unserer Waschküche zu vögeln ist inakzeptabel«, beschwerte sich Sara hitzig.

Angie runzelte die Stirn, die Hand mit dem Hähnchenschlegel in der Luft vor ihrem Mund. Nik hatte sie nicht in der Waschküche gevögelt ... er hatte sie in der Küche gevögelt.

»Wovon redest du da?«

»Zwei alte Tiger, die es getrieben haben wie die, na ja, Tiger eben.«

Miki zeigte mit dem Finger. »Die zwei.«

Angie schaute hinüber und legte sofort ihr Hähnchen zurück auf den Teller. Boris versuchte, Natalias Hand zu nehmen, aber sie riss sie weg. Sie stolzierte durch die Menge auf die Bar zu. Boris sah allerdings nicht verletzt aus und auf keinen Fall entmutigt. Eher angetörnt. Und Natalia mochte zwar angepisst aussehen, aber die leichte Röte auf ihren Wangen ließ sie auch sehr zufrieden wirken.

Angie seufzte. »Tut mir leid. Ich werde Nik bitten, seine Leute, äh, unter Kontrolle zu halten.«

»Danke. Ich meine, Mann …« Sara schauderte. »Wir waschen dadrin Klamotten!«

»Ich werde es mir merken.«

»Also.« Miki kratzte sich am Bein. »Heiratest du jetzt diesen Tiger, oder was?«

Angie verschluckte sich an ihrem Long Island Iced Tea.

Miki warf Sara einen Blick zu. »Ich hab's dir doch gesagt.«

Sara schüttelte den Kopf. »Ich weiß nicht, wieso ihr immer aufs Heiraten bestehen müsst.«

»Ein gesellschaftliches Konstrukt, das uns von Geburt an aufgezwungen wird.« Miki deutete plötzlich auf Angie. »Und wenn du mich in ein Brautjungfernkleid mit Rüschen steckst, gibt es Krieg, Schwester!«

Sie stapfte davon.

Sara zuckte die Achseln. »Dieser Parasit macht sie so launisch.«

»Nenn sie nicht immer so!«, schrie Miki zurück.

Sara zwinkerte Angie zu und schlenderte ebenfalls davon.

Angie starrte ihren beiden besten Freundinnen hinterher. Sie bewegten sich jetzt beide mit so viel Selbstsicherheit. Sara war nicht nur die Anführerin ihrer Meute. Sie *war* ihre Meute. Die anderen sahen sie mit Furcht, Ehrfurcht und Wärme an. Sara würde niemals wie ihre Mutter und auf keinen Fall wie ihre Großmutter werden. Sie würde immer einfach Sara sein. Sie näherte sich Zach, der gerade sein Bestes gab, ein zivilisiertes Gespräch mit zwei Löwen zu führen, von hinten und schob ihm mit einem lüsternen Lächeln die Hand zwischen die Beine. Der Wolf zuckte zusammen; die Löwen waren auf der Stelle vergessen, und er drehte sich zu ihr um. Er packte sie an der Taille und zog sie grob an sich. Zach schaute Sara an, als wäre sie die schönste Frau, die er je gesehen hatte. Und Angie wusste, dass sie das für Zach auch war.

Miki stellte sich neben ihren abartig großen Riesen. Conall unterhielt sich gerade mit Boris und brachte den alten Tiger zum Lachen. Ohne den Blick von ihm abzuwenden, nahm Conall Mikis Hand. Sie lehnte sich an ihn und ließ den Blick über die Menge schweifen – höchstwahrscheinlich auf der Suche nach neuem Mist, den sie anstellen konnte. Da entdeckte sie etwas; ihr Blick blieb an Victoria hängen. Sie versuchte, sich loszumachen, aber Conall riss sie zurück. Dann versuchte sie, ihn dazu zu bringen, ihre Hand loszulassen, doch er rührte sich nicht. Dabei unterbrach er weder sein Gespräch mit Boris noch verlor er sein Lächeln. Nach einer Weile ging Boris weiter, höchstwahrscheinlich auf der

Jagd nach Natalia. Conall faltete seinen – drei Meter großen? – Körper zusammen und flüsterte Miki etwas ins Ohr. Sie lachte und versuchte wieder, sich von ihm zu befreien, aber er zog sie zurück und küsste sie sanft auf den Mund. Miki erwiderte den Kuss, indem sie sich auf die Zehenspitzen stellte.

Angie wandte sich wieder ihrem Hühnchen zu; dieses eine Mal konnte sie sicher sein, dass es ihren Freundinnen gut ging. Wieder schaffte sie nur einen Bissen, bevor Ban und Alek sich zu ihr setzten. Jeder auf einer Seite.

»Also … bleibst du mit Nik zusammen?«

Auf Aleks Frage hin verschluckte sie sich an dem einen Bissen Essen, den sie bisher geschafft hatte. Wenn das so weiterging, würde sie womöglich noch ein paar Pfund abnehmen.

»Das geht euch nichts an, meine Herren.«

»Was, wenn er dich heiraten würde?«, drängte Ban.

Was in drei Teufels Namen ging hier vor? »Was?«

»Na ja, ihr Menschenmädels mögt das doch, oder?«

Angie seufzte. »Ich werde das nicht mit euch beiden diskutieren.«

»Klingt das für dich wie ein Ja, Alek?«

»Auf jeden Fall!«

»Das tut es nicht!« Angie holte tief Luft. »Haut ab!«

»Okay.« Ban seufzte, und die beiden Männer standen auf. »Aber denk dran, es dauert ewig, bis diese Typen von Gucci in Italien uns einen Termin für die Anprobe geben, und dann noch mal so lang, bis wir unsere fertigen Smokings haben.«

»Und sie beschweren sich furchtbar, wenn wir in

letzter Minute ankommen, also warne uns bitte rechtzeitig vor. Ich hasse es, auf Italienisch angeschrien zu werden.«

Angie dachte daran, ihnen ihr Essen hinterherzuwerfen, aber sie wurde völlig von der Tatsache abgelenkt, dass die Vorislavs tatsächlich Leute bei Gucci hatten, die ihnen Sachen schneiderten. Plötzlich erschienen ihr Trips nach Florenz völlig in Ordnung.

Jetzt lächelte Angie und nahm noch einen Bissen von ihrem Hähnchenschenkel. Sie hatte gerade geschluckt, als plötzlich Nik vor ihr auftauchte. Er nahm ihr den Teller aus der Hand, ließ ihn auf die Bierbank fallen und zog sie hoch.

»Komm mit.«

Ohne auf ihre Antwort zu warten, schleppte er Angie fort zu einem Flügel des Hauses, der von der Partymeute abgeschirmt war. Er fand ein Arbeitszimmer, das keinen Fernseher hatte und deshalb von der Meute vermutlich nie benutzt wurde. Genau wie Angie sahen die Wölfe gern fern. Der Raum war dunkel und bis auf die Möbel komplett leer und damit perfekt für das, was Nik vorhatte. Er zog sie hinein und schloss die Tür hinter sich ab.

Er ließ sie nicht los, bis er sie aufs Sofa gedrückt hatte, dann begann er, vor ihr auf und ab zu gehen.

»Stimmt etwas nicht?«, fragte sie schließlich.

»Hör mal, Süße. Du weißt, was ich für dich empfinde.« Tatsächlich? »Aber ich kann nicht hier mit diesen Leuten leben. Ich meine – sie sind Hunde. Im wahrsten Sinne des Wortes.«

»Nik, ich …«

»Oder wenn du darauf bestehst, könnten wir vielleicht unseren eigenen Flügel oder ein Haus auf dem Grundstück bauen.«

»Nik …«

»Aber Miki schreit nachts – ich meine, hast du das gestern Nacht gehört?« Nein. Sie hatte es nicht gehört. Aber jedes Mal, wenn Conall und Miki Nik aufgeweckt hatten, hatte er sie geweckt und noch einmal gevögelt. Kein Wunder, dass Sara ständig etwas davon murmelte, die beiden in einen eigenen Flügel zu verlegen. »Ich meine, was macht er eigentlich mit ihr? Und dann benutzen Zach und Sara alles in diesem Haus als ihr persönliches Bett. Und ich weigere mich heulen zu lernen, egal für wen …«

»Nik!«

Er hörte auf zu faseln. Er blieb sogar stehen.

Angie holte tief Luft. Sie hatte keine Ahnung, worauf er hinauswollte, aber sie hatte das Bedürfnis, eines vollkommen klarzustellen: »Auf gar keinen Fall würde ich hier leben wollen.«

»Ehrlich?«

»Ehrlich.« Sie liebte ihre Freundinnen, aber Entschuldigung … die Tage der Pyjamapartys und der Frage, wer wohl seine Jungfräulichkeit als Erste verlieren würde, waren lange vorbei. Sie würden immer ihre besten Freundinnen sein, ihre Schwestern, aber das hieß nicht, dass sie mit den verrückten Ziegen zusammen leben musste. »Wie kommst du darauf, dass ich das will?«

»Die Hunde! Sie haben gesagt, du würdest hierherziehen wollen, um in Mikis und Saras Nähe zu sein. Dass ihr immer vorhattet, zusammen zu wohnen.«

Angie prustete los und lachte dann einfach weiter.

»Was? Was ist so verdammt lustig?«

»Ich sage es dir wirklich ungern, Landei, aber du bist jetzt offiziell Teil der Meute.«

»Hört endlich alle auf, das zu mir zu sagen!«

Sie zuckte die Achseln. »Du kannst dich auch einfach gleich dran gewöhnen.«

»Ich will keiner von ihnen sein. Hast du sie je jagen gesehen? Wenn sie fertig sind, wälzen sie sich im Dreck! Sie benehmen sich genau wie …«

»Hunde?«

»Richtig.«

»Hör mal, Nik. Willst du wissen, warum ich sicher bin, dass du jetzt Teil der Meute bist?«

»Ja. Klär mich auf.«

»Weil sie dich verarschen. Und du lässt es zu.«

»Was?«

»Mann, ich habe nicht vor, hierherzuziehen. Ich liebe meine Freundinnen. Sie sind meine Schwestern. Und sie werden immer meine Schwestern sein. Egal, wo ich wohne … was nicht hier sein wird. Besuchen, ja. Hier leben, nein.«

»Ehrlich?«

»Ehrlich.«

»Gott sei Dank!« Nik warf sich neben sie auf die Couch. »Die Jungs haben mir einen Heidenschreck eingejagt!« Er lehnte den Kopf an ihre Schulter, und plötzlich wusste Angie nicht recht, was sie mit dem Mann anstellen sollte. »Ich hatte ständig diese Vision, wie ich mitten in der Nacht aufwache und ›Oh, Conall! Oh, Conall!‹ höre – immer wieder, bis ans Ende aller Zeiten.«

»Ich ziehe nicht hier ein.«

»Also gut. Dann ist das wohl geklärt.«

Angie nickte. »Gut.«

»Nur dass das nicht die Frage beantwortet, wo wir stattdessen leben werden.«

Angie beugte sich vor. »Was ist denn das für ein Wir-Ding? Warum sagst du die ganze Zeit …« Sie wandte ihm den Blick zu und stellte fest, dass er sie anstarrte. Einfach nur starrte. Eine Katze, die die Maus schon am Schwanz hatte, sodass es einfach amüsant war, ihr dabei zuzusehen, wie sie zu entkommen versuchte. »Sind wir jetzt ›wir‹?«

»Ich dachte, das hätte ich neulich deutlich gemacht, als ich dich bäuchlings aufs Bett gefesselt und ordentlich durchgevögelt habe.«

Angie blickte in ihren Schoß hinab, um nicht laut loszulachen. Ehrlich, wie viele Mal im Leben würde sie *diese* Worte schon hören?

»Ähm …«, sie räusperte sich, »was ist aus ›Meinesgleichen lebt allein‹ geworden?«

Nik seufzte schwer. »Ich musste mich den Tatsachen stellen, Süße. Ich bin der Sohn meines Vaters.«

Das hatte sie schon gewusst. »Das macht aber mich hoffentlich nicht zu Natalia!«

»Nö. Im Gegensatz dazu, wie sie meinen Daddy behandelt, bist du nett zu mir.«

Sehr wahr.

»Weißt du …« Er streckte sich auf der Couch aus und legte den Kopf in ihren Schoß. *Er tut schon wieder so, als gehöre ihm das Ganze hier.* »Wir könnten in North Carolina wohnen. Aber du weißt schon, meine Familie. Oder wir ziehen nach Texas. Aber dann müssen sich diese Wölfe aus meinem Revier fernhalten. Oder wir könnten nach Frankreich ziehen – nein, ich will mich nicht mit den Franzosen herumschlagen müssen, obwohl ich ihr Essen wirklich liebe. Vielleicht Italien?« Er schüttelte den Kopf. »Nein. Die können genauso schlimm sein wie die Franzosen. Ich will nicht, dass die italienischen Männer dich anfassen. Vielleicht England, nur dass sie dort so komisch reden. Das könnte mir mit der Zeit höllisch auf die Nerven gehen.«

»Nik.«

Goldene Augen richteten sich auf sie. »Was denn, Süße?«

Sie dachte daran, einfach abzuhauen, aber sie hatte gesehen, wie schnell Nik sich bewegte. Viel zu schnell für sie, und ihr Baseballschläger lag in ihrem Schlafzimmer.

In ihrem gemeinsamen Schlafzimmer. Nicht ihrem eigenen.

Sie zwang sich zur Ruhe und fuhr sich mit den Händen durch die Haare. Dann wagte sie den größten Sprung ihres Lebens. »Vielleicht könnten wir uns zwischen Texas und North Carolina aufteilen. Aber ich muss mich um Mik kümmern. Gott weiß, der arme Conall wird Unterstützung brauchen, wenn sie während der Schwangerschaft noch verrückter wird.«

Nik zuckte die Achseln. »Das würde gehen.«

»Und wir müssen uns überlegen, was wir mit Feiertagen und so machen.«

»Okay.«

Sie räusperte sich. »Und ich liebe dich, Nik.« Es stimmte. Von ganzem Herzen, von ganzer Seele und …

»Ich weiß, Süße. Du hast mich immer geliebt.«

Eingebildete, Brathähnchen fressende, beschissene Katze!

Er war sich sicher, dass sie anfangen würde, ihm jedes Haar einzeln auszureißen. Stattdessen versuchte sie, ihn von ihrem Schoß zu schieben.

»Ich weiß nicht, warum ich deinen verdammten Scheißdreck ertrage, Landei, aber …«

Nik packte sie an den Handgelenken, beugte sich zu ihr und erstickte ihre Tirade mit einem Kuss. Seine Zunge glitt in ihren Mund und kreiste um ihre. Sie seufzte, und ihr Körper entspannte sich. Sein Schwanz wurde hart und wuchs in seiner schwarzen Hose. Ihr verdammtes Seufzen funktionierte bei ihm jedes Mal.

Er löste sich von ihr und ließ ihre Handgelenke los. Mit einer Hand machte er mühelos die Lederbänder auf, die ihr Top hielten, und zog es herunter, damit er leicht an ihre Brüste herankam. Er saugte eine davon in den Mund, und Angie stöhnte und lehnte sich zurück. Er spielte eine Weile damit und wandte seine Aufmerksamkeit dann der anderen zu. Als er beide Nippel hart gemacht hatte, blickte er zu ihr auf. »Ich liebe dich, Angelina. Ich glaube, seit dem Moment, als ich dich am Flughafen gesehen habe. Ich liebe es, dass du störrisch und unverschämt bist und dir absolut nichts gefallen lässt. Ich liebe es, dass du meine kleine Schwester zum Lächeln bringst und dass du meinen Daddy charmant findest. Ich liebe es, wie du in dem Bruchteil einer Sekunde aussiehst, bevor du kommst, und die

Art, wie du meinen Namen sagst, wenn ich in dir bin. Ich liebe alles an dir und kann mir keine Sekunde meines Lebens ohne dich vorstellen.«

Angelina schüttelte den Kopf. »Poch. Poch. Poch.«

Er hatte immer noch keine Ahnung, warum die Frau das ständig sagte. Und um ehrlich zu sein, würde er auch nicht fragen. Sonst würde sie es ihm vielleicht sagen und ihm damit höllische Angst einjagen.

Also fuhr er ihr nur mit den Fingern in die Haare, griff fest zu und entlockte diesen wundervollen Lippen ein köstliches Stöhnen. Nein. Er würde nie genug von dieser Frau bekommen. Sie war viel zu irre.

»Weißt du, Süße, diese Party wird noch Stunden gehen, und ich habe schon die Tür abgeschlossen.« Er fuhr mit der Zunge an der Unterseite ihres Kiefers entlang und strich dabei absichtlich mit den Armen über ihre nackten Brüste. »Mir würde alles Mögliche einfallen, was ich mit diesem süßen Körper auf dieser alten Couch anstellen könnte.«

Sie stöhnte. »Dann tu's, Landei.«

»Das reicht nicht.« Er knabberte an der Haut an ihrem Schlüsselbein und küsste sie unsanft. »Ich will, dass du mir sagst, was du willst, Angelina«, flüsterte er an ihren Lippen. »Ich will es dich sagen hören.«

Sie strich ihm die Haare aus dem Gesicht, ihre Hand lag an seinem Kiefer. Ihre Augen blickten voller Liebe und Vertrauen auf ihn herab. Dann lächelte sie.

»Fass mich an, Nik.«

Epilog

»Ich mache dich dafür verantwortlich, kleine Schwester.«

»Ich wollte nur helfen!«

»Oh, und wie du geholfen hast. Deinetwegen habe ich halbnackte, Overall tragende Bauern auf meiner verdammten Veranda.« Eine Veranda, die Zach nicht einmal gewollt hatte. »Ich dachte, ich müsste mich nur mit einem herumschlagen. Aber aus irgendeinem Grund kommen seine Brüder auch die ganze Zeit!«

Seine Schwester räusperte sich. »Das hat wahrscheinlich nichts mit mir zu tun.«

»Ach, du erzählst so eine Scheiße!«

Sie lachte. »Du klingst aber trotzdem glücklich.«

»Sie haben Banjos angeschleppt! Wie glücklich kann ich da sein?«

»Du kannst mir nichts vormachen, Zacharias. Ich höre es an deiner Stimme. Du bist glücklich, ob du willst oder nicht.«

»Meinetwegen. Und wann kommst du nach Hause zurück?«

»Ähm … weißt du. Bald … denke ich.«

Zach sah dem Meutenmitglied nach, das er am wenigsten mochte, dem Kerl, der seiner kleinen Schwester das Herz gebrochen hatte, als dieser mit seiner Harley losfuhr. Zach mochte die meisten Leute nicht, aber es gab sehr wenige, die er aktiv hasste.

»Ich könnte ihn umbringen, weißt du? Wenn du willst.«

»Verschaff ihm nicht die Genugtuung.«

»Na gut, aber du wirst ja irgendwann nach Hause kommen müssen. Du wirst in ein paar Monaten Tante.«

»Wie kommt ihr damit überhaupt zurecht?«

»Er wäre besser dran, wenn er mit der rechten Hand Satans Nachwuchs bekommen würde.«

»Verdammt, Zach«, kicherte Nessa. »Sag mir, wie es dir wirklich geht!«

»Du wirst es sehen … wenn du nach Hause kommst.«

»Wenn du mir befiehlst zu kommen…«

»Das würde ich nicht tun. Ich weiß, du brauchst Zeit. Nimm sie dir. Aber irgendwann musst du dich ihm stellen.« Zach drückte sich von dem Bike ab, an dem er gelehnt hatte, und ging aufs Haus zu. »Und wenn es so weit ist, werde ich für dich da sein.«

»Danke, großer Bruder. Das bedeutet mir eine Menge.«

»Gut. Und du wirst die Landeier für mich los, ja?«

»Damit bist du wahrscheinlich allein.«

»Egoistische Ziege.«

»Selber, lieber Bruder.«

Zach ging die Stufen der neu gebauten Veranda hinauf. Er sah Aleksei Vorislav an. »Willst du mit meiner Schwester reden?«

Das Gesicht des Mannes leuchtete auf, und er streckte die Hand aus. »Ja!«

»Oh.« Zach klappte das Telefon zu. »Sie hat gerade aufgelegt.«

Alek machte schmale Augen, und Zach schaute finster zurück. Es hatte ihm schon nicht gefallen, dass die zwei im College Freunde gewesen waren, und es gefiel ihm noch weniger, dass der Mann jetzt einfach nicht wieder ging.

Alek griff in die Fronttasche seines Overalls und zog sein Handy heraus. Er drückte eine Taste und sah zu Zach auf, während er wartete. »Hey, Nessa, Schätzchen! Wie geht's dir so?«

Zach knurrte leise und überlegte, ob Angie es ihm wohl je verzeihen würde, wenn er ihren Schwager umbrachte – wahrscheinlich nicht. Er blickte Ban an. »Hast du Sara gesehen?«

»Nicht, seit sie vor einer Weile vom Jagen gekommen sind.«

»Danke.« Zach ging ins Haus und blieb kurz stehen, um einen Blick ins Wohnzimmer zu werfen. Miki, inzwischen im siebten Monat schwanger, lag bequem zwischen Conalls Beinen. Sein großer Körper diente ihr als Kissen, und er hatte seine langen Arme um sie geschlungen und die Hände auf ihren Bauch gelegt.

»Wir nennen kein Kind von mir Eunice!«

»Ich finde, das ist ein schöner Name.« Miki lächelte. »Es hat so was 1946-Mäßiges.«

»Wieso tackern wir ihr nicht gleich ein großes Schild auf den Arsch, auf dem steht: ›Meine Eltern hassen mich, also könnt ihr mich gern verarschen‹?«

»Sei doch nicht gleich so angespannt. Ich habe noch eine Liste mit anderen Namen.«

»Wie zum Beispiel?«

»Himmelblau.«

Zach schüttelte den Kopf. Er wusste, dass die bösartige Psychopathin den Mann nur ärgern wollte. Soweit er von Sara gehört hatte, hatten sie gemeinsam – jawohl, *gemeinsam* – beschlossen, die zukünftige Víga-Feilan-Tochter Kendrick zu nennen. Abgekürzt Ricki. Und Conall würde damit mehr als zufrieden sein, wie Zach wusste. Aber das gemeine Frauenzimmer hatte einfach zu viel Spaß dabei, seinen Freund zu ärgern, als dass sie ihm das jetzt schon gesagt hätte.

Während Conall eine Flut von Flüchen losließ und Miki gleichzeitig am Hals kitzelte, sodass sie einen Lachkrampf bekam, ging Zach zurück in die Küche. Er fand sie leer vor, also ging er hinaus auf die Veranda.

Die Veranda, die jetzt sein Haus umgab, war auf das Drängen seiner Gefährtin hin gebaut worden. Sie hatte ihn einmal danach gefragt. Er hatte nein gesagt. Dennoch waren direkt am nächsten Tag die Handwerker aufgetaucht.

Zach stand an seiner Hintertür und blickte auf das hinab, was jetzt quer auf besagter Veranda lag. *Das wird wirklich immer schlimmer.*

Er starrte den Dreihundertkilotiger an, der sich auf dem Holz ausgebreitet hatte. Der große Tigerkopf ruhte auf riesigen Pfoten. Na klar, Zach hatte einen Tiger auf seiner Veranda. Warum auch nicht? *Das hat man davon, wenn man sich mit einer Verrückten zusammentut.*

Bäuchlings auf dem Rücken des Tigers lag eine

schöne schlafende Frau mit sündhaft teuren Schuhen mit zehn Zentimeter hohen Absätzen, abgeschnittenen Jeans-Shorts, einem dezenten Platinring am Ringfinger ihrer linken Hand … und nicht viel mehr.

Goldene Augen blickten zu ihm auf.

Er sah sich um. »Sara«, flüsterte er, um Angie nicht zu wecken.

Der Hinterwäldler machte mit seinem riesigen blöden Tigerkopf eine Bewegung in Richtung Hundezwinger.

Er hätte es wissen müssen. Beim Bau der Veranda hatten die Handwerker auch noch einen richtig schönen Hundezwinger errichtet. Warum? Weil Sara fand, dass Roscoe eine Freundin brauchte, und sie sie nicht alle im Haus halten wollte.

Dieser dumme Hund hatte jetzt sechs Freundinnen.

Zach bog um die Ecke und fand seine Gefährtin bäuchlings im Gras ausgestreckt. Normalerweise bekam er einen Harten, sobald er sie sah, doch er wurde abgelenkt. Abgelenkt von dem orange und schwarz gestreiften Fellbündel in ihren Händen. Da alle Gestaltwandler als Menschen geboren wurden und sich erst viel später verwandelten, konnte das, was sie da in den Händen hielt, nur eines sein …

»Frau, ist das ein Tigerjunges?«

Sara zuckte zusammen und sah ihn über die Schulter an. »Oh, du bist früher nach Hause gekommen!«

»Nein, bin ich nicht. Antworte mir!«

»Ban muss sie eine Weile hierlassen. Nur, bis er sie in ein Tierheim bringen kann. Er hat sie in einem Zirkus in der Gegend gefunden und meinte, sie hätten sie und ihre Mutter schlecht behandelt. Aber das Tierheim konnte im Moment nur die Mutter nehmen, weil sie richtig krank ist. Ich habe angeboten, die Kleine zu nehmen, bis es ihr besser geht.«

»Es ist ein Tigerjunges, Sara. Ein *echtes* Tigerjunges. Kein Kätzchen.«

»Ich weiß.«

Zach starrte sie an. Für eine Frau, die eigentlich keine Kinder wollte …

»Ban sagte, nicht länger als ein halbes Jahr.«

»Ein halbes Jahr?«

»Schrei nicht!«

Sie hielt das Junge hoch, das noch wo winzig war, dass es bequem in ihre beiden Hände passte. In einem Vierteljahr würde es so groß wie Roscoe sein. In einem halben konnte es Roscoe den Kopf abbeißen.

»Schau sie dir an, Zach. Schau in diese blauen Augen. Irgendwann werden sie golden, aber im Moment sind sie blau. Wie cool ist das denn? Und sie ist so süß! Sie braucht nur ein bisschen Liebe.«

»Und ungefähr fünfhundert Pfund Fleisch am Tag.«

»Oh, das kommt erst in ein oder zwei Jahren.«

Zach seufzte und rieb sich mit den Handballen die Augen.

Wann war sein Leben eigentlich so außer Kontrolle geraten? Er hatte Hinterwäldler auf seiner Veranda. Sein bester Freund war in eine Psychopathin verknallt. Eine halbnackte schöne Frau schlief auf einem der mächtigsten bekannten Raubtiere. Und natürlich waren da Tiger. Er hatte große *Tiger*-Bauerntrampel in seinem Heim, während seine Gefährtin die Wange an einem vollblütigen Tigerjungen rieb und gurrende Geräusche machte.

Er zog die Hände vom Gesicht und blickte in diese schönen braunen Augen hinab. Sie lächelte, wodurch die Narbe auf ihrer einen Gesichtshälfte ein paar Falten warf. Himmel hilf, er hatte noch nie etwas Attraktiveres gesehen.

Mist. Schwanz hart.

»Ein halbes Jahr, dann ist das Ding wieder weg. Selbst wenn das eine Decke mit Tigerkopf auf unserem Bett bedeutet.«

Sara setzte das Tigerjunge auf den Boden, damit es mit Roscoe und seinem Harem gut trainierter Hündinnen spielen gehen konnte. Dann begann sie, ihm das schwarze T-Shirt aus der schwarzen Jeans zu ziehen.

»Was wird das?«

»Ich mach dich nackig, damit ich dich vögeln kann, bis du ohnmächtig wirst.«

»Oh. Okay.«

Sie schob ihm die Hände unters T-Shirt, und Zach schloss die Augen. Er liebte es, sie an sich zu spüren. Sie schob ihm das T-Shirt hoch und leckte den immer noch schmerzenden Biss, den sie ihm an diesem Morgen zugefügt hatte. Sie seufzte zufrieden, während ihre Hände um seine Taille glitten und sie den Kopf an seine Brust legte. »Ich liebe dich, Zach.«

Er legte die Arme um sie. »Ich liebe dich auch, Baby.« Dann klatschte er die Hand auf die alte Wunde an ihrem Oberschenkel.

»Zach!« Lachend versuchte sie, sich von ihm zu lösen. »Lass mich los!«

»Auf keinen Fall, Morrighan.« Er ließ sich rückwärts zu Boden fallen und zog sie mit. Dann wälzte er sich auf sie. »Ich lasse dich nie mehr los, du Wahnsinnige.«

Sie versuchte, sich aus seinem Griff zu winden, aber er riss sie zurück und schaffte es dabei irgendwie, ihr die Jogginghose auszuziehen und mit der Hand über die alte Wunde an ihrem Schenkel zu streichen. Er hielt ihr die Arme über dem Kopf fest, während ihr Körper sich unter seinem aufbäumte und ihr Atem zu kurzen, keuchenden Stößen wurde. »Du gemeiner Bastard!«

Er schob ihr mit der Nase Shirt und BH über die Brust und leckte ihre bereits harten Nippel, während sein Griff an ihrem Schenkel fester wurde. »Das stimmt, Baby. *Dein* gemeiner Bastard.«

Und er würde dafür sorgen, dass sie das niemals vergaß. Denn es gab keinen Ort, wo er lieber sein wollte. Niemanden, mit oder in der er lieber sein wollte. Es war Sara Morrighan.

Ein Leben lang.

»G. A. Aiken lässt die Funken sprühen!«

media-mania.de

*Cover- und Preisänderungen vorbehalten

G. A. Aiken

Lions – Scharfe Pranken

Piper Taschenbuch, 464 Seiten
€ 9,99 [D], € 10,30 [A], sFr 14,90*
ISBN 978-3-492-26906-3

Eishockeyspieler Bo ist teils Polarbär, teils Löwe und ganz und gar Alphatier. Nun bekommt er die sexy Wolfshündin Blayne nicht mehr aus dem Kopf. Auf leisen Tatzen folgt ihr Bo nach New York, um sie vor ihren Feinden zu schützen. Denn die wollen sie statt in den Armen eines Bären lieber in der Kampfarena sehen. Doch die Großstadt ist ein zu heißes Pflaster für den unterkühlten Bo – zu ihrem eigenen Schutz entführt er Blayne in die Provinz. Und dort zahlt sich seine Bärengeduld endlich aus.

Leseproben, E-Books und mehr unter www.piper.de

SEI UNSER
HELD!
PIPER FANTASY
Gleich mitmachen und die magische
Welt der Piper Fantasy erleben! Neugierig?
Dann auf zu www.piper-fantasy.de!
Piper-Fantasy.de
PIPER